The Winter Bride

박소연 장편소설

윈터 브라이드

2

가하)

윈터 브라이드 2

지은이 박소연
펴낸이 이형기
펴낸곳 도서출판 가하

초판인쇄 2018년 12월 26일
초판발행 2019년 1월 3일
출판등록 2008년 10월 15일 제 318-2008-00100호

주소 서울 영등포구 양평로 67, 1209 (당산동5가, 한강포스빌)
전화 02-2631-2846 **팩스** 02-2631-1846

www.ixbook.co.kr

ISBN 979-11-300-3357-0 04810
　　　979-11-300-3355-6 04810(세트)

값 13,800원

Contents

Season 7. Summer : Confession 7

Intermission 99

Season 8. Fall : Strain 108

Intermission 192

Season 9. Winter : Break 199

Reminiscence II . For Seasons Yet to Come 238

Part III. Adulthood

Overture. Rite of Passage 327

Season 10. Spring : Qualified 333

Intermission 390

Season 11. Summer : Respected 402

Intermission 447

Season 12. Fall : Determined 459

Intermission 487

Season 13. Winter : Fulfilled 493

Finale. Winter Bride 537

Addendum I . Rosa Azul 542

Addendum II . Diamond Dust 571

Addendum III . Geschenk der Blume 584

Addendum IV . Starlight 597

Postscript 614

본문에서 " "는 인스켈어, 『 』는 로제이유어, 「 」는 에스타니아어로 진행되는 대화입니다.

Season 7.
Summer : Confession

달빛은 시야를 좀 더 불확실하게, 좀 더 부드럽게, 좀 더 비현실적이게 누그러트리는 마법을 부렸다.

리즈벳은 제대로 잠을 자지 못해 충혈된 눈으로 멍하니 천장을 응시했다.

윈터가 어릴 적부터 몇 번씩이나 말했듯이 그녀의 머리는 그렇게 나쁜 편은 아닌 모양이었다. 그 입에서 나오는 소리 중 적어도 절반이 배배 꼬인 조롱이었기에 듣는 즉시 반대쪽 귀로 흘려버렸건만 정말로 그녀의 머리는 꽤나 좋은 편인 듯했다.

그렇지 않고서야 어떻게 이렇게 어젯밤의 기억 하나하나가 애매한 점 하나 없이 선명할까. 그 손이 어떻게 그녀의 허리를 감쌌고, 그 와중에 닿았던 굴곡 하나 없는 가슴팍은 얼마나 단단했으며, 그녀의 손목을 간질였던 호흡은…….

"아아아악! 아냐, 아냐아냐아냐, 아니야……!"

저도 모르게 소금 친 생선마냥 침대에서 튀어 오른 리즈벳은 미친 듯이 손을 내저어 상념을 흩어버렸다. 이놈의 머리는 재생만 충실하게 해대는 게 아니라 이제는 각색까지 해댄다. 고삐를 바짝 틀어쥐고 있지 않으면 허리를 감고 있던 손은 자꾸만 슬슬 움직이기 시작하고, 손목에 닿았던 입술은 점점…… 더 높은 곳으로 올라가서…….

"아가씨! 무슨 일 있으세요?"

"아, 아무 일도 없어요! 금방, 금방 내려갈 거예요!"

쾅쾅, 리델이 문을 두드리는 소리에 화들짝 놀라 뒤집어진 목소리로 재빨리 소리 치곤 리즈벳은 거의 굴러 떨어질 뻔하며 침대에서 내려갔다. 거울을 보자 시뻘게진 얼굴이 어디로 보나 몹쓸 생각을 하고 있었던 게 딱 드러나 그녀는 재빨리 손부채를 부치며 크게 심호흡을 했다.

어쩔 수 없잖아. 뭔가 기분 좋았다고. 머리가 어떻게 된 건지, 그냥 그 순간의 분위기에 홀렸는지 모르겠지만 정말 기분 좋았다고.

심박이 빨라지고, 호흡이 진정 안 되고, 입안이 자꾸 바싹바싹 마르고, 말은 떨려서 나오고.

세상에 그 사람만 있는 것 같고.

생각이 거기에 닿자 조건반사적으로 심장이 뛰기 시작해 리즈벳은 양손으로 뺨을 감쌌다. 스스로도 확연히 느껴질 정도로 얼굴이 뜨거웠다.

윈터가 먼저 들어가버린 후로 계속 이랬다. 진정이 안 되고, 집중이 안 되고, 무슨 생각을 해도 마지막에는 똑같은 생각밖에 나지 않는다. 이대로라면 정상적인 생활을 못 할지도 모른다.

별일이 있었던 것도 아닌데. 그녀만 잘 모른 척하면 이것조차 아무렇지도 않은 일이 될 게 뻔했다. 윈터는 이 모든 걸 꿈이라 생각하라 했으니 그녀를 대하는 태도를 달리할 것 같지도 않았다. 그도 그럴 것이, 이제까지 그녀는 전혀 눈치 못 채지 않았나. 그의 위장은 완벽했다.

생각이 거기에 닿자 그녀는 기묘한 기분이 들어 무의식적으로 머리카락 끝을 매만졌다.

처음, 윈터는 그녀에게 닿지 않으려 뒷걸음질 쳤었다. 마지막에 모든 걸 잊으라며 돌아섰던 때의 목소리는 갑작스레 깨달은 감정에 당황하는 어조가 아니었다. 그는 아마도 꽤 오랜 시간 동안 그 감정을 품어오고 있었던 게 틀림없다.

하지만 어째서?

대체 언제부터? 왜?

콧대 높고 저 잘난 줄만 아는 인간이 대체 왜?

고개를 갸웃거리면서도 저절로 웃음이 새어나오는 것 같아 그녀는 재빨리 목을 가다듬고 안면근육에 힘을 주었다. 그러나 잔뜩 준 힘에 진지하게 굳힌 얼굴은 잠깐을 견디지 못하고 다시 스르르 흐물흐물해졌다.

"……보는 눈은 있어가지고."

슬쩍 벽에 걸린 거울을 바라보니 꽤나 예쁘장한 얼굴의 소녀가 나름대로 도도한 표정을 지으며 그녀를 돌아보고 있었다. 새삼스레 이제까지 별 신경도 쓰이지 않았던 다른 남자들의 고백이 떠오르기 시작했다.

"리즈벳 양은 정말 눈이 아름다우십니다."

"긴 머리를 늘어트리고 나무 그늘에 앉아 계시는 모습이 정말."

"걷는 모습이 얼마나 우아하신지, 심장이 멎는 줄만 알았습니다."

정말 별별 남자들이 다 징글맞게 달라붙어오니 가끔은 좀 덜 생겼더라면 하는, 알디스가 들었다면 등뼈가 부러질 기세로 얻어맞을 생각마저 했으나, 그녀는 오늘만큼은 이 우월한 원판을 물려준 부모에게 아낌없이 감사했다. 무려 윈터 드레스덴을 낚는 데 지대한 공헌을 하지 않았나. 그가 왜 그녀에게 감정을 품었는지는 모르겠으나, 얼굴 때문이라는 게 그녀가 떠올릴 수 있는 가장 지배적인 이유였다. 왜냐면 윈터도 남자니까. 얼굴에 살고 몸매에 죽는다는 남자니까.

생각이 거기에 닿자 기분이 순식간에 급락하는 게 느껴져 리즈벳은 만지작거리던 머리카락을 꽉 잡아당겼다.

……유전의 비극이라느니, 백치미는 유행이 지났다느니, 지성미가 그렇게 중요하다는 듯이 쪼아대더니 결국 중요한 건 얼굴이잖아. 꼭 그런 남자들이 자기 얼굴은 강판에 갈린 것처럼 생겨놓고선…….

리즈벳은 입술을 잘근잘근 깨물었다.

차라리 강판에 갈아버린 얼굴이라면 덜 억울하지. 요즘은 그 눈의 색이 아니면 정상이 아니라고 눈치채기도 어려울 거다. 특히, 어제같이 밤중에 밀착해서 눈이 마주치기라도 하면…….

"아악, 또! 또! 왜 또……!"

또다시 기다렸다는 듯 떠오르는 생생한 기억과 함께 온몸의 피가 얼굴로 몰려드는 기현상에 그녀는 머리를 쥐어뜯으며 제자리에서 몇 번씩이나 콩콩 뜀박질을 했다.

윈터라면 어젯밤의 일을 지금까지 떠올리며 이 난리를 치진 않겠지. 감정을 흘렸던 게 언제였냐는 듯, 아무런 일도 없었다는 듯이 깔끔하게 등을 돌릴 수 있었으니.

정말 어른이지, 윈터는. 이렇게 어린애처럼 상대의 행동 하나하나에 휘둘려 기분이 들쑥날쑥하지는 않겠지.

후, 길게 한숨을 내쉰 리즈벳은 대충 머리를 빗고 옷을 갈아입었다. 거울 속의 계집아이가 아직 확연히 상기된 얼굴로 그녀를 마주 바라보고 있었다. 숱이 많고 심하게 곱슬거리는 머리는 화려하긴 했으나 아침에 일어난 직후에는 재앙이었다. 절망적으로 한숨을 내쉬며 그녀는 장식함 서랍을 열어 한 줌의 머리끈을 꺼냈다. 다섯 개의 리본이 차례로 그녀의 머리를 장식했다가 다시 장식함 안으로 내던져졌다.

리본이라니, 어린애 같잖아.

"아가씨! 이러다가 또 늦으세요!"

"알아! 갈게요!"

아래에서 들려오는 목소리에 소리쳐 답하며 리즈벳은 머리를 땋아 내리는 손길을 빠르게 했다.

이건 아무것도 아니야. 이건 그냥 오늘따라 머리가 너무 부스스하니까. 이건 그냥 오늘 그럴 기분이 들었으니까.

애써 정상으로 돌아온 얼굴에 다시금 피가 몰리는 듯하자, 고개를 세차게 저으며 리즈벳은 재빨리 방문을 열어젖히고 계단을 구르듯 내려갔다.

나도 어른처럼, 윈터가 원하는 것처럼 아래로 내려가 얼굴을 보는 즉시 아무렇지도 않다는 듯 웃어 보이는 거다. 나도 이제 어른이니까. 어젯밤의 일은 정말 아무것도 아니었으니까.

"나 왔어요! 아침은……."

그러나 제가 들어도 한없이 들떠 있는 목소리는 다이닝 홀을 보자마자 뚝 끊겼다.

다이닝 테이블에는 이미 먼저 도착한 윈터가 앉아 있었다. 살짝 열린 테라스의 유리문 너머로 쏟아져 들어오는 햇빛 속에서 고양이마냥 나른히 늘어진 그가 시선만을 돌려 그녀를 바라보았다.

그녀는 처음으로 그 붉은 눈이 석양처럼 보인다 생각했다. 비릿하고 역한 철의 맛이 절로 느껴지는 핏빛이 아닌, 따듯하고 부드럽게 어깨를 감싸 안아오는 붉음. 홀리듯 시선을 빼앗긴 그녀의 가슴에서 심장이 한 번 쿵, 크게 울렸다.

그 순간, 그녀는 적어도 그녀에게만은 모든 것이 결코 같을 수가 없음을, 이전으로 결코 돌아갈 수 없음을 깨달았다.

"뭘 그렇게 멍청히 서 있는 거지, 사랑스러운 리즈벳."

그리고 동시에, 가슴이 내려앉는 심정으로 그녀는 깨달았다.

남자의 시선은 이제까지 그녀가 알아왔던 것과 한 치도 다른 점이 없었다. 마치 어젯밤의 일이 오로지 그녀만의 착각이었다는 듯, 그가 그녀를 다른 눈으로 본 적은 단 한 번도 없었다는 것처럼.

윈터는 단 한 번도 그녀에게 설렌 적이 없다는 것 같은 눈으로 그녀를 직시하며, 부른다.

사랑스러운 리즈벳이라고.

* ❀ *

스스로도 제대로 생각나지 않는 변명을 주워섬기며 알디스와 벨아리아를 먼저 보낸 후 리즈벳은 혼자 교정에 덩그러니 남아 멍하니 허공을 바라보았다. 3월, 안드로베카 여황이 전국에 소집령을 내렸던 이후로 교정은 눈에 띄게 한산해졌다. 소집령에 응해 일찌감치 휴학계를 낸 학생들, 소집령에 응한 친지나 약혼자와의 시간을 위해 휴학계를 낸 학생들, 이참에 학교는 때려치우고 길어질 듯한 분쟁을 통해 인생역전을 노려보려는 학생들의 발길이 끊긴 학교는 하루 수업이 끝나자 여름을 맞아 요란하게 울어대는 매미소리를 제외하면 쥐 죽은 듯 조용했다.

귀청이 터져라 울어대는 매미소리에 신경이 곤두서자, 리즈벳은 찌는 더위 때문에 한층 답답하게 느껴지는 머리카락을 거칠게 쓸어넘겼다.

집에 돌아가고 싶지 않다는 생각, 그리고 바로 뒤를 따르는 대체 이 무슨 유치한 반항인가 싶은 자조.

계절은 이미 그녀가 윈터와 아모르를 함께 추었던 봄에서 벗어나 여름으로 내달리고 있었다. 꿈같이 낭만적이었던 그 밤의 감정은 후덥지근한 날씨 속에 모조리 짜증으로 변질된 것만 같았다.

윈터는 그날 뱉었던 스스로의 말을 충실히 지켰다. 그는 그 후 열흘 동안 그 밤의 일 따위 일어난 적도 없었다는 듯 그녀를 사심 하나 섞이지 않은 태도로 대했다. 조롱하는 듯한 웃음, 냉소적인 말투, 그녀가 어디서 뭘 하든 신경도 쓰지 않는다는 방임적인 태도 어디에도 그 밤 그녀가 세상이라도 되는 듯 바라보았던 남자의 기색은 없었다.

그렇게 그는 홀로 앞서가버렸다. 그녀만을 그 밤에 묶어둔 채로.

분명히 기뻐해야 할 일이다. 그녀는 솔직히 그 밤 이전에는 윈터를 단 한 번도 후견인이 아닌 다른 대상으로는 본 적이 없었고, 혹시나 다른 이들이 그럴 가능성을 암시만 해도 과하다 싶게 부정해왔다. 그도 그럴 것이, 지금까지 윈터가 그래왔으니까. 그가 그녀를 피후견인 이외로 대한 적이 없었으니까. 그것에 만족해왔으니까. 그러니 기뻐해야 한다. 안심해야 한다. 그가 밀어붙였더라면 그녀는 필시 곤란했을 거다.

그러나 그렇다면 대체 왜 이 초조함은 사라지지 않지? 그 사람을 볼 때마다 대체 왜 이리 목이 타고 답답한데? 왜 눈을 마주치는 것만으로도 눈물이 왈칵 날 정도로 억울해지는 거야? 어째서 시간이 가면 갈수록 이 감정은 사라지지 않는 거지? 왜 점점 고약해지기만 하는 거지?

리즈벳은 입술을 꽉 깨물며 양손에 얼굴을 파묻어버렸다.

이런 감정은 기분 나빠. 없어졌으면 좋겠어. 전에는 모든 게 완벽했었는데. 정말 인생이 더없이 행복했는데.

"여, 리즈벳."

그때였다. 뒤에서 갑자기 들려온 경쾌한 목소리에 리즈벳은 상념에서 깨어나 휙 몸을 돌렸다. 교사 쪽에서부터 이어지는 능선을 타고 남학생 하나가 걸어 올라오고 있었다.

남자답게 살짝 각이 진 턱선과 시원스레 벌어진 어깨는 그렇지 않아도 덩치가 큰 남자를 더욱 위압적으로 보이게 했다. 여자들의 시선을 한순간에 앗아갈 매력적인 용모였으나 상대의 얼굴을 확인하자마자 리즈벳의 얼굴은 단번에 얼어붙었다.

"여기 있는 줄 몰랐어. 한참 찾았잖아?"

"……지센 공자."

남자의 목소리는 다정했으나 그 말을 하는 상대와 그녀의 관계는 좋을 수 없는 것이기에 리즈벳은 몸을 긴장시키며 자리에서 벌떡 일어났다.

"서먹서먹하게 그게 뭐야. 이름 불러도 된다고 했잖아."

이걸로 벌써 그녀가 다섯 번째 교제를 거절하는 상대는 마치 옆집 청년처럼 친근하게 웃으면서 그녀와의 거리를 착실하게 줄여오고 있었다.

한 걸음 다가오는 에스톡의 움직임에 맞춰 리즈벳은 그림자처럼 한 걸음 뒤로 물러서며 재빨리 주위를 훑어보았다. 수업이 끝난 교정에는 절망적일 정도로 사람이 없었다. 사람이 있었다 하더라도 지센 자작가의 후계자를 거스를 깜냥이 있을지가 의문이었다.

벨아리아 정도만 되어도 이자가 함부로 대하지 못할 텐데, 안타깝게도 벨아리아는 제가 먼저 돌려보낸 후였다. 리즈벳은 드러나지 않게 이를 악물며 최대한 상대를 자극하지 않도록 말을 골랐다.

"저번에 분명히 이야기가 끝났을 텐데요."

문제는, 그녀가 할 수 있는 말의 레퍼토리 중에 에스톡의 마음에 들 만한 게 없다는 것.

"리즈벳, 이제 적당히 튕겨. 점점 지겨워지려고 해, 응?"

다정한 목소리와는 달리 섬뜩한 말에 리즈벳이 멈칫하는 사이, 에스톡은 조금 전까지 쥐고 있던 물건을 들어올려 보였다. 리즈벳은 단번에 그 물건을 알아보았다.

샤르티에의 딜라이트.

다음 순간, 에스톡은 있는 힘껏 그 고아한 향수병을 바닥으로 집어던졌다.

"듣도 보도 못한 잡것을 후견인이라 내세우는 고아년 주제에 지센 자작가의 후계자와 교제할 수 있는 거야. 천운이라 해야 하는 거 아냐?"

섬세하게 세공한 향수병이 바닥에 부딪쳐 산산조각이 났다. 분명히 달콤하고 감미로웠을 향이 단번에 대기로 흩어지며 숨을 막히는 악취가 되어 숨통을 틀어막았다. 본능적으로 뒷걸음질 쳐 거리를 두려는 그녀의 어깨를 에스톡이 거칠게 잡아채 아름드리나무로 밀어붙였다. 순간적으로 숨이 턱 막히는 아픔에 그녀의 입에서 억눌린 신음이 흘러나왔다.

"이 정도 해줬으면 됐잖아. 네년 콧대 세워주려고 내가 들이부은 돈이 얼만데, 응? 클레어사의 계집애가 걸려? 질투한 거였어? 그러면 진작 말을 하지그랬어. 내가 치워줄게. 그거면 됐지? 어떻게 치워줄까? 말만 해봐."

귓속으로 독이 흘러 들어오는 듯했다. 드러난 목덜미로 떨어지는 뜨거운 숨에 더운 날씨에도 소름이 돋았다.

어쩌자고 이렇게나 끔찍한지. 저자의 더운 숨, 조롱 섞인 목소리, 웃음을 담아 휘어지는 눈매 하나하나가 대체 얼마나 역겨운지.

"지센 공자……."

미친개를 자극하지 않도록 침착하게 입을 열었을 때였다.

"적당히 하지요, 선배?"

그때, 무뚝뚝한 남자의 목소리가 들려오는 동시에 그녀의 시야를 가득 채우고 있던 남자가 휙 뒤로 끌려갔다. 억 하는 소리와 함께 뒷덜미를 잡혀 내던져진 남자는 넘어지지 않으려 필사적으로 허우적거렸다. 틈을 타 한 소년이 에스톡과 그녀 사이의 공간을 차지하고 들어왔다.

커다랗고 단단한 등. 셔츠 너머로도 선명히 드러나는 잘 발달한 근육과 희미하게 느껴지는 땀 냄새. 숨 하나 가쁜 기색이 아니었으나 리즈벳은 소년이 여기까지 뛰어왔다는 생각을 지울 수가 없었다.

누구지? 아는 얼굴이 아닌데.

"싫다고 하잖습니까. 그러면 말귀를 알아먹으셨어야지."

어미가 살짝 늘어지는 말투와 고저 없는 목소리는 그럼에도 어딘가 위압적이었다. 덩치로만 따지자면 에스톡이 우위였으나 소년에게는 어딘가 함부로 대할 수 없는 기세가 있었다. 자기보다 강한 사람은 귀신같이 알아보는 에스톡이 눈에 뜨이게 위축된 기세로 뒷걸음질을 쳤다.

"너, 너 뭐야? 어디서 굴러먹다 온 잡것이야?"

"선배가 말 안 했습니까?"

선배, 라고 칭하며 흘끗 뒤를 돌아봐 리즈벳과 눈을 마주친다. 쌍꺼풀 없는 짙은 눈매가 그녀를 무심하게 바라보는 듯하더니 그 짙푸른 눈이 에스톡에게는 보이지 않게 살짝 찡긋했다.

"저, 선배랑 사귀고 있는데요."

"뭐, 뭐야?"

"설명이 더 필요합니까?"

새까만 머리칼, 근육질의 탄탄한 몸, 길쭉길쭉한 팔다리. 검은 표범을 연상시키는 후배는 인상 한번 찡그리지 않고, 손 하나 들어올리지 않고 그저 한 걸음 거리를 줄이는 것만으로도 에스톡의 기를 단번에 죽여버렸다.

"굳이 호구조사를 하고 싶으시다면야……. 4학년의 제를란드 하셔입니다. 아버님은 변방 칼스가드의 남작이십니다만, 저번 달부로 연끊고 입대했습니다."

그제야 처음으로 이 표정변화 하나 없는 소년의 눈에 웃음 비슷한 것이 묻어났다.

"어차피 선배한테 죽으나 남부 게릴라들한테 죽으나 똑같긴 합니다만, 선배, 치사하게 여자 뺏겼다고 후배 등에 칼 꽂는 짓은 하지 맙시다?"

● ⚜ ●

에스톡 지센이 저보다 어린 후배의 근육과 덩치에 보기 좋게 눌려

찍소리도 못 하고 도망가버리자 리즈벳은 저도 모르게 한숨을 내쉬었다. 이 일로 그자가 나중에 또 무슨 짓을 하려 들지는 모르겠으나 적어도 당분간은 조용하겠지.

게다가 쫓아내고 보니 이렇게나 고소한 일이 없었다.

구질구질한 놈 같으니라고. 가다 확 넘어져라.

에스톡이 사라져간 쪽으로 소리 없이 손가락을 세워 보인 리즈벳은 저절로 입가가 실룩거리는 걸 애써 숨기며 작게 목을 가다듬었다.

"저…… 고마워. 덕분에 살았어."

"됐어요. 안 그래도 언제 한번 이래보고 싶었어요. 저 선배, 짜증나니까."

모양 좋은 눈썹을 찡그리며 하는 말이 시원시원해서 리즈벳은 저도 모르게 조금 웃으려다 다시 표정을 가다듬었다. 윈터를 등에 업고 있는 그녀에게는 지센 자작가가 아무것도 아닐지 몰라도 칼스가드 남작가의 차남이라는 이 후배에게 지센 자작가는 쉽게 무시하기 힘든 배경일 테다.

"네가 괜히 곤란해질지도 모르는데……. 있잖아, 혹시 저 공자가 이 일 때문에 보복이라도 해온다면……."

"그럼 자기가 대단히 병신이라는 걸 공표하는 거고요. 선배, 신경 꺼요. 어차피 벌어진 일이잖습니까. 그리고 그 정도 뒷감당도 없이 저질렀을까 봐요."

"내가 널 지금 처음 보는데 그걸 어떻게 알아."

뭔가 믿는 구석이 있는 건지, 아니면 그냥 개념이 없는 건지 구별이 안 되는 후배의 태도에 미간을 찡그리자 제를란드의 입가에 미묘한 웃음기가 묻어났다. 뭔가 신기한 것을 보는 듯 리즈벳을 가만히 바라보더니 곁의 벤치에 털썩 주저앉은 소년은 등받이 위로 늘어트린 긴 팔에 느슨히 턱을 기댔다.

"그보다 선배, 걱정해야 하는 건 다른 거 아닙니까? 저 멋대로 선배 랑 사귄다고 말해버렸는데요. 안 혼냅니까?"

"나 도와주려고 그런 거잖아. 그리고 소문나봤자."

신경 쓸 사람도 없고.

저도 모르게 튀어나올 뻔한 말을 가까스로 제때에 도로 삼키자 입 맛이 썼다.

윈터라면 오히려 웃겠지. 잘된 게 아니냐며, 너같이 뇌가 순결한 애 도 데려가줄 사람이 나타났으니 경축할 일이 아니냐며 웃겠지.

그리고 돌아서겠지. 단 한 번도 제 마음을 드러낸 적이 없다는 듯, 그저 조금 정을 주었던 강아지를 파양하는 듯이 잘 살아보라 툭 내던 지듯 말하고 미련 없이 등을 돌리겠지.

생각이 거기에 닿자 울컥 감정이 솟구치는 듯해 입술을 깨물었을 때였다.

"선배, 매정하단 말 자주 듣지요?"

상념을 뚫고 들려온 목소리에 그녀는 저도 모르게 화들짝 놀라 몸 을 사렸다. 제를란드는 그 반응은 신경도 쓰지 않는 듯 표정 하나 변 하지 않고 비스듬히 턱을 괴었다.

"아까 한 말 말입니다. 소문나봤자 신경도 쓰지 않는다는 투의 말. 그거, 이 학교 내에서 선배를 좋아하는 남자들한테 죄다 오해받아도 신경도 쓰지 않는다는 거잖아요."

"좋아하는 사람이 없으니까."

"선배, 까마득한 연상이 취향이지요?"

상대가 표정 하나 바꾸지 않고 내던진 말에 리즈벳은 그야말로 자리에서 펄쩍 뛰었다.

"누, 누누누가 그런 소릴……!"

"뻔하지요. 교내의 최상급생들도 애들 보듯 보잖아요. 고작 몇 살 연상은 남자로도 안 보인다는 말 아닙니까?"

"그, 냥 지금은 누굴 사귈 생각이 없는 것뿐이야."

고백해오는 남자들을 돌려보낼 때마다 기계적으로 반복해왔던 대답을 다시 한 번 하며 리즈벳은 재빨리 머리를 굴렸다.

제를란드. 제를란드 하셔. 그러나 아무리 머리를 쥐어짜도 주위에, 특히 남자들에게 크게 주의를 기울여본 적이 없는 그녀가 그 이름을 기억해낼 수 있을 리가 없었다. 이름을 들어본 적도 없는 걸 보면 같은 반에 배정된 적도 없었던 완전 타인이라는 말인데 정곡을 연달아 찌르는 듯한 이 말은 뭔가.

"취향이고 뭐고 생길 것도 없는 게, 난 남자한테 설렌 적 없어."

변명하듯 그리 덧붙인 후에 리즈벳은 혀끝을 깨물었다. ……이건 정말이지 쓸데없는 사족이었다.

아니, 그보다 대체 왜 제가 지금 이 생판 모르는 후배한테 이런 말을 늘어놓고 있는 건가.

묘하게 말려들고 있는 듯한 느낌에 그녀는 재빨리 목을 가다듬고 턱을 살짝 치켜올렸다.

"아무튼, 도와줘서 고마웠고, 답례는,"

"선배, 나랑 사귀어볼래요?"

먹은 것도 없는데 목이 막힌 듯한 기분에 리즈벳은 반사적으로 요란하게 기침을 했다. 그에 후배의 눈썹이 눈에 띄게 찌푸려졌다.

"······그게 그렇게나 충격적인 말입니까? 내가 그렇게 별로예요?"

"아, 아니, 그게 좀 갑작스러워서······. 이거 무슨 상황이야? 설마······."

"대체 누구랑 같은 범주에 넣어 묶고 있는 거예요?"

말을 끝마치기도 전에 노골적으로 불쾌하다는 듯 미간을 찌푸리는 모습에 상대가 갑자기 소년 같아 보여서 리즈벳은 웃어버렸다.

"글쎄. 난 다르다고 말하고 싶다면 증명해 보여야지."

"······젠장, 이러니까 내가 아까 도와준 것도 노린 것처럼 보이잖아요."

"아니야?"

"이런 구석진 곳에 누가 언제 올 줄 알고 잠복하고 있습니까? 이래 봬도 그렇게까지 시간이 넘쳐나는 사람 아닙니다."

"그럼, 혹시 내 뒤를 밟았다든가?"

"······지금 좀 기분 나빠지려고 합니다?"

그에 결국 리즈벳은 소리 내어 웃음을 터트렸다. 적어도 머리 두 개는 더 큰 후배의 볼을 꼬집어보고 싶은 충동을 애써 누르며 그녀는 완전히 뚱한 표정의 후배 곁에 걸터앉았다.

"미안, 미안. 그런데 이상하잖아. 나랑 언제 봤다고 갑작스럽게 그런 말을 해?"

"만날 때 누군지 시시콜콜 다 알고 만나야 한다고 정해진 법 있습니까?"

"없는데 내 취향은 아니라서."

"가끔은 취향에서 어긋나는 남자도 만나봐요. 처음부터 깊게 사귀자는 것도 아니고 천천히, 가볍게 알아가는 느낌으로."

그 말에 리즈벳은 고개를 돌려 상대를 가만히 응시했다.

별거 아니라는 것처럼 가볍게 말하면서도 의외로 끈질겼다. 긴장하는 기색도 없지만 그렇다고 농담 같지도 않았다. 너무나 자연스럽게 들이대서 선수인가 싶었는데 그러기에는 태도가 너무나 담백했다.

얘는 대체 뭐지? 뭐 하는 애지?

"연하는 본래 다 이래?"

순수한 궁금증에 묻자 제를란드의 입가에 옅은 미소가 슬쩍 스치고 지나갔다.

아, 저도 모르게 리즈벳이 작게 탄성을 흘렸다. 인생이 지겨운 듯한 무표정에 미소가 덧씌워지자 그 무뚝뚝한 눈매가 순식간에 누그러지며 인상 자체가 달라 보였다.

"선배, 연하도 나쁘진 않아요. 뇌구조가 단순하잖아요? 좋은 건 좋다고 말하고, 솔직하게 가지고 싶다고 말할 수도 있고. 나이만 들면 이것저것 생각도 많아지잖습니까. 그만큼 겁도 많아지고."

"……그래, 그렇긴 하네."

그렇게 말하면서도 리즈벳은 속으로 조소했다.

불안. 고민. 두려움. 그만큼 윈터 드레스덴과 어울리지 않는 말이 어디 있을까. 오히려 그 말은 그녀를 어렸을 때부터 따라붙었던 것이었다.

그녀는 단 한 순간도 불안하지 않았던 적이 없었다. 단 한 순간도 확신을 가졌던 적이 없었다. 아무런 고민 없이 위험을 무릅썼던 적이 없었다.

어른이 되면 좀 나아질까, 좀 더 망설이지 않고 당당하게 살아갈 수 있지 않을까 막연히 생각하긴 했으나 나이가 들면 들수록, 시야가 넓어지면 넓어질수록 오히려 망설임만 늘었다.

"선배는 날 모르겠지만 난 선배가 누군지 알아요. 유명하거든요. 이야기 듣고 관심이 생겼고, 어떤 사람일지 궁금했는데 기회가 와서 잡은 것뿐입니다. 죽기 전에 연애란 것 좀 해보고 싶었는데 한다면 선배랑 하고 싶어서요."

"……대단히 솔직하네."

"속여서 뭐합니까. 뭐, 그러니까 부담 갖지 마요. 나야 받아주면 좋지만 안 되면 어쩔 수 없는 거니까. 그리고, 어차피 끝이 있는 연애니까 잠깐 논다고 생각해요. 나 다음 달이면 에센으로 가거든요."

그런 건 싫다고, 그럴 이유도, 여유도 없다고 대답하려던 목소리는 목구멍에서 나오지 않았다.

원터가 좋다. 소중하다. 그 누구보다도 특별하다.

그러나 그녀는 그게 부모를 향한 친애인지, 오라비를 향한 애정인지, 좀 특별한 친구를 향한 우정인지, 존경하는 어른을 향한 동경인지, 연인을 향한 사랑인지, 그것도 아니면 자신에게 호의를 가진 어른 남자에게 끌리는 호기심인지조차 구분할 수 없었다. 부모도, 오라비도, 이성친구도, 연인조차도 가져본 적 없는 그녀가 이름표 붙지 않은 채 찾아온 이 감정이 뭔지 알 게 뭔가.

그저 원터가 좋다. 소중하다. 그 누구보다도 특별하다.

그래서 궁금했다. 봄날 밤, 맨발로 아모르를 췄을 때 원터의 키스에 가슴이 뛰었던 것은 그녀가 원터에게 특별한 감정을 품어서일까, 그게 아니면 그 모든 게 그녀에게 생경해서 그랬던 걸까. 이런 감정은 남녀가 함께하는 것만으로도 자연히 생겨나는 걸까. 상대가 꼭 원터가 아니라도 되었던 걸까.

결국 리즈벳은 눈앞의 후배에게 손을 내밀었다.

"제를란드 하셔."

이름을 부르자 제를란드가 내민 손을 잡았다.

버석하고 뜨거운 입술이 천 한 장으로도 가려지지 않은 맨살갗에 낙인처럼 내리눌렸다.

· ❀ ·

"빌어먹을 연놈들 같으니라고!"

와장창 소리와 함께 로비에 장식되어 있던 값비싼 장식물들이 모조리 바닥을 구르고 산산조각이 났다. 난데없는 봉변에 새된 비명을 지르던 시녀들은 에스톡의 핏발 선 눈과 시선이 마주치자 급히 입을 틀어막으며 외면했다. 그 꼴에 더욱 속이 뒤집어지는 것 같아 에스톡은 다리 한쪽이 부러진 채로 바닥에 쓰러져 있던 콘솔을 집어 던졌다.

"지센 공…… 꺄악!"

유리창을 박살내며 정원으로 굴러 떨어지는 콘솔에 마침 인기척을 듣고 로비로 내려오던 레리안느가 비명을 질렀다.

"내가 꺼지라고! ……클레어 양."

눈이 돌아가 소리를 질러대려던 에스톡의 목소리가 상대의 얼굴을 확인하자 다시 낮아졌다. 그럼에도 본능적으로 겁을 집어먹은 레리안느는 저도 모르게 몇 걸음 뒤로 물러났다. 조금 전까지만 해도 검소하나 한 지방의 영주관에 어울리는 품격을 자랑하던 로비는 마치 태풍이 헤집고 지나간 듯 처참한 상태였다. 박살난 자기 조각과 손쓸 수 없을 정도로 망가진 가구들이 사방에 널려 있었다.

"저, 저기, 정말 별다른 일이 있는 건 아니었지만 아버지께서 부탁하셔서……."

"클레어사가 잘나간다고 하더니 다 거짓말이지?"

"그, 그게 무슨……."

"심부름 시킬 급사도 못 구해서 하나밖에 없는 상속녀를 하루가 멀다 하고 전 약혼자의 집에 내돌리냔 말이야, 응?"

무자비하게 난도질하는 말에 레리안느의 얼굴이 새하얗게 변했다. 리즈벳을 만난 후로부터 점차 거침없어졌던 언사였으나 이제까지의 에스톡은 그래도 부유한 클레어사의 상속녀이자 차기 사업 파트너가 될 그녀를 이렇게까지 몰아붙였던 적은 없었다.

충격에 입술을 덜덜 떨며 아무런 대꾸도 못 하는 전 약혼녀의 모습에 에스톡은 가슴에 얹혀 있던 무언가가 탁 트이는 기분이었다. 저를 바닥을 기는 벌레 보듯 바라보던 그 여자도, 저를 은근히 위협하듯 내려다보던 그 어린것도 이 순간만큼은 머리에서 사라졌다. 완전히 제 힘에 찍혀 눌린 여자를 앞에 두고 에스톡은 크게 한 걸음 앞으로 나섰다.

"넌 자존심도 없어? 자기 싫다는 남자한테 들러붙는 게 그렇게 좋아? 하, 이건 무슨 거머리도 아니고, 뜯어내도 뜯어내도 또 달라붙고, 뜯어내면 또 달라붙고, 또, 또, 또!"

상쾌하다……. 절정과도 닮은 쾌감을 느끼며 그는 후들거리는 다리를 주체 못 하고 주저앉아버린 레리안느의 앞에 무릎을 꿇었다.

"이봐, 클레어. 정말 아버님 심부름거리가 있기나 해? 질척대며 주위에서 깔짝거리다가 말 걸 용기가 없어서 아버지를 핑계 삼아 이 집 문턱을 넘은 게 아니고?"

"공자! 무슨 말을 그렇게 하세요! 저, 전 그저……."

"게다가 어떻게 이렇게 내 기분이 더러울 때만 골라 들이대는지 모르겠어? 덕분에 안 그래도 최악이던 기분이 바닥을 찍은 것 같아. 아, 설마 이거 복수야? 저번에 쫓아낸 대가로 내 머리를 돌게 만들어주겠다는 거야? 어떻게 넌 봐도 봐도 예쁜 구석이 없지?"

결국 아슬아슬하게 흔들리던 여자의 눈에서 눈물이 흘러넘쳤다.

"……왜, 왜 공자는 나한테만 이래요? 내가 공자께 뭘 그렇게 잘못했다고 나한테 이렇게까지 잔인해요!"

감정이 과해지며 높아진 목소리가 귀에 거슬리게 째지자 에스톡은 대놓고 미간을 찌푸렸다. 더 나가다간 여자의 부친에게서 정식으로 항의가 들어올 게 뻔했다. 지센가에는 아직 클레어사의 자금줄이 필요했다. 그렇지 않아도 그가 제멋대로 약혼을 파기하려 한 일 때문에 아버지가 아직까지 난리였다.

결국 에스톡은 소리 나게 혀를 차곤 몸을 일으켰다.

"젠장, 어떻게 꼬여도 꼭 저렇게 짜증나는 년만."

스치듯 흘린 한마디에 결국 레리안느의 눈에 독기가 서렸다.

"……예전엔 안 그랬잖아요."

그 말을 들었는지 못 들었는지 에스톡은 뒤 한 번 돌아보지 않고 걸음을 옮겼다. 냉정한 모습에 가슴이 무너져 내렸다.

예전에는 저러지 않았다. 집안끼리의 이익을 위해 만난 사이였으나 그래도 달콤한 무언가가 있었다. 그녀가 말을 하면 귀를 기울였고, 다정히 손을 잡으며 예쁘다 말해주었다.

단 한 번도 그녀에게 등을 보인 적이 없었다.

대체 그녀가 저자를 왜 좋아하게 되었는데. 무엇 하나 부족한 게 없던 그녀가 대체 왜 이렇게까지 비참해졌는데. 이 모든 건 당신이 먼저 내가 좋다고 했으니까. 당신이 나를 사랑한다 했으니까……!

그걸 믿었으니까.

"……리즈벳 때문이지요."

나직이 내뱉은 말에 그녀가 무슨 말을 해도 멈추지 않던 등이 굳었다. 속이 뒤집히는 듯한 메스꺼움에 레리안느는 악을 썼다.

"공자는 얼굴만 반반한 평민 계집애랑 만난 후부터 변했어! 근본도 모르고 가진 거 하나 없는 년 때문에! 제가 뭘 그렇게 잘못했다고, 뭐가 부족했다고 이리 잔인하세요!"

"말 잘했어, 클레어 양."

그러나 그 간절한 절규는 겨우 가라앉았던 상대의 울화에 기름을 끼얹었다.

"그러니까 좀 더 제대로 노력하지 그랬어. 귀찮게 내 뒤꽁무니만 쫓아다니며 짜증나게 굴지 말고 그 시간에 분이라도 제대로 바르는 법 좀 연습하지. 그랬다면 내가 그런 년이 눈에 들어올 새도 없었을 거 아냐."

이번에야말로 뒤도 돌아보지 않고 로비를 나선 에스톡의 뒤로 쾅 소리를 내며 문이 닫혔다.

주저앉은 레리안느에게 소란을 피해 몸을 사리던 고용인들의 안쓰러운 시선이 떨어져 내렸다. 엉망진창이 된 로비에 똑같이 만신창이가 되어 주저앉은 소녀가 입술을 깨물자 피가 배어나왔다.

"고, 공자는 그녀이 그렇게나 고결해 보이지요!"

닫힌 문 너머로 레리안느는 악을 썼다. 품위든, 자존심이든, 수치든 이제 더 이상 신경도 쓰이지 않았다.

모조리 그 여자 때문이다. 제 약혼자를 꼬드기고 저를 온 학생들 앞에서 망신거리로 만든 그 계집애. 찢어 죽여도 모자랄 그 계집애!

"내가 증명해 보일 거예요! 그년이 얼마나 더러운 년인지! 공자가 얼마나 크나큰 착각을 하고 있는지 증명할 테니까 두고 봐요!"

이미 들어줄 사람이 떠나가버린 로비에 악에 받친 저주만이 울려 퍼졌다.

＊ ❀ ＊

무시무시한 굉음과 함께 대검이 허공을 갈랐다. 시야가 일그러져 보일 정도로 후덥지근한 이 한여름의 오후에 바람이 부는 것 같은 착각이 들 정도의 기세였다.

"우와."

리즈벳은 차양이 큰 모자를 고쳐 쓰며 순수하게 감탄사를 흘렸다. 알고 보니 저를 도와줬던 그 후배가 군학(軍學)에서 잘나가는 영재라는 말은 들었으나, 직접 훈련 장면을 보고 있자니 소문이 결코 과장된 게 아님을 알 수 있었다.

때는 7월 초. 군학의 실기시험이 한창이었다. 제를란드 하셔는 거의 어린아이 하나 정도 길이의 대검을 장난감같이 휘두르며 상대를 몰아붙여가고 있었다.

기말시험이 끝난 기념으로 잡았던 첫 데이트 약속시각까지는 아직 시간이 널널하게 남았으나 그녀는 어쩌다 잡아 걸린 자신의 첫 데이트 상대가 궁금했다. 그리고 견학 오기로 했던 그녀의 결정은 탁월했다.

흐릿한 철기의 검광만을 남긴 채 휘두르는 검의 궤적은 보고 있는 쪽이 시원해질 정도로 경쾌했다. 사냥매마냥 유연하게 움직이는 검신은 상대를 몰아넣고 두 다리는 마치 땅에 뿌리박은 듯 균형을 잡았다. 날카로운 소년의 눈이 상대를 특정한 순간, 상대는 이미 검을 놓치고 바닥을 뒹굴고 있었다.

속으로 박수를 치며 리즈벳은 벌써 여덟 번째 남학생이 짐승 같은 기합을 내지르며 맹렬한 기세로 제를란드를 향해 내달리는 모습을 차양막이 쳐진 관전석에서 구경했다.

살아 있는 것처럼 꿈틀거리는 구릿빛 근육이 땀에 젖어 번들거리고 소년들이 발을 디딜 때마다 바닥이 푹푹 파였다. 떼싸움이라고 표현하는 군학의 실기시험이 시작되었을 때 연무장에 들어섰던 것은 총 열 명이었지만 지금은 이미 두 명밖에 남지 않은 상태였다.

"하아아앗!"

제를란드의 기합과 함께 이두박근이 터질 듯 부풀어 올랐다. 바위를 쪼갤 기세로 허공을 가르며 내리찍은 대검을 상대 소년이 막아내자 그의 검이 순간적으로 상대의 검면을 타고 미끄러지듯 흘러내렸다.

"크악!"

외마디 비명과 함께 어느새 튀어 오른 검의 힐트에 이마를 얻어맞은 상대가 비틀거리며 뒷걸음을 치더니 바닥에 주저앉았다.

"수석, 하셔!"

조교가 소리 높여 외치자 제를란드는 기쁜 낯 하나 없이 대검을 등의 검집에 갈무리했다. 좀 전까지 저들을 때려눕히던 검이 모습을 숨기자 바닥에 널브러져 있던 다른 소년들이 괴성을 지르며 제를란드에게 달려들었다.

내가 너한테 죄 지었냐, 힘만 드럽게 세가지곤, 수석을 혼자서만 다 처먹으니 맛있냐 따위의 말이 온갖 입에 담을 수 없는 비속어와 함께 쏟아졌다. 리즈벳은 아홉 명의 손이 제를란드의 뒤통수를 거칠게 쓰다듬거나 퍽퍽 치는 모습을 보며 쿡쿡 웃었다.

잠시 뜸을 들인 리즈벳은 샤워룸으로 사라진 제를란드가 아직 채 물기가 완전히 마르지 않은 머리를 개처럼 털어내며 다시 모습을 나타내자 가볍게 계단을 뛰어 내려갔다.

억울하게도 손이 눈까지 닿지 않아 어깨의 삼각근을 가리는 꼴이 되었으나 그럼에도 리즈벳은 꿋꿋하게 입을 열었다.

"누구게."

그에 그녀의 기색을 눈치챘던 게 뻔한 제를란드가 잠시 망설이더니 말했다.

"태양마저도 그 미모에 얼굴을 붉힐 우리 아가씨요."

무뚝뚝하기 짝이 없는 목소리가 톤 하나 바꾸지 않고 내뱉은 말에 리즈벳은 순간 얼어붙었다. 예상 못 한 대사에 인지능력이 순간 따라오지 못했던 것이 첫째였고, 겨우 제가 무슨 말을 들었는지 이해한 후로는 그 말이 어딘지 익숙하여 뇌가 추론을 거부한 것이었다.

······설마.

설마 그럴 리는 없겠지 생각하면서도 그녀는 조심스레 손을 내리고 제를란드의 표정을 흘끔 곁눈질했다.

"······설마, 너."

"뭐, 가요."

그녀의 반응이 뭔가 꺼림칙했는지 대꾸가 조금 주춤대며 나왔다.

"대출번호 342-58번이 너야?"

"선배가 그걸 어떻…… 설마."

표정에는 드러나지 않았으나 그녀를 바라보는 소년의 동공이 잘게 흔들렸다. 그에 설마 했던 게 사실이라는 걸 깨달아 리즈벳은 저도 모르게 눈을 굴려 시선을 피해버렸다.

……어쩐지 고르려 했던 책들이 하나같이 한 질이 나가 있더니.

"너, 어디까지 읽었어?"

"……'4장. 당신의 여자의 마음을 단번에 녹이는 열두 가지 방법'까지요."

한숨 섞인 물음에 역시 어딘가 한숨 섞인 대답이 돌아왔다. 그에 저도 모르게 웃음이 배어나왔다.

"예습 철저히 했네?"

"……덕분에 기말시험 망치면 선배한테서 밥이라도 얻어먹을 겁니다."

"실기에서 수석씩이나 해놓고서 무슨."

"……왜 이렇게 일찍 와 있었나 했더니 그걸 봤습니까?"

찡그린 미간이 어쩐지 부끄러워하는 것 같아서 리즈벳은 미소 지으며 그의 어깨를 톡톡 두드렸다.

"궁금해져서 잠깐? 그래도 이걸로 잘됐지. 우리 둘 다 연애를 책으로 배웠다는 걸 알았으니 네가 아무리 실수해도 난 눈치 못 챌 테니까."

"동정은 됐……. 왜 웃어요?"

"아니. 너, 생각보다 귀엽다 싶어서."

"……바구니나 줘요."

뭘 이렇게 잔뜩 싼 겁니까, 무뚝뚝하게 툭 내던지면서도 유심히 내용물을 구경하는 제를란드의 모습에 리즈벳은 저도 모르게 새어나오려는 웃음을 억눌렀다.

"공원 괜찮, ……대체 왜 자꾸 웃는 겁니까."

"공원이 너무 좋아서."

의심스러운 듯 미간을 찡그리긴 했으나 제를란드는 순순히 바구니를 받아 들고 걷기 시작했다. 리즈벳은 뒤쪽으로 손을 모아 쥐고 그를 따라 발걸음을 옮겼다.

사실 좀 망설였다. 다짜고짜 처음 만나는 여자에게 연애 한번 해보고 싶으니 사귀어보자고 들이대는 게 어딘가 선수 같아 좋아 보이지만은 않았다. 비틀린 이유로 승낙했으나 이상한 놈에게 시간낭비 하는 게 아닌가 싶었던 것도 사실이다. 그런데 뚜껑을 열어보니 정작 선수처럼 그녀를 낚았던 상대는 어딘가 어설펐다. 이런 어설픔조차 연기라면 그 노력이 가상해서라도 속아 넘어가줄까 싶은 생각이 들 정도로.

여자와 보조를 맞춰 걸어본 적이 없다는 티를 숨기지도 못하고 긴 다리로 성큼성큼 앞서가다가 그녀가 뒤처진 것을 깨닫고 뒤돌아왔다가 또 잠시 후에 저만치 앞에서 걸어가는 것을 느긋하게 제 페이스대로 따라가며 리즈벳은 생각했다.

왜 굳이 제게 애인 제안을 했던 걸까. 저 정도 얼굴에 능력이라면 사귈 상대를 찾는 데 불편함은 없었을 텐데. 돈이나 권력이 있는 집안은 아닌 것 같지만 그래도 일단은 귀족이니 지위로도 그리 부족한 것 같지는 않고.

알고 보면 성격이나 취향이 이상한가?

갸웃, 고개를 기울이자 기척을 눈치챘는지 어느새 또 앞서던 제를 란드가 발걸음을 멈추고는 고개를 살짝 갸웃했다. 살풋 웃음 짓는 것 으로 얼버무리며 리즈벳은 그의 곁으로 조금 더 거리를 좁혔다.

찬찬히 알아가는 것도 괜찮겠지. 이 애는 윈터가 아니고, 조금 실수 한다 하더라도 제 목숨이 위태로울 일은 없을 테니까.

"……아."

제를란드가 불현듯 발걸음을 멈추고 작게 소리를 흘리자 덩달아 발 걸음을 멈췄던 리즈벳도 작게 탄성을 내뱉었다.

"……사람이 참 많네."

작은 공원은 어느새 벤치마다 사람이 가득 차 있었다. 다른 때에는 아무도 거들떠보지 않는 공원이었으나 사과꽃이 새하얗게 만개한 이 시기만큼은 사람들로 붐볐다. 나무 그늘 아래에는 이미 선객이 들어 차 있었고, 잔디밭 역시 양산을 챙겨온 여학생들이 삼삼오오 모여 모 조리 차지했다.

난감해진 리즈벳은 고개를 들어 제를란드를 올려다보았다. 초장부 터 계획이 일그러진 후배는 살짝 미간을 찡그린 채로 무언가를 곰곰 이 생각하더니 주위를 휙 둘러보았다.

"선배, 높은 데 괜찮습니까?"

"응? 나야 좋…… 꺅!"

미처 말을 끝내기도 전에 몸이 붕 뜨는 느낌에 리즈벳은 비명을 질 렀다. 마치 장난감 다루듯 그녀를 들어 가까운 나뭇가지에 올려놓은 제를란드는 곧 몸을 훌쩍 끌어올려 그녀의 옆에 걸터앉았다.

갑자기 공중부양을 하게 된 리즈벳이 가까스로 나뭇가지를 양팔로 휘감으며 가슴을 진정시키는 와중에 시선이 나무 근처 쓰레기통에 가

닿았다. 이 나무 주위만큼은 사람이 없던 이유가 있었다.

"딴 데 봐요. 그럼 괜찮을 겁니다."

말은 그렇게 하면서도 소년의 얼굴에는 미안한 기색이 미미하게 서려 있었다. 난데없이 그녀를 나무 위에 올려놓은 이유를 깨달아 리즈벳은 그의 말대로 시선을 들었다. 그러자 지금까지는 미처 눈에 들어오지 않았던 주위의 풍경이 쏟아져 시야를 가득 채웠다.

머리 위로 드리운 푸르른 잎사귀, 눈꽃 같은 새하얀 꽃잎. 그 꽃을 액자로 삼은 새파란 여름 하늘 어딘가에서 매미들의 울음소리가 들려오고 있었다. 리즈벳은 깊게 숨을 들이쉬며 눈을 감았다. 코끝에 달콤한 꽃의 향기가 살랑였다.

"……좋다."

"마음에 들어서 다행입니다."

"응. 나, 사실 나무에 올라가는 거 좋아했거든."

예전에, 그러니까 오라비가 보내준 유모들과 살 때에는 자주 그 눈을 피해 이곳저곳 기어오르곤 했었다. 나무뿐인가? 원피스를 벗어 던지고 얼음장 같은 호수에 뛰어들어 수영을 하기도 했고, 나무에 줄 하나 묶어놓고 절벽을 타고 내려가기도 했다. 나이가 들어가면서 저절로 그만두게 되었고, 최근 들어서는 잊어버리고 있었던 일이었다.

일부러 잊으려 했던 건지도 모른다. 나무에 올라 지평선을 보면서 했던 생각이야 뻔했으니까.

고개를 살래살래 저으며 상념을 흩어버린 그녀는 곧 제를란드가 가져가버렸던 바구니를 열어 모양 좋게 썬 샌드위치 조각 하나를 내밀었다.

"자, 아, 해봐."

제를란드는 그 손을 괴물 보듯 바라보았다.

"……저 손 멀쩡합니다."

"'2장. 첫 데이트가 마지막 데이트가 되지 않는 방법' 안 읽었어? 숙녀의 손을 무안하게 하지 말 것. 예습이 부족하네, 친애하는 제를란드."

오만상을 찌푸리던 제를란드는 잠시 머뭇거리다가 얌전히 입을 벌렸다. 시선을 마주치지 않기 위해 살짝 시선을 떨군 소년의 귓가가 새빨갛게 물들어 있어 리즈벳은 결국 소리 내어 웃었다. 남자에게 귀엽다는 말을 쓰는 것만큼 어울리지 않는 것은 없었으나 그 말이 절로 떠올랐다.

윈터라면 '아.'라는 소리를 입 밖에 내는 것만으로도 저를 가루 냈겠지.

저도 모르게 피식거리며 웃던 리즈벳은 시선을 느끼고 고개를 들었다. 언제부터인가 제를란드의 파아란 눈이 그녀를 가만히 바라보고 있었다.

"응? 왜?"

"아닙니다."

눈을 마주치자 스륵 눈을 굴려 시선을 피한 제를란드가 나뭇가지 위에 길게 늘어졌다. 떨어질지도 모르건만 걱정이 되지도 않는지 방만하기 짝이 없는 모습으로 엎드려 누운 소년은 눈만 굴려 리즈벳을 올려다보았다. 한참 뭔가를 생각하는 듯 슬쩍 찡그려져 있던 미간이 순간 펴지더니 제를란드가 툭 던지듯 말했다.

"선배, 오늘 예쁩니다."

리즈벳은 다시 소리 내어 웃었다. 뭘 그리 심각하게 생각하나 했더니만.

"난 언제나 예뻤거든?"

"그렇죠. 선배는 언제나 예쁩니다."

장난스레 던진 말에 돌아온 덤덤한 긍정에 리즈벳은 순간 말문이 막혔다. 어쩐지 간지러워지는 기분을 그녀는 작게 웃음으로 얼버무렸다. 윈터에게서 워낙 제대로 된 칭찬을 들어보지 못해서 그런지 비꼬는 기색 하나 없는 칭찬은 낯간지러웠다. 그녀는 샌드위치 조각을 하나 더 들어 제를란드의 입에 밀어넣었다.

"음, 이제는 뭐 할래? 호구조사?"

샌드위치로 재갈이 물린 파트너에게서 대답이 돌아오지 않자 리즈벳은 큼큼, 목을 가다듬었다.

"그럼 간단한 것부터 시작할까? 제를란드 하셔 공자, 왜 하필이면 무관에 지원하셨어요?"

그렇게 물으면서도 리즈벳은 이 후배가 검 이외의 것을 잡는 모습은 상상할 수 없었다. 검에 대해 그녀가 깊게 아는 것은 없었으나 그런 그녀조차도 그가 상당한 경지에 도달해 있다는 것 정도는 알 수 있었다. 지금까지 그녀의 검에 대한 기준은 모조리 윈터에 맞춰져 있던 것이라 제를란드의 대련은 그녀에게도 신선한 충격이었다.

그렇게 큰 검을 그렇게 가뿐하게 휘두를 수 있다는 것도 처음 알았다. 검격이라는 게 그렇게도 호쾌하게 보일 수 있다는 것도 처음 알았다. 보고 있다 보면 가슴이 뻥 뚫리는 기분. 그에 비하면 윈터는.

……아.

그리고 그 순간, 리즈벳은 윈터가 그녀 앞에서 단 한 번도 검을 휘두른 적이 없다는 것을 깨달았다.

"균형 맞추려고요."

상념을 뚫고 들려오는 제를란드의 목소리에 리즈벳은 퍼뜩 정신이 들어 그를 바라보았다.

"균형?"

"형이 문과 지원이었으니까 내가 복무하면 형이 중앙 진출하는 데 도움이 될 테니 그랬습니다. 막상 시작하고 보니 이게 또 적성에 안 맞는 것도 아니라서."

"왜 그렇게까지 해서……. 중앙 관료는 추천장만 받으면 지원할 수 있는 거잖아?"

"보통은 그렇지만, 선배, 저희는 출신이 리슈타인이니까요."

리즈벳은 작게 탄성을 흘렸다.

"……아, 몰랐어."

생각해보면 검은 머리칼은 인스켈에서는 그렇게 흔한 색이 아니었다. 검은색은 리슈타인과 에스타니아가 있던 서남부에나 흔한 색이었고, 개중에도 제를란드처럼 쭉 떨어지는 직모는 리슈타인 산악지방 출신들의 특색이었다. 그러나 리슈타인인은 워낙 수가 적은 데다가 고향을 뜨지 않는 족속들인 만큼 인스켈 내의 검은 머리들은 리슈타인인일 경우보다 그냥 제국 서쪽 지방 사람일 경우가 더 컸다.

"사실 이쪽으로 온 지 기십 년 됐으니까 아는 사람은 거의 없습니다. 여황 폐하의 군대에 대항하지 않는 대가로 제국의 작위를 받았으니, 작위를 수여하는 데 관여한 인사부에나 기록이 남아 있을 겁니다. 이런 깡촌에서는 아무래도 상관없는 일이지만 중앙 관료가 되려면 문제가 되지요. 알다시피 리슈타인은 7년인가 전에 아란체슬에서 반란을 일으키려다가 걸렸잖습니까."

"그렇지만 너희는 인스켈과 싸우고 싶지 않아서 귀순한 거잖아."

"그래도 피는 어디 가지 않는다는 거겠지요. 그래서 자발적으로 이번 전쟁에 참전하겠다 한 겁니다. 얼마나 먹힐진 모르겠지만 아무것도 안 하는 것보다는 낫겠지요."

그리 말하는 제를란드의 목소리가 너무나 덤덤해서 리즈벳은 먹었던 샌드위치가 목에 걸리는 기분이었다.

"괜찮아? 넌."

고작 열여섯이잖아.

아무리 몸집이 커도. 아무리 그렇게 큰 검을 휘두를 수 있어도. 네가 정말로 웬만한 어른들보다 강하다 해도.

"죽을지도 모르잖아……? 무섭지 않아?"

"솔직히 말하자면 죽을지 모른다 해도 별 실감이 안 나는지라."

소년은 아무렇지도 않게 샌드위치를 하나 더 집어 입에 넣었다. 긴 다리가 나뭇가지에서 미끄러져 허공에서 흔들렸다.

"무관 지원하면서 죽는다는 게 어떨지 상상해보려고는 했습니다만 도무지 실감이 안 나서요. 딴 나라 일이었잖습니까. 인스켈 제국군은 죽지 않는 불사자의 군대로 유명했고요. 그러니 나도 괜찮지 않을까, 뭐 안일하게 그런 생각 하고 있었는데……. 뭐, 딱 시기 맞춰 드레스덴 공이 잠적할 줄 누가 알았겠습니까."

그 말에 순간 뒤통수를 얻어맞은 것 같아 리즈벳은 입술을 재빨리 깨물어 표정을 숨겼다.

"원망, 해? 원…… 드레스덴 공을?"

조심스레 던진 질문에 제를란드는 어깨를 으쓱했다.

"원망이라고 해도 말입니다, 진심으로 죽을지도 모르겠다는 상황에 처해본 적이 없으니 절실하게 그런 생각이 들지가 않아요. 죽다 살아나면 생각이 바뀔지도 모르지요."

어조 하나 바꾸지 않았으나 말의 내용은 냉랭하기 짝이 없었다. 새파란 눈동자가 심해처럼 깊게 가라앉으며 실쭉 웃음을 띠었다.

"하지만 본래 그게 전쟁이잖습니까. 다들 무슨 체스놀이 하듯 조금만 수틀리면 전쟁 운운하고 애들 장난하듯 나라를 위해 싸우자, 뭐 그렇게들 신나서 떠들어대는데…… 누가 진짜 죽어나가는 걸 봐야 정신을 차릴지 싶기도 하고."

말이 비수처럼 서늘하게 가슴 한구석을 베어냈다. 느긋하게 낮잠이라도 청하려는 듯 나뭇가지 위에 늘어진 제를란드가 스르르 눈을 감았다.

"……누가 죽어난 후에야 그 전쟁놀음을 관두려나 싶은 생각도 들고요."

살랑이며 불어오던 바람이 한껏 피어난 새하얀 꽃을 떨어트렸다. 하늘하늘 춤추듯 떨어져 내리는 꽃잎을 손바닥을 모아 받아내며 리즈벳은 속삭였다.

"……다들 그냥 평화롭게 살면 좋을 텐데. 그치?"

그런 그녀를 제를란드가 가만히 응시했다. 한참 가만히 응시하는 시선을 마주 보고 있자니 뼛속을 얼음조각으로 후벼 파는 듯했던 무거운 공기가 어느새 누그러져 있었다.

"그보다 선배."

슥, 상체를 들어올린 제를란드가 어느새 그녀의 코앞까지 다가와 있었다. 소리 없이 내뱉는 날숨이 피부에 닿을 거리에서 눈조차 깜박이지 않고 그녀를 올려다보던 그가 느릿하게 입을 열었다.

"……아까부터 계속 고민해도 뭐라 그럴듯한 말이 생각이 안 나서 그러는데."

리즈벳은 어째서인지 덩달아 긴장되어 저도 모르게 마른침을 삼켰다. 시선 한 번 떼지 않은 채로 또 한참 뜸을 들이던 소년이 결국 입을 열었다.

"손…… 잡아도 됩니까?"

잔뜩 긴장한 한마디에 그녀는 단번에 긴장이 풀려 웃음을 터트려버렸다.

· ✤ ·

매미는 해가 서녘으로 새빨갛게 부서질 때까지 요란하게 울어대고 있었다. 완전히 여름으로 접어든 날씨에 리즈벳은 손등으로 이마에 밴 땀을 훔쳐냈다.

윈터가 정한 저택의 위치는 여름에는 재앙이었다. 문명으로부터 반 시간은 떨어져 있는 외딴 저택은 수레도 못 지나갈 정도로 투박한 길이 유일했기에 그녀는 하루에 적어도 왕복 한 시간은 땀에 푹 절어버린 채 등산을 해야 했다. 한 가지 위안이라면 머리 위로 무성하게 드리운 나무 그늘이었다. 이것마저 없었다면 그녀는 등교를 거부했을지도 몰랐다. 커다랗게 굽은 느티나무가 있는 곳까지 도착하자 리즈벳은 숨을 돌리며 걸음을 멈췄다.

"여기까지만 오면 돼. 여기서부터는 천천히 걸어가면 금방이니까."

시험적으로 교제를 시작한 지 거의 한 달, 이제는 꽤 익숙하게 그녀의 손을 잡고 있던 제를란드가 그녀의 뒤로 펼쳐진 울창한 숲길을 바라보더니 미간을 미미하게 찌푸렸다.

"……선배, 설마 숲 속에서 굴 파고 산다든가."

"상상력이 풍부한 건 기특한데 여기서 조금만 더 안쪽으로 들어가면 제대로 된 저택이 있어. 이 세상에서 그 이상 안전할 수 없는 길이야."

호랑이니 곰들이 제 체취를 뿌려놓는 것과 같은 이치로 저택 주위의 숲에서는 윈터의 신성이 짙게 묻어났다. 사람이라면 모를까, 본능이 훨씬 더 발달한 동물들은 근처로는 얼씬도 하지 않았다. 그리고 사람이라 할지라도 살기를 품는 순간 바로 압박을 받도록 금주가 걸려 있다.

안전하다. 침입한 자의 안전을 걱정해야 할 정도로 대단히 안전하다.

그러나 한 달만에 처음으로 그녀에게 숲 속까지 따라 들어오는 것을 허락받은 제를란드가 그걸 알 리가 없었고 리즈벳이 그걸 말할 수 있을 리가 없었다.

"해도 떨어져가는데 저택이 보일 때까지만 같이 갈게요."

"제를란드……."

"그래야 내가 마음이 놓일 것 같아서 그래요."

강한 어조로 그리 말한 소년이 동시에 그녀의 손을 꽉 힘주어 쥐어 왔다. 리즈벳은 커다란 손에 가려 완전히 보이지 않게 된 제 손을 내려다보았다.

"데려다주겠다고……?"

그녀의 손을 덮고 있는 손은 크고 마디가 굵었다. 오랜 야외 훈련으로 다갈색으로 탄 손은 그만큼 자잘한 흉터가 많았다. 손바닥에는 굳은살이 박여 있었다.

무심코 또 다른 손이 뇌리에 떠올랐다.

지금 돌아가면, 있겠지.

마주치겠지.

핏기 없는 새하얀, 길고 우아한 손가락. 그러나 그 손바닥에도 굳은 살은 있었다. 섬세하고 여성스럽게까지 보이는 손 역시 그녀의 손을 가득 덮고 단단히 쥐었다. 검을 쥐는 남자의 손은 보기에는 달라도 다 비슷한 걸까.

이대로 이 손을 잡고 저택으로 돌아간다면 윈터는 뭐라 할까. 정말 웃을까? 잘된 게 아니냐며, 너같이 뇌가 순결한 애도 데려가줄 사람 이 나타났으니 경축할 일이 아니냐며 웃을까? 그렇게 정말 아무렇지 도 않게 넘겨버릴까? 그 봄날 밤의 일을 정말로 꿈이라 치부하고 모른 척할까?

잠시 망설이던 리즈벳의 입술이 달싹였다.

"……그럼."

귀를 기울이지 않으면 들리지 않을 정도로 조그만 목소리가 입 밖 으로 나오며 갈라졌다. 갑자기 입안이 마르는 느낌에 리즈벳은 혀로 입술을 축였다.

고개를 들었을 때, 그녀는 저를 걱정스럽게 바라보고 있던 소년의 푸른 눈동자와 정면으로 눈이 마주쳤다.

"선배?"

무뚝뚝해 보이는 눈동자 속의 걱정 어린 빛에 그녀는 결국 힘없이 웃음을 흘렸다.

"……아니야, 제를란드."

"손, 잡아도 됩니까?"

꾸밈말 하나 없이, 분위기 잡는 법도 모른 채 당황스러울 정도로 직설적으로 물어왔던 소년의 손은 땀으로 조금 축축했다. 손을 마주 잡아오니 손끝이 살짝 떨렸다. 슬쩍 눈을 굴려 시선을 피하곤 저도 모르게 웃었었다.

"역시 오늘은 그냥 혼자서 갈래. 시간이 이렇게 될 때까지 붙잡고 있었던 것도 미안한데 이 이상은 너무 염치가 없는 것 같아."

"내가 하고 싶어서 하는 일입니다."

"그래서 그래. 이러다가 네가 받아줘서는 안 될 것까지도 받아주겠다 할 것 같아서."

제를란드의 표정이 미미하게 굳었다. 그 틈을 타 리즈벳은 자연스레 잡혔던 손을 빼내며 한 걸음 뒷걸음질 쳤다.

"오늘도 데려다줘서 고마워."

발걸음을 돌리려다 리즈벳은 잠시 멈칫했다. 한 달. 제를란드는 처음부터 한 달의 유예를 두고 즐길 것을 제안했다. 내일이면 그 약속한 한 달이 되는 졸업무도회 날이다.

에스코트를 부탁하려면 지금뿐이었으나 그 말은 쉽게 나오지 않았다. 한 달이면 충분한 시간이라 생각했었는데 아니었던 걸까. 한 달이 더 지나면 아무런 가책 없이 그에게 에스코트를 부탁할 수 있게 될까? 핑계 같은 것은 생각나지 않을 정도로 그에게 빠져 잠시라도 더 같이 있고 싶어 하게 될까?

"……고마우면."

딱히 대답을 기대하지 않고 한 말에 대답이 돌아오자 리즈벳은 저도 모르게 몸을 긴장시켰다. 슬쩍 고개를 숙인 제를란드가 눈만을 굴려 그녀를 정면으로 응시했다.

"고마우면, 졸업무도회 때 저랑 파트너 해주세요."

리즈벳은 어색하게 미소를 지었다.

아닌 것 같으면서도 눈치가 빠르다. ……그녀가 망설이고 있다는 것을, 그 이유마저도 눈치챈 것이다. 무심한 것 같은 첫인상과는 달리 이 한 달간 확인한 제를란드는 대단히 섬세하고도 배려심 깊었다.

그녀에게는 차고 넘칠 정도로.

"……영광이야."

차마 거절의 말을 할 수가 없었다. 그는 이전에도 졸업식 무도회의 파트너에 대해 몇 번 넌지시 떠보곤 했었다. 에스코트 신청을 해도 괜찮을지 망설이고 있는 게 보였다.

제를란드에게는 받기만 했다. 그녀도 무도회에 함께 가야 할 파트너가 필요한 것은 사실이니 이런 식으로라도 그에게 보답할 수 있다면 괜찮지 않나 싶은 생각이 들었다.

다만, 제를란드가 정말로 원하는 것은 이런 식으로 타협하듯 하는 승낙이 아닌 것임을 알기에 입맛이 썼다.

"저야말로."

그럼에도 제를란드는 그녀가 내민 손에 정중히 입을 맞췄다. 까끌하면서도 뜨거운 입술이 맨피부에 닿아 리즈벳은 저도 모르게 손을 살짝 꼼지락거렸다.

"아, 그리고요, 선배."

입술을 손등에 댄 채로 푸른 눈이 그녀를 올려다보더니 가늘게 휘었다.

"호구짓 한번 안 하고서는 연애 해봤다는 소리는 못 하는 겁니다."

헛소리에 얼이 빠져 대꾸를 못 하는 리즈벳에게 제를란드는 씩 웃었다.

"어차피, 선배, 제 등골 빼먹을 정도로 영악하지도 않잖습니까?"

"너 그게 무슨……."

제를란드는 기가 막혀 목소리를 높이려는 그녀의 팔을 휙 잡아 끌어당겼다. 저도 모르게 균형을 잃고 딸려 들어간 리즈벳이 채 균형을 잡기도 전에 제를란드는 그녀의 고개를 잡아 올렸다.

깃털 같은 키스가 이마에 닿았다 떨어졌다.

"이 정도는 되어야 죄책감 느낄 만하지요."

그럼, 내일 봐요.

"……하."

아무 일도 없었다는 듯 손을 흔들며 가버리는 뒷모습에 기가 막혀 리즈벳은 한참을 덩그러니 서 있었다.

……뭐야, 지금 무슨 일이 일어난 거지?

순종적으로 머리를 쓰다듬어주기만을 기다리곤 했던 강아지한테 덮쳐진 기분이었다. 그녀는 제를란드 하셔가 아무리 이마뿐이라 해도 키스 같은 걸 할 수 있으리라고는 생각지도 못 했다.

……위험해. 조금 두근거렸어.

어쩐지 얼굴에 열이 오르는 듯해 리즈벳은 손부채를 부치며 성큼성큼 발걸음을 옮겼다. 안 그래도 복잡하던 머릿속이 더욱 복잡해졌다. 은근슬쩍 진도 빼는 솜씨가 장난이 아닌데 이러다간 한달이 더 지나면 그녀 쪽에서 푹 빠져서 가지 말라고 매달리게 될지도 모르겠다. 에스톡 지셴이 조금이라도 눈 돌렸던 여자애들에게 살쾡이처럼 달려들던 레리안느 클레어 꼴이 날지도 모르겠다.

하아, 한숨이 나왔다.

그래도 그 관계는 나름대로 정상적인 관계겠지. 적어도 별로 나이 차이가 안 나고, 무엇보다 제를란드는 100년 넘게 살아온 죽지 않는 신체가 아니니까.

차라리 이대로 밀어 넘어트려서 식장까지 끌고 갈까? 그렇게 한 달이 지나고 1년이 지나 10년, 50년을 같이 살다 보면 그를 사랑하게 될까? 서로 결코 대체할 수 없는 상대가 될 수 있을까? 제를란드라면 한 점 주저도 없이 그렇게 될 수 있을 거라 할 테다. 그렇다면 지금이라도 좀 더 적극적으로 그를 잡는 게 낫지 않을까? 그 정도의 상대가 또 있으리라는 보장도 없는데 이렇게 미적지근하게 있어도 되는 건가?

생각이 길어지자 한숨밖에 나오지 않아 리즈벳은 착잡한 심정으로 발걸음을 옮겼다. 어느새 도착한 저택의 문을 열자 차랑, 맑은 소리를 내며 풍경이 울렸다.

"……다녀왔어요."

"아가씨! 왜 이렇게 연락도 없이 늦으셨어요! 조금만 더 늦었다면 찾으러 가려 했었단 말이에요!"

"미안, 리델. 뭐야, 이거 설마 라비올리!"

허리에 양손을 올리고 잔뜩 화를 내려는 기세의 리델을 빠르게 지나쳐 로비로 들어선 리즈벳은 문을 열자마자 풍겨오는 고소한 냄새에 입을 틀어막았다.

"다 식었어요. 야심작이었는데."

"아침에 말해주지!"

"그러게 말이에요. 아가씨가 해가 다 져갈 때가 되어야 돌아오실 줄 알았으면 다른 걸로 준비하는 건데."

"이럴 수가!"

절망스러운 외침을 토해내며 리즈벳은 스토브에 다시 불을 올리는 리델의 뒷모습을 원망스레 바라보았다. 그러나 리델은 세상이 무너진 표정으로 스토브를 바라보고 있는 리즈벳에게 흘끗 시선을 준 후 휙휙 손을 저어 주방에서 쫓아냈다. 뒤에서 들리는 식사 준비 소리에 그제야 배가 고파오는 것을 느끼며 리즈벳은 축축 늘어지는 발걸음을 거실로 옮겼다.

"리델, 다음부터는 아침에 저녁 메뉴가 뭐일지 먼저 말……."

그때, 기습적으로 눈앞에 들어온 광경에 낭랑하게 내뱉던 목소리가 뚝 끊겼다.

매미가 요란하게 울어대는 소리가 열린 창문 밖에서 아스라이 들려오는 와중, 노을이 짙게 깔린 하늘이 거실 가득 그림자를 드리우고 있었다. 사락사락, 책장이 넘어가는 소리가 들릴 정도로 고요한 풍경 속에서 짙은 커피향이 났다.

인기척에 고개를 든 노엘이 빙그레 웃으며 가볍게 고개를 숙였다. 약속한 듯 아무 소리도 내지 않으려 입을 단단히 틀어막은 채로 리즈벳은 발끝으로 조심조심 창가로 다가갔다.

창가의 의자에 비스듬히 기대어, 윈터가 잠들어 있었다.

믿을 수 없다는 감정을 한가득 담아 리즈벳은 노집사를 올려다보았으나 돌아온 것은 속을 알 수 없는 인자한 웃음뿐이었다. 볼을 세게 꼬집어 지금 헛것을 보고 있는 게 아니란 걸 확인한 후 그녀는 다시 멍하니 윈터를 바라보았다.

"이 몸은 이미 죽어 있는 시체이니 음식물을 필요로 하지도 않고, 아픔 역시 느끼지 않는다. 네가 날 상하게 할 수 있을 것 같으냐?"

언젠가 윈터는 분명히 제 입으로 그렇게 말했다. 꽤나 충격적이었던지라 아직까지도 선명히 기억한다. 그리고 그건 분명히 진실이었다. 적어도 그때에는.

그러나 그는 언젠가부터 그녀와 식사를 함께하기 시작했고, 언젠가부터 숨을 쉬기 시작했으며, 언젠가부터 잠을 자기 시작했다. 무엇이 변했기에 시체였을 그가 변하기 시작했는지 윈터는 결코 가르쳐주지 않았다.

노엘은 손짓으로 윈터의 무릎 위에 놓인 책과 담요를 가리킨 후 다시 빙그레 웃었다. 고개를 끄덕인 리즈벳은 조심스레 책을 빼내어 커피 테이블 위에 올려놓은 후, 신중하게 무릎담요를 펼쳐 윈터를 덮어주었다. 그럼에도 깨어나지 않는 남자의 모습에 노엘은 들고 왔던 커피잔을 다시 들고 조용히 거실을 빠져나갔다.

리즈벳은 노엘의 뒤를 따라 몇 발짝 거실을 나섰다가 곧 발걸음을 멈췄다. 잠시 멈칫하던 그녀는 곧 발꿈치를 들고 조심스레 거실로 되돌아갔다.

눈앞에서 사람이 왔다 갔다 하는데도 윈터는 깨어날 기색조차 없었다. 그리고 보면 피곤한 기색조차 없었던 7년 전과는 판이하게 다르다. 그렇다 하더라도 쉽게 볼 수 없는 희귀한 풍경에 리즈벳은 소리 없이 의자 하나를 끌어다 앉아 잠든 윈터의 얼굴을 바라보았다.

죽은 듯이 잠들어 있는 윈터. 나의 후견인.

아주 희미하게 핏기가 도는 흰 얼굴과 흰 머리카락, 그에 따라 길게 내려앉은 속눈썹도 희었다. 모두 새하얀 남자의 얼굴에서 유일하게 희지 않은 눈은 지금은 눈꺼풀 너머로 모습을 감춘 채였다. 처음 봤을 때에는 그래도 소년티가 남아 있던 얼굴은 이제는 완연한 성인 남자의 태를 갖추었다. 그러나 날카로운 콧날과 턱선, 살짝 치켜올라간 눈꼬리와 갸름한 얼굴의 윈터는 그럼에도 어딘가 아슬아슬했다. 몇십 개의 와인잔이 탑을 이루며 올라가 쌓인 광경을 보는 듯한, 화려하지만 불안정한 것.

불안정하지만 매혹적인 것.

매혹적이고 아름다운 것.

저도 모르게 리즈벳은 살짝 그 머리카락을 만졌다. 살랑, 곱슬기 없이 쭉 뻗어내린 머리카락이 손가락을 따라 감겨들었다가 흘러내렸다.

움찔, 흘러내린 머리칼이 이마 위로 흐트러지자 리즈벳은 지레 찔려 몸을 움츠렸다. 그러나 그럼에도 윈터가 눈을 뜰 생각을 않자 그녀의 손길은 점점 더 과감해졌다.

어쩌면 다시는 없을 기회다. 이럴 때가 아니면 어떻게 생겼는지 제대로 구경이나 하겠나. 5초 이상 눈이 마주쳤다간 그 혓바닥에 갈가리 찢겨나갈 텐데.

한 번만. 아주 조금만.

호기심 어린 손가락은 조심스럽게 머리카락을 다시 한 번 건드렸다가 꾸물꾸물 아래로 기어 내려가 뺨을 쿡 찔러보았다. 가볍게 감긴 눈꺼풀을 손가락 끝으로 쓸어보고 턱선을 따라 손가락을 미끄러트린 후 그대로 목선을 따라 내려가 톡 튀어나온 결후에 닿았을 때, 리즈벳은 저도 모르게 침을 삼켰다. 단 한 번도 윈터가 여성적이라 생각한 적은 없었으나 대놓고 드러난 남성적 특성에 어쩐지 입안이 바짝 말라가는 것 같아 그녀는 몇 번이고 마른 입술을 적셨다.

그리고 입술.

제를란드는.

어쩐지 열이 몰리는 머리로 멍하니 생각했다. 홀리듯 자리에서 일어선 리즈벳은 잠들어 있는 윈터의 지근거리까지 다가갔다.

입술이 까칠했었다. 뜨겁고, 까끌거리고, 메마른.

그리고 윈터는.

입안이 갈라지는 듯이 말랐다. 무의식적으로 몇 번씩이나 입술을 핥으며 그녀는 옅은 붉은빛을 띠는 남자의 입술을 멍하니 바라보았다.

봄날 밤, 저 입술이 그녀의 손목에 닿았다. 닿은 자리는 타들어가듯 뜨거웠다.

"리즈벳, 키스, 해봤어?"

심장이 미친 듯이 뛰었다. 귓가에서 알디스가 키득거리며 웃는 목소리가 들리는 듯했다.

"구름 위를 걷다가 낙하 하는 기분이야."

아주 아찔해.

그렇게 말하며 살짝 윙크했던 친구에게는 말하지 못했으나 한 번, 그런 느낌을 받았던 때가 있었다.

……다시 저 입술에 닿으면, 또 그때의 느낌이 날까?

두근, 두근, 두근.

세차게 심장이 고동쳤다. 어느새 시끄럽게 울던 매미들도 일제히 울음을 그쳐버린 듯 오로지 들려오는 소리는 비정상적으로 커진 제 심장 박동뿐이었다. 열에 들떠 마치 구름 위를 걷는 듯한 몽롱한 머리로 리즈벳은 생각했다.

단 한 번만.

점차 가까워진 거리에서 윈터의 숨과 그녀의 숨이 섞였다. 그리고 그 순간, 경쾌한 발걸음 소리와 함께 거실 문이 활기차게 열어젖혀졌다.

"아가씨, 저녁 드셔야지요!"

엄한 짓을 하려다 딱 걸린 아이가 펄쩍 뛰어올랐다. 그에 퍽 소리와 함께 등이 커피 테이블에 부딪치는 것과 동시에 발이 조금 전까지 앉아 있던 의자에 걸려 넘어졌다.

우당탕, 쾅, 와장창.

커피 테이블이 그녀와 함께 넘어지고 의자가 바닥을 구르며 화병이 박살나는 소리가 동시에 울렸다.

그리고 당연히도 그 소란에 잠이 깬 윈터의 눈이 그녀의 눈과 마주쳤다.

• ❀ •

꿈을 꿨다.

"*가지, 마요.*"

겨울. 조그만 손. 커다란 침대 위의, 이불에 묻혀버릴 것 같은 자그마한 계집아이의 무서울 정도로 연약했던 손길. 세상에 혼자 내동댕이쳐진 듯한 가련한 아이.

"*예쁘다고 했던 거, 진짜예요. 착한 사람이었잖아요……? 내가 아플 때 간호도 해줬고, 덧셈도 가르쳐줬고, 철자도 가르쳐줬고, 요리도 먹어줬고, 또…… 또……!*"

봄. 눈앞이 어지러워질 정도로 눈부신 화관을 든 아이의 시선. 그를 위한답시고 영혼까지 팔았건만 하나 남았던 혈육은 제 눈을 똑바로

51

마주 보지도 못했거늘, 그 눈을 조막만 한 계집아이가 똑바로 올려다 보았었다.

내 형제마저도 내 인간성을 포기했건만 어쩌자고 저 꼬마가 그걸 요구하는 걸까.

"나, 윈터한테 굿나잇 키스를 해주고 싶은데, 싫어할까?"

여름. 뺨에 닿았다 떨어졌던 입술. 그 따뜻하고 보드랍고 연약하고 사랑스러운 것 때문에 숨이 막혀왔다. 목줄이 채워져 끌려 내려가는 기분이었다. 그는 절 두려워하고 제 손길에 몸을 움츠렸던 아이의 모습을 기억한다. 그 모습조차 제 바닥이 아니었거늘.

누군가에게 무엇이 되고 싶어진다.

그만큼 두렵고도 끔찍한 일은 없었거늘.

"……윈터. 나는요, 가끔은."

가을. 방울방울 떨어져 내리는 눈물. 흐느낌으로 떨리는 어깨를 끌어안아주고 싶었다. 저 아이가 우는 이유는 제가 아이에게서 빼앗은 그 많은 것들 때문일 터인데 그럼에도 그는 어디까지나 뻔뻔했다.

그래도 우는 것보다는 웃기를 바랐다. 그의 세상을 찬란하게 밝혔던 그 미소가 그리웠다.

"윈터, 이젠 윈터뿐이에요."

겨울. 처절하게 웃었던 아이를 끌어안고 맹세했다. 네가 내 종말이라면, 내가 그토록 발버둥 치며 지키려 했던 그 모든 것의 파멸이라 하더라도 그게 너라면 그조차 나쁘지 않겠지. 어차피 내가 쥐고 있던 것 중에서 가장 값진 것이 너인데. 이 긴긴 삶 중 가장 아름다웠던 것이 너인데.

이토록 사랑스러울진대.

"나랑 추는 아모르도 나쁘진 않죠?"

봄. 손끝에 닿았던 맨살갗의 감촉, 대기에 떠돌던 봄의 잔향, 달빛에 새하얗게 빛나던 미소. 어느새 훌쩍 커버린 소녀를 바라보며 그는 눈을 감았다.

아아, 이제 곧 너도 어른이 되는구나. 이 시간도 이제 끝을 보이는구나.

그러나 잊지 않겠다. 네가 준 이 삶. 하루하루의 순간순간. 네가 언젠가 다른 누군가와 결혼해서, 네 자신만의 꿈을 찾아서, 네 삶을 찾아서 떠나가는 날이 올지라도. 그 삶의 행복에 취해 네가 이 나날을 잊을지라도.

네가 언젠가 나이를 먹고 떠나갈지라도.

잊지 않아.

나는 결코 너를 잊지 않아.

감히 어떻게 잊을 수 있을까.

"……정말이지, 나이를 얼마나 먹어도 아직까지 칠칠치 못하게."

깊고 깊은 잠에서 깨어나자마자 보이는 얼굴에 입매가 유연히 호선을 그리며 올라갔다. 새빨갛게 얼굴이 달아올라 넘어진 의자와 커피 테이블 사이에 주저앉아 있는 아이를 향해 그는 태연히 손을 내밀었다.

"어쩌자고 아직까지 넘어지고 굴러다니는 거냐."

오로지 요리 솜씨와 눈치만을 보고 뽑은 메이드가 소리도 내지 않고 뒷걸음질 쳐 거실을 나갔다. 문이 닫히는 소리에 아이는 지금 당장이라도 혀를 깨물어 자결하고 싶다는 표정을 지었다.

"……그러게요."

저도 민망한지 눈알을 굴린 아이는 제 앞으로 내밀어진 그의 손을 잠시 동안 빤히 바라보더니 움켜잡고 몸을 일으켰다. 흘끗 시선을 던져 상한 데가 없는지를 확인한 후 윈터는 피식 웃음을 흘리며 다시 의자에 깊게 몸을 묻었다. 깜빡 잠이 들기 전에는 없었던 무릎담요를 손에 쥐자 그 끝에 남아 있을 리가 없는 향기가 묻어 있는 듯했다.

　"그러게 말이다, 귀여운 리즈벳. 그리고 내가 자는 사이에 무슨 변태 같은 짓을 하려고 했기에 그렇게 기겁을 했지?"

　"그, 그게……!"

　언제나와 같이 가볍게 놀리려 던졌던 말에 단번에 확 빨개지며 혀가 꼬이는 모습에 그는 작게 혀를 찼다.

　"이럴 때에는 뻔뻔하게 철판을 깔고 그게 무슨 말이냐고 되물으면 되었을 것을."

　저렇게 얼굴에 표정이 빤히 드러나서야. 안드로베카가 봤다면 한입에 씹어 먹어버릴 것이다.

　"……열심히 아니라고 했으면, 그걸 곧이곧대로 믿었을 거라고요?"

　"그럴 리가."

　"그러니까요. 그렇게 찔리냐느니, 나이를 먹더니 성욕만 무럭무럭 자랐냐느니, 별소리 다 들었겠지요. 자기 나이의 10분의 1도 안 되는 까마득한 연하를 이겨먹으니 좋아요?"

　"그야 당연히."

　대답을 뻔히 예상했으면서도 리즈벳은 윽, 소리를 내며 어깨를 바짝 움츠렸다. 그 모습에 웃음을 흘리며 윈터는 비스듬히 턱을 괴었다.

　그를 흘끔거리며 보던 리즈벳이 지나가듯 말을 건넸다.

"……이제는 그래도 제대로 손잡아주네요."

"그게 그렇게나 불만이었을 줄은 몰랐는데."

"전에는 그렇게 몸을 사리더니."

불만인 듯 웅얼거리는 말에 윈터는 소리 없이 웃곤 아이에게 손을 뻗어 이마로 흘러내린 머리카락을 쓸어넘겼다.

그야 이제 곧 네 생일이니까.

"쓸데없는 데에 힘 빼지 말고 저녁식사나 해라, 귀여운 리즈벳. 여기서 시간 끌다가 나중에 나 때문에 라비올리를 세 번 데워야 했느니, 세 번 데워서 파스타가 가죽장갑 맛이니 징징거리지 말고."

가볍게 말을 던지고 손가락을 미끄러트리자 손가락 사이로 뿌리 부분부터 슬슬 금빛이 돌기 시작하는 연갈색 머리칼이 별빛처럼 흘러내렸다. 리즈벳의 시선이 그의 손가락 사이를 타고 흘러내리는 제 머리카락으로 향했다.

"……나, 제를란드에게 무도회에 같이 가자고 했어요. 같이 아모르를 출 거예요."

한참을 입을 꾹 다물고 있다가 툭 내던진 말에 머리카락을 타고 흘러내리던 윈터의 손이 순간 멈췄다.

잠시 후, 윈터는 가늘게 눈을 접어 미소를 띠었다.

"왜, 키리언 세이쥬가 아니라?"

"아니에요, 이번에는. 진짜예요."

가볍게 놀리듯 묻자 어딘가 화가 난 듯한 시선으로 리즈벳이 그를 올려다보았다.

"만난 지 거의 한 달이 되어가요. 손도 잡았어요. 같이 피크닉도 하고, 산책도 하고, 여기까지 데려다줬어요."

도발하듯 늘어놓는 말에 윈터는 팔걸이에 턱을 괸 채 아이를 착잡하게 바라보았다. 아이가 지금 뭘 하려는지가 너무나 명백히 보여 그는 순간적으로 말문이 막혔다.

　"잘된 거지, 깜찍한 리즈벳. 네게 연애라는 걸 하자는 상대가 나타나다니."

　겉으로 드러난 얼굴에는 표정변화 하나 없었다. 이런 반응 역시 예상했다. 이런 일이 벌어지면 어떻게 하는 것이 최선일지 생각했었다. 몇십 번이고, 몇백 번이고.

　아이의 세상은 그가 아이를 숨기기로 했던 6년 전과 비교해 그다지 넓어지지 않았다.

　아이는 그의 계획대로 제 후견인을, 저를 희생양으로 삼은 오라비를 아는 이 하나 없는 곳에서 6년을 보냈다. 어른들의 추잡한 속사정 때문에 휘둘리는 일이라곤 없이 또래들에게 둘러싸여 평범한 학창시절을 보냈다. 그러나 리즈벳은 그럼에도 쉽사리 타인에게 마음을 주지 않았다. 이미 상실을, 배신을 진저리나게 겪은 아이는 좋은 사교성을 이용해 넓고 얇은 관계만을 구축해왔다. 저택에 상시로 리델을, 노엘을 두었는데도 어떤 문제에 대해서도 도움을 구하지 않았다.

　"……왜."

　눈물만 흘리지 않았다뿐이지 언제 오열해도 이상하지 않을 얼굴로 아이가 속삭였다.

　"괜찮은 거예요? 아무렇지도 않은 거예요? 내가 딴 사람이랑 사귀어도 아무 말도 안 하는 거예요? 윈터는 나를……!"

　6년을 지냈는데도 아이는 오롯이 그에게만 기댔다. 변변히 의지가 되어주지도, 일그러지지 않은 애정을 주지도, 하다못해 언제까지나 곁에 있어주겠노라 장담도 해주지 못하는 그에게.

안셀라의 덫에 빠져 제 친오라비의 칼에 찔렸을 때 그가 그녀의 곁에 있었기에. 그녀만큼 그 역시도 누군가를 끔찍하게 필요로 했었기에.

고작 그것 때문에.

"……이거 뭐야. 싫어…….."

무슨 말을 하고 싶었는지 몇 번이나 입술을 달싹이던 리즈벳은 결국 그렇게 말하며 양손으로 얼굴을 가려버렸다. 가늘게 떨리는 어깨를 바라보는 그의 손에 힘이 들어갔다.

감정을 모조리 죽일 수 있다면 얼마나 좋을까. 자신의 제멋대로인 욕구는 누른 채 그저 순수하게 저 아이의 가족으로 있어줄 수 있었다면 얼마나 좋았을까.

사실, 덫이라 표현은 했으나 안셀라가 안배한 이 관계는 상당히 매력적인 것이다. 리즈벳은 그 이외에는 그 누구도 필요로 하지 않았고, 그 누구에게도 인정받으려 하지 않았다. 온 마음을 바쳐 그가 필요하다고, 사랑받고 싶다고 갈구하는 아이를 사랑하게 되는 것은 얼마나 당연한가. 어차피 이 빌어먹을 세상에서 저를 괴물 취급하지 않는 이는 이 아이뿐인데.

그렇게 붙어 있다가, 나이가 들면 이 애정이 사랑이 될 수도 있겠지. 그리고 아이가 저를 진심으로 사랑해준다면.

그는, 불사(不死)라는 저주에서 벗어날 수 있을지도 모른다.

하지만.

"……넌 앞으로도 여러 사람을 만날 거다."

결국 아이의 어깨를 안으려 했던 손은 아이의 머리에 얹혔다.

사랑이란 무엇인가. 보이지도 않는 마음의 정의는 누가, 어떻게 내리나. 사랑이 충분하다는 것은 또 누가 정하는가.

사람도, 신도 아닌 괴물을 진심으로 사랑할 수 있기나 한가.

사모라는 지옥(Pandemonium)의 신의 제단에 바친 사랑의 대가가 정말 행복하고 평화로운 미래이긴 한가?

불확실하기만 한 모든 것 중 유일하게 확실한 것은 너를 잃을지도 모르는 미래이거늘, 위험을 감수할 가치가 있기나 한가? 사모를 파낸 안셀라는 그를 증오하고 저는 그의 피붙이를 모조리 학살했거늘?

"개중에는 이상한 놈도 있겠고, 평범한 놈도 있겠고, 치가 떨리게 싫은 놈도 있겠고, 호감이 생기는 놈도 있겠고…… 바라보는 것만으로도 가슴이 떨리는 놈도 있겠지."

그러니 줄 수 있는 게 이런 불확실한 미래뿐이라면. 언제 신성이 다해 어떻게 될지도 모르는 괴물의 애정뿐이라면 차라리.

"여러 사람을 만나고, 겪어보고, 인연을 맺거라, 귀여운 리즈벳. 네게는 시간이 많으니 초조해하지 말고, 그런 사람을 못 만날지도 모른다 생각해 두려워하지 말고, 넌 네가 하던 대로 계속 살아라. 그런 네 모습이 누군가에게는 반드시."

기적일 테니.

• ❖ •

기대했던 리델의 라비올리는 제대로 맛도 느끼지 못했다. 솔직히 윈터와 마주쳤던 이후로 시간이 어떻게 흘러갔는지 감도 잡히지 않았다. 방으로 돌아가 침대에 털썩 드러눕자 하루 종일 쌓였던 피로가 단번에 몰려왔다. 피곤하다고는 생각도 못 했는데 사실은 많이 지쳐 있었던 모양이다.

내뱉는 한숨이 가늘게 떨려와 리즈벳은 양손에 얼굴을 묻었다. 눈두덩이 짓눌리듯 아파왔다. 내일 일어나면 퉁퉁 부어 있을 거다.

사실 울어버릴 생각까진 없었는데.

아니, 사실 그렇게 투정부리는 듯한 말은 할 생각 없었는데.

전혀 기대도 하지 않았는데 손을 잡히는 순간부터 감정이 미친 듯이 요동쳤다. 제가 무슨 병이라도 걸린 것처럼 손가락 스치는 것조차 싫어하던 인간이 대체 무슨 변덕으로 마음을 바꿨는지는 모르겠으나 덕분에 이 모양 이 꼴이다.

애초부터 두통거리를 제공한 건 윈터가 아니냔 말이다. 그가 그 봄날 밤에 키스 같은 걸 하니까. 그것 때문에 그녀는.

꽉. 얼굴을 감싸쥔 손에 힘을 주자 머리가 아릿하게 아파왔다. 리즈벳은 꽉 입술을 깨물었다 놓았다 깨물기를 몇 번 반복했다. 날카로운 아픔에 겨우 조금씩 이성이 돌아왔다.

……사실은 아니다. 그가 아무 짓도 하지 않았다 하더라도 그녀는 그의 행동 하나하나에 예민하게 반응했을 거다.

그가 윈터이기에.

허탈하기까지 한 결론에 힘없이 미소를 흘리며 리즈벳은 얼굴을 쓸어내렸다. 찰랑, 소리가 나며 손목에 걸어두었던 팔찌가 흔들렸다. 값비싼 것은 아니었으나 섬세하게 짜인 체인은 디자인이 세련되어 싼 티가 전혀 나지 않았다.

"……예쁘네."

툭, 중얼거리며 그녀는 다시 얼굴을 묻어버렸다.

팔찌는 제를란드가 도시락의 답례로 주변의 가판대에서 샀던 것이다. 가격이 비싼 것도 아니고 첫 데이트를 기념하여 뭔가를 주고 싶어 했기에 굳이 거절하지 않았다. 채워준답시고 그 커다란 손으로 조그마한 후크를 진지하게 만지작거리는 걸 보며 웃었었다.

결국 직접 채워주고 그 표정 변화가 별로 없는 남자가 드물게 씩 웃으며 좋아했었다.

어째서일까.

모든 것을 다시 떠올리면서도 웃음이 나오지 않았다. 멍한 머리로는 그때 제를란드가 어떤 표정으로 웃었는지조차 기억이 잘 나지 않는다.

"······나쁜 놈."

제를란드는 모른다. 그녀는 그와 이야기를 하면서도 윈터를 떠올렸다. 윈터를 가늠하는 잣대로 제를란드를 이용했다. 결국은 윈터의 관심을 끌려고 그를 이용했다.

아아, 어쩜 이리도.

반복적으로 입술을 깨물던 이가 여린 살에 세게 파고들어 피를 냈다. 입안으로 느릿하게 번지는 피맛에 리즈벳은 눈을 질끈 감았다.

······못돼먹었을까.

"아가씨."

그때, 작게 문을 두드리는 소리가 났다. 리즈벳은 재빨리 마른세수를 해 표정을 갈무리한 후 문을 열었다. 문을 열자 나이트로브를 걸친 노엘이 등불을 들고 있었다.

"노엘? 무슨 일이에요, 이렇게 늦은 시간에."

"손님이 오셨습니다. 아가씨를 긴히 찾으시기에 제가 임의로 안으로 모셨습니다만, 어떻게 하시겠습니까?"

"손님?"

밖은 해가 진 후부터 내리기 시작한 비 때문에 한 치 앞도 보이지 않는 캄캄한 어둠 속이었다. 적어도 자정은 훌쩍 넘은 것 같았다. 절 찾는 손님이 대체 누가 있으며 그것도 왜 이런 늦은 시각에 온단 말인가. 대체 어떤 정신 나간 놈이기에.

순간적으로 기분도 더러운데 좀 더 개념을 갖추고 다시 찾아오라 하려 했던 리즈벳은 곧바로 생각을 고쳐먹었다. 그녀가 후견인의 기행 때문에 숲 한가운데의 저택에서 살고 있다는 것은 꽤나 널리 알려진 사실이었으나 정확한 위치를 알고 있는 이들은 별로 없었다.

일단, 오늘부로 대략적인 위치를 알려준 제를란드와…….

"알디스!"

리즈벳은 응접실 소파에 웅크리고 앉은 낯익은 얼굴에 저도 모르게 소리를 높였다. 모포로 둘둘 싸여 있던 알디스가 힘없이 고개를 들었다.

"……리즈벳."

"세상에, 너……."

하고 싶은 말은 넘치도록 많았으나 눈앞에 있는 친구의 꼴을 보자 말문이 턱 막혔다. 대체 어디서 무슨 짓을 했는지 비에 쫄딱 젖어 엉망으로 헝클어진 머리에 한쪽 뺨은 얻어맞았는지 시뻘겋게 부어 있었다. 수업에 늦는 한이 있어도 화장은 거를 수 없다던 친구가 이토록 엉망인 꼴은 6년을 같이 붙어 다녔던 그녀조차 단 한 번도 본 적이 없었다. 무슨 일이 있어도 단단히 있었는지, 아직도 눈이 빨간 걸 보면 조금 전까지 한참을 울었던 것 같았다. 의심은 알디스가 입을 열어 한

단어 이상의 말을 하자 확신이 되었다.

"미안해, 이런 시간에."

"아냐. 그보다 너……. 노엘."

완전히 쉬어 갈라진 목소리에 다시금 말문이 턱 막히는 걸 느끼며 리즈벳은 즉시 난롯가로 다가가 불에 장작을 두어 개 더 던져 넣었다. 불씨가 확 살아나는 것을 확인한 리즈벳이 눈짓하자 노집사는 눈치 빠르게 고개를 숙여 보이곤 서둘러 응접실을 나섰다. 리즈벳은 흠뻑 젖은 모포를 바싹 마른 이불로 바꿔주곤 큼지막한 수건 몇 장을 건넸다. 손이 곱아 제대로 수건을 쥐지도 못하는 친구의 머리에서 아무 말 없이 물기를 닦아주고 있을 때, 노크 소리와 함께 노엘이 김이 모락모락 피어나는 잔 두 개를 티 트레이에 실어 왔다.

창문을 두드리는 세찬 빗소리가 타닥거리며 타들어가는 모닥불 소리와 섞여 조용히 들려왔다. 리즈벳은 노엘이 방을 나서고도 알디스가 코코아를 반 정도 비울 때까지 아무런 말도 하지 않았다.

"……맛있다."

"리델한테는 말하지 마? 다른 건 다 리델이 더 잘하는데 코코아만큼은 노엘이 훨씬 더 맛있게 타."

한참 후에야 조그맣게 내뱉은 말에 그리 답하며 리즈벳이 살짝 한쪽 눈을 찡긋하자 알디스는 겨우 떨림이 가라앉았는지 미소 비슷한 것을 지어 보였다. 코코아잔을 생명줄처럼 양손으로 쥐고 무릎을 끌어안은 알디스는 조금 진정이 되자 조심스레 주위를 둘러보았다.

"……기분 굉장히 이상하다. 우리가 그렇게 떼를 써도 초대 한 번 안 해주더니 이런 식으로 안에 들어와보게 되네. 알았으면 좀 더 일찍 시도해볼 걸 그랬다."

"들어오자마자 나가고 싶지?"

농담 어린 말에 알디스가 킥킥 소리를 내며 웃었다. 아무렇지도 않아 하는 그녀와는 달리 왠지 미안해져 리즈벳은 하나로 길게 땋아 내린 머리칼을 슬쩍 잡아당겼다.

처음에는 윈터의 외양이 너무나 개성적이기에 타인을 감히 초대할 수 없었다. 눈이 마주치는 순간 바로 위장이 들통날 테니까. 그러나, 가슴에 손을 얹고 말하자면 윈터의 외모가 평범했다 하더라도 그녀가 친구들을 집으로 초대할 생각을 했으리라고는 생각되지 않았다.

변명이라면 얼마든지 할 수 있다. 그때에는 한곳에 6년씩이나 주저앉을 줄 몰랐다, 이렇게 친해질 줄 몰랐다, 굳이 집에 초대하지 않아도 친구로 소중히 생각하는 마음은 똑같다…….

그러나 그건 어디까지나 변명일 뿐. 사실 그녀는 별별 핑계를 돌아가며 대면서 저택을 구경해보고 싶다는 알디스와 벨아리아를 막았다.

"너희한테 원한 샀다가 밤중에 칼이라도 맞으면 어떡하게."

농담처럼 했던 말이 아주 농담은 아니라는 말은 할 수가 없었다. 진짜로 암살당할 걱정을 한 건 아니었으나 그녀를 어딘가 수상하다 여겨 영주인 지센 자작에게 밀고할지도 모른다는 생각은 꽤 최근까지도 했다.

물에 빠진 생쥐 꼴을 한 친구를 앞에 두고 그런 생각을 하고 있자니 죄책감이 모락모락 피어올랐다.

미안해해봤자 지나간 일은 어쩔 수 없다. 지금부터 잘해주면 된다.

"너, 무슨 일 있었지?"

한참을 다른 이야기로 빙빙 말을 돌리고 본론은 꺼내놓지도 못하는 알디스를 대신해 리즈벳이 조용히 물었다. 그에 알디스는 쓰게 웃으며 고개를 숙였다.

"……꼴이, 이래서는 아니라고도 못 하겠네."

"그 이야기가 아니라 딴 이야기만 계속 하는 편이 더 도움이 된다면 그래도 괜찮고."

"아니. ……아니야."

그리 말하면서도 찻잔을 내려놓고 얼굴을 쓸어내리는 손끝이 가늘게 떨렸다.

"리즈벳, 너는 만약에 네 평생을 바쳐 함께할 거라고 생각했던 사람이 있다면…… 어렸을 때부터 계속 함께해서 네 삶에서 사라지게 될 거라고는 생각조차 못했던 사람이 있다면…….."

속삭이듯 그리 내뱉은 말에 리즈벳은 저도 모르게 움찔, 몸을 떨었다. 느릿하게 얼굴을 쓸어내리며 허공을 응시하는 알디스는 분명히 자신의 이야기를 하고 있었으나 리즈벳은 순간 그녀가 저에 대해 말하는 것 같았다.

"그런데 네 주변의 모두가 그 사람의 선택을 틀렸다고 한다면, 그래서 네게서 그 사람을 떼어놓으려 한다면…… 넌 어떻게 할래?"

"그거…… 로이드 이야기야?"

"……역시 바로 티가 나네. 아, 정말. 내가 다 부끄러워져."

"로이드가 뭘 했는데 그래?"

"뭐, 남들이 다 하는 거. 여황 폐하의 소집령을 보는 즉시 자원해 에센으로 떠나기로 하고…… 떠나기 전에 나랑 결혼하자 한 거."

리즈벳은 저도 모르게 자리에서 벌떡 일어났다.

"맙소사, 알디스. 너 설마…….."

"아직 아무 말도 안 했어, 알았어? 너, 지금 우리 어머니랑 똑같은 표정 지은 거 알아? ……그래, 적어도 넌 기절은 안 했으니까 더 낫다."

"미안. 그냥, 좀 놀랐어. 약혼까지 한 사이니까 언젠가는 결혼도 하게 될 건 알았는데 막상 네가 지금 결혼한다고 하니 어쩐지 기분이 묘해서……."

순식간에 복잡해진 머릿속에 리즈벳은 애써 곱게 땋아 내린 머리칼을 거칠게 흐트러뜨렸다. 졸업하면 약혼자와 결혼하겠다는 말을 알디스가 한두 번 한 것도 아니었으니 분명 처음 듣는 말도 아닐 텐데 그게 사실로 닥쳐올 낌새가 보이자 리즈벳은 덜컥 겁부터 났다.

하지만 알디스, 로이드는 전쟁에 나간다며. 에센에서 접전이 시작된 지 하루 이틀이 지난 게 아닌데 아직까지 해결될 기미는커녕 점점 그 규모가 커져가고 있는데, 이제까지의 자잘한 분쟁과는 달리 결과가 어떻게 될지도 모르는데.

그런데 지금 결혼 같은 걸 해도 괜찮은 거야?

네 남편이 잘못되기라도 하면 남겨진 너는 어쩌려고……?

"넌, 어떻게 할 생각인데?"

순식간에 머릿속을 가득 채운 그런 불안에 대해서는 입 한번 뻥끗하지 않고 리즈벳은 그저 그렇게 물었다. 그런 그녀의 반응에 알디스는 쓰게 웃었다.

"리즈벳, 로이드는 자기가 전쟁에 나가 어떻게 될 거라는 상상 자체를 하지 않아. 그 바보의 머릿속에는 자기가 에센의 반란을 진압한 영웅이 돼서 탄탄대로의 출셋길이 열리는 생각밖에 없어. 그리고 그 아버지가 어떤지 너도 대충은 알잖아. 슈테른 경은 여황 폐하의 명이라면 자기 아내도 불구덩이에 처넣을 거야. 그분 머릿속에는 소집령이 내려졌는데 로이드가 응하지 않으리라는 가정 자체가 있을 수 없는 일인 거야."

"아버지도 참 못돼먹은 인간이네. 애국이 그렇게도 하고 싶으면 자기나 할 것이지."

"하하, 그러게. ……어쨌든 적어도 1년 이상 떨어져 있어야 하니까 로이드는 그 전에 결혼하고 싶어 해. 혹시나 무슨 일이 있어서 전쟁이 길어지면 우리 아버지가 날 다른 놈과 결혼시켜버릴지도 모른다는 거야. ……우리 아버지를 생각하면 부정할 수도 없는 말이지."

"너희 가족들은 반대하고?"

"우리 어머닌…… 알잖아. 언제나 최악부터 생각하니까. 이미 어머니 머릿속에는 로이드가 첫 싸움에서 처참하게 살해당하고 내가 성인식을 치르자마자 과부가 되어버릴 거라는 생각밖에 없어. 아무리 그럴 가능성은 없다고 해도 내 말은 들은 척도 안 하시고. 그건 아버지도 똑같아."

알디스는 신경질적인 웃음을 내뱉으며 양어깨를 세게 끌어안았다.

"리즈벳, 난 로이드랑 헤어지고 싶지 않아. 머, 멍청한 짓인지도 몰라. 아버지가 말했던 것처럼 좀 더 상황을 보고, 재봐야 한다는 거 알아. 내가 로이드를 진심으로 좋아한다고 해도 다들 어린 계집애의 한때의 감정놀음 정도로밖에 여기지 않아. 알아, 아는데 그게 한 철을 갈지 평생을 갈지 어떻게 알고 그렇게 장담해? 아직 끝나지도 않았는데 왜 다들 끝났다고 단정 짓고 혹시나의 경우를 대비해야 한다고 해!"

"……알디스."

"난, 최선을 다하고 싶어. 아직 닥치지도 않은 미래의 일 때문에 겁먹고 몸을 사리는 것보다는 지금 이 순간, 나를 필요로 해주는 사람을 위해 최선을 다하고 싶어! 혹시나 모든 일이 내 뜻대로 되지 않는다 하더라도 후회 한 점 남지 않도록! 이런 내가 어린 거야? 이런 감정은 어른이 되면 없어져?"

어느새 눈물이 그렁하게 차오른 소녀의 눈에서 눈물이 방울방울 떨어져 내렸다. 리즈벳은 아무 말 없이 친구를 꼭 끌어안았다. 그러자 손의 마디마디가 새하얗게 변할 정도로 힘을 주어 그녀에게 매달린 알디스는 주체 못 하고 흘러넘치는 흐느낌 사이로 헐떡이며 말했다.

"리즈벳, 내게 한마디만 해줘. 내게 친구로서 한마디만 부탁해. 네가 최선이라 생각하는 선택을 하라고 말해줘!"

리즈벳은 울음으로 들썩이는 친구의 등을 토닥이며 멍하니 허공을 응시했다.

하지만 알디스.

그렇게 선택한 결과가 언제나 좋다고는 할 수 없잖아. 그것 때문에 가지고 있었다 생각하는 것마저 잃어버리게 될지도 모르잖아. 어른들이 말하는 대로 이 감정은 그저 일순간의 열병이고 나중에는 모든 게 한순간의 착각이라고, 분위기에, 주변 상황에 휩쓸려 잘못 생각하고 있었던 거라고 깨닫게 될지도 모르잖아.

게다가 사실은 너도 이게 어떻게 끝나게 될지 대충이나마 짐작하고 있잖아. 기적은 우리가 원하는 만큼 자주 일어나지는 않는 거잖아.

너, 후회하지 않을 자신이 있어? 네가 지금 주변의 충고를 무시하고 내디뎠던 그 한 걸음 때문에 미래의 네가 이 순간을 두고두고 저주할지도 모르는데.

그 사람이 그렇게도 가치가 있어?

생각이 거기에 닿았을 때 리즈벳은 저도 모르게 아 하고 작게 탄성을 흘렸다. 입술 사이로 흘러나온 소리는 탄성이라기보다는 탄식과 더 흡사했다.

"……네가 맞아, 알디스."

결국 입 밖으로 나온 말은 그것이었다.

"넌 머리가 좋잖아. 이런 중요한 결정을 충동적으로 내렸을 리가 없잖아. 그런데 그런 네가 아무리 열심히 생각해도 네 생각이 변하지 않는다면 그 선택이 맞는 걸 거야."

그게 아무리 이성적으로는 납득이 되지 않는 길이라도.

그게 아무리 가기 두려운 길이라도.

그 길의 끝에서 기다리고 있는 것이 실패뿐일지라도 지금 이 순간 그 길이야말로 최선임으로, 아직 걷지 못한 그 길 끝에서 기다리는 것이 행복임을 바라며 걸음을 내딛을 수밖에 없는 것이다.

"그 선택이, 네게는 더 행복한 선택일 거야."

그렇게 최선을 다해 고민하고, 선택하고, 노력하고, 사랑하고.

그렇게 하루하루를 있는 힘껏 살아가다 보면 그 길을 택한 것에 후회는 남지 않으리라. 그렇게 최선을 다해 선택한 길이 잘못되었다고는 말할 수 없으리라.

"……고마워, 리즈."

알디스는 그녀를 으스러져라 세게 끌어안았다.

"일이 어떻게 되든 네게 감사하는 마음은 잊지 않을 거야."

친구가 고개를 기대고 있는 어깻죽지가 젖어들어가는 것을 느끼며 리즈벳은 이를 꽉 악물었다.

"……나야말로 고마워, 알디시아."

역시 이런 식으로 뭉그적거리는 건 더 이상 못 해먹겠다. 아무리 머리로 재고 따져도 명쾌한 답이 안 나온다면.

부딪쳐서 깨져야지.

· ✤ ·

묵직하게 지끈거리는 두통에 결국 윈터는 침상에서 몸을 일으켰다. 언젠가부터 주체할 수 없이 몰려드는 피로는 자도 자도 완벽하게 해소되지 않았다. 머리를 흐트러트리는 손이 덜덜 떨렸다. 신성을 잃는 대가로 경험하는 고통은 이른 새벽에 더 고약했다. 통각이 돌아오면서 한밤중에 꼬치로 찔리는 듯한 아픔에 튕기듯 잠에서 깨어나는 게 한두 번이 아니었다. 죽어버렸던 신경이 모조리 다 돌아와 정상화가 되면 사라질 귀찮음이라 생각하고는 있으나 그게 대체 언제가 될지는 요원했다.

결국 다시 잠드는 걸 포기하고 윈터는 몸을 일으켜 침대 밑에 둔 브랜디를 병째로 쥐고 들이켰다. 몸을 데우는 알코올의 기운에 느릿하게 잔여 통증이 옅어지는 것을 느끼면서 그는 하품을 하며 발코니 쪽으로 발걸음을 옮겼다. 이미 밖은 새벽의 회청색으로 물들어가고 있었다. 먼 곳에서 들려오는 새들의 지저귀는 소리에 대충 시각을 가늠해 커튼을 젖힌 윈터는 순간 제 눈을 의심했다.

"……노화가 시작되어가는 거냐, 귀여운 리즈벳? 그리도 잠이 안 와?"

후원에는 이미 완벽하게 등교할 준비를 마친 리즈벳이 서 있었다. 흠뻑 젖은 잔디를 보니 밤사이 비라도 내렸나 본데 아이는 얇은 카디

건 하나도 걸치지 않은 차림이었다. 머리칼에 매달린 새벽이슬이 아침햇살에 다이아몬드를 흩뿌린 듯 반짝이는 걸 순간 멍하니 바라보던 윈터는 소리 없이 혀를 찼다.

대체 언제부터 저기 서 있었던 건지.

그가 서둘러 어깨에 걸치고 있던 나이트가운을 벗어주려 띠에 손을 대었을 때였다.

"고백을 하러 왔어요, 윈터."

폭탄이 떨어졌다.

"……뭐라고?"

"고백하러 왔다고요."

했던 말을 또 반복해주는 친절에도 불구하고 그는 순간 제가 무슨 말을 들었는지 이해할 수가 없었다. 잠을 며칠 설쳤더니 머리가 어떻게 된 모양이다.

그러나 방금 그런 폭탄을 떨어트렸다고는 믿을 수 없을 정도로 리즈벳은 당당했다. 앙다문 입매나 꽉 쥔 채 가늘게 떨리는 주먹이 아니었다면 진심으로 제가 잘못 들은 것이겠거니 생각했을 테다.

……어째서.

저도 모르게 당황으로 숨이 조금 가빠진 게 느껴져 윈터는 머리를 짚었다. 대체 밤사이에 무슨 일이 있었기에 저 말이 튀어나온단 말인가. 어제 분명 싹을 잘랐다 싶었거늘.

"……아주 기발한 신개념의 헛소리구나. 덕분에 잠은 확 깼다."

머리를 거치지 않고 혀가 제멋대로 내뱉은 말에 리즈벳의 표정이 단번에 굳었다.

"윈터는 내가 그렇게 무서워요?"

그 말에는 묘한 박력이 있어서 그는 평소처럼 단번에 대꾸할 말을 찾아낼 수 없었다. 이를 꽉 악문 리즈벳은 저벅, 한 걸음 더 발코니 쪽으로 다가왔다.

"아니면 내가 우스운 거예요? 고백하러 왔다는 상대의 말을 듣지도 않고 초장부터 거짓부렁으로 취급하며 등을 돌려버릴 정도로?"

"……깜찍한 리즈벳."

"당신 말대로 해봤어요."

그의 곤란은 애초부터 무시하기로 작정했는지 대번에 그의 말을 끊어먹으며 리즈벳은 빠르게 말을 이었다.

"사랑을 배워보라고 했잖아요. 나한테 호감이 있는 사람이랑 사귀어보면 좀 알게 될까 싶어서 그래봤어요."

제를란드 하서. 분명히 그런 이름이었던 아이의 새 연인을 떠올리며 윈터는 저도 모르게 솟아오르는 불쾌감을 내리눌렀다.

"……그래서?"

"그런데 정말 모르겠어요. 손을 잡아도, 선물을 받아도, 다정한 말을 들어도 그 순간뿐이에요. 책에서 읽었던 것처럼 두고두고 생각나면서 날아갈 듯이 행복한 기분이 되지는 않아요. 오히려 시간이 지나면 지날수록 뭐라 말할 수 없이 기분이 더러워져요. 내가 저 착한 아이의 마음을 농락하고 가지고 노는 것 같아서. 나는 그 아이가 준 진심의 절반만큼도 돌려줄 수가 없어서!"

"……리즈벳."

"그거 알아요, 윈터? 다른 사람이랑 끌어안고, 키스하고, 사랑한다고 몇백, 몇천 번 듣는 것보다는 당신이 한 번 쳐다봐주는 게 더 기뻤어요. 7년 전 당신이 내 손을 뿌리치지 않았던 순간부터 내게 그 누구보다도 중요한 사람은 당신이란 말이에요!"

지그시 가슴이 아려와 그는 저도 모르게 가슴께의 옷자락을 그러쥐었다. 순식간에 쏟아져 들어오는 이 모든 상황에 머리가 아득해지고 가슴이 답답했다.

마치 결투 신청을 위해 장갑을 집어 던질 듯한 기세였던 리즈벳의 어조가 속삭이듯 낮아졌다.

"말해봐요, 윈터. 아직도 이게 사랑이 아니에요?"

이 상황 역시, 예상했었던 것이다. 아니, 지금 이 상황 이대로는 아니지만 그래도 생각했었다. 일어날 가능성은 낮지만, 그래도 대비는 해둬야 할 상황이었기에.

……그 가능성을 점치며 제가 무슨 생각을 했더라?

"그래, 착각이지."

그리 잘라 내뱉으며 그는 난간을 으스러져라 쥐었다.

아이와 눈을 마주치며 절 좋아한다고, 사랑한다고 간절히 외치는 아이를 앞에 두고 제 말로 인해 표정이 무너져 내리는 것을 똑똑히 눈에 담으며 그는 지독한 피학적인 심정으로 입가를 비틀어 웃었다.

"나의 용감한 리즈벳, 나는 네 그 감정이 사랑이라 생각하진 않아. 그건 빌어먹을 안셀라 클렌디온의 방치 육아 때문에 가족 역할을 할 사람을 찾아 헤매던 계집애가 취미도 특기도 살인인 성격이상자에게서 살아남기 위해 발동시킨 뒤틀린 생존본능이지."

"그건,"

"끝까지 들어라, 리즈벳 클렌디온. 그리고 괴물이 제 주제 파악도 못 하고 제 나이의 10분의 1도 안 되는 꼬마 계집애에게 잠시 성욕이 돌아 손을 데려고 했을 때 그 계집애는 생각하지. 아, 저 가엾은 남자가 나를 사랑해서 그랬나 보다! 한번 벗겨놓고 진탕 놀고 나면 사그라질 관심인지도 모르고!"

아이의 얼굴이 새하얗게 변하는 것을 차마 보지 못하고 그는 홱 몸을 돌려버렸다.

"잠시 동안의 착각에 빠져 지뢰 밟지 말고 썩 꺼져라. 이제껏 기른 정이 있으니 충고하는 거다. 연애놀음은 딴 새끼랑 해."

저 애와 동거 같은 걸 하는 게 아니었다. 아무리 이젠 윈터밖에 없어요 따위의 소리를 지껄여댔어도 일찌감치 딴 놈들에게 맡겨 키웠어야 했다. 제대로 책임도 질 수 없는 주제에 욕심내면 안 되었다. 대체 무슨 좋은 꼴을 보려고 저 아이를 끌어안고 간 건가. 제가 줄 수 있는 것 중에서 정상적인 것은 하나도 없는데. 이래서야 제가 안셀라 클렌디온과 비교해 나을 게 뭔가.

자책과 후회로 머리가 돌아버릴 것 같았다. 차라리 도끼로 머리를 찍어버리는 편이 더 후련할 정도로.

그때였다.

"……지금 그렇게 들어가 문이라도 잠가버렸다간 문짝을 때려 부숴버릴 거예요."

등 뒤에서 들려온 살벌한 경고에 윈터는 저도 모르게 발코니 문을 닫아버리려던 것을 멈칫했다. 반사적으로 돌아서자 눈이 마주친 리즈벳이 입가를 끌어올려 웃음 비스무리한 것을 지었다.

"눈물 날 것 같은 심경고백, 아주 잘 들었어요."

이 가는 소리가 여기까지 들릴 정도의 기세로 이를 악문 리즈벳이 질끈 눈을 감았다가 홱 그를 쏘아보았다.

"내가 지금 제일 화가 나는 게 뭔지 알아요? 당신이 이 7년간 날 보며 무슨 생각을 하고 있었는지, 지금 한 소리가 진심인지 아닌지는 내가 알 길이 없지만 말이에요."

마주친 연녹색 눈동자가, 분노로 파르스름하게 빛났다.

"당신이, 무슨 자격으로 내 감정을 멋대로 정의해요?"

순간 말문이 막힌 그가 제자리에 굳어버린 순간, 성큼 다시 한 번 크게 발걸음을 내딛은 리즈벳은 그가 서 있는 발코니 바로 아래층의 응접실로 이어진 난간의 창살을 매섭게 내리쳤다.

"열두 살 때 덧셈 뺄셈 좀 틀렸다고 아주 사람을 바보로 보나 본데, 아니거든요? 예전부터 계속 말하고 싶었는데 말이에요, 난 당신이랑 애초에 어떻게 얽히게 된 건지 똑똑히 기억해요. 내 유모며 호위병들을 모조리 죽여버리고 사람이 밥을 먹어야 한다는 것도 잊어버리고 있던 어떤 미친놈한테 질질 끌려가던 기억이 그렇게 쉽게 잊힐 것 같아요?"

젠장, 작게 단어를 중얼거리며 리즈벳은 찔끔찔끔 흘러나온 눈물을 소매로 북북 닦아냈다.

"그거 다 감안하고서도 당신이 좋다는 거예요. 어렸을 때라면 모를까, 지금이라면 얼마든지 다른 사람 찾아서 사랑에 빠질 수도 있었어요. 나, 당신이 생각하는 것처럼 그렇게 교우관계 빈약하지 않고, 인기도 엄청 많아서 고백도 한두 번 받아본 거 아니에요. 저택에서 멀어지려면 얼마든지 그럴 수 있었어요. 당신밖에 선택의 여지가 없어서, 당신이 이 7년 동안 지속적으로 압박과 세뇌를 가해서 당신밖에 선택의 여지가 없다고 생각하게 된 게 아니란 말이에요, 사람 좀 무시하지 마요! 나도 이제 다음 달 생일만 지나면 열여덟 살이고 성인이에요!"

연녹색 눈동자에 눈물이 가득 차올라 후드득 떨어져 내렸다. 그 자리를 다시 차오른 눈물이 가득 채웠다. 뭐가 그리도 억울한지 거의 통곡을 하는 아이의 모습에 그는 작게 탄식을 흘리며 뒷걸음질을 쳤다. 턱 하고 등에 벽이 닿자 그는 한 손으로 얼굴을 쥐어뜯듯 가렸다.

그 모습을 바라본 리즈벳이 시선을 떨어트렸다.

"……지난 7년 동안 그 악몽 같은 첫인상을 지울 정도로 당신이 잘해줘서, 다정하게 대해줘서, 소중히 지켜주고 키워줘서 좋아하게 된 거예요. 당신만큼은 언제나 내가 필요할 때 곁에 있어줬어요. 날 필요로 해줬어요. 그게 좋아하게 된 이유라는 게 그렇게 납득이 안 돼요……?"

돌아오는 대답은 없었다. 마치 제게서 도망가고 싶어 하는 듯한 윈터의 모습에 리즈벳은 옅게 체념과도 닮은 미소를 지었다.

"윈터, 솔직히 아까 같은 말을 듣는 거, 괴로워요. 이렇게 내가 내 감정조차 착각하는 얼간이 취급당하는 거, 끔찍하게 비참해요."

"……리즈."

"나를 위한다는 명목하에, 미래의 내가 불행해진다는 이유 때문에 지금의 나를 아프게 하지 마요."

그 말이 기습적으로 그의 심부를 후벼 팠다. 한 발짝, 뒷걸음질을 친 리즈벳은 품에 넣어두었던 작은 편지 하나를 발치의 풀밭에 내려놓았다.

"졸업식 무도회, 오늘 밤이에요. 고백의 답은 거기서 받을게요."

그럼 하고 작게 속삭인 아이는 그대로 몸을 돌려 달려 나갔다. 탁, 탁, 잔디를 밟는 작은 발소리가 멀어져 더 이상 들리지 않게 된 순간 윈터는 무너지듯 무릎을 꿇었다. 입술 끝에서 시작된 떨림이 온몸으로 퍼져나가 윈터는 마치 발작하듯 몸을 떨었다.

어쩌자고 저 아이는 저렇게 당당한 건가. 어쩌자고 저렇게 확신에 차 있나. 두렵지 않나? 불안하지 않나? 망설여지지 않나? 정말, 정말 괜찮아? 제 선택이 틀리지 않다고 그렇게 확신할 수가 있어? 어떻게? 무슨 근거로?

나는.

양어깨를 파고든 손가락이 꾹, 손톱을 세워 살을 파고들었다.

나는, 내 탓으로 네가 죽을까 봐.

내가 또다시 지키지 못할까 봐.

네가 변할까 봐.

네가 나를 또다시 도구로 만들까 봐.

네가 날 나를 증오하게 될까 봐. 네가, 나로 인해 포기하게 된 것이 많아서, 그래서 불행해져서.

목이 졸리는 듯한 답답함에 손톱을 세워 목을 긁어내리며 그는 폐부에서 넘쳐흐르는 감정을 필사적으로 되삼켰다.

나는 이렇게 자신이 없어. 이대로 미친 척 내 욕심대로 행동하는 게 정말로 널 위한 건지 똑바로 판단할 자신이 없어.

그러나. 그럼에도.

이렇게 두려우면서도 결국, 원해서. 작열하는 여름의 태양이 만들어낸 신기루라 하더라도 미친 척 그 허상을 향해 손을 뻗어보고 싶을 정도로 원해서.

가까운 곳에서 체취를 맡고, 체온을 느끼며 머리칼에 얼굴을 묻고, 제가 좋아 어쩔 수 없다 고백하는 목소리를 듣고 싶었다. 그 아이를 마주 끌어안고 입을 맞추며 사랑한다고, 네가 내게는 기적이라고 몇 번이나 반복해 속삭이고 싶었다. 같이 계절이 바뀌는 것을 보고, 나이를 먹고, 예전에는 이랬지, 그렇게 웃으며 돌이켜볼 수 있는 추억들을 쌓아가고 싶었다.

영영 잃어버렸다고 단념하고 있었던 것을 모조리 되찾을 수 있으리라 믿고 싶었다.

네가, 나를 철저히 길들여버렸기 때문에. 내게 희망을 주었기에.

후들거리는 다리에 힘을 주어 몸을 일으킨 윈터는 고개를 들었다. 어느새 완전히 동이 튼 하늘은 어젯밤 내내 비가 내렸다고는 믿을 수 없을 정도로 쾌청했다. 새파란 하늘과 푸르른 잔디. 머리 위로 떨어져 내리는 햇살이 따뜻했다. 어느새 맑게 갠 하늘 아래에서 그는 조금 전까지 아이가 서 있던 자리를 한참 동안 응시했다.

다시 한 번, 욕심을 내도 되지 않을까……?

∘ ❀ ∘

리즈벳은 교사에 도착하기 전까지, 머리가 깨져버리는 건 아닐까 싶을 정도로 궁리했다. 어차피 곧 떠나버릴 상대이니 대충 핑계를 댈까, 피치 못한 사정이 생겼다고 얼버무릴까 고민도 들었다. 반대로 구구절절 사정을 설명하면서 양해를 구할까도 생각했다.

"미안해, 제를란드."

그러나 결국 입 밖으로 나온 말은 단순하기 그지없었다. 무슨 핑계를 늘어놔도 파트너 신청을 받은 지 하루 만에, 그것도 무도회 당일에 파트너를 못 하겠다고 하는 것은 상황참작을 바랄 수 있을 만한 일이 아니었다.

다짜고짜 종강식에도 참석 못 하고 교사 뒤편으로 끌려온 제를란드는 그 한마디를 하자마자 예상했다는 듯 픽, 웃었다.

"뭐, 그럴 줄 알았어요."

리즈벳의 눈이 둥그레졌다. 당황한 기색이 표정에 그대로 드러나는 소녀의 모습에 제를란드는 소리 없이 웃으며 담벼락에 비스듬히 몸을 기댔다.

"선배는 딱 보는 순간 티 나요, 사실은 이미 마음에 둔 사람이 있다는 거. 그래도 다행이네요, 이제는 본인도 인정한 것 같아서."

전혀 놀란 기색도 없는, 오히려 이렇게 될 걸 예상이라도 하고 있었는지 후련하게까지 보이는 표정에 리즈벳은 얼굴이 확 붉어졌다.

"……숨길 생각은 없었어. 나도 최근까지는 몰랐으니까. 그래도 네겐 정말 못 할 짓을 했어."

"그럴 필요 없어요. 처음부터 교제라는 게 어떤 건지 궁금했기에 제안했던 겁니다. 시작도 안 내켜하는 선배를 내가 억지로 졸라서 한 거잖습니까. 어차피 시작부터 끝이 있는 관계였고요. 결론적으로는 나는 내가 원하던 체험을 했고, 그 와중에 즐거웠으니 손해 본 것도, 사과받아야 할 것도 없습니다."

복잡한 표정을 지은 리즈벳은 담담하기 짝이 없는 어조로 그리 말을 늘어놓는 후배를 바라보았다.

그녀는 자신의 감정은 둘째치더라도, 타인의 감정에는 예민하다고 생각했다. 생존전략이었으니까 사람의 행동거지 하나하나, 내뱉는 말 한마디 한마디를 주의 깊게 듣는 것이 생활화되어 있었다.

그가 진심으로 이 모든 것을 실험으로 여겼더라면 그녀도 지금 이렇게 죄책감이 일지는 않았을 것이다.

그녀는 그에게, 대체 왜 자신을 좋아했냐고 아직 묻지도 못했다.

"선배도, 나쁘진 않았지요?"

그러나 그런 그녀를 위로하려는 듯 던진 말에 그녀는 아무런 말도 덧붙이지 못하고 그저 웃으며 고개를 끄덕일 수밖에 없었다.

"……응. 연하도 생각보다 나쁘진 않더라고."

"그거 잘됐네. 그리고 선배의 까마득한 연상의 짝사랑이랑은요?"

리즈벳은 씁쓸하게 웃었다.

"글쎄……. 네 말대로 사람은 나이가 많아지면 많아질수록 이것저 것 생각이 많아지나 봐. 그걸 다 감안할 정도로 내가 좋으면 오늘 무 도회에 올 테고, 아니면 안 오는 거지 뭐. 그래도 내가 할 수 있는 건 다 했으니까 나도 후회는 없네."

리즈벳은 제 어조가 예상했던 것보다 훨씬 가볍다는 것에 속으로 적잖이 놀랐다. 사실 오늘 아침의 상태를 봐서는 도저히 긍정적인 답 변을 받을 수 있을 것 같지가 않아 유예를 둔 것뿐이었고, 그래서 사 실 큰 기대는 하고 있지 않았다. 그런데 침울해져도 이상하지 않을 상 황임에도 불구하고 기분은 가벼웠다. 이게 용감하게 부딪쳐 화려하게 산화해버린 자만의 보상인가.

그렇다 해도 윈터가 오늘 모습을 나타내지 않으면 많이 실망하겠 지. 많이 울기도 할 거고, 이후로 한 보름은 제대로 눈도 마주치고 싶 지 않을 거다.

그러나 그 후에는 괜찮아질 것임을 안다. 그녀는 최선을 다했으니 까. 윈터에게 그녀의 선택을 강요는 할 수 없으나, 그가 그녀를 거부 한다면 그냥 열심히 딴 사람 찾으려고 노력하면 된다. 세상에는 사람 이 이렇게나 많고 그중의 반은 남자인데 뭐 어때.

"……좋아 보여요, 선배."

짙푸른 눈을 미미하게 휘며 옅은 미소를 띠는 제를란드에게 리즈벳은 활짝 웃으며 고개를 끄덕였다.

"……최선을 다했으니까."

"그래요. 그럼 이제는 가봐요. 종강식에 얼굴은 내밀어야 하잖습니까."

"응. ……고마워, 제를란드."

마지막으로 리즈벳은 진심을 다해 감사의 인사를 했다. 짤막하게 고개를 끄덕인 후배에게 한참을 더 시선을 준 리즈벳은 곧 몸을 돌려 대강당을 향해 달려가기 시작했다.

"저야말로요, 선배."

그 뒤로 제를란드의 낮게 속삭이는 목소리가 들려왔다.

• ❦ •

가만히 서 있기만 해도 저절로 땀이 흘러내릴 듯한 더위. 귓가를 울리는 매미들의 울음소리. 제를란드는 회색 교사의 얼마 안 되는 그늘에 기대어 고개를 젖혔다. 한여름의 열기에 대기가 굴절되어 보일 지경이었다.

"……덥다."

저도 모르게 그리 중얼거리며 그는 스르르 눈을 감았다.

"은혜도 모르는 놈 같으니라고!"

날이 이렇게 더워지면 꼭 약속이라도 한 듯 아버지의 병증이 심해지곤 했다. 평소에는 그래도 주위의 눈을 신경 쓰는 편이었으나 초여름에 접어들어 평균 기온이 올라가기 시작하면 안 그래도 짧은 인내심이 계속 짧아져 대낮에 그가 있는 기숙사까지 찾아오곤 했다.

어떤 의사도 병이라 이름을 붙이진 않았으나 그건 엄연히 정신병이
었다.

"낳아주고 길러줬더니 아비 대하는 꼴 좀 보게! 싹싹하지도 못하고
머리도 둔한 게 칼질이나 한다고 거들먹대는 꼴 하고는! 죽일 놈, 너 같
은 게 아들이야? 그렇게 끝까지 제 형 앞길 가로막아 부모 가슴에 못질
을 해대야 성질이 풀려?"

문이 부서지면 어떻게 하지? 어렸을 때에는 저리 발작이 심해지면
그런 두려움에 떨며 옷장 속에 숨어 입을 틀어막고 있었다. 그러면 문
을 두들기다 걷어차다 나중에는 몽둥이나 상황이 심각할 때에는 철퇴
를 든 아버지가 문을 부서트리고 그를 옷장에서 질질 끌어내 두들겨
패곤 했다.

그러나 그건 어디까지나 그가 어리고 약했을 때의 일. 성장기에 접
어든 그는 나날이 자라났고, 무관 수업을 받기 시작하면서 순식간에
두각을 나타냈다. 그 후론 제를란드는 아버지의 발작이 도질 때면 문
을 걸어 잠그고 문을 마주 보는 벽에 기대어 검을 짚은 채 기다리곤 했
다. 최악의 경우 아버지가 철퇴를 들고 문을 부순다 해도 아버지는 이
제 마흔을 넘겨가는 나이이고 그는 열여섯이었다.

문이 부서진다면 검을 뽑으면 된다. 강자, 혹은 제게 해를 끼칠 수
있을 만한 상대는 귀신같이 구별해내는 아버지는 진검을 들이밀면 제
게 더 이상 달려들지 않는다. 더 이상의 두려움은 없다. 그저 남은 것
은.

"썩 튀어나오지 못해, 이 쓸모없는 놈! 가문에서 제적해버리기 전에
당장 나와!"

진저리나게 이어지는 문을 걷어차는 소리. 왜 형을 위해 죽지 않냐고 따져대는 아비의 목소리. 직감적으로 오늘은 제가 에센 지원군의 자원서에 사인하기 전까지는 돌아갈 생각이 없다는 걸 알았다.

생각이 거기에 닿자 그는 코웃음을 쳤다. 아무리 그래봐라. 제가 사인이나 할까 보냐.

그때였다.

"잠시 실례합니다."

그 개판에 낯선 소녀의 목소리가 끼어들었다.

"심기가 많이 불편하신 것 같은데 여기, 물부터 한 잔 드세요. 날이 더운데 기분을 좀 가라앉히는 데 도움이 될 거예요."

"너, 누구야."

위협적으로 으르렁거리는 아버지의 목소리에 심드렁히 늘어져 있던 제를란드가 벌떡 몸을 일으켰다. 많아봤자 나이가 스물은 넘지 않을 것 같은 앳된 목소리. 아버지의 손찌검 한 번이면 어딘가 부러져 나갈 거다.

"이곳 학생 위원이에요. 지센 자작님과 클레어사의 사장님이 교내를 둘러보시다가 시끄러운 소리가 난다며 신고를 넣으셨거든요."

친절하고 붙임성 있는 어조의 말에 숨어 있는 뼈를 느껴 문고리를 돌리려던 제를란드의 손이 멈칫했다.

소녀는 아버지를 앞에 두고도 비정상적으로 태연했다. 화를 주체 못 한 아버지가 지팡이를 들고 아들의 기숙사 문을 부숴버릴 기세로 두드리고 있다는 게 눈에 들어오지도 않는 것 같았다.

어째서? 왜지? 무관 수업이라도 받았나? 누군가와 동행이라도 하고 있는 건가? 그게 아니라면 어쩌자고 저렇게 태연해?

말이 되지 않았다.

상대를 한 치도 두려워하지 않는 태도. 이런 상황에 몇십 번은 처해본 듯 당황하는 기색 한 점 없이 내뱉는 말. 십 대 소녀와는 어울리지 않는, 그렇기에 함부로 대할 수 없는 꺼림칙함.

"안 그래도 가려던 참이다. ……나가 죽을 놈!"

이성적으로 납득이 되지 않는 상황과 지센 자작과 클레어 사장이라는, 자신이 차마 어찌할 수 없는 거물들의 이름이 언급되자 아버지도 몸을 수그렸다. 쾅, 마지막으로 완전히 해소되지 못한 울화를 담아 그의 방문을 걷어찬 아버지가 몸을 돌렸다.

아버지의 둔탁한 발걸음이 앞서가고, 조금 시간차를 두고 가벼운 걸음 소리가 몇 걸음 뒤를 따랐다.

그리고 멈췄다.

"기분이 많이 상하신 것 같은데 아드님이 그렇게 큰 잘못을 하셨나요?"

낭랑히 울리는 목소리에 제를란드의 가슴이 덜컥 내려앉았다. 문 바로 건너편에서 들려오는 목소리는 마치 그에게 직접 말을 걸고 있는 듯했다.

"가족이라고 해서 왜 희생이 당연한 게 되지요?"

"뭘 제대로 알지도 못하는 년이 지금 뭐라고?"

위험하다.

낮게 깔린 아버지의 목소리에 다년간의 경험으로 몸이 절로 반응해 문고리에 얹힌 손이 덜덜 떨리기 시작했다. 지금 당장 문을 열어 막지 않으면 위험하다.

그런데도.

"여기서 소리지르며 하신 말이 기숙사 전체에 들려서요."

소녀가 소리 없이 웃는 게 문 너머로 느껴졌다. 칼날로 정교하게 조각한 꽃봉오리마냥 삼킨 이의 속을 서늘하게 하는 웃음이었다.

"부모가 얼마나 못났으면 자식을 팔아 다른 자식 앞날을 안배하려 들까. ……뭐, 세간에서는 이렇게 생각할 수도 있다고요."

"이년이,"

"때리시면."

횡포한 기세로 가까워졌던 발자국 소리가 날카로운 목소리에 막혀 멈칫했다.

"그거, 뒷감당할 자신 있으세요?"

제를란드는 저 사이에 끼어들어야 한다는 사실마저 잊고 그 자리에서 얼어붙은 듯 그 침묵을 받아내었다.

정적. 그리고.

"빌어먹을!"

쾅, 소리와 함께 다시 한 번 문이 요란하게 걷어차이고 아버지가 발소리를 울리며 빠르게 멀어졌다.

몸이 스르르 주저앉았다. 멀어지는 발소리를 들으며, 마치 그를 지키려는 듯 그의 방문 앞에서 꼼짝 않고 있다 잠시 후 시간을 두고 그 뒤를 따라 멀어지는 소녀의 발소리를 들으며 제를란드는 한참이나 문고리를 쥐고 주저앉아 있었다.

다음 순간, 그는 튕기듯 몸을 일으켜 방을 나섰다.

달렸다. 경쾌한 소리를 내며 가뿐가뿐 걸음을 옮기는 소녀의 발소리가 사라졌던 방향을 향해서.

"가족이라고 해서 왜 희생이 당연한 게 되지요?"

그는 어차피 자원서에 사인하게 되어 있었다. 아버지가 정신병자인 것은 형의 탓이 아니고, 인스켈인이 아닌 형이 중앙 관료가 되려면 그 방법밖에 없다는 것을 아니까. 원하는 대로 사인하면 그걸로 가족으로서의 도리는 마쳤다 여길 생각이었다. 그걸로 집에서 벗어날 생각이었다.

그래도.

후덥지근한 날씨에 숨이 찼다. 가슴이 답답한 것은 더위 때문이다. 하루 종일 이어지는 아버지의 협박과 매도를 피해 그 닭장 같은 기숙사 방에 틀어박혀 있었기 때문이다.

기숙사 계단을 달려 내려가 정문을 나서자 눈앞에 그리도 찾던 뒷모습이 있었다. 단 한 번도 본 적이 없는 상대였으나 뒷모습이 풍기는 분위기만으로도 추측할 수 있었다. 소녀가 교정 쪽에서 달려온 친구들에게 대답하는 목소리를 듣자 추측은 확신이 되었다.

"*아드님이 그렇게 큰 잘못을 하셨나요?*"

담벼락을 손으로 짚고 흐트러진 숨을 가다듬으며 제를란드는 소녀의 옆모습을 게걸스럽게 눈에 담았다.

말을 해보고 싶다. 죽기 전에 단 한 번만이라도.

그래서 그는 소녀의 주위를 맴돌았다.

"도련님."

저를 부르는 소리에 길게 기지개를 켜며 제를란드는 기대어 서 있던 담벼락에서 몸을 일으켰다. 집에서 보낸 하인이 얼마 안 되는 여장을 짊어진 채 다가왔다.

"떠나실 준비는 다 마쳤습니다. 에센행 마차가 출발하기까지 아직 시간이 좀 있습니다만 어떻게 하시렵니까?"

"글쎄……."

이곳에 끝까지 질척대며 붙어 있고 싶을 만큼 미련은 딱히 없었고, 그나마 인사를 하고 싶었던 이들과는 이미 인사가 끝난 후였다. 무도회에 참석한다면 끝날 때까지 남았겠지만 불발된 이상 할 일도 없고.

날이 이렇게 더우니 일찍 마차로 가서 자리 잡고 눈이나 붙일까.

그렇게 생각하고 발걸음을 옮기려 했을 때였다.

"그걸 다 감안할 정도로 내가 좋으면 오늘 무도회에 올 테고, 아니면 안 오는 거지 뭐."

문득, 마지막으로 리즈벳과 나눴던 대화가 생각나 제를란드는 마차로 향하려던 발걸음을 멈췄다.

"……대체 고백을 어떤 식으로 했기에 그런 어중간한 대답을 받아서는."

"네?"

알아듣지 못한 중얼거림에 의아한 듯 되묻는 하인을 손사래로 물리며 제를란드는 하인이 가지고 온 짐 가방에서 노트와 펜을 꺼내 들었다.

펜촉에 듬뿍 잉크를 묻히며 그는 저번, 리즈벳의 저택에 찾아갔다 마주쳤던 남자를 떠올렸다.

잘 벼린 칼날 같은 사람. 그 자리에 서 있는 것만으로도 계절을 잊게 하는, 한번 보면 도저히 정체를 착각할 수 없는 붉은 눈을 가진 백발의 남자. 20피트도 더 떨어진 발코니 위에서 내리꽂히던 시선은 눈을 마주치는 것만으로도 시선을 떨구게 할 만큼 위압적이었다.

제를란드는, 그 순간 단번에 리즈벳의 후견인의 정체를 짐작했다.

……나도 여러 가지로 돌았지.

거칠게 머리를 흐트러트리면서도 그는 빠른 속도로 펜을 움직이기 시작했다.

[드레스덴 대공령의 통치자, 대 인스켈 신성제국의 윈터 드레스덴 각하께 올립니다.]

• ✤ •

램프란 램프는 모조리 끄집어내 곳곳에 불을 밝힌 대극장의 벽을 넘어 음악 소리가 경쾌하게 울렸다. 인스켈 제국법에 의하면 미성년이 성년이 되는 것은 정식으로는 열여덟의 생일이 지난 후이지만, 편의를 위해 대부분의 학교들이 졸업식을 행하는 7월의 마지막 날을 그해 열여덟이 되는 아이들의 성년 축일로 삼는 경우가 대부분이었다. 성년이 되어 드디어 사교계 데뷔와 알코올 섭취가 허락된 것을 기념하여 졸업무도회장에서는 영주인 지센 자작의 이름하에 칵테일과 샴페인이 마르지 않고 넘쳐흘렀다.

인스켈 고유의 바르카스트, 옛 로세이유의 라 트레디앙, 그리고 옛 에스타니아의 살바티아. 끊임없이 변하는 분위기에 따라 다채로운 춤곡이 종류를 바꿔가며 연주되었다. 화려하게 장식을 늘어트린 창문 너머로 빙글빙글 원을 그리며 춤추고 모여 즐겁게 떠드는 사람들의 그림자가 비쳤다. 오늘로 성인이 된 졸업생들, 초대장을 받은 파트너들, 그리고 그들을 축하하기 위해 모인 가족들과 교사들로 대극장은 가득 차 있었다.

완전히 해가 지고 무도회의 분위기가 무르익었을 때, 한 대의 마차가 정문 앞에 멈춰 섰다. 입장 시각을 두어 시간이나 넘겨 도착한 방문객에게 호기심 어린 시선을 던졌던 빈객들은 이윽고 마차 문이 열리면서 모습을 드러낸 남자를 보자 저도 모르게 순간 말을 멈췄다.

누구? 누구지?

몰라. 외지인인가?

저렇게 눈에 띄는 사람을 잊어버렸을 리가 없는데.

시선은 돌리지 않은 채 낮은 소리로 빠르게 속닥이는 소리들이 음악의 선율 사이로 들려왔다.

처음 보는 남자였다. 워낙 작은 영지이기에 외지인이 들어왔다면 모를 리가 없는데 그 누구도 남자를 알아보는 사람은 없었다. 큰 키에 호리호리한 몸, 흰 예복에 코 윗부분을 가리는 가면. 곧게 등을 펴고 주위 한 번 둘러보지 않은 채 내딛는 걸음 한 걸음 한 걸음이 절제되어 있으면서도 우아했다. 그는 춤을 추는 남녀들에게서 조금 떨어진 곳에 홀로 서 있던 소녀에게 망설임 하나 없이 다가갔다.

웅성거리는 소리가 한층 더 선명해졌다. 벽에 기댄 채 살짝 고개를 숙이고 있던 소녀는 제게 다가오는 인기척에 고개를 들었다. 눈과 눈이 마주쳤고, 어딘가 우울해 보였던 표정이 단번에 환하게 웃음을 터트렸다. 마치 꽃봉오리가 만개하듯이.

"……리즈."

낮게 그리 속삭인 남자가 아무 말 없이 손을 내밀자 소녀는 망설임 없이 그 손을 꽉 힘주어 잡았다.

그때 마침 연주되고 있던 곡이 끝나고 새로운 곡이 연주되기 시작했다. 현악기와 건반악기, 그 사이에 섞여드는 타악기. 웅장하고도 경쾌한, 경쾌하면서도 우아한, 우아하고도 낭만적인 선율.

아모르의 춤곡이 울려 퍼지는 가운데 윈터는 왼손을 가슴께에 들어올리며 정중히 고개를 숙였다.

"아가씨의 상대를 하는 영광을 부디."

리즈벳은 화려하게 흘러내린 은푸른빛 치맛단을 들어올리며 깊게 무릎을 굽혔다.

"기꺼이요."

아모르, 바르카스트, 라 트레디앙과 살바티아의 한 세트를 쉼 없이 추고 윈터는 리즈벳의 손을 끌어 발코니로 나섰다. 본관으로 이어지는 문을 닫아걸고 커튼을 치자 안에서 들리는 소음이 칼로 내리친 듯 잘려나갔다. 드리운 적막 속, 무도회의 음악과 벌레들의 울음소리만이 여상스레 들려왔다.

밤바람이 선선하게 불어오자 그의 팔 위에 얹었던 손을 뗀 리즈벳이 크게 기지개를 켰다.

"와, 시원하다……."

툭, 혼잣말처럼 내뱉은 탄성 후 그녀는 새삼스레 달빛이 떨어지고 있는 밤의 정원을 찬찬히 둘러보았다. 마지막으로 춘 살바티아는 8분의6박자의 빠른 춤곡이었기에, 익숙지 못한 스텝을 따라가느라 땀을 흘린 그녀의 양볼은 달빛 아래에서도 보일 만큼 바알갛게 상기되었다. 윈터는 그 옆모습을 홀리듯이 바라보았다. 웨이브 진 머리칼을 틀어 올려 고정한 헤어핀과 훤히 드러난 목덜미를 장식한 목걸이, 그리고 밀려왔다 하얗게 부서져 내리는 파도를 모티프로 한 드레스 자락에 장식된 다이아가 손짓 하나하나에 따라 오색으로 빛나며 반짝였다. 마치 아이가 빛무리에 휩싸인 듯했다.

비현실적이었다. 꽃잎에 내려앉은 밤이슬마냥 이 밤이 지나면 흔적도 없이 사라질 것만 같았다.

사락, 아이가 몸을 돌려 그를 바로 마주하자 드레스 자락이 흔들리며 다리를 어루만지듯 감았다 떨어져 내렸다.

"안 올 줄 알았어요."

오지 말아야 할까, 마지막의 마지막 순간까지 고민했다.

"기대에 부응해주지 못해서 미안하다만 공교롭게도 그럴 기분은 들지 않아서."

숨기는 것에 익숙해진 몸은 태연히도 속내를 감춘다. 인생의 반 이상을 감정에 종속되지 않은 채로 보내왔던 몸은 평범한 이들이 보일 감정에 따른 변화조차 없다. 그는 아이의 손을 잡을 때 떨지도, 체향을 맡았을 때 숨을 멈추지도, 웃음을 봤을 때 심장이 엇박을 치지도 않는다.

그저, 계속해서 멍하니 자문을 반복할 뿐이다.

이것이 정말 현실인가.

[죽을 각오로 감히 각하께 올립니다.]

저절로, 단 한 번밖에 면식이 없던 소년이 오늘 보내왔던 편지가 떠올랐다.

[어째서 각하보다 먼저 영애를 만나지 못했나 원망했었습니다. 제가 만났을 때에는 이미 영애의 마음은 각하께로 완전히 기울어 있었고, 때를 놓친 저는 마음을 전한다는 시도조차 하지 못했습니다.]

편지를 가져온 충실한 하인은 그가 편지를 읽기 전에는 돌아갈 수 없다며 감히 제 앞에서 드러누웠다.

[그러나 만일 각하께서 영애의 마음을 거절하신다면 기회가 제게도 다시 찾아오겠지요. 그때가 되면 망설임 없이 마음을 전하고자 하니

허락하여주십시오.]

깜찍한 꼬마.

스스로도 감히 납득하기 어려울 정도로 불쾌해하면서도 동시에 그 용기를 동경했다. 그러나 이 아이야말로 리즈벳에게 모자라지 않으리라 생각하면서도 납득하려 하지 않았다.

눈앞의 꿈결같이 아름다운 소녀를 바라보자 저도 모르게 아찔해져 그는 꽉 눈을 감았다 떴다.

"마지막으로 묻지, 리즈벳 클렌디온. 이번이 마지막 기회이니 잘 생각하고 대답해."

내뱉는 목소리가 미미하게 갈라졌다. 말끄트머리의 떨림은 눈치챘을까? 윈터는 필사적으로 평생에 걸쳐 제련해온 태연함을 가장해 리즈벳과 눈을 마주쳤다.

"내가 인스켈 황제에게 더 이상 복속되는 것을 거부했기에 안드로베카는 날 찾고 있다. 지금까지 들키지 않은 것은 사실상 기적이지. 재산이 많다 해도 마음대로 쓰지 못하고, 한곳에 머무르지 않고 몇 번이나 옮겨다녀야 할지도 몰라. 나는 다른 이들 앞에 쉬이 모습을 드러내지 못할 것이고 네가 필요할 때 앞에 나서 널 지지해주지 못할지도 몰라."

한번 털어놓기 시작한 속내는 마치 둑이 무너져 내리듯 끊임없이 흘러나왔다.

사실 얼굴을 가렸다고는 하나 이번의 무도회 참가도 본래라면 해서는 안 되는 것이었다. 그가 성장하기 시작했다는 사실을 모르고 있기에 망정이지 그게 아니었다면 훨씬 더 일찍 거처를 들켰을지도 모른다.

제가 협력을 거부했으니 이제 여황은 리즈벳을 이용해 그를 조종하려 들 것이다.

"또한, 네가 나를 택한다는 것은 내 적들의 표적이 된다는 것이고, 내 적들의 적이 된다는 거다. 나조차도 수도, 정체도 다 알지 못하는 그들은 나와 깊이 관여했다는 것만으로도 널 증오하며 해하려 들 거다. 날 공격하는 방법으로 너를 짓밟고, 모욕하고, 갖은 방법으로 상처 입힌 후 죽이려 들 거야."

윈터는 잠시 머뭇거리다가 다시 입을 열었다.

"그중에는 네 오라비도 있을 거다."

처음으로 아이의 눈동자에 동요가 번졌다. 꾹, 저도 모르게 치맛자락을 쥐는 손에 힘이 들어가는 것을 보고서 윈터는 이를 갈며 시선을 떨구었다. 마치 보고를 하듯, 요구를 강제하듯 일부러 딱딱하게 내뱉던 어조가 저도 모르게 부드러워졌다.

"그게 정말 네가 감당할 가치가 있는 것인지 잘 판단하렴, 영특한 리즈벳. 이 선택으로 잃어야 할 것들, 감수해야 할 것들이 정말 시간이 지나서도 가치가 있을지. 네가 만약 지금이라도 마음을 접는다면 우리의 관계는 예전으로 돌아갈 거다. 나는 여전히 네 후견인일 것이고, 네가 하고자 하는 모든 일을 응원하며 원조할 거야. 영원토록, 이 끝나지 않는 삶의 끝까지 나는 네가 필요할 때면 곁에 있을 거다. 그러나 만일, 네가 이 모든 것을 감수하고라도 나를 택한다면."

두근, 크게 심장이 뛰었다. 눈앞이 울렁일 것만 같은 긴장에 입안이 바싹 말랐다.

"죽여! 죽여버려! 박살을 내!"

귓가에서 끈질기게 맴도는 죽은 조카의 저주를 애써 무시하며 윈터는 이젠 딱딱하게 굳어 있는 소녀의 눈을 정면으로 직시했다.

"나는, 결코 너를 놓지 않을 거다."

폐부에서 스멀거리며 솟아오른 열기가 목구멍을 채우고 입안을 바짝 말렸다. 지금까지 존재조차 잊고 있었던 심장이 세차게 뛰며 존재를 증명한다. 안개 같았던 개념이 말로 하여 입 밖으로 낸 순간 순식간에 형태를 갖춰 옭아맨다.

철컥, 제 목에 채워진 단단한 족쇄를 느꼈다.

"내가 빼앗아갈 네 자유, 미래, 가능성 대신에 끝없이 이어지는 내 시간을 주마. 내 긴긴 시간 속에서 내 봄은 오로지 네가 될 거다. 내 모든 행위, 의도, 꿈은 너를 위한 것이 되리라. 내게 남아 있는 그 모든 가치 있는 것들을 네게 주마."

다가가는 대신 한 걸음, 뒤로 물러나며 윈터는 소녀를 한눈에 담았다. 눈, 콧날, 입술, 턱에서 목을 지나 어깨로 떨어지는 선, 날씬한 허리와 손가락, 이마 위로 떨어져 내린 머리카락과 손톱, 소녀의 그 모든 것을.

시선이 다시 아이의 선명한 연녹빛 눈과 마주치자 그는 북받치는 감정에 파르르 떨리는 눈을 감았다.

"그러니 다시 한 번 택하렴, 나의 리즈. 지금의, 그리고 미래의 네가 행복하리라 여겨지는 선택을 해."

그렇게 말을 하면서 윈터는 재차 깨달았다.

지금 그가 했던 모든 말들, 모든 약속들, 모든 맹세들.

그 모든 일을 해줄 자격을 얻을 수 있기를 제가 얼마나 간절히 바라는지…….

"비겁하네요, 윈터. 또 나더러 선택하라는 거예요?"

잠시간의 침묵 후, 소녀가 해사하게 웃었다.

"지금 당신이 무슨 말을 늘어놔도 그걸로 마음을 바꿀 정도의 각오로 한 선택이 아니에요. 그러니까 이것만 말해요, 윈터."

사박, 크게 한 걸음을 내딛어 순식간에 그녀가 거리를 좁혔다. 고개를 숙이면 바로 코끝이 닿을 거리까지 다가온 리즈벳이 꽉, 힘을 주어 그의 팔을 잡았다. 연녹색 눈동자에서 춤추듯 정열적인 빛이 흔들렸다.

"날 원해요?"

발꿈치를 들어 귓가에 속삭인다.

"……아아, 그래."

등골을 따라 전류가 흐르는 감각에 눈앞이 새하얗게 점멸했다. 지금까지 머리를 가득 채우고 있던 두려움, 망설임, 죄책감이 몽땅 화르륵 불 질러져 사라졌다. 홱 소녀의 어깨를 잡아챈 윈터는 다른 손으로 그녀의 뒷목을 끌어들여 단번에 입을 맞췄다.

아아 하는 작은 탄성과 함께 품 안의 몸이 유연하게 휘었다. 입술에 몇 번이나 각도를 바꿔 키스를 떨어트린 후 아랫입술을 빨아들이며 표면을 핥자 리즈벳이 전율하며 목에 매달려왔다. 어디를 잡아야 할지, 뭘 해야 할지 몰라 더듬거리던 손이 목을 꼭 안아오자 윈터의 입술 사이로 떨리는 한숨이 터져 나왔다.

선악과는 끔찍하게 달았다. 한번 취하면 다시는 돌이킬 수 없을 정도로. 저를 제지하고 있던 모든 굴레들을 벗어던지고 그는 정신없이 과실을 베어 물었다. 탐하면 탐할수록 터질 듯이 흘러나오는 달콤함에 머리가 아찔해졌다.

차르륵, 쇠사슬이 몸을 감았다. 사지를 휘감고 가슴을 옥죄어 그를 구속해 무릎을 꿇렸다.

기나긴, 해갈하는 듯한 입맞춤 후 윈터는 리즈벳의 왼손을 잡은 채 무너지듯 무릎을 꿇었다.

"그대의 고통과 슬픔을 받게 하소서."

심장에서 뭐라 설명할 수 없는 감정이 터져 나와 온몸을 잠식했다. 지금까지 인스켈의 기사들은 이런 심정으로 언약을 맺었던 것인가.

"나의 기쁨과 영광을 드리옵니다. 영원의 마지막 날까지 곁에 머물기를 청하오니 부디 허락하소서."

마지막 말을 끝맺음과 동시에 윈터는 잡았던 소녀의 왼손에 입을 맞췄다.

입술을 떼지 않은 채 시선을 올리자 그를 내려다보던 눈동자와 마주쳤다. 아직 채 가시지 않은 열기에 얼굴이 발갛게 달아오른 리즈벳이 가쁜 숨을 몰아쉬며 한 번 느릿하게 눈을 감았다 떴다.

"허합니다."

"이스켈리안 잘리어."

가볍게 잡았던 손에 꽉 힘을 주어 움켜쥔 윈터가 몸을 일으켰다.

"이스켈이라 불러라, 사랑스러운 리즈벳. 그것이 이제 너만이 알고 있는, 내 잊힌 이름이다."

· ❧ ·

"……이게 뭐야."

보고서를 읽어 내리던 레리안느의 손이 저도 모르게 떨렸다.

시작은 분명 충동적이었다. 그녀를 끔찍하게 모욕했던 전 약혼자가 따라다니는 여자. 온갖 남자들이 들이대도 이상하게 추문 비슷한 추문 하나 돌지 않는, 어디서 굴러먹다 왔는지도 모르는 리즈벳에 대해 파보려 했을 뿐이었다. 이런 상대의 경우 알아볼수록 온갖 지저분한 게 다 나온다는 것을 아버지의 일을 어깨너머로 배워오던 레리안느는 한두 번 봐온 게 아니었다.

그러나 그래봤자 열여덟도 채 안 된 어린 계집애. 그것도 이런 촌에 묻혀 사는 별 볼일 없는 아이. 파봤자 얼마나 대단한 게 나올까 싶었던 게 솔직한 심정이었다. 그럴싸한 것을 하나 잡아 부풀려서 곤란하게 만들려 했을 뿐이었다.

초반 조사는 예상대로였다. 로벨리아령 출신의 평민. 열두 살에 작은 상가를 운영하던 부모를 병으로 잃고 그 친구였던 후원자의 피보호자로 입적되어 그를 따라 드레이크로 이주. 그 후로 계속 그곳에서 거주. 스캔들이라고 할 것도 없는, 한 달 전에 만나기 시작한 제를란드 하셔를 제외하고는 제대로 된 이성 관계 하나 없는 깨끗한 과거.

너무 깔끔하고 정상적인 성장과정. 그러나 그것만으로 설명하기에는 뭔가 꺼림칙한 무언가가 있었다. 오로지 본인의 직감만을 믿고서 레리안느는 그토록 고대하던 졸업무도회마저도 포기하고 더 깊이 파기 시작했다.

첫 번째 이상을 눈치챈 것은 아버지와 오랜 시간 거래하던 정보상이 거래를 끊었을 때였다. 로벨리아령에 있는 지인을 통해 리즈벳이라는 이름의 아이를 알았던 이들을 찾아보려 했을 때였다. 이유를 물었으나 그는 대답하지 않았고, 레리안느는 호되게 혼이 났다.

그다음 이상을 눈치챈 것은 리즈벳의 저택에 사람을 잠입시켜 도움이 될 만한 정보를 찾으려 했을 때였다. 아무리 기다려도 정보원들은 돌아오지 않았다. 처음부터 존재하지도 않았다는 듯 증발해버렸다.

마치 지금이라도 손을 떼지 않았다간 대가를 치르게 될 것이라 경고하는 것만 같았다. 그러나 레리안느는 정체를 알 수 없는 불안감에 떨면서도 홀리기라도 한 듯 추적에 오히려 더 박차를 가했다. 아버지의 돈에 몰래 손을 대가면서까지 리즈벳이라는 이름을 가진 아이의 신원을 캤다. 이제 더 이상 에스톡 지센에게 복수하는 문제가 아니었다.

돈을 퍼부어가면서 얻어낸 정보원의 보고서는 단 한 장이었다.

로벨리아령에서 대상자를 아는 이 없음.

후원자라는 이의 신원 역시 불명.

대상자에게 입학 허가를 내린 교장, 후원자의 신원에 대해 발언 거부.

마치 지금까지 그들이 알고 있었던 리즈벳이라는 인물 자체가 모조리 거짓이라도 된다는 것처럼. 글자를 몇 번씩이나 되읽으며 레리안느는 자신이 지금까지의 현실에서 끌려 나와 어딘가 정체 모를 곳으로 떨어져버린 느낌을 받았다.

들어가서는 안 되는 곳에 발을 담갔음을 뼈저리게 실감하며 그녀는 입술을 잘근잘근 깨물었다. 이제 이걸로 끝이다. 이걸로 손 뗄 거다.

그렇게 생각하며 아직까지 떨림이 주체되지 않는 손으로 들고 있던 보고서를 내려놓았을 때였다.

"레리안느 클레어, 맞나?"

갑작스레 들려온 낯선 목소리에 그녀는 소스라치게 놀라 튕기듯 일어났다. 대체 언제 문을 열고 들어온 건지 방문을 등지고 처음 보는 남자가 서 있었다.

어떻게 여기에……. 분명히 여기까지 오는 길에 몇 명이나 경비가 있었을 텐데…….

더듬거리며 지지대를 찾아 책상을 부여잡은 레리안느는 반사적으로 책상 위에 놓여 있던 조각상을 몽둥이처럼 그러쥐었다. 남자는 낮게 웃음을 터트렸다. 늦여름 밤의 후덥지근한 열기를 잊게 할 정도로 서늘한 웃음소리였다.

"멍청한 계집. 고작 그걸로 뭘 할 수 있다고."

비스듬히 문에 기대어 팔짱을 끼는 남자의 얼굴 위로 불그스름한 램프의 불빛이 일렁였다.

우아하게 어깻죽지까지 늘어트린 구불거리는 연갈색 머리칼, 남자답게 각이 진 턱선과 그럼에도 숨길 수 없는 귀족적인, 그러나 몇 번씩이나 깎이고 마모된 분위기. 남자의 한쪽 얼굴에는 눈자위를 세로로 가로지르는 기다란 검상이 남아 있었다.

그리고 그 눈.

상대를 하등 가치 없는 벌레로 보는 듯한 잔인하고 냉혹한 짐승의 눈.

"누, 누구예요! 워, 원하는 게 뭐예요!"

"많은 걸 원하는 게 아니야."

레리안느가 겁에 질려 뒷걸음질로 애써 벌린 간격을 단번에 좁혀오며 남자, 크리스티앙 쟈크티에는 이를 드러내고 웃었다.

"네가 캐고 있던 아이, 그 아이에 대한 정보가 필요하다."

Intermission

"자원병이라고? 참나, 별……."

시간에 쫓겨 훈련이라고 할 수도 없는 약식 훈련을 마친 후 곧장 배정되었던 보병대의 중대장은 정으로 내리친 바위를 닮은 거친 인상의 중년 기사였다. 18년 전의 제3차 대륙전쟁 중 윈터 드레스덴 대공 지휘하에서 벨라스델라 회전에 참가했던 그는 행군 첫 야영 때 불을 둘러싸고 앉은 휘하 기사들을 둘러보고 낄낄거리며 웃더니 고개를 절레절레 저었다.

"그래, 심심한데 좀 지껄여봐. 여긴 뭐하러 왔냐?"

"당연히 은혜도 모르는 에스타니아의 거지새끼들을 쓸어버리려고 왔습니다! 에센을 되찾고 우리 인스켈 대제국의 여황 폐하께 반기를 든 놈들에게 똑똑히 매운맛을 보여줘야지요!"

"학교에서 훈련이랍시고 산짐승이나 잡으러 다니는 것도 지긋지긋합니다. 사내라면 진짜 전쟁터에서 싸워야지요!"

"저, 저는 그저 형들이 다 참전한다 해서……."

비딱하게 턱을 괸 채 아무 말 없이 듣고만 있던 중대장은 다시 낄낄거리며 고개를 젓곤 곁에 앉아 있던 로이드의 어깨를 툭툭 두드렸다.

"뭐, 기왕 온 거니 잘해봐라. 전시가 아니면 이렇게 빨리 위로 올라갈 수 있을 것 같아? 너흰 자원병이니 운이 좋으면 훈장도 한두 개쯤 노릴 수 있을걸? 꼭 훈장이 아니라도 이 기회에 한몫 두둑하게 챙길 수도 있는 거고."

중대장은 비밀 이야기를 하듯 한껏 목소리를 낮추며 속삭였다.

"드레스덴 대공이 사라진 지금이 적기야. 또 언제 전쟁이 날지 모르는 거라고. 알았어? 선배로서 하는 말인데, 여긴 딱 구른 만큼 뽑아갈 수 있는 곳이라고. 노다지야, 노다지."

그 말에 드러난 노골적인 탐욕에 이제 갓 입단한 어린 기사들의 표정이 역력하게 불편해졌다. 그러나 까마득한 상사이자 지난 전쟁에 참가했던 선배 앞에서 전쟁에 참여하는 이유는 그런 게 아니라고 따지고 드는 것도 웃기는 일이었다.

"그나저나 너는 뭐냐, 거기 구석의 신입."

낄낄거리며 기분 나쁘게 웃어대던 중대장의 시선이 야영장 한구석에서 묵묵히 불을 지키던 그에게 닿았다.

"넌 대체 여기 뭐하러 왔어?"

· ✿ ·

우와아아, 우레와 같은 함성이 울렸다.

제를란드는 고개를 홱 돌려 소리가 나는 쪽으로 시선을 던졌다. 아직 추격대는 눈에 보이지 않았으나 비명만큼은 끊이지 않고 등으로 따라붙었다. 에셴이 위치한 대륙의 서남부는 서해에서 동쪽으로 이동할수록 더욱 무성한 숲이 자리하고 있었다. 보통이라면 이런 빽빽한 숲을 헤치고 나아가는 것에는 보병이 기병보다 유리할 터였으나 마법사를 포함한 에스타니아군이 상대라면 이야기가 달랐다.

그러나 저리 추격이 가깝다는 것은 3소대는 전멸했다는 뜻인가? 4

소대는?

머리 위에서는 폭우가 쏟아지고, 뒤에서는 화끈한 열기가 쫓아왔다. 숲을 훼손하지 않으려는 에스타니아군을 상대하기 위해 중대장은 숲에 불을 질렀고, 에스타니아 쪽의 마법사는 그에 대항하여 비를 뿌리고 있었다. 치지직거리며 진화되기 시작하는 산불로 인한 연기에 눈이 맵고 숨이 막혔다.

쿵, 소리가 났다. 행군의 맨 뒤에서 비틀대며 쫓아오던 병사가 쓰러진 것이다.

"그레이머. 그레이머, 정신 차려!"

제를란드가 잡아 일으켜 뺨을 치자 새하얗게 질린 얼굴로 병사가 눈을 떴다. 나이는 많아봤자 열여덟. 등을 싸맨 붕대에서 피가 배어나왔다.

"하, 하셔 경⋯⋯!"

"당장 일어나. 미적거릴 시간이 없어."

"다, 다리에 힘이⋯⋯."

"닥쳐. 다리 타령하다가 죽고 싶어?"

짜악, 울먹이는 병사의 뺨을 세차게 내리치며 제를란드는 다시 거칠게 병사의 팔을 끌어당겼다. 오랫동안 제대로 식사도 하지 못해 근육조차 제대로 붙지 않은 수수깡 같은 팔. 배를 곯으며 허덕이다가 자원하면 가족에게 돌아가는 세금 혜택을 노리고 온 거겠지.

고작 열여덟. 비슷한 나이이긴 하지만 저와는 상황이 다르다. 욕지거리가 나온다.

"돌아가야 하잖아. 여기서 한몫 잡아서 자식들 먹여 살려야 하잖아. 기다리는 사람이 있잖아. 당장 일어나!"

"하, 하셔 경."

잇새로 애써 울음을 참으며 다시 몸을 일으킨 병사에게서 떨어져 제를란드는 주위를 휙 돌아보았다. 추격군의 인기척은 점점 가까워지고 있었고, 병사들의 얼굴에는 절망과 피로가 역력했다. 그는 행군을 멈추게 하고 한 톤 소리를 높여 말했다.

"먼저 출발했던 본대가 어떻게 되었을지는 아무도 모른다. 잘 빠져나갔으면 다행이나 우리는 언제나 최악에 대비해야 한다."

훈련을 마치고 집결지였던 라스펠가에서 출발, 에센을 포위하고 있는 본대와 합류하는 것까지는 순조로웠다. 몇 번의 접전, 보름에 걸친 공성전을 통해 성벽을 악착같이 지키는 반란군을 몰아내며 도시를 점령한 것이 겨우 어제였다.

점령지에서 처음으로 제대로 된 지붕 아래에서 승리감에 취해 몸을 뉘었을 때, 성 안에 남아 있던 반란군이 네 군데의 성문을 굳게 닫아걸곤 에센 시가지를 통째로 불살랐다.

중대장을 따라 제를란드는 불타는 성문을 부수고 도망쳤다. 그렇게 도망친 군은 세 번 기습이 연달아 이어질 때마다 뚝뚝 병력을 잃고 뿔뿔이 흩어졌다.

다른 이들은 어떻게 되었을까. 다 죽었겠지.

"지금부터 소대의 목표는 누르헨으로 집결하는 것으로 한다. 가서, 레비안트 백(伯)께 전한다."

함정에 빠졌다. 에센에서 일어났던 반란은 단순히 지금까지와 같은 조작되지 않은 민란이 아니었다.

군의 그 규모. 조직력. 마법사.

전술을 쓸 수 있고, 그 전술을 이행할 수 있을 만큼 군을 운용할 수 있는 노련한 지휘관.

"에센이 함락. 진압 사령관이신 하이작 후작께서 전사. 에스타니아의 반군은 토착민들과 연동해 동진(東進). 인스켈 본토를 노리고 있다."

입 밖으로 낸 상황의 참담함에 그렇지 않아도 절망적이던 병사들의 표정이 더욱 무너졌다.

농부, 잡일꾼, 하인, 급사. 소집공고에서 그려댄 달콤하고 손쉬운 영광과 보상에 취해 무기를 손에 쥔 이들. 이곳에 집결한 이들 중 그 누구도 제가 대규모의 전쟁에, 그것도 승리가 약속되지 않은 전쟁에 참여하게 될 것이라고 생각한 이는 없었다. 차라리 숨길 수 있었다면 숨겼을 테나 지금 상황으로는 그것도 힘들었다. 이중에서 누가 살아서 누르헨에 도착할 수 있을지 알 길이 없었다.

이들 중에서는 대체 몇이나 살아 남을 것인가. 생각하면 할수록 참담해지는 예측에 이를 악물며 제를란드는 허리띠에 차고 있던 장교의 인장을 뜯어내 곁에서 시체 같은 표정으로 서 있던 후배에게 내밀었다.

"엔에어, 네가 지휘를 맡는다."

"하지만 경, 추격군이 지척입니다! 대체 이런 상황에서 말도 없는 저희가 어떻게 누르헨까지,"

"너희가 안 가면 누르헨이 기습당한다. 그렇게 되면 죽는 게 너희뿐인 줄 아나? 다음에 위험해지는 것은 너희가 승리해 돌아올 거라 기다리고 있던 네 친지들이다!"

절망에 빠져 있던 이들의 표정에 공포가 스쳤다. 그 낯을 휙 둘러보며 제를란드는 강한 어조로 내뱉었다.

"할 수 있다. 제군들은 인스켈의 정예군이다. 너흰 살 거다. 살아서 너희를 기다리고 있는 이들에게 돌아갈 거다."

그리고 꽉, 힘을 주어 허리의 칼자루를 쥐는 제를란드의 눈가에 희미한 미소가 깃들었다.

"내가, 너희의 뒤를 지켜주마."

그에 상황을 정확하게 파악하고 있는 후배가 기함했다.

"경! 무슨 말씀이십니까! 상대는 무려,"

"쓸데없는 소리 하지 말고 따라라. 이건 군령이다."

어느 정도의 진실은 필요하나 필요 이상의 진실은 독이다. 매섭게 후배를 노려봐 그 입을 다물게 하며 제를란드는 제 소대를 재촉했다.

"나도, 따라갈 거다."

너나할 것 없이 병사들이 눈물을 뚝뚝 떨궜다. 어린아이처럼 울며 병사들은 하나둘 있는 힘을 다해 숲길을 달리기 시작했다. 그들의 이름 하나하나를 되뇌며 제를란드는 그 뒷모습을 배웅했다.

◦ ✳ ◦

뚝, 이마에 맺혀 있던 땀이 턱을 타고 떨어져 내렸다. 태양을 가리는 매캐한 연기에도 불구하고 여름의 늦자락에 접어드는 날은 여전히 가만히 있어도 땀이 맺힐 만큼 무더웠다. 가느다란 협곡 사이를 가르는 외길을 막아서며 제를란드는 그저 기다렸다.

그리고 어느 순간, 눈앞의 연기 저편에서 인기척이 들렸다.

「남은 것은 아이 하나인가. 제국이라 자칭하는 인스켈의 정규군이 고작 어린아이의 뒤에 숨어 도망치다니, 참으로 한심하기 그지없군.」

노래하는 듯이 감미로운, 여자치고는 낮은 미성에 이어 연기 너머로 한 여자가 모습을 드러냈다. 귓가에서 짧게 자른 웨이브 진 붉은 머리칼, 에스타니아인 특유의 짙은 톤의 피부와 만개한 장미를 닮은 화사한 미모.

제를란드는 칼자루를 쥔 손에 힘을 주며 천천히 검을 들어올렸다.

「나를 그렇게 불쌍히 여길 필요는 없다, 디아고. 그 판단을 내린 것은 지휘관인 본관이다.」

저를 정확히 알아보는 상대를 앞에 두고 에스타니아의 여왕, 이사벨라 델 디아고는 눈을 가늘게 떴다. 느슨히 쥐고 있던 세검이 가벼운 손목 스냅에 따라 매달려 있던 핏방울을 흩뿌렸다.

「에스타니아어를 할 줄 아는구나.」

한 걸음 다가섬에 제를란드는 저도 모르게 이를 악물며 한 발을 뒤로 물렀다. 여자는 그의 얼굴을 찬찬히 뜯어보더니 눈썹을 살짝 찡그리며 고개를 갸웃했다.

「너, 리슈타인 태생인 듯한데 어째서 침략자의 편에 서서 칼을 겨누는 것이냐. 너희는 지배당하는 굴욕조차 느끼지 못할 정도로 가축이 되어버린 것이냐?」

「또다시 틀렸다, 디아고. 우리 가문은 우물 속에 갇혀 세상과 소통하기를 거부한 리슈타인을 제 발로 떠나 인스켈에 귀순한 것이다. 내 뿌리는 리슈타인인일지라도 나는 인스켈인이다.」

담담하게 대꾸하는 목소리에서는 그 또래 특유의 불안함이나 치기 따위는 찾아볼 수도 없어서 이사벨라는 입 끝을 살짝 끌어올려 미소했다.

「그걸 누구도 인정하지 않을지라도 말이냐?」

「귀공이 에스타니아의 이사벨라 델 디아고라는 것은 내 인정이 필요한 일인가?」

그에 여자의 입에서 아 하는 작은 탄성이 흘러나왔다.

「아까운 아이로구나. 이리도 어리고, 이리도 단단하거늘.」

그 말과 동시에 채찍처럼 튕겨나간 이사벨라의 세검이 매서운 기세로 제를란드의 목덜미를 향해 달려들었다. 반사적으로 그 검을 피한 제를란드가 크게 검을 휘둘렀다. 공기를 가르며 파공음이 울리고, 이사벨라의 붉은 서코트가 드레스 자락처럼 펄럭였다. 마치 춤을 추듯 공세를 피하는 그녀에게 무시무시한 기세로 휘두른 장검이 달려들었다.

그리고 칼날이 다섯 합 정도 부딪쳤을 때, 그녀의 정수리를 겨냥해 내리찍은 검을 피하며 이사벨라가 제를란드의 무릎 뒤축을 거세게 걸어찼다. 비명을 목구멍으로 삼키며 그는 힘없이 바닥을 나뒹굴었다.

「레아냐!」

「그 검을 내려놓아라.」

뒤늦게 그녀의 뒤를 쫓아온 이들의 수가 하나둘 늘어나고 있었다. 혹시나의 상황을 대비해 그녀의 앞을 막아서려는 수하들을 손을 들어 막은 여왕의 목소리가 그의 뒤통수를 잡아 누르는 듯한 위압감으로 명했다.

「내려놓고 이대로 도망치거라. 그럼 목숨은 부지하게 해주마. 죽이기는 솔직히 아깝구나.」

제를란드는 고개를 들어 이사벨라를 올려다보았다. 극도의 피로와 고통으로 흐릿하게 점멸하는 시야에 태산같이 버티고 선 여자의 모습이 보였다. 그는 있는 힘을 다해 입가를 비틀어 미소 비슷한 것을 지어 보였다.

「귀공이라면 돌아서겠어?」

「기다리는 이가 없는가?」

서늘한 칼날이 그의 목덜미에 닿았다. 이사벨라가 반복해 물었다.

「경의 귀향을 손꼽아 기다릴 이가, 정말 없는가?」

그리고 그 말에 제를란드는 그저 소리 없이 미소하며 눈을 감았다.

．✢．

A.S. 286년 8월.

이사벨라 델 디아고, 일만의 저항군을 이끌어 에센 공방전을 승리로 이끎. 시가지를 포위하고 있던 삼만의 인스켈 제국군은 괴멸하고 총사령관 하이작 후작 전사. 이 승리를 시작으로 에스타니아 독립군, 누르헨까지 진격.

A.S. 286년 9월.

카탈루냐, 바르도스, 레아톨리아가 차례로 독립을 선포. 신(新) 에스타니아 왕국군의 휘하로 집결. 대로한 안드로베카 1세, 인스켈 전역에 전시 태세를 선포하며 에스타니아를 상대로 전면전을 시작한다.

"이스켈."

귓가에서 달콤한 목소리가 들렸다. 청아하고 다정한, 꿈결 같은 목소리. 창문을 열어놨는지 흘러들어오는 산들바람에 얇고 흰 커튼이 흔들리며 그의 머리칼을 어루만졌다. 서늘해진 바람에 쌀쌀해진 공기가 두꺼운 이불로 둘둘 말고 있는 맨살에 닿는 게 묘하게 기분이 좋았다. 윈터는 피부에 닿는 부드러운 리넨의 감촉에 작게 한숨을 흘렸다. 그에 가슴께에서 무언가가 꼬물꼬물 움직이며 그를 살살 흔들기 시작했다.

"이스켈, 일어나요. 아침이에요, 아침! 날씨가 이렇게 좋은데 밖에 나가요. 산책해요!"

의식은 한참 전에 깨어 있었으나 그는 눈을 뜨는 대신 팔에 조금 더 힘을 주어 아이를 와락 끌어당겼다. 으악 하는 작은 비명과 함께 리즈벳이 품에서 버둥거렸다. 어깨를 단단히 끌어안아 도망치지 못하게 하곤 이마를 이마에 맞대자 목덜미로 색색 내쉬는 날숨이 간지러웠다. 그에 묘하게 만족하며 그는 다시 베개에 얼굴을 파묻었다.

그러나 그 만족스러운 평화는 1분을 넘지 못했다.

"……이미 일어난 거 다 알아요. 뭐, 안 일어났다면."

재빨리 고개를 숙여 그의 팔 아래에서 벗어난 리즈벳이 바로 이불을 확 잡아 젖혔다. 차가운 공기가 확 덮쳐들어 윈터는 이를 갈며 몸을 바짝 말았다. 언젠가 이런 적이 또 있었던 듯한, 알고도 똑같이 또 당한 것에 윈터는 미간을 찡그리며 한쪽 눈꺼풀을 열었다.

눈앞에는 제 불편한 심기를 아는지 모르는지 휙휙 소리가 날 정도로 꼬리를 흔들고 있는 강아지가 한 마리 있었다.

"산책! 산책! 산,"

그리고 윈터는 주위에 있던 베개를 집어 던졌다. 퍽, 소리가 나며 얼굴에 직격한 베개가 떨어졌고, 윈터는 보복을 원천봉쇄하기 위해 재빨리 그 베개를 다시 채갔다.

그때였다.

"이스켈, 그거 나한테 던질 거예요……?"

안 그래도 커다랗고 동그란 눈이 도롱도롱 물기를 담고 그를 올려다보았다. 양손으로 몸을 지지하며 살짝 상체를 숙이자 얇은 슬립의 위 트임 위로 뽀얀 살의 굴곡이 스치듯 드러났다.

그리고 모든 사고회로가 마비된 그에게 아이가 속삭이듯 말했다. 물기 어린 눈이 기다란 속눈썹을 몇 번 팔랑였다.

"나, 이렇게 귀여운데?"

물이라도 마시고 있었다면 장대하게 뿜어버렸을 것이다. 완전히 얼어붙어버린 그를 시선만으로 몰아넣으며 리즈벳은 무릎걸음으로 다가왔다.

"냥."

"…….."

"틈이, 그악!"

그가 침대 한가운데에 석상처럼 얼어붙어 있는 틈을 노려 베개를 향해 달려든 리즈벳은 다음 순간 몸이 휙 뒤집히는 것을 느꼈다. 백년 가까이의 전투로 단련된 본능을 이용해 기습을 알아차린 윈터는 아이를 단번에 어깨에 들쳐 멘 채 몸을 일으켰다.

“할 말은?”

저도 모르게 화끈거리는 얼굴을 애써 숨을 골라 진정시키며 윈터는 어깨에 매달린 채 버둥거리는 몸을 꽉 내리눌렀다.

“미안합니다! 죄송합니다! 다시는 이스켈의 약점을 공략하는 짓은 하지 않겠, 갸아아악, 돌리지 마요!”

“약점은 무슨 약점. 네가 잠이 덜 깬 모양이구나.”

“정곡을 찔리니 당황하는 거 봐. 기억했다가 두고두고 써먹을 거예요! 천하의 윈터 드레스덴 대공이 사실은 고양이, 으아악, 죄송합니다, 죄송합니다, 죄송합니다!”

어깨에 걸쳐두었던 몸을 잡아 빙글빙글 돌리자 리즈벳이 비명 같은 소리를 질렀다. 그 모습에 저도 모르게 웃음이 나왔다. 그는 아이처럼 동그랗고 보들보들한 이마에 몇 번이고 입을 맞췄다. 그러자 비명을 지르던 아이가 키득키득 웃음을 흘리며 그의 목을 끌어안고 입을 맞췄다. 지근거리에서 느껴지는 달콤한 풀꽃 같은 체향에 윈터는 깊게 숨을 들이쉬며 리즈벳의 목덜미에 고개를 묻었다.

“역시 이스켈. 몸으로 꼬시니 완전 잘 넘어, 악!”

그리고 무슨 중년 남자 같은 소리를 종알대는 아이의 이마에 매서운 딱밤이 떨어졌다.

• ⚜ •

“알디스는 여기 계속 남아 있을 거래요. 걔야 본래부터 결혼한 후에 가족이랑 지내는 게 꿈이었으니 그럴 만하지요. 그런데 벨아리아는 아무래도 떠날 것 같아요. 걔네 상단은 본사가 여기가 아니라 라거스트니까 아무래도 그쪽으로 돌아가 연수를 받겠지요. 걔네 어머니가 아파서 요양 오지 않았으면 걔는 아마 학교도 거기서 다녔을 텐데.”

서늘한 초가을의 하늘, 색색으로 물든 활엽수 이파리들. 아직 가지에 매달려 다채로운 색깔을 자랑하는 잎사귀와 이미 바닥으로 떨어져 버린 낙엽에 둘러싸여 산도에서 바라보는 숲은 절경을 자랑하고 있었다. 그런 길을 느긋하게 걸으며 윈터는 새가 지저귀듯 신나게 떠들며 앞서가는 리즈벳의 뒷모습을 바라보았다.

리즈벳은 끊임없이 말을 했다. 학교를 다닐 때의 일, 어렸을 때의 일, 친구들의 일, 노엘이나 리델과의 일, 즐거웠던 일, 슬펐던 일, 고민하고 있었던 일, 신경이 쓰이는 일. 그가 알고 있었으나 알지 못했던 이야기를 들으며 윈터는 가끔씩 고개를 돌려 그의 반응을 살피는 아이를 위해 간간이 고개를 끄덕였다. 그러면 리즈벳은 그 얼굴에 헤실헤실 미소를 띤 채 다시 이야기를 계속하곤 했다.

“사실 좀 실감이 안 나요. 내가 이제 학생이 아닌 건가? 진짜로 성인인 건가? 산술을 더 이상 하지 않아도 된다는 건 좀 좋은데 정작 뭘 해야 한다는 외압이 사라지니까, 뭐랄까……. 굉장히 망연하다고나 할까…….”

“노엘에게는 다행이지. 더 이상 네 머리를 두드리며 기하학 보충을 시키지 않아도 될 테니.”

“……사람은 동그라미, 세모, 네모에 대해 아무것도 알지 못해도 충분히 훌륭한 어른이 될 수 있거든요?”

“그래서.”

발걸음을 멈춘 채 흘겨보는 아이의 곁을 스쳐지나간 윈터는 그녀의 턱을 붙잡아 도로 정면으로 향하게 하고는 물었다.

"어른이 된 너는 뭘 하고 싶은 거지?"

그 말에 리즈벳은 토라진 척을 한 게 대체 언제였냐는 듯 표정을 풀고 눈을 빛냈다.

"음…… 사실 생각해놓은 게 하나 있긴 한데요, 맞혀봐요."

반짝거리며 답을 보채는 눈동자에 저도 모르게 실소를 흘리며 윈터는 아이의 어깨를 잡아끌어 그 볼에 가볍게 입을 맞췄다.

"네 그 다재다능한 재주와 무궁무진한 상상력이 세계 멸망을 위해 쓰이지만은 않기를 바라고 있지."

"제대로 대답 안 해요?"

"말하고 있잖아, 영특한 리즈벳. 너라면 뭐든지 할 수 있을 거라고."

리즈벳은 의심스럽다는 표정을 지었으나 윈터는 그저 어깨를 작게 으쓱할 뿐이었다. 그로서는 드물게 진지한 말이었고 그래서 실제로 궁금하기도 했다.

그가 개인적으로 가르칠 때에도 공부는 죽어라 하기 싫어했고, 그 성향은 학교를 다니는 동안에도 계속 이어져 언제나 성적은 좋은 편이 아니었다. 그러나 뭘 가르치든 마음을 잡고 배우면 습득이 빠른 데다가 응용력도 좋았다. 머리를 쓰는 것에서부터 사람을 사귀는 것, 몸을 쓰는 것 등등, 천재라 부를 수 있을 정도로 두각을 나타내는 분야는 없었으나 모든 분야를 평균 이상으로 해냈다. 게다가 호불호마저 뚜렷하지 않아 그는 솔직히 리즈벳이 성인이 된 후 뭘 하고 싶어 하는지는 감이 잘 잡히지 않았다.

"그래서, 결국 뭐지?"

부드럽게 다그치자 리즈벳은 어깨에 둘린 그의 손가락을 만지작거리더니 살짝 얼굴을 붉혔다.

"사실, 아이들을 모아서 가르치는 것도 괜찮지 않을까 생각…… 방금 전에는 나라면 뭐든지 할 수 있을 거라면서요!"

"세모가 싫다며 이불 뒤집어쓰고 울던 애가?"

그 말에 얼굴을 붉히며 민망해하는 대신 리즈벳은 흥, 작게 코웃음을 치며 턱을 치켜올렸다.

"뭘 모르시네. 가르치는 건 천재가 아니라 나처럼 적당히 부족한 노력가가 해야 하는 거라고요. 그래야 애들이 어디를 제일 힘들어하는지 알지요."

"확실히 나쁘지는 않지. 애들은 널 좋아하고, 수학 쪽 제외하면 성적이 나빴던 것도 아니고."

순순히 수긍하자 오히려 리즈벳은 슬그머니 몸을 움츠리며 뒷걸음질을 쳤다.

"……사람이 안 하던 짓을 하면 이렇게 무서워질 수가 있네요."

"깜찍한 리즈벳, 네가 지금 무슨 말을 했는지 잘 못 들었는데."

"이스켈, 이렇게 보니 참 잘생겼다 싶어서요."

기습적으로 내뱉은 아부와 함께 팔에 매달려오는 온기에 순간적으로 되받아칠 타이밍을 놓치자 그때를 놓치지 않고 리즈벳은 재빨리 머리를 굴렸다.

뭔가 흥미를 끌 만한 말. 너무 뜬금없지 않고, 너무 쓸데없지 않아 무의식적으로 답변을 궁리하게 될 만한 말.

"그러고 보니 이스켈은요? 예전에 뭘 하고 싶었어요?"

그리고 그녀의 계산은 정확히 맞아떨어져 윈터는 저도 모르게 순간 고민에 빠졌다.

예전엔 뭘 하고 싶었냐고? 무슨 유적 발굴하는 것 같은 소리를. 신체가 되기 전의 기억은 이제 저 자신의 기억이기나 했는지 싶을 만큼 잘 생각나지 않았다. 뭘 하고 싶었냐니, 그런 것을 고를 수 있을 정도로 그들을 둘러싸고 있던 상황이 안온하지도 않았고.

"딱히 장래희망이랄 건 없었다. 내가 태어났을 때엔 이미 내 형으로 후계가 공고히 정해져 있는 상황이었으니 내가 할 수 있는 것은 검을 잡아 기사가 되거나 행정을 배우는 것이었는데, 무관 쪽의 자질이 다른 쪽에 비해 압도적이라."

고작 여덟 살의 나이에 흥분한 사범에게 이끌려 부왕에게 불려갔다. 그날 어깨를 검으로 두드려지며 그는 최연소 기사가 되었다. 하나라도 더 쓸 만한 이를 준비시켜야 한다는, 어찌 보면 조급한 심정의 발로였다. 마음을 준비할 새도, 의사를 표현할 기회도 없었다. 그렇게 왕은 아들에게 역사상 제일 별 볼일 없는 기사 임명식을 치르게 했고, 정신을 차려보니 모든 게 끝난 뒤였다.

그 잠시간의 침묵을 어떻게 해석했는지 리즈벳의 시선이 이쪽을 향했다.

"이스켈은 사실 문관이 되고 싶었던 거예요?"

"행정에는 익숙지 않아. 검을 잡은 것에는 후회 없어."

몇백 번이나 연습하고 몇백 번이나 했던 답변에도 유달리 통찰력이 좋은 리즈벳은 그저 빤히 그를 응시할 뿐이었다.

"만약에 다른 길이 있었더라면요?"

그리고 이럴 때 윈터는 눈앞의 소녀가 '제왕'과 계약을 맺고도 살아

남을 수 있을 정도로 사랑받았던 투왕의 핏줄이라는 것을 실감하곤 했다.

"만약에 이스켈이 인스켈 황실에 태어나지 않고 다른 곳에서 태어났다면요? 어떻게 살았을 것 같아요?"

"샤를의 군대에 죽었거나, 가난에 못 이겨 강도가 되었거나, 이름도 모를 잡병에 걸려 굶어 죽었겠지."

"……저기요."

"만약이란 가정이 그렇게 의미가 있는 건가, 귀여운 리즈벳? 돌이킬 수도 없는 일을 가지고 가정을 늘어놓는다 해서 무엇이 달라져?"

되묻는 목소리는 그녀에게라기보다는 그 자신에게 말하는 듯했다.

여전히 그는 자신의 선택이 옳았다 생각한다. 이제는 기억도 나지 않는 과거의 그 밤, 그는 형을 대신해 신을 받아들였던 것이 최선이었다 생각한다. 그 선택으로 한때뿐이라 할지라도 구해낼 수 있는 것이 있었다. 그리하여 그는 후회하나 후회하지 않는다, 그러나.

"하지만, 만약에 다른 선택을 할 수 있었더라면…… 도서관이라도 차리지 않았을까?"

"그리고 겨울이 되면 불가로 아이들을 불러 모아서 옛 왕들의 이야기를 들려주는 거예요. 이스켈이 하는 말은 1차 자료잖아요? 그 꼬마들, 돈 내고도 못 할 경험을 하게 생겼네."

손뼉까지 쳐가며 좋아하는 아이의 모습에 기가 막혀 그는 하, 작게 웃음을 토해냈다.

"뭘 네가 더 신나서."

"해요, 우리. 음…… 여기서는 좀 무리일지도 모르겠는데 좀 더 규모 작은 산골 같은 데로 들어가서 우리 둘이서 작은 학교 같은 걸 차리는 거예요. 나는 애들을 데리고 수업을 하고, 끝난 다음에는 숙제나 하라고 도서관으로 보낼게요. 그럼 거기서 이스켈은 장서 관리를 하면서 가끔씩 질문을 하러 찾아오는 애들한테 이러는 거지요."

휙 고개를 돌린 리즈벳이 양쪽 검지로 입꼬리를 쭈욱 끌어당기며 웃었다.

"샤를과 카를도 구분 못 하다니, 그 머리를 어떻게 두들겨야 그 순백의 뇌에 상식이라는 게 들어갈까, 귀여운 꼬마야?"

"……아주 환상적이군그래."

기가 막힌다는 투로 비아냥거렸던 윈터는 곧 낮게 웃음을 터트려버렸다. 음률 같은 그 작은 웃음소리가 바람을 타고 그녀의 가슴에 내려앉아 심장 한편을 간질였다. 그렇게 웃는 모습을 보고 있자면 상대가 까마득한 연상이 아닌 고작 그녀보다 한두 살 많은 소년처럼 보이곤 했다. 좌절도, 배신도, 슬픔도, 상실도 모르는, 그냥 조금 짓궂은 소년.

리즈벳은 들키지 않도록 뒤로 돌려 모은 손을 꽉 힘주어 마주 잡아 가슴속에서 울렁거리는 감정을 삭였다.

이 사람은, 그렇게 살 수 있을 거다. 이대로 여황에게 들키지만 않으면, 다시 검을 잡지만 않으면.

검을 잡은 것에 후회는 없다고, 만약이라는 가능성 따윈 의미 없다 말하지만 정말 그런가. 정말 털끝만큼도 후회하지 않는다면 윈터는 애초에 왜 인스켈군을 떠났나. 진정 그게 좋다면 그토록 찬란한 위업을 뒤로하고 하늘이 내린 재능과는 하등 관련이 없는 도서관 사서 같은 걸 왜 꿈꾸나.

6년도 더 된 겨울날, 갈가리 찢긴 넝마 같은 꼴로 절 끌어안으며 기절했던 것을 아직까지 기억한다. 보이지도 않는 늪에 가라앉듯 절박하게 절 그러쥐었던 손을 기억한다.

이스켈은 검을 잡으면 불행해진다.

"그러니까 이스켈, 우리 진짜로 떠날래요?"

그리 말하며 리즈벳은 생긋 웃었다.

그러니 더 깊이 숨어버렸으면 좋겠다. 그 누구도 찾지 못하도록. 그 손에 더 이상 검이 들리는 일이 없도록.

그에 윈터가 입을 열어 뭐라 대꾸하려 했을 때였다.

"……아."

작은 탄성과 함께 그의 움직임이 순간 멈칫했다. 리즈벳은 심장이 덜컥 내려앉는 것을 느끼며 잠시나마 부드러이 풀려 있던 윈터의 표정이 대번에 날카로워지는 것을 바라보았다. 두 발짝 절벽 쪽으로 발걸음을 옮겨 남서쪽에서부터 굽이치며 드레이크 시가지 쪽으로 이어지는 가도를 바라보면서 그는 툭 던지듯 내뱉었다.

"피 냄새."

리즈벳은 머뭇거리면서도 윈터의 곁으로 다가갔다.

처음에는 아무것도 보이지 않았다. 그러나 곧 빽빽하게 치솟아 있는 활엽수들 사이로 빠른 속도로 달리고 있는 말 한 마리가 시야에 들어왔다. 그리고 그 기수가 매달고 있는 검은 깃발. 온 사방이 울긋불긋하게 물든 초목들 사이에서 그 검정만은 그 근처가 도려내지기라도 한 듯 선명했다.

본능적으로 찾아온 나쁜 예감에 속이 뒤틀렸다.

급보.

"리즈."

획 몸을 돌려 달려가려는 것을 윈터가 멈춰 세웠다. 꽉, 제 팔을 그러쥐는 손에서 시선을 올리자 딱딱하게 굳은 얼굴이 있었다.

"안 가는 게 좋을 거다."

"……."

"가지 마."

그리 반복해 말하는 그는 애원하는 것처럼도 보였다. 그리고 리즈벳은 말라붙은 핏자국 같은 색으로 가라앉은 그의 눈을 바라보며, 그가 아마도 저와 같은 가정에 도달했으리라는 것을 짐작할 수 있었다.

"나중으로 미루면, 뭔가가 나아져요?"

그에 팔이 저려올 정도로 거세게 쥐고 있던 손의 힘이 빠졌다. 스르르 떨어지는 손을 양손으로 마주 잡은 리즈벳은 그 손등에 길게 입을 맞춘 후 획 몸을 돌려 달리기 시작했다.

신이시여, 제발.

산도를 구르듯 내려가면서도 리즈벳은 누구에게라고 할 것 없이 간절히 빌었다. 낮게 늘어진 가지에 얼굴을 긁히고, 갑자기 튀어나온 나무뿌리에 걸려 넘어질 뻔하면서도 그녀는 아픔마저 제대로 느낄 수 없었다. 머릿속에서는 두 가지 생각만이 망가진 것마냥 계속 같은 목소리로 반복되었다.

제발. 제발. 제발. 제발.

부디. 부디. 부디. 부디. 내가 틀렸기를.

아직 어떤 일이라는 확신도 없으면서도 저도 모르게 그렇게 필사적으로 바랐다. 마치 그리하는 것이 곧 맞닥뜨리게 될 진실을 바꿀 수 있기라도 하는 듯.

"그래요. 그럼 이제는 가봐요."

얼핏 보면 참 표정이 없어 보이는 얼굴에 깨끗한 미소가 걸렸다. 모든 것이 뜨겁고, 강렬하고, 환상같이 까마득하게 느껴졌던 그날, 달을 넘기지 못하고 죽어나갈 매미들이 목청껏 울어대는 교사의 벽에 기대어 그리 말했던 소년은 여름의 마지막 자락을 끝으로 그녀의 앞에서 모습을 감췄다.

그녀는 그리 말하는 그에게 등 한 번 돌려 보이지 않는 것이 자비라 생각했었다. 왜냐면, 그때의 그녀는.

그때였다.

상념을 찢어발기며 여자의 소름 끼치는 절규가 들려왔다.

• ❖ •

드레이크령은 녹스 산맥 언저리의 작은 도시였다. 인구는 별로 많지 않았으나 이들은 인스켈이 왕국이었을 때부터 속해 있던 도시로 제1차 대륙전쟁 때 로세이유−에스타니아 연합 왕조와 맞서 싸운 뿌리까지 인스켈인인 이들의 도시였다. 그랬기에 아를로한 1세가 황제가 되었을 때 자작령으로 승급되었고, 그런 내력에 걸맞게 그들은 안드로베카 여황의 소집령이 떨어졌을 때 누구보다 먼저 앞다투어 군에 자원했다.

평균 나이가 스무 살이었던, 젊다는 말조차 어울리지 않을 정도로 어린 자원군들이 에센으로 향할 때, 도시 전체는 축제 분위기였다. 처음으로 진검을 받은 어린 장교들은 일 없이 서로를 툭툭 치거나 참전하지 않는 어린 형제들 앞에서 검고 흰 인스켈 제국군의 군복을 뽐내며 낄낄 웃어댔다. 술이 넘치도록 부어졌으며 수도에서 파견되었다는 관악단이 행진곡을 연주했다. 걱정을 애써 숨기며 아버지가, 어머니가, 누이가, 애인이 마차에 올라타는 어린 병사들을 끌어안고 축복했다.

사랑하는 아가, 너희야말로 인스켈의 영광이다. 자랑스럽게 싸워 승리하고 오렴.

그 시끌벅적한 출정식을 뒤로하고 떠나가버린 아들들을 웃음으로 배웅하면서도 대다수의 어머니들은 에센의 연락병이 올 중앙 가도 언저리를 떠나지 못했다. 저녁이 되면 집으로 돌아가더라도 다음 날 아침이 되면 하루 일과를 최대한 빨리 마친 후 뜨개질감이나 자수거리, 혹은 책을 들고는 중앙 가도를 타고 아들의 소식을 가지고 올 연락병을 기다리곤 했었다.

중앙 가도 쪽에서 들려온 말굽 소리에 반갑게 몸을 일으켰던 여인들의 표정이 변한 것은 그 전령이 달고 온 검은 깃발을 발견했을 때였다. 색색으로 곱게 물든 청명한 가을날에서 순식간에 색조가 빠져나간 듯했다. 그 어떤 설명이 없어도 그 깃발이 의미하는 사실을 깨달은 어머니들의 얼굴에서 핏기가 가셨다.

그리고 검은 깃발을 달고 온 연락병은 순식간에 저를 둘러싼 시체 같은 여인들 사이에서 애써 입술을 즈려물며 가져온 부고를 전하기 시작했다.

가련한 어린 새의 목덜미를 하나하나 잡아 비트는 듯한 심정이었으리라. 연락병이 떨리는 목소리로 이름을 부르며 들고 있는 검은 편지 봉투를 하나하나 전할 때마다 여인들은 비명을 지르며 머리를 쥐어뜯거나, 어린아이처럼 울음을 터트리거나, 그렇지 않으면 그 자리에서 기절하거나, 돌처럼 굳어 움직이지 못하게 되어버리곤 했다.

새끼를 빼앗긴 어미의 비통한 절규가 애써 불안을 억누른 채 일상으로 돌아갔던 다른 이들을 불러 모았다. 유령처럼 중앙광장으로 몰려드는 사람들 사이에서 알디스와 벨아리아의 모습을 발견한 리즈벳이 그쪽으로 다가가려 했을 때였다.

소름 끼치는 여자의 비명이 울려 퍼졌다.

"거짓말, 거짓말이야! 난 안 믿어, 무슨 고약한 심정으로 이딴 장난을 치는 거야! 대체 누가, 누가!"

남편의 품에서 몸부림치는 중년의 귀부인을 연락병이 참담한 표정으로 바라보았다. 마지막 남아 있던 검은 봉투가 엉망으로 구겨져 바닥을 뒹굴었다.

"슈테른 부인."

"이게 어떻게 말이 돼요? 레넌이, 셀레인이, 로이드가! 셋이나 보냈는데 어떻게 셋이 전부 다! 내, 내 아가들…… 내 피 같은 아가……!"

"……뭐라 드릴 말씀이 없습니다, 부인. 아드님들은 여황 폐하의 부르심에 충심으로 답해 용감하게 적을 맞아 싸우다,"

"집어치워!"

애써 더듬거리면서도 어떻게든 위로의 말을 하려는 연락병의 말을 잘라내며 리헨 슈테른은 바닥에 주저앉아 머리를 쥐어뜯었다.

"충성이라니! 용기라니! 그게 대체 뭐라고……. 아아, 내 아가!"

그리고 그런 아내를 끌어안고 이를 악무는 슈테른 경을 지나치는 그림자가 있었다.

"알디스."

벨아리아가 뻗은 손을 뿌리치며 알디스는 슈테른 부인의 발치에 구겨진 채 뒹굴고 있던 검은 봉투를 집어 들었다. 숨 막히는 침묵 속에서 그 글자를 몇 번이나 읽던 알디스의 손이 덜덜 떨리기 시작했다.

털썩, 무너지듯 주저앉은 알디스를 벨아리아가 화들짝 놀라 부축했다. 창백하게 질린 소녀는 바닥에 주저앉은 채로 껍데기가 되어버린 듯한 친구의 어깨를 꽉 끌어안았다. 알디스, 알디스, 흔들어도, 불러도 제대로 대답을 돌려주지 않는 친구의 모습에 벨아리아의 얼굴이 창백해졌다. 그녀는 오열하거나 멍청히 주저앉아 있거나 악에 받쳐 저주를 퍼붓는 이들 사이에서 겁에 질려 어쩔 줄 모르고 주위를 돌아보았다.

"너, 여기서 뭐 하고 있는 거야."

남편의 어깨를 으스러져라 그러쥐며 오열하고 있던 슈테른 부인이 고개를 들었다.

"부인."

"뻔뻔하게 여길 어떻게……. 우리 아들들을 다 죽여놓고서 무슨 낯짝으로 내 며느리에게 손을 대, 이 더러운 에스타니아의 찌꺼기가!"

심상찮은 분위기에 슈테른 경이 아내를 재빨리 말리려 했으나 이미 여자는 눈이 돌아간 후였다. 아들 셋을 동시에 잃어버린 어머니의 갈 곳 없는 분노를 정면으로 맞이한 벨아리아의 눈이 주체 못 하고 흔들렸다.

어느새 주위에서 들려오던 울음소리가 멎어 있었다. 눈물에 젖어 붉게 충혈된 눈 몇십 쌍이 모조리 벨아리아에게 쏠렸다. 대기를 채우는 오싹한 시선에 소녀는 당황해 소리쳤다.

"무, 무슨 말씀을 하시는 거예요, 부인……! 전 인스켈인이에요! 저희 부모님도, 조부모님도 계속 인스켈인이셨고, 저흰 인스켈 외의 나라를 조국이라 생각한 적은 단 한 번도,"

"그랬다면 왜 네년만 멀쩡한 거지? 이 작은 영지에 자식을 보내지 않은 집이 하나도 없는데 네년의 가문만은 왜 아무도 보내지 않았어! 심지어 네년의 오라비는 무관 전향이었다 들었는데 인스켈을 조국으로 여긴다면서 어쩌자고 여황 폐하의 명에 따르지 않았어!"

사람들의 시선이 내리꽂히듯 소녀의 웨이브 진 붉은 머리와 저들보다 한 톤 낮은 다갈색 피부를 훑었다. 작은 영지, 서로 상부상조하고 살아가야만 하는 작고 닫힌 사회. 서로에 대한 것은 이미 속속들이 알고 있었다.

"사실은 알고 있었던 거 아니야? 에센에서 기습당할 걸 알고 있었으니까 자원하지 않은 게 아니었냐고!"

"아니에요! 저, 저흰 그저 이렇게 불필요하게 피를 흘리는 것은 갈등의 골을 더 깊게 할 뿐이니 잘못되었다고 생각해서,"

"잘못되었어?"

그 말에 주위에 있던 여자 하나가 끼어들었다. 벌떡 자리를 박차고 일어난 그녀가 벨아리아에게 삿대질하며 소리질렀다.

"애초에 너희 남부의 버러지들이 여황 폐하께 반역했기에 생긴 일이잖아! 그러지만 않았다면."

그러지만 않았다면.

여자의 말은 차마 끝까지 이어지진 못했으나 그 침묵은 오히려 더 끔찍하게 군중을 짓눌렀다. 손에 힘이 들어가며 검은 봉투가 우그러졌다. 하나둘씩 주저앉아 있던 이들이 자리에서 일어났다. 순식간에 저를 포위하듯 둘러싼 이들의 그림자에 짓눌려 새파래진 벨아리아가 반사적으로 끌어안고 있던 친구에게로 몸을 돌렸다.

"아, 알디스, 알……."

뭐라고 말 좀.

그러나 그 말은 시선이 마주치는 순간 끝을 내지 못하고 목구멍에서 사그라졌다. 비틀거리며 엉덩이걸음으로 물러선 순간, 약속이라도 하듯 군중이 움직였다.

악마가 광장을 한입에 잡아먹었다. 눈이 가려지고 이성이 마비된 군중은 주동자가 내지르는 괴성에 홀려 소리를 질러대었다. 광기가 산불처럼 휩쓸고 갔고, 사람들은 벨아리아 리드에게 돌을 던지기 시작했다.

그리고 친구가 질러대는 고통 어린 비명에도 리즈벳은 그 자리에서 손가락 하나 까딱할 수 없었다.

* ⚜ *

Blut für Blut.

피에는 피로.

"⋯⋯아가씨."

누구의 것인지 모를 피로 건물 벽에 큼지막하게 쓰인 그라피티에 노엘이 불안한 표정을 지었다. 리즈벳은 그에 애써 미소를 지으며 노집사의 목을 꼭 끌어안았다.

"괜찮아요, 노엘. 괜찮을⋯⋯."

그러나 그 말을 조롱이라도 하듯 시가지 쪽에서 무언가가 박살 나는 소리가 들렸다. 그에 리즈벳의 팔을 거머쥔 노엘의 손에 힘이 들어갔다. 처음 광장에서 난동이 시작되었을 때 충격에 얼어붙어 있던 리즈벳을 질질 끌어 뒷골목으로 숨긴 것은 급히 뒤를 따라왔던 노엘이었다.

"아가씨, 안 됩니다."

"괜찮아요."

"주인님께서 허락하지 않으실 겁니다."

"윈터는 지금 여기 없잖아요. 최대한 빨리 다녀오면 돼요."

괜찮을 거예요. 누구에게 하는 말인지도 불분명한 말을 중얼거리며 리즈벳은 재빨리 노엘의 뺨에 짧게 입을 맞춘 후 시가지 쪽으로 달리기 시작했다. 그 뒤를 무거운 한숨을 내쉬면서도 노엘이 쫓았다.

사실 윈터가 그녀와 함께 내려왔다면 절대 허락할 일 없는 일이었다. 그러나 정체가 드러날 것을 염려해 웬만해서는 타인 앞에 모습을 드러내지 않는 윈터는 영지로 내려오지 않았고, 그 대신 노엘을 뒤따라 보냈다. 그리고 윈터와는 달리 노엘은 눈앞에서 벌어지는 이 생지옥을 앞에 두고도 냉정히 돌아설 수 있을 정도로 무자비하지 못했다.

"*남부의 버러지들을 죽여라!*"

"*배반자의 피를 뿌려라!*"

"*우리 아이들의 핏값을 받아내라!*"

검은 편지봉투로 시작되었던 폭동은 순식간에 자제할 수 없을 정도로 번져 나갔다. 시가지는 이미 그녀가 알고 있는 모습이 아니었다. 이성을 상실한 폭도들은 손에 집히는 대로 무기를 들고 시가지를 행진하며 에스타니아의 피가 조금이라도 섞인 이들을 남녀노소 가리지 않고 끌어내 폭행했다. 상점들의 유리가 부서지고, 가정집의 가구들이 박살이 났다.

비명, 살려달라는 애걸, 저주.

바닥은 깨져나간 유리 파편으로 반짝였다. 그 위로 부서진 가구들의 파편과 엎어진 저녁상의 음식과 누군가의 피가 점점이 흩뿌려졌다. 그 참상을 보며 리즈벳은 이를 악물었다. 제 눈으로 보면서도 믿을 수가 없었다. 고작 몇 시간 전까지만 해도 이곳은 평화로운 산골 영지였다. 서로 인사를 나누고 잡담을 하며 웃곤 했던 이웃이었다.

목재건물들이 모여 있는 주거지에서 불길이 솟아올랐다. 광기 어린 환호성이 울렸다. 그녀는 그저 귀를 틀어막고 싶었다. 이 모든 것이 끔찍한 꿈만 같았다.

집중해. 해야 할 것을 생각해.

그녀는 이를 악물며 시가지의 중심, 이 모든 것이 시작되었던 중앙광장으로 향했다.

그러나 정작 목적지에 도착하자 그녀는 눈앞에 펼쳐진 상황에 욕지기가 나오는 듯했다.

벨아리아는 양손이 묶인 채로 전시되듯 광장의 아름드리나무에 매달려 있었다. 마지막 숨통을 끊지 않았던 것은 마지막 남은 거부감이었을까, 죄책감이었을까, 아니면 잔인함이었을까. 다른 사냥감을 찾기 위해 우르르 몰려간 폭도들이 사라진 광장은 오히려 한산할 정도였다. 주위를 재빨리 돌아보고 타인이 없다는 것을 확인한 리즈벳은 노엘의 도움을 받아 죽었는지 살았는지도 확신하기 힘든 친구를 나무에서 내리려 애썼다. 식은땀이 흘러 축축해진 손바닥은 자꾸 미끄러졌고, 지근거리에서 확 풍겨나는 피비린내에 구역질이 났다. 쿵, 쿵, 쿵, 미친 듯이 심장이 뛰었다. 목덜미 뒤쪽에 새파랗게 날이 선 비수가 들이대어진 듯했다.

겨우 매듭이 풀려 벨아리아의 몸이 장난감처럼 바닥으로 처박혔다. 재빨리 친구에게 달려간 리즈벳은 덜덜 떨리는 손으로 그녀의 맥을 확인했다. 가늘고 빠르긴 하나 그럼에도 여전히 뛰고 있는 맥을 잡아내자 갑자기 탁 긴장이 풀려 리즈벳은 무너지듯 벨아리아의 몸에 고개를 묻었다.

"……아가씨."

그때, 지금까지 단 한 번도 들어본 적 없는 굳은 어조의 노엘이 그녀를 감싸듯 앞을 막아섰다. 그리고 그런 노집사의 몸 너머로 보이는 익숙한 치맛자락에 리즈벳은 순간 숨을 멈췄다.

"……리즈벳."

창백하게 질린 입술이 작게 제 이름을 불렀다. 양손을 가슴께에서 꽉 맞잡은 알디스는 노엘의 존재는 눈에 들어오지도 않는 듯 그의 뒤에 서 있는 리즈벳과 벨아리아만을 바라보았다. 그 눈동자에서 질척하고 혼란스러운 감정이 휘몰아쳤다.

리즈벳은 입술을 꽉 깨물고 봄을 일으켰다. 아가씨 하고 작게 부르며 만류하려는 노엘을 지나쳐 그녀는 알디스를 정면으로 마주 보았다.

"알디시아."

시선이 마주침과 동시에 울컥 감정이 솟아올라 숨이 답답했다. 토할 것같이 울렁거리는 속을 애써 무시하며 그녀는 애써 목소리에서 흔들림을 지워냈다. 알디스가 무슨 심정으로 여기에 남았는지, 왜 제 친구를 외면했는지는 모를 일이다. 그건 일단 아무래도 좋다.

"못 본 척해줘."

부탁의 형태를 하고 있었으나 사실 그건 부탁이 아니었다. 그녀의 곁에서 노엘은 지금 당장이라도 그녀를 지키기 위해 폭력을 휘두를 준비를 하고 있었으며 상황은 2대1. 시체처럼 얼어붙은 얼굴의 친구를 앞에 두고 리즈벳은 애써 이해하려 했다.

그녀는 오늘 남편을 잃었다. 그토록 간절히 기도했건만 신은 그녀의 기도를 들어주시지 않았다.

하지만 알디스.

"네가 막았어야지."

울컥하는 감각과 함께 그녀가 어찌할 새도 없이 가시 돋친 말이 튀어나왔다.

"난, 최선을 다하고 싶어. 지금 이 순간, 나를 필요로 해주는 사람을 위해 최선을 다하고 싶어! 혹시나 모든 일이 내 뜻대로 되지 않는다 하더라도 후회 한 점 남지 않도록!"

후회하지 않도록 결정하고 싶다고 했잖아. 그 결정을 내렸을 때 넌 이런 미래도 각오했어야 하지 않았어? 너, 정말 이런 일이 일어날 줄 몰랐어?

"내게 확신을 줘. 내가 후회하지 않도록 도와줘. 네가 최선이라 생각하는 선택을 하라고 말해줘!"

그래서 나는 네가 네 최선이라 생각하는 선택을 했다고 믿었어. 그러면 그 결과 역시 받아들여야지. 그 선택에 따라온 괴로움도, 아픔도, 상실도, 모조리 책임질 각오를 했었어야지!

"벨아리아가 아무 잘못이 없다는 건 네가 제일 잘 알잖아. 넌 이 애한테 책임 전가한 거야! 아무 죄도 없는 애한테!"

애써 낮춘 목소리가 거침없이 상대에게 쏟아져 나갔다. 그녀는 제 말이 칼날이 되어 알디스에게 박히기를 바랐다. 그 상처에서 피 흘리기를 바랐다.

"……난, 지금까지 내가 착한 사람인 줄 알았어."

그녀의 시선을 받으며 알디스는 스르르, 시선을 떨어트렸다. 반짝이며 빛을 내는 결혼반지를 바라보는 그녀의 시선이 순간 광포하게 흔들렸다.

"그런데 아니더라."

서늘한 목소리가 제 가슴속의 무언가를 잘라낸 듯했다. 그런 리즈벳의 표정을 봤는지, 보지 못했는지, 알디스는 나직하게 자문했다.

"……내가 그 순간에 뭔가를 했다면 저애가 이렇게까지 되지는 않았을까, 아니면 나까지 싸잡아 죽이려 했을까?"

그러나 중요한 것은 그녀가 그러지 않았다는 것이었다. 그 순간의 무위(無爲)는 그것 자체로 폭력이었다.

알디스는 그 이상 아무 말도 하지 않은 채 휙 몸을 돌려버렸다. 몇 시간 만에 까칠하게 마르고 날카로워진 얼굴에서는 이제껏 보지 못했던 잔인함이 엿보여 리즈벳은 그녀를 향해 손을 뻗을 수 없었다.

리즈벳은 저도 모르게 제 머리칼을 향해 손을 뻗었다. 지금은 위장을 위해 다갈색으로 물들인, 본래는 밝은 색의 금발.

그녀가 로세이유의 피를 받았다는 움직일 수 없는 증거.

쨍그랑, 다시금 골목 건너편에서 상점의 쇼윈도가 깨져나가는 소리와 흥분한 폭도들의 고함이 들려왔다. 그쪽으로 걸어가는, 한때는 친구였던 소녀의 머리 위로 타오르는 건물들의 붉음이 짙게 드리웠다.

"아가씨!"

노엘이 부르는 소리가 먼 곳에서 들려오는 것만 같았다. 미처 털어놓지 못한 감정이 폭풍이 되어 제 몸 안의 장기들을 모조리 헤집어놓는 듯했다.

"웩, 우욱!"

리즈벳은 나무에 기대어 한참을 토했다. 속에서 올라오는 것이 신물뿐이고 속을 뒤집어대는 격통 때문에 머리마저 쇠꼬챙이로 찔리는 착각이 들어 그녀는 나무를 끌어안고 거칠게 숨을 내쉬었다. 그런 그녀의 상태를 초조하게 바라보던 노엘이 그녀를 부축했다.

"아가씨, 낯빛이 안 좋으십니다. 빨리 여기서,"

그때, 노엘의 말이 부자연스럽게 끊겼다. 꽉, 갑자기 아프게 팔을 쥐는 손길에 리즈벳은 멍하니 고개를 들었다가 그 자리에서 뻣뻣하게 굳어버렸다.

어느새 마을 쪽에서 열두어 명의 남자들이 그들을 발견하고서 다가오고 있었다. 시뻘건 액체가 점점이 튄 옷에 몽둥이, 곡괭이와 삽, 부지깽이 따위를 쥔 그들의 뒤로 머리가 완전히 산발이 되어 얼굴을 알아볼 수 없는 남자 하나가 손목이 묶인 채 질질 끌려오고 있었다. 남자는 대체 얼마나 얻어맞았는지 전신이 피투성이인 채로 미동도 하지 않고 있었다.

그녀를 발견한 그들의 움직임이 멈췄고, 그들을 발견한 그녀가 그 자리에서 얼어붙었다.

오싹한 위기감이 척추를 타고 흘러내린다. 저도 모르게 뒷걸음질 친 리즈벳의 앞을 노엘이 막아서며 허리에 차고 있던 검을 뽑아 들었다. 그리고 검을 보고서 더욱 흥분한 폭도들이 괴성을 지르며 달려들기 시작했다.

생지옥이었다.

피를 봐 정상적인 상황파악능력이 마비되어버린 남자들이 사방에서 달려들었다. 족보 없는 내지르기는 그렇기 때문에 더욱 예측하기가 까다로웠고, 그런 이들이 서넛이 동시에 달려들다 보니 노엘은 순식간에 수세에 몰렸다. 리즈벳을 등 뒤로 두려 애쓰며 한창 때의 장정들이 내지르는 몽둥이를 막아내던 와중, 억 하는 신음과 함께 어깨를 잘못 얻어맞은 노엘의 허리가 꺾였다. 그리고 그 틈을 놓치지 않고 머리를 노리고 내지른 곡괭이를 막아내던 검이 결국 뚝 부러졌다.

"죽어라!"

완전히 무방비로 노출된 등을 향해 누군가가 부지깽이를 내리찍었을 때였다.

남자의 목이 뚝, 옆으로 꺾였다.

목을 갈린 남자도, 그 광경을 바라보고 있던 리즈벳도, 기세등등하게 노엘을 에워쌌던 남자들도 영문을 모르는 채로 목을 잃은 남자가 나무토막처럼 나동그라지는 것을 바라보았다.

촤아아아, 피분수가 쏟아졌다.

"눈을 감으렴, 사랑스러운 리즈벳."

어느새 뒤에서 내밀어진 손이 부드럽게 그녀의 눈을 가렸다. 기척도 없이 다가왔던 그의 목소리에 흠칫 몸을 사리며 가늘게 떨자 어느 순간부터 그녀의 뒤에 서 있었던 윈터가 작게 혀를 찼다.

"내가 가지 않는 게 좋을 거라 말을 했거늘."

그리 말하며 그는 조심스레 손을 움직여 그녀의 눈을 감겼다. 윈터 특유의 조금은 서늘한 손길이 닿았다 떨어지고, 자박, 작은 발소리와 함께 그가 그녀를 스쳐지나갔다.

윈터 드레스덴은 제 앞에서 무기라고 부르기도 민망한 것들을 힘껏 그러쥐고 저를 둘러싸는 이들을 바라보았다. 제 상처를, 죽음을 각오하지 않고 순간의 감정으로만 나섰을 폭도들은 제 동료의 허망한 죽음을 눈앞에 두자 마치 찬물을 뒤집어쓰고 꿈에서 깨어난 듯한 표정을 하고 있었다. 소리 없이 시체에서 흘러나와 바닥을 물들이던 피 웅덩이가 그들의 발에 닿았고.

"으, 으아아악!"

윈터는 공포에 질려 사방으로 도망치는 남자들을 발걸음 하나 빨리하지 않고 하나하나 사냥하기 시작했다.

● ✤ ●

"대리자(代理者)시여, 저들을 용서하소서. 저들은 자신들이 무엇을 하는지 알지 못하옵니다."

예전, 종군 사제가 제 앞에 무릎 꿇으며 그리 애원했다. 그것이 언제 일이었던가. 한 열두 번 죽었다 살아났던 상트망 공방전 때였을 것이다.

그때에는 참 아팠지. 신성을 받아들인 지 1년도 채 안 된 때였으니까 통각이 고스란히 남아 있었다. 피는 흘리지 않고 상처는 금세 봉합되어버리니 겉으로 봐서는 아무런 문제도 없었고, 그랬기에 지휘부는 아무런 죄책감도 없이 그를 계속 전장으로 끌어냈다. 거부하는 날이면 제 막사 안까지 제 이름을 연창하는 병사들의 목소리가 들렸다. 불사신이 이끄는 패배 없는 전투라는 쇼에 심취해 있던 군중은 얼마 전까지만 해도 저들을 농락하던 로세이유군을 도륙할 것을 요구했다. 그 손에 잡힐 듯한 광기. 제 혈족을 죽인 자에 대한 복수가 주는 마취 효과에서 깨어난 그는 그제야 생생하게 눈앞에서 벌어지는 전쟁의 비참함에 치를 떨었다. 분명히 투왕을 죽였는데도 수적으로 열세인 군을 이끌다 보면 죽지 않는다는 선택지를 택할 수가 없었다. 그리고 죽지 않는다는 것을 제외하면 그저 열여섯 살 아이일 뿐이었던 그는 제가 지켜낸 폭도를 앞에 두고 몰래 두려움에 떨었다.

"저 가련한 이들을 불쌍히 여기소서."

사람의 목숨이 장난감같이 가볍게 다뤄졌던 시기였다. 그의 몸이 조각나고 다시 달라붙고, 후유증으로 끔찍한 고통에 온몸을 쥐어뜯던 그 모습을 모조리 지켜보았던 사제만이 그가 받는 스트레스를 이해했다. 밤이 되면 정신이 나가버리는 게 아닐까 싶을 정도로 끔찍해하는 그를 붙잡고 몇 번이고 그렇게 말했다.

"무지한 당신의 백성을 가엾게 여기소서. 부디 용서하소서."

그러나 무지에서 비롯한 죄라고 해서 그에 따른 책임감까지 사라지나?

신이 인스켈에 깃들었다.

제가 피에 취해 내뱉었던 말은 그대로 그를 옭아매는 족쇄가 되었고, 그는 신체였기에 그를 앞세우고 벌이는 전쟁은 성전(聖戰)이 되었다. 인스켈군은 패배의 두려움 없이, 광기에 차 싸우고 죽였다. 죽어나가는 적군을 향한 동정심조차 잊었다.

어째서인지 그 가장 당연히 인간적인 것마저 홀로 다 떠안게 되어버린 것에 진저리를 내면서도 그는 그 말을 따르려 노력했다. 어차피 이젠 정상적으로 살아갈 수 없는 몸이다. 인스켈의 수호를 위해서 스스로 마신 독이다. 그러니 사랑하지 않으면 어찌할까.

너희가 내 존재에 의미를 부여할 것이니.

너희가 내 존재를 정의할 것이니.

그래서 그는 저를 지긋지긋하게 이용해온 이들을 원망했음에도 진정으로 미워한 적은 없었다.

그러나.

"으악! 사, 살려, 살려……."

다리에 단검을 맞고 바닥을 구른 남자가 바닥을 기며 도망치려다가 목을 검에 찔려 피를 토하며 숨이 끊겼다.

"제, 제발, 제발 살려주……."

도망치는 것도 잊고 그 자리에 주저앉은 채 벌벌 떨고만 있던 남자가 가슴을 꿰뚫려 고꾸라졌다. 임계점을 넘어 싸늘하게 얼어붙어버린 분노로 윈터는 제게서 뿔뿔이 흩어져 도망치려는 이들을 하나씩 하나씩 쫓아가 숨통을 끊었다.

단 한 번도.

숨 쉬듯 자연스레 상대의 생기를 느끼고 무너진 집터에 숨어 있던 남자를 끌어내 목을 치며 윈터는 잠시 방심할 만하면 고개를 드는 들끓는 감정에 눈앞이 새빨갛게 점멸하는 것을 느꼈다.

단 한 번도, 그는 단 한 번도 제가 지켜야 하는 이들에게 증오를 느꼈던 적은 없었다. 그들이야말로 그에게 존재 의의를 부여할 이들이었기에. 그가 한때는 진심으로 사랑했고, 그 마음이 가셨다 해도 책임감을 느끼고 있는 이들이었기에.

"살려달라고."

입 밖으로 낸 목소리가 뱀같이 쉿쉿거렸다. 노래하는 듯한 매끄럽고 우아한 목소리가 분노를 참지 못해 파르르 떨렸다.

"내게, 살려달라고? 감히!"

분을 참지 못하고 휘두른 검에 이미 목이 잘린 남자의 몸이 펄떡이다가 피를 콸콸 쏟으며 늘어졌다.

그 아이가 살려달라고, 자비를 베풀라 했다면 네놈들은 그리 했을까? 그 아이의 겁에 질린 눈을 보고, 고작 열여덟인 그 아이가 네놈들 때문에 만신창이가 된 친구를 끌어안고 제정신으로는 도저히 설명할 수도, 이해할 수도 없는 미친 짓을 벌이고 있는 너희들을 두려워하고 있다는 것을 깨닫기나 했을까? 아니, 관심도 없었겠지. 반항하지 못하는 약자에게 의기양양하게 폭력을 휘둘렀겠지!

"감히, 너희 같은 버러지가."

제 행동의 대가도 생각하지 못하고, 그 책임을 질 각오도 없는 더러운 비겁자가.

……밉다.

숨이 턱 막혀왔다. 애써 억눌러두었던 감정이 와르르 쏟아져 나와 그 급류에 익사할 듯했다.

증오스럽다.

언제나, 언제나 이랬지. 나는 언제나 저들이 멋대로 싸지른 배설물을 수습하고, 그 대가를 치러. 죽어버리면 끝나는 저들과는 달리 나는 계속 살아 있어. 계속, 계속 살아남아서 벗어나질 못해. 길이 없어.

"……리즈."

머리를 조이듯 찾아오는 두통에 입술을 꽉 깨문 윈터는 비틀거리며 폐가가 된 집을 나섰다. 광장의 아름드리나무 아래에서 눈을 꽉 감고 귀를 틀어막고 있는 아이를 발견하자 그의 걸음이 점점 더 빨라졌다.

"리즈. 리즈벳."

그의 입술에서 스스로도 놀랄 만큼 다정한 목소리가 흘러나왔다. 피를 그렇게 보고도 그 흰 옷에는 피 한 방울 튀지 않은 말끔한 차림새로 윈터는 동그랗게 몸을 말아 세상에서 도망치려는 듯한 아이의 앞에 털썩 무릎을 꿇었다.

"괜찮아. 다 끝났어."

그는 아이를 다정히 끌어안았다. 친구의 피와 흙먼지로 범벅이 된 아이는 그럼에도 따듯하고 부드러웠다. 맞닿은 피부를 통해 빠른 속도로 뛰고 있는 심장고동이 들렸다.

두근, 두근, 두근, 두근.

그 선명한 고동에 가까스로 지탱해오던 무언가가 끊긴 듯해 윈터는 떨리는 한숨을 내뱉었다.

"……다 끝났어."

그리고 그는 100년에 걸친 세월 속에서 처음으로 제가 내뱉은 그 말을 믿었다.

그리고 떨리는 손으로 그의 품을 더듬어오던 리즈벳은 그의 목을 꽉 끌어안고 발작하듯 울음을 터트렸다.

◦ ✿ ◦

악몽의 한가운데, 계속해서 사람이 죽는 소리가 들려왔다. 검이 휘둘러지는 소리, 살려달라는 애걸, 그리고 비명. 그리고 저 멀리에서 들려오는 성난 폭도들의 고함. 무언가가 부서지고, 불타고, 죽어가는 소리.

그 모든 소음에 둘러싸여 리즈벳은 꽉, 눈을 감고 귀를 틀어막았다. 그녀는 아직까지 제가 왜 이 지옥 속에 떨어지게 된 것인지 알 수가 없었다. 사람이, 얼굴을 보면 분명 알아볼 수 있을, 그뿐이 아니라 이름을 알고 언젠가는 인사마저 나눠봤을 이웃들이 악귀같이 변해 저를 죽이려 달려들다가 시체가 되어 바닥을 구르고 있고, 6년을 함께했던 친구가 또 다른 친구를 외면하고 돌아서는 이 현실이 현실이긴 한가 그녀 스스로도 확신할 수가 없었다.

그리고 그 끔찍함 속에서 그녀는 아무것도 할 수 없었다.

"리즈. 리즈벳."

그때 그 악몽 속에서 그녀를 부르는 목소리가 들려왔다. 이 비현실 속에서 유일하게 현실 같은 것. 그녀가 알아왔던, 그와 함께 보냈던 7년간 한 번도 흔들리지 않고 유일하게 불변했던 사람이 그녀에게 말을 걸고, 끌어안았다.

"괜찮아, 다 끝났어."

그렇게 말하는 그 사람의 몸에서는, 방금 전 적어도 열두어 명의 사람을 죽이고 왔을 그 사람의 몸에서는 기가 막히게도 그 어떤 피비린내도 나지 않아서. 다정하게 그리 말하는 목소리는 아무런 죽음도, 광기도 더럽히지 못했던 지난여름을 떠올리게 하는 것 같아서.

"다 끝났어."

그녀는 그렇게 말하는 목소리를 듣는 순간 애써 억눌렀던 울음을 터트려버렸다.

알디스에게 말했었다.

"네가 막았어야지."

제가 잘난 듯 내뱉었던 말이 칼날이 되어 내장을 예리하게 헤집었다. 헤집힌 상처에서 피를 쏟아내며 그녀는 입을 틀어막고 악다구니를 썼었다.

"벨아리아가 아무 잘못이 없다는 건 네가 제일 잘 알잖아. 넌 이 애한테 책임 전가한 거야! 아무 죄도 없는 애한테!"

그렇게 소리치는 동시에 몇 번이고 스스로에게 되풀이했다.

그때 네가 끼어들었어도 변하는 건 없어. 달라지는 건 없어. 너로서는 막지 못했어.

"리즈, 로이드가 준 거야."

언젠가의 여름, 친구의 손가락에서 반짝였던 결혼반지보다 더한 빛을 내며 미소가 빛났다.

어떻게 그런 말을 할 수 있었을까. 제 모든 간절한 바람을 부정당한 친구에게, 어떻게 어깨를 안으며 같이 울어주는 대신에 그런 말을 할 수 있었을까.

막았어야 한 것은, 무언가를 했어야 하는 것은.

스르륵, 길게 기른 다갈색의 웨이브 진 머리칼이 흘러내렸다.

"미안, 흑, 미, 미안, 미안해……!"

주체할 수 없이 쏟아지는 오열에 리즈벳은 입을 틀어막고 울음을 터트렸다.

군중의 광기 어린 시선에 닿은 순간, 움직일 수가 없었다. 제 살을 깎아먹는 슬픔에 어쩔 줄 몰라 폭주하는 이들의 잔인성을 눈앞에 두고 아무 말도 할 수 없었다.

인스켈인이 아니었던 그녀는 그 자리에서 손끝 하나도 움직일 수 없었다.

· ✤ ·

"훗!"

식은땀에 흠뻑 젖어 몸을 일으키자 주위가 모조리 새까맸다. 그에 순간 숨이 턱 막혀 리즈벳은 한동안 컥컥거리며 목을 그러쥐었다. 누군가가 목을 조르고 있는 듯했던 감각이 겨우 사라졌을 때에는 입고 있는 옷이 흠뻑 젖어 몸에 들러붙어 있었다. 그녀는 덜덜 떨리는 손으로 사방을 헤집어 등잔에 불을 붙였다. 그 와중에 사이드테이블에 놓여 있던 책이니 장신구니 물잔이 바닥으로 떨어져 박살이 났다. 칼날이 목줄기에 들이대어진 듯한 감각은 몇 번의 시도 끝에 양초에 불이 붙고 방이 환해졌을 때에야 겨우 사그라졌다.

허억, 허억, 허억.

제 것이라기에는 너무나 낯선 거친 숨이 귓가를 울렸다. 불을 붙이는 것만으로도 모든 기력을 다 써버린 그녀는 그대로 다시 침대에 풀썩 쓰러졌다.

대체 언제 잠이 들었고 언제 저택으로 돌아왔는지조차 기억이 희미했다. 마지막으로 기억이 나는 것은 벨아리아와 또 한 명의 에스타니아 출신 남자를 마을 여관의 마구간에서 훔쳐낸 말에 태우고 저택으로 돌아온 것이었다. 옷도 갈아입지 못하고 쓰러진 걸 보면 저택에 도착한 후 쉰다고 방으로 들어왔다가 그대로 기절해버린 모양이다.

숙면 후의 상쾌한 기분도 없었다. 전신이 두드려 맞은 듯 아파 그녀는 뒤늦게 옷을 갈아입으며 작게 신음을 삼켰다. 지금까지도 머리가 멍했다. 조금만 정신을 놓고 있으면 어디까지가 꿈이고 어디까지가 현실인지 구분이 순간 되지 않았다. 현실이 너무나 현실 같지가 않아 손가락 하나 움직일 수 없을 정도로 격한 피로감이 몰려왔다.

하지만 아무리 외면하려 해도 에센으로 떠났던 이들이 죄다 죽었다는 사실은 변하지 않고, 오늘 마을에서는 폭동이 일어났다. 두 명은 구해낼 수 있었으나 구해내지 못한 사람들이 분명 더 있었을 거다.

마을을, 그곳에 남은 친구를 떠올리니 갈비뼈 아래를 예리하게 후벼 파는 듯한 통증이 달렸다. 그녀는 결국 참지 못하고 숄 하나만을 걸친 채로 방에서 뛰쳐나왔다. 달빛마저도 보이지 않는 새까만 밤의 어둠 속에서 그녀가 든 등불만이 위태롭게 흔들렸다. 그 어둠이 목을 조르는 것 같아 리즈벳은 정신없이 달렸다.

밤이 너무 깊다. 사방이 너무 캄캄해 길이 보이지 않았다. 이 밤은 대체 언제 끝날까. 이 밤의 끝에 새벽이 찾아오기는 하는 걸까?

"리즈벳."

숨이 턱에 찰 때까지 달려 저택을 벗어나자 탁 트인 밤하늘이 펼쳐졌다. 그 하늘을 우러러 보며 숨을 헐떡이고 있자니 선객의 목소리가 들려왔다.

"……이스켈."

팽팽히 당겨졌던 긴장의 끈이 단숨에 끊겨 눈앞이 핑그르르 돌았다. 꽉, 눈을 감는 것으로 그 기색을 애써 숨기며 리즈벳은 고개를 들어 마을이 내려다보이는 언덕 위에 서 있던 윈터에게로 다가갔다.

언제부터 여기에 있었던 것일까. 가만히 손을 뻗어 팔을 잡자 순간 움찔할 정도로 몸이 찼다. 체온 없이 지냈던 시일이 길어서인지 추위도 더위도 잘 타지 않는 윈터는 크러뱃도 없이 풀어헤친 드레스셔츠 하나만을 입은 채였다. 손아귀에 느슨히 쥔 장검을 지팡이 삼아 상체를 기대고 있던 윈터는 그녀가 가까이 오자 마을로 던지고 있던 시선을 돌려 그녀를 한참 동안 세심히 위아래로 바라보았다. 제 상태를 걱정하는 모습에 그날 들어 처음으로 리즈벳은 자연스레 미소를 지었다.

"난 멀쩡해요. 쓰러져서 좀 자고 나니 나아졌어요. 아, 그리고 벨아리아랑 그 남자도 괜찮아요. 노엘이 이미 말했을 것 같은데, 리델에게 맡겼어요."

잠들기 전에 확인했던 바로는 적어도, 겉으로는 조금 멀쩡해졌다. 도살당한 것 같은 모습에 리렐이 기겁을 했었지. 머리를 잘못 맞았을 수도 있어 뇌출혈을 걱정했으나 그걸 제외하면 다른 상처는 목숨을 위협할 만한 것은 아니었다. 오래 매달려 있는 바람에 어깨 관절에 손상이 있었고, 부러진 뼈나 피멍이 든 것은 완치까지는 시간이 걸리겠으나 회복되지 못할 정도는 아니었다.

속으로는 얼마나 문드러지고 있을지, 리즈벳은 애써 생각하지 않기로 했다.

"너는."

"말했잖아요. 멀쩡해요. 이스켈이 오기 전에는 노엘이 같이 있었고……. 아참, 노엘이 검을 그렇게 잘 쓰는 줄은 몰랐어요! 노엘은 못하는 게 대체 뭐예요?"

"눈 하나 깜짝하지 않고 거짓말을 하는 너를 위해 내가 질문 하나 하지, 영특한 리즈벳."

짐짓 명랑한 어조의 대답이 마음에 들지 않았는지 윈터의 입술이 살짝 비틀렸다.

"눈앞에서 아는 사람이 죽고 친구가 다치는 걸 보고, 정신 나간 아는 사람들에게 죽을 뻔하다 살아났지. 정말 괜찮아?"

그에 순간 멍하니 할 말을 잃었던 리즈벳은 곧 입술을 비틀어 쓰게 웃었다.

"……참, 여러모로 잔인하네요, 당신은."

티를 내지 않으려 해도 대꾸하는 말투에 씁쓸함이 숨기지 못하고 묻어나왔다. 애써 고개를 돌리려 했던 진실이 뺨을 후려치는 심정이었다. 꽉, 윈터의 팔을 잡고 있던 손에 힘이 들어갔다.

"내가 괜찮지 않으면 어떡해요. 난 죽지도, 다치지도, 한순간에 배신자 취급당하며 쫓겨나지도 않았어요. 난 한순간에 잃어버릴 부모님도, 남편도, 자식도 없고, 지금 이곳에서 목숨의 위협 하나 느끼지 않고 편안하고 멀쩡하게 지내고 있어요. 그런 내가 괜찮지 않으면 누가 괜찮아요?"

매서운 자책의 말에 윈터의 눈이 살짝 흔들렸다. 그에게서 홱 시선을 돌려버리며 리즈벳은 신경질적으로 머리카락을 잡아당겼다.

친구라는 이름으로 6년을 붙어 있었는데 정작 필요할 때에는 아무런 도움이 되어주지 못했다. 어떻게 행동해야 하는지 뻔히 알고 있으면서도 바보같이 얼어붙어 꼼짝도 못 했다. 주위에 저보다 괴롭고 힘든 이들이 이렇게나 많은데 제가, 무엇 하나 한 것이 없는 제가 여기서 힘들다고 투정부리는 게 말이나 되나. 무슨 자격으로.

꽉, 그러쥐었던 주먹이 파르르 떨리며 리즈벳은 고개를 수그렸다.

아무것도 하지 못했다. 하지 않았다. 잘난 듯 입만 살아 남 탓만 하는 것 외에는 할 수 있는 것이 없었다. 치욕스럽게도 무력했다.

"……괜찮지 않아도 돼."

그런 그녀의 눈을 커다란 손바닥이 가렸다. 시야를 차단하는 어둠 속에서 낮게 속삭이는 목소리만이 들려왔다.

"괜찮지 않은 것이 당연한 거다. 억지로 노력할 필요 없어. 괜찮은 게 이상할 상황이다, 리즈. 네가 괜찮지 않아도."

그렇게 말하는 목소리가 가볍게 떨리는 것 같아 리즈벳은 숨을 멈췄다. 가끔씩 그가 보이는, 평소와는 판이하게 다른 다정함에 이미 다 말라버렸다 생각한 감정이 다시 울컥 솟아오르는 듯했다.

"넌, 그 누구에게서도 비난받지 않아도 돼. 그러니 그렇게 담아놓지 말고 토해내렴. 그 감정이 너를 상처 입히지 않도록."

윈터는 가볍게 그녀를 끌어들여 이마에 입을 몇 번이고 맞췄다. 마치 그렇게 하면 그녀를 괴롭히는 모든 것들이 잊힐 거라는 듯이. 저도 가지고 있지 않은 온기를 그렇게 하면 나눌 수 있을 거라는 듯이.

"넌, 벌써부터 괜찮지 않아도 괜찮아."

다정하고도 다정한, 어쩌면 그녀가 간절히 바라왔을 허락의 말.

그러나 리즈벳은 반대로 그의 품에서 벗어나 고개를 들었다.

무엇인지는 정확히 모른다. 그러나 그냥 머리를 비우고 그 품이 가져다주는 마약과 같은 안온함을 즐기기에는 무언가가 목에 가시처럼 걸렸다. 그녀는 양손으로 그의 양뺨을 감쌌다.

"⋯⋯이스켈."

올려다본 그의 표정은 밤이 내리깐 휘장에 감춰져 파악하기 어려웠다. 그녀가 쉽게 이름을 붙일 수 없는 감정들이 깊게 가라앉은 눈동자 속에서 밤바다의 파도마냥 일렁였고, 어둠에 날카로움이 감춰진 얼굴은 평소와는 다른 분위기를 풍기고 있었다.

그래서인지도 모른다. 문득, 아주 불현듯, 생각했다.

"괜찮아요?"

윈터가, 불안해하고 있다.

"내 어디가 그렇지 않아 보이니, 바보 같은 꼬마야. 내가 그럴 일이 뭐가 있다고."

그녀의 말에 순간 멈칫했던 그는 다음 순간 메마르게 소리 내어 웃었다. 재미있어서 견딜 수 없다는 듯, 대체 어디서 그런 가당치도 않는 생각을 했냐는 듯, 윈터는 예의 그 애정과 조소가 반쯤 섞인 표정을 지으며 그녀의 이마에 입을 맞췄다.

그야말로 아무 일도 없다는 듯이.

"그거, 정말이에요?"

그러나 그게 정말인가. 괜찮지 않아도 본인은 아무렇지도 않은 얼굴로 괜찮다 하는 당신은, 백년 가까운 시간 동안 지금의 그녀처럼 괜찮지 못하다고, 괴롭다고 토로할 누군가도 없었을 당신은.

그리고 오늘 자신이 지켜야 할 이들을 스스로 죽여야 했던 당신은, 정말 괜찮아?

"글쎄."

그리 말하며 윈터는 다시 그녀의 팔을 잡아 끌어안았다. 톡, 가볍게 그녀의 어깨에 고개를 기대며 그는 깊게 숨을 들이쉬어 그녀의 체향을 가득 들이마셨다.

"내가 내팽개치지 않았다면 결과가 달랐을까 하는, 그런 생각은 한다만."

빙글, 손가락이 장난치듯 그녀의 머리칼을 감았다.

"그렇게 하는 것으로 일어날 일이 정말 일어나지 않았을까?"

마치 찬물을 한 바가지 뒤집어쓴 기분으로 리즈벳은 고개를 돌려 윈터를 바라보았다.

그는 그녀의 어깨에 머리를 기댄 채 무표정하게 능선 아래로 시선을 던져 밤새 쉬지 않고 타오르는 마을을 바라보고 있었다. 밤하늘을 찌르듯 걷잡을 수 없이 타오르는 마을의 불빛이 그의 흰 얼굴 위로 춤추듯 일렁였다. 순간 그 밀랍 같은 옆얼굴이 너무나 무정해 보여 그녀는 오싹 소름이 돋았다.

그런 그녀를 향해 윈터는 흐릿하게 웃었다. 옅은 체념, 피로, 환멸

위에 또렷이 새겨진, 제게 향하는 놀랄 정도로 아낌없는 애정.

"네가 멀쩡하니 됐어."

그렇게 웃는 얼굴을 앞에 두고 그때 처음으로 무언가, 그녀가 외면해오고 있었던 무언가가 그 깊게 가라앉은 눈에서 보일 듯 말 듯 자맥질하는 듯했다.

"……왜."

애써 내뱉은 목소리가 가늘게 떨렸다. 제 목소리에 반응해 그녀를 향한 시선에서 묻어나는 숨길 수 없는 다정함에 그녀는 입술을 깨물었다.

그녀가 알고 있는 그라면 분명 괜찮지 않을 텐데, 한순간 그가 정말로,

괜찮아 보여서.

"……먼저 잘게요, 이스켈. 내일 아침 일찍 떠날 벨아리아를 배웅해야 하잖아요."

그렇게 말한 리즈벳은 애써 미소를 지으며 윈터의 입술에 가볍게 키스를 했다.

"잘 자요."

이 미친 밤이 끝나고 새벽이 되면, 이 모든 걱정과 불안이 기우로 밝혀지기를 진심으로 바랐다.

· ✤ ·

『크리스티앙 경, 아이가 저택에서 떨어졌습니다.』

울창한 나무 숲 사이로 몸을 숨긴 부하가 돌아와 재빠르게 보고했

다. 그에 마치 숲의 일부가 된 양 미동도 없이 은신해 있던 크리스티앙은 입가를 비틀어 웃었다.

『그래서, 어디까지 왔지?』

『정문 쪽의 야트막한 언덕에서 저택을 떠나려는 이들과 인사를 하고 있습니다만 그 이상은 떨어지려 들지 않는 것 같습니다. 그 위치면 드레스덴의 결계가 아슬아슬하게 닿는 위치입니다.』

『저택에 남은 이들은?』

『늙은 집사와 하녀가 떠났으니 계집아이를 빼면 드레스덴 혼자입니다.』

『저 커다란 저택에 사람은 고작 넷이라. 그래, 그 괴물 곁에 붙어 있으려는 정신 나간 것들이 그리 많이 있을 리가 없지.』

그리 말하며 크리스티앙은 사납게 웃었다. 위계질서로 강요된 경우가 아니라면 윈터의 곁에 있으려는 이는 없었고, 그건 그의 성격이나 신성을 생각하면 당연한 일이다. 그자는 처음부터 혼자였고, 그가 그자를 알아왔던 그 오랜 시간 동안 언제나 혼자였다. 그도 그럴 것이, 사람이 아닌 이가 어찌 사람을 곁에 둘 수 있을까.

그래서 안셀라가 제 여동생에게 사모를 주었을 때 라 리베티에는 완전히 뒤집어졌다. 안셀라의 말을 강령처럼 믿고 따랐던 이들조차도 그 비정함에 동요했다. 아무도 그 살인마의 곁에서 아무런 힘도 없는 계집아이가 7년을 버티리라 예상치 못했다.

완전히 모습을 감춰버린 윈터를 찾다 지쳐 아이의 행방을 캐기 시작했을 때에도 그가 아직 아이를 살려두었으리라고는 생각지도 못했다. 안셀라가 그리도 당연하게 제 여동생의 생존을 장담하지 않았다면 좀 더 일찍 포기했을지도 모른다.

그러나 아주 우연찮은 계기로 찾아내게 된 리즈벳 클렌디온의 정보는 예상을 모조리 뒤집었다.

윈터 드레스덴이 사랑을 한다.

요약하자면 그렇게 말할 수 있는 쪽지를 손에 들고 그는 벽에 구멍이 생길 정도로 두드려댔다.

드디어, 기다려왔던 괴물의 약점을 손에 넣었다.

『가자. 괴물의 피를 볼 시간이다.』

퉤, 침을 뱉곤 크리스티앙은 몸을 일으켰다. 그의 뒤에서 소리 없이, 기척조차 내지 않는 발자국들이 따라왔다. 하나, 둘, 넷, 여덟, 열, 스물, 서른. 이날을 위해 심혈을 기울여 뽑고 훈련시킨 부하들은 거침없이 숲길을 달리며 미리 지정된 위치에서 저택을 둥글게 포위했다. 숲 한가운데에 숨듯이 자리 잡은 저택은 사람이 살고 있다는 낌새조차 느껴지지 않을 정도로 고요했다.

전성기 때라면 이 정도 가까워진 것만으로도 눈치챘을 것이다. 범위 안으로 들어온 적을 파악하고 그 생기를 앗아가는 윈터 특유의 결계 때문에 이 긴 세월 동안 그의 적들은 단 한 번도 그를 급습할 수 없었다. 거의 인간에 가까워졌다더니, 그 말이 놀랍게도 틀리지 않은 모양이다.

그 가정에 이를 갈며 크리스티앙은 그 결계의 끄트머리에서 아이가 깊게 후드를 눌러 쓴 네 명의 일행과 작별인사를 하는 것을 바라보았다. 길게 늘어트린 웨이브 진 다갈색 머리칼은 위장을 위해 물들였음이 분명했으나 그걸 제외하면 아이의 모습은 놀라울 정도로 안셀라 클렌디온을 닮았다. 봄의 햇살을 닮은 아름다운 생김새. 세상에서 반짝이고 아름다운 것만 모아둔 듯한 모습은 과연 사내의 마음을 끄는 묘한 매력이 있었다.

그래, 저 계집이 윈터 드레스덴의 끝인가.

각각 두 사람씩 태운 말이 출발하는 것을 아이가 배웅하자 크리스티앙은 입술을 비틀어 웃었다.

『형.』

뇌리에 마지막으로 만났던 동생의 목소리가 들려왔다.

『형, 그게 형이 이 긴 시간을 기다려왔던 복수야? 그게 진심으로 형이 만족할 만한 결과야?』

10년을 넘게 기다려왔어. 매일 밤 그자가 내 발치로 끌려 내려와 울고 자비를 구하는 순간만을 꿈꾸며 이 빌어먹을 하루하루를 보내왔다고, 알아들어? 그런데 하늘이 내리신 기회가 와서 그자를 완전히 박살 낼 수 있는데 그걸 그냥 놓아버리라고? 개소리.

『클렌디온 공이 그자를 끝낼 거야. 지금 중요한 건 여황의 신경이 에스타니아에 쏠린 와중에 어떻게 하루라도 빨리 옛 로세이유의 영토를 수복할 수 있느냐야. 그를 위해서 필요한 군비 충당에도, 군사 훈련에도 모조리 인력이 부족해.』

그 말에 크리스티앙은 짓듯이 웃음을 내뱉었다. 같은 부모의 피를 받았음에도 동생은 그와 거의 정반대로 달랐다. 포터에서 반군을 일으켰던 부모가 되살아난 윈터에게 처참하게 도륙당했을 때, 크리스티앙은 피눈물을 쏟으며 윈터에게 복수를 다짐했으나 줄리안은 그냥 그 자리에 뿌리박힌 듯 주저앉아 며칠을 내리 울었다. 크리스티앙이 이를 갈며 복수심에 불타는 생존자들을 끌어 모았을 때 줄리안은 인스켈 황릉에 침투하는 방법을 고려하고 있었다.

동생은 이상적이었고 한없이 순진했다. 언제나 모든 일에서 의미를 찾았다.

삶, 그 이후에도 남는 것을 꿈꿨다.

그런데 말이다, 줄리안.

너는 안셀라 클렌디온을 믿어? 제 여동생을 사모의 신체로 만들어 버린 놈을? 제 혈육조차 이용하는 놈이 우리는 이용하지 않을 것 같아?

『중요한 건 빼앗긴 우리나라를 되찾는 거야. 우리 스스로의 주인이 되어 차별받지 않고 마음껏 우리의 언어를 쓰고, 우리의 전통을 이으며 우리의 방식대로 살 수 있는 조국을 되찾는 거야.』

그자가 아버지에게 무슨 짓을 했는지 잊었어?

그 말에는 아무리 줄리안이라도 쉽게 대답하지 못했다. 깊게 가라앉은 파아란 눈동자에서 그는 자신보다 결코 덜하지 않은 증오를 읽었다.

난 그자가 지독하게 괴로워하게 만들 거다. 태어난 게, 지금까지 그 구역질나는 생을 이어온 게 후회될 정도로 극상의 고통을 선사해줄 거야.

『형.』

걱정 마라. 안셀라의 여동생은 죽이지 않아. 아무리 나라 해도 우방에 대한 예의 정도는 아니까. 안셀라 클렌디온에게 그 계집애가 대체 얼마나 대단한 의미가 있는지는 내 모르겠다만.

『크리스티앙 경, 신호를.』

말 두 필이 능선 너머로 멀어지는 것을 바라보며 크리스티앙은 검을 빼들었다.

『……나의 증오스러운 원수에게 죽음으로도 끊어낼 수 없는 고통을.』

『죽음보다 괴로운 지옥의 삶을.』

선창에 이어 답하는 소리와 함께 약속한 듯 사방에서 남자들이 위장을 풀더니 일제히 달려 나갔다. 지척에서 기습적으로 튀어나온 이들에게 차마 대비하지 못한 아이가 비명을 지르며 바닥을 굴렀다. 거칠게 아이를 결계 밖으로 밀어낸 두세 명이 끔찍한 비명과 함께 한순간에 먼지가 되어 사라졌다.

그러나 그에 눈썹 하나 까딱하지 않은 남자들은 소리를 지르려는 아이를 우악스럽게 그러쥐고 뒷목을 때려 기절시켰다.

『리즈벳 클렌디온.』

축 늘어진 아이를 넘겨받으며 크리스티앙은 진심으로 유쾌하게 웃어 젖혔다.

『고맙다. 태어나줘서.』

어느새 그의 눈앞에, 그가 평생을 증오해왔던 괴물이 서 있었다.

새빨갛게 타오르는 하늘, 강이 되어 흐르는 피, 그 중심에 서 있던 백발의 소년. 진심으로 유쾌해 어쩔 줄 모르는 듯한 웃음, 치켜올렸던 검이 떨어지는 것과 함께 제 목숨보다 소중했던 누군가가 피를 뿌리며 죽어가는 모습.

그리고 그 모습을, 소리 내지 않도록 입을 틀어막으며, 미친 듯이 절규하며, 혹은 어찌 반응해야 할지 몰라 망연자실하며 바라보았던 것은 그들의 공통된 기억이었다.

그 기억 속의 윈터 드레스덴은 그렇게 그들의 목숨의 일부를 장난감처럼 찌르고, 베고, 난도질해 망가트린 후 그들마저 끝장을 내려 왔다. 대륙 최강의 살인귀에게 쫓겨 동료와 가족과 연인을 잃고 그럼에도 꾸역꾸역 도망가 살았던 그들은 터질 것 같은 감정의 폭풍을 애써 억누르며 이 긴긴 세월 동안 제 악몽으로 군림해왔던 남자를 둘러쌌다.

『윈터 드레스덴.』

웃음을 억누르지 못하며 크리스티앙은 양팔을 쫙 펼쳤다. 10년 전 열다섯 소년이었던 그를 공포로 몰아넣었던 악귀는 너무나 많이 변해 있었다.

희색이 돌 정도로 희고 푸르스름했던 피부는 이제 희미하나마 혈색을 띠고 있었다. 키가 두 뼘은 더 자라 있었고, 나이 탓인지 섬세하고 가늘었던 몸 선의 날카로움은 그대로였으나 단단해져 이제는 완연한 성인 남자의 태를 하고 있었다. 무엇보다 예전에는 그 자리에 서 있는 것만으로도 압도적으로 주변을 짓누르던 기백이 사라졌다. 긴장으로 단단해진 턱선과 조금 불규칙하게 흐트러진 호흡, 그리고 동요를 선연히 드러내는 눈은 여전히 피를 머금은 듯한 붉은색이었으나 그 비인간적인 섬뜩함은 많이 누그러진 후였다.

평생의 원수로 삼은 남자를 눈앞에 둔 크리스티앙은 결국 참지 못하고 허리를 꺾어가며 웃었다.

10여 년의 세월 동안 한 치도 변함없이 열여섯 소년의 모습이었던 소년은 성장해 있었다. 스물둘, 많아봤자 스물다섯은 넘지 않아 보이는 남자에게는 숨길 수 없는 6년이라는 시간의 흐름이 보였다. 남자는 더 이상 잔인무도하고 감히 대항할 생각조차 품을 수 없는 불사의 신체가 아니었다.

그는 인간이었다. 무력하고, 연약하고, 망가질 수 있는, 부서질 수 있는, 상처 입힐 수 있는, 그런.

『꿇어.』

냉랭하게 그 한마디를 내뱉자 윈터를 둘러싸고 있던 부하들 중 둘이 창을 들었다. 망설임 하나 없는 무자비한 손속에 허벅지를 뒤쪽부터 관통당한 윈터가 비명을 삼키며 바닥을 굴렀다. 동맥을 관통한 창상에서 새빨간 피가 쏟아져 나왔다. 그 어떤 지독한 전장에서도 피 한 방울 묻어난 적 없던 윈터의 흰옷이 처음으로 새빨갛게 물들었다. 그러나 그에게 창을 찔러넣었던 이들은 그 누구보다도 윈터라는 신체에 대해 잘 알고 있는 이들이었다. 그들은 찔러넣었던 창을 뒤틀어 더욱 상처를 크게 벌렸다. 창날을 빼내는 순간 재생을 시작할 상처를 더욱 깊게 파 헤집었다. 그에 기어코 바닥에 무너진 남자에게서 억눌린 신음이 새어나왔다.

그 피의 붉음에, 그 억눌린 신음에, 그 고통의 표현에, 반항 한 번하지 못하고 제 발치로 쓰러진 원수의 꼴에 척추 끝에서부터 스멀거리며 절정과도 닮은 희열이 몸을 달렸다. 크리스티앙은 바닥에 쓰러진 윈터의 머리를 거세게 걷어찼다.

『가관이군. 이게 윈터 드레스덴이라고? 이게, 신성 인스켈의 수호신이라고! 이게!』

걷어차 피를 흘리는 머리를 짓밟고 그걸로도 모자라 힘을 주어 목을 밟았다. 우드득, 끔찍한 소리가 나며 목뼈가 그대로 꺾였다.

그 뼈를 검은 안개가 감싸듯 휘감았다. 하나, 둘, 셋, 다섯, 열……. 고작 그 정도 사이에 부러진 목은 정상으로 돌아왔고 갑자기 막혔던 숨통이 터지자 윈터가 거세게 기침을 했다. 위아래로 거칠게 들썩이는 어깨를 보는 남자들의 시선이 흉포해졌다.

그들의 기억 속에서 윈터가 웃는다. 그들의 상관이, 동기가, 부하가, 혹여는 검이란 걸 쥐어본 적도 없는 친지가 죽을 각오로 찔러넣었던 검은 피 한 방울 남아 있지 않은 신체를 꿰뚫고 아이러니하게도 그들을 대륙 제일의 살인귀의 손아귀에 떨어트렸다. 그 필사적인, 절망적인 일격에 소리 내어 웃으며 윈터는 몸에 박힌 칼을 빼내는 수고도 없이 제 공격자의 목을 그러쥐고 부러트렸다. 그 시체를 짓밟고, 그 검을 빼내어 내동댕이치며.

웃는다.

『아버지의 원수!』

누군가가 그리 소리지른 것을 시작으로 하여 서른이 가까운 이들이 바닥에 쓰러진 윈터를 향해 달려들었다. 검에 베이고, 창에 찔리고, 봉에 얻어맞아 사방으로 피가 튀었다. 차디찬 날붙이가 살을 가를 때마다 윈터의 몸이 작살에 꿰인 물고기처럼 꿈틀거리며 억눌린 신음이 터져 나왔다.

그 모습을 붉어진 눈으로 더없이 냉정하게 바라보던 크리스티앙은 손을 들어 외쳤다.

『그만!』

그에 수십 쌍의 광기로 희번덕거리는 눈동자가 그에게로 향했다. 붉게 변한 눈이 말없이 그에게 요구했다.

이걸로 만족하지 않노라고. 더한 것을 원한다고.

그리고 그는 그 요구에 기꺼이 부응할 생각이었다.

저자라면, 이제는 신이라기보다는 인간에 더 가까워진 저자라면 죽음보다 더 고통스러운 게 있다는 것을 이해하리라. 쇠약해졌다고는 하나 여전히 손가락 하나만으로 그들을 모조리 죽여버릴 수 있는데도 이리 무력하게 당하는 이라면, 그걸 용납할 정도로 제 목숨보다 소중

한 게 생겨버린 이라면, 그리고 그이에게 해가 갈 털끝만큼의 가능성
도 용납할 수 없기에 제 발로 제 자신을 적의 발치에 내다 바친 이라면
분명 이해하리라.

이해하고, 그 무엇보다 두려워하고 있으리라.

『윈터 드레스덴.』

반쪽으로 쪼개진 머리를 힘겹게 재생시키고 있는 남자가 부름에 가
까스로 시선을 들었다가 그대로 얼어붙는다. 그 눈동자에 새겨진 선
명한 공포에 폭소하고 싶은 심정을 애써 억누르며 아까부터 계속 품
안에 끌어안고 있던 아이의 손가락 하나를 들어올려 꺾기 시작했다.

머리가 박살 나도, 폐가 꿰뚫려도, 배가 갈려 내장이 짓밟혀도 표정
하나 변하지 않던 남자의 눈에 그제야 기묘한 생기 비슷한 게 스몄다.
그에게서 평생 볼 수 없으리라 생각했던 감정을 담고 윈터가 망가진
성대로 억지로 말을 쥐어짰다.

"안……, 큭, 안, 안 돼, 흐윽……!"

그리고 그 추태를 유유히 지켜보며 크리스티앙은 쥐고 있던 아이의
손가락에 확 힘을 주어 꺾었다.

『인간으로 떨어진 것을 축하한다.』

괴물의 사랑이라니, 이 얼마나 역겨운가.

· ❦ ·

혹자는 어리석은 선택이었다고 한다. 이래봤자 상황은 악화일로를
걸을 뿐이고 결국 그는 저들이 하려는 짓을 막을 일말의 기회조차 놓
쳐버리게 되리라.

그러나 결계 안의 침입자를 느꼈을 때, 그들의 시뻘건 적의를 느꼈을 때, 그리고 그들의 손아귀에 떨어진 아이를 보았을 때 그에겐 더 이상의 선택지는 없었다.

이성이 반응하기도 전에 윈터는 이미 저택을 뛰쳐나오고 있었다. 잠시 동안의 망설임이 아이에게 끼칠 해에 생각이 닿아서, 머리를 굴리느라 저들을 자극했을 때 일어나게 될 돌발 상황이 두려워져서, 원하는 것을 주지 않았을 때 잃게 될 것이 무엇일지 너무나 똑똑히 보여서 이성이 마비되었다.

제발. 제발. 제발. 이 몸을 찢는 걸로 만족해 저들이 아이에 대해 잊어주기를. 내 고통에 심취해 저 아이에 대한 것은 잊어버리기를.

"아아아아악!"

그러나 안온함에 젖어 있던 대가는 컸다. 손가락이 부러져 나가는 고통에 기절해 있던 리즈벳이 지른 비명은 그 어떤 칼날보다 예리하게 그를 난도질했다.

"리, 즈……! 큭, 리즈!"

경련하며 재차 기절해버린 아이를 향해 윈터는 미친 듯이 팔을 뻗었다. 몇 자루인지 짐작도 되지 않는 창검에 꿰여 움직이지 않는 몸에서는 끊임없이 피가 흘렀다. 눈의 실핏줄이 터져 시야가 온통 시뻘겋게 물들었다.

……제발.

엘리자베타의 관이 눈앞을 어른거렸다.

제발 저 아이를 내버려둬.

끝까지 성인이 되지 못했던 여동생이 웃는다. 리즈벳이 웃는다. 사랑한다고 볼을 발그레하게 물들이며 해사하게 웃었던 아이의 모습이 눈앞에 어른거린다.

제발 저 아이를 빼앗아가지 마.

남자의 칼이 바닥에 쓰러진 리즈벳에게 향한다. 새빨간 시야에 새파랗게 빛나는 칼날이 높이 치켜올라가고 그의 일그러진 얼굴을 비웃듯 단번에 내리꽂힌다.

"안 돼! 리, 쿨럭, 리즈, 흐으윽, 큭, 리즈……!"

왼쪽 어깨를 꿰뚫은 검에 아이의 몸이 경련하듯 몇 번 떨리더니 축 늘어졌다. 찔린 상처에서 느릿하게 피 웅덩이가 고이기 시작하자 윈터는 거의 발작하듯 절규했다.

너무나 익숙한, 결코 착각할 수 없는 죽음의 향.

왼쪽 어깨뼈 아래로 칼날이 들어갔으니 폐를 찔렸을 것이나 심장은? 저 위치에서 찌르면 심장에 닿았던가? 저곳을 찔린 사람이 살 수 있었던가? 피가, 피가 저렇게 많이 흐르는데 이미 죽어버린 건 아닌가?

분명히 알고 있을, 그 누구보다 소상히 알고 있을 사실이었으나 순간 뇌리가 새하얗게 변해 하나도 생각이 나지 않았다. 겨우 봉합되기 시작한 상처가 무리한 움직임으로 다시 벌어져 울컥거리며 피를 토해냈다. 몸을 지면에 고정한 창검의 고통도 느끼지 못한 채 윈터는 필사적으로 쓰러진 아이를 향해 손을 뻗었다.

"리즈, 제발……. 으윽, 죽, ……죽지, 쿨럭! 제발. 제발, 리즈."

그러나 아무리 뻗어도 닿지 않는다. 치사량만큼 흘린 피 때문인지, 뇌를 구워버리려는 듯한 아픔 때문인지, 그렇지 않으면 잘려나간 근육 때문인지 몸이 제 의지대로 움직여주지를 않는다.

그리고 피 웅덩이 속에 쓰러진 리즈벳은 미동도 하지 않는다. 깨어날 듯 간헐적으로 기침을 하며 피를 토해내고 미간을 고통에 일그러트린 채 헐떡이다 다시 움직임을 멈춘다. 점차 파리하게 변하는 입술, 얕고 빠른 호흡. 그 모든 것을 제 피로 만들어진 웅덩이 속에서 그저 지켜볼 수밖에 없어 그는 창자가 끊어질 것 같은 무력감에 몸부림쳤다.

『괴물 새끼 주제에 끝내주게 애틋하네. 살다 살다 이렇게 구역질나는 건 또 처음 보는군.』

머리 위에서 들려온 경멸 어린 목소리에 윈터는 고개를 들었다.

그 순간만큼은 그가 제 적이라는 것은 상관없었다. 애초에 아이를 다치게 한 자가 이자라는 것도 상관없었다. 이자가 절대로 제가 원하는 것은 들어주지 않을 것도 알고 있었다.

그러나 달리 매달릴 곳이 없었다. 아이를 살려줄 수 있는 사람이 없었다.

『제발. 저 아이는 상관없어. 제발……. 의사에게 보이게 해줘. 날 가지고는 무슨 짓을 해도 돼. 그러니 제발 저 아이는…….』

『내 형이 그렇게 빌었을 때 네가 듣는 체라도 했어?』

그리고 증오를 억누르려 하지도 않는 상대는 오히려 그 말에 그의 머리를 거세게 걷어찼다. 이가 부러지고 눈에서 극심한 통증이 몰려오며 시야가 왈칵 붉게 쏟아져 내렸다.

『내 조카는 그때 고작 열두 살이었어! 그 아이는 그럼 죄가 있어서 죽었어?』

크리스티앙은 이제 반쯤 이성을 잃고서 소리질렀다.

언제나 그 빌어먹을 열여섯 살인 채로 멈춰 있는 얼굴을 보면 머리가 하얘질 정도로 살의가 일었다. 무려 10년이 지났는데, 황제가 바뀌고 세월은 끊임없이 지나가는데 그만이 그 자리 그대로였다. 열여섯 그대로인 살인귀의 얼굴은 끊임없이 크리스티앙을 충동질했다.

잊지 말라고. 그날 흘렸던 피를, 네 가족의 죽음을, 평생 미래란 걸 알지 못하고 빼앗겨버린 그 원혼의 마지막 절규를 감히 잊을 생각도 하지 말라고!

『네놈이 살아 있는 한 잊을 수 없어! 용서할 수 없어! 시간이 흘렀으니 예전 일로 치부하면서 앞날이나 생각하자 이딴 소리는 지껄일 수 없다고! 네가! 네가 살아 있으니까!』

동생은 잊으라 한다. 다른 이들도 잊으라 한다. 복수에 인생을 허비하기에는 너무나 삶이 짧다고, 네가 소중하다고, 혹여는 사사로운 복수 이상의, 더 중요한 사명이 있다고.

그렇고 해서 언제가 될지, 제가 살아 있는 동안 오기나 할지 모르는 복수의 날을 그리며 사는 게 즐거운 게 아니다. 다른 삶의 방식을 택할 수 있었다면 기꺼이 그렇게 했다마다. 그냥 그게 불가능한 것이다. 몇십, 몇백 번을 시도했는데도 안 된 것뿐이다.

그날의 모습 그대로 아직 네가 살아 있으니까.

네가 잊으려 해도 잊게 하질 않으니까.

『저주받을 괴물 놈! 아픔을 모르니 쉽기도 했겠지! 네놈을 제외한 모든 사람들이 아픔이란 걸 느낀다는 것도 잊었겠지! 그러니 그렇게 쉽게도 죽였겠지!』

그리고 그런 그를 윈터는 새빨갛게 물들어 점멸하는 시야로 올려다보았다. 저도 모르게 주룩, 눈물이 흘러내렸다.

『미아, 하……다.』

그에 상대의 얼굴이 삽시간에 얼어붙었다.

윈터는 그런 상대의 얼굴을 보며 그 정체를 파악하려 노력했으나 그건 요원했다. 그는 제가 죽인 이들의 이름을 기억하지 못했다. 기억하고 있다간 훨씬 더 이전에 완전히 미쳐버렸으리라. 그의 끝은 보이지가 않는데 죽여야 할 이들은 늘어만 간다. 나라에 매인 살인귀로 살겠노라 맹약을 맺은 순간부터 그건 결정된 미래였다. 그는 제 존재 가치를 위하여 수천, 수만의 이름 모를 사람들의 목숨을 맞바꿨다.

　그래서 그건 유희가 될 수밖에 없었다. 그 수를 죽이고 제정신을 유지하려면 달리 길이 없었다. 그러다 보니 무감각해졌다. 가을바람에 떨어져 내리는 수만 개의 낙엽. 그 낙엽을 짓밟는 데 가책을 느끼지 않듯 사람을 죽이는 데에도 죄책감을 잊었다.

　그리고 수천, 수만의 사람들이 그의 칼날에 허망하게 죽어갔다. 그중에는 분명 억울했던 이도, 죽지 말았어야 했던 이도, 누군가에게는 목숨보다 소중했던 이도 있었으리라. 그들은 죽기 전 각양각색의 말로 목숨을 구걸했다.

　그리고 그는 언제나 그 모든 비굴하고도 간절하면서도 필사적인 애원을 모조리 묵살했다.

　『미안, 쿨럭, 하다. 진심, 으로…… 으윽, 큿, 그러나 제발…… 그 죄를 저, 저 아이에게…… 흐으, 묻지, 마. 부디, 부디…… 죄 없는 저 아이만은 살려줘.』

　굳게 세워진 마음의 방벽이 와르르 무너져 내리며 이제껏 외면하고 있던 감정들이 쏟아져 나왔다. 고개를 돌렸던 이들의 얼굴이, 시선이, 그 간절한 호소가 칼날처럼 예리하게 심장을 파고들었다. 발로 지르밟았던 낙엽들이 하나하나 얼굴을 가지고 그를 바라본다. 매도한다.

　뚝, 뚝, 바스러진 심장이 뺨을 타고 흘러내렸다. 그는 그 순간, 진심으로 제 삶을 저주했다. 제가 태어난 것, 해온 것, 그리고 여태 계속 살아남은 것 모두. 제 소녀에게 겨눠진 가장 예리한 악의가 되어버린 제 삶을 뼈저리게 원망했다.

『부디…… 부디 저 아이만은 해치지 마…….』

그리고 그는 이제까지 수많은 이들이 그에게 그리해왔듯 무자비한 절대자의 발치에 엎드려 빌었다.

*　❋　*

악의가 몽롱한 머릿속을 찌르고 들어왔다. 등뼈를 타고 불에 달군 꼬챙이가 찔러 들어온 듯해 리즈벳은 물 밖으로 끌려 나온 물고기마냥 비명도 지르지 못한 채 몸을 뒤틀었다.

아프다. 아프다. 내게 대체 무슨 일이 일어난 거지?

머릿속이 누군가가 불이라도 지른 듯 뜨거웠다. 아픔에 자꾸만 집중력이 흩어졌다. 느껴지는 것은 익사하는 것 같은 숨 막힘과 끔찍한 고통, 그리고 뺨이 닿아 있는 땅의 차가움과 딱딱함. 뜨이지 않는 눈을 억지로 떠 바라본 세상은 온통 뿌옜고 붉었다.

『제발.』

그리고 윈터가 애원하는 목소리가 들려왔다.

『저 아이는 상관없어. 제발……. 의사에게 보이게 해줘. 날 가지고는 무슨 짓을 해도 돼. 그러니 제발 저 아이는…….』

『내 형이 그렇게 빌었을 때 네가 듣는 체라도 했어?』

상상도 못 한 상황에 심장이 덜컥 내려앉는 것을 느꼈다. 누군가가 윈터에게 고함을 질러댔다. 악의와 울분, 억누르려고도 하지 않은 증오가 독처럼 쏟아져 나왔다.

『내 조카는 그때 고작 열두 살이었어! 그 아이는 그럼 죄가 있어서 죽었어?』

제게 향하지 않았다는 것을 알아도 숨이 막힐 것 같은 악의였다. 안셀라의 탓으로 어려서부터 별별 험한 일은 다 당해봤으나 그 악의와는 비교도 되지 않는다.

어제 벨아리아를 향해 쏟아내던 마을 사람들의 악의. 사람을 생으로 난도질 하는 듯한 그 증오.

리즈벳은 애써 눈을 떴다. 확인해야 했다. 지금 대체 무슨 일이 일어나고 있는지를 알아야 했다. 힘겹게 눈을 깜박이고 고통을 외면하며 암전해버리려는 시야를 애써 잡아 붙들어 맸다.

그리고 그녀는 가슴이 무너져 내리는 기분으로 무수한 창검에 찔려 차디찬 땅바닥에 박제된 그녀의 연인을 발견했다.

『네놈이 살아 있는 한 잊을 수 없어! 용서할 수 없어! 시간이 흘렀으니 예전 일로 치부하면서 앞날이나 생각하자 이딴 소리는 지껄일 수 없다고! 네가! 네가 살아 있으니까!』

상처로 정신이 나간 짐승이 절규하고 있었다. 이제 대부분의 로세이유어를 알아들을 수 있는 리즈벳은 그 남자가 뭐라 소리치는지를 똑똑히 이해할 수 있었다.

뚝뚝, 저도 모르게 눈물이 흘렀다. 가슴이 답답한 것은 상처 탓만은 아니리라. 이렇게 숨이 막혀오는 것 역시 그 고통 때문이 아니리라.

이스켈. 이스켈리안. 이스켈리안 잘리어. 드레스덴. 윈터 드레스덴.

그녀는 그가 해온 선택에 대해 안다. 얻었다 착각하는 것을 대가로 수많은 것들을 잃어온 것을 안다. 그 선택에 따라왔을 그 수많은 좌절과 고통으로 얼룩진 밤들을 알지는 못하지만 어렴풋이 짐작은 할 수 있다. 그가 어째서 그런 선택을 했는지, 그 기반이 된 나라와 가족에 대한 애정도, 희미하게나마 알고 있다.

또한 그녀는 그의 웃음을 안다. 조소하듯, 냉소하듯 비틀린 웃음이 아닌, 때로는 소년처럼 순수하게, 때로는 어른처럼 다정하게 그려지는 그 미소를 안다. 그가 그녀를 위해 화를 내는 것도, 울 것같이 표정을 일그러트리는 모습도 봤다. 그는 망설이고, 주저하고, 회피하고, 감추고, 거짓말하고, 비꼬고 냉소하는 것으로 그의 내면의 공허를 가린다. 제 약점을 덮어 완벽한 비인간성을 강조한다. 그 결여를 아는 이들은 지극히 드무리라 이해하고 있다.

그러나 동시에 그녀는 그의 업적의 행간에 직접적으로 적혀 있지 않은 피비린내 나는 악행에 대해서도 짐작하고 있다. 그녀를 공격하려 했던 마을 사람들을 가차 없이 죽였던 것처럼 그에게 살인이란 더 이상의 도덕적 갈등조차 일으키지 않는 지극히 당연한 행위였다. 그로 인해 목숨을 구제받은 당사자로서 그건 어쩔 수 없는 일이었다 애써 치부하고 잊으려 하는 것과는 달리, 그 행위는 그렇게 목숨을 잃은 이들의 가족이나 친지들에게는 결코 잊을 수 없는 것일 테다.

『저주받을 괴물 놈! 아픔을 모르니 쉽기도 했겠지! 네놈을 제외한 모든 사람들이 아픔이란 걸 느낀다는 것도 잊었겠지! 그러니 그렇게 쉽게도 죽였겠지!』

어떻게 해서든지 대가를 받아내려 들 것이다. 목숨같이 소중하던 사람을 잃은 이들에게 사실 그 살인자에게도 사정이 있었다는 말은 바람에 날려 흩어지는 모래 알갱이만 한 의미도 없으리라.

이들은 그만큼 그를 증오하는 것이다. 그에게 절망을 안겨주기 위해 남은 인생을 모조리 내던질 정도로 끔찍해하는 거다.

『미아, 하⋯⋯다.』

그리고 이제는 윈터가 그에게 애원하고 있었다. 평생 무너지지 않을 것 같은 그 사람이, 절대 상처 입지 않고 패배할 리 없다 생각했던 그가 제 적의 발치에 엎드려 구걸하고 있었다.

『미안, 쿨럭, 하다. 진심, 으로⋯⋯ 으윽, 큿, 그러나 제발⋯⋯ 그 죄를 저, 저 아이에게⋯⋯ 흐으, 묻지, 마. 부디, 부디⋯⋯ 죄 없는 저 아이만은 살려줘.』

그리고 리즈벳은 그 간절한 애원을 손가락 하나 까딱 못 한 채 그저 들을 수밖에 없는 채로 소리도 내지 못하고 엉엉 울었다.

『부디⋯⋯ 부디 저 아이만은 해치지 마⋯⋯.』

윈터는 그녀가 잡혀버렸기에 저리된 것이다.

『이미 늦었어.』

그리고 그런 윈터를 승리감에 번들거리는 눈으로 내려다보며 크리스티앙은 웃었다. 피비린내에 찌든 웃음소리가 경쾌하게 허공을 울렸다.

『조각내서 봉인해버려! 다시는 빛을 보지 못하게!』

"안, 돼⋯⋯ 안 돼!"

그리고 그 명령에 기다렸다는 듯 도끼를 들어올리는 남자들의 모습에 리즈벳은 발작하듯 비명을 질렀다. 그녀의 얼굴로 윈터의 피가 흩뿌려졌다. 그 뜨뜻미지근한 온기에 그녀는 진저리쳤다. 그 처절한 비명이 크리스티앙의 광기에 기름을 부은 듯했다. 그는 깔깔 소리 내어 웃으며 그녀의 어깨에 박힌 검을 쑥 뽑아냈다. 숨이 턱 막히며 아찔한 고통이 찾아왔다.

필사적인 저항에도 불구하고 의식이 까무룩 멀어져갔다. 그 어둠 속에서 그녀는 크리스티앙이 마지막으로 내뱉는 말을 들었다.

『그 속에서 마음껏 상상해보시지, 드레스덴 대공. 네 소중하신 계집이 얼마나 예쁜 소리를 내며 죽어가는지를 말이야.』

· ✣ ·

기억은 하나의 선으로 이어지지 않았다. 중간중간 구멍이 나 있었고, 그나마 남아 있는 것도 온전한 상태가 아니었다. 그 의식과 무의식이 진탕이 되어 섞여 있는 와중에 간간이 몸이 찢어질 듯한 고통이 있었고, 펄펄 끓는 열과 몸이 덜덜 떨려오는 한기가 있었다.

그리고 윈터가 이름 모를 남자에게 애원하는 목소리가 들려왔다. 몇 번이고, 몇 번이고.

그렇게 며칠이나 흘렀을까, 식은땀에 흠뻑 젖어 깨어난 리즈벳은 자신이 전혀 본 기억이 없는 방에 누워 있는 것을 깨달았다. 흠칫 놀라 몸을 일으키려다 손목이 홱 당겨져 그녀는 다시 침대 위로 나동그라졌다. 그 여파로 깨질 듯 아파오는 머리를 애써 누르며 눈을 깜박이자 미처 깨닫지 못했던 손목을 묶은 끈이 보였다. 피부에 상처가 나지 않도록 폭이 넓은 비단을 사용했으나 한데 묶여 베드 포스트에 연결된 끈은 힘을 주어 당기는 것만으로는 쉽게 풀리지 않았다.

오랜만에 향수까지 느껴지는 상황에 그녀는 마른 웃음을 내뱉었다. 상황을 보니 갑작스레 나타나 윈터를 그 꼴로 만든 이들이 저를 여기까지 끌고 온 것 같은데, 그자들은 대체 누구고 여긴 어디며 저를 가지고 뭘 하려는 걸까.

　그리고 윈터는.

　생각이 거기에 닿자 리즈벳은 헛구역질을 했다. 별것도 아닌 상념이 기폭제가 되어 이제껏 닫아두었던 두려움이 차례로 쏟아져 나왔다.

　아직도 잊을 수 없다. 그녀의 얼굴에 닿았던 그 미적지근한 피. 진저리쳐지는 그 비릿한 냄새, 사고를 마비시키는 붉음. 저를 구하기 위해 필사적으로 애원하던 그 목소리.

　리즈벳은 머리를 움켜쥐고 눈을 감아버렸다.

　그는 살았을 것이다. 그 꼴을 당하고도 살았을 거다. 그에 가슴이 무너지는 감각과 함께 안도감이 몰려오면서도 그녀는 괴로워졌다. 이제야 그녀는 그가 단 한 마디도 언급하지 않았던 불사의 저주가 어떤 의미인지 실감할 수 있을 것 같았다.

　『쟈크티에 경이 드디어 정신이 나갔답니까!』

　문밖에서 여자의 격노한 음성이 울렸다. 악센트가 전혀 남아 있지 않은 로세이유어가 방음이 거의 되지 않은 얇은 벽 너머에서 그대로 들려왔다.

　『리모네트.』

　『정말이지 생각이 있기나 한 건지 의심이 되는 처사로군요! 클렌디온 공께 알리지도 않고 제 위치를 이탈해 어딜 갔나 했더니 그분의 여동생을 저리 만들어 오다니!』

　클렌디온이라는 이름에 그녀는 신경을 바짝 곤두세우고 애써 몸을 끌어 벽에 최대한 붙어서 귀를 가져다대었다. 여자의 말에 반박하며 남자가 목소리를 높이고 있었다.

『그래서 결과적으로는 드레스덴을 봉인했어! 클렌디온 공 백 몇 명이 들러붙어도 손가락 하나 건드리지 못한 괴물을 드디어 잡아 가둔 거야. 따질 건 따지더라도 그 공은 잊지 말아야지!』

『그자가 그걸로 끝장날 정도의 위인이라면 이 고생을 할 일도 없었겠지요! 이 조직에서 그자에게 원한이 있는 게 쟈크티에 경뿐인 줄 아십니까? 그런데도 경거망동하지 않고 참는 것은 그자를 완전히 끝장낼 수 있는 방법이 있기 때문이거늘, 당신들은 고작 그새를 못 참고 그 계획에 필요한 가장 큰 조력자를 저 꼴로 만들어놨어!』

그 말에 리즈벳은 쿵, 심장이 떨어져 내리는 듯했다.

상황으로 봐서는 남자 쪽이 윈터를 급습하고 그녀를 여기까지 끌고 온 패거리, 그리고 여자 쪽은 아무래도 그녀의 오라비의 관계자인 모양이다.

그러나 윈터를 완전히 끝장낼 수 있는 방법이라니. 게다가 저게 무슨 말인가. 아무리 봐도 저 맥락을 보면 그 조력자라는 건 저 같은데.

게다가 또 한 가지.

『따질 건 따지자고? 그래, 당신의 그 잘난 천칭에, 당신을 잡으려 당신 딸을 미끼로 썼던 드레스덴과 그자에게 화풀이를 하려고 당신 딸 또래 아이의 폐에 바람구멍을 낸 당신을 올려놓고 어느 쪽이 더 끝내주는 개새끼인지 달아봐요!』

『리모네트!』

사용하는 언어는 다르지만 저 목소리는 묘하게도 낯이 익다. 어디선가 확실히 들어본 적이 있는데 대체 어디서…….

『꺼져요, 라크란. 당신과 이 이상 말 섞어서 괜한 분쟁거리를 만들 생각 없으니.』

『리모네…….』

그러나 남자의 말이 채 끝나기도 전에 문이 쾅 닫히는 소리가 들렸다. 그에 리즈벳은 홱 몸을 일으켜 문가에서 떨어졌다. 남자를 쫓아낸 여자가 이번에는 그녀가 있는 방 쪽으로 다가오고 있었다.

그리고 남자를 쫓아냈을 때와는 비교가 되지도 않게 조심스레 문을 연 여자의 얼굴을 봤을 때 리즈벳은 그 자리에서 뻣뻣하게 얼어붙고 말았다.

"디, 안……?"

그리고 그 말에 순간 긴장으로 굳었던 그녀의 옛 유모는 곧 눈매를 누그러트리며 애써 미소를 지어 보였다.

"……깨셨군요, 아가씨."

새하얘진 머리가 제대로 된 말을 만들어내지 못했다. 리즈벳은 뭐라 형언할 수 없는 기분으로 다시는 보지 못하리라 생각했던 옛 유모를 바라보았다. 벌써 7년 가까운 시간이 지났다. 윈터를 만나기 전의 기억은 이미 많이 흐려졌다. 기억나는 것은 단발적인 것들뿐이었다.

파르페를 만들어주는 디아나, 산술 숙제를 하지 않고 도망친 그녀를 혼내는 디아나, 나무에서 떨어진 그녀의 무릎에 숨을 호호 불어주는 디아나, 천둥이 무섭다며 베개를 들고 찾아온 그녀를 제 침대 안으로 들여보내주는 디아나, 그녀에게 웃으며 입을 맞추는 디아나.

"움직이시는 걸 보니 통증은 많이 사라지신 모양이에요. 숨 쉬는 건 좀 어떠세요?"

그녀가 얼어붙어 아무런 대꾸도 하지 못하는 사이 곁으로 다가온 디아나는 조심스레 웃으며 그녀의 등의 상처를 세심하게 확인했다. 지근거리에서 풍기는 익숙한 체향이 단번에 7년 전의 향수를 불러일으켜 리즈벳은 꽉 눈을 감았다. 이제 삼십대 중반이 되어가는 그녀에게서는 희미한 주름의 흔적과 변치 않은 카모마일과 라일락의 향이 났다.

"디안이 내 납치와 관계가 있으리라고는 생각도 못 했어요."

툭, 무신경하게 내던진 말에 디아나의 손길이 움찔, 멈췄다.

"……쟈크티에 경이 한 일에 대해서는 제가 먼저 사과드릴게요. 맹세코 저는 며칠 전에 처음으로 알았고, 미리 알았다면 무슨 일이 있어서라도 막았을 거예요."

"윈터를 조각낼 수 있는 천우의 기회를 마다하고서라도요?"

"아가씨, 저는 아가씨를 그자에게 빼앗겼다는 소식을 듣곤 단 하루도 편히 잠들어본 적이 없어요. 그건 안젤라도, 엘제도, 브리트니아도 마찬가지예요."

간절히 하는 말에 그녀는 입술을 보이지 않게 꽉 깨물었다. 예상도 하지 못했던 이 순간 눈앞에서 흔들리는 것은 한때 가족보다 친숙했던 이름들, 그토록 바랐던 옛 일상으로의 통로였다. 다시는 손에 넣지 못할 것이라 단정 짓고 있던 것을 눈앞에서 보자 어쩔 수 없이 마음은 흔들렸다.

"……난 기다렸어요. 말이 안 되는 소리라는 건 알아도 디안이 와줄 거라고 생각했어요."

결국, 이것저것 계산하는 것을 그만둔 그녀는 저도 모르게 아주 오랫동안 품고 있던 의문을 던졌다.

"왜 오지 않았어요?"

그 말에 대놓고 디아나의 표정이 흐려졌다. 그에 리즈벳은 익숙한 체념의 빛을 담아 시선을 떨어트렸다.

……그래, 이것이야말로 익숙한 일이다.

"날 어쩔 생각이에요?"

"아가씨가 원래 계셔야 하는 곳으로 모셔온 것뿐이에요. 저흰 아가씨께 그 어떤 위해도 가할 생각이 없어요."

"팔을 이렇게 묶어놓고요?"

"……임시적인 조치예요. 곧 풀어드릴 거예요."

그리 말하는 디아나의 눈에서는 진솔한 미안함과 죄책감이 묻어났으나 그녀는 끝까지 리즈벳의 손목을 묶은 천에 손을 대지는 않았다.

한동안 침묵하던 리즈벳은 쓰게 미소를 지으며 고개를 들어 저와 시선을 맞추지 못하는 여자를 바라보았다.

"디안, 안아줘요."

"아가씨……."

그 말에 눈물까지 머금으며 디아나가 팔을 벌렸다.

그리고 리즈벳은 상대의 긴장이 풀리는 순간을 노려 묶인 손으로 바닥을 짚고 휙 다리를 휘둘렀다. 디아나 리모네트에게 리즈벳은 언제까지나 그녀의 치맛자락을 잡고 말갛게 웃어 보이던 열한 살의 작은 아이였고, 그래서 그 어떤 대비도 하지 않았던 그녀는 허무할 정도로 쉽게 명치를 걷어차이고 나동그라졌다. 그때를 노려 리즈벳은 그녀를 향해 사이드테이블을 밀어 떨어트렸다. 요란한 소리를 내며 물병이 깨지자마자 그녀는 서슴없이 그 조각을 잡고 천을 문질러 결박을 끊어냈다.

"아가,"

"오지 마!"

겨우 숨을 가다듬고 몸을 일으키려는 디아나와 방 안의 소란에 문을 열어젖히고 들어온 두 남자에게 리즈벳은 앙칼지게 소리질렀다. 제 목에 부러진 자기 조각을 들이대고 있는 리즈벳을 보고 디아나의 표정이 새하얗게 변했다.

"움직이지 마요, 디안. 지금 내 손이 떨리는 거 보이지요? 잘못하면 찌를지도 몰라."

완전히 평정을 잃고 흔들리는 디아나의 눈을 바라보며 리즈벳은 쓴 웃음을 삼켰다. 그 형태가 그녀가 온전히 원하던 것이 아닐지라도 디아나는 그녀를 사랑했다.

리즈벳은 목에 자기 조각을 흔들림 없이 가져다 대며 천천히 침대를 피해 벽에 등을 대었다.

"당신들의 최종계획이 정확히 어떻게 돌아가는 건지는 모르겠는데 내가 필요하다는 건 잘 알았어요. 필요한 건 살아 있는 나예요? 아니면 시체로서도 충분하려나?"

"아가씨, 대체 어디서 이런……."

"납치범한테서 무기 뺏는 방법이요, 아니면 명치를 걷어차고 무기 뺏어서 포박 끊는 거요? 둘 다 디안이 가르쳐준 거잖아요."

"그, 그게 무슨……."

"디안이!"

그리고 디아나가 그녀를 진실로 사랑하기에 리즈벳의 목소리는 더욱 날카로워졌다. 저도 모르게 감춰두었던 격정이 어느새 목소리에 묻어나왔다.

"디안이, 어렸던 날 납치되게 놔뒀잖아요."

"아가씨, 대체 무슨 말을……!"

"그게 오라버니 명령이었는지 디안의 개인행동이었는지는 모르겠는데 어쨌든 그렇게 둔 건 맞잖아요!"

짐작 가는 게 있는지 그녀는 더 말을 잇지 못했다. 그 모습을 보며 리즈벳은 입술에서 피가 나도록 깨물었다.

몇 번 납치가 일어난 후에도 저택의 경비는 변함이 없었다. 유모들은 변함없이 오라비의 부름을 받아 한 번에 며칠씩 모습을 감췄다. 그녀는 대단히 먹음직스러운 미끼였고, 실제로 안셀라는 그녀를 그의 적들을 끌어내기 위한 미끼로도 썼다.

"디안, 몇 번이나 날 내버려두고 갔잖아요. 그게 임무였는지 뭐였는지는 나보다는 당신이 더 잘 알겠지만…… 내가 정작 필요로 할 때 곁에 없었잖아요."

기다렸다. 기다리고 기다렸다. 윈터에게 납치되기 전에도 몇 번씩이나 납치는 있었고, 납치가 없었어도 방치는 있었다. 헛간에서, 동굴에서, 자루나 마차의 짐칸, 그게 아니라면 깜깜한 방 안에서 그녀는 언제고 홀로 기다렸다.

대부분의 경우 끝까지 기다리면 도움은 왔다. 그게 견디기 힘들어 나중에는 자발적으로 도망치기 시작했으나 그녀는 제 유모나 오라비가 그녀를 죽게 하지는 않을 것임은 짐작할 수 있었다.

그러나 그녀가 구해졌다 해서, 새벽이 와서 그녀의 침실에 햇빛이 비치기 시작했다 해서 그녀가 홀로 견뎠어야 했던 긴긴 밤의 기억이 사라지는 것은 아니었다.

그럼에도 그녀는 끊임없이 바랐다. 혹시나 하며 바라는 걸 스스로도 어쩔 수가 없었다.

"그러니 당신이 대답해봐요. 여기가 내가 있어야 할 곳이에요? 내 심장에 칼을 찔러넣은 사람이."

그리고 안셀라는 그녀의 심장에 검을 박아넣으며 그 긴긴 희망고문에 종지부를 찍었다.

"진짜 내 오빠예요?"

그 시점 이전에는 어쩌면, 윈터가 아닌 친혈육의 손을 잡았을지도 모른다.

그러나 어차피 다 지난 이야기.

"물러서요. 그러지 않으면 정말 목을 그어버릴 거예요."

다시금 힘주어 말하며 한 발짝 앞으로 나아가자 제 가정이 맞아떨어졌는지 남자들이 당황한 낯으로 한 걸음 뒤로 물러섰다.

며칠 동안 정신을 잃고 있었는지는 감도 잡히지 않는다. 그러나 어쨌든 등의 상처는 약간의 뻐근함과 둔통을 제외하면 느끼지 못할 정도로 치료되어 있었다. 정상적인 방법을 통해서는 이 정도의 효과를 볼 수 없을 테니 에스타니아 쪽의 마법사가 관련되어 있는 게 틀림없다. 그 사람은 어느 정도의 상처까지 치료할 수 있을까? 어느 정도로 힘을 줘야 충분히 위협이 되고, 어느 정도로 힘을 줘야 소생할 여지도 남기지 않고 죽을 수 있을까?

"여기 붙어 있을 생각도, 윈터에게 돌아갈 생각도 없어요. 남의 사정 때문에 이리저리 치이는 건 이제 지긋지긋해."

디아나가 여기에서 가장 상급자인 모양인지 그녀의 머뭇거림은 다른 남자들에게도 전염되고 있었다. 그런 그들의 눈치를 세심하게 살피며 리즈벳은 등을 벽에 댄 채 천천히 문으로 발걸음을 옮겼다. 그녀의 머리가 빠르게 돌아갔다. 디아나를 끌고 가 인질로 삼아볼까. 하지만 다른 남자들은 그녀와 사이가 좋지 않은 것 같은데. 게다가 그들은 어디까지나 안셀라와의 계약 관계 때문에 그녀를 데려온 것 같은 뉘앙스였다. 그들이야 그녀가 도망가든 뭘 하든 윈터에게 돌아가지만 않는다 하면 신경 쓰지 않을지도 모른다. 이참에 그자들이 윈터를 어디에 두었는지 알아낼 수 있다면 최상이겠으나 그건 포기하는 게 좋겠지.

"디안, 이리 와요. 당장!"

그리고 쉽게 결단을 내리지 못하고 그녀의 손에 들린 자기 조각만 불안하게 바라보는 디아나를 다그쳤을 때였다.

"그 칼을 내려놓거라, 리즈."

소리도 없이 문이 열리고 가면을 쓴 남자가 방 안으로 걸어 들어왔다.

그는 마치 그녀가 목에 들이대고 있는 무기가 보이지 않는 듯했다. 굳이 성량을 높이지 않아도 깊게 가라앉아 넓게 퍼지는 무채색의 목소리는 마치 귓속으로 박혀들어 뇌리에 직접 울려 퍼지는 듯했다. 몽환스러우면서도 흔들리지 않는, 무기질적이면서도 부드러운.

"이스켈리안의 안위를 진심으로 걱정할 이는 이제 너 정도밖에 없을진대 그런 네가 목숨을 그렇게 함부로 걸면 되겠니."

가늘고 물결치는 황금실 같은 금발의 남자는 눈의 색마저 가리는 가면 너머에서 고요히 그녀를 응시해왔다.

그 시선에 리즈벳의 손이 주체할 수 없이 덜덜 떨리기 시작했다. 곧 손에서 시작된 떨림은 온몸으로 번져 그녀는 제 몸이 무너져 내리지 않도록 양어깨를 으스러져라 끌어안았다. 툭, 그녀의 피가 묻어난 물병 조각이 떨어져 바닥을 쳤다.

그녀는 이 목소리를 알고 있었다. 한 번도 들은 적이 없는데도 알아들을 수 있었다. 그녀가 그 저주받을 겨울의 전장에서 가면을 쓰지 않은 이자를 단번에 알아본 것처럼.

"……오라버니."

기어코 짓씹어 피가 배어나온 입술 사이로 리즈벳은 신음하듯 속삭였다.

그녀는 나름대로 몇 번이고 오라비와의 첫 만남을 상상해본 적이 있었다. 쌓이고 쌓이고 또 쌓이는 과제에 정신이 혼미해질 때마다 하곤 했던 상상이었다. 언젠가는 오라버니가 와서 나를 이 지옥굴에서 건져 달콤한 디저트와 귀여운 인형들이 넘쳐흐르는 곳으로 인도해주실 거야.

그런 현실도피성의 상상이 아니라 진지하게, 오라버니와의 첫인사는 어떻게 하면 좋을까, 오라버니는 발랄한 아이를 좋아하실까 아니면 차분하고 어른스러운 아이를 좋아하실까, 오라버니는 활동파일까 아니면 그 반대일까 같은 궁리도 물론 했었다.

오라버니는 나와 많이 닮으셨을까? 어떤 성격이고 어떤 일을 하는 분일까? 나를 많이 보고 싶어 하실까?

나를 좋아는 하실까?

다짜고짜 인사도 없이 그가 검을 찔러넣고 도망가버린 이후부터는 그 상상이 좀 더 과격하게 바뀌긴 했다.

만나면 일단 뺨부터 거세게 한 번 후려칠까, 격투기를 배워서 허리를 꺾어버릴까, 아니면 나도 피장파장이라는 의미로 냅다 칼질이나 할까.

그러면 오라버니는 어떻게 반응할까?

난 그 얼굴에 대고 뭐라 지껄여줄까?

그러나 그 모든 상상이며 가정은 무의미한 것이었다. 정작 안셀라 클렌디온 본인을 앞에 두자 그녀는 아무 말도 할 수 없었다.

그런 그녀를 가만히 바라보던 안셀라가 조용히 시선을 창밖으로 돌렸다. 미처 눈치채지 못하고 있었으나 창밖으로는 구름 한 점 없는 새파란 가을 하늘이 새빨갛게 물든 단풍잎과 어우러져 펼쳐져 있었다.

"날이 좋구나."

뜬금없이 내뱉은 말에 리즈벳의 미간이 미미하게 찡그려졌다. 아무렇지도 않게 그녀와 디아나 사이로 걸어 들어온 안셀라는 그녀에게 손을 내밀었다.

"좀 걷지 않겠니?"

아무 일도, 예를 들자면 그가 그녀에게 다짜고짜 칼질을 한 적이 없었다는 듯 태연한 어조에 리즈벳의 입꼬리가 경련하듯 떨리다 곧 해사한 미소를 그리며 올라갔다.

"좋아요, 오라버니. 함께 걷지요."

⬧ ⚜ ⬧

크르르르륵, 흐윽, 그으으으윽!

절단된 성대에서 짐승 같은 소리가 나왔다. 머리가 던져진 상자 안은 사방이 새까맸다. 그 어떤 소리도 들리지 않았다. 그 뻥 뚫린 수렁과 같은 공간에서 목 아래로 느껴지는 끔찍한 고통만이 선명했다.

이로 상자 벽을 벅벅 긁어가며, 피를 쏟아가며, 이를 부러트려가며 그는 몸부림쳤다. 정상적인 생각을 할 수 없을 정도로 끔찍했다. 한계까지 약해진 신성은 잘려나간 몸을 계속 붙여내려 했으나 상자에는 무슨 마법이 걸려 있는지 연거푸 실패로 돌아갔다.

크으으, 우우우우우!

나가야. 나가야. 어서 여기서 나가야.

리즈벳. 내 아이. 죽인다. 저것들이. 저 저주받을 것들.

"저 괴물!"

뇌리 한편에서 조카가 소리질렀다. 몸이 조각났다. 시야가 엉망이 되고 기도와 성대가 잘려나가 제대로 된 소리를 낼 수도 없었다.

"조각내서 처넣어버려! 다시는 내 눈에 뜨이지 않게 해!"

그렇게 쓰레기처럼 상자에 처넣어져 탑에 버려졌다. 시야도, 소리도, 감각도 모조리 거세당한 그곳에서 몇 년을 버텼는지 알 길이 없다. 정신이 나가지 않았던 게 끔찍한 기적이자 저주였다.

뚝뚝, 이유 없이 나온 눈물이 피와 섞여 흘렀다. 고통과 초조와 절망에 짓이겨진 이성이 조각난 자리에서 횡포한 본능이 날뛰었다.

저주받을 것들. 찢어 죽여도 시원찮은 악마! 또다시 나를 이곳에 처넣어!

리즈. 나의 리즈.

살았을까. 자문한 상념은 감히 그 이상 진행되지 못하고 뚝 끊겨버렸다. 그렇다는 확신 외에는 그 어떤 가정도 용납할 수 없었다.

아이가 웃는다.

발자국 한 걸음 한 걸음에 눈부신 봄꽃들이 피어나 그의 겨울을 오색으로 물들인다.

달려와 안긴다.

그 눈동자에 애정을 한가득 안고 달큰하게 그의 이름을 부른다.

이스켈.

이제는 그 아이밖에 불러줄 사람이 남지 않은 이름. 그 아이 외에는 받아들여지지 않을 존재. 필요로 해주는 존재가 되고 싶다는 갈증과 사랑하고 싶다는 열망, 받아들여지고 싶다는 바람과 지키고 싶다는 소망. 그 모든 것이 그 아이에게서 비롯하고 충족된 것이기에 그 아이가 곧 그의 삶이거늘 어째서.

……지키지 못했나.

그 자각과 함께 짐승 같은 절규가 터져 나왔다.

죄책감? 도덕성? 그런 것을 품었다 해서 그가 했던 선택이 달라졌을까. 지켜야 할 것들을 앞에 두고 다른 길을 택할 생각이나 했을까? 그저 좀 더 어렵게 죽였을 것이고, 좀 더 빨리 미쳐버렸을 것이고, 그 유약함으로 좀 더 많이 죽여야 했을 테다.

샤를이, 안셀라가, 이름도 알지 못하는 그의 적들이 제가 머뭇거리고 자비를 베푼다 해서 똑같이 자비를 베풀었을까? 그것으로 전쟁이 끝나고 평화가 찾아와? 싱클레어에게 자비를 베풀어서 그자가 그의 파멸을 사주했었나?

아아, 그래. 결국 그에게 있어서 속죄란 기만일 뿐이다. 그게 진심이든 아니든 죽은 이들은 어차피 돌아오지 못하고, 떠나보내야 했던 이들은 그를 용서하지 못한다.

그러니 어차피 다 쓸데없을 뿐이다. 괴물이 사람 흉내를 내는 것도, 예전으로 돌아가려 하는 것도, 제 손안에 떨어질 것이 조금이라도 남아 있으리라 바랐던 것도.

그래, 그나마 죽였기에, 힘이라도 있었기에 여기까지 올 수 있었다. 그가 시체로 탑을 쌓았기에 인스켈은 썩어들어가도 제국이 될 수 있었다. 리즈벳을 손에 넣을 수 있었다.

힘이 있었다면, 지켜낼 수도 있었을 테다.

- 힘을 줄까?

귓가에서 일전에 들어본 적 있는 목소리가 속살거렸다. 그 유혹이 제 이성에 무슨 짓을 하는지, 그 손을 잡았을 때 어떤 참극이 일어나는지 익히 숙지한 후다.

그러나 그게 어때서.

소년처럼 천진하게 웃으며 윈터는 그 손을 잡았다.

순간적으로 정신을 아득하게 하는 감각과 함께 콸콸 소리를 내며 온몸의 피가 쏟아져 나오는 것이 느껴졌다. 정신을 아득히 하던 통증이 점멸하며 천천히 스러지자 또렷해진 뇌리에 한계까지 곤두선 시각, 청각을 통한 감각이 쏟아져 들어왔다.

순식간에 부식이 끝난 상자가 재가 되어 바스라지자 머리 위로 쏟아져 내리는 햇살 아래로 잘려나간 몸이 순식간에 재생을 시작했다. 손끝, 발끝을 움직여 날카롭게 선 감각을 확인한 윈터는 몸을 일으켜 완전히 새까맣게 죽어버린 폐허 한복판에 곧게 섰다. 흐릿하게 몇 번 깜박이던 시야가 색을 잃고 두근거리며 박동하던 심장이 천천히 속도를 죽이더니 멎었다.

윈터는 깊이 숨을 들이마신 뒤 내뱉고 그길로 더 이상 호흡하지 않았다. 시끄럽게 뛰던 심장과 함께 온갖 잔존 감각들이 얼어붙자 놀라울 정도로 고요한 평화가 찾아왔다.

익숙한 적막, 고요, 숨소리 하나, 새 울음 하나 들리지 않는 완벽한 정적.

호흡하듯 익숙히 제가 뿌린 피에 묻어난 신성을 감지하고 그 피를 흘리게 한 이들의 자취를 파악하며 윈터는 경쾌하게 소리 내어 웃었다.

아아, 어쩜 이리.

아름다운, 세상인가.

• ❧ •

　리즈벳은 아직까지 이 조직에서 안셀라가 맡는 역할이며 위치를 몰
랐으나 그녀 혼자였다면 결코 통과시켜주지 않았을 보초병들은 안셀
라의 동행을 확인하자 그녀에게 눈길 한 번 던졌을 뿐, 아무 말도 하
지 않았다. 그녀는 그들 중 윈터에게 미친 듯이 칼을 찔러넣었던 이들
을 발견해 저도 모르게 치를 떨었다.

　그 모습을 흘끗 바라보던 안셀라가 나직이 입을 열었다.

　"많이 대담해졌구나."

　그렇게 말하는 안셀라의 목소리에서는 뭐라 할 감정을 찾아볼 수가
없었다. 얼굴을 완벽하게 가리는 가면은 눈 부분마저 불투명한 유리
로 덧씌워놓아 그가 대체 무슨 생각을 하고 있는지 전혀 읽어낼 수가
없었다. 눈을 가늘게 휘며 웃고 있는 가면의 여우는 그녀를 반기는 것
도, 조롱하는 것도 같았다.

　"불리한 상황에서도 냉정을 잃지 않고, 순간적으로 판단해 움직이
는 것에 망설임이 없고, 무서운 이들 사이에 던져져서도 움츠러들지
않고."

　제법 서늘해진 가을바람이 불어와 안셀라의 금발을 흔들었다. 고개
를 살짝 숙이며 내뱉는 말은 그녀에게 향한 것이라기보다는 저 자신
에게 하는 혼잣말 같았다.

　"많이 자랐구나, 리즈."

179

그 모호한 태도에 그녀는 대놓고 코웃음을 쳤다.

"옛 이야기를 하며 친분을 다지고 싶으시다면, 오라버니, 그 거슬리는 가면부터 벗으시는 게 어떨까요? 굳이 제게 정체를 숨길 이유도 없는 데다가 이제 와 내외하기엔 우리 사이에 이미 참 많은 일이 있었잖아요?"

그 말에 그가 처음으로 고개를 돌려 그녀를 바라보았다.

"나를 원망하니?"

나직이 건네는 말에 리즈벳은 속에서 울컥 무언가가 치솟는 듯해 세게 입술을 짓씹었다.

그녀는 지금의 이러한 나사 빠진 대화가 심하게 신경에 거슬렸다. 여기는 아직까지 적진의 한가운데이고 저들이 윈터에게 무슨 짓을 했는지는 아직 감도 잡히지 않는다. 그리고 다짜고짜 나타나 이야기를 하자고 하는 이 오라비라는 사람은……

꽉 쥔 주먹이 아프게 떨렸다.

대체, 당신이 무슨 자격으로 내게 이런 대화를 시도하나. 대체 무슨 자격으로 아무 일도 없었던 척을 하나!

"왜, 날 죽이려 했어요?"

당신은, 나를 배신하고 버렸는데.

죽이려 했는데.

"그 검은 사람을 죽일 수 없는 검이란다."

"그리고 오라버니는 그걸 알고 절 찌르셨고요? 그러면 그게 바로 제가 '윈터 드레스덴을 확실히 끝장낼 수 있는 방법'이 된 경위겠네요. 그래서 그렇게 망설임 한 점 없으셨어요?"

그럼에도 여전히 무감정한, 높낮이도, 그 어떤 감정의 파편도 담겨 있지 않은 목소리에 날카롭게 내뱉었던 리즈벳은 저도 모르게 거칠어진 호흡을 애써 가다듬었다.

"왜 그랬어요?"

"……삶을 수단으로 삼은 대가지."

잠시 망설이듯 뜸을 들인 안셀라가 내놓은 대답에 리즈벳은 미간을 찌푸렸다.

"대화를 할 때에는 상대가 알아들을 수 있게 말씀해주시는 게 기본 예의예요, 오라버니."

"우리의 시간은 한정되어 있단다, 리즈. 내게 정말 묻고 싶은 게 그거니?"

그 말에 맥이 탁 풀리는 것 같았다. 갑자기 밀려오는 피로에 그녀는 양손을 들어 얼굴을 쓸어내렸다.

"……아뇨. 사실 이제 와서 오라버니의 심정 같은 건 들어봤자 의미 없겠지요."

구구절절 변명을 들어봤자 아무런 쓸모도 없다. 꽉 눈을 감았다 떠 혼란스럽게 흐트러진 생각의 파편을 정리한 리즈벳은 표정을 지우고 직설적으로 물었다.

"제가 어떻게 윈터를 확실히 끝장낼 수 있는 수단인가요?"

"판데모니움의 신들은 애초부터 신체의 인간성을 먹고 그 권능을 부여하는 것들이지. 거기서부터 신체들은 일반인들과는 다르게 변해 버리는데, 특히 이스켈리안 잘리어에게 깃든 '죽음'은 태생부터 그 신체를 타인과 부대끼며 살 수 없게 만든다. 살아 있는 것들에게 죽음은 꺼림칙하고 두려운 것일 수밖에 없기 때문이지."

일견 제가 던진 질문과는 아무런 관련이 없는 답이었으나 그녀는

일단 그의 말에 귀를 기울였다. 안셀라가 무슨 의도로 이걸 흘리는지
는 나중에 찬찬히 생각해볼 일이다.

어느새 그들의 발걸음은 그녀가 갇혀 있던 사냥꾼들의 마을과 그곳
을 둘러싼 숲을 빠져나가 야트막한 동산 위에서 멎었다. 발밑에서는
바싹 마른 색색의 낙엽들이 바스러지며 바스락 소리를 내었고, 이름
모를 산새들이 나무 사이의 어딘가에서 높고 가는 소리로 지저귀었
다.

"신이라면 그리 홀로 살아도 아무런 결여도 느끼지 못했을 거다. 그
들은 인간이 아니기에 인간이 필요로 하는 것을 요하지 않으니. 그러
나 이스켈리안은 사람이고, 그가 계속해 사람으로 있고 싶어 한다면
그것이 고통이 되었겠지. 그는 억지로라도, 어떤 형식으로든 타인과
의 접점을 만들려 했을 거다. 그것이 예전에는 그의 형이었고, 그 형
이 죽은 후로는 그 자손이, 그리고 결국은 인스켈이라는 나라 자체가
되었지."

그리고 바람결에 하늘하늘 떨어져 내린 바알간 단풍잎을 안셀라는
허공에서 잡아내 그녀에게 건넸다.

"그리고 이제 그 끈은 너란다."

엉겁결에 그 잎사귀를 받아 든 리즈벳은 말을 잃었다. 심장을 쥐어
짜는 듯한 먹먹함과 함께 그녀는 안셀라가 하는 말이 사실이라는 걸
알았다.

그런 그녀에게 안셀라는 조용히 단언했다.

"네가 인간이 아니게 되어버린 그를 인간으로 있게 하는 거다. 이미
알고 있지, 리즈. 네가 그자의 인간성이기 때문에 그자는 다른 무엇을
희생하더라도 너를 지키려 할 거란다."

"무슨, 대가를 치르고서라도요……?"

안셀라는 그저 그녀를 조용히 응시했다. 그녀는 갑자기 찾아오는 현기증에 비틀거리며 곁의 나무줄기를 짚었다.

그날. 윈터가 그녀를 드레이크의 폭도들에게서 구하던 날.

어딘가 이상함은 느꼈다. 그녀가 아는 윈터라면 그 당시라면 모를까, 그 직후에는 어느 정도 동요가 있으리라 생각했었다. 아무리 그녀를 해치려 했고 비상식적인 이유로 폭동을 일으켜 치안을 어지럽혔다 해도 그들은 인스켈인이었다.

본래도 그런 성향이 있긴 했으나 정말 무자비하게 죽였고, 그 후에도 그 어떤 후회도 없었다. 적도, 그것도 병사도 아닌 자국의 민간인을 죽였는데도 조금의 애통함도 없었다. 그들은 그가 그토록 지키려 했던 조국의 신민이었는데.

그들이 그녀에게 칼끝을 겨눴기에.

"끝없이 이어지는 내 시간을 주마."

등골을 타고 섬뜩한 자각이 흘러 리즈벳은 급히 입을 틀어막았다.

"내 긴긴 시간 속에서 내 봄은 오로지 네가 될 거다. 내 모든 행위, 의도, 꿈은 너를 위한 것이 되리라."

철컥, 제 목에 채워진 단단한 족쇄를 느꼈다.

"내게 남아 있는 그 모든 가치 있는 것들을 네게 주마."

윈터는, 인스켈의 존망을 위협하는 이들을 향해 드러냈던 잔인함을 이제는 그녀의 적들에게 향하게 될 것이다. 인스켈을 지탱하기 위해 쌓아올린 시체의 산을 이제는 그녀를 위해 쌓아올릴 것이다.

그녀가 그의 안에서 어느새 인스켈을 대체했기에.

그것이, '윈터 드레스덴'을 받아들인다는 것의 진정한 의미였다.

윈터는 예전, 어린 그녀에게 저를 길들여보라 했다. 그 말은 어느 정도는 진실이었던 것이다.

"그자의 비틀림은 그가 정상적인 방법으로는 타인과 관계를 맺을 수 없음에서 기인하지. 그에게서 신을 가져가면 어느 정도는 해결될 문제란다."

조용히 그리 말하는 안셀라를 리즈벳은 붉어진 눈으로 올려다보았다. 그 설익은 고백을 했을 때의 그녀가, 그리고 아마 윈터 본인조차도 제대로 인식하고 있지 않을 무게에 짓눌려 숨이 막혔다. 갑자기 물밀듯 쏟아지는 막막함에 그녀는 입술을 깨물었다.

"……내가, 뭘 하길 바라지요?"

"내가 너를 찔렀던 검은 '사모'라는 신의 신표란다. 그 신은 판데모니움의 그 어떤 신과 비교해도 특이해. 그 신은."

잠시 말을 멈췄던 안셀라가 다시 입을 열었다.

"자신의 계약자가 사랑하는 자를 찌르는 순간, 그 상대를 먹지."

"먹, 다니요?"

"보통 인간이라면 '사모'가 먹는 것은 그 인간의 목숨이겠으나 그 인간이 또 다른 신과의 계약자인 경우, '사모'는 그 신을 먹어치울 거란다."

그 말에 심장이 세게 뛰기 시작했다. 그녀는 순간 이게 얼마나 대단한 기회인지 순식간에 눈치챘다.

"이스켈은 사람으로 돌아올 수 있겠군요."

"네가 그를 사랑하는 마음이 '사모'를 감동시킬 정도라면 반드시."

"……그렇지 못하면요……?"

"분노한 신은 너를 죽이겠지."

담담하게 그리 내뱉은 말에 가슴이 내려앉는 것을 느끼며 리즈벳은 꽉 주먹을 쥐었다. 조금 전까지만 해도 너무나 선명하게 드러났던 길이 다시 안개에 가라앉아버린 듯했다.

　신을 감동시킬 정도의 사랑? 무슨 조건이 그따위지? 그 '사모'라는 신의 취향이 뭔지 제가 어떻게 알고? 그래놓고 취향에서 빗나가면 바로 사망이라니, 어쩜 이렇게 불공정할 수가.

　울컥 솟아오른 분노는 자연스레 저를 이 상황으로 강제로 밀어넣은 범인에게 쏠렸다.

　"……이래서, 내가 그를 끝장낼 수 있는 확실한 방법이라 한 건가요?"

　"그가 '죽음'으로 존재하는 한 인스켈은 그를 결코 놓을 수 없을 거란다. 그리고 인스켈의 적들도 그를 결코 외면할 수 없겠지. 그는 계속 죽여야 할 거란다. 너를 지키기 위해서라도."

　"어디부터가, 오라버니의 계획이었나요……?"

　적어도 7년 동안 준비해왔던 것은 확실하다. 그러나 그 이전에는? 필요 이상으로 저를 멀리했던 것도 사실 윈터에게 납치되기 쉽도록 하기 위해서가 아닌가? 하지만 그러려면 대체 언제부터 준비했어야 하는 거지? 열 살? 여덟 살? 네 살? 한 살? 그녀가 태어났을 때? 윈터가, 혹은 그녀가 상대를 사랑하게 되지 않았다면 어떻게 했으려고?

　그보다 오라버니는 대체, 어떻게, 이런 계획을 짤 생각을 한 거지?

　휙 눈을 치켜 떠 안셀라를 노려보았을 때, 그는 언덕 아래 저 멀리 점으로밖에 보이지 않는 사냥꾼들의 마을을 내려다보고 있었다. 미동도 없이 지상으로 시선을 던지고 있던 안셀라가 곧 가늘게 한숨을 내쉬었다.

"……네게 묶인 가엾은 기사가 도착했구나."

"오라버니."

"기억하거라, 리즈."

혼란스러운 표정으로 그와 마을을 번갈아 바라보는 동생을 앞에 두고 안셀라는 힘주어 말했다.

"네 앞에 놓인 무수한 길 중, 어떤 길을 택할 것인지 결정하는 건 너란다. 그 길 위에 어떤 어려움이 있을지, 그 끝에 어떤 미래가 있을지 치열히 생각하고 고민한 너만이 그 길을 걷기로 정할 수 있는 거야. 나는 분명 너를 위해 특정한 길을 안배해두었을지도 모르나, 결국 그 길을 가기로 결정할 수 있는 것은 너뿐이란다."

리즈벳은 어금니를 악물었다. 그녀가 예상했던 것을 훨씬 뛰어넘어 수상한 오라비는 더 이상은 할 말이 없다는 듯 입을 다물어버렸다. 그 침묵에 수많은 질문이 머리를 스쳤으나 그녀는 결국 그 어떤 물음도 던지지 않았다. 물었다면 대답해주었을지도 모른다. 그러나 그러지 않을 수도 있고, 거짓말을 할 수도 있다.

무엇보다 지금 저 아래에 윈터가 있다.

그에게 가야 한다.

그래서 그녀는 망설임 하나 없이 몸을 돌려 단풍으로 붉게 물든 산도를 달려 내려가기 시작했다.

『……안셀라 님.』

리즈벳이 사라지자 그들을 뒤에서 조용히 수행했던 디아나가 다가왔다. 그녀가 데려온 말 두 필이 투레질을 했다.

그쪽에는 시선 한번 주지 않은 채 안셀라 클렌디온은 멀어지는 누이의 등에서 시선을 떼지 못했다. 망설임 없이 저를 등지고 달려간 누

이의 흩날리는 머리칼이 잔상처럼 망막에 눌어붙었다. 살짝 벌어진
입술 사이로 탄식과도 닮은 한숨이 흘러나왔다.

그래, 가거라, 리즈. 그렇게 너는 달려가거라.

돌아보지 말고, 혹시나의 가능성에 망설이지 말고.

있는 힘껏 달려 네가 믿는 최선의 미래를 망설임 없이 거머쥐거라.

『……돌아가지요, 디아나.』

그렇게 우린 곧 다시 만나게 되리라.

* ❀ *

숨이 턱에 찼다. 오랫동안 정신을 잃은 채로 누워 있기만 했던 근육
들이 모조리 비명을 지르는 듯했다. 감히 손을 대기도 어려울 정도로
엉켜버린 감정의 실타래에 머리가 새하얘졌다. 윈터가 저 밑에 있건
만 그녀는 지금 그를 향해 달려가는 제 감정이 무엇인지도 확신할 수
없었다.

단순히 그가 무사했다는 것에 기쁨과 안도를 느끼기에는 마을로 가
까워지면 가까워질수록 엄습해오는 불길한 느낌을 쉬이 무시할 수가
없었다.

애초에 윈터에게 복수하는 것을 위해 평생을 별러온 이들이 짠 함
정이 이렇게 호락호락하게 파훼될 일이 없을 텐데 윈터는 어떻게 빠
져나온 걸까? 대체 무슨 대가를 치르고?

"크아아아악!"

그리고 능선을 따라 달려 내려와 산기슭에 다다랐을 때, 리즈벳은
유리벽을 톱질하는 듯한 섬뜩한 비명에 우뚝 발길을 멈췄다.

쿵쿵, 어느새 심장이 흉곽을 뚫고 튀어나올 듯 요동쳤다. 얼음장 같은 찬물을 한 바가지 뒤집어쓴 듯한 오한에 입술을 깨물며 그녀는 천천히 발걸음을 다시금 옮기기 시작했다.

처음으로 눈치챈 것은 오싹할 정도의 침묵이었다. 그 흔한 새소리, 벌레소리, 낙엽의 바스락거리는 소리조차 들리지 않는 완벽한 무음에 그녀는 애써 떨리는 호흡을 가다듬었다. 천천히 지기 시작한 해가 서녘하늘을 붉게 물들이며 길게 그림자를 드리웠다.

바스락, 발밑에서 바짝 말라비틀어진 낙엽이 부서져 내렸다. 그리고 천천히 주위의 풍경이 변했다.

색색의 옷을 입은 가을 낙엽들은 간 곳 없었다. 발밑에 밟히는 것은 꺼멓게 죽어 바스러진 잔재들이었다. 풀이었던 것, 열매였던 것, 나무였던 것, 새나 동물이었던 것. 바짝 마르고 비틀린 것들은 조그만 압력에도 견디지 못하고 먼지처럼 바스러졌다. 새빨간 하늘 아래의 세상은 암회색 황무지였다. 살아 있는 것, 색이 있는 것이 오로지 그녀뿐인 곳을 걸으며 리즈벳은 저도 모르게 뼈를 에는 한기에 양어깨를 세게 감싸 안았다.

어느새 풍요로웠던 가을이 끝나 있었다. 봄이 준비하고 여름이 숙성시킨 결실은 땅에 떨어져 열매를 맺기도 전에 썩어 스러졌다. 이 죽어버린 땅은 한때 가을이 머물렀다는 흔적조차 찾을 수 없었다.

겨울(Winter). 이곳은 벌써 한겨울의 북풍이 할퀴고 지나간 듯했다.

『어떻게, 큭……! 대체 어떻게 빠져나온 거냐! 봉인은 완벽했을 텐데……!』

그리고, 한때는 사람들이 모여 사는 마을이었던 곳에서 쇠를 긁는 듯한 외침이 토해졌다.

쿵, 쿵, 쿵, 이제는 주체할 수 없이 불안하게 울리기 시작하는 심장을 애써 무시하며 리즈벳은 소리가 들려온 쪽으로 달렸다.

"그것 참 안타깝기도 하지. 분명히 다시 보는 일 없을 거라 생각하고 축배를 들었을 텐데 예상이 빗나가서."

"크아아아악!"

노래하는 듯한, 즐거워하는 듯한 우아한 목소리를 따라 이어지는 끔찍한 비명.

그리고 그곳에 그가 있었다.

저를 증명하는 그 어떤 것이 없어도 그의 정체를 착각하는 이는 없을 것이다. 백색에 가까운 은발과 기괴한 붉은 눈은 그것만으로도 휘장이나 다름없었다.

"……윈터."

속삭이는 듯한 목소리임에도 남자는 고개를 들어올렸다. 핏기 없는 입술에 걸린 비틀린 조소가 그녀를 발견하자 꽃이 피듯 만개했다.

"무사했구나, 리즈."

그 말과 동시에 시선조차 돌리지 않은 채 윈터는 짓밟고 있던 남자의 눈에 힘주어 장검을 찔러넣었다. 급소를 찔린 남자가 목이 졸리는 듯한 신음과 함께 한 번 펄떡이다 축 늘어졌다. 눈에서 쿨럭이며 쏟아져 내린 피가 소리 없이 흘러내려 땅을 붉게 적셨다.

그 참혹한 행위에 리즈벳은 저도 모르게 헛구역질이 나와 입을 틀어막으며 뒷걸음질을 쳤다. 그에 윈터는 소리 내어 웃었다. 유리조각 같이 서늘한 웃음소리가 낭랑하게 울렸다.

"왜 그렇게 겁을 먹었지, 귀여운 리즈벳? 널 데리러 왔어. 안아주지 않을 거냐?"

리즈벳은 말을 잃은 채 양팔을 활짝 벌린 윈터를 망연자실해서 바라보았다.

다시 만나면 하고 싶었던, 해야겠다 생각했던 말이 많았다.

많이 아팠지요? 힘들었지요? 무서웠지요? 고마워요, 데리러와줘서. 와줄 거라는 거 알고 있었어요.

그러나 그 어떤 말도 입 밖으로 나오지 않았다.

뚝, 뚝, 타는 듯이 아픈 눈두덩에서 소리 없이 눈물이 떨어져 내렸다.

다시 만난 윈터는 어딘가 달랐다. 예전, 그러니까 7년 전에 처음 만났을 때보다도 더 이질적인 모습이었다. 피가 흐르는 것 같지 않은, 살아 있는 것 같지 않은 외양과 더불어 감히 다가가기 꺼려지는 분위기. 살아 있는 것들이라면 본능적으로 공포에 떨게 하는, 꺼려하고 밀어내게 하는 무언가.

그녀를 바라보는 눈동자에 차갑고 차가운 얼음조각이 박힌 듯했다. 시선을 마주치면 마주칠수록 찾아오는 것은 뼈를 에는 무심함과 냉소뿐.

끝내 그녀를 향해 뻗은 손을 잡지 못하고 리즈벳은 그 자리에 주저앉았다.

"내게 남아 있는 그 모든 가치 있는 것들을 네게 주마."

저 유리알 같은 눈에 깊고 깊은 애정과 헌신을 담아 그렇게 말했었다. 그래, 윈터는 그녀에게 한 약속을 지켰다. 여기까지 오기 위해 마지막으로 필사적으로 간직하고 있던 것마저 내던졌다.

"미안…… 미안해요……!"

그의 손을 잡을 수도, 그렇다고 등을 돌려 도망칠 수도 없어 리즈벳은 한때 생명이었던 재밖에 남지 않은 황무지에 주저앉아 목 놓아 오열했다. 그런 그녀를 윈터는 그저 고개를 살짝 갸웃거리며 바라볼 뿐이었다. 그 유리알 같은 눈을 차마 마주 보지 못하고 그녀는 얼굴을 쥐어뜯었다.

"내가 미안해요!"

이스켈리안 잘리어는 사라졌다.

윈터 드레스덴에게 먹혀버렸다.

"찾았습니다."

아스트라다 레인의 목소리에 왕홀을 느릿하게 쓰다듬고 있던 여황의 손가락이 멈췄다. 얼음조각마냥 시린 푸른 눈이 고개를 들어 단 아래의 학자에게 닿았다.

"찾았, 다."

나직한 목소리가 그리 되뇌었다.

그 순간 찾아온 것은 그녀가 뭐라 설명하기 어려운 감정이었다. 희열이라기에는 너무 어둡고, 분노라기엔 너무 차가웠다. 그 이름 모를 감정에 잠시간 젖어 있던 안드로베카는 천천히 다리를 꽜다. 풍성하게 부풀려 화려하게 장식한 두꺼운 드레스 단이 그 움직임에 파도처럼 물결치며 오색찬란한 빛을 쏟아냈다. 짙고 강렬한 화장과 더불어 범인을 찍어내리는 압도적인 위상.

윈터 드레스덴이 사라진 후 여황이 애용하기 시작한 복식이었다.

"고하라."

"붙여주신 낙트에게 그 독특한 신성의 흔적을 찾아내면 바로 보고하라 일렀습니다. 보름 전, 드레이크령에서 닷새 떨어진 숲 속 사냥꾼의 마을이 하룻밤 사이에 잿더미가 되었다 하더군요. 그 주위를 특별히 주의해 수색하라 해두었습니다."

드디어.

여황은 길게 눈을 감았다.

얼마나 숨을 죽이며 기다려왔던가. 기다림은 너무 길어서 최근에는 제 판단이 틀렸던가 의심이 들기도 했다. 그러나 상대는 훌륭하게 제 기대에 보답해 모습을 드러내었다.

계집애를 데리고 소꿉장난을 하겠다? 신성이 사라지는 것도 고사하고 평범한 남자 시늉을 해보겠다? 그야 얼마든지. 어차피 오래가지도 못할 것을. 평생 사람을 죽이며 살아온 이가 얼마나 깊은 업을 쌓았을 것이며.

또한 평생 무력으로 문제를 풀어왔던 이가 궁지에 몰렸을 때 결국 의지할 것은 무력이다.

아무 짓도 하지 않아도 곧 그는 제 발로 그녀를 찾아오리라.

"소재만 파악하고 대기해라. 섣불리 접촉하려 해봤자 쓸데없는 희생만 늘 뿐이니."

다시 눈을 뜬 여황의 입에서 떨어진 명령에 아스트라다는 짙은 미소를 지으며 허리를 굽혔다.

"폐하, 황태녀께서 알현을 청하십니다."

인기척과 함께 황실시종장의 목소리가 문 너머에서 들려왔다. 그에 여황은 까닥, 작게 턱짓을 했고, 그에 아스트리다는 깊게 무릎을 꿇어 예를 갖춘 후 알현실을 나섰다.

딸깍, 작게 문소리가 나며 여황의 허락을 알리는 아스트라다의 목소리가 들렸다. 그리고 그를 스쳐지나가며 황태녀 브란티아 잘리어가 알현실 안으로 들어왔다.

"폐하."

깊게 무릎을 꿇어 예를 표한 태녀에게 침묵 속, 여황의 서늘한 시선이 떨어졌다.

안드로베카는 평생 결혼은커녕 애인도 만들지 않았기에 브란티아는 이름만 황태녀일 뿐, 실제로는 여황의 양녀로 들어온 방계의 혈족이었다. 제1차 대륙전쟁 이후 극도로 손이 귀해진 황실에는 방계까지 따져도 여황의 뒤를 이을 만한 나이 대의 인물이 적었다. 브란티아는 나이가 맞고 피가 그나마 짙은 데다 외척이 약했기에 선택되었다.

"황제는 그 존재만으로도 다스림에 모자람이 없어야 하는 법."

부황을 지지하기보다는 정적이 되어 권력을 나누길 원했던 외조부 탓에 외가의 도움을 전혀 받지 못한 여황은 제 후계자에게도 같은 것을 요구했다. 드레스덴 대공이 떠나고 정식 황태녀 책봉을 받은 것이 고작 3년 전. 국정을 여황과 나눠 맡는 위치까지 올랐음에도 브란티아는 아직까지 제대로 양모의 눈을 마주하기 어려워했다.

본능적으로 떨리기 시작하는 입술을 이를 꽉 악무는 것으로 진정시키려 노력하며 그녀는 최대한 평정을 유지한 채로 입을 열었다.

"오늘 의회에서의 출정안에 대해 아뢰고 싶은 일이 있어 뵙길 청했습니다."

"고하라."

"친정(親征)을, 고사해주십사 감히 청하고 싶습니다."

그리고 그녀는 여황의 싸늘한 시선이 숙인 머리에 내리꽂히는 것을 느꼈다. 커다란 바윗덩이로 뒤통수를 찍어누르는 듯한 압박감에 저도 모르게 관자놀이에 식은땀이 맺혔다.

그녀에게는 아직 의회 출입이 허락되지는 않았으나 그 회의록은 자유롭게 볼 수 있다. 그리고 그 종이 위의 문자만으로도 그녀는 그 회의실 안에서의 상황이 얼마나 아슬아슬했을지 짐작할 수 있었다.

여황은 이 기회에 드레스덴 대공이 사라짐으로 기어오르기 시작한 원로원을 짓밟고 싶어 했다. 있는 대로 군대를 충원하고, 외부의 적에 맞서 단합함으로써 흔들렸던 황권을 바로 세우고 싶어 하는 것이다. 아직 원로원이 신체의 도움으로 구축한 절대 황권에 대한 공포를 잊기 전 그 힘을 꺾으려 할 것이다. 친정은 그 의지의 표명이다.

그러나 그 모든 것의 전제는 이 친정이 승리로 끝난다는 것.

브란티아는 이제 아예 납작 엎드려 빠르게 말을 이었다.

"서남부가 반란을 일으킨 탓으로 중북부 지방의 식량공급이 차질을 빚고 있습니다. 그나마 충당해온 것들도 운송 중에 빼앗기고 불타는 등 도착지에 제대로 닿지 못하는 것들이 태반입니다. 바다를 통한 운반이 불가능해진 데다가 구 에스타니아, 로세이유령을 지나는 운송마차들이 빈번히 공격받고 있습니다. 때문에 밀 가격이 폭등하고 전반적으로 물가가 요동치고 있습니다. 폐하, 이대로라면 이번 겨울을 버텨내기가 어렵습니다."

"그것을 해결하기 위한 진압군이 아니던가."

여황의 목소리는 여전히 서늘하고 무감정했다. 마치 뒷목을 타고 뱀이 기어가는 듯한 섬뜩함.

"렘바르트 후는 잘해주고 있다. 폭동을 누르헨에서 멈췄으니 이제 에센을 수복하고 폭도들의 수괴를 잡아 죽이면 끝낼 일이다."

"……폐하."

이 이상 말을 잇는 것은 지금까지와는 비교도 되지 않을 정도로 힘겨웠다. 입술에서 시작된 떨림이 이제는 손끝까지 퍼져나갔다.

이 아슬아슬한 외나무다리에서 발을 헛디디면 여황은 어머니의 이름하에 그녀를 반역자로 끌어낼 것이다.

쾅, 고두한 이마가 알현실 바닥에 부딪쳤다.

"감히 이런 말씀을 드리기엔 황공하오나 귀 기울여주소서. 에스타니아와 로세이유령은 아국이 언제까지나 통제하에 두기 어려운 땅이옵니다. 고유의 역사나 문화가 미약한 것도 아니고, 제 뿌리에 깊은 애착을 가지고 있는 것은 저희와 비해 결코 뒤지지 않습니다. 게다가 아국과 이토록 살아온 방식에 차이를 보이니 같은 울타리 안에 두는 것을 강제하면 분란만 일으킬 뿐입니다."

시간을 들여 천천히 품어 이권을 나눠주고 다독이며 교화시킨다면 인스켈의 일부가 될 수 있을지도 모르나 점령 초기에 벌였던 그 피비린내 나는 진압을 생각한다면 이제는 무리였다.

이해한다. 인스켈이 어려웠을 때 오히려 그들을 더욱 짓밟은 이들을 어떻게 쉬이 용서할 수 있을까. 이제는 손댈 수 있는 이가 거의 없는, 금서가 된 로세이유 쪽의 역사서를 봐도 그들이 인스켈에 저지른 짓은 치가 떨릴 지경이었다.

그 상처가, 치욕이 고스란히 삶의 일부였던 이들이 그걸 어떻게 잊겠다 할 수 있을까.

그러나 그리 했어야 했다. 굳이 침략과 합병이라는 방법을 쓰려 했다면, 이해하고 용서해 보듬어 인스켈의 일부로 살아갈 수 있도록 물들였어야 했다. 그러나 복수가 우선이 되었기에 저들은 차별당했고, 핍박당했고, 인스켈에 대한 증오심만 깊어졌다. 몇 대에 걸쳐 내려온 상처가 감히 메울 수 없는 골이 될 때까지.

"계속 보셨잖습니까. 힘으로 억누르는 것으로 해결될 일이었다면 남서부는 벌써 예전에 본국의 충성스러운 신하가 되었어야 했습니다. 그 대신 저들은 반기를 들고 있고, 그 탓으로 인스켈의 수많은 어린 생명들이 스러지고 있습니다."

"그래서, 태녀는 뭘 어쩌자는 건가."

"폐하, 아직 아국이 승기를 잡고 있는 지금 에센을 중심으로 한 작은 땅을 떼어 독립을 허락하소서. 그 대가로 아국에 유리한 방향으로 평화조약을 체결해 저들을 아국의 영향권에 두는 것이 장기적으로 봤을 때 아국이 제국으로 군림할 수 있는 최상의 방법……."

쨍그랑, 여황이 집어 던진 잉크병이 브란티아의 얼굴을 가격하고 바닥에 떨어져 산산조각이 났다. 기습적인 공격에 태녀는 얼굴을 감싸쥐며 비틀거렸다.

"평화에 젖어 정신머리까지 썩어버렸구나. 이런 걸 후계라 두고 있으니 이 나라가 끝장나는 것도 시간문제다. 로웬 같은 반역자의 잔당과 어울리더니 인스켈이 우스워 보이더냐?"

"폐하, 제가 인스켈을 가벼이 여기다니요……! 결단코 그런 생각은 품은 적 없습니다!"

"그럼 당장 나가는 게 어떻겠느냐."

새하얗게 질린 얼굴로 고개를 든 그녀를 맞이한 것은 조용히 진노하는 여황의 얼굴이었다. 표정 하나 변하지 않았으나 온몸으로 표출하는 노여움에 브란티아는 덜덜 떨리는 숨을 내뱉었다.

"나가라. 나가서, 명한 대로의 일을 하라. 네가 그토록 목 놓아 부르짖는 충정이 진실이라면 시답잖은 소리를 늘어놓는 대신 이 친정이 성공으로 끝나는 데 전념해야 마땅할 것이다."

감히 가타부타 할 수 없게 하는 칙명에 브란티아는 질끈, 눈을 감으며 떨리는 입술을 깨물었다.

"……존명."

새하얘진 얼굴로 비틀거리며 황태녀가 물러났다. 소리 없이 알현실의 육중한 석조 문이 닫히고, 연회색 석실에 싸늘한 침묵이 떨어졌다. 안드로베카는 양녀가 꿇어앉았던 자리를 한참 동안 노려보았다.

해가 뜨는 동녘에서 해가 지는 서녘까지. 만년설이 푸르른 북쪽에서 태양빛이 작열하는 남쪽 끝까지. 지도 가득 이어지는 영광된 인스켈의 영토. 어리석은 아버지가 썩혀버렸던 거목이 겨우 굳건히 다시 섰거늘 겨우 개미떼에게 쓰러지게 놔둘쏘냐.

안드로베카는 몸을 깊게 옥좌에 묻었다. 얼음을 형상화한 옥좌의 차가움에 뼈가 시리고 그 딱딱함에 심장마저 단단하게 얼어붙는다.

"찢어 죽일 년! 네년이 감히 아비에게 칼을 들이밀어?"

부황이 제위에 있을 때 이 옥좌는 두꺼운 짐승 털과 방석으로 한껏 장식되어 있었다. 그녀는 그 화려한 옥좌에 파묻혀 있던 비쩍 마른 부황을 끌어내고 의자를 장식하는 모든 장식 역시 같이 뜯어내었다. 그렇게 그녀는 부황을 비롯한 친지들과 그들을 연상시키는 모든 것을 황궁에서 끌어내었다.

그 대신 인스켈을 얻었다.

가늘고 마디가 도드라진 손가락이 왕홀을 느릿하게 더듬었다. 홀 끝의 푸른 늑대는 고고하게 고개를 치켜든 채 울부짖고 있었다.

그렇게 누구에게도 고개 숙이지 않고, 한번 목표했던 것은 절대로 포기하지 않고, 부러지는 일이 있을지언정 최강의 이름하에 모든 이들의 머리 위에 군림하리라.

정점에 오르지 못할 것이라면 그 모든 희생은 무의미한 것이 될 터이니.

"헉, 허억……."

단말마와도 닮은 소리를 내며 리즈벳이 바닥으로 구르듯 떨어졌다. 그 옆으로 가뿐하게 윈터가 내려섰고, 지난 몇 시간 동안 죽여버릴 듯 몰아붙이던 기수가 떨어져 나가는 즉시 기진맥진한 말이 쓰러졌다. 거품을 무는 말을 보며 리즈벳은 내심 안도했다.

저 말이 다시 기운을 차리거나 윈터가 어디서 또 불쌍한 말을 끌어오기 전에는 다시 말에 탈 일은 없겠구나.

빈사상태의 그녀를 보며 장장 대여섯 시간이나 말을 달렸다고는 믿을 수 없을 정도로 쌩쌩한 윈터가 혀를 찼다.

"이렇게 허약해서야."

그리고 그 말에 머리를 거치지 않고 쏘아져 나가려는 온갖 다채롭고 세련된 육두문자를 조용히 속으로 씹어 삼키며 리즈벳은 파르르 떨리는 입술을 원수 만난 듯 짓씹어댔다. 들어먹지도 않을 상대와 말을 섞는 시간에 차라리 심력과 체력을 보존하겠다는 선택이었다.

사흘. 윈터와 합류해 잿더미가 된 사냥꾼의 마을을 떠나 산을 타기 시작한 후 지난 시간이었다. 솔직히 사흘이었는지 나흘이었는지, 더 짧았는지 길었는지, 확실하게 감이 잡히지 않았다. 말 위에 타고 있으면 시간의 흐름이 잘 느껴지지 않는다. 그 모든 시간, 일분일초를 죄다 갈아 넣어 곤죽을 만들어버린 느낌이었다. 특히 첫날은 말에서 내린 걸 기억하지도 못하는 걸 보아 아마 기절한 게 아닌가 싶었다.

다행히도 그런 극한 체험은 첫날로 끝이었다. 그녀가 기절한 것을 본 윈터가 수면시간을 늘리고 식사시간을 일정에 넣은 것이다. 덕분에 그녀는 노숙이긴 해도 거의 여덟 시간에 가깝게 잠을 잤고, 아침, 점심, 저녁 각각 두 시간씩 느긋한 식사 시간을 가졌다.

혼자 멀쩡한 윈터가 산짐승을 잡으러 어딘가로 홀연히 사라지는 소리를 들으며 리즈벳은 가루가 되어 부서진 의지를 박박 긁어 몸을 일으켰다. 날고기를 뜯을 수는 없으니 불을 피우고 수통을 채워야 했다.

지금 속이 울렁거린다고 잘 먹어두지 않으면 내일 죽는다.

푹푹 한숨을 내쉬며 리즈벳은 그나마 눈에 많이 젖지 않은 나뭇가지를 꺾고 주워 모았다. 탁탁 부싯돌을 튀겨 불꽃을 만든 후 후후 불자 매캐한 연기와 함께 한참 후 조그만 모닥불이 피어올랐다.

그래도 이 지옥 같은 일정 덕에 처음의 막막함은 많이 가셨다. 미래에 대한 걱정, 변해버린 애인에 대한 슬픔, 일이 어떻게 이렇게 되어버렸나 하는 갈데없는 분노, 원망, 좌절. 그런 감정도 몸이 극한까지 힘들면 머리에 들어오지 않았다. 지금 당장 죽어버릴 것같이 힘들면 머리는 텅 비어버리고 모든 생각은 욱신거리며 쑤셔오는 온갖 관절에 집중되어버린다.

리즈벳은 천천히 타오르기 시작하는 불 위로 눈을 가득 채운 양철통을 올려두었다. 산속의 계절은 더 일렀고, 두껍게 얼음이 깔린 시냇물 대신 소리 없이 내린 눈은 녹이면 훌륭한 식수가 되었다. 이제는 능숙하게 자리를 고르고 모포를 몇 겹이나 겹쳐 깔아 앉은 후, 리즈벳은 멍하니 따닥거리며 타오르는 불꽃을 바라보았다.

애써 생각하지 않아도 되는 상황으로 몰렸던 것이 사실, 얼마나 다행스러웠는지 모른다.

겉보기엔 윈터는 크게 달라지지 않았다. 내뱉는 말이 꼬여 있다든가, 그녀를 배려하는지 가지고 노는지 모르겠다든가 하는 건 그녀가 그의 고백을 받아들인 이후로도 변함이 없었다.

그러나 동시에 그녀만은 그의 변화를 뼈저리게 알았다.

"자."

수풀이 바스락거리는 소리가 들렸나 싶더니 그녀의 눈앞에 피투성이가 된 멧돼지 하나가 떨어졌다. 확 풍기는 피 냄새와 짐승 특유의 비린내에 순간 구역질이 나올 듯해 입을 틀어막은 리즈벳은 미간을 찡그리며 제 앞에 목이 깔끔하게 잘리고 배가 갈린 짐승을 던져놓은 남자를 올려다보았다.

"사랑스러운 리즈벳, 너를 위해 식량을 마련해 왔거늘 키스 한번 안 해주려고?"

피 한 방울 묻지 않은 윈터가 눈을 가늘게 접어 실쭉 웃었다. 목이 잘린 채 질질 끌려온 멧돼지 탓으로 새하얀 눈 위에는 기다란 핏자국이 이어져 있었다. 그에 다시 구역질이 치솟았다.

아직 바래지 않은 기억에서, 눈알을 꿰뚫린 남자가 몸을 꿈틀대더니 숨이 끊긴다. 시내로 시작했던 피가 강이 되고 바다가 되어 그녀의 숨을 막는다.

생긋, 눈꼬리를 늘어트리며 리즈벳이 웃었다.

"불쌍한 계집애를 희롱하는 건 좀 작작 하지 않을래요?"

"어떻게 그만둘 수가. 내 인생의 낙이거늘."

웃음소리가 싸늘한 겨울 하늘에 영롱히 울렸다. 아무렇지도 않게 그 한마디를 내던진 윈터는 그대로 나무에 기대어 주저앉아 멧돼지의 피가 묻은 검날을 닦아내기 시작했다.

그런 모습을 한동안 노려보던 리즈벳은 고개를 홱 돌렸다. 계속 보고 있다간 제가 윈터의 혀를 도려내려 할지도 모른다.

퍽, 푸욱, 거친 손놀림으로 그녀는 이제는 꽤 익숙하게 짐승의 가죽을 벗기고 살점을 발라내기 시작했다.

저 사람은, 그녀가 사랑한 이스켈의 기억과 모습을 고스란히 가지고 있는 저 사람은, 그럼에도 아무런 감정도 느끼지 못한다. 한때는 이해했고 그 때문에 격렬하게 고뇌하고 괴로워했던 감정들은 이제 그에게는 그저 죽은 지식일 뿐이다.

"그래서, 울 만큼 울었어?"

그의 앞에서 실신하기 직전까지 울음을 터트렸던 그녀에게 윈터는 그저 그렇게 말했다. 옅게 미소가 서려 있는 눈에 담긴 지독한 무관심에 리즈벳은 발밑의 땅이 무너져 내리는 듯했다.

이제 그는 감정을 연기할 뿐. 진심 한 톨 담기지 않은 그 행위는 기만이고, 조롱이다. 사랑했던, 지금도 차마 사랑하는 것을 멈추지 못하는 상대에 대한, 그들의 관계에 대한 뭐라 할 수 없는 모욕이다.

처음에는 분명 노력했다. 한번 성공했던 일이니까 그냥 다시 하면 될 거라 생각했다. 감정이 도려내어졌다고 해도 윈터는 윈터였고, 그녀도 처음부터 그가 다정하고 좋은 사람이었기에 사랑하게 된 게 아니었다.

그러나.

거칠게 잘라낸 고기를 꼬챙이에 꿰어 불에 구우며 리즈벳은 멍하니 칼날에서 뚝뚝 떨어지는 핏방울을 바라보았다. 두서없이 이어지던 상념이 더 이상 나아가기를 거부하고 머릿속을 빙빙 돈다.

대체 어쩌자고 그는 아직까지 '리즈벳 클렌디온을 사랑하는 이스켈리안 잘리어'의 흉내를 내는 걸까. 알 길이 없었다.

그러나 그녀는 생리적인 혐오감에 몸부림치면서도 변해버린 윈터를 떠날 수가 없었다.

제게 오기 위해 저런 선택을 했던 사람이니까. 껍데기뿐이라 할지라도 그 껍데기는 그녀가 그토록 필사적으로 사랑했던 사람이니까.

그 속이 도려내어져 사라졌다 하더라도, 다시 채워질 수 없을지 모른다 하더라도 외면할 수는 없는 것이다. 고작 그 정도의 각오였다면 일찌감치 저런, 까마득한 연상의 하자투성이인 위험인물이 아니라 좀더 건실한 또래를 택했을 거다.

꽉 움켜쥔 주먹에 힘이 들어갔다. 계속 이어지는 상념을 또다시 익숙하게 잘라내며 그녀는 고기가 익는 동안 주변을 돌며 곁들여 먹을 겨울 열매들을 찾았다. 소복이 쌓인 눈을 빨갛게 언 손으로 털어내며 치맛자락에 손톱만 한 열매를 따 모으던 중, 무성한 원목들 아래에 눈을 비집고 고개를 내민 황금빛 꽃송이가 눈에 들어왔다.

리즈벳은 멍하니 그 꽃을 바라보다가 조심스레 꽃송이를 엄지손가락으로 매만졌다.

"……찾아다닐 때에는 그렇게도 눈에 안 띄더니."

얼음새꽃이라는 이 꽃은 학창시절 북부지방 출신의 여자아이들이 주로 주고받곤 했던 꽃이었다. 보통 겨울의 끄트머리에 피나 종종 한겨울에 피기도 하는 별종들이 있었는데, 한가득 쌓인 눈을, 투명하게 맺힌 살얼음을 밀어내며 고개를 내민 이 황금빛 꽃을 발견하면 소녀들은 서로에게 선물하곤 했다.

그녀도 한때 알디스와 벨아리아와 어울려 눈을 헤치며 꽃을 찾아다니곤 했지만 한 번도 성공한 적이 없었다. 눈이 녹아내린 다음에는 찾아봤자 의미가 없었다.

한 뼘이 좀 못 되는 크기의 조그마한 꽃은 새하얀 눈밭에서 유독 도드라져 보였다. 봄의 찬란한 햇살을 그대로 간직하고 있는 듯했다.

리즈벳은 그 꽃송이를 한참 매만지다가 조심스레 꺾었다.

"자요."

검을 닦은 후 비스듬히 나무에 기대어 그녀가 하는 꼴을 바라보고 있던 윈터는 제게 내미는 꽃송이에 눈썹을 살짝 치켜올려 보였다.

"핀 걸 찾았어요. 줄게요."

그에 윈터의 표정이 미미하게 변했다. 입가에 띠고 있던 냉소적인 미소가 사라진 얼굴에 무심함과는 다른 냉랭함이 떠올랐다.

"……참 의미 없는 짓을 좋아하는구나."

조롱하는 티가 역력한 말과 함께 그가 꽃송이를 낚아채갔다. 가녀린 꽃은 그의 손으로 옮겨가자마자 한 줌의 재가 되어 바스라졌다.

"귀여운 리즈벳, 아직도 모르는 거냐? 십 년은커녕 한두 해만 지나도 변할 수 있는 게 사람인데, 신성을 되찾은 내가 그대로일 것이라 바라는 것이야말로 어리석은 일일 텐데."

마치 제 머릿속을 그대로 읽어내기라도 한 듯한 말에 리즈벳은 저도 모르게 움찔했다. 그런 그녀의 반응이 오히려 기분 나쁜 듯 윈터의 미소가 더욱 짙어졌다.

"헛된 희망 품지 마렴, 깜찍한 리즈벳. 이스켈리안 잘리어는 죽었어."

냉랭하게 내뱉은 그 한마디는 너무나 단호했다. 그 스스로가 죽음이 되어 그녀가 알아왔던 이스켈을 난도질하는 듯해 그녀는 턱관절이 하얘질 정도로 세게 이를 악물었다.

그는, 감정을 죄다 거세해버렸다 하는 그는, 그럼에도 그녀의 감정만큼은 정확히 해부해 심장을 찌르고 있었다. 그녀에 대한 완벽한 기억을 토대 삼아 감정 하나 섞이지 않은 냉정한 이성으로 분석한 말은 그녀가 죽어도 꺼내어놓지 못할 은밀한 두려움을 적나라하게 파헤쳐 냈다.

"……매번 본인이 하는 말인데 잊어버리면 어떡해요, 이스켈."

겨우 꺼낸 말은 혀끝을 떠나는 순간 이미 빈사상태였다. 그 어떤 힘도 지니지 못하고 허공으로 스러진 말은 그의 말대로 믿음보다는 기적을 바라는 희망에 더 가까웠다.

"나는 머리가 안 좋아서 그런 거, 이해 못 해요."

그럼에도 매달릴 수밖에 없다는 것이 무엇보다 끔찍했다.

그게 진저리쳐진다는 것은 마찬가지인지, 몇 번 고개를 내젓던 윈터가 순간 동작을 멈추고 고개를 들어 하늘을 바라보았다. 귀를 기울이는 듯 눈을 살짝 감았던 그는 곧 몸을 일으키곤 아무 말 없이 어딘가로 향하기 시작했다.

"갑자기 어딜 가는 거예요."

어딘가 묘한 그의 분위기가 본능에 경종을 울렸다. 윈터는 이 길을 왠지 잘 알고 있는 것 같았고, 사냥감을 사냥해 온 후에는 웬만해서는 그녀의 곁을 뜨지 않았다. 무엇보다, 이 황량하기 짝이 없는 겨울 숲에 대체 뭘 하러.

그리고 그때, 벼락같이 찾아온 깨달음에 그녀는 경련하듯 몸을 떨었다. 그녀는, 예전에도 이런 일이 있었던 것을 기억하고 있었다.

그러니까, 그녀가 윈터를 처음 만났을 때.

처음 이렇게 같이 눈 덮인 숲을 지났을 때.

"뒤를 따라오는 사람들이 있는 거지요."

발걸음이 잠시 멈칫하더니 그가 살짝 고개를 돌렸다. 길게 그림자를 드리우기 시작하는 침엽수 가지들 때문에 기묘한 음영이 내리깔린 윈터가 입가에 미소를 띠었다. 그녀를 기특하게 여기는 것 같기도 했고, 그걸 이제야 알았냐는 듯 조롱하는 것처럼도 보였다.

속에서 무언가가 울컥 올라오는 듯해 리즈벳은 왈칵 소리를 높였다.

"일부러 이렇게 늦게 물러나고 있었던 거지요!"

그녀는 전성기의 윈터에 대해 알고 있다. 그녀의 상태에 신경을 쓴다 하더라도 식욕, 수면욕은 물론 인간으로서 살아남기 위한 그 어떤 욕구도 없는 그는 작정하면 벌써 오래전에 이 숲을 통과하여 목적지에 도착했을 것이다. 특히 추격이 있는 것을 알았다면 이유 없이 멈춰서고 미적거리며 시간을 허비하지 않았을 테다.

그녀가 윈터 드레스덴이라면 어떻게 했을까. 평생을 제 목숨을 노리며 살아왔을 이들이다. 몇 년을 끈질기게 숨어 지내며 단 한 번의 기회를 노릴 정도로 치밀한 이들이다. 그녀가 윈터였다면 몇 년을 겨우 준비해 성공시켰던 생각했던 계획의 어그러짐, 그리고 그 계획에 함께했던 동지들의 죽음으로 증오와 자포자기로 엉망이 된 이 순간을 결코 놓치지 않을 것이다. 이성을 되찾고 미래를 기약하며 땅속 깊이 숨어들기 전에 모조리 뿌리 뽑으려 할 것이다.

지금처럼 조금씩 흔적을 흘리며, 마치 조금만 더 기를 쓰면 잡을 수 있다고 선전하며.

결코 있을 리 없는 희망의 조각을 보이며.

숨이 막히는 듯한 절망감이 몸을 잠식했다. 바닥이 보이지 않는 늪에 끌려들어가는 느낌이었다.

윈터는 그들을 죽일 것이다. 이제껏 그래왔던 것처럼.

"영특한 리즈벳."

체온 없는 긴 손가락이 그녀의 턱선을 따라 떨어져 턱 끝을 살짝 들어올렸다.

"그럴 리가 있겠니. 망상이 지나치구나."

달콤한 속삭임이 독처럼 귓속으로 들이부어졌다. 떨리는 한숨을 내뱉으며 꽉 눈을 감아버리는 그녀의 모습에 윈터는 조금 소리 내어 웃곤 그녀의 이마에 부드럽게 입을 맞췄다.

소리를 죽이려는 시도조차 하지 않고 윈터의 발걸음이 멀어져가는 소리가 들렸다.

홀로 남겨져 리즈벳은 입술을 덜덜 떨며 양어깨를 끌어안았다. 아무렇지도 않은 척을 해야 한다는 것도, 최대한 긍정적으로 상황을 대해야 한다는 것도, 끝까지 희망을 놓아서는 안 된다는 것도 모조리 머리에서 사라진 후였다.

입술이 닿았던 곳부터 한기가 퍼져 나와 심장을 차갑게 얼리는 듯했다. 분명 뜨겁게 타오르는 모닥불의 온기는 아까와 변함이 없는데 그 온기가 느껴지지 않는다. 마치 처음부터 존재하지 않았던 환상이었던 것처럼. 그와 손을 잡고 춤을 추며 입을 맞췄던 기억이 뜨거운 여름의 열기가 만들어낸 환상이 아니었나 의심하게 되는 것처럼.

리즈벳은 한껏 몸을 움츠리며 눈을 감았다. 이 한기에 그녀가 얼어 죽어버린다면, 윈터가 슬퍼하기나 할까 생각했다.

어둠은 독약처럼 하늘로 퍼져나갔다. 태양이 붉게 떨어지고 새까만 어둠이 내려앉을 때까지 리즈벳은 그 자리에서 미동도 하지 않았다. 경쾌하게 타오르던 모닥불이 미약한 불씨만을 남기며 사그라졌을 때가 되어서야 어둠에 잡아먹혀버린 숲 언저리에서 발자국 소리가 들려왔다.

어느새 새로 내린 눈을 밟으며 돌아온 윈터에게서는 눈 특유의 젖은 냄새와 감히 착각할 수 없는 피비린내가 났다. 그녀가 고개를 들자 그는 조금 놀란 듯 살짝 눈썹을 치켜올렸다.

"아직까지 자지 않고 기다리고 있었다니, 이렇게 감격스러울 수가."

리즈벳은 그를 망연히 올려다보았다. 꺼져가는 모닥불에 비친, 서늘하고 인형 같은 얼굴. 사람을 몇 명씩이나 죽였음에도 불구하고 그 어떤 감정도 드러내지 않는다는 것이 끔찍했다.

그녀는 오로지 그에게 고통을 주기 위해 모여든 사람들을 보았다. 사랑하는 사람을 잃어서, 그 고통을 잊을 수가 없어서 비인간적이기 짝이 없는 잔인한 짓을 한 번도 망설이지 않고 자행했던 모습을 기억한다. 그가 그들의 고통을 알지 못한다 생각해 더 잔인해졌다.

그가 사람을 죽였기 때문에.

"……이스켈."

간신히 내뱉은 목소리는 잔뜩 쉬고 갈라져 있었다. 입을 열기 시작하자 밤새, 아니, 처음 무릎 꿇린 윈터를 봤을 때부터 스멀스멀 끓어오르기 시작했던 감정이 결국 터져 넘쳐 피처럼 흘렀다.

"이제 그만하면 안 돼요……?"

오늘 몇 명이 뒤를 따라왔을까. 그는 대체 몇 명을 죽였을까.

그가 묻힌 피 한 방울 한 방울이 저들의 증오의 씨앗이 되었거늘 그런 그들을 또다시 죽이면 대체 그는 얼마나 큰 대가를 치러야 하는 걸까.

살아가며 사람은 누구나 인연이라는 실을 만든다. 태어난 순간부터 부모형제라는 이름으로 맺어지기 시작하는 실은 살아가면 살아갈수록 더 많은 이들과 맞닿아 그 수를 늘려간다. 그 실을 끊어내면 끊어 낼수록 결국 거미줄은 그를 옭아맬 뿐인데, 이 대륙의 모든 이들을 죽일 수 없는 윈터는 대체 그 늪에서 어떻게 벗어날 생각일까? 이게 대체 언제가 되어야 끝날까?

"지금까지의 일은 다 잊어버리고 그냥 나랑 같이 아무도 모르는 곳으로 가서 살아요. 다른 사람들은 아무도 없는 곳에서 우리끼리만요. 드레이크에 있을 때 즐거웠잖아요. 뭔가 특별한 걸 하지 않았어도 그냥 같이 있는 것만으로도 난 좋았어요."

필사적인 애원이었으나 윈터의 눈은 유리같이 무감정했다. 그걸 애써 무시하며 리즈벳은 말을 이었다. 이 며칠간 담고 담아왔던 말이 어떻게 멈출 수 없이 쏟아져 나왔다.

"아침에 일어나면 같이 식사를 하는 거예요. 느긋하게 침대에서 식사를 하고, 서로 끌어안고 굴러다니다가 느지막하게 일어나요. 그 후로는 책을 읽거나 주위를 산책하는 거예요. 날씨 이야기를 한다든지, 읽은 책의 이야기를 한다든지, 여러 가지 할 말이 있겠지요. 당신은 별 쓸데없는 이야기를 한다면서 구박할지도 모르겠지만 그래도 성실히 대답해줄 거예요. 그리고 간단히 정원을 가꾼다든가, 작물을 키운다든가, 양을 몇 마리 기른다든가 해서 음식을 조달하고 요리를 해요. 내가 몇 번 오븐을 폭파시킬 수도 있겠지요. 나, 자신 있어 하는 것에 비하면 실제 실력은 별로니까. 그리고 또, 또……."

순간 시야가 흐려지며 흔들리더니 뚝, 눈물이 떨어졌다.

"또, 나중에 시간이 지나면, 그래서 세상이 우리를 잊으면, 조금씩 조금씩 사람이 많은 곳으로 가서 살 수 있을지도 몰라요. 그리고 언젠가, 언젠가 당신이 그럴 준비가 된다면, 신을 내려놓고 인간이 될 수도……."

"쓸데없는 소리."

단번에 그리 일축하는 목소리는 이제까지와는 다르게 사나웠다. 성큼 크게 한 발짝을 디뎌 단번에 그녀의 코앞까지 다가온 윈터의 새빨간 눈이 살기와도 닮은 빛을 띠고 번들거렸다.

"말해봐, 리즈. 그 기가 막힌 헛소리를 네 머릿속에 주입한 게 누구지? 그 빌어먹을 개새끼가 살신에 실패하면 무슨 일이 일어나는지도 말해줬어?"

"내가 죽겠지요. 네, 알아요. 그런 위험도 없이 해결할 수 있는 일이었다면 당신이든 당신 적들이든 누군가가 잽싸게 이미 해치웠겠지요."

"그래서 그렇게 기적적으로 성공하면? 내가 평범한 인간이 되면? 그 후는? 내가 몇 명인지 기억도 나지 않을 수를 죽였다는 게 없었던 일이 돼? 내 사지를 토막 내고 머리를 상자 안에 쑤셔 박았던 적들이 갑자기 돌변해서 과거 일은 과거의 일로 묻어두자 하나? 이미 너도 알고 있잖나, 리즈벳. 네가 하는 말이 얼마나 말도 안 되는 것인지를. 모르겠니? 그런 안일함에, 그런 낙천성에 죽을 뻔해놓고서?"

"차라리 죽는 게 나아요!"

홱 터져 나온 목소리는 누구에게라고 할 수 없는 분노로 떨렸다. 그에 윈터는 입을 다물었다. 관절이 하얘질 정도로 주먹을 그러쥐며 리즈벳은 꽉 눈을 감았다 떴다.

"당신이 더 이상 사람을 죽이는 꼴을 보느니, 그렇게 아무것도 하지 못하고 그냥 보고 있느니 차라리 죽어버리겠어요."

무뎌진 건지, 정말로 아무렇지 않은지, 아직까지 애증이 남아 있는 건지 알 수 없으나 윈터는 인스켈에 대해 그다지 나쁘게 말한 적이 없었다. 그러나 그럼에도 그녀는 결코 인스켈에 대해 단 한 번도 좋은 감정을 가져본 적이 없었다. 그 나라에서 인생의 반 이상을 살면서도, 그 나라에 여러 가지 의미로 애착과 소속감을 느낀 이들 사이에서 살아가면서도 그녀는 마음속 한구석에서는 언제나 그 나라를 꺼려했다.

인스켈이 윈터를 아프게 한다. 다치게 한다. 본인이 그리 즐기지도 않는 일을 계속 하게 만들면서 제대로 된 보답 따윈 해주지 않는다.

윈터가 이렇게나 적을 만든 건 상당 부분 그를 그 전장에 몰아넣은 인스켈의 탓이다. 그가 끝임없이 옳지 못한 일을 하도록 외면하고, 부추기고, 때로는 협박까지 한 모국의 탓이다. 나라를 위한 살신성인에도 한도가 있다.

"내게, 당신의 잘난 나라가 해왔던 짓을 당신에게 하라고요?"

착취하고, 하기 싫은 일을 할 수밖에 없도록 몰아넣고, 인간성을 빼앗아버리고.

눈물에 젖은 채로 어둠 속에서 똑바로 직시해오는 연녹색 눈동자가 새파랗게 빛났다.

"내가 당신이 목숨을 앗는 이유가 된다면, 차라리 죽어버리겠어요."

"그리고, 네가 죽는 꼴을 내게 보라고."

담담히 내뱉는 말에 그녀의 말문이 막혔다. 그런 그녀의 얼굴을 서늘한 손이 조심스레 받쳐 올렸다.

"말해봐라, 리즈. 네가 저들 손에 떨어져서 피 흘리는 꼴을 손 하나 까딱하지 못하고 구경하고 있어야 하는 일을, 내가 들어먹지도 않을 놈들에게 무릎 꿇으며 널 살려달라고 비는 걸 또 반복해야겠어?"

노래하는 듯한 경쾌한 목소리가 상기시키는 사실에 리즈벳은 꽉 눈을 감아버렸다. 꽉, 턱을 쓸어내리는 손에 힘이 들어갔다. 아프도록 쥐었다가 다시 부드럽게 쓸어내리는 손길이 스치고 지나간 곳마다 오스스 소름이 돋았다.

"우선순위의 문제지, 귀여운 리즈벳. 난 내가 지킬 수 있는 것을 확실히 지킬 길을 택하는 것뿐이야."

그리 말하는 목소리는 달콤했다. 누군가에게 제일의 가치가 된다는 것은 정말이지 달콤했다. 그것이야말로 그녀가 아주 오래전부터 바라 왔던 것이다. 타인에게 그 무엇보다도 우선시되는 존재가 되는 것.

그런 걸 손에 넣기를 그 무엇보다 바랐던 때도, 분명 있었다.

"하지만 그럼 당신은요⋯⋯?"

그녀는 시선을 들어 유리알 같은 붉은 눈을 올려다보았다. 그 어떤 감정도 담지 않고 깊게 가라앉은 눈을 바라보며 그녀는 떨리는 손을 들어 그의 뺨에 대었다. 차갑게 식은 피부는 빙벽을 만지는 듯했다.

"언제까지 그렇게 살 거예요? 내가 죽은 다음에는 혼자서 어떻게 살래요⋯⋯?"

이렇게 세상의 모든 사람들의 적이 되어, 저주받으며, 혼자서 그렇게. 영원히.

아무것도 모르는 어린 계집애에게 온기를 갈구할 정도로 외로웠던 당신은 나를 위해 평생을 살다가 내가 죽으면 또다시 홀로 남겨질 텐데 그다음은……?

이렇게 세상 전부를 적으로 돌린다면 내가 죽은 뒤엔 누가 당신 곁에 있어줄까?

"네가 없었을 때에도 잘만 살아왔었다. 네 죽음이 내게 대단한 영향을 끼칠 거라 생각하는 것이야말로 오만이구나."

"……모르겠어요."

그의 언행은 처음부터 끝까지 일관성이 전무하다.

"당신은 계속 나에게 그 어떤 감정도 남아 있지 않다고 하는데 왜 내게 이렇게 얽매여요?"

그녀를 사랑했던 사람은 이미 죽었다고, 그 감정은 조각조차 남아 있지 않다고 하면서도 그녀의 생존에는 집착한다. 그녀의 고통에는 무감하면서도 곁에서는 떼어놓지 않는다.

"글쎄."

정말 예상치 못한 질문을 받았다는 듯 그가 어린아이 같은 얼굴로 고개를 살짝 갸웃거렸다. 잠시 뭔가를 생각하듯 무표정이던 윈터는 곧 싱긋 웃었다.

"뭔가를 가지고 싶어 하는 것에 그렇게 이유가 필요한가?"

그 말에 그녀는 할 말을 잃었다. 그런 그녀의 볼에 윈터는 가볍게 입을 맞췄다.

"사랑스러운 리즈벳, 울음을 그치렴."

절망은 독이 든 과실마냥 달콤한 향이 났다.

"네가 울어도, 아무것도 느껴지지 않아."

* ❀ *

목적했던 빈 저택에 도착한 것은 사흘이 지난 후였다. 인스켈령 깊숙한 곳에 위치한 이곳은 타인과 부대끼는 것을 싫어했던 그가 대륙 곳곳에 미리 마련해두었던 사유 저택 중 하나였다. 자를란트와 멀지 않은 만큼 오래 머물면 여황에게 꼬리를 잡히는 것도 시간문제겠으나 어느 정도는 버틸 수 있으리라. 이곳에 머물며 추격자를 완전히 근절해놓으면 한동안은 뒤를 쫓지 않을 것이다. 복수심에 눈이 멀어 무턱대고 그를 쫓는 꼴이, 이번 추적자들은 로세이유 계열임에도 안셀라와는 관계가 없는 듯했다. 안셀라가 지휘했다면 좀 더 체계적이고 이성적이었겠지. 그자의 세력을 쫓은 지가 이제 거의 10여 년임에도 아직까지 근절하지 못한 것에는 이유가 있다.

생각이 안셀라에게 닿자 윈터는 저택의 기둥에 손을 얹은 채로 잠시 멈춰 섰다.

그와 떨어져 있던 사이, 누군가가 아이에게 살신에 대한 이야기를 했다. 아이가 안셀라를 만났던가? 그게 아니면 사모에 대한 정보는 그가 생각했던 것보다 훨씬 많은 이들에게 퍼져 있는지도 모른다. 생각해보면 그를 무력화시키고 그 와중에 아이를 꼬드길 생각으로 데려갔던 것인지도 모른다.

누군지는 아직 알 수 없으나 알아내는 대로 죽여버리리라.

본능에 새겨진 흉포한 충동에 멈춰버린 심장이 뛰었다. 그는 조용히 저택의 어둠을 노려보며 널뛰는 열기가 식어내리기를 기다렸다. 그리고 그는 불쾌한 심정을 억지로 억누르며 아이가 지껄였던 말이 제가 인정하고 싶은 것 이상으로 저의 신경을 거슬렀다는 것을 인정했다.

언제까지 그렇게 살 거냐 했지.

눈물 젖은 눈으로 애원했던 아이가 떠올라 그의 미간이 슬쩍 찡그려졌다.

다시 만났을 때부터 유리조각마냥 위태롭던 아이였다. 손에 꼽을 정도로 운 적 없었던 아이가 하루걸러 울음을 터트렸다. 처음에는 애써 태연한 체하려던 모습이 최근 들어선 감정이 널을 뛰고, 가끔은 발작하듯 소리를 지르며 머리를 쥐어뜯다가 죽은 듯 체념하여 늘어져 있기도 했다.

그런 모습은 반은 제정신을 놓아버린 듯도, 반은 제게 항의를 하려는 시위로도 보였다. 그리고 아이의 의도가 후자라면 원하는 건 명백했다.

예전의 그를 돌려달라는 것.

죽어버린 이를 내놓으라 요구하니 불쾌할 수밖에.

지금의 제가 그리도 견디기 힘든 것인가.

'죽음'을 다시 불러들인 이후는 모조리 하나의 긴 꿈이었다. 마치 제 몸을 한 타인을 연극 관람하듯 바라보는 단절감. 감각도, 감정도 무뎌지자 현실감마저 같이 무뎌진다. 그 마비된 듯한 무던함은 그에게 익숙한 것이었다. 아이를 만나기 전까지 그는 계속 그렇게 살아왔다. 예전으로 돌아간 것뿐이다.

그 삶이 어째서 누군가에게는 그리도 절망하며 좌절할 만한 것이 되는가.

속이 울렁거리는 듯한 불쾌함에 그는 천천히 몇 번 주먹을 쥐었다 폈다.

아이와 얽히지 않는 시간은 모든 것이 명확하다. 거기에는 쓸데없는 질문에 불쾌해할 필요도, 이해 불가한 애원에 심력을 소비할 필요도, 애매모한 감정에 좌지우지될 필요도 없다. 그는 하루에도 몇 번씩이나 아이의 목을 비틀어버리고 싶은 충동에 시달린다.

왜 제게 이리 얽매이나 물었나? 그것이야말로 그가 몇 번이고 자문했던 사실이다. 애착이라는 질척이던 감정이 도려내진 지금, 그가 아이에게 필요로 하는 것은 전무하다. 오히려 그의 신성을 위협할 존재는 일찌감치 없애버리는 게 이득이다. 이 오랜 세월 후, 마침내 나타난 그의 적수는 허무할 정도로 허약하다.

손끝에 닿았던 그 가녀린 목의 감촉을 생각하며, 그 손에 힘을 주었을 때 그 얼굴이 어찌 일그러질지를 상상하며, 그 눈에 맺히고 떨어져 내릴 눈물의 온도를 상상하며 그는 기둥을 후려쳤다.

아이를 살해하는 상상은 뭐라 말할 수 없을 정도로 달콤했다. 목이 졸리는 듯이 괴롭고, 소름 끼치고, 토할 것같이 달고도 끔찍했다.

기이하게 뒤틀린 웃음을 내뱉고 윈터는 몸을 돌렸다. 출입을 통제하는 결계를 몇 겹씩이나 뒤집어씌운 저택의 부지는 전성기를 맞은 그의 신성에 반응해 어린 풀들을 시작으로 천천히 검게 말라 죽어가고 있었다.

그 시선에 풀꽃이 들어온 것은 그야말로 우연이었다. 겨울을 맞아 누렇게 죽어 있는 잡초들 사이, 소복이 쌓인 눈 사이로 수줍게 고개를 내민 꽃은 며칠 전 아이가 그에게 건네주었던 꽃과 동일했다.

그는 무심코 몸을 굽혀 꽃을 손에 대었다. 손에 닿은 꽃이 순식간에 검게 말라비틀어지며 바스러졌다.

그는 한참 제 손안에서 재가 되어버린 꽃을 바라보았다.

그리고 다음 꽃을 향해 손을 뻗었다.

활짝 열어젖힌 창문 너머로 폭설이 쏟아지고 있었다. 이리 눈이 내린 지 대체 며칠이나 지났을까. 이 별장에 도착한 지는 꽤 시일이 지났으나 시간감각은 잘 느껴지지 않았다. 한겨울의 숲은 해가 짧았고, 잠시 정신을 놓고 있으면 순식간에 해가 뜨고 지며 날이 바뀌곤 했다.

여기에 얼마나 있었을까.

멍하니 창틀에 기대어 리즈벳은 창밖으로 팔을 뻗었다. 소리 없이 떨어진 눈송이만 살갗 위에 떨어져 녹아내릴 뿐, 저택 주변에는 폭설을 피해 고개를 내미는 새나 설치류의 흔적조차 남아 있지 않았다. 마치 투명한 돔에 뒤덮인 듯 저택은 세상에서 도려내져 있었다. 아무것도 들여보내지 않고 아무것도 내보내지 않는, 그를 무시하고 지나가려는 이를 죽음으로 저주하는 결계.

윈터는 이 결계 안에 그녀를 홀로 가둬뒀다. 가끔씩 식사를 하는 것도 잊어버리는 그녀에게 딱딱해진 빵이나 다 식어버린 수프 같은 걸 가지고 올 때를 제외하곤 그가 이 공간에 존재한다는 증거는 가끔씩 들리는 문소리와 한밤중에 잠시 눈보라가 그친 사이 고개를 들이민 그믐달 아래의 정원에서 허공으로 시선을 던지는 뒷모습뿐이었다. 그러다 그가 한동안 모습을 드러내지 않으면 잠시 나갔나 보다 짐작하는 수준이었다. 바로 한 달 전만 해도 매일 깨어 있는 시간의 절반 이상을 얼굴을 마주치며 보냈다는 게 마치 꿈같이 느껴질 정도였다.

이제 어떻게 해야 하나.

생각이 그쪽으로만 흐르면 숨이 막혔다.

윈터는 그녀를 위해 인간성을 버려가면서까지 그녀에게 왔으나 그런 그는 이제 없다. 본래의 모습으로 돌아올 이유도 의지도 보이지 않는 상대에게 매여 그녀는 대체 뭘 어떻게 해야 하나.

무엇보다, 돌아올 가능성이라는 게 있기나 한 걸까?

기다린다고, 노력을 한다고 무언가가 바뀌나?

휘몰아치는 눈보라에 눈앞이 보이지 않았다. 한겨울의 추위는 날카롭게 살갗을 뚫고 뼛속으로 스며들었다. 허공에서 흐리게 흔들리는 결계의 모습에 리즈벳은 충동적으로 몸을 일으켜 발코니 문을 활짝 열었다. 기다렸다는 듯이 눈보라가 온몸을 할퀴고 지나갔다. 미친 듯이 펄럭이는 머리카락을 얼굴에서 걷어내며 리즈벳은 그녀를 가둬놓은 창살을 멍하니 올려다보았다.

순간, 지난 며칠간 계속 속에 켜켜이 쌓여 숨통을 짓누르던 감정이 확 솟구쳤다. 갈데없는 무력함, 분노, 절망, 괴로움, 슬픔이 한데 뒤엉켜 몸 안을 갈가리 찢어버리는 듯했다. 머리가 아파질 때까지 고민하고, 눈물이 말라버릴 때까지 울기도, 웃어보기도 하며 어떻게든 버텨보려 노력했다. 이 상황을 어떻게든 타파해보려고 애썼다.

그러나 이 진창에서 벗어날 수 있는 자유가, 저기에 있었다.

홀리듯 한 발짝, 앞으로 내디뎠을 때였다.

바스락, 발에 밟혀 무언가가 바스라졌다. 리즈벳은 무심코 시선을 내려 그녀가 밟았던 것을 바라보았다.

"……아."

저도 모르게 탄식이 흘러나오며 그녀는 다리에 힘이 풀려 주저앉았다. 머리가 핑글 돌며 현기증이 일었다.

발코니에 놓여 있던 것은 얼어붙어버린 꽃의 잔재였다. 녹색과 황금색의 본래 빛깔이 반쯤 꺼멓게 죽어 얼음알갱이 안에 갇혀 있었다.

이 새까만 죽음의 흔적, 출입이 막혀 있는 이 결계 속에 놓인 꽃, 이 발코니에 걸음할 수 있는 그녀를 제외한 유일한 사람.

윈터가 남겨두었음이 분명한 그 꽃에 그녀의 가슴이 무너져 내렸다. 눈 속에서 피어난 얼음새꽃을 주고받으면 그 인연이 평생 이어진다고 한다. 그래서 친구들 사이에서, 연인들 사이에서 자주 주고받곤 하는 꽃이다.

이건, 그녀가 그에게 주려고 했던 꽃이다. 그의 손에 닿는 순간 스러져버린 꽃이다.

죽은 꽃을 던져놓고 감으로써 그녀를 조롱하려는 생각이었을까.

그러나 생기를 빨려 본래의 모습을 잃었을지언정 그 형태와 향만은 간직하고 있는 꽃다발을 보며 그녀는 자연스럽게 그것을 두고 간 사람의 모습을 떠올릴 수밖에 없었다. 손끝에서 계속 죽어나가는 꽃들을 그럼에도 열심히 그러모아 그녀에게 주려 했을 모습을 떠올리자 가슴 먹먹함을 주체할 수 없었다.

리즈벳은 그 꽃의 잔재를 끌어안고 정신을 놓을 듯 울음을 터트렸다.

꽉, 손에 힘을 주자 체온에 얼음이 조금씩 녹아내리며 재가 된 꽃에서 달콤한 향이 흘렀다.

"그대의 고통과 슬픔을 받게 하소서."

당신의 존재가 나의 행복이었다.

"나의 기쁨과 승리를 드리옵니다."

당신이 있었기에 지금까지 버틸 수 있었다.

그런 당신은 지금도 분명히 남아 있다. 신에게 잡아먹혔을지라도 당신이었던 조각은 분명히 남아 있다. 다시 되돌릴 수 있을지도 모른다. 아니, 설사 불가능할지라도 신을 몰아내면 빼앗겼던 감정이 다시 깃들지도 모른다.

리즈벳은 몸을 일으켰다. 지금까지 손가락 하나도 움직일 기력이 없었다는 것이 거짓말인 듯 계단을 내려와 현관으로 향하는 발걸음에는 거침이 없었다.

안셀라에게서 '사모'에 대한 이야기를 듣고 윈터가 쳐둔 결계에 손을 대어보면서 했던 생각이었다. '사모'의 정체성이 다른 신을 먹는 신이고 결계가 결국 신성의 발현이라면, 조건만 만족시킨다면 제 신의 힘으로 윈터의 결계를 깰 수 있지 않을까.

깊게 심호흡을 해 떨리는 심장을 진정시키며 그녀는 현관 로비 테이블에 놓인 촛대를 움켜쥐었다.

계속 생각했었다.

지난 7년간의 시간을 반복하면 다시 그의 마음을 얻을 수 있을지도 모른다. 시간을 들여 다시 연을 쌓으면 그녀가 알아왔던 그를 돌려받을 수 있을지도 모른다. 그러나 한번 신성을 잃는 뼈아픔을 체험했던 그가 순순히 그렇게 할까? 전혀 변할 생각이 없는 이를 변하게 할 수나 있을까?

그리고 그 후에는? 그 후에는 누가 그를 지켜주지? 그의 적인 그녀의 오라비가? 가장 쓸모 있는 병기를 잃어버린 여황이? 이미 다 죽어버린 그의 가족들이? 있는지도 모를 친구들이?

제 스스로조차 지킬 수 없는 그녀가?

힘이 필요하다. 누군가에게 기대어 얻어지는 힘과 권력이 아닌, 윈터 드레스덴을 인간으로 돌려놓고 인간으로 떨어진 그를 지켜낼 절대적인 힘이.

당신이 응당 누려야 할 인간으로서의 삶을 누릴 수 있도록, 더 이상 스스로를 위해, 또 당신이 소중히 생각하는 이들을 위해 그 삶을 포기하지 않을 수 있도록.

스스로 내려놓을 수 없는 신이라면 억지로라도 내려놓게 하겠다.

촛대를 꽉 그러쥔 리즈벳은 망설임 없이 열린 문 너머를 향해 휘둘렀다. 배 속에서부터 확 불길이 들끓는 감촉과 함께 유리 깨지는 소리가 나며 싸늘한 겨울바람이 쏟아져 들어왔다.

리즈벳은 돌아서서 텅 빈 저택 안을 바라보았다. 뭐라 설명할 수 없는 감정이 들끓었다.

이것이 그의 눈에 어찌 비칠지 모르는 것은 아니다. 당사자의 동의 없이 그의 운명을 쥐고 흔들려는 것이고, 그녀가 이제부터 할 배신이라고밖에 부를 수 없는 행위가 그에게 어떻게 받아들여질지도, 예상은 하고 있다.

그러니 부디 당신의 가슴이 얼어버렸기를. 당신의 말처럼 아무런 아픔도 느끼지 않기를. 내 이 행동이 당신에게 아무런 의미도 되지 않기를.

어차피 머뭇거릴 생각은 없으니. 그가 이 행위 때문에 그녀를 증오할지라도, 절대 용서하지 않을지라도, 다시는 그녀를 보지 않으려 할지라도 그녀는 그가 온전한 인간으로의 삶을 살 수 있기를 바란다.

내가 언젠가 죽어 없어질 세상에 당신이 영원히 홀로 남지 않도록. 당신이, 평범한 인간으로서의 행복을 손에 넣을 수 있도록.

두꺼운 겨울코트 하나만을 걸친 채 그녀는 눈앞에 광활히 펼쳐진 새하얀 설원으로 발을 내디뎠다.

이 손으로, 신을 죽이리라.

· ✿ ·

챙그랑.

귓가에서 이명이 들리는 것과 동시에 확 역류하는 신성에 윈터는 그 자리에서 얼어붙은 듯 멈췄다. 시야를 새하얗게 메우며 휘날리는 눈발 너머로 그는 제가 뒤로했던 저택 쪽에서 산산조각이 난 결계를 경악하는 심정으로 느꼈다.

지금까지 단 한 번도 깨진 적 없던 결계다. 그런데 대체 누가. '죽음' 이 지정한 성역을 대체 누가, 무슨 수로 감히.

거기에 다다랐던 사고가 뚝 멈췄다. 너무나 선명하게 떠오른 가능성을 머리는 가차 없이 쳐냈다. 이성이 받아들이기 거부하는 사실에 사고회로가 정지한 것도 잠시, 몸은 직감에 따라 망설임 없이 움직였다.

그가 전멸시켰던 마을의 생존자들은 그를 끈질기게 추격했고, 그는 그들의 추적을 따돌리고 끊어내기 위해 저택에서 꽤나 먼 곳까지 나와 있었다. 그가 아무리 이 폭설에 영향을 받지 않기에 쉼 없이 이동할 수 있다 해도 저택으로 돌아가려면 적어도 하루는 꼬박 걸린다. 그 와중에 결계를 깬 자는 이미 꽤 멀리까지 도망쳤을 터.

생명력을 탐사하기 위해 한계까지 확장시켰던 신성이 불안정하게 흔들렸다. 감정을 도려낸 후 무서울 정도로 명쾌하게 갈렸던 사고가 온갖 안개가 낀 듯 뿌옜다. 거의 편집증적으로 머릿속을 같은 사고가 몇백 번이나 공회전하며 그 외의 생각들을 모조리 몰아냈다. 그러나 정작 밤을 새하얗게 새우며 저택으로 돌아온 순간까지 그는 제가 도대체 무슨 생각을 그리 했는지도 명확하게 떠올릴 수 없었다.

그저, 저택을 감싸던 그의 신성이 흔적도 남기지 않고 사라졌고, 따듯하게 불이 타오르고 있던 난로가 온기를 잃었으며, 버려진 건물이 인기척 하나 없이 유령같이 서 있었다.

고작 그뿐이라 눈앞이 새하얘졌다.

쾅, 와장창.

가구가 엎어지고 문짝이 걷어차였다. 자기가 바닥을 구르며 깨졌고 책상 위의 집기가 요란한 소리와 함께 쏟아졌다. 윈터는 무언가에 홀리기라도 한 듯 몇 번이고 반복해 저택의 모든 방을 샅샅이 뒤졌다.

그러나 아무도 없었다. 한계까지 신성을 퍼트려 주변을 샅샅이 뒤져도 숨통이 붙어 있는 것이라고는 하나도 없었다.

죽었나. 죽어버렸나.

현기증이 나 그는 잠시 비틀거렸다. 층계참 난간을 붙잡고 고개를 숙여도 흔들리는 시야가 도저히 정상으로 돌아오지 않았다. 욱, 치솟아 오르는 울화에 그는 곁에 놓여 있던 탁자를 있는 힘껏 집어 던졌다. 와장창, 섬뜩한 소리를 내며 나무 탁자가 박살났다. 층계 난간에 이마를 기대고 생각을 정리하려 노력하던 그는 곧이어 잇새 사이로 욕지거리를 내뱉으며 다시 저택을 처음부터 뒤지기 시작했다.

뒤져도 뒤져도 시체는 나오지 않았다. 제가 막 난장을 부린 것을 제외하곤 저택은 끔찍할 정도로 말끔했다.

죽음의 결계는 이제까지 단 한 번도 깬 이가 없었다. 마법으로 기세등등하던 에스타니아에서도, 그 지식의 정수를 고스란히 받아들여 더한 것으로 승화시켰던 리슈타인에서도 몇십 명이나 되는 이들이 그의 결계 안에 갇혀 악다구니를 하며 깨려 시도했었으나 단 한 번도 무너지지 않았다. 죽음을 이길 수 있는 것은 그야말로 손에 꼽을 정도다. 지금까지 단 한 번도 진심으로 저를 위협할 수 있으리라 생각했던 이는 없었다.

단 하나 있다면.

와장창.

이번에는 장식장이 거꾸러지며 안의 접시들이 모조리 산산조각이 났다. 참혹하게 부서져 바닥에 널린 가구와 집기들 사이에서 윈터는 가슴께를 그러쥐며 무너지듯 주저앉았다. 숨을 쉴 필요도 없는 주제에 질식할 것 같은 압박감에 그는 입을 벌리고 거칠게 호흡을 반복했다.

이 감각은 알고 있다. 내장을 칼날이 안에서부터 난자하는 이 느낌. 그리 오래된 과거의 일도 아니다. 그러나 어째서. 이제는 다 도려냈다고 생각했는데. 더 이상 이리 흔들릴 일 없으리라 생각했는데.

리즈.

도망갔단 말이지.

네가.

"욱⋯⋯!"

그와 동시에 울컥, 비린내와 함께 한 주먹만큼의 시커멓게 죽은피가 올라왔다. 그렇게 바닥에 주저앉아 윈터는 한참을 피를 토해냈다.

네가 왜 그랬을까. 누가 곁에서 무슨 헛소리로 꼬드겼을까. 대체 왜. 이 짓거리가 지겨워져서? 제게 신물이 나서? 그러나 그것이 어쨌다고. 내가 왜. 네가 어쩌든, 내가 왜. 그러나 너는. 너는 대체 왜. 무슨 심정의 변화가 있어서. 어떻게 파훼법을 알아서. 시도하다 죽을지 모른다는 것도 몰랐나? 알았다면 너는 왜? 목숨을 걸 정도로 이 짓이 지긋지긋해져서? 네게 그 짓을 해놓고도 혈육이 끌려서? 너는 왜. 너는 대체 왜.

너는, 대체 왜 나를.

시뻘겋게 보이는 시야가 위태로이 흔들렸다. 귀에서는 이명이 울리고, 현기증이 나 고개를 들 수가 없다. 절대적으로 장악하고 있던 신성이 흔들린다. 꽉 틀어쥐고 있던 손아귀 사이로 뚝뚝 감정이 떨어져 내렸다.

위험하다.

본능이 반사적으로 경종을 울렸다. 이 역시 알고 있는 감각. 시뻘겋게 달아오른 뇌리에 바닥을 구르던 형의 머리가 보였다. 사방이 피바다였다. 그리고 그 피가 제 손을 적신 순간, 철저하게 인간을 죽이고 신이 되었던 윈터 드레스덴은 불완전한 인간의 자리로 끌려 내려왔다.

"……제기랄."

턱이 덜덜 떨릴 정도로 강하게 깨문 잇새 사이로 신음 같은 욕지기가 흘러나왔다. 여기에서 또다시 끌려 내려왔을 때 기다리는 것이 무엇인지 안다. 그 진저리나는 가정에 그는 악을 썼다.

필사적으로 머리를 비웠다. 가슴을 비웠다. 한번 터져버린 감정은 필사적으로 틀어막지 않으면 순식간에 그를 인간으로 만들 것이다. 그럼 그 자리에는 무엇이 남는가. 그 괴물이 할퀴고 간 자리의 잔재는 누가 감당해야 하는가.

떨리는 손이 허리춤의 검을 뽑아내어 망설임 없이 허벅지를 내리찍었다. 깜박이듯 간헐적으로 고통이 밀려왔다 쓸려나가기를 반복했다. 상처에 반응해 신성이 활성화된다. 윈터는 이를 갈며 더욱 깊게 상처를 헤집었다. 뼈를 드러내는 자상에서 검은 연기가 피어오르더니 천천히 아픔이 잦아들며 멍해졌다.

이성이 감정을 자각한다면 이성을 죽이면 된다. 감각이 감정을 자각한다면 감각을 차단하면 된다. 기억이 감정을 자각한다면 기억을 닫아걸면 된다. 저를 인간으로 끌어내리려는 것이 있다면 배제하면 된다. 아무것도 없는 황무지에 아픔은 꽃피지 않는다.

신은 착실히 신체를 잠식하며 눈을 떴다.

여자도, 그 여자를 만들어낸 적도 한꺼번에 없애버리면 된다.

• ❦ •

환상은, 환상일지도 모르는 미래는, 과거의 잔재는 눈발처럼 어지럽게 날려 시야를 어지럽힌다. 어떤 것이 과거이며 어떤 것이 현재이고 무엇이 미래인가. 토막토막 썰려나가 난잡하게 뒤섞인 시간축에 갇혀 그는 제가 현재를 살고 있는지조차 종종 확신할 수 없었다.

싸늘하게 식은 방의 창 너머로 시간이 멈춰버린 듯 눈은 쉴 새 없이 내리고 머리 위에서는 까악거리며 세 개의 눈의 까마귀가 울었다.

– 사람이 기적을 바라는 것은 어째서?

머리 위에서 빙빙 크게 원을 그리며 낭랑히 토해내는 울음소리에 안셀라는 귀를 막았다.

– 자기 자신을 놓아버리고 싶어 하는 것은 어째서? 스스로 주도한 결과에서 도망치려는 것은 어째서?

그것은.

대답은 일찌감치 알고 있었으나 차마 입으로 낼 수가 없었다. 안셀라는 습관적으로 얼굴을 감싼 가면을 확인했다. 싸늘하게 식어버린 자기의 감촉이 스르르 피부 너머로 스며들어 뼈를 에었다. 가늘게 떨리는 손끝이 가면을 편집증적으로 쓸어내렸다. 몇 번이고, 몇 번이고.

미래가 무서운 속도로 달려들고 있다. 코앞까지 들이닥쳐 현실이 된다. 곧. 곧. 이제 곧. 이제.

지금.

『안셀라 님, 나와보세요! 아가씨가……!』

쾅, 거칠게 문을 열어젖히는 소리와 함께 금방이라도 눈물을 흘릴 듯한 얼굴로 활짝 웃으며 디아나가 달려 들어왔다. 크리스티앙의 별동대가 전멸하고 아이를 다시 윈터 드레스덴에게 빼앗긴 후로 그녀가 저리 웃는 모습을 본 적이 없었다. 감격에 제대로 말도 잇지 못하는 수하를 일견하고 안셀라는 천천히 몸을 일으켰다.

평소에는 광장의 역할을 하는 공터에 인파가 몰려 있었다. 환희로 제정신을 차리지 못하는 디아나와는 달리 그 인파는 그렇게 호의적이지만은 않았다. 크리스티앙 쟈크티에는 다혈질에 머리보다 손이 먼저 나가는 경향이 있었으나 그랬던 만큼 행동대장으로서는 우수했던 인물이며 그 개인의 능력을 흠모했던 이들이 많았다. 그런 그의 부대가 모조리 전사한 상황에서 살아남은 것은 물론, 그 윈터 드레스덴과 7년이 넘는 시간을 같이 보냈던 아이이니 눈길이 고울 수만은 없었다.

그러나 그녀는 안셀라 클렌디온의 동생이었으며 그가 구세주라 칭했던 인물이었다. 그의 동생이었으며 그에게 검으로 찔렸던 열여덟 살짜리 계집아이였다. 안셀라는 다시 한 번 얼굴을 가리는 가면을 매만졌다.

웅성거리는 소리는 인파가 그의 모습을 눈치채자 뚝 끊겼다. 사박, 사박, 숨죽인 침묵 속에서 눈 덮인 땅을 밟는 소리가 났다. 수십 개의 눈길이 그에게 못 박히고, 그 사이에서 검은 겨울코트를 입은 조그마한 인형이 드러났다.

똑같이 닮은 두 연녹색 눈동자가 마주치고 안셀라는 다시 가면을 매만졌다. 그가 아무 말 없이 몸을 돌리자 인파를 뒤로하고 동생은 그의 뒤를 따랐다.

대화 하나 없이 한참을 걸어 인파에서 떨어진 언덕의 아름드리나무 아래에 도달하자 안셀라는 발걸음을 멈췄다. 몸을 돌려 아이를 향해 서자 아이가 뒤집어쓰고 있던 코트의 후드를 내렸다. 그에 안셀라는 가만히 시선을 떨궜다.

"머리를 잘랐구나."

그에 싱긋 웃으며 아이는 손을 들어 귀밑에서 인정사정없이 쳐낸 구불거리는 금발을 살짝 쓸어내렸다.

"어울리나요, 오라버니?"

대답을 바라지 않고 던진 말에 안셀라는 침묵으로 답했다. 그의 눈앞에서 미소 짓는 아이가 어떤 표정으로 저 머리를 잘랐을지, 몇 번이나 칼을 들었다 내리기를 반복했을지, 그는 아이가 아무 말도 하지 않아도 알고 있었다. 그것 역시 그의 시야를 가득 채우는 수많은 파편 중 하나였다.

"고마워요, 오라버니. 마중을 보내주신 덕분에 수월하게 찾아올 수 있었어요."

아이가 뭐라 몇 마디를 더 한다. 그 순간에도 조각이 된 과거와 현재와 미래는 그의 눈앞에서 쉼 없이 반짝인다. 아이는 능숙하게 웃음을 그리고, 등 뒤로 손을 맞잡고, 오랜 길을 오느라 수척하고 까칠해진 얼굴을 살짝 기울이며, 말한다.

오라버니.

"오라버니."

오라버니는 이렇게 긴 시간을 들여 안배한 동생에게 뭘 줄 수 있나요?

"오라버니는 이렇게 긴 시간을 들여 안배한 동생에게 뭘 줄 수 있나요?"

무엇을, 이라고 대화의 흉내를 내보려다가 그만둔다. 어차피 이 뒤에 이어질 말이 무엇인지는 이미 알고 있다. 질문은 오히려 기만이다.

"내가 윈터의 신을 죽인다면 내게 뭘 줄래요? 오라버니가 그린 그림에서 나는 어떤 모습을 하고 있나요?"

"너는."

눈앞에서 그려지듯 미래의 파편이 뇌리에 떠올랐다.

"장기전으로 고착된 전장에서 처음 모습을 나타낸단다."

여름. 병장기의 쇳소리가 날카롭게 울린다. 새파란 하늘, 뜨겁게 달아오른 전장에서 새하얀 백합의 기가 들려 올라가고 함성이 쏟아진다. 갑주 하나 없이 맨몸으로 깃발을 든 아이는 오를레앙의 피 묻은 대지 위에 선다.

"죽음과 패배의 공포에 젖은 연합군에게 승리를 안기고 너는 인간이 신을 이길 수 있음을 선언하지. 그렇게 몇 차례의 지역전을 압도적인 승리로 이끌고 너는."

안구의 뒤편이 뜨겁게 타들어갔다. 화끈거리는 아픔을 무시하며 안셀라는 눈을 감았다.

"드레스덴에서 '죽음'을 쓰러트리는 영웅이 될 거란다."

겨울. 모든 것이 끝난다.

"그러면 그 후."

잠시 후, 한동안 아무 말이 없던 아이가 느릿하게 입을 열었다.

"황제조차 쉬이 건드릴 수 없는 힘을 주세요."

파편 속에서도 몇 번씩이나 보았던 아이의 시선은 단단했다. 그 이상으로 현실의 아이에게는 철을 녹여내는 용광로에 던져져 담금질을 견디고 살아남은 예리함이 있었다. 윈터 드레스덴의 저택을 나와 예까지 눈길을 걸으며 아이가 무슨 생각을 했을지는 아이만이 알 터이다.

"쓸모가 다 된 후 솥에 삶길 사냥개의 신세가 아닌, 연회석에서 당연하게 논공행상을 주도할 수 있는 권력을 원해요."

그리 말하는 맥락을 이해하기에 안셀라는 조용히 시선을 떨어트렸다.

"네가 원한다면, 그렇게 될 거란다."

그에 꽃같이 웃으며 아이가 그에게 다가왔다. 훅 풍기는 달콤한 내음에 호흡을 멈추며 눈을 감자 그의 목을 끌어안았던 아이가 차가운 가면 위에 다정히 입을 맞췄다.

"오라버니, 사랑하고 있어요."

달콤한 속삭임이 귓가를 간질였다. 빙글, 몸을 돌려 아이의 뒷모습이 멀어지자마자 안셀라는 무너지듯 주저앉았다.

한동안 그는 그렇게 자리에서 일어나지 못했다. 소리 없이 떨어지는 눈이 그의 머리에, 어깨에, 등에 떨어져 내렸다.

「동생도 만만치 않군그래.」

펄럭, 머리 위로 두꺼운 코트가 떨어져 내렸다. 예상치 못한 참관인의 존재에 안셀라의 어깨가 굳었다. 꽈악, 코트 깃을 쥐며 고개를 들자 눈이 한가득 쌓여 있는 가지에 기다랗게 늘어져 있는 여자가 있었다.

이사벨라 델 디아고.

에스타니아의 여왕은 시선이 마주치자 가볍게 몸을 미끄러트려 까마득한 높이의 나뭇가지에서 뛰어내렸다. 구불거리는 새빨간 머리칼이 새하얀 설원을 배경으로 꽃잎처럼 흩날렸다. 계절은 이미 한겨울이거늘 양팔에 정령을 베일같이 거느린 여자는 가벼운 경장인 채였다.

안셀라는 다시 가면을 매만졌다.

「언제부터 거기 있었습니까.」

「처음부터. 공이 모르는 것도 있었나?」

서글서글한 미소를 짓는 얼굴은 그럼에도 어딘가 굳어 있었다. 소리 없이 추궁하는 시선을 외면하며 안셀라는 느릿하게 입을 열었다.

「부탁하고 싶은 게 있습니다.」

조각난 변명을 해봤자 오히려 추궁만 더 매서워질 뿐이다. 수상하게 생각할 것이고 관계에 독이 될 것임은 분명하나, 아슬아슬할 때까지 미룰 수밖에 없다. 어렴풋이 추측은 할 것이나 정해진 때가 오기 전까지 추측은 결코 확신이 되어서는 안 된다.

「저 아이를 공의 휘하에 거두어 키워주십시오. 이 전쟁에서 승리하기 위한 열쇠가 될 아이입니다.」

다행히도 이사벨라의 에스타니아는 정치적으로 그의 로세이유와 동반자가 될 수밖에 없는 구조이고, 이사벨라 본인 역시 그에게는 묘하게 관대했다. 노골적으로 화제를 바꿨음에도 그녀는 그를 한동안 가만히 응시한 후, 입꼬리를 끌어올려 웃었다.

「공이 직접 키우진 않고?」

「저 아이에게 필요한 것은 제가 가지고 있는 것이 아니라 공이 가지고 있는 것입니다.」

「가끔 공을 보면서 생각하는 건데 말야.」

성큼 가까워진 여자의 얼굴이 순식간에 눈앞으로 다가왔다. 대항하고 어쩌고 할 시간도 없었다. 순식간에 가면을 빼앗긴 안셀라는 황급히 양손으로 얼굴을 가리며 뒷걸음질을 쳤다.

「왜 울지 않아?」

턱, 등이 나무줄기에 부딪쳤다. 몸을 돌려버리려 하자 탁, 소리를 내며 뻗어나온 이사벨라의 손이 나무줄기를 짚어 퇴로를 봉쇄했다. 안셀라의 얼굴을 가린 팔목 아래로 나지막이 흘러나온 호흡이 미세하게 흐트러졌다. 사락, 여자의 고개가 살짝 기울어지자 그에 따라 머리카락이 물결치듯 흔들렸다.

「왜 공이 인간이라는 것을 좀 더 알리려 하지 않아?」

황금빛에 가까운 눈동자가 그를 뚫어지게 응시했다. 시선을 한 번 바닥으로 떨어트렸다가 다시 들며 안셀라는 그 와중에 완벽하게 표정을 지웠다. 얼굴을 가리던 팔이 다시 아래로 떨어지고 고저 없는 모호한 목소리가 입을 열었다.

「그것이 필요한 일입니까?」

「적어도 나에게는..」

이사벨라의 시선이 숲 너머, 해방군 진지가 구축되어 있는 곳, 안셀라의 어린 누이가 향했던 곳으로 던져졌다.

그녀가 입을 열고, 말한다.

공.

「공.」

공은 이 전쟁이 끝나면 어떻게 할 거지? 뭘 목표로 해서 어떤 삶을 살 거야?

「공은 이 전쟁이 끝나면 어떻게 할 거지? 뭘 목표로 해서 어떤 삶을 살 거야?」

그러나 질문을 미리 알고 있어도 답할 수 없는 것들이 있다. 답을 알고 있어도 차마 전할 수 없는 것들이 있다.

미래라는 개념이 새삼스레 기이하게 낯설어 안셀라는 멍하니 눈앞의 여자를 바라보았다. 그녀가 저와는 대단히 동떨어진 존재처럼 느껴졌다.

시선이 마주치고, 이사벨라의 미간이 복잡한 감정을 담아 일그러졌다.

「전쟁에는 미래가 있어야 해. 이 지긋지긋한 학살을 무슨 짓을 해도 멈출 수가 없다면, 멈춰서는 안 된다면 거기에는 이유가 필요해. 이 많은 사람들이 죽어야 할 납득할 만한 이유와 이 전쟁의 끝에 좀 더 나은 무언가가 기다리고 있으리라는 희망이 필요해. 나라를 위해서도, 개인을 위해서도.」

그녀는 그를 가여워하는 것 같기도, 경멸하는 것 같기도, 원망하는 것 같기도 했다.

「공은, 스스로에 한해서도 그런 구상 같은 건 없지?」

고개를 움직이면 코끝이 닿을 거리에서 들여다본 황금빛 눈동자 속에는, 바싹 메말라 비틀어진 남자가 있었다.

안셀라는 기이할 정도의 무심함으로 언젠간 그를 죽일, 죽음으로써 완성시킬 상대를 바라보았다.

「저의 역할과 공의 역할은 다릅니다. 걱정 마십시오. 맡은 일에 차질은 없을 겁니다.」

현재는 안배해놓은 선로 위에서 달려갈 것이다. 그는 그 안에서 철저히 부품일 뿐.

습관적으로 가면을 찾아 올라갔던 손이 맨얼굴에 닿았다. 싸늘하게 식은 손끝을 꽉 주먹 쥐어 내리며 안셀라는 시선을 떨어트렸다.

명백한 소통의 거부에 이사벨라가 한숨을 내쉬는 소리가 들렸다.

「공은 스스로가 이미 인간이 아니라 생각하는 것 같다만.」

조금 거친 손길로 내던져진 가면이 신발 굽 아래에서 인정사정없이 박살이 났다.

「두려움이야말로 가장 인간적인 거다.」

그 말과 함께 이사벨라는 몸을 돌렸다. 설원 위를 발자국도 남기지 않고 걷는 새빨간 머리칼이 시야에서 사라지자 안셀라는 물고문이라도 당한 양 숨을 헐떡였다.

– 사람이 스스로의 염원을 후회하는 것은 어째서?

까악, 까악, 까마귀가 머리 위를 선회했다.

– 사람임을 포기하려 드는 것은 어째서? 신에게 끝없이 매달리는 것은 어째서?

그것은.

결국 더 이상 견딜 수 없어 안셀라는 설원 위에 주저앉아 얼굴을 가렸다.

두려움을 버릴 수 없었기 때문에.

· �֍ ·

세차게 얼굴을 할퀴는 겨울바람이 바싹 말라 얼어붙은 동토를 긁으며 눈보라를 일으켰다. 살을 에는 추위에도 안드로베카는 얼음조각상마냥 꼿꼿이 서 있었다. 그런 여황을 둘러싼 친위기사단은 마른침을 삼켰다. 무려 여황을 이 날씨에 막사에서 끌어내 이 눈보라 속에 몇 시간이고 세워둔 전갈인 것이다.

기나긴 접전이었다. 여황의 친정이었음에도 끝을 보이지 않는 전투에 군은 지쳐가고 있었다. 처음부터 에스타니아 측에 더 유리한 전장이었기에 오늘 정오 때만 해도 일단 후퇴하고 겨울이 지난 후 군을 재정비해서 다시 탈환을 시도해야 하는 게 아니냐는 갑론을박이 한창이었다. 아군의 사기는 바닥을 쳤다.

그리고 그때, 전령이 도착했었다.

마치 신이 인스켈을 버리지 않았다는 것을 증명이라도 하듯.

전장을 향해 시선을 던지던 여황의 입꼬리가 미세하게 끌려올라갔다.

"왔구나."

목책 너머, 소강상태로 접어들고 있던 전장에서 작은 웅성거림이 일었다. 동시에 그나마 소리 죽여 이어지고 있던 진영 내의 대화가 뚝 끊겨나갔다.

손에 잡힐 듯한 긴장 속, 제일 처음 반응한 것은 말들이었다. 이제까지 온순히 묶여 있던 말들이 초조하게 서성이기 시작하더니 종국에는 입에 거품을 물며 날뛰기 시작했다. 조련사들이 몇 명씩이나 달라붙어도 진정할 기세를 보이지 않던 말들은 어느 순간 급소를 잡힌 듯 조용해졌다.

사박사박, 살얼음과 눈이 쌓인 길을 따라 발소리가 가까워졌다. 마치 보이지 않는 손에 밀리듯 몇십 년을 전장에서 구른 노기사들조차 본능적으로 뒷걸음질을 쳤다.

꼬리를 물고 있는 검은 뱀의 기를 한 손에 든 윈터 드레스덴은 본래의 색을 찾아볼 수 없는 흰 제복을 입고 도살장에서 피로 목욕한 듯한 피비린내를 풍기고 있었다. 완전히 색이 빠진 흰 머리칼과 얼굴, 입술. 기이한 빛을 흘리며 붉게 빛나는 선홍빛의 눈동자만이 희지 않았다.

제 눈으로 직접 확인한 윈터의 모습에 안드로베카의 손끝이 저도 모르게 움찔거렸다. 6년 만에 갑자기 나타난 윈터는 어딘가 사람보다는 짐승에 가까웠다. 눈에 번들거리는 기이한 안광은 인간의 폐부 깊숙이 묻어놓은 본능적인 무언가를 자극했다.

무언가가 변했다. 뒤틀림을 느낀다. 미묘하게 흐트러진 초점을 보면 그에게 이지가 있기나 한 건지도 확신할 수 없었다.

"다시는 돌아오지 않을 것처럼 등을 돌리더니만. 원하는 게 생겼나?"

그러나 안드로베카는 군주였다. 그녀는 본능적으로 치밀어 오르는 거부감과 구역질을 애써 억누르고 오만하게 그를 내려다보았다. 그녀의 예상이 맞아떨어졌고, 그는 다시 돌아왔다. 난데없이 나타나 난관에 봉착했던 그녀의 군을 구했고, 그녀를 직접 찾아왔다. 승리의 대가로 뭘 요구할지 모르나 그녀가 조각난 그의 목을 황혼의 탑에서 끌어내렸을 때를 제외하고는 그가 이렇게 적극적으로 접근한 전례는 없었다.

그리고 윈터 드레스덴은 입술을 뒤틀며 웃음 비슷한 것을 만들어 보였다.

"은쟁반 위에 담긴 배신자의 목."

•   ·⁂·   •

A.S. 289년 12월.
안드로베카 1세, 친정 중 다시 모습을 드러낸 드레스덴 대공 윈터를 통해 신 에스타니아 왕국군에 승리. 누르헨을 함락시키고 진지를 설치해 서부전선 확장.

A.S. 290년 2월.
리앙에서 줄리안 쟈크티에를 위시한 신 로세이유 공화국, 독립을 선포하고 인스켈에 선전포고. 이것으로 인스켈, 서부와 중남부를 잇는 기다란 전선을 짊어지게 되면서 전쟁, 교착상태의 소모전으로 전락한다.

짙은 약품 냄새가 코를 찔렀다. 안셀라는 조부의 손길에 따라 고개를 앞으로 숙인 채 땅바닥을 바라보았다. 등 뒤의 창 너머로 여름의 긴 해가 져가며 쏟아내는 황금빛 석양이 그의 앞으로 길게 그림자를 드리웠다. 뻣뻣한 빗살 너머로 조금 길어진 머리카락이 염색약에 젖어 색을 바꾸고 있었다.

소년의 다리는 미처 바닥에 닿지 못한 채 대롱거렸다. 안셀라는 최대한 자잘한 움직임 없이 가만히 의자 위에 올라앉아 있도록 노력했다. 턱턱, 머리카락이 빗살에 걸리며 찌릿하게 아파오자 소리가 나려는 것을 소년은 애써 이를 악물어 참았다. 머리카락 한 올 남기지 않고 꼼꼼하게 빗질을 하는 조부의 손길은 평소보다 더 성말랐다. 그는 꾹 입을 다물고 아무 소리도 내지 않으며 아껴둔 말을 할 타이밍을 쟀다.

『할아버지.』

결국, 입이 머리가 미처 제재를 가하기 전에 움직였다.

『왜, 나는 부모님이 없어?』

그리고 빗질을 하는 손길이 완전히 멎어버렸다. 심장이 쿵 떨어지는 듯한 기분에 안셀라는 재빨리 얼버무렸다.

『아, 아니야. 말이 잘못 나왔.』

『부모님이 보고 싶으냐, 안셀라?』

다정한 목소리. 그러나 어린아이의 심장은 이미 무서운 속도로 고동치고 있었다.

『아니야. 필요 없어.』

『그렇게 말할 필요 없다, 착한 녀석. 자식이 부모를 그리워하는 것은 당연한 거지. 이 할애비가 가족을 생이별시켰구나.』

『그런 거 아니야, 할아버지. 난 할아버지만으로도 좋아. 충분해.』

이유도 모른 채 그저 본능적으로 불안감을 느껴 안셀라는 고개를 돌려 조부를 바라보려 했다. 그 고개를 양손으로 잡아 앞으로 고정하며 싱클레어 브릴리언테는 아이의 귓가에 조용히 속삭였다.

『네 애비, 어미를 만나게 해주랴?』

『하, 할아버지?』

『그래, 그리고 지 애비 버리고 아주 잘 살고 있는 어미와 함께 이 할애비는 잊고 잘 살아보거라.』

『할아버지!』

콰당, 의자가 넘어지는 소리와 함께 안셀라는 황급히 몸을 일으켰다.

『틀린 말 했느냐, 안셀라? 네 어미는 태어나자마자 널 버렸어. 인스켈의 꿀이 너무나 달콤해서 아예 인스켈 놈이랑 눈이 맞아 뒤도 돌아보지 않고 나가버렸지. 제 나라가 지금 이 꼴인데, 제 아비가 이런 짓까지 하고 있는데 저는 눈 하나 깜짝하지 않고!』

『할아버지, 미안해! 내, 내가 잘못했어!』

심장이 숨 가쁘게 뛰었다. 소년은 어쩔 줄 몰라 하며 무작정 조부의 허리에 매달려 그가 나가지 못하도록 끌어안았다. 이렇게 조부가 나가서 또 며칠씩이나 안 들어오면 어떻게 하나 눈앞이 캄캄해지는 것 같아서 몸이 덜덜 떨렸다. 그러나 이제 겨우 열두 살이 된 몸은 한심할 정도로 약해서 싱클레어가 한 걸음을 내디딜 때마다 아이는 장난감처럼 질질 끌려갔다. 억지로 팔을 떼어낼 때를 대비해 있는 힘껏 조부의 옷자락을 잡자 옷자락이 지익 소리와 함께 찢겨나갔다.

안셀라는 눈앞이 새하얗게 탈색될 정도로 공포에 젖었다.

『다시는 안 그럴게! 그, 그냥 궁금했을 뿐이야. 다른 아이들이 다.』

놀려서. 네 부모는 널 버리고 어딜 갔냐고.

너희 엄마도 네게서 나는 로세이유의 지린내가 못 견디겠어서 널 버렸냐고.

그러나 공황상태에 빠져 두서없이 내뱉던 목소리는 차마 그 말까지는 하지 못했다.

그렇게 말했는데 할아버지가 틀린 말은 아니라고 하면 어쩌지? 대체 행동거지를 어떻게 했기에 인스켈의 꼬마들에게서 그런 소리나 듣고 온 거냐고 하면 어쩌지? 어쩜 이렇게 쓸모가 없냐며 아예 말을 하려 하지도 않으면?

『상관없으니 너희 부모나 찾아가지 그러냐? 이 할애비가 어찌 되든 상관하지 말고 그냥 가버려. 지금까지 억지로 잡아두다니 내가 정말 죽을죄를 지었구나!』

『아니야, 할아버지. 안 그럴 거야. 필요 없어. 난 할아버지만 있으면 돼!』

매몰차게 몸을 돌리는 조부에게 필사적으로 달려가 필사적으로 매달렸다. 몇 번이고 그렇게 말하다 보니 정말 그런 것 같았다. 그의 부모님은 그가 한심해서…… 아니, 피치 못할 사정이 있어서 그의 곁에 있어주지 못한다.

조부뿐이다. 그를 거둬주고 키워주며 사랑해준 것은.

그 누구보다도 사랑하고 필요하다고 한 사람은.

『미안해, 할아버지. 잘못했어. 다시는 안 그럴게.』

결국 눈시울이 뜨거워지며 눈물이 뚝뚝 떨어져 내렸다. 그제야 제게 미안하다고, 내가 정신이 어떻게 되었나 보다고, 사랑한다고 몇 번이나 반복하며 등을 도닥이는 조부의 끔찍하게 뭉그러진 얼굴에 안셀라는 조부가 모르게 입술을 꽉 깨물어버렸다.

대체 왜 하필 그는.

『……나도, 사랑해, 할아버지.』

이런, 사람을.

· ⚜ ·

상트망 공 앙쥬, 백년전쟁. 로베르 1세, 통일된 중앙정권 수립. 샤를 5세, '제왕'의 신체. 카탈리나 1세, 로세이유-에스타니아 통합왕조. 제1차, 2차 대륙전쟁. 윈터 드레스덴. 상트망의 치욕. 나라의 멸망…….

끝없이 이어지는 문자들의 행렬에 안셀라는 피곤한 눈을 비비며 책장을 덮었다. 읽어야 될 책은 아직 산더미인데 이미 시각은 한밤중이었다. 벌레소리도 들리지 않는 한밤중에 덩그러니 몸집에 맞지 않는 큰 의자에 앉아 안셀라는 뭐라 설명할 수 없는 우울함에 발작적으로 입술을 짓씹었다.

그는 학교를 다니지 않는 대신 몇십 명의 가정교사들에게서 돌아가며 수업을 받았고, 그 모든 가정교사들에게서 끝이 보이지 않는 과제를 받았다. 사학, 언어, 법률, 산술, 경제, 교양.

결국 풀썩, 피로를 견디지 못한 몸이 책상 위로 쓰러졌다. 흐릿하게 번졌다 말다를 반복하는 시야에 보이는 산더미 같은 책이 절망적이었다. 멍하니 그 책들을 응시하는 눈이 피로로 무거웠다. 귓가에서 이죽거리는 소리가 들린다.

쥐새끼 같은 로세이유인 주제에.

『쥐새끼 같은 로세이유인 주제에…….』

법을 배워서 뭐하게. 이 대 인스켈 제국에 네까짓 게 기어들어올 자리나 있을 것 같아?

『법을 배워서 뭐하게. 이 대 인스켈 제국에 네까짓, 게…….』

꽉 깨문 입술에서 결국 피맛이 났다. 안셀라는 발작하듯 고개를 양팔에 묻어버렸다.

그는 머리를 물들이고, 이름과 출신지를 숨기고, 남한테는 말할 수 없는 공부를 밤새워 하며, 이름도 모르는 부모의 얼굴만을 망연히 상상하며 하루하루를 산다.

왜 나만 이러지? 왜, 나만 이 지경으로…….

그때, 소름 끼치는 비명이 울렸다. 튕기듯 몸을 일으킨 안셀라는 구르듯 옆방으로 달려갔다.

쾅, 소리와 함께 문이 열리고 희미하게 일렁이는 촛불 빛에 시꺼먼 어둠 속에서 웅크린 덩어리가 보였다. 어깨가 숨이 넘어가듯 들썩이더니 산발한 머리카락 사이로 핏발이 선 안광이 번득였다.

『리아. 리아클레어.』

흑, 저도 모르게 그는 숨을 들이켰다. 어둠 속에 웅크리고 있는 짐승은 목구멍에서 가래 끓는 듯한 끔찍한 소리를 토해냈다. 그것은 절규처럼도, 오열처럼도, 저주처럼도 들렸다.

『할아, 할아버지.』

뒤로 돌아가버리고 싶어 후들거리는 다리에 애써 힘을 주며 안셀라는 그 괴물을 조심스레 손을 뻗어 끌어안았다.

『꿈이야, 할아버지. 작은할머니는 이미 여기 안 계셔. 할머니는 여기 못 찾아오셔, 할아버지.』

『네가, 네가 먼저 안에 들어갔어야 했는데 어째서.』

타인의 온기를 느끼자 그제야 그 피 토하는 절규가 잦아들었다. 그럼에도 싱클레어는 제 몸집의 반 정도밖에 되지 않은 열두 살 아이에게 매달렸다. 마치 손을 떼어내면 마지막 남아 있는 정신마저 산산조각이 나 흩어져버릴 것만 같았다.

『어째서 나만 혼자서…….』

싱클레어가 아이의 몸을 끌어안고 으윽, 으윽 소리를 내며 울음을 토해내는 와중에 싱클레어에게 잡혔던 안셀라는 살을 파고드는 손가락 힘을 느끼며 저도 모르게 몸을 떨었다.

언제 끝날까. 대체 얼마나 더 있어야. 이제 충분히 시간이 지나지 않았어? 이번에는 이걸로도 무리인 거야?

『악!』

그리고, 그때를 노리기라도 한 양 어깨뼈를 부러트릴 듯 움켜쥐는 손길에 안셀라는 비명을 내질렀다. 갈퀴처럼 구부러진 깡마른 손가락이 살을 파고들고, 다른 손은 옷깃을 잡아당겨 목덜미를 훤히 드러냈다. 그 서슬에 옷 아래 걸고 있던 조그마한 거울 모양의 펜던트가 드러났다.

'지혜'라는 이름의 신의 신물. 썩어문드러진 조상들의 마지막 유품.

『안셀라, 내가 죽으면 너는 내 복수를 해주겠느냐?』

『물, 론이야, 할아버지.』

『맹세하느냐?』

그를 바라보는 녹색 눈동자는 흔들리는 불빛에 붉게 일렁였다. 몇 번이고, 몇 번이고 반복해온 대답을 입에 담으며 소년은 속에서 울컥거리며 올라오는 시꺼먼 무언가를 꾸역꾸역 억눌렀다.

『맹세, 해.』

가끔은. 저 눈이 저런 빛을 띠고 저를 바라보는 이런 밤이면 가끔, 아주 가끔은.

『……할아버지를 죽인 것들의 사, 사지를 찢어서, 개에게 던지고…… 그 더러운 핏줄이, 하나도, 남, 남아 있지, 않도,』

더 이상 말을 잇지 못하고 소년은 입을 틀어막은 채 헛구역질을 시작했다. 싱클레어는 혀를 차면서도 그런 손자의 등을 다정하게 토닥였다. 눈물이 날 정도로 심하게 솟구치는 구토기를 억누르며 안셀라는 그 손길에 몸서리를 쳤다.

· ❀ ·

촤아악.

머리로 쏟아진 물벼락에 안셀라는 그 자리에 얼어붙었다. 얼음장 같은 물에 순간 머릿속이 새하얘지는 것 같았다. 심장이 순간 꽉 쥐이는 듯 멈췄다가 거세게 다시 뛰기 시작해 그는 헐떡이며 숨을 몰아쉬었다.

"미안. 손이 미끄러졌네."

뒤에서 느물거리는 목소리가 들려왔다. 그 익숙한 목소리에 안셀라는 이를 악물었다.

예소렌 노테르트 자작 영식 이하의 너덧 명의 소년들은 마치 짐승을 몰듯 안셀라를 빙 둘러쌌다. 이런 몰이는 하루 이틀의 일이 아니었고, 아이들은 이제 꽤나 능숙하게 그를 정원 한구석에 몰아넣고 퇴로를 막았다.

"예소렌, 쥐새끼는 오지 말라니까 왜 자꾸만 기어들어오는 걸까? 쥐약이 부족한 걸까?"

"착각하고 있는 거지. 로세이유 거지들은 머리가 나쁘잖아. 도서관은 애완동물 출입 금지라고 쓰여 있는데 말야."

"그나저나 쥐새끼가 언제부터 애완동물이었어?"

"맞아, 쥐는 해충이지."

저보다 머리 하나는 더 큰 아이들의 올가미가 천천히 목을 죄어오자 안셀라는 입술을 잘근잘근 깨물면서 최대한 제 동요를 들키지 않게 주위를 살폈다. 애초부터 사람이 많이 오지 않는 시간만 골라서 다녔기에 주위에는 별로 사람이 없었다. 그리고 누가 있었더라도 신경이나 썼을지 모를 일이다.

턱, 등에 벽이 닿았고, 킬킬거리는 아이들의 더운 숨이 피부에 느껴졌다.

"흐윽……!"

바람 빠지는 소리를 내며 배를 정통으로 걷어차인 안셀라가 주저앉았다. 와르르 들고 있던 책들이 바닥을 굴렀다. 물에 젖고 바닥에 떨어진 여파로 이리저리 구겨진 책을 예소렌의 더러운 신발이 짓밟았다.

퉤, 머리 위로 침이 내뱉어졌다.

"쥐새끼들은 대체 왜 사는지 모르겠어. 싹 다 사라져버리면 좋을 텐데."

선량한 어조로 잔혹한 말을 내뱉으며 예소렌이 짝 손뼉을 쳤다.

"쥐덫을 놓을까?"

그 자못 천진한 목소리에 겁이 더럭 났다.

"그리고 쥐약을 먹여버리자."

그리고 다른 소년 하나가 역시 깔깔 웃으며 그렇게 답한 순간, 안셀라는 가장 가까이에 있는 아이를 있는 힘껏 밀치고 달리기 시작했다.

"저 새끼 잡아!"

예소렌의 앙칼진 목소리가 쩽하게 울렸다. 그 목소리를 뒤로하고 안셀라는 미친 듯이 국립도서관 건물을 향해 달리기 시작했다.

예소렌 노테르트에게 대체 어쩌다 밉보였는지, 왜 저를 이렇게 잡아먹고 싶어 하는지는 알 길이 없었다. 딴생각을 할 여유 하나 없이 그저 무작정 정문을 향해 달렸다.

그리고 퍽 소리와 함께 안셀라는 뒤통수에 돌을 얻어맞고 바닥을 뒹굴었다. 제대로 착지할 틈이 없어 내뻗은 손과 무릎이 엉망으로 까져나가고, 눈앞이 번쩍거렸다. 뜨끈한 감각에 손을 대어보니 돌을 맞은 곳에서 피가 흐르고 있었다.

그런 그에게 아이들이 우르르 달려들었다.

"놔! 놔앗!"

손아귀가 몸에 닿는 순간 머리가 새하얗게 변해버렸다. 쥐덫, 쥐약, 그게 뭔지는 모르겠으나 그에게 유리한 건 아닐 거라는 생각에 등골을 타고 소름이 흘렀다.

　"으아아아!"

　본능이 이성을 잠식했다. 그 어떤 정상적인 사고도 할 수 없게끔 머리가 새하얘졌다.

　표적으로 삼은 것은 예소렌이었다. 그 앞을 막아서는 소년들은 눈이 뒤집혀 달려드는 안셀라의 서슬에 쉽게 떨어져 나갔다. 순간이지만 열린 길을 통해 그는 경악으로 일그러진 얼굴의 예소렌에게 달려들었다. 두 소년이 엉켜 바닥을 뒹굴었고, 예소렌이 바닥을 구른 틈을 타 안셀라는 다람쥐같이 몸을 일으켜 다시 달리기 시작했다.

　그제야 정신을 차린 다른 소년들이 그의 뒤를 쫓아 달려들었다. 국립도서관의 문을 열고 안으로 들어선 순간, 사방에서 달려드는 손아귀에 결국 안셀라는 세게 머리를 돌바닥에 부딪치며 나동그라졌다. 소년들 중 가장 덩치가 큰 두 명이 그 자세 그대로 그를 바닥에 메다꽂았다.

　"이, 이 쥐새끼가…… 쳤어? 감히?"

　머리에 가해진 충격으로 시야는 초점이 제대로 맺히지 않았다. 안셀라는 망치로 두들기듯 아파오는 머리를 들어 시뻘게진 얼굴로 씩씩거리는 예소렌을 올려다보았다. 밀려 넘어졌을 때에 어디에 부딪치기라도 했는지 관자놀이에서 한 줄기 피가 흘러내리고 있었다.

　퍼억, 눈앞이 번쩍하는 충격과 함께 왈칵 코에서 피가 터져 나왔다. 예소렌을 시작으로 둥글게 모여선 소년들은 신나게 발길질을 하기 시작했다.

"감히 로세이유 찌꺼기가 감히 대 인스켈 제국민에게 반항을 해!"

"아비어미도 없는 주제에. 가만히 찌그러져 있으면 귀엽게나 봐주려고 했더니만!"

아찔아찔한 아픔이 내리꽂혔다. 발길질 한 번마다 몸에 핀이 꽂히는 듯했다. 수십 개의 날카로운 핀이 그를 박제하려 달려들고 있었다.

아픔이, 너무나 패턴화가 된 아픔이 한 방울 한 방울씩 고이더니 배 속에서 확 불이 붙는 듯했다.

그저 책을 빌리러 도서관에 왔을 뿐이다. 인스켈인이라면 출입증만 있으면 누구라도 이용할 수 있는 그런 곳. 유령처럼, 죄 지은 것처럼 조용히 뒷문으로 들어와 책만 빌려 바로 사라지는데 그게 그렇게 거슬렸었나?

나도, 과제만 아니었다면 여기 올 일은 없어. 누가, 너희 같은 깡패들이 우글거리는 이런 곳을.

코피가 터지고 눈이 부어올랐다. 얼굴을 가리기 위해 들어올렸던 팔이 시큰거리고, 얻어맞은 머리가 쾅쾅 울렸다. 금방이라도 토악질을 할 것같이 걷어차인 속이 느글거렸다.

시선이 느껴진다. 눈. 눈. 눈. 다른 사람들의, 지켜보는 눈.

내가 지금 뭐하고 있는 거지? 내가 왜 쓰레기고, 쥐새끼고, 찌꺼기야? 내가 왜 당연하다는 듯이 도망가고, 맞고, 울고, 아파야 해? 내가 왜? 내가 왜? 내가 대체 왜? 뭘 잘못해서? 무슨 죄를 지어서? 무슨 끔찍하고 대단하고 죽어 마땅한 잘못을 해서?

내가, 원해서 로세이유의 피를 받았나?

깔깔거리는 아이 특유의 높은 목소리가 끔찍했다. 아슬아슬하게 잡아놓고 있던 이성을 속절없이 마모시킨다.

안셀라는 허리춤을 더듬어 펜을 꺼내들었다.

그리고 그대로 예소렌의 정강이에 찔러넣었다.

"끄아아아악!"

끔찍한 비명이 울렸다.

· ❈ ·

짜악.

화끈한 아픔과 함께 눈앞이 핑그르르 돌았다. 다리에 힘을 준 보람도 없이 안셀라는 그대로 바닥으로 나동그라졌다. 뚝, 뚝, 뜨거운 게코에서 떨어진다 했더니만 눈을 떠보니 땅바닥에 피가 흥건했다.

"경비병, 아무리 국립도서관이 개방된 공간이라고는 하지만 여긴 어디까지나 황제 폐하의 궁의 일부네. 개나 소나 드나들면 폐하의 위신이 어떻게 되겠나."

어른은 여러모로 달랐다. 그 어떤 저급한 비속어를 쓰지 않아도, 핏대를 세우며 목소리를 높이지 않아도, 아들이 출신조차 명확하지 않은 사학자의 손자와 싸웠다는 소식을 전해듣고 찾아온 노테르트 여자작은 고상하고도 가차 없이 그를 인간 이하의 무언가로 격하시켰다.

"여러 가지로 심려를 끼쳐드려 뭐라 드릴 말씀이 없습니다. 다시는 이런 일 없도록 하겠습니다."

그리고 그에 한 마디 가타부타도 없이 깔끔하게 수긍해버리는 경비병의 모습에 안셀라는 속에서 뜨거운 무언가가 울컥 솟아오르는 듯했다.

"저는, 인스켈인이에요."

결국 경비병이 그의 어깨를 잡아채자 안셀라는 세차게 몸부림쳐 그 팔을 떼어냈다.

"출입증이 있으니 충분히 여기 들어올 자격 있고, 황제 폐하가 아니면 그 누구도 절 쫓아낼 권한은 없어요. 오히려 먼저 부당한 폭력을 휘둘러 소란을 일으킨 건 노테르트 공자예요!"

그 말에 도서관 한편의 경비실은 싸한 침묵에 잠겼다.

흥분해 발갛게 달아오른 얼굴의 울긋불긋한 멍과 찢어진 옷자락. 채 아물지 못한 입가의 상처에서는 다시 피가 흘러내리기 시작했다. 예소렌과는 바로 지근거리에 서 있었기에 더 비교가 되는 상처.

그리고 예소렌은 영악하게도 아무 말도 하지 않았다. 그저 어머니의 뒤에 안전하게 버티고 서, 기다렸다.

"망상이 지나치구나."

그리고 그 한마디로 경비병은 그의 모든 절규를 정신병자의 헛소리로 취급해버렸다.

경비병은 우악스럽게 그의 팔을 잡고서 질질 끌고 가기 시작했다. 주위에서 킥킥거리는 소리가 들렸다. 경비실이라고 해봤자 도서관 로비와 문 하나로 나뉘어 있었고, 이 문마저도 지금은 활짝 열려 있는 상태였다.

주위에서 구경하고 관조하는 시선들이 내리꽂힌다. 핀에 꽂힌 나비의 바르작거림을 구경하듯, 덫에 걸린 쥐의 꿈틀거림을 비웃듯.

뚝, 뚝, 저도 모르게 눈물이 흘렀다. 얼굴이 타들어갈 듯 화끈거렸다.

"그 손, 놔요."

나직한 여자의 목소리가 앞을 가로막았다.

처음에는, 저를 향한 말이라는 인식도 없었다. 그도 그럴 것이 지금 까지 그 누구도 그의 일에 끼어든 적이 없었다.

그러나 여자는 거기에서 끝내지 않고 손을 들어 그의 팔을 그러쥐 고 있는 경비병의 팔 위에 얹었다. 가느다랗고 섬세한, 공예세공품 같 은 손이었다.

그리고 고개를 들어보자 눈앞에는 숨이 멎을 듯한 미인이 있었다.

물결치는 듯한 기다란 머리칼은 연갈색이었다. 여러 갈래로 나눠 여러 번 복잡하게 꼰 후 장신구 하나 없이 그저 느슨하게 하나로 땋아 늘어트렸다. 갸름하고 섬세한 얼굴선을 따라 흐르듯 우아한 목선이 둥근 어깨까지 떨어져 내리고, 세필로 섬세하게 그려 넣은 듯한 이목 구비에는 끝자락이 낡은 여행자 로브로도 가리지 못할 고아함이 있었 다.

순간 아픔조차 잊힌 듯했다. 여자는 그저 그 자리에 있는 것만으로 도 시선을 잡아끄는 존재감이 있었다. 감히 그 앞에서 가타부타 할 수 없게 하는 압도적인 것이 있었다.

"억지로 끌어내지 않아도 데리고 나갈 생각입니다."

경비병의 팔에 올린 손에 힘을 주며 여자의 다른 손이 안셀라를 뒤 쪽에서부터 감싸 안듯 제 쪽으로 끌어당겼다. 그 부드러운 품에 안겨 소년은 순간 숨을 멈췄다.

작은 심장이 경련하듯 떨렸다. 차마 고개를 들어 올려다볼 수도 없 었다. 여자의 손길은 다정했고, 부드러웠다.

몇천 개의 솜털에 싸인 것처럼 가슴 한편이 따듯해졌다. 처음으로 안겨본 여자에게서는 달콤한 꿈의 냄새가 났다.

"애들 싸움에 어른이 끼어든 것도 꼴불견인데 그 어른들이 아이 하나를 둘러싸고서 괴롭히는 건 과히 좋아 보이지가 않는군요."

그리고 아직까지 혼란스러운 표정으로 그의 팔을 놓지 않는 경비병의 팔을 커다란 손이 잡았다. 그가 그렇게 애를 써도 꼼짝도 하지 않던 경비병의 손은 그 낯선 남자의 손아귀에 너무나 간단하게 떨어져 나갔다.

여자가 그를 가볍게 끌어안은 채 한 걸음 물러서자 반대로 남자가 한 걸음 앞으로 나섰다. 사락, 흔들리는 망토 너머로 허리에 찬 검과 흰색의 서코트가 스치듯 보였다. 안셀라는 망연히 남자의 뒷모습을 올려다보았다. 남자는 산처럼 거대하게 그의 앞에 서 있었다.

흰색의 서코트.

윈터 드레스덴 대공을 수장으로 하는 인스켈 신성기사단.

곁눈질로 슬쩍 뒤를 돌아보던 남자의 시선이 그를 정신없이 바라보고 있던 소년의 시선과 마주쳤다. 그리고 안셀라는 화들짝 놀라 몸을 뻣뻣하게 굳혔다.

남자가 그에게 살짝 눈을 찡긋해 보인 것이었다.

"뭐, 뭐 하는 사람입니까, 당신들?"

그에 당황한 경비병이 저도 모르게 말을 더듬었다. 그 뒤로 안셀라는 처음으로 예소렌 노테르트가 당황으로 얼굴을 일그러트린 모습을 볼 수 있었다.

그런 예소렌과 그 어머니를 정면으로 노려보며 여자가 말했다.

"이 아이 부모입니다."

• ❦ •

정신이 하나도 없었다. 안셀라는 반쯤 넋이 나간 채로 제 이름을 엘라스켈 클렌디온이라 밝힌 남자의 손을 잡고 여관방에 우두커니 앉아 있었다. 인스켈인 특유의 얼굴 골격이 도드라진 은회색 머리칼의 기사는 아무 말 없이 그를 제 무릎 위에 앉히고 예소렌 패거리들에게 얻어맞아 생긴 상처를 하나하나 따뜻한 물로 씻어주곤 소독한 후 약을 발랐다. 그의 손을 잡아끌고 도서관을 나서자마자 심하게 얻어맞아 부어오른 그의 얼굴을 살펴보더니 이를 악물며 뚝뚝 눈물을 흘렸던 여자의 반응과는 사뭇 다른 것이었으나, 상처를 하나하나 살피는 손은 세심하고 다정했다. 그리고 엘라스켈은 어떻게 해야 할지 몰라 눈을 굴리며 몰래 흘끔거리던 안셀라와 시선이 마주칠 때마다 다정하게 눈을 휘며 미소를 지어주었다.

그리고 리아클레어는.

『안셀라는 저희가 데려갈 거예요.』

방 바로 밖의 안티챔버에서 들려오는 목소리에 안셀라는 절로 어깨를 움츠렸다. 그는 직접 보지 않아도 소식을 듣고 여관까지 찾아온 조부가 어떤 얼굴을 하고 있을지 또렷하게 그려낼 수 있었다.

『리아클레어.』

『이 세상의 그 누구도 딸한테 자식이 죽었다고 거짓말하고 손자를 훔쳐가는 아비는 없어요! 아비라면, 부모라면 정신이 나가지 않고서는 자식에게 손자가 죽었다는 거짓말을 하지 않아요! 당신은 부모 자격도 없어!』

그에게 아팠지, 물으며 눈물지었던 모습에서는 상상도 할 수 없는 서슬에 안셀라가 저도 모르게 흠칫 몸을 떨자 그의 무릎 상처를 씻어내던 엘라스켈이 부드럽게 그의 어깨를 당겨 품에 안았다. 머뭇거리다가 그 품으로 파고들며 소년은 귀를 힘껏 틀어막았다.

『그래서, 네게 맡겼다가 인스켈의 뒷구멍이나 빠는 배신자로 만들라고? 제 아비에게서 물려받은 그 더러운 피를 살려 저 자를란트의 폭군에게 꼬리 치는 법이라도 가르치려는 생각이더냐?』

『말조심하세요!』

『너야말로 당장 그 입을 닥쳐라! 제 친지들을 죄다 도륙한 학살자들과 살을 섞다니, 아주 단단히 정신이 나갔지! 그래, 그렇게 인스켈 놈들에게 아양을 떨어가면서 그놈들에게서 네가 인간 취급이라도 받았느냐? 네 새끼를 잡견이라고 부르며 시시덕거릴 꼬마 놈들을 가만히 보고만 있을 부모에게 뭐라 할 수 있는 권리라도 생겼냔 말이다!』

『그게 싫어서 아버지는 인스켈 황실을 존속살인의 지옥으로 만드는 일에 딸을 끼워넣으려 하셨어요? 딸을 살인자로 만드는 게 아버지가 그렇게 좋아하시는 부모로서의 도리인가요!』

탕, 벽을 내리치는 소리와 함께 리아클레어가 소리쳤다.

『적어도 우리는 아이를 따듯하게 키울 거예요. 세상은 여러 가지로 미쳐 돌아가고 있지만 그 와중에도 따듯한 곳이라고, 시간을 들여 서로를 이해하려 한다면 피를 흘리지 않고도 문제를 해결할 수 있다고 가르칠 거예요. 절대로, 아버지처럼 복수를 위해 평생을 내던지게 두지는 않을 거예요!』

안티챔버와 침실은 기본적으로는 같은 방인지라 그 둘을 나누는 벽은 한심할 정도로 방음이 되어 있지 않았다. 조부와 여자의 날선 공방은 귀를 막았음에도 불구하고 선명하게 들려왔다.

뚝, 소리 없이 눈물이 떨어져 내렸다. 당황한 안셀라는 서둘러 눈을 비볐다. 한 방울의 눈물을 훔쳐낸 자리에 눈물이 연달아 맺혀 결국은 후두둑 떨어져 내렸다. 당황하고 혼란스러워 어쩔 줄 몰라 하는 소년을 엘라스켈이 더 힘주어 안았다.

울지 말라는 말도, 한심하다는 말도 없었다. 손이 올라오지도, 혀를 차지도 않았다. 그게 더 슬퍼서, 지금까지 버텨온 시간이 억울해서 안셀라는 눈물을 멈출 수가 없었다.

"쉬이. 괜찮아."

그런 아이의 등을 남자는 다정하게 토닥였다. 이마로 흘러내린 얼룩덜룩한 색의 머리칼을 쓸어내리고, 멍과 생채기가 없는 자리에 부드럽게 입을 맞추며, 물었다.

"많이 힘들었느냐?"

그에 속에서 무언가가 터져 나오는 것 같았다. 수치심도, 불안도, 불신도 모조리 잊어버린 채 안셀라는 아버지의 옷깃을 잡고 목 놓아 통곡했다.

『……아주 기세등등하구나.』

그 서러운 울음소리가 얇은 벽을 뚫고 안티챔버로 스며들었다. 제 아이의 울음소리에 입술에 피가 맺히도록 깨무는 리아클레어와 그녀가 굳건하게 막아서고 있는 문을 번갈아 노려보며 싱클레어는 입술을 비틀어 웃음 비스무리한 것을 지어 보였다.

『그래, 그러면 한번 노력해보려무나. 네 눈으로 직접 확인하는 것도 좋겠지. 어차피 오늘이 마지막이었으니.』

펄럭, 옷자락이 흔들리는 소리와 함께 싱클레어는 몸을 돌렸다.

『넌, 정말이지 처음부터 끝까지 실망만 시키는구나.』

쾅 소리와 함께 현관문이 닫혔다.

．❋．

벽난로에서 타닥거리며 불꽃이 타올랐다. 마치 마법이라도 부리는 듯, 냉기만 남아 있던 벽난로에 순식간에 불을 붙인 엘라스켈은 그 위에서 데우던 우유가 끓어오르자 조심스레 컵에 부어 안셀라에게 건넸다.

"좀 마시겠니? 따듯하단다."

느닷없이 제 앞으로 내밀어진 우유에 안셀라는 멈칫거렸다. 발작처럼 터져 나왔던 울음이 잦아들고 보니 뭐라 말할 수 없이 어색해져 소년은 스스로를 아버지라 밝힌 남자와 제대로 눈조차 마주칠 수 없었다.

어른스러운 모습을 보이려고 했었는데. 의젓하고 착하고 똑똑한 아이라고, 내 아들이라 할 자격이 있는 아이라고 여겨지게끔 행동하려 했는데.

생각이 거기에 닿자 별 대단한 이유도 없이 울음을 터트렸던 자신이 더할 나위 없이 한심해져 안셀라는 입술을 깨물다 아직까지 참을성 있게 컵을 내미는 아버지의 모습을 눈치채 허겁지겁 컵을 받아들었다. 그에 머리 위에서 그를 안고 있던 리아클레어의 낮은 웃음소리가 나 소년은 홍당무가 되어 고개를 숙였다.

홀짝거리며 마신 우유는 차갑게 움츠러들었던 속을 데우고 느슨히 풀었다. 그런 그의 머리카락을 리아클레어가 느릿하게 쓰다듬고 있었다. 그 규칙적인 손길에 저도 모르게 어깨에 들어가 있던 힘이 스르르 풀렸다. 빠릿하게 정신을 차리려 해도 자꾸만 마음이 느슨해졌다. 따닥거리는 소리를 내며 타오르는 난롯불은 따듯했으며, 머리를 쓸어내리며 몸을 안은 손은 다정했다. 눈이 마주치면 부모님은 미소를 지었고, 거기에는 그 어떤 요구도, 기대도, 그에 따른 고성이나 실망도 없었다.

그저 평화롭고 평화로웠다.

엘라스켈이 타오르는 불을 들쑤시는 모습을 멍하니 바라보고 있으려니 그가 부드럽게 눈꼬리를 휘며 쥐고 있던 불쏘시개를 내밀었다.

"해볼래?"

리아클레어의 눈꼬리가 단번에 하늘로 치솟았다.

"엘라스켈, 당신, 애한테 무슨 일을 시키는 거야."

"뭘. 이건 인스켈에서 태어난 사내아이라면 누구나 하는 일이야. 괜찮아, 리아. 나도 살아 있잖아?"

"못 살아 있는 아이들은 다 관에 들어가버렸으니 그렇지."

"하지만 안셀라는 내 아들인걸. 괜찮을 거야. 그렇지?"

그리고 살짝 눈을 찡긋하는 아버지의 모습에 안셀라는 저도 모르게 가슴이 두근거렸다. 아들. 그 한 마디에 얼굴이 화끈거리며 기분이 말랑거렸다.

그 모습을 보며 리아클레어는 작게 혀를 찼다.

"당신네 나라는 당최 이해할 수가 없어."

"사랑해, 리아."

머리 위로 부모의 가벼운 입맞춤이 이어지고 엘라스켈은 안셀라에게 쥐고 있던 부지깽이를 넘겨주었다. 안셀라는 리아클레어의 품에서 조금 꼼지락거리며 난로 앞으로 다가갔다.

"불을 피워본 적은 있느냐?"

안셀라는 고개를 재빨리 저었다. 불을 직접 피우며 아버지가 아들을 가르치는 것은 대단히 인스켈적인 관습이었기 때문에, 싱클레어는 그를 불 가까이에도 가게 하지 않았다.

알 만하다는 듯 미소를 지은 엘라스켈은 벽난로 옆에 쌓아둔 장작 몇 개를 골라내기 시작했다.

"나도 일곱 살이 되어서야 아버지께 배웠지. 그 전에는 위험하다고 가르쳐주지 않으셨어. 사실은 여덟 살은 되어야 가르쳐주려 하셨는데 내가 그걸 못 참고 밤중에 몰래 벽난로 앞으로 기어갔거든. 어떻게 되었을 것 같으냐?"

"어, 어떻게 되었는데, 요……?"

"시도하기도 전에 실패했지. 깜깜한데 등불을 가지고 가다가 발이 걸려 넘어졌거든. 운이 나쁘게 카펫에 불이 옮겨붙었어. 죽을 뻔했지."

"세상에."

리아클레어가 고개를 절레절레 저었다.

"덕분에 좀 더 일찍 배웠지. 그러곤 후회했단다. 그 후론 밤마다 난롯불을 피우는 건 죄다 내 일이 되어버렸거든."

가볍게 소리 내어 웃으며 엘라스켈은 시범을 보이려는 듯 골라낸 장작을 타오르는 불 속으로 얼기설기 엮어 넣었다.

"요는, 불을 붙인다는 건 요령만 알면 여덟 살 아이도 할 수 있을 정도로 간단하다는 거다. 자, 보렴. 불은 아래에서 위로 타오른단다. 불이 타오르기 위해서는 우선 충분한 연료가 필요하지. 그건 장작같이 눈에 보이는 것일 수도 있고, 공기처럼 눈에 보이지 않는 것일 수도 있단다. 이 두 가지가 조화롭게 배열되었을 때 비로소 이렇게 따뜻한 불이 피어오르는 거란다. 그 둘 중 하나라도 모자라면 불은 타오르지 않아."

새로운 연료가 들어가자 일견 가라앉았던 불길은 엘라스켈이 몸을 숙여 입김을 불자 따닥거리는 소리를 내며 다시 확 타올랐다. 안셀라는 그 모습을 헤, 입을 벌린 채 정신없이 바라보았다. 빨갛고 노란, 희고도 검은 불길이 갈색과 검은색의 장작 위로 춤을 추듯 나부꼈다. 처음으로 가까이에서 바라보는 불꽃에 아이의 눈동자가 빛났다.

"자, 조심해서 불어보렴."

긴장도, 피로도, 몸의 아픔도 잊고 소년은 아버지를 따라 몸을 낮춘 후, 세게 입김을 불었다. 확 불어든 입김에 바닥에 가라앉아 있던 재가 솟아올라 허공으로 날았다. 얼굴로 와락 쏟아진 재에 안셀라는 거세게 기침을 했다. 리아클레어는 깔깔거리며 웃곤 손을 들어 다정하게 그 얼굴을 닦아내기 시작했다. 그리고 새하얗게 드러난 얼굴에 엘라스켈은 다시 손가락으로 마구 재를 묻혔다. 그러자 리아클레어가 소리를 높이며 덩달아 남편의 얼굴에 검댕을 문지르려 덤벼들었다.

경쾌하게 울리는 웃음소리가 잦아들었을 때 세 가족은 다 같이 새까매진 얼굴로 한데 엉켜 바닥에 드러누웠다. 리아클레어의 나직한 웃음소리와 함께 그녀의 부드러운 입술이 몇 번이나 반복해 안셀라의 이마 위로 떨어졌다.

"내가 너희 아빨 처음 만났을 땐 몰랐었지. 대단히도 정중하고 진중한 사람인 줄 알았어. 속았지 뭐."

"그때에는 그대가 그런 걸 좋아하는 줄 알았지."

"와, 내가 진짜 속았었네."

어깨를 으쓱하며 여상스레 대꾸한 말에 다시 리아클레어의 웃음소리가 풍경처럼 맑게 울렸다. 타닥거리는 소리와 함께 따뜻하게 타오르는 불길에 맞춰 안셀라의 얼굴에 홍조가 어렸다.

"안셀라. 아가, 너를 다시 찾아서 다행이야."

그의 어깨를 꼭 끌어안으며 이마에 이마를 맞댄 리아클레어가 속삭이듯 말하곤 다시 입을 맞춰왔다.

"정말, 정말 한 번도 잊어본 적이 없어."

그렇게 말하며 다시 몇 번이고 그의 뺨에, 눈두덩에, 콧잔등에, 이마에 입을 맞추는 어머니의 말에 아이의 눈꺼풀이 파르르 떨리더니 꽉 감겼다.

숨이 막혀 가슴이 답답했다. 속에서 몽글몽글한 무언가가 계속 솟아나 톡, 톡, 터지고 있었다. 꽉 막힌 목덜미에서 앓는 소리가 나 소년은 꽉 입술을 깨물었다. 아릿한 아픔과 함께 피맛이 나 재차 이게 꿈이 아니구나 싶었다. 멍하니 텅 비어버린 머릿속으로는 뭐라 말을 해야 좋을지 도저히 생각해낼 수가 없었다.

망연히 상상했던 것들이 있었다. 왜 그런 게 없었을까. 내게도 부모님이 있었더라면. 언제든지 무조건적으로 내 편이 되어줄 사람들이 있었더라면. 인스켈 출신의 다른 아이들이 떠들어대듯 같이 난롯가의 불을 지키며 밤을 새워줄 아버지와, 싱클레어가 가끔씩 무의식적으로 흘리곤 하는, 다정하게 머리를 잘라주며 이마에 키스를 하는 어머니.

그리고, 혹시 가능하다면, 오라버니, 혹은 형, 그렇게 부르며 따르는 동생. 혹은 누님, 혹은 형, 그렇게 부르며 매달릴 수 있는 형제.

그런 가족, 태어날 때부터 아주 당연한 내 것. 피로 이어진, 탄생으로 묶인 절대적인 내 편. 그 어떤 조건도, 대가도 없이 함께할 수 있는 가족.

온전한 나의 편.

툭, 소리 없이 눈물이 흐르자 엘라스켈의 단단한 품이 안셀라를 꽉 끌어안았다. 아무 말 없이 전해지는 체온에, 그리고 맞닿은 피부 너머로 들려오는 조금 빠른 심장고동에 미친 듯이 쿵쾅거리던 심장이 조금씩 조금씩 안정을 되찾았다.

그리고, 안셀라는 고개를 살짝 틀어 아버지의 손에서 벗어나 어머니의 눈을 조심스레 올려다보았다.

"……저도, 보고 싶었어요."

리아클레어가 웃었다. 이 이상 없을 정도로 행복하게.

그리고 그 모습에 소년의 가슴속 깊은 곳에서 뭐라 형언할 수 없는 감정이 쏟아져 나왔다. 그는 진심으로, 이 기적을 지키기 위해선 무슨 짓이든 할 수 있으리라는 것을 알았다.

· ✤ ·

그 느낌은 평화로운 화폭을 찢어발기는 칼날처럼 찾아왔다. 싱클레어의 반복되는 악몽에 시달렸던 것이 잠귀를 밝게 한 것인지도 모른다. 그러나 갑자기 식은땀을 흘리며 눈을 뜬 안셀라는 거의 다 꺼져가는 난롯불에 비친, 이제까지 단 한 번도 본 적이 없는 아버지의 딱딱하게 경직된 얼굴을 바라보았다.

그에 덜컹 심장이 내려앉는 듯했다. 끔찍이도 예감이 좋지 않았다.

"……엘라스켈? 무슨……."

아직 졸음이 떨어지지 않은 목소리의 리아클레어가 고개를 들었다. 그 입을 틀어막는 동시에 엘라스켈은 온몸으로 아내와 아들을 감쌌다.

그리고 흉포한 소리를 내며 건물이 쓰러질 듯 휘청거렸다.

집을 지탱하던 나무기둥이 순식간에 시꺼멓게 부식되더니 재가 되어 날렸다. 지붕이 무너져 내리며 가구들을 덮치고, 그 서슬에 유리창이 버티지 못하고 요란하게 깨져나갔다. 사방으로 유리조각이 눈꽃처럼 휘날렸다. 커튼이며 융단이 썩어 먼지로 바스라지고 훅, 소리와 함께 타오르던 불꽃이 한꺼번에 꺼졌다.

"으, 우욱!"

솟구치는 구역질을 참지 못하고 안셀라가 토했다. 목구멍으로 손이 처넣어져 내장을 긁어내는 끔찍한 기분. 본능적인, 아니, 그보다도 훨씬 원초적인 거부감과 공포심에 몸이 덜덜 떨렸다.

무언가, 무언가 끔찍한 게 온다.

꽈악, 그를 끌어안으며 엘라스켈이 이를 악물었다.

"······대, 공."

신음하는 듯 내뱉는 엘라스켈의 목소리가 가늘게 떨리고 있어 안셀라는 겁을 집어먹었다. 하루밖에 되지 않았으나 언제까지고 굳건할 것 같았던, 그 누가 와도 흔들림 하나 없을 것만 같았던 아버지의 팔이 두려움에 떨고 있었다.

그리고, 반쯤 무너져 내린 건물의 밖에서 낭랑한 소년의 목소리가 울렸다.

"엘라스켈! 엘라스켈, 나와!"

이제는 한갓 무너진 돌더미가 되어버린 건물 너머에서 새빨간 불꽃이 타오르고 있었다. 조금 전까지만 해도 부모와 함께 바라보고 있던 따뜻하고 평화로운 불꽃이 아닌, 지금 당장이라도 아가리를 벌려 그들을 통째로 집어삼킬 것만 같은 흉포한 짐승. 그 횃불을 든 한 무리의 병사들이 저택을 완전히 빙 둘러 포위하고 있었다.

그리고 그들을 이끄는 저 노래하는 듯한 목소리의 소년. 아버지에게 대공이라 불렸던 저 소년.

"아무리 도망쳐봤자 내게서 벗어날 수 없다는 건 네가 제일 잘 알터. 쓸데없는 수고를 끼치지 않고 지금 당장 황제 폐하를 시해한 로세이유의 찌꺼기들을 끌고 나온다면 너를 손수 기르고 훈련시킨 상관으로서 마지막 자비를 베풀어 단칼에 보내주지. 제 손으로 제 가족을 지옥으로 밀어넣은 브릴리언테의 독사 놈에 비하면 대단히 자비로운 조치가 아니야?"

깔깔거리는 높은 웃음소리가 날카로운 비수처럼 배를 푹 찌르고 분탕질을 쳤다. 말 한 마디 한 마디에서 핏덩어리가 떨어져 내리는 듯했다. 섬뜩함까지 느껴지는 그 웃음소리에서 묻어나는 끔찍한 증오와 악의에 안셀라는 덜덜 몸을 떨었다.

브릴리언테.

『잊지 마라, 안셀라.』

철컥. 망치로 두드려 맞은 듯 산산이 깨어진 조각들이 서로 맞물리는 소리가 들렸다.

『너는 브릴리언테. 이 대륙을 지배하던 제국의 후계자이다. 그 영광을 재건하고 더러운 찬탈자들을 징벌할 유일한 적통이라는 것을 절대로 잊어서는 안 된다.』

복수를. 복수를. 내 혈족을 잡아 죽이고 내 나라에 피를 흐르게 한 저 살인자들에게 정당한 피의 복수를.

숨이 막히는 듯해 안셀라는 목을 거머쥐며 숨을 헐떡였다.

할아버지는 어디로 갔지? 오늘이 마지막이라는 말을 했는데 그게 무슨 뜻이야? 황제 폐하가 시해되었다니 그게 할아버지와 무슨 상관이지?

답은 이미 알고 있었다. 머리가 아무리 산출을 거부한다 하더라도 본능적으로 깨달았다.

소년의 저 웃음은 웃음이 아니었다. 하나 남은 형제를 잃은 유족의 피맺힌 저주였다.

"쓸데없이 발버둥을 친다면 엘라스켈, 태어난 것을 후회하게 해주마. 내가 반역자를 어떻게 처리하는지는 네가 제일 잘 알고 있겠지? 사지를 찢어서 개한테 던져주마. 그 더러운 핏줄이 하나도 남아 있지 않게 이 대륙의 끝의 끝까지 뒤져서라도 멸절시켜주마!"

조부가 시켜 몇 번이고 입에 담았던 저 말이, 저토록 처절한 울림을 가질 수 있다고는, 생각도 못 했다.

"……리아."

"안 돼."

아버지의 얼굴은 이 모자란 광원 아래에서도 뚜렷이 보일 정도로 창백했다. 최대한 떨림을 숨기려 꽉 깨문 턱선이 도드라졌고, 그는 지금 당장이라도 어머니의 팔을 부러트릴 듯 거세게 그러쥐었다.

"리아, 리아클레어."

"안 돼. 안 돼, 싫어! 싫어!"

"안셀라를 살려야 하잖아, 리아클레어!"

그 말에 발작하듯 고개를 흔들어대던 리아클레어는 숨을 멈췄다. 그, 울지도, 소리지르지도 못하는 억눌리고 뒤틀린 침묵 속에서 차마 입 밖에 낼 수도 없는 참담한 결론이 내려졌다.

눈물도, 포옹도, 심지어는 마지막 인사조차 없었다. 엘라스켈은 단번에 검을 빼들고 불빛을 향해 달려들었고, 리아클레어 역시 검을 빼들고 반대방향으로 안셀라를 잡아끌었다.

어머니가 악에 받친 기세로 앞을 막아서는 병사들을 베어 넘기는 사이, 안셀라는 고개를 홱 돌려 그들이 뒤로한 아버지의 뒷모습을 바라보았다.

깔깔거리는 높은 웃음소리와 함께 병장기가 부딪치는 쇳소리가 나고, 새까만 밤하늘로 새빨간 선혈이 튀었다.

꿈이 눈앞에서 산산조각 나는 모습을 안셀라는 하늘이 무너져 내리는 심정으로 바라보았다.

"으, 으아아아악!"

비명이 터져 나온 것은 몇 명인지도 모를 포위망을 뚫고 만신창이가 된 리아클레어와 함께 강으로 몸을 던진 후였다. 그를 안전하게 둔치에 올려놓자마자 탈진해버린 어머니를 끌어안으며 안셀라는 머리를 쥐어뜯었다.

뭘까. 뭐지. 이 가슴이 타들어가는 듯한 감각. 이 머리가 돌아버릴 것만 같은 끔찍함.

없다. 잃어버렸다. 겨우 손에 넣었다 생각했었는데. 아버지. 부모님. 내 가족. 그렇게도 간절히 바랐었는데 하루도 가지 못했어. 사랑한다고, 와줘서 고맙다고, 당신 같은 분이 내 아버지라 내가 얼마나 행복한지 전할 시간도 없었어. 아무것도 못 했어. 그냥 지켜보기밖에 못 했어!

"사지를 찢어서 개한테 던져주마. 그 더러운 핏줄이 하나도 남아 있지 않게 이 대륙의 끝의 끝까지 뒤져서라도 멸절시켜주마!"

누가 소리치는지 모를 저주가 머릿속을 쾅쾅 울렸다. 온몸이 덜덜 떨려 숨도 제대로 쉴 수가 없었다.

윈터. 윈터. 윈터 드레스덴! 그 살인마! 그 끔찍한 괴물!

눈앞에, 마지막으로 바라보았던 소년의 모습이 아른거렸다. 비정상적으로 새하얀 머리칼과 피처럼 새빨간 눈동자, 온몸에서 피와 죽음의 악취를 풍겼던, 천사 같은 얼굴로 타인의 생명과 아픔을 버려지듯 깔보았던 괴물. 마치 놀이를 즐기는 것처럼 아버지를 죽였던.

"사, 지를……."

뚝, 뚝, 눈물이 볼을 타고 떨어져 입술을 찢고 흐른 피와 섞여 흘렀다. 가슴 안에서 확 불길이 터져 온몸을 사르고 들어갔다.

"사지를 찢어서 개한테 던져주마! 그 더러운 핏줄이 하나도 남아 있지 않게 이 대륙의 끝의 끝까지 뒤져서라도 멸절시켜주마!"

소리치지 않으면 담아놓은 악의가 쌓이고 또 쌓여 머리를 터트릴 것 같았다. 그는 처음으로 조부가 몇 번이나 반복하게 한 맹세를 진심으로 이해할 수 있었다.

복수를. 복수를. 이 몸이 갈가리 찢어지는 한이 있더라도 저 죽어마땅한 괴물에게 최상의 고통과 절망을!

무엇보다, 자신에게는 그렇게 할 수 있게 하는 신이 있을 터.

"……'지혜'."

시뻘겋게 충혈된 눈이, 목에 걸려 있던 펜던트에 닿았다.

· ✾ ·

안셀라는 밤새 자지 못해 충혈된 눈을 깜박이며 눈앞의 소환진을 노려보았다. 조부에게서 몇 번이나 반복해서 배운 소환진의 모습은 겉보기에는 싱클레어 본인이 그렸다 해도 믿을 만큼 흠잡을 데가 없었다. 그러나 싱클레어의 가르침은 거기에서 끝났다. 그는 한 번도 제대로 작동되는 소환진을 본 적이 없으며 그 소환진이 가동되고 나서 어떤 일이 일어나는지도 알 수 없었다.

그러나 이상하게도 떨림은 없었다. 예전까지의 자신은 죽고 새로운 무언가가 이 껍데기 안에 들어찬 것 같았다. 아무리 두려워도, 확신이 없어도 새빨간 눈동자를 휘며 흐드러지듯 웃는 그 얼굴만 떠올리면 그 잡다한 감정은 모조리 사라지곤 했다.

짙게 가라앉은 녹색 눈동자가 위험하게 일렁였다. 밤이 지났는데도 사그라지지 않은 증오가 한숨도 자지 못했음에도 불구하고 그를 쉴 새 없이 채찍질했다.

윈터 드레스덴이 저와 같은 감정으로 움직이고 있다면 그자는 결코 포기하지 않을 것이다. 제가 맹세했던 것처럼 끝까지 뒤를 쫓아 저와 어머니를 죽여버리려 하겠지. 어머니가 아직 피로와 상처로 정신을 차리지 못한 이상, 그가 어떻게 하는 수밖에 없다.

신을 인간이 거꾸러트릴 수는 없다. 신을 상대하려면 신을 끌어들일 수밖에.

털썩 무릎을 꿇은 안셀라는 소환진의 중간에 피가 뚝뚝 떨어지는 까마귀 한 쌍과 거울을 내려놓고 그 위를 손으로 덮었다.

"Ecce ostium apertum in caelo."

시동어를 입 밖에 내자마자 속이 휙 뒤집히는 듯한 역한 기분이 솟구쳤다. 안셀라는 구역질을 참아내면서 눈을 꽉 감았다. 순간, 머리가 깨질 듯 아파 그는 저도 모르게 비명을 질렀다.

– 어째서?

그 간단한 질문을 시작으로 수십, 수백 개의 목소리가 머릿속에서 경쟁하듯 말을 걸었다. 목소리는 아이인 듯도, 노인인 듯도, 여자인 듯도, 남자인 듯도, 사람인 듯도, 사람이 아닌 듯도 했다. 양쪽에서 거대한 집게로 머리를 조여 쪼개는 것 같은 두통이 찾아왔다.

　― 사람이 스스로를 증오하는 것은 어째서? 손에 쥔 것을 포기하고 가지지 못한 것을 좇는 것은 어째서? 알지도 못하는 것에 애착을 갖는 것은 어째서? 정당한 이유의 분노를 증오하는 것은 어째서? 분노는, 증오는, 원망은, 사랑은, 어디서 오지? 왜 사람은 이해하지 못하는 것에 그토록 가치를 두고, 그토록 손쉽게 보이지 않는 것을 위하여 스스로를 내던지지? 사람은. 사람은. 사람은, 어째서. 어째서?

　안셀라의 찢어질 듯한 비명이 울렸다. 거울이 찬란한 황금빛으로 빛나며 그의 이마를 비췄다.

　머릿속으로 수많은 기억의 조각들이 쏟아져 들어왔다. 보이지 않는 손이 뇌 안을 헤집으며 잊고 있었던 기억들을 모조리 긁어내는 듯한 감각이었다. 쾅쾅거리며 두통이 울리고 눈에서는 생리적인 눈물이 흘렀다.

　태어났을 때, 처음 부모의 품에 안겼을 때, 조부의 품에 안겨 부모를 떠났을 때, 처음 말을 했을 때, 걸음마를 했을 때, 머리를 물들였을 때, 체벌을 받았을 때, 거울을 받았을 때, 따돌림을 당했을 때, 넘어지고 맞아서 상처를 입고, 울음을 삼키고, 타인을 부러워하고, 질시하고, 원망하고. 예소렌 노테르트, 싱클레어 브릴리언테, 엘라스켈 클렌디온, 리아클레어 브릴리언테.

　안셀라 클렌디온.

　― 알고 싶다.

수첩처럼 좌르르륵 펼쳐졌던 과거의 파편들을 마지막으로 거울에 안셀라의 모습이 비쳤을 때, 조그만 목소리가 툭, 그렇게 속삭였다.

빛. 그리고 암전.

• ⚜ •

안셀라는 저도 모르게 작게 숨을 들이켰다. 주위는 모조리 백색이었다. 색이란 게 모조리 먹혀버린 듯한 순백의 무색(無色). 그 위로는 바라보는 것만으로도 어지러워질 조각들이 허공을 별처럼 메우고 있었다. 그 조각 하나하나가 다채로운 색으로 반짝이며 끊임없이 빛을 토해냈다. 기쁨, 슬픔, 노여움, 즐거움, 그리고 그 외의 무수한, 끝이 보이지 않는 색의 감정들로 빛나는 파편. 그 하나하나가 누군가의 기억이었고, 현재였고, 미래였다. 끝도 없이 이어지는 시간의 강. 이 대하의 한복판에 걸터앉은 소년은 그를 정면으로 응시했다.

"어째서?"

어린 소년 특유의 가늘고 고운 목소리가 울렸다. 그 목소리에 안셀라는 저도 모르게 몸을 움찔했다.

얼룩덜룩한 연갈색 머리칼, 깊게 가라앉은 진녹색 눈동자, 가면을 쓴 듯 무감정한 얼굴의 소년은 무서울 정도로 그와 닮은 모습을 하고 있었다.

그러나 그 눈빛.

본능적으로 거부감이 들어 안셀라는 시선을 피해버렸다. 늪처럼 깊고 바닥이 보이지 않는 그 눈동자는 명경처럼 맑고 투명하면서도 응시하는 상대의 속내를 바닥까지 긁어낼 듯 날카로웠다.

"어째서 잃어버린 것을 위해 손에 쥔 것을 포기하려 하지?"

다시 낭랑한 아이의 목소리가 울렸다. 그 질문에 안셀라는 가까스로 정신을 차리고 꽉 주먹을 쥐었다.

포기하려는 게 아니야. 지키려는 거야.

"지킨다?"

그 살인귀는 아버지를 죽였어. 어머니도, 나도 죽이려 들 거야. 내가 먼저 그자를 죽여버리지 않으면 또 잃어버리고 말아. 또다시 아무것도 하지 못한 채, 이번에는 어머니가 살해당하는 꼴을 보게 될 거야. 절대, 절대 그렇게 놔둘 수는 없어!

"어째서?"

어째, 서……?

"'죽음'을 죽이는 것으로 정말 네 어미를 구할 수 있어? 너를, 네 자신을 구할 수 있어?"

고저 하나 없는 그 질문은 그 스스로가 가장 외면하고 싶어 했던 부분을 예리하게 파고들었다. 원초적인 증오심으로 애써 누르고 있던 이성이, 그에 딸린 의구심이 고개를 들었다.

내가 정말, 대륙의 역사를 바꾼 살아 있는 신화와 맞붙어 이길 수 있을까? 검 한번 제대로 잡아본 적 없는 내가 거의 반백 년의 세월을 전장에서 보낸 그자를 이길 수 있을까? 그리고 이기면? 인스켈의 신체를 쓰러트린 나를 인스켈 황제가 가만히 둘까? 나는 평생 도망다니며 살 수밖에 없는 게 아닐까? 그리고 어머니는? 그 와중에 내가 어머니를 끝까지 지켜낼 수 있을까?

내가. 이 쓸모없고 무력한 어린아이일 뿐인 내가.

"어린 인간아, 너는 아직 어리고 미숙해. 너는 내가 무엇인지도, 나를 받아들인다는 게 무엇인지도 이해하고 있지 않아. 말해보렴, 어린 인간아. 성찰하길 포기하고 감정에 몸을 내맡기는 이가 진정 '지혜'를 손에 넣을 자격이 있니?"

그러나 여기서 물러선다면 그 불확실한 미래조차 잃어버리게 돼. 기다리고 있는 것은 아무것도 이루지 못하고 처참하게 살해당하는 확실한 미래뿐이야.

자격?

지혜는, 자격이 있는 누군가에게 주어지는 게 아니야. 누구나에게 씨앗이 주어지고, 살아가면서 각자 그 씨앗에서 꽃을 피우는 거야. 지금은 미숙할지라도 시간이 지나면 나도 성장할 거야. 하지만 내게는 시간이 없어. 그 괴물이, 내 미래를 빼앗아가려 드니까!

"어린 인간아, 내 힘은 끊임없이 시험하는 힘이다. 대부분의 이들은 나를 끝까지 이해하지 못해. 그리고 그것은 그들을 지독하게 불행하게 만들지. 나는 분명 너희를 위해 거둬갔던 권능이거늘 너희는 어째서 계속 그 힘을 탐내지? 때로는 무지가 축복이고 길라잡이이며 스승이거늘, 왜 그 점을 이해하지 못하지?"

실패할 수 없으니까. 난, 더 이상 잃을 수는 없으니까.

너는 모르겠지. 인생에 가치 있는 것이 단 하나밖에 남지 않게 된 절박함을. 그 마지막 하나마저도 지켜낼 힘이 없다는 무력함을. 언제 잃을지 몰라 하루하루를 숨죽이며 살아야 하는 그 끔찍함을!

"네가 요구하는 것은 인간의 한계를 벗어난 힘이야. 그 대가는 어찌 치를래?"

뭐든지. 그 힘을 얻을 수만 있다면 뭐든지 주겠어.

그리고 그 말에 무표정했던 소년의 눈이 살짝 찡그려지는 듯하더니 곧 짙게 웃음을 지었다.

"뭐든지, 라. 뭐, 그것도 좋겠지. 절망의 밑바닥에서 얻어내는 깨우침이라는 것도, 달콤한 법이니."

그리고 다음 순간, 소년의 등에서 새까만 날개가 솟아났다. 끝을 모르고 쭉쭉 뻗어나가던 날개는 곧 하늘을 뒤덮을 정도로 커졌다.

"계약이다, 인간."

그리고 순식간에 소년의 눈앞에 나타난 신이 그의 눈 안으로 파고들었다.

"아아아악!"

눈알을 도려내는 듯한 아픔에 안셀라는 눈을 부여잡고 바닥을 굴렀다. 눈알 뒷부분에서 시작된 아픔이 시신경을 타고 뇌에까지 불을 지피는 것 같았다. 흙바닥을 긁어대던 손톱이 부러져 피가 흐르고 잘근거리며 깨물던 입술이 너덜너덜해졌다. 겨우 아픔이 가라앉은 후에도 안셀라는 한동안 숨도 제대로 쉬지 못했다.

실패한 걸까.

제 스스로의 눈물과 피와 땀으로 엉망이 된 망토 위에 누워 안셀라는 멍하니 눈을 가리고 있던 손을 내렸다.

그리고 제 눈을 의심했다.

'지혜'와의 계약을 시도했을 때의 그 이공간에서 봤던 장면이 다시금 눈앞에 펼쳐져 있었다. 수백, 수만 개의 빛나는 파편들. 그리고 그 파편들은 그가 그 존재를 인지하자 기다렸다는 듯 달려들었다.

휙 시야가 뒤집히더니 주변이 바뀌었다. 황무지. 시체와 시체로 쌓인 산, 부러지고 버려진 병장기들의 무덤, 땅을 짙게 물들인 피. 그곳에 서서, 눈높이가 높아진 그는 저를 못 볼 것을 본 듯한 표정을 짓고 있는 화려한 붉은 머리의 미녀에게 입을 열어 말한다.

　앞으로 세 번 더 질 겁니다.

　그 순간 기습적으로 시야가 또다시 바뀌었다. 눈앞으로 검이 달려
든다. 안셀라 님, 누군가가 다급하게 부르고, 누군가가 앞을 막아서며
대신 검을 쳐낸다. 그는 이를 악물고 앞으로 이어질 충격을 기다리고.

　퍼억, 숨이 턱 막히는 충격과 함께 어깨를 타는 듯한 아픔이 관통했
다.

　그리고 또다시 시야가 뒤집혔다. 그리고 또. 또. 또. 또다시. 또.

　"윽!"

　치밀어 오르는 구토감에 안셀라는 입을 틀어막았다. 그의 앞에 수
백, 수천 갈래의 눈부시게 빛나는 길이 펼쳐진다. 그 하나하나는 오색
으로 찬란하게 빛나는 감정으로 반짝이고 있었다. 그러나 눈을 들자
그 모든 갈림길은 새까맣게 삭아내려 바스러지고 그의 앞에 보이는
것은 오로지 한 갈래의 길뿐이었다. 인지하는 즉시 그 미래는 그의 눈
속으로 쏟아지듯 들어섰다.

　그 빛나는 파편들 사이에서 그는 하늘을 훨훨 나는 까마귀였다. 커
다란 검은 날개를 퍼덕이며 그는 마치 체스판 위의 말들을 굽어보듯
그 모든 광경을 지켜보았다. 몇 번씩이나 시야가 바뀌며 단편적인 영
상이 계속해서 이어졌다.

　미래는, 영웅의 도래를 예고하고 있었다.

　그 아이는 이제는 멸망한 브릴리언테 황가의 직계의 피를 받아 태
어난다. 아이는 부모형제와 떨어져 외롭게 자라고, 그 때문에 스스로
가 외롭다는 사실조차 잊어버린 남자와 서로 의지하게 된다. 그것은
곧 사랑이 되고, 그 사랑의 힘으로 아이는 남자의 영생을 베어낼 낫이

된다.

그리고 기형적인 제국을 지탱하고 있던 남자가 쓰러진 대륙은 영생을 잃은 남자를 죽이는 데 성공한 연합군의 손으로 돌아간다. 온 대륙은 그들을 억압하던 제국을 무너트린 씨앗이 된 아이를 영웅이라 일컬으며 그 이름을 소리 높여 외친다.

"……리즈벳, 클렌디온."

입 밖으로 내자 그 이름에 생명이 깃드는 것만 같았다. 잔상처럼 스쳐지나갔던 아기의, 소녀의, 그리고 원숙한 여인의 모습이 눈앞에서 유성우처럼 쏟아졌다. 안셀라는 뭐라 설명할 수 없는 희열에 떨며 양손으로 두 눈을 감쌌다. 가능하면 이 눈을 지져서라도 평생 남기고 싶었다.

이 아이는, 아직 생을 받지도 못한 이 아이는, 태어나기만 하면 그 괴물의 끝이 된다. 아버지의 목숨을 그리도 허망하게 앗아간 그자가 드디어 파멸하는 것이다.

이것이야말로 신의 힘. '죽음'마저도 거꾸러트릴 수 있는 신의 힘인 것이다.

가슴께에 뜨겁게 뭉쳐졌던 응어리가 목을 타고 위로 솟구쳐 눈두덩을 홧홧하게 달구었다. 투둑, 걷잡을 수 없이 눈물이 흘러내렸다. 그것이 환희인지, 비탄인지, 아니면 아직 그가 알지 못하는 무언가의 감정인지는 알지 못했다.

단편적인 파편은 되풀이해 보면 볼수록 더욱 선명해졌다. 사이사이 존재했던 구멍이 사라지고 흐릿한 꿈과 같던 영상은 조연들의 잡담까지도 알아들을 수 있을 정도로 구체적이 되었다. 이리 계속 반복하면 이 미래는 완벽해지리라. 계속된 영상 때문에 지끈지끈 아파오는 눈을 꾹 누르며 동시에 안셀라는 마치 체스 말을 움직이는 것처럼 영상 속 인물들의 행동을 되짚었다. 원하는 미래를 알면 현재를 조종할 수 있다. 이 말 하나하나가 어떻게 움직여야 그 마지막의 결론을 도출할 수 있을지 알아낼 수 있다면 원하는 미래를 향해 현재를 움직이는 것도 가능하리라.

그러나 이 모든 것의 전제가 되는 것, 이 모든 것의 기본 재료가 되는 것은.

"안셀라, 너 지금까지 어디에……."

"어머니."

정신을 차리자마자 모습이 보이지 않는 아들을 찾아 헤매느라 엉망으로 헝클어진 머리와 창백하게 질린 뺨. 그러나 미처 아이를 발견한 기쁨에 잠기기도 전에 리아클레어는 눈을 마주친 아들의 모습에 척추를 타고 흐르는 오한을 느꼈다.

저벅, 아이가 크게 발걸음을 옮겨 다가오자 리아클레어는 반사적으로 한 발짝 뒷걸음질을 쳤다. 안셀라의 충혈된 눈은 기이한 환희와 광기로 번들거리고 있었다. 짙은 녹색의 눈동자는 간간이 맹금의 부리와 같은 금빛으로 번쩍였다.

그녀는, 이런 눈을 전에 본 적이 있었다.

"동생을 낳아주세요."

그리고 그녀의 옷자락을 잡으며 안셀라가 말했다.

"여동생이요. 내년 여름이 지나기 전에 아이가 태어난다면 이름을 반드시 리즈벳 클렌디온이라 지어주세요."

갑자기 아이가 늘어놓는 말에 리아클레어는 뒤통수를 얻어맞은 듯했다.

"그러면 그 아이가, 인스켈의 그 괴물을 쓰러트릴 열쇠가 될 거예요."

"너, 대체 그 이야기를 어디서⋯⋯."

한동안 말을 잇지도 못하던 리아클레어는 기습적으로 찾아온 현기증에 비틀거렸다. 그리고 어제만 해도 그녀의 일거수일투족에 민감하게 반응하며 살피던 아이는 그런 그녀의 동요를 보고도 한 점 흔들림이 없었다. 마치 그녀의 충격이 보이지 않는 듯.

제가 한 말이, 눈앞의 그녀에게 어떤 의미로 다가올지 이해 자체를 할 줄 모르는 듯이.

"맙소사."

경련처럼 시작된 떨림이 곧 온몸으로 퍼져나갔다. 리아클레어는 이를 갈며 머리를 쥐어뜯었다.

저런 눈. 상대를 사람으로 보지 않는 눈. 사람의 인생과 감정을 마치 장대한 계획서의 선 하나, 점 한 개 정도로 취급하는 저 눈!

"⋯⋯신과 계약을 했구나."

"어머니⋯⋯?"

"대체 어쩌자고 그런 짓을 한 거니! 신과 계약하는 순간 넌 인간이 아니게 되는 거야. 너와 계약한 신은 악착같이 네 인간성을 빨아먹고 말 거야! 왜⋯⋯! 대체 왜 그런 선택을 이렇게 섣부르게 한 거니!"

아이의 가녀린 양어깨를 그러쥐며 리아클레어는 누구에게 하는 것인지도 알 수 없는 절규를 토해냈다.

짐작했어야 했다. 딸 부부에게 거짓말을 하면서까지 갓 태어난 아기를 가로챈 아버지가 아이를 정상적으로 자라게 할 리가 없었다. 이아이가 겪어야 했던 상실, 절망, 증오야말로 신이 파고들 가장 풍부한

토양이었을 텐데 그녀는 바로 곁에 있었으면서도 막지 못했다.

"……그자가 아버지를 죽였잖아요."

그리고 그런 어머니를 혼란 가득한 눈으로 바라보던 안셀라가 제 어깨를 그러쥔 리아클레어의 팔에 손을 얹었다.

"할아버지도, 아마 죽였을 거고. 그리고 어머니까지 죽이려 하잖아요. 그런데 제가 어떻게……."

얹혔던 손에 손자국이 남을 정도로 악력이 들어갔다. 당혹으로 잠시 가라앉았던 울분이 다시 맹렬하게 끓어올랐다. 울컥거리며 솟아오르던 감정은 한 번 토해내질 때마다 점점 형태를 바꿨다.

억울함. 답답함. 슬픔. 그리고.

"어머니, 어머니는 아무렇지도 않아요? 아버지가, 할아버지가 그자한테 돌아가셨는데 슬프지 않아요? 복수하고 싶지 않아요? 똑같이 갚아주고 싶지 않아요? 설마, 설마 용서하겠다, 잊어버리겠다, 그런 말을 하려는 건 아니지요? 아버지가 돌아가셨는데!"

우리 모두, 이번에야말로 다 같이 행복할 수 있었는데.

"밉지 않아요? 죽여버리고 싶지 않냐고요! 우린 아무 잘못도 없었는데 얌전히 당하고만 있어야 하나요? 그렇다고 그자가 마음을 바꿔서 우릴 내버려둘까요? 아니잖아요!"

당신이라면, 나와 함께 아파하고 화를 내줄 줄 알았는데!

"안셀라, 아가. 네가 슬퍼하는 마음은 알아. 엄마도 그래. 엄마도, 아빠가, 죽, 어서……."

투둑, 툭, 소리 없이 리아클레어의 눈에서 눈물이 떨어져 내렸다. 그녀는 세상이 무너진 듯한 표정으로 그의 앞에 주저앉았다.

"아아, 아가. 하지만 엄만 아직 살아 있는 네가 더 중요해. 윈터 드레스덴이 본래부터 저런 악귀였을까. 네 할아버지가 처음부터 저리 속이 문드러진 사람이었겠니. 신은, 특히 복수를 목적으로 불러낸 신은 네 마음을 갉아먹을 거야. 엄만 그게 무엇보다 두려워.”

그러나 이상하지.

“난 안 그럴 거예요.”

“안셀라.”

이상하게도, 아무런 감정도 들지 않아.

“윈터 드레스덴만 죽여버릴 수 있으면 그 후에는 조용히 눈을 감고 숨어 살겠어요. 신이 마음을 갉아먹는 것이라면 마음이 갉아먹히기 전에 그자를 죽여버리면 돼요. 동생만 제게 주세요. 그러면 어머니를 더 이상 끌어들이지는 않을 거예요. 하지만 저는, 저는 뻔히 방법이 보이는데도 움츠러들지는 않을 거예요. 그 괴물을 끝장낼 수 있는데 물러서서 당하기만 하고 있지는 않을 거예요!”

그저.

왜, 저런 쓸데없는 이유로.

뻔히 보이는 정답을.

회피할까.

“어머니, 억울하지 않아요? 아버지를 죽이고 언제 우리의 목숨을 노릴지 모르는 괴물이 뻔뻔하게 잘 살고 있다는 게 어머니는 용서가 되는 거예요? 아버지를 사랑하지 않으셨어요?”

그에 리아클레어는 고개를 들어 안셀라를 올려다보았다. 시뻘겋게 충혈된 눈동자 두 쌍의 시선이 얽혔다. 뭐라 설명하기 어려운 감정이 리아클레어의 눈에서 넘실거리다가 뜨거운 눈물이 되어 흘러내렸다.

그 모습에 순간 소년의 심장이 쿵 떨어져 내렸다.

다시금 그를 바라보는 어머니의 시선에 서린 감정은, 어딘가 원망과도 비슷했다.

• ❀ •

"아아아아악!"

찢어지는 여자의 비명에 산파는 식은땀을 비 오듯 흘렸다. 시트를 잡아 뜯으며 몸부림치는 산모의 얼굴은 하얗다 못해 파랗게 질려 있었다. 난산이었다. 거의 열두 시간이 넘게 이어진 진통에도 아이는 나오지 않고 있었다. 초산도 아닌 산모가 이렇게까지 고생하는 경우는 흔치 않았다. 거의 주문을 외듯 욕지거리를 내뱉으며 산파는 여자의 땀을 닦아내고 지시사항을 외쳐댔다. 일을 돕게 하러 데려온 딸은 이미 새하얗게 질려 도망치듯 방을 나선 후였다.

산모를 둘러싼 여러 가지 상황이 좋지 않았다. 부모며 남편이며 친구, 곁에서 도와주지는 못해도 적어도 손이라도 잡아줄 이들은 코빼기도 보이지 않았고, 그나마 있는 열세 살짜리 아들도 어디론가 사라져 나타나지 있었다. 그 아들에게서 선금을 두둑이 받지 않았다면 여자는 산파도 없이 이 출산을 혼자서 겪어야 했을 테다. 그리고 무엇보다 중요한 산모의 상태가 최악이었다. 한때는 꽤나 예쁘장했을 얼굴은 살이 확 빠져 피골이 상접했다. 땀에 절고 푸석해진 금발이 정신없이 헝클어져 얼굴에 들러붙었고, 쩍쩍 갈라진 입술은 얼마나 깨물어 뜯어댔는지 피딱지가 맺혀 있었다.

"아악, 아아아악!"

"좀 더 버텨! 거의 다 됐어!"

279

제가 들어도 의미 없는 소리를 질러대며 산파는 초조하게 질구를 바라보았다. 처음에는 그나마 입술을 깨물어 신음을 삼키려던 여자는 진통이 열 시간째에 접어들자 이를 박박 갈며 몸을 비틀어댔다.

"낳고, 낳고 싶지 않아……."

"그런 소리 하는 거 아냐! 다 됐어, 다 끝나가!"

"낳고 싶지 않아! 낳고 싶지 않아!"

아아아악, 또다시 찢어지는 듯한 비명이 났다. 산파는 이를 악물었다. 여자는 마치 제 몸에 들어선 아이가 철천지원수라도 되는 듯 가끔씩 제 다리 사이를 소름 끼치게 노려보았고, 그 시선을 차마 마주하지 못한 산파는 눈길을 애써 돌려야 했다.

여자는 명백히 이 모든 과정을 끔찍해했고, 그걸 아이도 알고 있는 것만 같았다. 조금이라도 더 제 어미와 떨어지지 않으려는 듯, 떨어져 나와 외면당하고 싶지 않다는 듯 악을 쓰며 태중에 자리 잡고 버텼다.

그러나 진통이 열세 시간째로 접어들자 양상이 바뀌기 시작했다. 한계까지 들이부은 유도제 성분의 약초들이 이제야 약효를 내는지 천천히 질구가 열리며 아이의 머리가 밀려나오기 시작했다.

머리가 밀려나고부터는 순식간이었다. 찢어지는 비명과 함께 여자는 마지막 힘을 쥐어짜서 아이를 밀어냈다. 둥근 머리가 드러나고 곧 어깨, 가슴에 이어 배와 엉덩이, 다리까지 빠져나왔다. 산모의 얼굴에서 눈물이 쉴 새 없이 떨어졌다. 아이는 뭔가를 쥐려는 듯 꽉 움켜쥔 주먹으로 질벽에 잠시 매달려 있다가 밀려나왔다.

응애응애, 요란한 울음소리가 터졌다.

아이는 자그맸다. 혈색이 제대로 돌지 않는 청회색 살갗이 쭈글쭈글했고, 이 지난한 난산을 야기했다고는 생각할 수 없을 정도로 작았다. 머리도 제대로 가누지 못하는 그 자그만 것은 뭐가 그리 불안하고 고통스러운지 온몸을 꿈틀거리며 자지러지게 울어댔다.

그리고 그 어미는 힘없이 고개를 들었고, 아이를 보았다.

움찔, 산파가 저도 모르게 몸을 사렸다. 아이를 앞에 둔 여자의 눈은 어미라 할 수 없을 정도로 메마르고, 차갑고 차가워서 그녀의 눈에는 마치 여자가 제 아이를 증오하는 것처럼 보였다.

"예, 옜소! 그쪽 새끼니 데려가. 난 내 할 일을 마쳤어!"

윽박지르듯 아이를 축 늘어진 어미의 품에 밀어넣고 산파는 몸을 돌렸다. 아이는 앵앵 울면서도 본능적으로 제 어미의 젖가슴을 찾았다. 그 간절한 손길에 손가락 하나 까딱하지 않으며 여자는 마치 말라비틀어진 나무기둥마냥 미동 한 점 없었다.

쾅, 문을 닫는 소리가 나며 방 안에서 인기척이 사라졌다. 그 서슬에 놀랐는지 아이의 울음이 다시 자지러졌다. 눈물도 아직 흘리지 못하는 주제에 얼굴을 한껏 찡그리고 온몸을 버둥거리며 끔찍하게 울었다.

리아클레어는 그 모양을 그저 바라보았다.

아이는 끔찍하게 약해 보였다. 여기서 조금만 목을 짓눌러도, 밀어버려도, 아니, 그냥 내버려두기만 해도 죽을 목숨이다. 안셀라 때에는 그것이 그리도 사랑스러웠건만 이 아기에게는 그것마저 끔찍할 따름이었다. 열 달을 배고 있을 동안 몇 번이나 칼을 쥐고 배를 갈라버리고 싶었던가. 몸 안에서 하루하루 커가는 게 느껴질 때마다 배 속을 기생충이 기어 다니는 듯해 구역질이 났다.

아기. 여자아이. 리즈벳 클렌디온이라 이름 지어질, 엘라스켈의 피는 한 방울도 흐르지 않는 그녀의 아이. 윈터 드레스덴을 끝장내고 엘라스켈의 핏값을 갚고 세상을 악마의 손아귀에서 구해낼, 이 장대한 영웅 서사시의 주인공.

그 대단하신 역사적 소명 앞에서 그녀는 그저 그릇이었다. 이 아이를 태어나게 할 씨받이, 그 이상도 이하도 아니다. 그리고 영웅이라 이름은 번드르르하지만 이 아이 역시.

안셀라가 보는 미래에는 대체 얼마나 넘쳐흐르는 행복이 있는가. 얼마나 평화와 정의가 넘쳐나기에 이런 것이 용납되는가.

거기까지 흘렀던 상념이 멈추고 가슴속에 어린 응어리가 눈물이 되어 흘러내렸다. 악악 울어대는 아이를 안아 들며 리아클레어는 숨이 막힐 정도로 오열했다.

그러나 나 역시도 그 공모자인 것을. 그 아이를 막지 못하고 복수란 괴물에 잡아먹혀 너를 만들어낸 공범인 것을. 그래도 네가 내 딸이거늘 너를 이렇게 안고 키스 한번 해주지 못하는 어미인 것을. 그런 내가 감히 어떻게 아버지를 욕하고 아이를 원망할까.

어떻게 감히 지금 와서 너를 태어나게 한 것을 후회할까.

어미의 품에 안겨 순간 안정을 찾았나 싶었던 아이가 다시 울어대기 시작했다. 아직 추스르지 못한 몸을 애써 가누며 리아클레어는 느릿하게 발을 끌면서 방을 나섰다.

뒤에 홀로 남겨진 아이의 울음소리만이 구슬프게 울렸다.

* ❖ *

『대성공! 대성공이야!』
술잔을 높게 들어올리며 남자가 열에 들떠 외쳤다.

『초소 세 개가 동시에 마비됐는데 그걸 눈치도 못 챘어. 쟈크가 포로들을 데리고 내뺄 때까지 의심 한 번 안 했다고! 그 머저리들이!』

와자지껄한 웃음소리가 환호와 욕설과 섞여 울렸다. 평소라면 엄두도 못 낼 양의 술이 동이로 퍼 날라졌다.

로세이유 저항군 아지트는 이미 축제 분위기였다. 윈터 드레스덴이 에스타니아의 후아스델모를 완전히 불태웠을 때 겨우 도망쳤던 에스타니아 측의 저항군 리더들은 결국 모조리 잡혀 자를란트에서 처형되기만을 기다리던 신세였다. 그걸 별다른 피해도 없이 구해냈으니 다들 사기가 하늘을 찌를 지경이었다. 인스켈을 로세이유 단독으로 상대한다는 것은 말도 안 되는 소리였고, 그래서 마법사들을 다수 숨기고 있는 데다가 서남부에 전선을 구축할 수 있는 에스타니아와의 동맹은 필수적인 것이었다. 게다가 이렇게 존재감을 드러냈으니 한창 어려움을 겪고 있던 병사 모집에도 도움이 안 될 수가 없었다.

『인스켈 놈들 낯짝 봤어? 그 얼빠진 꼴이란!』

『드레스덴만 없으면 별것도 아닌 것들이!』

『이런 식으로 다음에는 자를란트까지 확!』

그때, 딸깍 하며 작게 문이 열리는 소리와 함께 연회장 안으로 들어온 상대의 모습에 술기운과 임무 성공의 열기에 젖어 신나게 떠들어 대던 군중은 순식간에 조용해졌다.

단숨에 얼어붙은 연회장을 여우 가면을 쓴 소년이 움츠러드는 기색 하나 없이 가로질렀다. 수십 개의 눈이 아이에게 집요하게 달라붙었다. 개중 몇몇은 억지로라도 친근한 척 미소를 지어 보이려 했으나 대부분은 노골적으로 불편하다는 표정을 감추지 못했다.

소년은 그 시선이 느껴지지 않는 듯 묵묵히 자리에 앉아 제 몫의 음식을 퍼서 먹기 시작했다. 타인의 존재를 인지조차 하지 않는 듯한 모습에 다른 이들은 질린 표정을 지었다. 쫓아낼 수도, 완전히 무시할 수도 없지만 그렇다고 무리 안으로 끌어들이기는 더더욱 곤란한 상대의 모습에, 단원들은 제자리에서 불편하게 몸을 비틀다가 눈앞의 음식을 깨작거리기 시작했다. 숨이 턱턱 막히는 어색함이 몸을 짓눌렀다.

『안셀라 클렌디온.』

그 모두를 불편함에서 구제한 것은 안쪽의 문을 열고 나타난 단장 보좌였다. 음식을 먹고 있던 소년의 모습을 보고 잠시 뜸을 들이던 그는 까닥, 고갯짓을 해 안쪽을 가리켰다.

『다 먹은 다음에 단장실로 와라. 단장이 찾는다.』

소년은 아무 말 없이 자리에서 일어나 아직 남아 있는 음식물이 담긴 접시를 들었다. 그에 어린 대원의 식사를 방해한 꼴이 된 보좌가 미간을 찡그리며 말했다.

『마저 먹고 와라. 급한 건 아니니.』

『괜찮습니다.』

그 말과 함께 반도 먹지 않은 음식물이 그대로 쓰레기통으로 버려졌다. 그 모습을 보고 보좌는 보이지 않게 고개를 절레절레 저으며 말 없이 앞장섰다. 그 뒤를 안셀라는 소리 없이 따랐다.

『단장, 데려왔습니다.』

몇 번 들락거려 익숙해진 단장실 앞에서 보좌가 문을 두드리자 안에서 단단한 저음의 목소리가 들려왔다.

『들어와.』

『실례합니다.』

리베르 카스트라는 사십 대 중반의 남자였다. 무력 저항군의 단장이라기보다는 리슈타인 대학의 교수에 좀 더 어울릴 것 같은 인상의 그는 그럼에도 시선을 마주치면 결코 녹록지 않은 상대라는 느낌을 주는 남자였다. 한때 괴멸 직전까지 갔던 로세이유 저항군을 여기까지 재조직한 것은 전적으로 그의 공이었다.

리베르는 무언가 깊게 생각에 빠져 있다가 문이 열리는 소리와 함께 미간을 문지르며 고개를 들었다. 보좌가 한 번 고개를 숙이고 문을 닫고 나가자 정적이 감도는 방 안에는 안셀라와 그, 단둘만이 남겨졌다.

문이 닫히는 소리와 함께 리베르는 상체를 곧게 세우며 옅게 미소를 지어 보였다.

『내가 너를 왜 불렀는지 아느냐?』

『모르겠습니다.』

잠깐 망설이는 듯한 기색이었으나 소년은 결국 그렇게 대답했다. 가면으로 가린 얼굴에서는 그 어떤 감정도 읽기 힘들었다. 그 얼굴을 리베르는 조용히 바라보며 입을 열었다.

『나는 너를 해임할 생각이다, 안셀라.』

그 난데없는 말에도 소년은 미동조차 없었다. 가면으로 가려 있으나 리베르는 가면 너머의 맨얼굴에도 동요가 없으리라 추측했다. 소년은 마치 그가 이런 말을 하리라는 걸 예측이라도 한 것 같았다. 리베르는 작게 한숨을 내쉬었다.

『놀라지 않는구나.』

『……어째서, 입니까? 제 나이 때문입니까?』

되묻는 말도 진정으로 궁금해서 묻는 것 같지가 않았다. 어디까지나 그의 장단에 맞춰주는 것처럼도 보였다. 그리고 동시에 리베르는 확신했다. 이 아이는, 정말로 모른다.

『기제스가 그러더구나. 오늘의 성공은 오롯이 네 공이라고.』

『…….』

『쟈크모도, 데시켈도, 아드리아나까지도 네 전략이 없었다면 승리할 수 없었을 거라 말했다. 그 참모진이 이렇게까지나 극찬하는 것도 참 드물지.』

『그렇다면, 어째서.』

『왜 협곡 쪽으로 부대를 돌렸느냐?』

그 말에 소년은 입을 다물었다. 아무런 말도 하지 않았으나 명석한 아이이니 그것만으로도 그의 이유라는 것을 눈치챘으리라. 리베르는 깍지 낀 양손 너머로 아이를 조용히 응시했다.

『쟈크모는 미숙함으로 인한 실수라 하지. 추격대에게 포위당해 위험했지만 어찌 되었든 잘 빠져나왔으니까 실제로 입은 손실은 크지 않아. 결과적으로도 적절했지. 추격대가 협곡 쪽의 부대에 정신이 팔려 인질들을 추적할 인원이 적어졌으니 말이다. 아마 이 대승, 이라 부르는 성공도 그게 가장 큰 원인이었을 것이다.』

아이의 시선이 스르르 떨어졌다. 꽉 다문 입. 그 경직된 턱선에서 리베르는 일말의 짜증과도 닮은 감정을 잡아냈다. 고요하지만 날카로운 질문이 뒤따랐다.

『정말 실수였느냐?』

아이는 이미 그가 결론을 내린 것을 알았고, 제가 뭘 하든 그 결과를 바꿀 수 없다는 것도 알았다. 그래서 아이는 그저 입을 다물어버렸다. 순식간에 노력이 무가치하다 판단하고 포기한다.

y

286

십 대 소년이라 볼 수 없을 정도로 무자비한 그 판단. 가면으로 가차 없이 타인을 거절하는 폐쇄성. 그에 합해진 명석한 두뇌와 뛰어난 통찰력은 오히려 재앙이었다. 나이에 걸맞게 미숙하기라도 했다면 훈육의 기회라도 있었을 터, 안셀라 클렌디온은 온갖 하자가 있는 이들조차 모조리 받아들여 피아를 막론하고 재활용 쓰레기통이라는 이명이 붙은 리베르 카스트라마저도 도저히 용납할 수 없는 단원이었다.

『안셀라, 네 통찰력과 비상한 머리는 정말 경탄할 정도다. 가끔 보면 너에게는 미래가 보이는 듯하지. 너를 잃는다는 것은 분명 우리에게 큰 손실이 될 것이다. 그러나 나는 동지를 체스말 취급하는 이에게 내 부하들의 목숨을 맡길 수는 없구나.』

『……이 일에 어떻게 희생이 따르지 않을 수 있습니까.』

그에 처음으로 안셀라가 고개를 들어 반박했다. 그의 말 중에 무엇이 저 아이를 들쑤신 것일까. 입을 다물고 있을 때에는 알지 못했으나 입을 열자 차마 숨기지 못한 불쾌감이 고스란히 드러났다.

『누군가가 죽어야 한다면 조금이라도 덜 죽는 편이, 죽는 것으로 이길 수 있는 것이 중요한 게 아닙니까!』

『인스켈의 황제 같은 말을 하는구나, 안셀라.』

그 말에 아이의 숨이 떨렸다. 뒤통수를 몽둥이로 두들겨 맞은 듯한 아이는 반박하려는 듯 입을 몇 번 뻐끔거렸다.

『어쩔 수 없이 죽는 것과 고의로 죽게 내버려두는 것의 차이는 크단다. 아버지를 드레스덴에게 잃었다 했지, 안셀라? 네가 오늘 죽게 두려 했던 이들도 다 누군가의 가족이고 친구이다. 네게 무슨 자격이 있어 누굴 죽이고 누굴 살릴지 정한단 말이냐.』

아이가 흔들린다. 그 기회를 놓치지 않고 리베라는 침착하게 말을 이었다.

『지휘관은 어쩔 수 없이 부하를 가지고 숫자 게임을 할 수밖에 없는 상황에 처하게 된다만, 그렇다고 그 체스판의 말들이 스스로의 자율 의지를 가지고 네 손에 목숨을 맡긴 이들이라는 걸 잊어서는 안 된다. 사람을 체스말로 보기 시작한 이가 타인에게 무슨 짓을 저지를 수 있는지, 그로 인해 얼마나 큰 비극을 불러일으킬 수 있는지…… 너는 그 누구보다 잘 알고 있을 거다.』

비틀, 안셀라가 도망치듯 뒷걸음질을 쳤다. 가면 위의 여우는 여전히 말간 웃음을 띠고 있었으나 그 표면을 몇 번이나 쓸어내리는 작은 손은 주체할 수 없이 떨리고 있었다. 작은 머리가 몇 번이나 부정하려는 듯 좌우로 흔들렸다.

아이의 어깨를 그러쥔 리베라는 그대로 아이의 얼굴에서 가면을 잡아 뜯었다. 단번에 얼굴을 가리는 보호막이 사라지자 그 자리에서는 창백하게 질린 소년이 그를 올려다보고 있었다. 마치 길을 잃은 듯 떨리는 눈동자를 마주하자 리베라는 낮게 탄식을 흘렸다.

『아직 너무나 어리구나.』

어릴 거라고는 생각했으나 이건 너무나 어렸다. 이 가면은 이 나이를, 그리고 나이에 따라오는 미숙함 탓에 채 완전히 가리지 못하는 표정의 동요를 숨기기 위해서이리라. 열둘? 열셋? 절대로 열다섯은 넘지 않았다. 이네스가 몇 살이더라. 제 아비가 뭘 하는지도 모르는 딸은 이제 열 살이다.

『임신한 어머니가 있다 하지 않았느냐. 곁을 지켜드리거라. 이런 세상이지만 그래도 아직 완전한 지옥굴은 아니니 복수며 대의며 승리며 그런 것은 다 잊어버리고 우선 아이답게 살려무나.』

그리고 다시 한 번 고개를 저으며 리베라는 몸을 돌렸다.

『너 같은 아이가 이리 많아지다니, 드레스덴은 정말 끔찍한 죄를 짓고 있구나.』

• ❈ •

— 어째서?

탁, 문이 닫히는 소리와 함께 낭랑한 까마귀의 울음소리가 울렸다.

— 어째서 사람은 다른 이의 말에 좌지우지되지? 어째서 뒤늦게야 자신의 결정을 의심하지? 사람은 어째서.

와장창, 있는 힘껏 집어 던진 램프가 목표물을 맞히지 못하고 바닥에 떨어져 부서졌다. 유연하게 램프를 피한 까마귀는 크게 원을 그리며 머리 위를 빙빙 돌았다.

— 사람은 어째서 보이지 않는 정의에 얽매여 눈앞의 지름길을 빗겨가지?

그것은, 그렇지 않으면 견딜 수 없으니까.

젠장, 작게 뇌까리며 입술을 잘근잘근 깨물자 입에서 피맛이 났다. 리베라가 빼앗아가버린 가면은 도저히 돌려받을 수 있을 만한 상황이 아니었고, 그 탓에 적나라하게 드러난 얼굴은 무서울 정도로 무방비하게 느껴졌다.

사람이 정의에, 대의에, 제 목숨보다 더 중요한 무언가에 얽매이는 것은 그럴 수밖에 없기 때문에. 그렇지 않으면 이 모든 잔인함을 받아들일 수 없기 때문에.

얼굴을 감싸듯 가리며 안셀라는 빠른 속도로 아지트를 빠져나갔다.

289

누군가의 시선이, 누군가의 손가락질이, 누군가의 부름이 들려왔으나 소년은 고개 한 번 돌리지 않고 무작정 뛰었다.

『인스켈의 황제 같은 말을 하는구나.』

아니야. 나는 아니야. 나는 그런 괴물과는 달라. 여기에는 이유가 있어. 이건 나를 위한 일이 아니야. 이건, 이건 이것이 옳은 길이기 때문에. 이것이 신에게서 계시받은, 이상(理想)에 다다를 수 있는 가장 확실한 길이기 때문에.

증오하잖아. 미워하잖아. 세상이 뒤집혀서 그 폭군의 나라가 불타기를 원하는 거잖아. 그러기 위해서는 죽어도 좋다고 생각하고 여기온 거잖아!

– 어째서?

뇌리로 직접 울려오는 목소리는 아무리 귀를 틀어막아도 사라지지 않았다. 까마귀는 그 황금빛 눈을 빛내며 까악까악 울었다.

– 어째서 사람은 타인의 인생을 멋대로 휘두르려 하지?

그것은.

결국 머리를 쥐어뜯으며 안셀라는 멈춰 섰다. 어느새 발걸음은 숲 속의 아지트를 한참 벗어나 마을 근교에 있는 집 앞까지 다다라 있었으나 그는 한 발짝도 움직이지 못한 채 입술만을 피가 나고 또 나도록 물어뜯었다.

"……이게, 옳은 길이니까."

속삭임으로 시작했던 목소리는 점차 커져 마지막은 거의 악다구니에 가까웠다.

"이게 최선이니까. 신이 그렇게 말했으니까! 그걸 모르니 다들 저렇게 멍청한 거야! 뻔히 보이는 길을 두고 돌아가려 드는 거야!"

조금만 더 시간이 있었더라면. 이 힘이 조금만 더 완벽해져서 이것보다 좀 더 세세한 미래의 일들도 볼 수 있다면…… 그래, 대화 한마디 한마디까지 미리 알고 시작할 수 있다면 이렇게 실패할 일은 없었다. 어떻게든 이번 일도 막을 수 있었다.

답답한 인간들. 한 치 앞의 미래도 모르는, 멍청하고 한심한 인간들. 이렇게 근시안적이니 몇백 명이 몇십 년 동안이나 덤벼도 그 괴물 하나를 처리 못 했지.

『네게 무슨 자격이 있어 누굴 죽이고 누굴 살릴지 정한단 말이냐.』

"아으으으악!"

소년은 머리를 쥐어뜯으며 바닥에 주저앉았다. 손이 습관처럼 얼굴을 더듬었다. 매끄러운 가면의 촉감이 아닌 싸늘하게 얼어붙은 피부의 감촉만이 만져질 뿐이었다.

가면. 가면, 내 가면.

세상이 사방에서 조여오기 시작했다. 뒤에서, 발밑에서, 눈알이 뽑히고 장기가 덜렁거리는 시체들이 그의 몸에 매달렸다. 싱클레어 브릴리언테의 새까맣게 타버린 소사체가 삿대질을 해대며 소리쳤다.

무슨 짓을 해서라도 그 괴물을 죽여! 핏값을 받아내! 그것이 네가 애지중지하는 것을 모조리 빼앗아가기 전에! 어떻게 해야 하는지 알잖아!

그때였다.

목덜미를 짓누르는 탁한 공기를 뚫고 날카로운 아기의 울음소리가 들려왔다.

안셀라는 순간 머리가 멍해지는 것 같았다. 지금 제가 무슨 소리를 듣고 있는 건지, 저 소리가 왜 저기서 나는지, 저게 무슨 의미인지 순간적으로 굳어버린 머리로는 파악이 되지 않았다.

"……아이."

깨달음은 벼락이 떨어지듯 찾아왔다. 드디어 상황이 파악되자 안셀라는 튕기듯 몸을 일으켜 집 안으로 달려 들어갔다.

기다림은 길었다. 드디어 태어났다. 드디어 시작되는 거다. 쿵쾅거리며 심장이 세차게 뛰었다. 그러나 그 두근거림은 막연히 예상했던 것처럼 경쾌하지 않았다. 손발이 차갑게 식어내리는 감각에 그는 숨도 제대로 쉬지 못했다.

저 아이는, 대체 왜 저렇게 처절하게 울어대는 걸까? 어머니는, 대체…….

"욱!"

그리고 울음소리를 따라 방문을 열어젖힌 안셀라는 반사적으로 입을 틀어막았다.

눈앞에서 리아클레어가 시계추처럼 흔들리고 있었다.

* ❁ *

질질 끌려오던 커다란 부대 자루가 바닥에 내동댕이쳐지며 주둥이가 벌어졌다. 그 안에서 굴러 나오는 머리통들에 길드장은 금방이라도 토할 것 같은 표정을 지었다. 잘려나간 머리들은 대부분 이상하리만치 평온한 표정이었다. 마치 제가 죽으리라고는 생각도 못 했다는 듯.

『대금.』

말갛게 웃는 여우 가면 안쪽에서 지독하게 고저 없는 목소리가 울렸다. 동족혐오가 만연한 이 바닥에서도 이 소년은 여러모로 악명이 높았다.

『얼마나 쳐주실 수 있습니까?』

길드에 대한 소문을 어디서 들었는지 비가 억수같이 쏟아지는 한밤중, 반쯤 썩어들어간 머리통을 한가득 끌어안고 나타난 안셀라는 그 머리통들을 위장으로 사용하고 있던 술집 카운터에 쏟아부으며 그렇게 말했다. 그리고 그는 그 후로 의뢰를 맡아 사람을 죽이고, 그 머리를 가져와 그 대가로 한 아름 되는 금화를 쓸어가곤 했다. 딱히 솜씨가 출중한 것은 아니었으나 이 어린 소년은 나이에 걸맞지 않게 명석하고 집요했다. 인스켈의 상류층만을 타깃으로 고집하기에 쓸모가 많지는 않았으나 그의 구미에 맞는 의뢰가 들어오면 실패 한 번 없이 완벽하게 해냈다.

그래서 길드장은 저 소년이 가끔씩 한밤중에 악을 써가며 나무에 머리를 짓찧는다든지, 피가 뚝뚝 흐를 정도로 제 팔뚝에 칼질을 한다든지 하는 기행은 한 귀로 듣고 한 귀로 흘렸다. 윈터 드레스덴이 제 황제의 손으로 탑에 갇힌 후 정국은 한 치 앞을 볼 수 없을 정도로 혼란해졌고, 몇 년을 계속된 가뭄과 전염병 탓에 사람들은 남녀노소 가리지 않고 날카로워져 있었다. 미쳐 돌아가는 세상이었고, 그게 아니라도 피를 보는 이 직종에는 미친놈이 많았다.

그런 미친놈 하나하나를 다 진심으로 상대하다 보면 이 짓은 해먹을 수 없다. 길드장은 머리에 피도 안 마른 꼬마가 보이는 사막 같은 삭막함에 혀를 차면서도 아무 말 없이 정해진 금액을 딱 소리 나게 카운터에 내려놓았다.

『……지독한 애새끼.』

안셀라가 그 돈을 쓸어 모으며 술집을 나서자 퉤, 뒤에서 가래침을 뱉는 소리가 들렸다. 타인의 시선에 상관하지 않게 된 것은 오래전이다.

이천 두카드.

이명이 심하게 울리는 머릿속으로 이번 의뢰의 수취금을 되새겼다. 대단한 금액이었으나 아이를 맡기다 보면 돈은 언제나 모자랐다. 죽어 마땅할 인스켈의 쓰레기를 청소하는 데 돈을 받을 생각은 없었으나 아이를 맡기려면 돈이 필요했다.

그리고 리베라의 라 리베티에서 쫓겨난 그에게는 이런 식으로라도 복수를 계속해서 하는 것이 중요했다. 이미 그 대상인 윈터 드레스덴이 조각나 봉인되었다 하더라도.

생각이 거기에 닿자 다시 머리가 날카롭게 아파왔다.

빌어먹을 괴물. 그렇게 허망하게 나자빠질 거라면 왜 진작 그렇게 하지 않았지? 왜 아버지를 죽이기 전에 죽어버리지 않았어! 그랬더라면, 그는 지금.

잠시 긴장을 풀자 순식간에 시야를 새빨간 정경이 터지듯 메웠다. 그 속에서 대들보에 목이 매달린 리아클레어의 모습에 안셀라는 머리를 쥐어뜯었다.

왜 죽었지요?

핏발이 선, 그와 눈을 마주치지 않던, 검회색으로 죽어버린 리아클레어의 눈동자. 생각이 거기에 닿자 또다시 구역질이 치밀어 올라 안셀라는 입을 틀어막았다.

그가 동생을 달라고 했기에? 그것이 그렇게 끔찍한 일이었나? 아이를 낳는 게 그렇게 어려워?

아니, 모른다. 실은 그가 모르고 있는 것뿐, 엄청나게 힘들고 끔찍한 일인지도 모른다. 제가 아이를 만드는 것에 대해 안다면 얼마나 알겠는가. 하지만 지고한 제국의 황실에서부터 시작해 뒷골목의 쓰레기통까지 가리지 않고 매일 태어나는 게 아이 아닌가. 그렇게 대단하고 끔찍한 일이었다면 이렇게 빈번하게 일어날 리가 없다.

생각이 몇 번씩이나 같은 곳을 필사적으로 감돌았다. 엇물리지 않는 요철처럼 으득거리는 소리를 내며 억지로 돌아가다가 비틀려 공회전을 하고, 그러다가 다시 소름 끼치는 소리를 내며 제 몸을 갈아내며 돌아간다.

아버지의 복수를 하는 일이었잖아요. 어머니도 아버지를 사랑했잖아요. 아마도 나보다 훨씬 더. 그러면 그 정도는 할 수 있는 거 아니야. 내가 직접 아이를 만들어낼 수 있었더라면 직접 했을 거야. 그런데 고작 그게 싫어서.

나를 사랑한다고 했으면서. 떠나지 않겠다고 했으면서!

안셀라는 고개를 세차게 저어 상념을 지워버렸다. 애써 끊임없이 같은 곳에서 쳇바퀴를 도는 생각을 멈추며 그는 빠르게 걸음을 옮겨 술집 지하를 빠져나왔다.

이천 두카드. 아이를 맡긴 유모는 한 달에 천 두카드를 요구했다. 한동안 일이 없었기에 양육비의 납금 기간이 빠듯했다. 유모는 이미 키워야 할 제 아이가 다섯이나 되었기에 조금이라도 지불이 늦으면 아이를 내다버릴 거다. 어떻게 봐도 적합한 양육자는 아니었으나 그는 젖이 마르지 않은 유모가 급했고, 생활에 쪼들리는 그녀는 그가 가져다주는 정기적인 돈이 필요했다. 그렇게 계약을 맺을 때까지 그는 어머니의 시신이 남아 있는 집에 한 번도 안아보지 않은 동생을 방치

했다.

"샤비에가 죽었다고?"

그리고, 술집을 빠져나가려던 순간, 익숙한 이름 하나가 그의 귀를 붙잡았다.

일을 끝나고 술집에 모여든 목수들이 끼리끼리 둘러앉아 술을 퍼마시고 있었다. 죽었다는 남자와 꽤나 가까운 사이였는지 나직하게 그의 이름을 내뱉는 남자들의 목소리는 침중했다.

샤비에. 샤비에. 이름이 쉽사리 기억나지 않는다. 분명히 어딘가에서 들었던 이름인데.

남자들의 목소리가 계속해서 들려왔다.

"운도 더럽지. 왜 하필이면 그때 건물이 무너져서."

"젠장, 꼭 그렇게 될 줄 알았어. 그 폐가, 여러모로 불안하더니만 결국⋯⋯. 그 얼간이 새끼, 돈이 뭐라고 거길 가서는."

"어쩌겠어. 빚진 금액이 적어도 오만 두카드는 되는 것 같던데."

"마누라에 애새끼까지 다섯인데 그 자식⋯⋯. 그렇게 가버리면 마누라 혼자 그 빚은 어떻게 갚으라고."

그리고 그 말에 안셀라는 가슴이 철렁 내려앉는 듯하는 감각과 함께 샤비에를 기억해냈다.

키가 크고 어깨가 떡 벌어진 사내였다. 피곤이 찌든 눈으로 겨우 웃어 보이며 아내의 어깨에 턱 손을 얹었었다.

동생은 걱정 마라. 안 굶겨 죽일 테니까.

"안 그래도 오늘 독촉 들어갔어. 그 집 첫째가 이제 열다섯이잖아. 창관에 팔면 적어도 만 두카드는 될 테니 이자 정도는⋯⋯."

⋯⋯안 돼.

차마 내뱉지 못한 신음이 목구멍에서 끓어오른다. 그는 잡아채듯 술집의 문손잡이를 거칠게 당겨 열고 마을로 달려가기 시작했다.

빚 독촉이라는 게 얼마나 잔인한지는 그 역시도 알고 있다. 창관이라는 것 역시, 정확히 어떤 것인지는 모르겠으나 대략적인 정보는 안다. 성(性)을 사고파는 곳. 사람을 가축 같은 노예로 파는 곳.

지금까지 단 한 번도 그런 적 없었던 것처럼 뛰었다. 유모의 집 안은 폭풍이라도 쓸고 지나간 듯 참담하게 뒤집혀 있었고, 엉엉 우는 아이들만 셋 남아 있었다.

첫째는 끌려갔을 것이고, 막내는 어미와 있겠지.

아이. 보이지 않았다.

생각이 거기에 닿자 눈앞이 아찔해졌다. 세상이 탈색된 채 비틀려 짜이는 듯한 느낌. 숨통을 틀어막는 답답함은 아버지나 어머니의 죽음을 알았을 때의 속을 찢던 격통과는 달랐다.

이건, 대체 무슨 감정인가.

스스로도 단정하지 못하며 그는 다시금 몸을 일으켜 달렸다. 그리고 드디어 영주관으로 빠르게 발걸음을 옮기는 여자의 뒷모습을 발견했다.

"이 어린 아이를 무슨 죄로 엮어 보상금을 타내려 했습니까?"

살의를 억누르며 내뱉은 말에 앙앙거리며 두 명의 아이가 울어대었다. 제 새끼를 감싸고 아이는 놓쳐버린 여자에게서 동생을 빼앗아 들며 안셀라는 터질 듯한 숨을 애써 골랐다. 겁에 질린 여자가 뭐라고 더듬거리며 변명을 하다가, 악다구니를 쓰다가, 주춤거리며 도망가자, 홀로 남겨진 안셀라는 무너지듯 그 자리에 주저앉아 비로소 품에 안은 아이를 바라보았다.

"아……."

그리고 그렇게 처음으로 아이의 눈을 마주한 순간, 신음 같은 탄성이 터져 나왔다. 저도 모르게 말라비틀어진 눈물샘에서 눈물이 한 줄기 흘러내렸다. 눈물이 흘러내린 궤적을 따라 뺨이 타는 듯 아파왔다.

닮았다.

아이의 눈은 그를 바라보며 잔잔히 미소 지었던 아버지의 눈과 닮았다. 그를 끌어안으며 입을 맞췄던 어머니의 눈과 닮았다. 악의를 모르고 절망을 겪지 않은, 타인을 믿을 줄 알고 세상을 사랑할 줄 아는.

따듯함. 겨울이 올 거라고는 의심치도 않는 초봄의 지독하게도 비현실적인 따스함.

쩡, 소리를 내며 심장을 감싸고 있던 얼음이 깨어져 나갔다. 순간 억누를 수 없는 충동 같은 감정이 솟구쳤다. 평생을 스스로를 옥죄어왔던 자제력을 뿌리부터 흔들며 뇌리 한편에서 누군가가 절규했다.

따듯한 것이 그리웠다. 무조건적으로 저의 편이 되어줄 것이 필요했다. 그림으로 그린 듯한, 평생 동안 부러워했던 애정을 원했고, 그것이 조각나버렸다는 사실을 견딜 수 없었다. 현재를 돌아보지 못하고 과거에 발목이 잡혀 미래만을 향해 달렸다. 그나마 남아 있던 것까지 잃어버린 후에야 제가 그토록 가지고 싶었던 것을 스스로 망가트렸다고 깨달았다.

그러나 모조리 잃어버린 것은 아니었다. 아직 남아 있는 게 있었다.

내가 만들어낸, 내 동생.

"리즈, 리즈벳……!"

아이는 이 시대를 부수는 망치가 될 것이다. 죽음을 죽이는 독이 될 것이다. 신을 대적하고 사람의 시대를 여는 기수가 될 것이다. 살신

자. 영웅. 배신자. 재앙. 구세주.

그러나 결국에는 살인자.

안셀라는 아이의 앞에 무너지듯이 엎드려 엉엉 소리 내어 울었다.

대체 무슨 짓을 한 건가. 이 아이에게 대체 어떤 미래를 줘버린 건가. 태어나기도 전에 대체 어떤 끔찍한 저주를 걸어버린 건가.

"흐, 아으, 흐윽, 으아아앙!"

그 비통한 울음에 젖어들기라도 했는지 얼굴을 일그러트리던 아기가 갑자기 울음을 터트렸다. 그에 안셀라는 반사적으로 고개를 들곤 아이에게 팔을 뻗었다.

"리즈. 리즈벳. 리즈벳."

따듯하고 보드라운 아이를 가슴에 안고 몇 번이나 이름을 불렀으나 아이의 울음소리는 그칠 생각을 하지 않았다. 이마에 키스를 하고 달래려 하자 차가운 가면의 촉감에 아이는 되레 소리를 높여 더 요란하게 울어댈 뿐이었다.

그에 안셀라는 잠시 멈칫하다가 가면으로 손을 뻗었다.

거의 3년 넘게 직사광선에 닿지 않았던 눈은 빈약한 새벽의 햇빛에도 괴로웠다. 두어 번 눈을 깜박이자 가면의 유리알 너머로 언제나 암회색이었던 시야가 총천연색으로 밝아졌다.

아이가 갑자기 가면 안에서 나타난 얼굴에 놀랐는지 울음을 멈추고 눈을 깜박였다.

그리고 자그만 손이 그의 얼굴을 더듬거리며 만졌다.

그 기적 같은 온기에 안셀라는 질끈 눈을 감았다.

"리즈벳, 리즈. 내 동생."

아이를 다시 꽉 끌어안아 품에 안고 머리에 머리를 맞댄다. 그 곱실

거리는 보드라운 머리칼이 눈가를 간질이고, 입술이 닿은 동그란 볼은 무서울 정도로 부드럽다.

"울지 마렴. 이제 괜찮아. 이제 무서운 것은 없어."

지직거리며 뇌리 속의 미래가 흐려진다. 절규하듯 요란하게 잡음을 토해내며 울부짖는다. 그것은 흡사 단말마와도 비슷했다.

"오라비가 지켜줄게."

네 미래를 틀어서 네가 더 이상 무서운 일을 겪지 않도록. 슬퍼하며 눈물 흘리지 않도록. 세상이 망가진다 해도 반드시.

그 결심과 동시에 팟, 머릿속이 새까맣게 물들었다.

그 어떤 어둠보다도 더욱 철저한 암흑 속에 내던져지듯 버려진 안셀라는 구명줄이라도 쥐듯 품 안의 아이를 더욱 강하게 끌어안았다.

두려움이 목을 죈다. 아릿하게 피어난 죄책감이 가슴을 찌른다. 그는 결국 아무것도 이루지 못했다. 아버지의 유골은 핏값을 받아내지 못한 채 원수의 처형장에서 백골이 되었고, 아이를 대가로 제가 몰아댄 어머니의 죽음은 이렇게 아무런 의미도 없는 개죽음이 될 것이다.

『죽여! 죽여! 날 죽인 것들의 사지를 찢어서 개에게 던지고 그 더러운 핏줄이 하나도 남아 있지 않도록 씨를 말려!』

머릿속에서 누군가의 원령이 피맺히도록 절규했다.

『인스켈의 더러운 괴물에게 우리 혈족의 죽음의 대가를 치르게 해!』

"꺄하!"

그러나 품 안에 안은 아이가 웃는 순간, 그 모든 것은 다 어찌 되어도 좋다 싶어졌다.

· ✤ ·

"……그리하여 신의 힘에 과하게 의지한 고대륙(古大陸)의 왕조는 멸망했습니다. 오랜 내전으로 고대륙은 더 이상 사람이 살지 못하는 곳이 되었고, 남아 있는 마법사들은 대해를 건너 이 대륙으로 오게 되었지요. 그들이 옛 에스타니아 왕국의 시조가 된 이들입니다."

무더운 한여름의 더위를 조금이라도 몰아내려 활짝 열어젖힌 창문 너머로 요란하게 울어대는 매미소리가 들려왔다. 사락, 책장을 넘기며 안셀라는 단상에 걸터앉은 그를 중심으로 둥그렇게 모여 앉은 학생들을 둘러보았다.

"그렇다면 여기서 질문입니다. 대륙 하나를 통째로 멸망시킬 정도의 힘을 가지고 있던 에스타니아의 왕족들은 왜 제 나라마저 간수하지 못할 지금의 수준으로 몰락했을까요? 에스텔 양?"

"우리 인스켈에 선생님 같은 꽃미남이 넘쳐나니 여왕이 맥을 못 춘 거지요! 악!"

호기롭게 손을 치켜들며 내지른 헛소리에 교편이 열세 살 소녀의 정수리에 작렬했다.

"배우라는 역사는 안 배우고 교사 성희롱하는 거나 배우고 앉아 있습니까?"

"선생니임, 어차피 제가 백골이 진토 되어 뼈 부스러기 하나 안 남아 있는 양반들 이야기 좔좔 외워봤자 쓸 데도 없는데……."

"쓸데없이 머리를 굴릴 여력이 있으면 손을 굴리도록 합시다. 15페이지부터 50페이지까지 다섯 번 베껴 쓰세요. 기한은 다음 수업 시간까지."

저들보다 겨우 너덧 살 많은 선생을 밥으로 아는 소녀는 볼멘소리를 하며 거세게 항의했다. 한두 번도 아니고 거의 일과가 되어버린 치덕거림에도 안셀라는 눈 하나 깜짝하지 않았다.

이런 진심 반, 농담 반의 투정은 귀여운 수준이다. 정식 교육은 받지 못했어도 결코 머리가 나쁜 편은 아닌 이 아이들은 유쾌한 장난과 불쾌함의 적정선을 잘 알았고, 그건 악의와 거부에 익숙한 그에게 있어서 오히려 묘한 기분을 불러일으켰다.

소속감.

목숨을 걸고 나라를 위한다는 위명 아래에서 싸웠을 때에도, 피로 이어진 가족들 사이에서 살면서도 느껴보지 못했던, 그런 감정.

전선에서 멀리 떨어져 있는 데다가 대단한 특산물도 없어 중앙에서는 쓸모없다는 판정을 받고 잊힌 산 구석의 작은 마을에는 사람이 필요했고, 그랬기에 사람들은 어느 순간 젖먹이 아이를 안고 흘러들어온 수상쩍기 짝이 없는 열여섯 살 소년을 환대했다. 그리고 안셀라는 모여든 몇몇 마을 주민들의 도움으로 스스로 먹을 야채를 기를 밭을 갈고, 살 집을 지으며, 공부에 동경을 가지고 있는 마을 아이들을 모아 학교를 열었다.

평화로운 삶이었다. 제가 단 한 번도 상상해본 적 없는 형식의 삶이었으나 생각보다 훨씬 더 만족스러운.

사락, 다시 책장을 넘기며 안셀라가 주위에 모여든 아이들의 면면을 훑었다.

"그럼, 다음은……."

"저어, 선생님."

그리고 아까부터 그와 시선을 한 번도 마주치지 않으며 열린 창밖으로 보이는 벽의 낙서를 세상에서 제일 재미있는 것처럼 노려보고 있던 아이에게 시선을 돌렸을 때, 뒷문이 드르륵 열리며 하급반의 학생 하나가 얼굴을 빼꼼 내밀었다.

그리고 그 얼굴에 드러난 감정에 안셀라는 대번에 그녀의 용건을 짐작해버렸다.

• ❖ •

거대한 삼나무는 그야말로 하늘을 찌를 듯한 기세로 솟아 있었다. 그 웅장한 덩치와는 어울리지 않게 그 가지 하나하나는 얇아서 금세라도 부러져 떨어질 것 같았다. 옆에서 그를 여기까지 데려온 아이가 그 나무를 삿대질하면서 뭐라고 말하고 있었지만 솔직히 그 말들은 하나도 귀에 들어오지 않았다. 그 흔들리는 손가락 끝을 반쯤 넋이 나간 채로 눈으로 좇자 그 끄트머리에서 샛노란 무언가가 달랑거리고 있는 게 보였다.

아.

저기서 떨어지면 죽겠네.

덜컥, 숨이 막히는 듯해 안셀라는 시야 끄트머리에서 달랑거리는 점을 향해 힘껏 소리질렀다.

"너 거기서 뭐 하는 거야! 당장 내려와!"

"홍이다!"

기다렸다는 듯이 낭랑하게 돌아오는 대꾸에 또다시 숨이 턱 막히는 것 같았다. 지금 당장 끌고 내려와서 엉덩이에 불이 날 때까지 때려주고 싶은 충동과 손가락 하나라도 잘못 움직였다가 아이가 그대로 떨어져버리는 게 아닌가 싶은 공포가 정면으로 충돌했다.

캬아아악, 이 와중에 아이의 품 안에서는 발광하는 고양이가 마구 잡이로 앞발을 휘둘러대며 하악질을 하고 있었다. 팔에서 뚝뚝 흘러내리고 있는 저건 피인가.

"친구 고양이는 왜 또 데리고 올라갔는데!"

"그런 기집애 친구 아냐! 친구라 부르지 마!"

……머리가 아프다.

단단히 작정을 하고 기어올라간 것 같은 동생의 모습에 한숨을 삼키며 안셀라는 저를 불러온 아이에게 그만 돌아가보라고 몇 마디를 건넸다. 동생이 저렇게 버티고 나오면 십중팔구 일이 길어진다.

아이가 돌아간 후, 단둘이 남겨지자 안셀라는 차분히 머리를 식히려 노력하며 말을 골랐다.

"……그래, 친구 아니야. 친구 아니라고 해. 그런데 에밀리아랑 뭣 때문에 싸웠어?"

"걔가 거짓말쟁이니까!"

"무슨 거짓말."

"오빠가 지네 언니랑 결혼할 거라 그러잖아."

그에 여러 가지 의미로 한숨이 나왔다. 가끔씩 방심할 때마다 고개를 드는 아이의 독점욕에 안셀라는 목소리를 한층 부드럽게 깔았다.

"그냥 하는 말이야. 넌 그걸 또 믿고……."

"걔네 엄마도 오빠 잡아두려 그러는 거 다 알아. 남자는 일단 불 끄고 벗겨놓으면 알아서 주저앉게 되어 있다고,"

"리즈벳 클렌디온!"

화끈거리며 얼굴이 달아오르는 기분에 안셀라는 머리를 짚었다. 대체 다섯 살밖에 안 된 애한테 저런 말을 한 건 누구며 저 애는 저게 무슨 뜻인지나 알고 저렇게 신나 떠들어대는 건지 상상하고 싶지도 않았다.

"그런 소리 하는 거 아냐. 결혼은 남자와 여자가 서로를 깊이 사랑하고 주변 여건이 다 맞아떨어질 때 하는 거지 누가 일방적으로 몰아붙인다 해서, 또한 조건만을 따져서 하는 건 안 되는 거야."

그리고 그런 그의 얼굴을 유심히 관찰하던 리즈벳은 의미심장한 목소리로 입을 열었다.

"그럼 오빠, 정말로 결혼할 생각 없는 거지?"

"널 두고? 말이 되는 소리를."

"그럼 맹세해. 나 안셀라 클렌디온은 크리스티나 로프에게 한 치의 관심도 없으며 세상에 여자 씨가 말라도 절대로 결혼할 생각 없습니다!"

제가 한 말 중에서 자기가 듣고 싶은 말만 쏙 골라 들어놓고서 하는 말에 순간적으로 울컥했던 안셀라는 천천히 심호흡을 반복하며 마음을 가다듬었다.

"……알았어, 맹세."

"아까 했던 말 그대로!"

그렇게 한 톤 높은 목소리로 내뱉는 아이의 말에 안셀라는 다시 한번 까마득한 높이에서 달랑거리는 동생의 발을 올려다보았다.

저기에서 떨어지면 즉사. 그가 어떻게 손을 쓸 새도 없이 죽는다.

"……나 안셀라 클렌디온은."

고작 다섯 살짜리 아이의 협박에 휘둘리는 것이 결코 양육에 바람직할 것 같지는 않았으나 다른 방법을 생각하기엔 나무는 너무나 높았고, 동생이 올라앉은 가지는 심하게 빈약했다.

그리고, 엄밀히 따지자면 저 애가 저리 제게 집착하는 것도 제 탓이었다. 제가, 저 아이의 부모님을 앗아갔기 때문이다.

남아 있는 혈육이 저밖에 없기 때문이다.

바람이 다시 불었고, 가지가 불안하게 흔들렸다. 그 위에 올라앉은 아이도 나뭇잎처럼 흔들렸다. 마음이 급해지자 안셀라는 재빨리 양손을 들어올려 보였다.

"나는 크리스티나 로프에게 한 치의 관심도 없으며 세상에 여자 씨가 말라도 절대로 결혼할 생각 없⋯⋯."

그리고, 심상찮은 기색을 느낀 안셀라는 말을 뚝 끊고서 휙 등을 돌렸다. 언제 다가와 있었는지 뒤에서 새하얗게 질린 크리스티나가 그를 바라보고 있었다. 그 온순한 눈동자에 물기가 서리더니 곧 커다란 눈물방울이 후두둑 떨어져 내렸다.

"그게⋯⋯!"

뭐라 변명의 말을 하기도 전, 짝사랑을 잔인하게 짓밟힌 소녀는 눈물을 흩뿌리며 언덕을 달려 내려갔다. 그에 식은땀이 흐르는 것 같은 기분으로 안셀라는 그 뒷모습을 황망히 바라보았다.

저걸 쫓아가야 하나? 쫓아가서 뭘 하라고? 아까 한 말이 맞긴 하지만 그런 식으로 말할 생각은 아니었다?

혀를 깨물고 싶은 심정이 되어 안셀라는 나무 위의 여동생을 매섭게 노려보았다. 아이는 기분이 좋았다. 잘만 하면 콧노래까지 부를 기세였다. 본래부터 감정을 잘 갈무리하는 성격도 아니었건만 희희낙락하는 얼굴에는 죄책감의 부스러기도 보이지 않아 그는 저 잔망스러운 계집애가 이걸 노렸다는 걸 단번에 알아챘다.

속에서 뭔가가 뚝 끊기는 게 느껴졌다.

"……너 거기서 꼼짝 마."

팔을 걷어붙인 안셀라가 빠른 속도로 나무를 타기 시작했다.

• ✤ •

"오빠는, 흐윽, 왜 딴 사람 편만 들어! 나빠! 미워! 못됐어!"

머리카락 한 올까지 보이지 않게 빈틈없이 이불을 뒤집어써서 동그랗게 솟아오른 이불 안에서 성대한 통곡이 흘러나왔다. 엉엉, 나라 잃은 듯 울어대는 동생을 앞에 두고 안셀라는 두통이 오는 것 같았다.

"……리즈."

"이제부터 오빠 미워할 거야! 뽀뽀도 안 해줄 거야! 크레이프도, 타르트도 나 혼자만 먹을 거야! 흐어어엉!"

펑펑 울어대서 완전히 쉬어 갈라진 목소리로 내뱉는 협박에 안셀라는 헛웃음이라도 웃는 기색을 보여 상황을 악화시키지 않도록 하는 것이 고작이었다.

"딴 사람 편들어서 혼낸 거 아냐."

저도 모르게 목소리가 누그러지며 부드러워졌다. 그렇게 울어대면서도 오라비의 반응만큼은 촉을 곤두세우고 재보고 있었는지 엉엉 울어대던 소리가 어느새 훌쩍거리는 소리로 잦아들었다. 안셀라는 그런 이불 뭉치 위로 부드럽게 손을 올려 도닥였다.

"리즈, 내게 가장 중요한 사람은 언제나 너야. 나는 내가 너를 사랑하는 만큼 네가 다른 사람들에게서도 사랑받았으면 좋겠어. 진심으로 다른 사람의 행복에 기뻐하고, 다른 사람의 고통에 눈물 흘릴 줄 아는, 그런 마음이 따뜻한 사람이 되어서 너를 만나는 그 누구도 너를 사랑하지 않고는 견딜 수 없는, 그런 기적 같은 사람으로 자라줬으면 좋겠어."

네가, 내게 있어 기적이었듯. 제가 겨울 속에 갇혀 있었다는 것도 몰랐던 그에게 봄처럼 따뜻하게 찾아왔었듯이 그렇게.

"나는, 네 세계가 너만큼 따뜻해졌으면 좋겠어."

그리 나직하게 속삭인 말에 한참 조용하던 이불 뭉치 속에서 꼬물 거리며 고개가 빠져나왔다. 실컷 울어 퉁퉁 붓고 빨개진 눈에 다시금 한가득 눈물방울을 매달며 리즈벳은 안셀라의 품 안으로 파고들었다.

"오빠, 리즈가 잘못했어."

기어들어갈 것 같은 목소리는 다시 훌쩍거리는 울음소리에 파묻혔 다. 한참 울어 따뜻해진 아이의 몸을 가만히 감싸 안으며 안셀라는 소 리 없이 미소 지었다.

"에밀리아에게도, 크리스티나에게도 사과할래?"

"……응."

"그래, 내 용감한 리즈. 사랑스러운 리즈."

아이의 고개를 들게 한 안셀라는 몇 번이고 그 이마에 입을 맞췄다. 한동안은 잠자코 그 키스세례를 받아내던 아이가 킥킥거리며 그만을 외쳤다. 수천 개의 방울이 동시에 울리는 듯한 그 감미로운 멜로디에 이끌리듯 안셀라는 소리 내어 웃음을 터트렸다.

"오빠."

그리고 단풍잎처럼 작고 보드라운 손을 그의 양볼에 대며 아이는 말갛게 웃었다.

"나, 오빠가 제일 좋아."

소리 없이 입술에 아이의 입술이 살짝 닿았다 떨어졌다.

"사랑해."

• ❖ •

찌르르르, 나직하게 울리는 풀벌레 소리가 열린 창문 너머에서 흘러들어왔다. 펄럭거리며 밤바람에 새하얀 커튼이 흔들리고, 볼을 간질이는 바람에 잠든 아이는 알아들을 수 없는 잠꼬대를 중얼거리며 좀 더 동그랗게 몸을 말았다. 안셀라는 느릿하게 잠든 아이의 머리를 쓰다듬으며 몸을 창틀에 기대었다.

검푸른 빛의 밤하늘에는 별들의 빛, 밤이슬에 젖은 풀잎 위로는 반딧불들의 빛. 황금빛 빛무리들이 마치 강처럼 흘러 하늘로 날아올랐다.

안셀라는 저도 모르게 작게 탄성을 흘렸다가 정신을 차리고 고개를 살짝 흔들었다. 가끔 넋을 놓고 있는 것이 습관처럼 되고 있었다. 이러다 그대로 곯아떨어질 때도 있었고, 그러다 감기에 걸려 오누이 둘이서 호되게 앓은 적도 있었다. 반쯤 강박적으로 검을 휘두르는 것은 그만둔 지 오래다.

평화롭다. 나른하고, 늘어진다.

풀벌레 울음소리 사이로 고롱거리는 리즈벳의 코골이 소리가 들려왔다. 코를 장난스레 잡았더니 미간을 찡그리며 고개를 돌려버린다. 안셀라는 킥킥 소리 내어 웃으며 그 주름진 미간을 살살 손가락으로 눌러 폈다.

"리즈. 리즈벳."

이유 없이 그렇게 불러보고 저도 모르게 다시 조금 웃었다. 여름의 더위에 팽팽한 활시위가 늘어지듯 소년은 그렇게 나른한 고양이처럼 누이의 곁에 자리 잡고 누웠다. 그러자 반사적으로 아이가 꼬물거리며 그의 품속을 파고들었다. 안셀라는 눈을 감고 깊게 숨을 들이쉬어 아이의 달큰한 살 냄새를 맡았다.

똑똑, 문을 두드리는 소리가 들린 것은 그때였다.

"⋯⋯오빠아?"

반사적으로 흠칫 굳은 몸에 잠들어 있던 리즈벳이 부스스 눈을 떴다. 그에 안셀라는 애써 웃음을 지으며 아이를 토닥였다. 잠이 잔뜩 들러붙은 눈꺼풀은 곧이어 다시 스르르 감겼다. 그것을 확인하고 안셀라는 조심스레 몸을 일으켰다.

한껏 늘어져 있던 신경이 한계까지 팽팽하게 당겨지며 남아 있던 잠이 단번에 달아났다.

시각은 이미 한밤중이었다. 더군다나 이곳은 마을에서 어느 정도 떨어진 외곽의 산기슭이다. 이 시간에 누가 온단 말인가.

똑똑똑.

다시금 작은 노크가 울렸다. 문 앞까지 다가간 안셀라의 손이 저절로 허리께로 향했다. 비스듬히 상체를 틀어 단검이 숨겨진 쪽의 몸을 가리곤 안셀라는 단번에 문을 열어젖혔다.

"⋯⋯그쪽은."

문 앞에 서 있는 것은 많아봤자 열다섯은 넘지 않았을 소녀였다. 대단한 무장 하나 없이, 그렇다고 호위로 삼을 만한 상대 하나 없이 그야말로 홀몸이었다. 척 봐도 칼 한 번 제대로 들어보지 못했을 보통 여자. 다시 한 번 상대가 눈치채지 못하게 소녀를 위아래로 살펴 골격을 확인하고, 숨겨둔 무기의 유무를 확인하고, 얼굴에서 미처 숨기지 못했을 살기나 적의를 찾았다. 재차 상대가 그저 평범한 소녀라는 것을 확인한 후에야 그는 조금 긴장을 풀었다.

"이 시간에 여긴 무슨 일로 오셨습니까?"

평소와 같은 붙임성 있는 미소를 지어 보이며 안셀라는 상냥히 물었다. 적을 만들지 않기 위한, 그럼에도 너무 많은 것을 드러내지 않도록 정교하게 조작된 표정이었다.

그리고 그 얼굴에 잠시 표정을 굳혔던 소녀는 잠시 머뭇거리더니 입을 열었다.

"내가 기억 안 나나요?"

"……그게 무슨 말이신지."

"당신은, 잊었어요?"

색이 옅은 새파란 눈동자가 순간 예기를 지니며 쏘아보자 안셀라는 저도 모르게 손끝을 움찔했다. 가슴이 답답해지며 속이 뒤집힐 것 같은 불쾌감이 치솟았다.

소녀의 얼굴 위로 무언가가 기억날 듯, 말 듯 가물거렸다. 그의 머리가 빠른 속도로 시간을 되감으며 단서를 찾았다.

그리고.

"……이네스 카스트라."

안셀라는 신음하듯 떠오른 정답을 내뱉었다.

라 리베티에의 공주였던 소녀는 이제 어엿한 여인이 되어 있었다. 마지막으로 본 것이 거의 5년 전, 그녀의 아버지인 리베라 카스트라의 아래에서 활동했을 때였다. 수줍음도 많고 낯을 많이 가렸으나 그래도 사람을 좋아해 제 아버지를 졸라 몇 번 본부에도 왔고, 그와 마주친 적도 있었다.

그러나 무언가가 다르다.

"여길, 어떻게 찾아왔습니까?"

안온하게 늘어졌던 분위기가 칼날을 가져다대면 바로 끊어질 듯 팽팽하게 당겨지고, 목적을 위해서 서슴없이 사람을 베어 넘겼던 소년은 몸에 밴 습관대로 상대를 찍어누르듯 압박했다.

왜 라 리베티에의 공주가 여기에 있지? 대체 여기를 어떻게 찾아내서, 무엇보다 왜 군이 단장에게 쫓겨난 그를 찾아왔지?

예리한 세검이 배 속을 쑤시는 듯한 위기감이 들었다.

"왜 왔습니까?"

철컥, 머릿속에서 요철이 돌아가며 사고회로가 바뀐다. 본능이 말했다. 여기는 더 이상 안전하지 않다.

적.

적이 있다.

"……당, 신은."

그런 그의 앞에 선 소녀는 비교하는 게 우스울 정도로 나약했다. 한껏 용기를 끄집어내 내뱉은 그 한 마디조차 제대로 알아들을 수 없을 정도로 떨렸다.

그러나 그녀는 억지로 말을 이었다.

"당신은 꽤나 유명했어요, 클렌디온. 마치 적이 어떻게 움직일지 눈에 보이는 듯 작전을 짜는 열세 살짜리 아이라는 건 그만큼 눈에 띄지요. 그, 클렌디온이라는 성도 바꾸지 않고 그대로 썼더군요. 당신이 단을 나와 이런 곳으로 숨어버리지 않았다면 누구나 언젠가는 알아냈을 일이에요."

"제대로 대답 안 합니까?"

"무······."

훗, 작게 신음을 흘리며 이네스가 뒷걸음질을 쳤다. 한 발짝도 움직이지 않은 채, 그 자리에 그저 얼음기둥마냥 서서 안셀라는 그녀를 응시했다.

"여긴 어떻게 알아냈습니까?"

고저 없이 반복하는 목소리에 이네스는 입술을 깨물었다. 무표정하게 가라앉은 얼굴은 조금 전까지만 해도 동생에게 입을 맞추며 웃어 보이던 이와 동일 인물이라는 게 믿기지 않을 정도였다.

"······어린, 여동생과 떠났다면서요, 클렌디온."

"······."

"젖도 제대로 떼지 못한 아이를 데리고는 깊이 못 숨지요."

"당신 아버지께서 날 쫓아내신 건 못 들었습니까? 왜 이제 와서 날 찾습니까."

"못 들었나요, 클렌디온? 아버지는."

그리고 그 순간, 불안과 두려움으로 흔들리고 있던 눈에 섬뜩한 냉기가 흘렀다.

"돌아가셨어요."

그 한마디에 안셀라는 저도 모르게 표정을 무너트렸다.

콱.

소리도 내지 않고 뒤에서 기어온 괴물에게 목덜미를 잡히는 기분이었다.

망국의 저항군들은 아주 오랜 세월 동안 끝도, 승리도 보이지 않는 전쟁을 했다고 한다. 그들이 처음으로 승기를 느꼈던 것은 5년 전의 봄, 인스켈 황제 카를 2세가 제 손으로 인스켈의 신체를 조각내 탑에 봉인했을 때. 부황이 윈터에게 살해당한 후로 어딘가 이상해졌던 카를은 윈터를 봉인한 후로 더 상태가 나빠졌다. 편집증에 의심증, 끝없이 심해져가는 불면증에 고생하던 황제의 지배하에 제국은 사실상 대영주들에 의해 잘게 찢겨나갔다. 모두들 변혁의 때는 지금이라 확신했다.

처음 들고 일어난 것은 남쪽의 에스타니아였다. 로세이유와는 달리 제2차 대륙전쟁의 막바지에 무조건 항복으로 적잖은 국력을 보존한 에스타니아는 살아남았던 후안 3세의 조카가 후안 4세로 즉위하며 인스켈에 반기를 들었다. 당연히 인스켈은 그 독립을 인정하지 않고, 대규모의 군세를 일으켜 에스타니아로 진격했다.

그리고 카산드리아에서 산산이 깨져나갔다.

전 대륙이 뒤집힐 변고였다. 그리고 지는 것에 익숙해져 있던 이들은 그것으로 기대하기 시작했다.

아, 이제 이걸로 저 독재자들의 시대가 끝나는구나.

포티에 선언을 시작으로 로세이유가 독립했고, 라 리베티에는 당연하게도 거기에 합세했다. 리슈타인은 제 영토 내의 인스켈군을 몰아냈고, 에스타니아 역시 거진 옛 영토를 다 되찾아가고 있었다.

그러나 5년. 자유에 대한 그 희망은 고작 5년 만에 처참히 스러졌다.

제 아비를 유폐시키고 황위에 오른 열다섯 살의 어린 여황은 봉인되었던 윈터 드레스덴을 다시 끄집어내어 맹약을 맺었다. 그리고 인스켈의 수호신은 황도를 포위하며 승리를 목전에 두었던 로세이유의 쟈크티에 일가를 반수밖에 안 되는 군대로 처참하게 패퇴시켰다.

그 싸움에서 수많은 수뇌부가 죽어나갔고, 그중에는 라 리베티에의 수장인 리베라 카스트라 역시 포함되어 있었다.

그리고 윈터 드레스덴은 여전히, 피아를 가리지 않고 그 많은 사람들이 죽어나간 와중에도 여전히 살아남았다.

"그, 자가."

그 말에 아찔해진 머리가 아득해졌다.

모든 게 끝났다고 생각했다. 그는 도망쳤지만 괴물은 죽었고, 결국은 모든 게 잘 풀렸다고. 신체이든 아니든 이제 더 이상 그에게 할 일은 남아 있지 않다고.

"클렌디온."

"……싫습니다."

"클렌디온."

"싫어요. 생각 없습니다. 나는 지금으로 족해요!"

얼굴을 감싸쥐고 아이처럼 고개를 저어대는 안셀라의 온몸이 덜덜 떨렸다.

"'지혜'라는 신이 당신에게 깃들었을 거라 아버지는 추측했습니다. 드레스덴을 증오하는 당신이라면 그를 죽일 수 있는 방법이라도 알고 있는 게 아닌가 생각했어요. 클렌디온, 우리를 이기게 할 수 있는 건 당신뿐이에요."

"애당초 날 쫓아낸 것은 그쪽입니다! 그래놓고 이제는 상황이 안 좋아졌으니 다시 협력하라고요? 웃기는 소리 하지 마요!"

"아버지는 그 결정을 내린 후로도 계속 고민하셨습니다. 정말 하찮은 본인의 죄책감 때문에 수많은 사람들을 구할 수 있는 방법을 외면했던 게 아닌가 하고요."

그리고 기습적으로 뻗은 소녀의 손이 얼굴을 가리고 있던 안셀라의 양팔을 쥐어 억지로 뜯어냈다. 정면으로 눈을 마주치며 소녀는 한 자 한 자 물어뜯듯 내뱉었다.

"전, 아버지가 실수하신 거라고 생각합니다."

그때, 마치 계산이라도 하듯 소녀의 뒤쪽, 불빛 하나 없이 잠들어 있던 마을 한가운데에서 불길이 솟았다.

"당신, 무슨 짓을!"

낯빛이 변해 어깨를 잡아채는 안셀라의 모습에 오히려 소녀는 조금 웃었다.

"진정해요, 클렌디온. 저들은 당신을 잡으러 온 게 아니에요. 날 쫓아서 온 거지."

그 모습을 안셀라는 믿을 수 없다는 듯 바라보았다.

밤하늘에 피처럼 번져드는 불빛은 익숙했다.

"*엘라스켈. 엘라스켈!*"

너무 익숙해, 구역질이 나올 것 같다.

"*쓸데없이 발버둥을 친다면, 엘라스켈, 태어난 것을 후회하게 해주마. 사지를 찢어서 개한테 던져주마. 그 더러운 핏줄이 하나도 남아 있지 않게 이 대륙의 끝의 끝까지 뒤져서라도 멸절시켜주마!*"

노래하는 듯한 청아한 소년의 미성. 그 목소리에 섞여 고름같이 떨어져 내리던 악의. 밤하늘을 쩡하게 울리며, 소년은 소리 높여 웃었다.

"어째서!"

눈앞에서 지금 당장이라도 부러질 것 같은 연약한 소녀를 앞에 두고 안셀라의 몸이 사시나무처럼 떨렸다.

저 아래에, 사람이 있는데. 그가 가르쳤던 아이들이, 그를 돌봐줬던 어른들이, 그를 아는, 그가 아는, 조금 전까지만 해도 함께 웃으며 잡담을 나누던, 아무런 죄도 없는 사람들이 저 불 속에.

"왜 이런 짓을 한 거야!"

눈앞의 소녀의 눈에 속이 뒤집히는 것 같다. 구역질이 난다. 저 반반한 낯짝에는 추격당하는 자 특유의 긴장감이라든지 불안 따위는 미진만큼도 없다. 그저 담담함. 예상했던 일이 예상했던 대로 일어났다는 것에 대한 당연함.

머리가 아팠다. 토할 것 같은 기시감. 끔찍한 낯익음.

저 여자는 어쩜 저렇게, 아무렇지도 않은 시선으로.

그리고 문득 깨달았다.

……일부러 데려온 거다.

"마음대로 해요. 넘기고 싶으면 넘기고, 죽게 두고 싶으면 그렇게 하고. 하지만 클렌디온."

이네스 카스트라가 한 걸음 성큼 다가오자 안셀라는 반사적으로 뒷걸음질 치며 물러났다.

"내 다음 차례가 당신이 아니라는 건 어떻게 확신하지요? 반역자가 나오면 그 가족을 몰살하는 드레스덴이 당신을, 당신의 누이를 살려 두려 하지 않을 건 당신이 더 잘 알 텐데. 그 괴물이 언제 잘못의 유무를 가렸으며, 언제 한 톨의 자비라도 보였나요."

그 지극히도 냉철하고 계산적인 눈이 말한다.

당신에게 이걸 보이는 게 최선이었다고.

"이게, 옳은 길이니까."

귓가에서 속삭이는 목소리가 들려 안셀라는 귀를 틀어막았다.

"이게 최선이니까. 신이 그렇게 말했으니까! 그걸 모르니 다들 저렇

게 멍청한 거야! 뻔히 보이는 길을 두고 돌아가려 드는 거야!"

최선? 최선이 뭐지? 옳은 길이라고? 누구 잣대로 옳은 길이라는 거냐.

최선이라는 게 어머니가 스스로 목숨을 끊도록 몰아넣는 거야? 옳은 길이라는 게 태어나지도 않은 동생을 살인자로 만드는 길이야? 결과만 번듯하면, 끝만 괜찮으면 그 과정 때문에 누가 얼마나 죽고, 괴로워하고, 불행해지더라도 그게 최선이고 옳은 길이냐고!

숨이 막혔다. 눈앞에서 열세 살의, 가련할 정도로 무지하고도 맹목적이었던 안셀라 클렌디온이 경멸 어린 눈으로 내려다본다.

어쩜 이렇게 어리석냐고. 어쩌자고 이리 이기적이고 근시안적인 선택으로 뻔히 보이는 최선이 될 선택을 거부하는 거냐고.

윈터 드레스덴은 그 목숨이 붙어 있는 한 언제까지나 불안요소일 수밖에 없다. 그자는 제 황제를 죽게 한 싱클레어를 용서할 생각이 없고, 그 혈족 또한 살려둘 생각이 없다. 지금은 찾지 못한다 해도 언젠가는 찾아낼지도 모른다. 이네스 카스트라가 그를 찾아냈는데 윈터 드레스덴이 찾지 못할 리가 없다.

그리고 그자가 그들을 찾아내는 순간.

"지금은 나를 이대로 외면하는 것이 옳다 결정할지도 모르겠지요. 그렇게 조금이라도 이 평화를 즐기는 게 낫다 생각할지도 몰라요. 그러나 내가, 우리의 동지들이 잡혀 죽어갈 때 아무것도 하지 않았던 당신은."

쿡, 가슴을 찌르는 손가락이 마치 비수처럼 심장을 후벼 팠다.

"결국 죽지 않는 신체가 당신의 꼬리를 잡아냈을 때 도움을 청할 사람은 아무도 남아 있지 않을 거예요."

"오빠."

발갛게 된 볼을 붉히며, 동그랗고 곱게 속눈썹이 드리운 눈을 휘며, 사랑스러운 리즈벳이 웃는다. 손을 내민다.

"나, 오빠가 제일 좋아."

몸이 떨렸다. 바닥에 무너져 내리는 안셀라의 발치에서 손이 솟아나 발목을 잡아챘다. 온몸을 옭아매며 그를 밑으로, 밑으로 끌어들인다.

"사랑해."

흐드러지게 웃는 아이의 미소를 눈앞에 두고, 안셀라는 머리를 쥐어뜯었다. 윈터를 죽이기 위해서는 어떻게 해야 하는지, 그는 지금도 생생히 그려낼 수 있을 정도로 잘 알고 있다.

그 끝에 자신이 어떻게 되는지 역시, 알고 있다.

"선택하세요, 안셀라 클렌디온. 지금의 단꿈에 빠져 동생의 미래를 빼앗을 것인지."

손이, 싱클레어의, 엘라스켈의, 리아클레어의 손이, 그가 최선이라는 이름하에 양분으로 삼았던 수많은 이들이 늪에서 기어 나와 그의 목을 쥐었다.

"지금의 고통을 통해 동생에게 그 어떤 위험도, 고통도 기다리지 않는 찬란한 미래를 넘겨줄 것인지."

그리고 아래로, 아래로 끌어내렸다.

. ❦ .

한밤중에 잠에서 깨워 지금까지 살아왔던 곳을 떠나자고 말했음에도 리즈벳은 조금 서운한 기색을 보였을 뿐 아무 말도 하지 않았다. 제멋대로이지만 천성적으로 눈치가 빠른 아이가 그의 표정에서 무언가 낌새를 읽었는지는 안셀라 본인도 확신할 수 없었다. 그저 아이는 아무 일도 없었다는 듯 들뜬 기색으로 끊임없이 조잘거렸다. 숲 너머에 숨듯 자리 잡은 작은 집, 난생처음으로 만나는 유모란 존재. 그 급작스러운 변화에 휩쓸려 떠내려가지 않으려는 듯 아이는 붙임성 있게 웃고 떠들면서도 그의 손을 몰래 꽉 쥐었다.

해가 지고 밤이 되자 지쳐 쓰러지듯 곯아떨어진 아이의 침대 곁에 걸터앉아 그 얼굴을 내려다보며 안셀라는 조심스레 그 머리칼에 손을 대었다.

"……그대의,"

속삭이듯 내뱉은 목소리가 긁혀 갈라졌다.

"고통과 슬픔을 받게 하소서. 나의 기쁨과 영광을 드리옵니다."

아버지는 그렇게 어머니에게 청혼했다고 한다. 아직 여러모로 어렸던, 그래서 아마도 더 용감하고 두려움 없었을 그 시절, 아버지는 어머니를 그 어떤 역경에서도 지켜내는 기사가 되고 싶었을 것이다.

그리고 그는 그 맹세를 지켰다. 그의 죽음마저도 아내를 위한 것이었다.

나는 그렇게 할 수 없었어.

한번 버렸던 가면 위로 여우가 말간 미소를 짓는다.

가늘게 떨리는 손끝이 아이의 보드라운 볼을 쓸어내렸다. 몇 번이고, 몇 번이고, 어둠의 끝자락이 흘러가고 여명의 첫 햇살이 커튼 너머에서 흘러들 때까지.

그리고 마지막으로 쓸어내린 아이의 결 좋은 금발이 손끝에 감겼다

흰 베개 위로 흘러내렸을 때, 안셀라는 조용히 뇌까렸다.

"……Ecce ostium apertum in caelo."

옷 안으로 걸고 있던 펜던트가, 한번 신에 의해 꿰뚫렸던 눈이 부름에 답해 시릴 듯한 빛을 흩뿌렸다.

– 어째서?

5년 만에 뇌리로 직접 울려대는 낭랑한 목소리에 안셀라는 눈을 꽉 감아버렸다.

– 어째서 사람은 스스로의 선택을 번복하지? 어째서 스스로의 끝을 알면서도 피할 수 있는 미래를 택하지?

그것은.

눈앞에 찬란한 빛의 조각들이 펼쳐졌다. 수천, 수만 조각의 미래는, 현재였고 과거가 될지도 모르는 가능성들은 그의 눈을 현혹하듯 수백 가지 색으로 반짝이더니 곧 날개를 펼치듯 한순간에 색을 변화시켰다.

그 새롭게 펼쳐진 길이 그에게 쏟아져 들어왔다. 그 환상 속에서 안셀라는 아이가 커가는 모습을 보았다.

아이는 어두컴컴한 방 안에서 그를 찾으며 발작하듯 울다가 지쳐 잠든다. 울다가, 화를 내다가, 스스로에게 변명을 하다가, 마침내 눈물을 흘리게 할 감정마저도 말라 사라졌을 때, 아이는 웃는 법을 배운다. 오빠를 찾지 않고, 타인에게 기대지 않고, 아이는 수면에 떨어진 나뭇잎마냥 강이 흐르는 대로 그저 흘러갈 뿐인 시간을 이어나간다.

사람들은 아이를 사랑스럽다 말한다. 어쩜 이렇게 혼자서 씩씩하게 살아가는 걸까 감탄한다. 그러나 그것뿐. 그렇게 수없는 사람들이 아이를 스쳐지나가고, 아이는 언제까지나 홀로 남겨진다.

그리고 역시 철저하게 혼자일 수밖에 없는 남자를 만난다.

안셀라는 홀린 듯이 아이가 울음을 터트리는 것을 보았다. 절망하고, 두려워하고, 어쩔 줄 몰라 하면서도 남자에게 익숙해지는 것을 보았다. 그에게는 밤을 찢은 새빨간 핏빛으로밖에 기억에 남지 않았던 남자가 아이를 들어올리며 이마에 입을 맞춘다.

사랑스러운 리즈벳.

온갖 감정으로 뒤범벅된 눈으로 아이를 그렇게 바라보며 품에 안는다. 그 절대적이었던 사신이 제 몸이 깎여나가는 것을 불사한 채 아이를 지켰다.

아이가, 이제는 어엿한 숙녀가 되어버린 그녀가 그렇게 웃었기에.

그 미소를 보면 그 누구도 그녀가 행복하지 않으리라는 생각은 하지 못할 정도로 아름답게.

그리고 그 길고 긴 기억 속에서 그는.

"……아아."

낮은 탄성과 함께 눈물이 흘렀다. 안셀라는 한동안 그 자리에 죽어버린 듯 멈춰 서서 눈을 감았다. 그의 손끝에는 아직 아이가 있다. 아직 그를 사랑하는 아이가.

팔락, 거칠게 옷자락이 흔들리는 가운데 안셀라는 등을 돌렸다. 마지막으로 시선조차 마주치지 않은 채 그대로 몸을 돌려 방을 나서서 저택 밖으로 이어지는 밤의 어둠 속으로 발을 디뎠다.

몰아치는 바람이 살을 할퀴는 듯 날카로웠다. 여름이 끝났고, 가을을 채 느끼지도 못한 채 겨울이 시작되었다. 끝이 보이지 않게 이어진다.

— 어째서?

세 개의 눈의 까마귀가 머리 위를 맴돌며 울었다.

– 어째서 사람은, 타인을 스스로보다 우위에 두지?

그것은, 그럴 수밖에 없기에.

· ❖ ·

눈을 뜨자 밖은 아직 한밤중이라는 것을 깨달았다. 그에 리즈벳은 느리게 눈을 깜박거린 후 반사적으로 옆으로 손을 뻗었다. 불을 한껏 땠음에도 불구하고 피부에 서늘하게 달라붙는 대기 속, 커다란 침대에는 그녀 외의 인기척이라곤 없었다.

"오빠아."

불러도, 대답은 돌아오지 않는다. 그렇게 된 지 이제 꼬박 1년이 넘었다. 그러나 몸에 익어버린 습관은 어쩔 수 없어 리즈벳은 그렇게 무심코 부른 후 입을 다물었다.

"……없네."

툭, 그렇게 던지듯 내뱉곤 아이는 스르르 눈을 감았다. 밖에서는 겨울바람이 덜컹거리며 창틀을 흔들었다. 벽난로의 불씨가 타닥거리며 타오르는 소리, 자신의 조금 크고 흐트러진 호흡소리. 그것을 제외하면 아무 소리도 나지 않는 밤의 어둠 속에서 리즈벳은 느릿하게 노래를 시작했다.

"깊은 밤, 튀어나온 괴물이 문을 두드렸네. 똑똑똑, 똑똑똑. 빨리 잠들렴, 아가야. 눈을 뜨고 있으면 괴물이 한입에 꿀꺽, 잡아먹어버린다네. 와그작, 와그작. 눈을 감으렴, 아가야. 잠을 자다 보면 겨울이 가고 봄이 온단다. 춥지도, 무섭지도, 어둡지도 않은 아침이 와서 너를 맞이한단다. 무서운 게 다 사라지고 좋은 일만 생길 거야."

눈을 감자. 빨리 잠들어버리자. 죽은 듯이 숨을 죽이고 기다리자.

봄이 올 때까지. 봄이 올 때까지.

다시 돌아오지 않는 세월은 잊자. 잃어버린 것들은 빨리 잊어버리자.

차라리 처음부터 없었던 것처럼.

Part III

Adulthood

「보아라, 후아네스!」

레아냐, 제발.

「저 위풍당당한 아다마스의 위용을! 저 돛대! 저 함포! 저 늠름한 장
갑!」

나이를 생각하시지요.

차마 입 밖으로 내지 못하는 말을 꽉꽉 씹어 삼켜버리며 후아네스
엘 크레소는 손을 들어 화끈거리는 얼굴을 쓸어내렸다. 함선의 완공
을 기념하여 부두에 느긋이 둘러앉아 연초를 태우고 있던 목수들이
그 모습을 보고 낄낄거리며 웃었다.

「아예 배랑 결혼까지 하지 그럽니까?」

「기대되지 않는 거냐, 후아네스? 육지에만 처박혀 있다가 대체 몇
달 만에 바다로 나가는 건데. 쯧, 육지 생물이 다 되었구나.」

「그 한 번의 항해 때문에 준비해야 하는 일이 얼마나 많은지 알면 그
런 소리는 안 나올 겁니다!」

「그야 나야 모르지. 그런 거 하라고 있는 부관이 아니더냐.」

「그게 아니더라도 일 안 하지 않습니까! 도대체가, 지금 인스켈의
그 마귀할멈이 죽을지, 우리가 싸그리 다 죽을지 결정 날 분수령이라
고 하는데 레아냐는 그 여우 새끼 말이면 죄다 오냐오냐 하며 들어주
고…….」

그 말에 싱글거리며 앞서가던 이사벨라의 발걸음이 멎었다.

「그리 보이느냐?」

「……예?」

「내가 무조건 안셀라 클렌디온에게 휩쓸려 가는 것처럼 보이냐는 말이다.」

옅게 미소를 띠고 있는 입매는 변함없었으나 본능적으로 느껴지는 분위기의 변화에 후아네스는 혀를 깨물었다.

「……면목 없습니다. 실언했습니다.」

딱딱하게 굳어버린 표정으로 고개를 숙이는 부관의 모습을 가만히 바라보던 이사벨라는 다시 천천히 발걸음을 옮겼다.

옛 에스타니아의 고도, 천함항(千艦港)이라 불리던 벨라스델라의 활기와는 비교할 수도 없으나 에스타니아의 손에 되돌아온 에사항은 연합군의 함선으로 북적이고 있었다. 머리 위를 맴돌며 나는 갈매기의 울음소리와 밀려왔다 부딪쳐 쓸려나가는 파도의 흰 포물, 머리칼을 헝크는 바다의 짭조름한 바람. 그 부두의 나무판 위를 걸으며 이사벨라는 느릿하게 입을 열었다.

「너는 어찌하고 싶으냐, 후아네스.」

「예?」

「네가 나라면 어찌하겠냐 했다.」

난데없는 물음이었으나 그녀가 이러는 것은 하루 이틀 일이 아니었기에 후아네스는 다시 머리를 헝클더니 짧은 한숨과 함께 입을 열었다.

「레아냐, 그자와 어디까지 같이 가실 생각이십니까?」

질문은 질문으로 돌아왔다. 그것은 단지 그만이 아닌, 이사벨라를 따르고 에스타도데에 한 번이라도 몸을 담았던 이라면 누구나 가질 만한 의문이었다.

제3차 대륙전쟁 직후 안셀라가 단장이 되었을 때의 라 리베티에는 단장을 잃고 몇 남지 않은 패잔병들로 이루어진 찌꺼기였다. 자금도, 변변찮은 세력도, 그렇다고 로세이유의 패잔병들을 끌어들일 만한 명성도 없었던 안셀라와 에스타니아 왕실의 후계자로서 어렸을 때부터 해군제독으로 위명을 떨쳐왔던 이사벨라는 출발선부터가 달랐다. 그녀는 이미 에스타니아 해방운동의 실질적, 정신적 구심점이었다. 그런 이사벨라가 무슨 이유인지 안셀라와 동맹을 맺었기에 라 리베티에는 로세이유 해방운동의 중추가 될 수 있었다.

그러나 그것은 어디까지나 초반의 양상. 지금은 누가 뭐라 해도 반인스켈 세력의 중심은 미래를 보는 선지자 안셀라 클렌디온이었다.

그의 말을 따르면 승리한다. 그렇지 않으면 패배한다. 10년이 넘는 세월 동안 그렇게 굳어진 믿음은 이제는 반쯤 신앙에 가까운 것이었다. 이대로라면 인스켈 제국이 무너지고 로세이유와 에스타니아가 독립한다 하더라도 에스타니아가 종전협상에서 얼마나 우위를 점할 수 있을지 모를 일이다.

무엇보다.

「레아냐. 그자를, 살려두기로 마음을 바꾸신 겁니까?」

이사벨라는 처음부터, 신의 힘이 깃든 것이 분명한 안셀라를 오래 살려둘 생각은 없었다.

「글쎄.」

그러나 그 말에도 이사벨라는 모호한 대답만을 할 뿐이었다.

『신을 죽여보고 싶다는 생각, 해본 적 있습니까?』

산처럼 쌓여 있는 시체 사이를 배회하는 유령. 눈을 마주치자마자 든 직감적인 거부감은 상대가 어떤 식이든 판데모니움의 신과 관계가 있다는 확신을 들게 했다.

조금 더 확인해보고 확신이 생기면 죽여버릴 생각이었다. '죽음'을 죽일 수 없다면 적어도 손에 닿는 신체라도 제거해야 한다. 고대륙이, 또 지금의 대륙이 이 꼴이 된 건 다 판데모니움의 문이 열렸기 때문이다. 전쟁은, 탐욕과 살육과 배반은 언제나 존재했으나 그 모든 것이 손댈 수 없을 정도가 된 것은 로세이유의 샤를이 '제왕'과 계약하면서부터였다.

신을 죽일 수 있는 방법이 있다는 것은 확실히 솔깃한 것이다. 그러나 그 신이 정확히 무엇인 줄 알고 그 신이 가리키는 미래를 맹신하나.

또한, 안셀라가 대체 어떤 미래를 바라고 신과 계약을 했는지 알 수가 없는데 그가 가리키는 미래를 어찌 믿을까. 계약자들의 행복은커녕 만족마저 보장해주지 않는 것이 신들인데.

「레아냐.」

다시 나지막이 부르는 수하의 말에 대답하지 않은 채 이사벨라는 몇 번이나 밀려왔다 쓸려나가는 파도를 응시했다.

판데모니움의 신은 인간의 간절한 소망에 이끌려 인세에 강림한다. 그리고 그 신체는 종국에는 신에게 잡아먹혀 말 그대로 신을 받아내는 껍데기가 된다. 인간의 한계를 뛰어넘어 인간이 아니게 된 신체는 절대적인 확률로 재앙의 핵이 된다. 애초에, 평범한 인간이 신의 관심을 끌 수 있을 리 없다. 계약이 성사되었다는 점에서부터 신체들은 어딘가 평범함에서 한참 어긋날 씨앗을 안고 있는 경우가 대다수다.

그래서일까.

하고 많은 표정 중에서 웃음을 나타내는 가면을 쓴, 갓 성인이 되었을 소년이 너무나 불행해 보여서. 언제나 머리 위를 맴도는, 다른 이에게는 보이지도 않는 신과 치열하게 싸우면서 끈질기게 그릇으로 떨어지는 것을 거부해서.

아직, 인간이어서.

「그러면 그 동생은 어쩌실 겁니까?」

한참을 기다려도 돌아오지 않는 대답에 체념 비슷한 것이 섞인 한숨과 함께 또 다른 질문이 돌아왔다. 그에 이사벨라가 고개를 들었다.

「윈터 드레스덴과 살았던 그 아이 말이더냐?」

「클렌디온이 부탁했다면서요. 그자가 부탁하는 건 드물지 않습니까.」

그에 이사벨라의 미간이 미미하게 찡그려졌다.

"오라버니."

봄의 언덕에 피는 들꽃 같은 아이였다.

"사랑하고 있어요."

비정함을 연기하고 있는 것이 참으로 어울리지 않아 눈살이 찌푸려졌다. 저 어린애가 안셀라 클렌디온의 계획의 주체라 알았을 때에는 욕지거리가 나왔다.

「그냥 두어라.」

「예?」

「그냥 두어라. 제가 그토록 간절하다면, 제게 있어 내가 그토록 필요하다 느껴진다면 내게 접근할 방법을 찾아내겠지.」

쌩하니 몸을 돌려 성큼성큼 걸어 나가버리자 놀란 후아네스가 빠른 걸음으로 따라붙었다.

「그러다가 안 오면 어쩌실 겁니까?」

그러다가 지면 어떻게 합니까.

말로는 하지 않았으나 숨길 수 없이 드러나는 그 불안을 느끼며 이
사벨라는 입술을 살짝 비틀어 웃음 비슷한 표정을 만들어냈다.

「그렇게밖에 못 이기는 전쟁이라면 다 때려치우고 고기나 잡아야
지.」

「저기 저 계집애야?」

휘익, 내리치는 창대가 허공을 갈랐다. 일라냐의 말에 카산드라는 흘끗 시선을 돌려 물품보관소 앞에 몸을 기대어 보초와 뭐라 이야기를 하고 있는 십대 후반의 여자를 바라보았다. 짧게 친 곱슬곱슬한 금발, 평생 별 한번 본 적 없는 듯한 희멀건 피부. 보초가 껄끄러워하며 피하는 걸 보니 더 볼 것도 없었다.

「어. 그 인스켈의 괴물과 살았다는.」

「그거 진짜야? 그놈이 뭐 때문에 포로 같은 걸 잡아. 미친놈처럼 칼질하는 것밖에 모르는 새끼가.」

「그놈이랑 잤다던데?」

「잤든, 안 잤든.」

휘익, 파공음과 함께 깔끔한 선을 그리며 창이 한 바퀴 회전했다. 카산드라 역시 크게 창을 휘둘러 그 공격을 받아냈다.

「그년, 여기에 무슨 꿍꿍이로 왔는지 모를…….」

비아냥거림을 숨길 생각도 없이 그리 내뱉던 카산드라는 어느새 가까워져 있던 인기척에 멈칫 입을 다물었다.

「물, 드실래요?」

방금 전까지 그들이 열심히 씹어대고 있던 상대가 커다란 물병을 들고 서 있었다. 생긋, 입가에 걸린 웃음에 일라냐와 카산드라의 얼굴이 동시에 굳었다. 그럼에도 불구하고 제 험담을 모조리 들었을 것이 뻔한 여자는 아무렇지도 않은 얼굴로 물병을 내밀 뿐이었다.

「아까부터 열중해 계시기에 목마르시겠다 싶어서.」

내밀어진 호의에 그들은 그저 입을 다물었다. 용건이 뭐냐 묻는 듯한 시선에 리즈벳 클렌디온은 아 하고 작게 소리를 내며 다시 생긋 웃었다.

「동작이 참 예쁘시길래. 옆에서 보고 따라 해도 될까요?」

카산드라와 일라냐는 말없이 시선을 교환했다. 상대는 안셀라 클렌디온이 받아들인 이였고, 그에 대해 이사벨라는 가타부타 하지 않았다. 꺼림칙한 상대라 하나 동맹의 맹주가 직접 언급을 했던 상대에게 허튼짓을 할 만큼 멍청하지는 않다.

카산드라는 딱히 못마땅하다는 기색을 지우지도 않은 채 상대를 바라보았다. 노골적으로 훑어보는 시선이 제 머리부터 발끝까지 지나가는데도 붙임성 있게 웃는 여자의 낯에는 금 하나 가지 않았다.

꺼림칙한 년.

포로였다는 주제에 저 말랑한 손에는 멍이나 흉터는커녕 굳은살 자국도 없다. 저렇게 뻔뻔하게 웃을 수 있다는 것은 사는 게 꽤나 편했다는 거겠지. 내장을 태우는 증오도, 목을 조르는 공포도 몰랐으리라. 창을 들려 전선에 세운다 해서 얼마나 갈까.

퉤, 감정을 담아 침을 뱉으며 몸을 돌리자 허락의 뜻으로 알았는지 여자가 따라왔다. 창을 쥐는 것부터 찔러대는 것까지 하나같이 다 엉성한 여자를 옆에 두고 카산드라는 세차게 창을 휘둘렀다.

저 꺼림칙한 여자의 다리를 부러트리는 상상을 하며.

아, 무슨 이런 거지같은. 보름 전부터 입에 붙어버린 욕지거리를 작게 내뱉으며 리즈벳은 주위를 둘러보았다. 이미 불길이 꺼진 지 오래된 캠프장은 인적 하나 없이 싸늘했다.

생글, 입꼬리를 끌어올려 웃었다. 확 다 불 싸질러버릴까 보다.

이제 익숙한 솜씨로 침낭 대용으로 사용했던 모포를 척척 접어 등에 짊어진 리즈벳은 짐이 대충 정리되자마자 불을 피운 흔적을 지우고 바로 주위를 둘러보아 인기척을 찾았다. 역시 떠난 지가 얼마 안되었는지 아침이슬로 습윤해진 땅 위에 여자 둘의 발자국이 흐릿하게나마 남아 있었다.

안셀라의 언질에 따라 이사벨라 델 디아고 휘하의 에스타니아군에 소속된 지 벌써 보름이 지났다. 동부 해안선의 항구도시들을 차례차례 함락시키며 북진하고 있는 이사벨라를 따라 그녀는 며칠 전에 함락된 에사항 주위의 숲을 순찰하는 정찰대에 소속되었다.

소속되었다기보다는 그녀가 제멋대로 합류한 것뿐이었지만.

선임들은 그녀를 챙겨줄 생각은 손톱만큼도 하지 않지만 그래도 따라오지 못하도록 악의적으로 술수를 부리지는 않는다. 리즈벳은 발자국을 찾자마자 그 뒤를 따라 가볍게 달리기 시작했다.

초봄임에도 불구하고 후덥지근한 날씨에 바로 옷이 몸에 달라붙기 시작했다. 인내심과 반비례해 짜증이 솟아오른다. 뚝뚝 떨어져 내리는 땀을 소매 끝으로 훔치며 리즈벳은 제가 따라붙어도 되냐 물었을 때 선임들이 지었던 표정을 기억해냈다.

안셀라며 디아나, 그나마 안면이 있는 이들은 모조리 보름 전, 어디론가 떠나버렸다. 그리고 안셀라에게서 그녀의 신병을 부탁받은 이사벨라 델 디아고는 그녀를 아예 없는 인간 취급했다.

뭘 생각하고 있는 걸까.

멀찍이서 한 번 정도밖에 얼굴을 본 적 없는 에스타니아의 여왕. 그녀는 저를 어떻게 할 생각일까.

잠시 멈춰 서서 거칠어진 숨을 돌린 리즈벳은 발걸음을 빨리하여 반쯤 달려가기 시작했다. 저 끝에서 익숙한 뒤통수가 어른거리고 있었다. 지금은 쓸데없는 생각을 할 틈이 없다.

일단은 뛴다. 놓치지 않는다.

무슨 방법을 쓰든 저 치사하고 속 좁은 인간들에게 거머리같이 들러붙는다.

「……또 따라붙었어.」

흘끗 뒤를 돌아보았다가 그렇게 말하는 카산드라의 목소리에는 경탄마저도 묻어나 있었다. 그리고 그건 일라냐도 마찬가지였다.

「……독한 년.」

개인 훈련 때 조금 틈을 보였는지 순찰조를 짤 때도 따라붙자, 솔직히 저걸 떼어내겠다는 심보로 행군을 평소보다 더 빠듯하게 한 것이 사실이다. 그걸 비실거리면서도 몇 번이나 끝까지 따라붙은 것은 예상 외였다. 제대로 훈련받은 적도 없었을 텐데 이제는 단체 훈련도 어렵지 않게 따라붙는다.

몇 번이나 버리고 가도, 다정한 말 한 마디 건네는 이 없어도.

그 누구도 인사 한번 받아주지 않아도.

「……더워서 기분도 더러운데 좀 쉴까?」

그렇게 말하고 카산드라는 대답을 기다리지도 않은 채 땅바닥에 털썩 주저앉았다. 지그시 바라봐도 되레 뭐가 문제냐는 식으로 돌아본다.

바람에게 사랑받는 녀석이. 얼마나 걸어도 땀 한 방울 흘리지 않는 녀석이.

일라냐는 기가 막혀 코웃음을 쳤다. 별 웃기지도 않은 핑계에 넘어가주는 것도 기분 나빴지만 다 귀찮았다.

그녀 역시 카산드라의 곁에 주저앉았다.

"아……?"

내가 체력의 한계에 와서 헛것을 보고 있는 건가, 아니면 날이 너무 더워서 시간 개념이 망가진 건가.

눈앞이 노래지고 입안에서 단내가 나기 시작할 때, 그렇게 기를 써도 좁혀지지 않던 선임들과의 거리가 좁혀지기 시작했다. 잠시 멈춰서 뭐라 이야기를 하는 듯했던 둘은 곧 잠시 쉬기로 결정했는지 그대로 땅바닥에 주저앉았다. 그에 쾌재를 부르며 리즈벳은 따라붙는 발걸음을 조금씩 늦췄다. 정오가 되어 잠시 점심을 먹기 위해 멈추기 전까지는 웬만해서는 쉬는 일 없던 저 둘이 무슨 바람이 불었는지 모르겠으나 지금 당장이라도 다리 근육에 경련이 일 것 같은 그녀에게 있어서는 호재였다.

너무 가까이 가면 그녀가 따라잡았다는 게 티가 나 또 거리를 벌려버릴지도 모르니 적당한 거리에서, 갑자기 멈춰선 걸로 다리에 쥐라도 나면 큰일이니 완전히 멈춰서지는 않게.

하아, 저도 모르게 길게 한숨이 흘러나왔다. 기를 쓰고 걷는 것을 그만두니 그제야 얼굴을 간질이는 바람이 느껴졌다. 몸을 적신 땀이 말라가는 느낌이 기분 좋았다. 언제 또다시 선임들이 움직이기 시작할지는 모르니 한쪽 귀는 그쪽으로 열어두면서 그녀는 스르르 눈을 감았다.

행군은 싫지만 이 기분은 좋을지도. 이렇게, 육체가 한계에 다다라 머릿속이 새하얗게 되어버리는 기분. 이 백지화 된 머릿속으로는 그 어떤 악몽도 비집고 들어오지 못하니.

그때였다.

「일라냐!」

잠시 휴식 중이었던 듯 나무줄기에 기대어 늘어져 있던 선임이 날카로운 외침과 함께 튕기듯 몸을 일으켰다. 창이 크게 휘둘러지며 그들을 노리고 날아온 화살 몇을 튕겨냈다.

「적이다!」

그 말이 끝나기 무섭게 수풀 너머에서 경갑으로 무장한 한 무리의 병사들이 튀어나왔다. 선발대의 척후였는지 그 수는 많지 않다. 갑주에 새겨진 것은 푸른 늑대.

인스켈군.

생각이 거기에 닿자 심장이 덜컥 내려앉는 듯했다.

머릿속에서 언젠가의 기억이 떠오른다. 꽃잎이 흩뿌려지고 관악대가 연주를 한다. 새롭게 장만한 군복을 입고 동기들이, 친구들이, 이웃들이 손을 흔드는 것을 본다. 그들이 가족들과 마지막으로 끌어안으며 키스를 나누는 것을 본다.

그녀 역시, 손을 모아잡고 기도한다.

부디 이겨서 무사히 돌아오기를.

"윽!"

신음을 닮은 소리를 내며 리즈벳은 들고 있던 창을 내던지고 허리에 매여 있던 소검을 뽑아 들었다. 해야 할 일은 정해져 있다. 이 순간을 위해 지금까지 훈련해왔던 것이다. 할 수 있고, 해야만 한다. 이리 울창한 숲 속에서 공격 범위가 긴 창은 별 쓸모가 없으니 무기는 검. 빠르게 급습해, 빠르게 찔러서, 그리고.

"크윽!"

처음 화살을 막아낸 후로 역시 창을 버리고 검을 잡은 일라냐의 일격에 균형을 잃고 흔들리는 적병이 보였다. 이가 입술을 짓이겨 왈칵 피를 흘렸다.

보이는 것은 훤히 노출된 등. 얼굴은 이 위치에서는 보이지 않는다.

"레넌, 뒤!"

누군가가 소리지른다. 레넌이라는 사람의 이름을 기억에서 뒤지려는 뇌를 억지로 멈추곤 오히려 다리에 힘을 주어 더 속도를 낸다.

레넌이라는 남자가 비틀거리면서도 등을 돌리고.

푸욱, 가죽과 고기를 뚫는 감촉과 함께 리즈벳이 양손으로 쥐고 있던 검이 빨려들어가듯 남자의 등을 꿰뚫었다.

"끄으으……."

바람 빠지는 듯한 비명을 흘리며 남자의 눈알이 뒤집어졌다.

촤아아. 새빨간 피가 쏟아져 나왔다.

"욱, 우웨에엑!"

솟구치는 위액에 식도가 타들어가듯 쓰라렸다. 짧은 전투가 끝나고 더 이상 살아 있는 적군이 남아 있지 않자 리즈벳은 가까운 나무 하나를 부여잡은 채 토했다.

얼굴로 뒤집어 쓴 피비린내는 아무리 닦아내도 사라지지 않는다. 손에 엉겨붙은 피는 이미 검붉게 변색되어 끈적하게 말라붙어 간다. 제 손 끝에서 심장이 멎는 감각. 마지막 숨이 그녀의 머리 위로 내뱉어지는 느낌. 손이 정처 없이 떨렸다.

사람이 죽었다. 사람을 죽였다. 내가, 이 손으로.

당신을 위한다는 명목 하에, 이 내가.

「……일어나, 컴파넬로.」

그 때, 눈앞으로 불쑥 손이 내밀어졌다. 멍하니 고개를 들자 무뚝뚝한 낯의 일라냐가 있었다. 마지막 병사까지 처리한 그녀는 리즈벳과는 달리 몇 군데 튄 핏자국을 제외하곤 깔끔했다. 인스켈 병사의 피를 뒤집어 쓴 채 눈물과 토사액으로 엉망이 된 얼굴로 리즈벳은 작게 마른 웃음을 내뱉었다.

컴파넬로(Companero). 전우(戰友).

그 손을 잡자 쑥 몸이 끌려올라갔다. 제 몰골을 보고 작게 혀를 차면서도 카산드라가 품안에서 손수건을 꺼내 건넸다.

「잘 빨아서 가져와라.」

그 말과 함께 그녀가 어깨를 툭 치고 멀어져갔다. 아직 온기가 남은 손수건을 받아 쥐고, 카산드라의 손이 닿았던 어깨를 그러쥐며 리즈벳은 입을 틀어막고 울었다.

무언가, 등 뒤에서 요란하게 무너져 내리는 소리가 들린 듯 했다. 스스로 내디뎠던 한 걸음이 가진 무게가 새삼스레 느껴져 가슴이 견딜 수 없이 옥죄여 왔다.

전우. 에스타니아의 전우. 동지. 적. 인스켈의 적.

이스켈, 내가 이렇게 당신을 위한다는 핑계로 당신이 지키려 했던 것들을 부수고, 당신에게 등을 돌려 종국에는 당신마저 찌르게 된다면 당신은 그 후에도 내게 웃어줄까……?

사랑스러운 리즈벳이라 부르며 내게 입을 맞춰 줄까?

굳이 묻지 않아도 답이 보여서, 눈물이 흘렀다.

• ❖ •

「……정말 인스켈군을 베었다고.」

늙은 고목나무처럼 주름진 얼굴의 로데릭 엘 크레소는 카산드라 엘 데스텔로냐의 말에 더욱 미간을 찌푸렸다. 이사벨라 여왕의 부관 후 아네스 엘 크레소의 형이자 여왕의 친위대 오를페냐 기사단의 부대장 중 하나인 나이 든 전사는 마치 적을 노려보듯 꼼짝도 하지 않고 눈앞의 캠프장을 응시했다. 정기 순찰 중 제국군의 척후에게 기습당한 후 몸을 씻을 새도 없이 보고를 위해 제 상관부터 찾아간 카산드라는 그에 뻣뻣한 자세로 고개를 숙여 보였다.

그 손에 물 하나 묻힌 적 없는 듯했던 계집아이가 제게 무작정 들러붙었을 때부터 골치 아파지리라고는 생각했었다. 다만, 상황이 그녀의 생각보다 더 복잡해졌을 뿐.

「검을 잡아 버릇하지 않았던 것은 둘째치고, 적을 베는 검 끝에 망설임 하나 없었습니다. ……인스켈에 무의식적으로라도 좋은 감정이 남아 있는 것처럼 보이지는 않았습니다.」

「그래서, 자네는 안셀라 클렌디온의 누이가 그저 무고한 포로였다고? 포로를 잡지 않기로 유명한 드레스덴이?」

「괴물의 심정을 어떻게 가늠하겠습니까.」

「꽤나 그 아이에게 호의적이군.」

비꼬는 것도 같은 말에 카산드라는 저도 모르게 발끈했다가 움찔하여 낯빛을 가라앉혔다.

「……호의적이라기보다는 동맹군의 가족에게 예의를 지키자는 것입니다.」

그래, 그것은 예의였다. 저를 꺼려하는 게 분명한 이들 사이에서 싫은 티 하나 내지도 않고 묵묵히 무기를 들었던 이의 노력에 대한, 제 목숨을 구했던 은인에 대한 예의.

그러나 그 말에 로데릭은 코웃음을 쳤다.

「가족이라.」

명확히 드러나는 불신에 카산드라는 고개를 들어 노전사의 얼굴을 바라보았다. 말을 아끼는 로데릭의 침묵 속에서 그녀는 그가 염려하는 바가 무엇인지를 정확히 읽어냈다.

「리즈벳 클렌디온이 다른 목적을 가지고 아군에 보내졌다고 생각하시는 겁니까?」

「가능성이 없진 않지.」

「그렇게 눈에 띄는 녀석을 무엇에 쓴단 말입니까.」

「동시에 어리고 붙임성 좋지. 부대를 뒤집어엎고 다니던데.」

그 말에 카산드라는 저도 모르게 움찔했다. 강한 의심을 앞에 두니 제 속에서도 혹시나 하는 불신이 솟아올랐다. 설마 아니겠지 싶었으나, 처음에는 그 아이를 그토록 꺼려했던 제가 어느새 태도를 바꾸게 된 것을 보면 흠칫하기도 했다.

「……잘못 움직이면 동맹에 문제가 생깁니다. 아직은 로세이유가 필요하지 않습니까.」

「그렇다고 쥐새끼를 설치게 놔둘 수도 없는 것을. 후환은 아무리 작은 것이라도 제거해놓는 것이 옳다.」

「그러나, 경,」

「얄팍한 동정심에 흔들리지 마라, 데스텔로냐.」

스산하게 가라앉은 눈이 웃었다.

「클렌디온이 한때 제 손으로 죽이려 했다는 말을 못 들었나? 진정 아끼는 이라면 그리 밖으로 돌리진 않지. 어차피 그자에게도 그 아이는 소모품인 것을.」

그 말에 그녀는 아무 말도 더하지 못했다. 그래서 그토록 필사적이었던가. 목적이 무엇인지는 알지 못하겠으나 아닌 척 웃는 그 눈에는 오랜 세월 동안 축적해온 간절함이 있었다.

「에센으로 삼만의 인스켈군이 출병했다는 소식이다.」

무거운 어조로 상관이 내뱉은 말에 카산드라의 눈이 떨렸다.

「삼, 만이라고요.」

「소식을 전할 척후가 모조리 당한 모양이다. 지척까지 다다랐다 하니 내일이면 도달하겠지. 지금 당장 철수한다 해도 그 준비가 끝나기 전에 놈들이 들이닥칠지도 모른다.」

「……그 와중에 습격받는다면 재앙이겠군요.」

「……에센에서는 오래 버티지 못한다. 우기가 시작되면 이곳 바다는 배를 띄울 수 없을 정도로 파도가 거칠어진다. 아직 완전히 우리 손에 떨어지지 않았다 하나 우기가 되어 완전히 갇히기 전에 레아냐께서는 상-티엘로로 가셔야 한다.」

바위 같은 남자가 내려다보는 시선을 망연히 마주 보던 그녀가 말 속의 뜻을 깨달아 훗, 숨을 삼켰다. 그에 제 뜻이 전해진 걸 알고 로데릭은 솥뚜껑 같은 손으로 카산드라의 어깨를 툭툭 쳤다.

「계집아이는 내가 같이 지옥에 끌고 가도록 하지. 모든 책임은 내게 물려라.」

· ❈ ·

……딱 죽을 것 같다.

캠프로 돌아오자마자 오늘 아침은 물론이고 어제 저녁까지 죄다 게 워낸 리즈벳은 애써 또다시 치밀어 오르는 토기를 참으며 입가에 묻 어 있는 토사물을 닦아내었다.

아직까지도 잠깐 넋을 놓고 있으면 손가락 끝에서 생살을 뚫었던 감각이 스멀거리며 피어난다. 그에 소스라치며 손가락을 칼로 찍어내 리려던 걸 멈췄던 게 한두 번이 아니다.

「클렌디온.」

그 생각에 다시 구토가 치밀어 올라 아름드리나무를 잡고서 웩웩거 리며 토하고 있자니 그녀를 부르는 소리가 들려왔다.

「데스텔로냐 경.」

수면부족에 이제는 수분부족까지 겹쳐 흐릿해진 시야에 카산드라 엘 데스텔로냐가 보였다. 처음부터 제가 마음에 안 들고 껄끄러워 죽 겠다는 표정을 감추지 않던 여자는 제가 며칠 전 인스켈군을 찍어 넘 기던 모습을 보곤 그 후부터 쭉 말이 없었다.

「좀 괜찮나?」

「네, 뭐…….」

솔직히 다른 대답이 있을 수 없는 질문에 리즈벳은 생긋 웃었다.

「요 며칠간 좀 피곤했나 봐요. 시간이 지나면 나아지지 않겠어요?」

딱히 거짓말은 아니었다. 뭐가 어떻든 지금보다 더 기분이 더러울 수는 없겠지.

그에 한동안 그녀를 말없이 응시하던 카산드라는 털썩 자리에 주저앉았다. 시선을 마주치자 까딱 고갯짓을 한다. 고개를 갸웃하면서도 리즈벳은 그 옆에 주저앉았다.

졸다가 깨어나 보니 야영지는 어딘가 어수선해 보였다. 그녀가 배치된 곳은 구석이라 중심부에서 무슨 일이 일어나고 있는지는 알 길이 없었으나 왔다 갔다 하는 발소리와 낮게 웅웅 울리는 대화소리를 보면 뭔가 정황이 바뀌긴 한 것 같았다.

「윈터 드레스덴과 살았다 들었다.」

카산드라의 목소리가 멍해져 있던 그녀의 정신을 되돌렸다. 에스타니아인 특유의 금갈색 눈동자가 그녀를 집요하게 응시했다.

「왜 굳이 그 곁을 떠났지? 바닥이 보이지 않는 재물을 쌓아놓고 있는 권력자의 유일한 권속이다. 원하는 건 뭐든지 얻을 수 있었을 텐데?」

그리고 거기서 카산드라는 잠시 망설였다.

「설마, 그자가.」

조심스레, 마치 탐색하는 듯한 목소리에 불현듯 그녀가 무슨 착각을 하는지 깨달았다.

「그자가, 널.」

「그런 거 아니에요.」

부드러우면서도 단호하게 그리 잘라 말한 리즈벳은 저도 모르게 살짝 미간을 찡그리며 웃어 보였다.

「그냥, 거기에 있으면 제가 진정으로 원하는 게 절대로 이루어지지 않을 거라는 걸 알아서 떠난 것뿐이에요.」

「그게 뭐기에?」

결과적으로 두루뭉술해지고 만 대답에 카산드라가 날카롭게 추궁하자 리즈벳은 그저 웃었다.

「저는 여기서 성공하고 싶어요. 계속 이기고 이기고 이겨서 올라갈 수 있는 곳까지 올라가고 싶어요.」

거짓은 아니다. 게다가 세속적인 만큼 공감하기 쉽고, 납득하기도 쉽다.

「저만큼 그 사람이 지길 바라는 사람은 없을 거예요. 정말로요.」

그 말을 마지막으로 리즈벳은 입을 다물었다. 상대가 납득하지 않은 게 뻔했으나 더 이상 뭐라 할 수 있는 말이 없었다. 그녀가 한 말이 이 순간 그녀가 내보일 수 있는 최대한의 진실이었다.

솔직히 그녀는 제가 왜 여기서 이 여자와 윈터에 대한 이야기를 하고 있는지도 이해가 안 갔다.

결국 작게 한숨을 내쉬며 카산드라는 고개를 돌렸다. 타닥거리며 타오르는 모닥불로 시선을 돌린 그녀는 느릿하게 입을 열었다.

「척후가 알릴 새도 없이 인스켈군이 지척까지 와 있다는 말은 들었겠지.」

「네, 아까.」

「내일쯤이면 전투가 있을 거다.」

「…….」

「지금, 전황은 그렇게 좋지 않아. 우리의 주력은 해군인 데다, 그나마 있는 지상군은 대부분 새로 해방된 지역을 진정시키는 데 투입되어 있어. 본대의 위치를 최대한 오래 숨겨뒀어야 했는데 생각보다 일찍 들켜버렸지. 저들은 수가 이미 삼만이고, 레아냐가 여기 계신 걸 알아차렸다면 기를 쓰고 덤벼들 거다.」

「그러네요.」

천천히 고개를 끄덕여 동조하며 리즈벳은 재빨리 새로 얻은 정보를 되짚었다.

에스타니아 독립군 본대가 있는 에사항은 에스타니아의 수도, 남부의 벨라스델라와 로세이유의 상트망을 잇는 상업적 요충지이며 북동부전선과 인접해 있는 위치 때문에 현재 연합군의 함대 대부분이 주둔하고 있는 군사적 요충지이기도 하다. 울창한 열대우림과 험난한 해안선 때문에 대규모 함대가 주둔해 있음에도 불구하고 꽤 오랜 시간 동안 인스켈 제국군의 눈을 피할 수 있었다.

그러나 일단 위치가 드러나면 상황은 바뀐다. 조류의 변화가 심해서 출항할 수 있을 정도로 물이 들어오는 것은 하루에도 너덧 번 정도이고, 구조 자체가 바다로 툭 튀어나온 반도인지라 만약 한쪽에서 틀어막고서 육지에서 바다로 불어오는 여름 바람에 의지해 불을 지르면 꼼짝없이 갇혀서 전멸해버리는 것이다. 애초부터 조금 더 북쪽의 상-티엘로항이 공략되면 버려질, 일시적인 거점이었다.

문제는 그 상-티엘로가 생각보다 오랫동안 함락되지 않았던 것이었다.

상-티엘로는 에사와 비교하면 들어가 지키는 상대가 있을 때 훨씬 더 함락시키기가 까다롭다. 인스켈군의 삼만이라는 수는 그 때문이겠지. 혹시나 상-티엘로가 함락되기 전에 에사 반도에 몰아넣어 최대한 수를 줄이고 싶을 것이다. 그 과정에서 에스타니아의 여왕을 사로잡을 수 있다면 더할 나위 없다.

　가만히 머릿속으로 생각을 굴리고, 결론지었다.

「상황이 좋지 않네요.」

「레아냐께서는 결벽적인 면이 있는 분이야. 그분께서는 허락하지 않으셨지만 솔직히 난 쓸 수 있는 수는 다 써야 한다고 생각해.」

「전쟁이니까요.」

「그렇지. 그렇게 하면 이 위기도 기회가 될지도 몰라. 예를 들자면.」

　그리고 카산드라의 목소리가 속삭이듯 낮아졌다.

「우리는 지금 에스타니아 국토 내부 꽤나 깊은 곳까지 인스켈 놈들을 끌어들였어. 좀 더 깊게 끌어들이면서 보급선을 늘리면 이 분대를 완전히 몰살하는 것도 가능해. 우리 에스타니아와 로세이유가 동시에 독립한 지금, 이 분대가 없어진다면 저들이 동남부전선으로 더 이상의 파병을 하는 건 힘들어질 거다.」

　이론적으로는 가능한 이야기이다. 그리고 솔직히, 이렇게 몰려버린 상황에서 꾀할 수 있는 최선이다.

「우리는 여기서 적들을 최대한으로 꺾어야 해. 힘든 일이지만 성공한다면 로세이유에도 병력을 할애해야 하는 저들은 에스타니아 국토를 포기할 수밖에 없을 거다. 그러기 위해서는 죽음을 두려워하지 않는 병사가 필요하다.」

　그제야 카산드라가 그녀에게 이 모든 이야기를 늘어놓은 이유가 짐작이 갔다.

　요컨대, 선봉에 서라는 거다. 바람이 부는 즉시 불을 지르며 달려들 삼만의 병사를 맨 앞에서 맞이해 그 기세를 죽일 선발대.

「성공할 가능성은 낮고, 높은 확률로 죽을지도 몰라. 하지만 성공만

한다면 아주 높은 곳까지 올라갈 수 있겠지. 하겠어?」

그 말에 리즈벳은 순간 웃음이 터져 나올 것만 같았다.

"장기전으로 교착된 전장에서 처음 모습을 나타낸단다."

그녀의 오라비는 그렇게 말했다.

"죽음과 패배의 공포에 젖은 연합군에게 승리를 안기고 너는 인간이 신을 이길 수 있음을 선언하지."

그렇게 단언한 주제에 그녀는 아직까지 가망이 보이지 않는 훈련병 신세인지라 이게 어떻게 연결이 되나 싶었다. 그런데 이렇게 돌파구가 나오는 건가. 일반 병사라 하여도 카산드라 엘 데스텔로냐는 특무병, 작위를 받아 혼자 행동하는 소부대장급의 군인이다. 카산드라라면 그녀를 최소한 병장으로 추천해줄 권한이 있다.

"그렇게 몇 개의 지역전을 압도적인 승리로 이끌고 너는 드레스덴에서 '죽음'을 쓰러트리는 영웅이 될 거란다."

이것 역시도 오라버니가 짜놓은 판 위인가요?

리즈벳은 배 속 깊은 곳에서부터 끓어오르는 감정을 들이쉬며 나붓이 웃었다.

「네, 할게요.」

그러나 그러면 어떻고 이러면 어떨까. 이 모든 계획의 끝에 윈터의 자유를 살 수만 있다면 그녀는 기꺼이 웃으며 안셀라의 꼭두각시인형이 되리라.

그에 카산드라의 표정이 미미하게 굳었다. 그러나 다음 순간, 그녀는 애써 웃어 보였다.

「네 용기에 경의를 보내지.」

뭔가 이상하다.

대열에 맞춰 창을 쥐고 선 리즈벳은 순간 심장이 떨어져 내리는 듯한 느낌에 창을 쥔 손에 힘을 주었다.

처음으로 이상한 점을 느꼈던 것은 이사벨라가 별동대의 앞에 서 예를 취했을 때였다. 한 군의 총사령관이, 그것도 보통 사령관이 아니라 에스타니아 전체의 여왕이 일반 병졸에게 이렇게 깍듯하다니, 이상하다 생각했었다. 그러나 어제만 해도 여왕이 병영 안을 돌며 일일이 인사를 나누는 모습을 보았기에 본래 그렇게 소탈한 사람인가 보다 싶었다.

그러나 그러기에는 오늘 대원들의 분위기가 너무나 비장했다. 억지로 울음을 참는 사람도 있었고, 장대처럼 뻣뻣하게 얼어붙어 있는 사람도 있었고, 모든 것을 내려놓은 듯 무표정한 사람도 있었다. 기도문을 중얼거리거나 손때 묻은 기념품을 만지작거리는 이들도 있었다. 그 정도야 불리한 전황에서 전투에 나가는 이들이라면 능히 보이는 모습이었겠으나 그럼에도 무언가가 대단히 걸렸다. 저 모습에는 묘한 확신이 있었다.

마치 오늘 삶이 끝날 것임을 아는 것처럼.

그리고 생각이 거기에 닿자 리즈벳은 뒤통수를 힘껏 두드려 맞은 듯했다.

그녀가 넋을 놓고 있던 사이, 별동대장의 출정 전 연설이 마지막에 도달하고 있었다.

「오늘 흘린 우리의 이 피가 가족들의 거름이 될 거다. 오늘 포기한 우리의 내일이 아이들의 미래가 될 거다. 오늘, 여기서 우리가 죽음으로써 에스타니아 대제국이 태어나리라! 우리의 피를 받은 우리의 자손들이 이 땅에서 그 어떤 차별도 착취도 없는 찬란한 영광을 손에 넣으리라!」

「*성공할 가능성은 낮고, 높은 확률로 죽을지도 몰라. 하지만 성공만 한다면 아주 높은 곳까지 올라갈 수 있겠지. 하겠어?*」

묘한 표정으로 그렇게 말했던 카산드라의 목소리가 떠올랐다.

싸늘하게 식은땀이 등골을 타고 흘러내리는 가운데, 깨달았다.

소수의 군대로 삼만의 인스켈군을 막아야 한다는 건 카산드라가 말했던 대로이다. 다만, 그 여자는 그 사이에 여왕을 위시한 본군이 퇴각할 거라는 말은 하지 않았다.

이게 시간벌이용 화살받이라는 말은 한 마디도 하지 않았다.

……속았다.

「대모후 칼리엘리시여, 그대의 친우에게 당신의 가호를!」

쩌렁쩌렁 울리는 목소리와 함께 별동대장 로데릭 엘 크레소가 검을 치켜들었다. 그 칼끝에 시리도록 푸른 번개가 맺혔다.

우거진 열대우림의 수풀 너머에서 우아아 하는 함성이 우레같이 울려 퍼졌다. 그 고함이, 땅을 울리는 발소리가, 온몸의 털을 곤두서게 하는 죽음의 숨결이 사방에서 옥죄어왔다.

「전진하라!」

그리고 로데릭의 명령과 함께 별동대원들이 돌진하기 시작했다.

빌어먹을 대모후 칼리엘리시여.

리즈벳은 속으로 이를 갈면서도 울며 겨자먹기 식으로 같이 달리기 시작했다.

이것저것 따지는 것은 상황이 불허했다.

「활을 쏴라!」

로데릭이 외쳤다. 바다 쪽으로 바람이 불어오는 지금, 수로 밀리는데다가 인스켈군이 쓸지도 모르는 화공에서 몸을 지키려면 젖어 있는 열대우림으로 들어가 난전으로 이끄는 게 최선이다. 그러나 그렇게하면 본군이 떠나는 시간을 벌어주지도 못한 채 항구로 가는 길을 훤히 내어주게 된다. 길이 오목하게 좁아드는, 바싹 말라붙은 초원에 버티고 서서 타 죽을 걸 각오한 채 최대한 많은 이들을 길동무로 데리고 감으로써 본군의 철수를 돕는 것이 이번 작전의 핵심이었다.

지축이 흔들리는 진동과 함께 적의 기마대가 돌진하다 지난밤 서둘러 설치해둔 함정에 걸려 말다리가 부러졌다. 로데릭의 지시에 따라 화살이 일제히 발사되고, 비명과 피비린내와 함께 적들이 고꾸라졌다. 그러나 그것도 잠시, 쓰러진 이가 있기나 했는지 의심스러울 정도로 인스켈군은 금세 그 빈자리를 메우며 몰려들었다. 삼만 대 삼백은 그런 숫자였다.

리즈벳은 식은땀이 흐르는 것을 느끼며 땀에 자꾸 미끄러지는 활을 고쳐 잡았다. 제대로 겨냥도 할 줄 모르는 그녀가 아무렇게나 활을 당겨도 적군은 쓰러졌다. 겨냥하지 않아도 되어 좋다며 기뻐하기엔 저 숫자가 창의 사정거리 안으로 들어왔을 때 벌어질 일이 끔찍했다.

죽을지도 모를 작전과 반드시 죽게 되는 작전은 다르다. 리즈벳은 흘끗 옆으로 고개를 돌려 눈이 돌아간 로데릭을 보고 자발적으로 후퇴 명령이 내려질 거란 기대를 포기해버렸다.

상황을 보아하니 여왕이나 고위 간부가 일일이 접촉해 꾸려낸 별동대였다. 독전관 따위는 없어도 아무도 돌아설 생각을 하지 않았다.

「대모후시여, 당신의 친우를 굽어 살피시어…….」

「장창병, 앞으로!」

누군가의 흐느끼는 듯한 기도문 너머로 로데릭의 명령이 울려 퍼졌다. 요즘 들어 부쩍 는 욕지거리를 속으로 삼키며 활을 버리고 양손으로 창을 움켜쥔 리즈벳은 재빠르게 주위 풍경을 훑어보았다. 뒤로는 바짝 마른 초원과 진지를 세웠던 얕은 능선 아래로 보이는 항구, 왼쪽으로는 가파른 낭떠러지, 그리고 오른쪽으로는 울창한 열대우림.

결국 압박을 견디지 못한 채 창대를 으스러져라 그러쥐면서도 흐느끼는 목소리가 터져 나왔다.

「주, 죽기 싫어. 죽고 싶지 않아!」

"인스켈에 불멸을!"

그리고, 매섭게 번뜩이는 창날을 향해 인스켈의 기마대가 돌진했다.

"끄아아아악!"

끔찍한 비명과 함께 적군의 목덜미가 칼에 찔려 피를 뿜었다. 적 기병의 첫 돌파 때 이름 모를 기사의 말에 박혔던 창은 그 말이 쓰러졌을 때 부러져 쓸모없게 되었다. 그때를 대비해 가져왔던 검도 몇 번 살을 베고 나니 날이 무뎌져 쓸 수 없다.

「아악, 엄마……!」

"죽어버려, 이 개새끼들!"

「물러서지 마라! 진열을 유지해!」

"사, 살려, 살려……."

「죽으러 왔잖아! 혼자 쓸쓸하게 뒈질 생각이냐!」

두 가지 언어가 섞여 비명을 질러대는 와중, 시뻘게진 눈으로 로데릭이 소리질렀다. 그에 리즈벳은 으득, 이를 갈았다.

동반 자살은 개나 주라 해.

정신 나간 로데릭. 나가 죽을 오라버니. 인생에 도움 안 되는 윈터!

「죽여버릴 데스텔로냐!」

악을 쓰며 뭉툭해진 날로 적병의 얼굴을 겨냥해 휘둘렀다. 찢어지는 비명을 지르며 눈을 찔린 남자가 뒷걸음질 치자 리즈벳은 온 힘을 다해 어깨로 들이받았다. 우당탕, 같이 얽혀 넘어지자 머리 위로 등골이 서늘해지는 일격이 몇 번이나 스쳐지나갔다. 온몸이 두들겨 맞은 듯 아파오는 것을 무시하며 그녀는 재빨리 적병이 떨어트린 검을 집어 목덜미에 쑤셔넣었다.

촤아아, 피가 쏟아진다. 그 매캐하고, 비리고, 진저리나는 액체에 흠뻑 젖자 온몸이 심장이라도 된 듯 맥박 쳤다.

살 거다. 살고야 만다. 죽어도 카산드라 그년의 머리를 너덧 움큼 뽑아내고 나서 죽을 거다!

"큭, 커어어!"

머리를 내리치려는 도끼를 피해 무릎 뒤축을 걷어차고 쓰러진 남자의 뒷목에 칼을 박아넣는다. 뺨을 아슬아슬하게 스치고 지나간 칼날을 향해 달려들어 뱃가죽에 칼을 쑤셔넣는다. 찌르고, 베고, 베이고, 막고, 찍고, 달려들고, 찌르고, 찌르고, 죽이고.

"헉, 허억, 헉……!"

로데릭의 목소리가 언젠가부터 들리지 않았다. 간간이 들려오던 에스타니아어도 언젠가부터 끊겼다. 들리는 것은 그저 숨소리. 심장이 터질 듯이 쿵쾅거리며 질주하는 비명.

……동쪽으로.

"끄아아악!"

또 하나를 베고.

"윽, 우욱……!"

숲 안쪽으로.

"아아아악!"

찌르고.

"적장의 목은 이 칼레타의 듀센이 베었다!"

우아아아, 우레와 같은 함성을 뒤로한 채, 그녀는 죽자 사자 울창한 숲 속으로 달렸다. 화살 몇 대만이 아슬아슬하게 뺨을 스치고 지나갔다.

홀로 남은 그녀를 추격하는 적병은 없었다.

"헉, 허억, 헉……!"

입에서 단내가 나고 눈앞이 울렁거리듯 흔들렸다. 안으로, 좀 더 안으로, 적들이 쉽게 쫓아오지 못할 곳까지. 하, '적'이라니.

후들거리던 다리가 결국 꺾여 리즈벳은 꼴사납게 바닥을 굴렀다. 습하고 단단한 숲 바닥에 쓰러져 아픔조차 느끼지 못하며 그녀는 조금 소리 내어 웃었다.

인스켈이, 내 적이라니.

그렇다고 연합군이 내 아군인 것도 아닌데.

"너는, 드레스덴에서 '죽음'을 쓰러트리는 영웅이 될 거란다."

안셀라의 그 예언인지, 망상인지, 희망인지를 죄다 믿는 건 아니었지만 솔직히 좀 기대했던 것도 사실이었다. 그게 운명이라면 어떻게든 되지 않을까. 보이지 않는 힘이 그녀를 옳은 길로 이끌어주지 않을까.

그런데 현실은 이 모양이다. 믿을 구석 하나 없고, 고생만 죽자 해대는.

기가 막혀 헛웃음이 터졌다. 정신 나간 여자같이 피식거리면서 리즈벳은 억지로 몸을 일으켰다.

누구한테 뭐라도 좋으니 기대려 했던 내가 미쳤지. 내 앞가림은 내가 해야 하는 거였는데.

피로가 덕지덕지 붙은 시야는 몸을 일으키자 빙글, 한 바퀴 돌았다. 쓰러지지 않게 가까스로 나무줄기에 기대어 몸을 지지했을 때, 배에서 꼬르륵 소리가 났다. 어쩜 이 와중에 배가 고플 수 있을까 기가 막혀 헛웃음을 흘리면서도 그녀는 억지로 몸을 일으켜 걷기 시작했다. 다행히 시기는 우기로 넘어가는 건기의 끝자락이었고, 계절의 구분이 확실하지 않은 이곳은 이미 열매를 맺기 시작한 나무들도 있었다. 독이 없는 종류인 것을 확인하고 우악스럽게 열매가 가득한 가지를 쥐어 훑어 내리자 한 줌의 샛노란 열매가 후두둑 떨어져 내렸다. 한 번에 입안에 욱여넣으니 지독하게 떫고 신 맛이 터졌다. 리즈벳은 미간을 일그러트리며 꾸역꾸역 씹었다.

일단, 생존자는 없다고 가정한다. 지원자로만 꾸려진 자살부대이니 상황이 불리해도 도망가느니 한 사람이라도 더 죽여대려고 악을 썼겠지. 그러니 혹시라도 본대에서 지원이 올 거라고는 기대하지 않는 게 좋다. 어차피 다 죽었을 거라고 생각할 테니 안 그래도 가뜩이나 부족한 자원을 쪼개서 생존자가 있을지 없을지도 모르는 곳으로 돌아올 리가 없다. 가장 좋은 방법은 이대로 북상해 북쪽의 연합군 진지로 가 합류하는 거다.

하지만 그렇게 되면 다시 예전으로 돌아갈 뿐이다. 여기저기서 눈

칫밥이나 먹으며 여왕의 눈에 들, 그래서 진급할 기회나 엿보는 처지로. 아니, 오히려 악화되면 악화됐지. 죽을 각오로 자원해 남았던 부대에서 홀로 살아남았으니까. 아군을 남겨두고 혼자 살려 도망쳤다는 의혹이라도 받게 되면 끝장이다.

정확한 이유는 모르겠지만 거짓말을 해서라도 날 죽여버리고 싶어 하는 이들이 있다. 지금은 대놓고 죽이려 들지는 않지만 이대로라면 무슨 꼬투리를 잡혀 목숨줄이 날아갈지 모른다.

어떻게든 이 상황에서 확실한 공을 세울 수밖에 없다.

「우리는 지금 에스타니아 국토 내부 꽤나 깊은 곳까지 인스켈 놈들을 끌어들였어. 좀 더 깊게 끌어들이면서 보급선을 늘리면 이 분대를 완전히 몰살하는 것도 가능해. 우리 에스타니아와 로세이유가 동시에 독립한 지금, 이 분대가 없어진다면 저들이 동남부전선으로 더 이상의 파병을 하는 건 힘들어질 거다.」

또다시 열매 가득한 가지를 훑어 한 줌의 열매를 입안으로 밀어넣었다. 이게 그래도 음식이라고 아까보다 훨씬 더 머리가 돌아간다. 땀과 말라붙은 핏덩이로 얼굴에 들러붙은 머리카락을 밀어내며 리즈벳은 몸을 돌려 걷기 시작했다.

무슨 수를 써서라도 이 군대를 여기에 묶어둘 수만 있다면, 나아가서 최대한 타격을 입힐 수만 있다면 후퇴한 본대의 움직임이 수월해질 것이다. 아직까지 고전하고 있던 상-티엘로를 함락시키든, 북상해 중부의 부대와 연합해 이 군대의 뒤를 치든, 여러 가지 취할 수 있는 행동의 폭이 넓어지겠지.

보름. 어차피 그 정도만 군을 지체시킬 수 있다면 우기가 본격적으로 시작된다. 쏟아지는 폭우는 이 근방을 온통 습지로 만들어 행군 자체를 불가능하게 만든다. 딱 그 정도만 버티면 인스켈군 삼만은 하나의 거대한 습지가 된 에센반도에 발이 묶인다.

그러면 아무도 그녀가 살아남았음을 탓하지 못할 것이다.

그렇다면 우선.

어느새 숲 가장자리로 나온 리즈벳은 눈앞에 펼쳐진 시체의 산 앞에서 멈춰 섰다. 구역질이 나오려는 것을 억지로 틀어막으며 그녀는 눈을 질끈 감았다 떴다. 길게 숨을 내쉬고 참는다.

그리고 그녀는 망설임 없이 인스켈군의 시체를 뒤지기 시작했다.

· 🦋 ·

규모를 정확히 모르는 적, 몇 명이나 기다리고 있을지 모르는 마법사들, 그리고 그 마법사들 중에서도 에스타니아 역대 최강이라 일컬어지는 이사벨라 델 디아고. 삼만이라는 수를 이끌고도 잔뜩 긴장하며 에센으로 향했던 인스켈군은 거의 축제 분위기였다. 적들의 저항은 거셌으나 그 수가 한심할 정도로 적었고, 잔뜩 긴장해 대비했던 마법사들의 공격은 아무리 기다려도 오지 않았다. 여왕을 비롯한 본군은 놓쳤으나 베어낸 적장의 목을 확인하자 총지휘관은 목젖이 보일 정도로 웃어 젖혔다.

대승이었다. 급히 퇴각하느라 연합군은 제대로 군수품을 챙길 여유도 없었다. 서둘러 태워버린 군량미의 양을 보니 적군은 도망쳤어도 쫄쫄 굶을 게 뻔해 총사령관은 또다시 웃음을 터트렸다. 에사 반도는 상—티엘로에 도착하기 전까지는 해안선이 거칠어 쉽게 배를 댈 수가 없고, 상—티엘로는 아직까진 인스켈군의 지배하에 있다. 바다 위에 갇혀 굶어 죽어갈 적군이 상-티엘로 공략에 얼마나 도움이 될지 모르는 일이다.

이제 항구를 망가트린 후, 전열을 정비하고 에사 반도를 빠져나와 상-티엘로 주둔군과 합류하면 반란군의 북진을 효과적으로 저지할 수 있다. 그러니 이건 틀림없이 승리다.

"그놈들 낯짝을 봤어? 바득바득 달려드는 꼴이란."

"쥐새끼들이 발악해봤자 거기가 거기지. 감히 대 인스켈 제국군한테 덤비다니, 주제도 모르고."

총사령관의 흥분은 부하들에게도 번져나갔다. 연합군이 진지를 세웠던 공터에 진을 구축할 것을 지시하고 병사 앞에 죽치고 앉은 부대장들은 한껏 풀어져 낄낄거렸다. 레사스 백작 휘하의 부대장은 병영 앞, 가득 쌓아놓은 빈 나무 궤짝 위에 기대어 앉아 방만하게 다리를 꼬았다.

"계집은 도망쳤지?"

"얼마나 빨리 도망쳤는지 꼬랑지도 안 보여. 남겨진 놈들만 머저리지. 그런 년을 수장이라고 두고."

"빨리 그년 머리채를 잡아다 꿇려야 하는데. 위대한 에스타니아 왕국의 마법사! 지 주제도 모르는 암퇘지 년!"

퉤, 침을 뱉으며 부대장 하나가 낄낄거리며 웃었다. 잔인한 웃음소리가 요란하게 울려 퍼졌다.

그때였다. 삐걱거리는 소리와 함께 병영 뒤편의 문이 열렸다.

"누구냐!"

아직 생생한 살인의 감각이 가시지 않은 부대장들이 일제히 검을 뽑았다. 쇠가 쇠를 긁어대는 소리를 내며 대여섯 자루의 검이 동시에 번뜩였다. 그 서슬에 병영 안쪽, 술 창고 쪽에서 새된 비명이 터졌다.

세 걸음 만에 모퉁이를 돌아 상대의 얼굴을 확인한 부대장들의 얼굴이 험악하게 일그러졌다.

"못 보던 얼굴인데. 어디 소속이냐?"

"에쉬튼 백작 소속의 취사병 제레미아 레반츠입니다! 저…… 야영 준비를 하라는 명이 떨어져서 병영 창고에 남아 있는 물자의 양을 확인하러……."

그 말에 부대장의 눈이 의심스레 가늘어졌다. 눈앞의 병사는 면식이 없었다. 주위를 둘러보자 다른 부대장들도 마찬가지라는 듯 시선을 교환했다. 삼만이 되어가는 일반병의 얼굴을 죄다 기억하는 건 불가능한 일이었으나 이렇게 눈에 띄는 병사를 모른다는 건 말이 되지 않았다.

씻지 않아 땀과 흙먼지로 더러워져 있으나 그 아래의 낯은 제법 곱상했다. 동그랗고 모양 좋은 눈은 봄의 새순을 닮은 연녹색이었다. 마주 보는 것만으로도 시선을 사로잡는, 전쟁터에는 어울리지 않는 연약하고 사랑스러운 빛.

무엇보다 갑옷으로 가리고 있어도 드러나는 몸매는, 가늘고 맑은 목소리는 틀림없이 젊은 여자의 것이었다.

"제레미아 레반츠라고? 에쉬튼 백께서 계집을 받아들이셨다?"

여군이 없는 것은 아니다. 여황의 소집령이 전국으로 확대되면서 아들이 없는 집안은 딸을 내보냈다. 그러나 모계유전으로 마법이 전승되기에 일찌감치 여자들이 군에 들어가는 에스타니아와는 달리 인스켈은 여군이 드물었다. 신체능력이 아무래도 떨어질 수밖에 없는 여자들은 인스켈의 혹된 겨울과 지형을 누비는 데 어려움이 많았고,

그래서 인스켈에서 군은 대부분 남자들의 전유물이었다.

제일 먼저 머리를 스친 것은 적의 첩자인가 하는 생각이었다. 그러나 연합군의 첩자라 하기엔 눈앞의 병사의 인스켈어는 너무나 능숙했다. 식민지 출신들 특유의 억양마저 없는, 교본에나 나올 듯한 매끄러운 어투.

"사, 사실 소집령을 받은 것은 오라비입니다만 오라비가 갑작스레 다리를 다쳐서 대신 왔습니다."

"변변찮은 오라비 대신에 징집인가. 갑작스러운 사고였다니, 퍽이나."

결국 부대장은 픽, 코웃음을 치며 관심을 끊었다. 오라비는 인스켈 사내라 하기도 부끄러운 비겁자에, 얼굴이 저런 젊은 여자이니 다분히 눈에 띄지 않기 위해 숨어 다녔을 테다. 낯이 익지 않은 것은 그래서겠지.

게다가 이미 적군은 패퇴해 흔적도 남기지 않고 사라졌다. 첩자라한들 고작 어린 계집아이 하나가 뭘 할 수 있겠나.

"가봐. 너무 눈에 띄지 말고."

긴장이 풀리자 흥미마저 가서 그는 손목을 까딱거리며 여자를 쫓아 내었다. 잔뜩 긴장하고 있던 여자가 재빨리 고개를 숙이곤 종종걸음으로 달려 나갔다. 그 뒷모습을 보며 부대장들은 귀여운 개새끼를 보듯 낄낄거리며 웃었다.

날이 으슥하니 어두워져도 승전의 열기는 가시지 않았다. 총사령관의 명으로 술독이 풀렸고, 왁자지껄하게 웃고 떠드는 병사들 사이에 끼어 부대장들도 한껏 취했다. 연합군은 이미 흔적도 보이지 않게 쫓겨났고, 에사 반도 내에 그들을 위협할 만한 세력은 없었다. 끈질기고 교활한 적들을 맞아 채 훈련이 끝나지 않은 부대를 이끌고 치렀던 지리하고 소득 없는 전투에 지친 인스켈군은 오랜만의 깔끔한 대승에 정신없이 취했다.

바다를 향해 부는 바람이 얼굴을 간질였다.

꾸벅꾸벅 졸던 그들을 깨운 것은 무언가가 타들어가는 냄새였다. 찬물을 확 끼얹은 듯 정신이 들자 얼굴로 몰아닥쳐오는 열기와 타닥거리며 장작이 타들어가는 소리가 몰아치듯 감각을 가득 채웠다. 눈앞으로 으르렁대며 달려드는 높다란 불의 장벽에 병사들의 얼굴이 새하얗게 질렸다.

"부, 불이야! 불이야……!"

목청 높게 소리지르며 몸을 일으키려 하자 순간 몸이 균형을 잃고 나뒹굴었다. 불길한 예감에 병사들은 더욱 기를 쓰며 팔다리를 바르작거렸다. 사지에 쇠추라도 달린 듯 몸이 무거웠다. 단순히 술이 들어가서라고는 할 수 없는 이상. 그 와중에 불길은 코앞까지 닥쳐들어왔다.

"끄아아아아악!"

신경줄 하나하나가 올올이 타들어갔다. 제멋대로 움직여주지 않는 몸뚱이가 산 채로 타들어갔다. 불을 들이쉬는 듯한 뜨거움. 숨이 막히는 연기. 바싹 마른 들판을 불길이 미친 듯이 집어삼켰다. 사방에 끔찍한 비명이 가득했다. 그나마 움직일 수 있는 이들은 목덜미까지 닥쳐들어온 불길을 피하기 위해 사방으로 달렸고, 덜미를 잡힌 이들은 사지를 버둥거리며 타들어갔으며, 그마저도 하지 못하는 이들은 손가락 하나 움직이지 못한 채로 숯이 되어갔다.

끔찍한 고통의 끝, 불의 장벽 너머에서, 누군가의 모습이 보였다.

아이? 여자? 가느다랗고 호리호리한 몸집이었다. 바람의 방향 덕에 지근거리에 서 있음에도 불의 영향을 전혀 받지 않은 그자의 짧게 자른 머리칼이 불어오는 바람에 어지러이 휘날렸다. 새까만 밤하늘로 흩날리는 불씨가 눈발처럼 보였다. 붉고 검은 겨울. 그 어둠과 불길이 가득한 풍경 속에서, 무기 하나 들지 않은 그자는 쥐고 있던 깃발을 높게 들어올렸다가 힘껏 내리질렀다.

A vosotros que proclamais la inmortalidad.

불멸의 참칭자들에게.

인스켈군의 푸른 망토에 쓰인 핏빛의 글씨. 굳건히 땅에 꽂힌 채 나부끼는 그 깃발이 그들이 본 마지막 풍경이었다.

* * *

"……더워."

남부 특유의 습도 높고 후덥지근한 더위에 살이 녹아내리는 기분에 알덴샤 로웬은 짜증스레 머리를 쓸어넘겼다. 그가 자라왔던 라더스는 대륙의 북부였고, 1년 내내 긴팔 옷을 입어도 별 불편함을 느낄 수 없는 기후였다. 그런 전형적인 북부인인 알덴샤는 로스왈드 에사스 백작 지휘하의 토벌군 소속이 되어 남쪽으로 내려오면서 제 몸에 이렇게 많은 수분이 있었다는 걸 처음으로 체험하고 있었다.

"로웬 경! 어땠습니까?"

쨍하게 내려쬐는 햇빛에 현기증마저 느끼며 막사 안으로 들어서자 쨍하니 높은 여자의 목소리가 들려왔다.

"뻔하지. 여황 폐하가 어쩌고, 기사의 의무가 어쩌고, 긍지가 어쩌고. 결론은 나는 잘못한 거 없다. 다 무능한 니들 탓이니 내가 폐하께 조져지지 않게 내 똥 좀 닦아내라."

더위와 피로에 절어 절로 신랄해진 말에 짐짓 경쾌하게 물었던 부관, 엘레노르 카셀이 말없이 웃어 보였다. 입조심 하세요, 이 양아치야. 뒈질 거면 혼자서 뒈져.

그에 알덴샤가 어느새 뒤적거리고 있던 각종 지도며 문서에서 고개조차 들지 않고 말했다.

"너 내 욕 했지?"

"그럴 리가요."

엘레노르는 표정 하나, 어조 하나 바꾸지 않고 생긋 웃었다.

경마장에서 전 재산을 날리고 빚쟁이에게 쫓기고 있던 그녀의 빚은 때마침 합법적으로 부릴 수 있는 노예를 찾고 있던 아리아나 솔라스에게 일시불로 넘어갔고, 그 후로 엘레노르는 알덴샤의 부관이 되어 그가 싸놓은 온갖 똥을 치우는 신세가 되었다. 3번이 아니라 7번 경주마를 찍었던 제 손가락을 피를 토하며 원망해봤으나 기적이 일어나 제가 알덴샤 로웬의 부관이 아니게 되는 일은 일어나지 않았다.

하고 싶은 말은 많았으나 제 목숨만큼 간절한 것은 아니었다. 아주 자연스럽게 엘레노르는 화제를 바꿨다.

"총사령관께서는 여기서 얼마나 더 머무실 거랍니까?"

"개짓거리 한 미친놈 새끼 찾아낼 때까지."

"그건 참 정말로."

"정신 나간 짓거리지."

이 더위에, 이 질척거리는 습지에서, 더위엔 익숙하지 않은 북부인들이 대부분인 병사들을 데리고 누군지도, 몇 명인지도 모를 상대를 찾으라니. 생각할수록 답이 안 나와 알덴샤는 미간을 우그러트렸다.

"젠장, 그딴 놈은 내버려두고 그냥 상−티엘로로 돌아가면……."

"로웬 경, 저는 솔라스 양께 고용된 입장으로 경이 사지 멀쩡하고 바람구멍 난 곳 없이 귀환하실 수 있도록 비상시 둔기 사용이 허락되어 있음을 다시 한 번 상기시켜드립."

"고액채무자면 채무자답게 찌그러져 있어."

그에 엘레노르는 해사하게 웃으며 어느새 손에 들고 있던 잉크병을 꽉 힘주어 움켜쥐었다. 물론 시선이 마주치자 다소곳이 손을 모으며 미소를 짓는 것도 잊지 않았다.

제 등 뒤에서 제 머리에 못을 박아대는 상상을 하고 있을 부관을 무시한 채 알덴샤는 반듯이 각이 잡힌 채 정리되어 있는 서류들을 헤집기 시작했다.

로스왈드 에사스 백작은 중부에서 가장 큰 농지를 가지고 있는 대지주였다. 남쪽으로 내려가면 내려갈수록 저항군의 규모가 커지고 더욱 조직적이 되어가는 향상을 보면 제국 한가운데에 떡하니 버티고 있는 에사스 백작령은 저항운동에 시달린 적 없이 거의 반백 년 동안 평화로웠다. 덕분에 소집령이 떨어졌을 때 총사령관직을 꿰찰 수 있을 정도로 많은 사병들을 동원하는 것이 가능했고, 덕분에 제대로 된 전투 소양이라는 건 손톱만큼도 갖추지 못했다.

그런 자가 처음으로 나선 전투에서 꽤나 대단한 승리를 거뒀다. 쪽수가 조금이라도 비등했다면 결과는 정반대였을 터나 그러지 않았기에 그는 승리했다. 그게 자기 실력이라고 착각하게 되는 것은 그리 어렵지 않았다. 그랬기에 방심했고, 그랬기에 백여 명의 병졸을 급습으로 잃었겠지.

실수를 인정하고 진군을 계속했다면 괜찮았을 거다. 고작 백여 명의 사상자다. 병사들의 사기가 확 떨어지고, 보고서를 쓸 때 조금 모양 빠지겠지만 그것조차 저항군의 짓이라 하면 문책이 떨어지진 않을지도 모른다. 이 익숙하지 못한 기후, 습하고 질척한 대지는 타지인 병사들이 오래 머물기 편한 동네는 결코 아니었다.

그러나 공교롭게도 불탄 진지에서 깃발이 펄럭였고, 그 깃발에 피로 새겨진 조롱에 백작은 제정신을 잃었다.

그리고 그런 백작을 조롱하듯이 이름도, 얼굴도 모르는 그 저항군 잔당은 이제 잡힐 듯 말 듯 애를 태우면서 강을 따라 내려가며 다리를 잘라내고 있었다. 제일 중요한 다리는 밤낮으로 보초를 두어 물 샐 틈 없이 경비하고 있으니 다리가 무너져 전군이 반도 내에 갇혀버릴 걱정은 없었으나, 소용없으리라는 걸 알면서도 계속 다른 다리들을 무너트리고 다니는 게 신경 쓰였다.

그래서 지금 이 상황인 것이다. 정확히 어디에, 얼마나 있는지도 모르는 상대를 찾아 한증막을 연상시키는 날씨에 울창한 밀림을 헤치고 다니는 이 정신 나간 상황.

"경, 저희가 여기에 있을 이유가 더 있습니까?"

지리하게 같은 곳을 맴도는 상념을 끊은 것은 부관의 예의 그 무심한 목소리였다. 엘레노르 카셀이 일에 대해 질문이라는 걸 하는 건 상당히 드문 일이라 알덴샤는 서류를 성의 없이 펄럭거리며 넘기고 있던 손길을 멈추고 고개를 들었다.

"뭔 소리야. 군인이 가고 싶을 때 가고 오고 싶을 때 올 수 있는 건 줄 알아?"

"경이 군인이었군요."

여러 가지 의미가 함축되어 있는 말에 미간을 찌푸렸던 알덴샤는 결국 하, 짧게 숨을 토하며 빙글, 의자를 돌려 앉았다.

"어쩌자고."

"도망가자고요. 에스타니아 여왕도 이미 도망갔는데 그럼 여기 더 있을 이유가 없는 거 아닙니까. 이거 아무리 봐도 가라앉는 배인데."

말해준 적도, 말해줄 생각도 없었던 사실을 어느새 다 알고 있다는 뉘앙스의 말에 알덴샤의 미간이 사정없이 일그러졌다. 엘레노르의 짐작대로 그는 이곳에 순수한 군인의 임무를 위해서 온 것은 결단코 아니었다.

저게 얼마나 더 알고 있는 건지, 저 입이 얼마나 가벼울지 따져보던 알덴샤는 느릿하게 팔짱을 꼈다.

"내가 죽으면 네 빚이 아리아나 솔라스에게 돌아간다는 거 똑똑히 기억해둬."

"……이런 똥한테 비교했다간 똥한테 욕먹을 새끼."

"너, 본심이 나왔다."

그에 언제 험한 말을 했냐는 듯 다시 방긋 미소를 띠는 여자에게 비웃음 섞인 웃음을 흘리며 알덴샤는 깊게 의자 등받이에 몸을 묻었다.

"네가 죽는다고 내가 죽진 않지만 내가 죽으면 넌 죽어. 그러니 가라앉는 배에서 같이 가라앉기 싫으면 뭔가 네가 돌파구를 찾아."

그에 엘레노르는 당장이라도 그의 목을 비틀어 꺾고 싶다는 뜻의 미소를 지었다. 얼굴만큼은 대단히 반반한 여자가 온몸으로 퍼붓는 저주를 뻔뻔하게 무시하며 알덴샤는 기다렸다.

"로웬 경, 좀 나가 죽었으면 좋겠어요."

탕 소리를 내며 군용지도 한 장이 책상 위로 내리쳐졌다. 에센 반도의 지형과 군의 현재 위치 외에도 강을 따라 곳곳에 숫자가 쓰여 있었다. 알덴샤는 그 숫자가 지금까지 무너졌던 다리의 위치를 순차적으로 기록한 것임을 눈치챘다.

그리고 그 숫자는 차츰차츰 강 하류로 향하고 있었다. 그에 따라 탐색의 범위도 변하면서 에센 주둔군의 위치도 조금씩이지만 점차 하류로 내려가고 있었다. 그리고 그 반대편, 상류에 위치하고 있는 것은.

"과연."

한눈에 들어오는 상대의 의도에 알덴샤는 이를 드러내며 웃었다.

"황립사관학교 수석은 아무나 하는 게 아닌가 봐."

"그럼 이제 집에 좀,"

"이 녀석 잡으러 가야지."

그리고 그 말에 한순간 확 밝아졌던 엘레노르의 얼굴이 푹 썩어들어갔다.

◦ ❀ ◦

"윽!"

또다시 지렛대로 삼았던 나무 막대기가 부러지며 그 여파로 몸이 휘청거렸다. 이제는 익숙해진 욕지거리를 중얼거리며 리즈벳은 덜덜 떨리는 다리에 힘을 주어 댐에 몸을 기대었다. 대체 얼마나 지고한 역사를 자랑하고 있는지는 알 수 없다만 돌을 얼기설기 엮어 만든 댐은 벌써 며칠을 두드려대는 데도 작은 부스러기 얼마를 떨어트리며 흔들릴 듯 말 듯 할 뿐, 무너질 기미가 보이지 않았다.

"……아파."

흐트러진 숨을 애써 고르며 입 밖으로 그렇게 소리 내어 말해봤으나 돌아오는 대답은 없었다. 후들거리는 손으로 땀에 젖어 이마에 달라붙은 머리카락을 쓸어넘긴 리즈벳은 애써 손가락 끝에서 쏟아져 나오는 상념들을 붙잡으려 노력했다.

이제 오늘 아니면 내일 비가 내리기 시작하고, 에센 반도의 우기가 시작된다. 그럼 이 초원은 형태를 바꾸어 커다란 습지가 될 거다. 쏟아지는 비에 범람할 강이 연합군이 주둔했던, 그리고 이제는 제국군이 주둔하고 있는 고지마저 집어삼키는 사태를 막는 것은 이 댐뿐. 이 댐이 있었기에 강은 물줄기를 틀어 고지를 빗겨가는 것뿐이다.

이게 무너지면 인스켈군은 꼼짝없이 늪지로 변해버린 반도 안에 갇힌다.

여기서 주저앉으면 안 돼. 다리를 무너트리는 것은 그리 대단한 눈속임도 되지 못한다. 들키면 당장 수색이 강의 상류 쪽으로 몰릴 것이고, 많은 병사들이 올 거다. 그러면.

죽겠지.

스스로가 놀랄 정도로 덤덤하게 그리 결론을 내자 어쩐지 웃음이 나와 리즈벳은 키득거리며 웃었다. 그렇게 되면 참으로 허무하겠다. 오라버니도 비웃겠지. 그렇게 잘난 듯 지껄이더니 고작 이렇게 끝낼 거냐고. 윈터도 웃겠지. 고작 그렇게 죽으려고 도망간 거냐고.

안 되지. 그럼 안 되지.

시작했으니 끝장을 봐야지. 몸이 조금 힘들다고 관둘 거였다면 불은 왜 질렀으며 그 많은 사람들은 왜 죽였나.

"나 아파. 힘들어. 그만하고 싶어……."

그들에게도 가족이 있었겠지. 친구가 있었고, 애인이 있었고, 그 죽음에 살아갈 희망을 잃을 이도, 생이 끝장나버렸다 느꼈을 이도, 똑같이 돌려주겠다고 이를 갈며 피눈물을 흘린 이도 있었겠지.

얼굴도 모르지만, 만나본 적도 없지만, 아니, 있을지도 모르지만, 다들 많이 원망하겠지. 증오하겠지. 그 이름도 모르는 년, 뭐 그리 중요한 게 있었기에 우리 귀한 아들을 죽였냐고 저주하겠지.

"돌아갈래. ……보고 싶어."

여전히 대답은 없다. 피로에 찌든 몸은 잠이 들어도 꿈조차 꾸지 않는다. 별 의미 없이 제 머리를 몇 번 토닥이던 리즈벳은 양손을 들어 얼굴을 쓸어내렸다. 혼자서 칭얼대고, 혼자서 어떻게든 추스르고 몸을 일으켰다.

"누구냐!"

그때, 강 건너편에서 소리치는 소리가 들렸다.

"수상한 놈이다! 잡아라!"

리즈벳은 혀를 차며 재빨리 댐의 석벽에 몸을 기대고 근처 풀밭에 던져두었던 검을 빼들었다. 살을 몇 번 베고 나니 무뎌진 날이었으나 그래도 몇 번 정도는 더 쓸 만했다.

상대는 대략 열 명 정도였다. 아주 정석적인 인스켈 십인대의 편성이었다. 몇 번 화살을 날리던 적들은 그녀가 끈질기게 몸을 숨기자 칼을 빼어들고 언덕을 내려와 강을 건너오기 시작했다.

"저 계집애가 정말로……."

"더러운 개새끼들, 자비를 보여줘도 고마운 줄 모르고……."

"그러니 남부의 버러지들은 싹 다 죽여 없앴어야 했는데……."

저를 포위하듯 빙 둘러싸는 병사들이 뭐라 지껄여대는 소리가 조각나 귓가를 스쳐지나갔다.

한 걸음 뒤로 물러서 검을 양손으로 들며 리즈벳은 길게 숨을 골랐다. 한두 놈만. 활을 가지고 있는 놈들만 골라서 먼저 공격한 후 도망가면.

"무기 버려!"

빠르게 주위의 지형을 파악하고 상대의 반응을 관찰하며 리즈벳은 천천히 뒷걸음질 쳤다.

오른쪽의 둘. 저 둘이 어리숙해 보인다. 상대가 여자 하나라는 걸 보고 확연히 안심한 게 보였다. 저 둘 중 하나를 뚫고 후방의 궁수 둘을 죽인다.

"당장 무기 버리고 손들라고 했어!"

셋을 센 후에.

"안 버리면 쏜다!"

셋.

둘.

하나.

"움직이지 말라고 했,"

그 말이 미처 끝나기 전 리즈벳이 화살처럼 쏘아져 나갔다. 오롯이 실전만으로 단련된 몸은 위기 상황이 되자 피로조차, 아픔조차 잊고 움직였다.

"억!"

"크윽!"

실전경험에서 월등히 앞서는 리즈벳의 검은 단번에 허공을 가르고 아직 미처 상황 변화에 대처하지 못하고 있던 신입의 목을 갈랐다. 허공으로 튄 피가 미처 수면 위로 떨어지기도 전, 그녀는 그대로 후방에서 활을 장전하고 있던 궁수에게 온몸으로 부딪쳤다.

억, 소리를 내며 중심을 잃고 넘어진 남자의 목덜미를 확 끌어올리자 그때 마침 쏘아졌던 화살이 남자의 미간 한가운데에 박혔다.

"카, 카를!"

방패로 쓰인 동료가 눈을 까뒤집으며 절명하는 모습에 경악한 비명이 울렸다. 그 어떤 감정을 느낄 여유도 없이 리즈벳은 방패로 썼던 병사의 시체를 내던지고 마지막 남은 궁수에게 달리기 시작했다.

까앙, 반사적으로 들어올린 검이 힘 있게 휘두른 검에 부딪쳐 휘청거렸다. 맞부딪친 순간 검날을 따라 검을 흘리는 것이 일반적이었으나 그 정도의 기술은 그녀에게 없었다.

"이 계집년!"

몸이 휘청한 순간에 등 뒤에서 칼이 찔러들어왔다. 억지로 몸의 궤적을 틀어 바닥을 구르자 등이 화끈하게 달아오르듯 아팠다. 신경줄이 지져지는 감각에 눈앞이 새하얗게 물들며 균형을 잃은 몸이 강바닥에 세게 부딪쳤다.

······아아, 정말 해도 해도.

다리가 꺾이는 순간, 마지막까지 혹사되었던 하반신의 근육이 모조리 풀린 듯했다. 눈앞으로 칼이 날아오는데 움직일 수가 없었다.

그때였다.

억! 숨 막히는 소리와 함께 눈앞의 병사의 몸이 볏단처럼 고꾸라졌다. 첨벙, 물이 튀기는 소리에 눈을 뜬 리즈벳은 멍하니 투명했던 강물이 피에 젖어드는 것을 바라보았다.

시체가 된 남자의 뒤통수에 박혀 있는 화살.

"누, 누구냐!"

먼저 반응한 것은 십인장으로 보이는 병사였다. 그러나 반응을 했다 해서 대처를 할 수 있는 것은 아니었다.

그녀의 뒤쪽 숲 속에서 석궁을 든 여자가 걸어 나왔다. 다갈색의 피부, 새까맣고 웨이브 진 머리카락. 왼쪽 볼에 새겨진 것은 전사의 문신. 새긴 순간 적어도 백인대를 이끌 수 있는 소대장급의 지휘관이었다.

그리고 에스타니아인 특유의 외모를 하고 있는 여자의 뒤로 긴 칼을 든 남자가 걸어 나왔다. 저 반월처럼 휜 검을 보아하니 전방에 서서 전투를 이끄는 돌격대장이다. 그 뒤를 따르는 여자는 장창병. 그 뒤의 남자 둘은 일반 단창병들.

"수, 수로는 우리가 우위다! 단숨에 제압해!"

심상찮은 기세를 느낀 적 지휘관이 소리를 지르며 독려하자 제국군은 함성을 지르며 돌격하기 시작했다. 그런 이들을 쏘아보는 전사의 샛노란 눈이 가늘어지며 그녀의 한 손이 올라갔다. 그 손짓에 검사를 앞세운 두 명의 단창병들이 앞으로 나섰다.

처음은 느릿하게, 마치 상대를 재보듯 시작했던 걸음은 점차 속도를 높여 두 부대가 부딪쳤을 때엔 그들은 맹렬한 속도로 언덕을 달려 내려오고 있었다.

리즈벳은 순식간에 변한 전세를 반쯤 넋 놓고 바라보았다. 그녀를 쥐 가지고 놀듯 몰아넣던 제국군은 한눈에 봐도 정예가 분명한 에스타니아군의 등장에 맥을 못 추고 속절없이 무너져 내렸다. 남자의 반월도가 춤추듯 화려하게 허공을 가르는 빈틈을 단창병 둘이 날카롭게 찔러들어가며 피를 뿌렸다. 여덟이었던 적의 수가 여섯, 셋, 하나가 되더니 순식간에 아무도 남지 않았다.

「컴파넬로.」

마지막 적군이 쓰러지고, 전사가 다가와 그녀에게 손을 내밀 때까지 리즈벳은 그 모습을 멍하니 바라볼 뿐이었다. 상황 파악이 안 되는 것은 둘째치고 뭘 어떻게 반응해야 할지도 몰랐다. 그래봤자 여기서 손가락 하나도 움직일 수 없다는 사실이 변하는 건 아니겠지만.

그래도 아까의 제국군과 비교했을 때 훨씬 제게 무해해 보이는 여자의 태도에 리즈벳은 느릿하게 입을 열었다.

「누구세요?」

그 질문이 예상외의 것이었는지 여자는 잠시 멈칫하다가도 정중하게 대답했다.

「신 에스타니아 왕국 오를페냐군 소속, 데아 엘 소르디아다.」

그 말에 리즈벳은 살짝 눈썹을 치켜떴다. 오를페냐군은 여왕의 직속이라 할 수 있을 정도로 추리고 추린 엘리트들이었고, 그와 비례해서 디아고 왕가에 대한 충성심도 대단했다. 멸망하기 전에는 여왕의 친위대가 꾸려졌던 집단인 것이다.

「레아냐께서 보내서 오신 건가요?」

그 말에 데아의 얼굴이 미미하게 굳었다. 한참 잡아 늘인 침묵 후, 그녀가 느릿하게 입을 열었다.

「사실 레아냐께서 별동대를 소집하셨을 때, 일부러 자원했어. ……전쟁이 지긋지긋했어.」

리즈벳은 뭐라 말을 하려고 입을 열었다가 다시 다물었다.

두루뭉술하게 넘긴 말이었으나 행간의 의미는 충분히 이해할 수 있었다. 결사대라 해도 모두가 죽을 각오로 임한 것은 아니었던 것이다.

이사벨라의 본군을 따라 배에 탔다면 좀 더 높은 확률로 살아 도망칠 수 있었을 것이다. 그러나 그 배가 향하는 곳은 상-티엘로. 또 다른 전장이다.

죽고 싶지 않았을 거다. 죽이는 것도, 언제 죽을지 모른다는 것도 지긋지긋했을 것이다. 그녀는 그들의 결정을 이해할 수 있었다.

「왜, 이제 와서 날 도와주는 거예요……?」

이해할 수 있기에 자연스레 드는 의문이었다. 그에 탈주병들의 표정이 애매하게 일그러졌다. 한참을 망설이던 병사들 중, 검사가 느릿하게 입을 열었다.

「……네가 혼자서 놈들의 막사에 불을 질렀던 것을 봤다.」

리즈벳은 기가 막혀 남자를 빤히 올려다보았다.

「잠깐만요, 그럼 그걸 다 보고 있었으면서……!」

지금까지 코빼기도 보이지 않았다고?

그 말에 무거운 침묵이 떨어졌다.

「……처음에는 알 바 아니다 생각했었지. 어떤 각오로 탈영했는데 이제와서……. 그런데 창도 제대로 쥘 줄 모르는 너 같은 녀석도 필사적으로 싸우는데, 우리가 가만히 있는 건 너무.」

부끄러워서.

미처 입 밖으로 낼 수 없었던 말을 이해해 리즈벳은 고개를 숙였다. 데아가 천천히 입을 열었다.

「그대의 공을 이제 와서 가로채고 싶은 건 아니야. 그대의 성과에 무임승차할 생각도 없어. 우린 그저…… 잘못된 선택을 한 것을 뉘우치고 다시 기회를 받고 싶을 뿐이다.」

「……난.」

뭐라 할 수 없는 심정에 그녀는 입을 열 수가 없었다.

이성으로는 어떻게 행동해야 할지 또렷하게 알 수 있었다. 이것이 기회라는 것도 확실히 알았다. 혼자보다는 둘이, 둘보다는 셋이, 셋보다는 다섯이 이 댐을 무너트리는 데 유용하다. 댐이 무너진 후에 도망쳐 상—티엘로까지 가는 것도 편해진다. 혼자서 긴 거리를 여행해본 적이 없고 이 근처의 지리조차 알지 못하는 그녀의 입장에서는 한두 명의 동행자만 있어도 감지덕지할 판인데 다섯 명이나 있다. 이들의 리더로서 행세한다면 이사벨라도 그녀의 말의 진위를 쉽게 의심할 수 없을 것이다.

그러나 그 기회를 냉큼 낚아채기엔 저들이 그녀를 보는 시선이 마음에 걸렸다.

그 어떤 고결한 이유가 있어서 했던 일이 아니다. 다른 선택지가 있었다면 하지 않았을 것이다.

존경받을 만한 일이 아니다. 감동받을 만한 일이 아니다. 이 모든 것은 결코 에스타니아와 그 국민들을 위한 일이 아니었다.

그저, 너무나 개인적이고 이기적이기까지 한 이유 때문에.

「난, 당신들이 생각하는 것 같은 고결한 이유로 이렇게 하는 게 아니에요.」

그러나 그 말에 오히려 데아는 조금 웃었다.

「그게 오히려 더 대단하다고 생각해. 스스로의 이상에 취해서가 아니라 냉정하게 판단해 이리한 것이라면.」

그에 리즈벳은 그저 웃었다.

아니야, 당신은 정말 몰라.

그러나 양심의 가책 때문에 이들을 끝까지 거절하기에는 그녀의 상황이 너무도 안 좋았기에.

「……그렇다면 대모후께서 인도하시는 대로.」

「컴파넬로, 우리는 언제나 그대의 지혜를 믿는다.」

그리 내민 손을 맞잡으며 웃는 여자를 거부하지 못한 것은 동지라 부르며 스스로 맞잡아오는 손이 따듯했기에.

이 긴긴 악몽을 함께 꿀 이가 절실했기에.

프레데릭이라 이름을 밝힌 검사는 들고 있던 곡도를 집어넣고 등에 메고 있던 철퇴를 끄집어내며 댐의 석벽을 고갯짓했다.

「이걸 부수면 되는 거지?」

혼자서는 며칠이 걸려도 꿈쩍도 하지 않던 벽은, 다섯이 거들자 고작 몇 번 만에 구멍이 뚫려 무너져 내렸다. 콸콸 쏟아져 내리는 물이 순식간에 수로를 채우는 모습을 보며 리즈벳은 눈을 감았다. 대량의 물이 쏟아져 내리는 소리가 뭐라 할 수 없을 정도로 시원했다.

「……가지요.」

그 어떤 진실도 밝히진 않았으나 어째서인지 마음은 가벼웠다.

돌아서는 입가에 저도 모르게 작은 미소가 맺혔다.

· ✤ ·

"그냥 이렇게 보내는 건가요?"

"그러게."

멀어져가는 에스타니아 탈주병들을 멍하니 바라보고 있자니 곁에서 엘레노르가 넌지시 물었다. 그에 정신을 차리고 알덴샤는 고개를 저어 상념을 털어냈다. 어느새 기세를 높여 쏟아지기 시작한 비에 젖은 머리에서 물이 뚝뚝 떨어졌다.

마침 그쪽으로 향하는 소대 하나의 뒤를 밟아서 목격한 장면은 순식간에 예상을 벗어나는 결과로 이어졌다. 이 소식이 아리아나에게 전해진다면 그 여자 특유의 심드렁한 표정으로 욕을 한참 해대겠지만 그 정도는 아무래도 좋았다.

"지금이라도 저걸 틀어막을…… 생각은 없는 거겠지요."

"물론."

쓸데없는 아군의 죽음은 최대한 피할 생각이었으나 인스켈이 영토를 빼앗기며 패전을 거듭하는 것은 오히려 환영할 만한 일이었다. 그런 의미에서 에스타니아 측에 이 정도 그림을 그려낼 수 있는 이가 있다는 건 바람직한 일이다.

"아주 시원하게 쏟아져 내리는군그래."

콸콸 소리를 내며 쏟아져 내리는 강물은 곧 기세를 살려 주변의 땅을 집어삼키기 시작했다. 게다가 여기에 비까지 내리고 있으니 하류의 수심은 순식간에 불어날 것이다. 곧 우기가 시작되니 물이 언제 빠질지는 요원했다.

꼼짝없이 에사 반도에 삼만 군대가 발이 묶이게 생겼다.

이 사실이 상부에 알려진다면 여황의 진노가 만만치 않겠지. 이사벨라 델 디아고를 놓친 데다가 이대로 상-티엘로가 연합군의 손에 떨어진다면 에사스 백작은 총사령관으로서 그 책임을 피할 수 없을 것이다.

어느새 흠뻑 젖은 머리에서 떨어지는 빗방울을 쓸어내리며 알덴샤는 스르르 눈을 감았다. 세차게 쏟아져 내리는 비에 질척하게 젖어 몸에 달라붙는 옷자락이, 끈적하게 몸을 짓누르는 후덥지근한 더위마저도 한순간 느껴지지 않았다. 깊게 숨을 들이쉬고 내쉬며 그는 아주 오랜 시간 동안 심장을 짓누르고 있던 무언가가 이 폭우에 씻겨 내려가는 듯 느꼈다.

"이 땅에 사는 이상, 저도 그렇게 홀로 설 수 있기를 바랐을 뿐이에요."

살을 얼리고 뼈를 시리게 하는 눈보라가 쏟아졌던 겨울날의 밤, 그렇게 말했던 아이를 기억해냈다. 제 손안에 있는 것만이라도 지켜내고 싶어 그토록 노력해왔었거늘 그는 그 조그마한 아이조차 지켜내지 못했다.

아무리 찾아도 찾지 못해서 너도 죽었구나 싶었었는데.

"……그래, 살아 있었단 말이지."

저 아이는 과연 누구인가. 이젠 아무도 기억하지 못할 인스켈의 이상을 읊던 아이는 왜 지금은 에스타니아의 편에 서서 인스켈에 창끝을 겨누고 있는가. 무슨 일이 있었기에 날붙이 하나 잡아본 적 없던 아이가 전쟁터에 있는가.

그러나 살아 움직이는 아이를 보자 신기하게도 예전이라면 궁금해했을 그 모든 것이 다 아무래도 좋다 생각되었다.

"어이, 가자."

갑자기, 난데없이, 이유 불명으로 기분이 좋아 보이는 상관의 모습을 수상하다는 듯 흘끗거리고 있던 엘레노르가 먼저 앞서가기 시작한 그의 뒤를 따라 걸었다.

"어쩌게요."

"대가리가 멍청해서 애꿎은 병사들이 죽어나가게 둘 수야 있나."

그렇게 말하는 알덴샤는 즐거워 보이기까지 했다.

"이불 속에 고개 박고서 덜덜 떨고 있을 총사령관 각하께서 그 무거운 군권을 내려놓으실 수 있도록 도와드려야지."

고양된 기분은 전염되는 것인지 이제껏 뚱한 표정이던 엘레노르도 결국 핏, 작게 웃어버렸다.

"오랜만에 마음에 드는 말씀을 하시네요."

* ❧ *

소리 없는 경악을 온몸으로 보이며 카산드라는 튕기듯 자리에서 일어섰다.

「……살아 있다고.」

「예! 엔살루카 해안가에 있는 것을 도레스 경이 구출해 왔습니다. 지금 부두에 닻을 내리고 있으니 곧 이쪽으로…….」

들뜬 기색을 숨기지 못하고 떠들어대는 전령을 손을 저어 조용히 시키며 카산드라는 이를 악물었다. 밖에서는 버티고 버티고 버티다 기어코 쫓겨난 상-티엘로의 마지막 잔존병을 몰아낸 축제가 사흘째 계속되고 있었다.

상-티엘로로 에스타니아 본대를 안전히 입성시키기 위해 고스란히 희생된 삼백을 기리는 의미에서 더욱 성대했던 축제였다.

아무도 살아남지 않았어야 했다, 그런데.

「인스켈의 원군이 오지 않은 것이 고작 여섯. 그것도 죽을 각오로 남았던 별동대의 생존자 때문이었다고.」

그리고 그중 하나가.

생각이 그에 닿자 몸이 차갑게 식으며 등골을 타고 식은땀이 흘렀다.

「데스텔로냐 경.」

저를 부르는 전령을 무시하며 카산드라는 창백하게 질린 얼굴로 문을 열어젖혔다.

확인해야 했다. 그냥 말을 전해듣는 것만으로는 믿을 수 없다.

"계집아이는 내가 같이 지옥에 끌고 가도록 하지. 모든 책임은 내게 물려라."

이미 죽을 것이 결정된 상관에게 그녀는 더 할 수 있는 말이 없었다. 안셀라 클렌디온의 예지에 가까운 능력은 은연히 에스타니아군 내부에 두려움을 야기했고, 일부는 그 근원이 내부에 침투해 있을지도 모르는 첩자들에게서 비롯한 게 아닌가 의심했다.

누이가 죽으면 클렌디온에게, 은근히 에스타니아를 장악하려 드는 로세이유 사령부에 경고가 되리라.

아이 하나의 목숨은 결코 나라의 안존보다 무거울 수 없다. 그렇기에 그녀는.

「데스텔로냐 경.」

끝없이 이어지던 상념을 멈춘 것은 달콤한 여자의 목소리였다. 카산드라는 보이지 않는 손에 목이 졸리는 듯한 심정으로 고개를 들어, 막 배에서 내려서고 있는 한 무리 인파의 선두에 서 있는 젊은 여자를 바라보았다.

귓가에서 짧게 자른 물결치는 금발과 초봄의 가장 연약한 새싹을 닮은 눈동자. 동그랗고 유순하게 꼬리가 처진 눈과 인형같이 예쁘장한 얼굴 생김새는 변함이 없거늘, 그녀가 잠시나마 알았던 아이는 이제 더 이상 아이라 부를 수 없는 모습을 하고 있었다.

뙤약볕에 그슬리고 날붙이에 상처 입은 몸에는 경갑이 자연스레 어울렸다. 죽음에게 승리하고 살아 돌아온 여자에게는 뭐라 표현할 수 없는 위압감이 있었다.

리즈벳 클렌디온은 힘 있게 걸음을 디뎌 그 자리에 얼어붙은 카산드라를 스치고 지나갔다.

그 찰나의 눈맞춤. 가볍게 휘어지며 눈동자에 떠올랐다 스러진 웃음에 카산드라는 심장을 찔린 듯 비틀거렸다. 확 달아오른 얼굴을 주체 못 하고 입을 틀어막아 비명을 삼키며 그녀는 물밀 듯이 몰려오는 처절한 감정에 쓸려 내려갔다.

죽음을 의도했거늘 살아 돌아와 저를 보며 눈을 접어 웃는 그 미소가, 입 밖으로 내지 않았던 말이 애써 외면하고 있던 것들을 들쑤시면서 비웃었다.

네 나라를 위해서라면서도 너는 같이 죽어줄 용기조차 없었지.

「리즈벳 클렌디온.」

그리고 저도 모르게 무너지듯 주저앉은 그녀의 뒤에서 이사벨라 델디아고가 부두에 모습을 드러내었다.

여왕은 걸음을 서둘렀는지 가볍게 숨을 몰아쉬고 있었다. 저보다 머리 한 개는 작은 여자를 내려다보는 그녀의 시선이 뒤엉킨 수백 가지 감정으로 일렁였다.

그런 이사벨라를 앞에 두고 리즈벳은 가볍게 손을 가슴에 얹은 채 허리를 숙여 예를 표했다.

「대모후의 가호하에 신, 에스타니아의 리즈벳 클렌디온 이하 5인, 레아냐께 보고 올립니다. 로데릭 엘 크레소 이하 별동대의 294인, 끝까지 임무를 완수하고자 싸우다 영예롭게 전사하였습니다.」

그를 전하는 목소리는 여전히 담담함을 유지하였으나 가늘게 끝이

갈라졌다. 이름을 붙일 수 없는 감정에 젖어든 목소리를 숨기며 리즈
벳은 주저 없이 맨땅에 무릎을 꿇었다.

「죽음을 함께하지 못하고 살아 돌아옴을 책하소서.」

말이 담은 그 무거운 현실이 머리 위를 지그시 짓눌러왔다. 그 침묵
을 깬 것은 사락, 옷자락이 흔들리는 소리였다.

「내가 명했던 것은 우리가 함께 꿈꾸었던 자유를 위해 필요했던 시
간뿐이고, 그대들 모두는 나의 명을 충실히 행했다.」

무릎 꿇은 이보다 더 몸을 낮추며 이사벨라는 물집과 갓 생긴 굳은
살이 가득히 박인 손을 강하게 쥐었다.

「여섯을 위해 목숨을 버린 이백아흔넷도, 여섯으로 삼만과 맞선 그
대들도 자랑스러운 에스타니아의 전사이다. 부끄러워해야 할 것은 그
런 명을 내릴 수밖에 없었던 나의 미욱함뿐이다.」

고개를 숙이고 있던 리즈벳의 숨이 흐트러졌다. 그런 그녀를 복잡
한 시선으로 내려다보던 이사벨라는 차오르는 죄책감을 억누르며 스
르르 눈을 감았다. 손을 뻗어 어깨를 끌어안자 아직 채 완전히 여물지
못한 어린 몸이 품 안으로 무너져 내렸다.

고작 열여덟이라고 했다. 너무 어려서 무서울 정도였다.

이런 아이를 이용하여 안셀라의 신이 보여주는 미래에 가담하고 싶
지 않았다. 그 잔인함에 일조하고 싶지 않았다. 이 전쟁에서 사람이
상처받고 죽어나는 것은 어쩔 수 없다는 것은 알고 있으나, 아니, 가
끔은 그렇게 계획할 수밖에 없는 처지일 수밖에 없기에 최대한 계획
된 상처에 동참하는 것은 피하고 싶었다.

그러나 이 아이는 여기까지 살아남아 왔지. 누가 준비했는지도 모
르는 함정을 부수고, 스스로의 의지로.

스스로가 원하는 것을 위해서.

「저 아이에게 필요한 것은 제가 가지고 있는 것이 아니라 공이 가지고 있는 것입니다.」

이조차 안셀라의 예상 안인가. 그녀 역시 안셀라의 신이 안배한 선로 위를 달릴 수밖에 없는 건가.

「잘 싸웠다. 잘 살아남아주었다.」

그러나 그 말에 차오르는 울음을 참느라 입술을 짓이기는 소녀의 어깨가 채 숨기지 못하고 주체할 수 없이 떨렸다. 제 친오라비에게서는 결코 들을 수 없었을, 아마 이 싸움에 홀로 뛰어든 후 아무도 해주지 않았을 말. 고작 그 말 한마디에 이제까지 흠잡을 수 없을 정도로 훌륭히 어른 흉내를 내고 있던 아이가 너무나 간단하게 무너져 내리는 게 보여 이사벨라는 아이를 끝까지 외면할 수 없었다.

예정되어 있는 결과라는 게 뭐 어떤가. 안셀라의 셈대로라는 게 뭐 어떤가.

이 아이는 이렇게까지 힘을 내었다. 스스로가 바라는 미래를 위하여 결론적으로 그녀의 나라의 승리에 보탬이 되었다. 그렇다면 이 아이는 보상을 받아야 마땅하다.

「그대들 하나하나에게 참으로 미안하고도 고맙구나.」

이사벨라는 고개를 들어 아이의 뒤로 부복하고 있는 이들을 하나하나 바라보았다. 여왕보다 더 높은 곳에 있을 수는 없기에 한껏 몸을 낮춘 이들은 시선을 받자 감격하며 고개를 조아리기도, 죄책감에 시선을 돌리기도 했으며, 벅차오르는 감정을 추스르기 위해 이를 악물기도 했다.

죽을 것이라 포기하고 보냈던 이들이 이만큼이나 살아 돌아왔다.

그것만으로도 충분했다. 도망칠 수도 있었을 텐데 끝까지 맡은 임무를 다했다.

그러니 어떻게 살아 돌아왔느냐는 사실은 무관했다.

「이제는 내가 지켜주마.」

· ❖ ·

"윽……!"

아스트라다 레인은 본능적으로 뒷걸음질을 쳤다. 에덴바르 고원에는 심하게 바람이 불고 있었다. 덕분에 세차게 휘날리고 있던 옷자락이 변을 당했다. 마치 허공에 반듯한 선이 그어진 듯 그 너머로 넘어갔던 옷자락은 순식간에 한 줌의 재가 되어 스러졌다.

"과연."

소문대로. 아니, 그 이상인가.

마치 맹수를 가둬둔 우리 안을 구경하듯 아스트라다는 고원 한가운데에 난데없이 자리 잡은 황무지를 바라보았다. 중부의 평원지대에는 비할 바가 못 되었으나 나름대로 울창한 수풀과 고지대 특유의 산림을 자랑하던 고원은 이제 풀벌레 하나 살지 않는 폐허가 되어 있었다. 난데없이 나타난 윈터 드레스덴이 자리 잡은 직후에 생긴 일이었다.

주위의 시간은 이미 봄을 넘어 여름으로 달려가고 있는데 이곳만은 끝이 보이지 않는 한겨울이었다. 손에 잡힐 듯 짙은 사기(死氣)에 속이 메스꺼워지는 것을 느끼며 아스트라다는 다시 한 걸음 뒤로 물러났다.

그 모습을 말없이 바라보고 있던 안드로베카는 느릿하게 입을 열었다.

"이지가 사라졌다 한다. 더 이상 대화가 통하지 않는다고."

"그런가요."

고개를 작게 숙여 수긍하고 아스트라다는 황무지의 심장, 이곳에서는 겨우 보일 듯 말 듯한 거리에 미동도 없이 누워 있는 흰 형체를 바라보았다. 윈터 드레스덴은 북부의 마을 하나를 황폐화시킨 후 이곳에 드러누워 거의 보름째 잠들어 있었다.

"강해진 신성 덕에 침식이 시작된 것이겠지요."

짧게 기록이 남아 있긴 했다. 아를로한 1세의 사후, 윈터 드레스덴은 이와 비슷한 증세를 보였다 한다. 타인과의 의사소통을 거부하고 뚜렷한 목적도, 예측 가능한 행동 패턴도 없이 대륙을 헤매고 다녔다. 발작적으로 신성이 터져 나와 주변의 생명 있는 모든 것을 쓸어버리곤 했다. 피아를 구별하지 않았고, 자비 한 점 베풀지 않았다. 살육을 즐기는 듯도 했다. 그 전까지만 해도 인스켈인들 사이에서 영웅시되었던 드레스덴 대공이 현재와 같은 꺼림칙한 존재가 된 것은 아를로한 1세의 시해와 카를 2세에게 쪼개져 봉인되기 전의 이 시기 때문이었다.

"침식."

"계약한 신이 인간의 의식을 먹어치우고 있는 것이지요."

그 말에 얼음을 조각해놓은 듯한 여황의 무표정에 미미한 균열이 일었다.

"……확실한가."

한참을 침묵하다 겨우 내놓은 말에 아스트라다는 웃음이 나오려는 것을 참았다.

"확실합니다."

잠들 수 없을 윈터가 기동을 멈춘 듯 저러고 있는 것은 아직 남아 있는 이성이 저항을 하고 있는 것이겠지. 그러나 그것도 지금뿐, 생명 있는 것을 죽이면 죽일수록 강해지는 신이니 조금만 더 죽이면 인간으로서의 의식은 완전히 사라질 것이다.

무엇이 그렇게 스러져가던 신성을 되돌렸나. 무슨 일이 있었기에 노련하게 제한하고 있던 신성을 그리 끌어 썼던가. 이리 잡아먹힐 뻔한 게 처음도 아니고, 시작되면 스스로 멈출 수 없다는 것도 알고 있었을 텐데 도대체 왜.

그리고 또한.

인간을 밀어내고 몸을 오롯이 차지한 신은 대체 어떤 모습을 하고 있을 것인가. 기록에 인하면 '제왕'과 계약했던 로세이유의 샤를 5세는 침식이 완전해지기 전에 윈터에게 살해당했다. 윈터는 공교롭게도 카를 2세에게 봉인당해 신성이 약해졌기에 침식을 멈출 수 있었다.

이번에는 그 모습을 볼 수 있을 것인가.

순수한 흥미가 깃든 눈동자가 번들거렸다. 미처 주체하지 못하고 올라가는 입꼬리를 감추기 위해 그는 애써 손을 들어 입매를 가렸다.

보고 싶다. 알고 싶다. 그 누구도 보지 못했을 새로운 지평. 금기란 이름으로 닫혀버린 진실. 어떻게 하면. 저 지경이 되어서도 아직까지 인간임을 포기하지 않은 자를 어떻게 하면.

"*은쟁반 위의 배신자의 목.*"

확실히, 그렇게 말했었다 했지?

"구 로세이유의 반역자들이 루이망까지 올라왔다 들었습니다."

그가 이제까지 필사적으로 지켜왔던 인간성을 포기하면서까지 원했던 것. 배신자가 정확히 누구인지는 알 수 없으나 이전의 윈터가 그 토록 끔찍해했던 이라면 알고 있다.

"폐하께서 원하시는 것은 대공의 신성이 적군에게만 향하게 하는 것이 아닙니까? 그렇다면 이번 기회에 안셀라 클렌디온을 제거하시 지요. 대공이 애초에 원했던 것이 그것이니 클렌디온의 기척이 가까 워지면 그에 반응해 움직일 겁니다."

그 미래시(未來示)의 신을 깃들인 안셀라 클렌디온이라면 이 상황을 조성했을 가능성이 크리라. 안셀라를 끌어들인다면 윈터는 반응할 가 능성이 높다.

휙 뻗어간 아스트라다의 손가락이 산맥 너머로 희미하게 보이는 해 안의 도시를 가리켰다.

"저곳, 오를레앙에서."

그 말에도 여황은 한동안 답이 없었다. 여황의 시선은 그의 손가락 끝도, 심지어는 그의 얼굴조차도 보고 있지 않았다.

"……되돌릴 방법은 없나."

한참 후에나 흘러나온 말에 아스트라다는 가만히 여황의 얼굴을 바 라보았다. 불경이었고, 평소라면 절대 허락될 리는 없는 일이었으나 신경이 황무지의 신체에 쏠려 있는 지금, 여황은 절 바라보는 학자의 시선마저 알아채지 못한 듯했다.

그는 명백히 평소의 예기를 잃은 여황을 바라보며 느릿하게 입을 열었다.

"뒤집을 방도 말입니까."

역사가 증명하지 않았나. 카를 2세가 그랬듯, 이성이 최대한 돌아 왔을 때를 노려 희생을 각오하고 저 몸을 조각내어 봉인하면 멈추겠지.

"없습니다."

깔끔한 미소를 얼굴에 그리며, 아스트라다 레인은 그렇게 단언했
다.

"빵을 내놔라!"

"전쟁질 때문에 우릴 다 굶겨 죽일 셈이냐!"

"나라를 위해 내 아들들을 모조리 내놓았는데 이게 그 답례냐!"

사납게 몰려든 군중은 시간이 지날수록 그 수가 불어났다. 황태녀가 영주관 관사에 들었을 때에는 이미 관사의 울타리를 둥글게 에워싸고서 소리를 질러대고 있었다. 앙시앙은 비교적 작은 도시였으나 그 도시의 모든 주민이 관사로 몰려든 것처럼 보였다. 2천은 족히 되어 보이는 수의 군중이 울타리를 흔들어대고 문을 주먹으로 두드렸다. 금속 울타리가 철컹거리는 소리와 문이 흔들리는 소리에 관사가 지진이라도 난 듯 흔들리는 착각이 들었다.

굳은 표정의 브란티아는 그 모든 것을 관사 3층의 유리창 너머로 내려다보았다. 표정을 읽을 수 없는 황태녀의 침묵에 앙시앙의 영주만이 식은땀을 흘렸다.

"송구합니다, 전하. 곧 진압하도록 하겠,"

"아니."

낮으나 단호하게 내뱉은 브란티아는 천천히 고개를 저었다. 꽉 힘주어 잡은 드레스 자락이 땀에 젖어들었다. 그것을 필사적으로 감추며 그녀는 영주에게 보이지 않게 등을 돌린 채로 입술을 깨물었다.

상황은 생각보다 더 심각했다. 안 그래도 근 몇 년은 흉작이었거늘 로세이유와 에스타니아의 반란이 길어지자 중남부 평원의 밀 공급이 끊겼고, 군수품을 대느라 남아 있던 밀도 빠르게 소모되어갔다. 상인들은 이때를 틈타 밀을 매점매석했고, 지방 영주들은 상인들과 유착해 그를 눈감아주는 것으로 뒷돈을 챙겼다. 그 대가로 북부의 백성들이 굶주리고 있었다. 앙시앙의 민란은 벌써 일곱 번째 민란이었다.

"네오테르 백, 수표를. 잘리어 황가의 이름으로 밀을 사들일 것이다."

그 말에 영주가 얼굴빛을 바꾸며 목소리를 높였다.

"전하! 중남부가 반란으로 어지러워 밀의 공급이 충분하지 않습니다!"

"아주 없지는 않겠지."

"이렇게 굽히고 들어가기 시작하면 끝이 없을 겁니다. 저들은 계속해서 밀을 요구해올 텐데 그 요구를 어떻게 계속 들어줄 수 있겠습니까?"

"그걸 해결하는 게 위정자의 의무가 아니던가."

영주가 하는 말도 모조리 틀린 말은 아니었기에 자연스레 브란티아의 목소리는 날카로워졌다. 현실이 이상으로 열리는 자물쇠라면 세상이 이 지경이 되지는 않았겠지. 이런 단발적인 구호활동은 장기적으로는 상황을 악화시키기만 할 뿐이다. 장기적인 대책이 보이지 않는지금, 절망적인 이야기이다, 그러나.

"인스켈이 언제부터 제 신민에게 칼끝을 겨누는 나라였던가. 백은 부끄러운 줄 알라."

드러낼 수 없는 불안을 감추기 위해 더욱 어조를 강하게 하여 잘라 말하자 조금 전까지 군사적 진압을 주장하던 영주는 이를 악물며 고개를 숙였다. 그 모습에서 시선을 돌리며 브란티아는 입술을 질끈 깨물었다.

무장진압은 안 된다. 기사들이라면 모를까, 그 아래의 일반 병사들은 저 밖에서 시위하고 있는 자들의 친구이며 가족이다. 상명하복을 내세워 시키면 따를지도 모르겠으나 시간이 지날수록 불만과 죄책감이 싹틀 것이다. 이 상황에서 군대조차 잃을 수는 없다.

잘근거리며 깨문 입술에서 피맛이 났다. 그 아픔이 쥐새끼처럼 신경 끝을 갉작거리며 물어왔다.

어떻게……. 대체 어떻게 해야…….

그때, 쾅 하는 소리가 나더니 울타리 한편에서 매캐한 먼지가 일었다. 쿵, 심장이 떨어진 듯했다. 모래시계의 모래가 떨어져 내리듯 그 한 지점을 통해 폭도들이 물밀듯이 영주관 내원으로 몰려들었다.

"전하, 폭도들이 관내까지 들어왔습니다!"

영주관에 속한 경비병 하나가 새파랗게 질려 보고했다. 브란티아는 이를 악물어 떨리는 숨을 애써 감췄다. 굳게 닫힌 창 너머에서 어느새 합을 맞춘 폭도들의 외침이 들려왔다.

"영주를 끌어내라!"

"영주를 꿇어앉혀!"

"빵을 독점하는 영주를 끌어내라!"

공기가 손에 잡힐 듯 뜨거웠다. 핏대를 세우며 악을 쓰는 그 광기 어린 외침이 목을 조르는 듯했다. 모두의 열기에 좀 먹히듯 광기는 산불처럼 거침없이 퍼져나갔다. 쾅, 쾅, 관사의 문을, 벽을, 바닥을 두드리는 폭도의 기세에 조금 전까지만 해도 나름대로 침착성을 유지하고 있던 영주의 얼굴이 창백하게 질려갔다.

보이지 않게 입술을 깨물고 있던 브란티아는 힘겹게 입을 열었다.

"내가 나서서 이야기를 할 것이다."

"전하, 위험합니다!"

"내 신민들은 짐승이 아니다."

"지금 저들은 제정신이 아닙니다! 만약 무슨 일이라도 생기면!"

"지금 저대로 놔뒀다간 틀림없이 무슨 일이 생기지. 백, 그대의 염려는 지당하나 다른 방도는 없다."

그리고 그 말에 뭐라 토를 달려는 영주를 손을 들어올리는 것으로 막았다. 치맛자락을 꽉 쥐고 있던 손은 이미 마디가 희게 변할 정도로 힘이 들어가 있었다.

무능한 영주. 무책임한 여황. 멍청한 아랫것들.

가늘게 떨리는 입술은 뭘 어찌해도 떨림이 멎지 않았다. 배 속 깊은 곳에서부터 구역질이 일 것 같아 브란티아는 애써 심호흡을 해 속을 진정시키려 노력했다. 발코니와 방 안을 나누는 유리문 너머에서 짐승같이 악다구니를 써대는 폭도들의 아우성이 들려왔다. 애써 발걸음을 천천히 한 효과도 없이 그녀의 손이 발코니 문고리에 닿았다.

가고 싶지 않아. 저들과 얽히고 싶지 않아. 그냥 다 죽어버렸으면.

속이 뒤틀리는 듯한 심경과는 달리 손은 주저 없이 움직여 문을 열었다.

발코니에 나타난 젊은 여자의 모습에 순간 흉포하던 군중의 기세가 죽었다. 그러나 그것도 순간.

우와아아아!

"영주를 끌어내라!"

"아이들이 굶어 죽어가는데 혼자 배를 채우고 있던 영주를 끌어내라!"

"죽여라!"

"영주를 끌어내라!"

"죽여라!"

폭발하듯 불이 붙은 폭도들이 목이 찢어져라 소리를 질렀다. 관저를 둘러싸고 있는 공기 자체가 악의를 품고 목을 물어뜯으러 달려드는 듯했다.

바짝 긴장한 근위기사가 재빨리 브란티아의 앞을 막아섰다.

"전하, 위험합니다! 들어가십시오!"

"필요 없다."

"전하!"

"괜찮다고 하지."

순간이었다. 무례를 잊고 제 어깨를 잡아 안으로 끌어들이려는 기사와 실랑이를 벌이던 브란티아는 외마디 비명을 내뱉으며 머리를 움켜쥐었다.

"전하!"

다급히 외치는 소리가 들렸다. 또다시, 순간적으로 날뛰던 폭도들의 기세가 뚝 멎었다. 우발적으로 여자를 다치게 한 충격에 순간 멈칫했던 폭도들은 이제는 낮은 소리로 벌떼처럼 웅성거리기 시작했다.

……아프다. 어지러워.

눈앞이 하얘졌다 검어졌다 하며 몇 번이고 점멸했다. 조심스레 머리를 짓누른 손을 떼어보니 손바닥에서 흥건히 피가 묻어났다. 눈을 깜박이자 눈 위로 주르륵 무언가가 흘러내렸다. 멍하니 고개를 떨구어 주위를 보니 발코니 바닥에 주먹만 한 돌이 구르고 있었다.

……아아, 내가.

자각이 들자 순간 속에서 확 무언가가 끓어오르는 듯했다. 귓가에는 여전히 시끄러운 군중들의 웅성거림이 들려오고 있었다. 책임전가. 죄책감. 시위를 강행하자는 설득. 브란티아는 이를 빠드득 갈며 휙 몸을 일으켰다.

"들어라!"

작은 체구로는 짐작도 하지 못할 성량이 쩌렁쩌렁 관저를 울렸다.

싸늘하게 주위의 공기가 얼어붙었다. 당혹인지, 귀찮음인지, 압도인지, 군중의 웅성거림은 찬물을 뒤집어쓴 듯 가라앉았다. 묘하게 그러게 만드는 목소리였다.

그에 어깨가 들썩일 정도로 크게 심호흡을 하며 브란티아는 탁, 한 손으로 발코니 난간을 내리쳤다.

"그대들은 무엇인가."

어느새 손가락의 떨림은 멎어 있었다. 속을 뒤틀 듯한 구역질도 그 순간만큼은 잊을 수 있었다. 브란티아는 휙 좌중을 훑어보고는 입술을 비틀어 웃음 비슷한 것을 그려내었다.

"너희들은 짐승이다. 무기를 들지 않고 너희를 사람으로 여겨 대화를 하러 온 여인 하나를 두려워해 돌팔매질을 해댄 짐승들이다."

그 말에 와 하고 군중이 아우성쳤다. 간간이 욕설까지 섞인 악다구니가 길게 이어지기 전, 브란티아는 거세게 발코니의 난간을 몇 번 내리쳐 주목을 끌었다.

"나는 신성 인스켈 대제국의 황태녀, 샤크하이어의 대공 브란티아 잘리어다. 너희들의 고충을 듣고자 여황 폐하의 칙명을 받아 왔다. 나는 내 신민과 대화를 하러 왔으니 너희 중 짐승이 아닌 자들은 무기를 내려놓아라."

그 말이 불러온 여파는 대단했다. 브란티아는 천천히 시선을 돌려 찬물을 뒤집어쓴 듯 순식간에 얼어붙은 좌중과 하나하나 눈을 마주쳤다.

툭, 누군가의 손에서 움켜쥐고 있던 몽둥이가 떨어져 내렸다. 그리고 그것을 시작으로 하나둘씩 앞을 다투어 군중은 손에 들고 있던 무기들을 내려놓았다. 그 모습을 바라보며 브란티아는 저도 모르게 안도의 한숨을 숨겼다.

영주의 권위는 바닥에 떨어졌다 하여도 아직 인스켈 황실의 권위는 살아 있다. 죽음을 앞세워 쌓아올렸던 신의 가호를 받는 황족은 아직 국민의 정신적 지주였다.

"빵이 떨어졌다 들었다."

마치 달래듯 누그러진 목소리가 군중을 향했다.

"어린것들이 배를 곯아 자지 못하고 울어댄다 들었다."

옳소! 누군가의 피 토하는 듯한 외침에 동시다발적으로 동조하는 외침이 울렸다.

"인스켈을 위해 용감하게 자원한 이들이 돌아오지 않는다 들었다!"

그 목소리에 파묻히지 않도록 목소리를 높이자 군중들이 그에 답해 함성을 질렀다. 그 목소리가 잠시 이어지게 놔둔 후 그녀는 한 손을 들어 그 외침을 조용히 시켰다.

"지금의 인스켈은 큰 위기에 봉착해 있다. 기록적인 자연재해에 시달리고, 남부에서는 여황 폐하의 은혜를 모르는 무도한 것들이 일으킨 전란으로 용감한 인스켈의 젊은이들이 죽어나가고 있다. 그러나 신민들이여, 우리 인스켈이 언제 저 남부의 로세이유나 에스타니아처럼 역경 없는 평화와 번영을 누렸던가? 그 역경에서 악착같이 살아남아 이 대륙의 지배자가 된 것이 이 인스켈이 아닌가! 그 어떤 자연의, 선조들의 혜택도 받지 못했음에도 인내와 끈질김으로 대륙을 제패한 우리가 아닌가!"

점점 높아지는 목소리가 강한 힘을 담고 관사 내원을 쩌렁쩌렁하게 울렸다. 선명한 금갈색의 눈동자가 격정을 담아 태양처럼 빛났다.

"인스켈은 그 어떤 고난 앞에서도 굴복하지 않고 혼자 섰던 것을 자랑스럽게 여기는 나라가 아닌가!"

그 누구도 입을 여는 이 없었다. 손가락 하나 까딱하는 것만으로도 이 순간의 마법이 산산조각 날 듯, 그 누구도 미동조차 하지 않았다.

여황과는 달리 지저분하고 탁한 적갈색의 머리칼, 옅게 주근깨가 흩어진 콧잔등과 왜소한 몸집. 그러나 황통을 증명할 수 있는 것 하나 지니지 못한 황태녀의 자격을 내원에 모인 그 누구도 의심하지 않았다. 빵을 달라 소리를 지르며 영주관 관사를 습격한 이들은 서른도 되지 않은 젊은 여자의 말에 휘어잡혔다.

"작금의 현실이 고통스러우리라는 것은 안다. 그러나 나는 우리가 이 겨울을 함께 딛고 일어서 그 누구보다 강인하고 위대해질 것이라는 것을 믿는다! 내가, 그대들의 태녀가 그대들의 선두에서 함께할 것이다. 위대하신 여황 폐하께서 남부의 반역도들을 맞아 함께 피를 흘리시는 것처럼!"

그리고 그 말이 끝나는 것과 동시에, 천지를 뒤흔들 기세의 함성이 터져 나왔다.

· ❧ ·

수행원들은 물론 영주까지 쫓아낸 후 창문이란 창문마다 커튼을 친 브란티아는 간헐적으로 마른기침을 토해내며 다시 한 번 냉수를 들이 켰다. 하도 소리를 질러댔더니 목이 타들어갈 듯이 아팠다.

인스켈의 영광은 무슨. 이 고난 끝에 기다릴 보상은 무슨.

군중 앞에서의 자신만만한 모습은 간데없이 그녀는 애꿎은 입술만 을 헤어지도록 씹어대었다.

모황이 밑 빠진 독에 물 붓는 식으로 국세를 군에 들이붓고 있는 지 금 예산이 남아돌 리가 없고, 예산이 남아돈다 하더라도 반란 진압으 로 길이 막혀버린 중남부 쪽에서 밀이 운반되어 올 리가 없는데.

상인 놈들을 족칠까. 밀을 포기하고 보리나 귀리를 구해보라 그럴 까.

너덜너덜해진 입술에 피가 맺혔다.

저들이 아까의 연설이 그냥 닥치고 버티라는 내용이란 걸 깨닫기까 지 시간이 얼마나 걸릴까.

그때였다.

"전하, 실례를."

나긋한 목소리와 함께 손바닥에 차가운 천이 닿았다. 저도 모르게 움찔해 손을 빼려 하자 손목을 지그시 힘주어 잡는다. 브란티아는 손 에 묻고 있던 고개를 들어 어느새 그림자처럼 곁에 서 있는 여자를 올 려다보았다.

"솔라스."

부름에 아리아나 솔라스는 그림 같은 미소를 지었다.

"상처를 치료하도록 허락해주세요, 전하. 이대로라면 흉이 집니다.”

그제야 브란티아는 발코니의 난간을 반복해 내리쳤던 손바닥이 시뻘겋게 부어 있다는 것을 깨달았다. 저도 몰랐던 걸 귀신같이 알아챈 것이 신기하기도 하고 기가 막히기도 해 그녀는 하, 작게 헛웃음을 흘렸다.

“이때다 싶어 속살거리지는 않는 건가? 이 전쟁은 소모적입니다, 인스켈을 좀먹는 게 될 겁니다, 여황 폐하께서는 이미 총명을 잃으셨으니.”

도발하듯 비스듬히 올려다보며 브란티아는 눈을 가늘게 떠 웃었다.

“전하의 신민을 위하여 여황을 폐하소서.”

보통 사람이 들었다면 기절초풍할 말을 들으면서도 아리아나는 그저 인형같이 예쁘게 웃을 뿐이었다. 그리고 꽉, 그녀가 쥐고 있던 천이 강하게 브란티아의 손바닥을 눌렀다. 저도 모르게 브란티아는 악, 비명을 질렀다.

“아프잖……! 너, 일부러.”

“저는 검은 알지 못하는 몸이나 질 싸움과 이길 싸움 정도는 구분합니다.”

아주 태연자악하게 황태녀의 말을 끊으면서도 아리아나는 천천히, 세심하게 브란티아의 손바닥에 난 상처를 치료했다.

“그리고 지금은 심신이 지치신 전하께 따뜻한 차를 내어드리는 게 제 역할이지요.”

여상스레 내뱉은 말에 브란티아는 저도 모르게 입술을 깨물었다.

이 여자는 언제나 이랬다. 꿍꿍이가 가득한 주제에 숨기지도 않고, 감히 황태녀를 장기짝으로 쓰려 드는 주제에 이렇게 기습적으로 다정하고. 인스켈 황실에 대한 반감이 대단한 주제에.

"저는 여황께서 인스켈을 위해 베푸신 가장 큰 업적이 바로 전하를 후계자로 삼으신 것이라 생각합니다. 신민의 고통을 마음으로 품으시는 분이 계승자라니, 저희는 참 운이 좋지요."

이런 말을, 진심처럼 하고.

브란티아로서는 조소가 나올 뿐이었다.

제가 계승자라 운이 좋다? 모황에게 제대로 의견을 피력하지도 못하고 그 의견을 관철시킬 힘도 없는 주제에 무슨.

"운이 좋다라."

조롱하는 티가 선연한 목소리가 잔뜩 쉰 목에서 흘러나왔다.

아리아나 솔라스는 여황에게 억울하게 오라비를 잃고 가문이 풍비박산이 난 후에 미친 듯이 공부해서 고작 열다섯의 나이에 황립사관학교를 차석으로 졸업한 재원이었다. 그런 주제에 진로를 확 틀어 전공도 아닌 행정부에서 2년간 일을 하다 황태녀의 보좌관으로 전직 신청을 냈다. 고작 열일곱 애송이가 성인식도 치르기 전에 어떻게 그 요직에 앉을 수 있었는지는 그저 짐작만 할 수 있을 뿐이다.

그녀는 아주 확실한 목적을 갖고 제게 접근했다. 별로 숨기려는 기색도 없었다. 상대를 잘못 골랐다면 제 목이 날아갈지도 모르는 일이거늘.

……황태녀 자리에 앉아 있으며 제가 무슨 생각을 하기 시작했는지 알고 그러한 것인지, 아닌지는 모르겠으나 그렇게 따지자면 아리아나 솔라스는 참으로.

운이 좋을지도.

"폐하께서는 스스로의 의무를 저버리셨다. 이런 경우에 옳은 일이란 무엇인가, 솔라스."

느릿하게 입을 열어 내뱉은 말에 아리아나는 한층 더 짙게 미소 지
으며 깊숙이 몸을 굽혔다.

"부디 뜻하신 대로 질서를 다시 세우소서."

「뭘 그렇게 멍하니 있지? 날 새겠군.」

여자치고는 낮은 목소리에는 묘한 음률이 있었다. 평소보다 조금 더 경쾌하고 가벼운 어조. 이사벨라는 명백히 그녀를 도발하고 있었다.

그에 리즈벳은 저도 모르게 하하, 작게 웃음을 흘렸다. 기름을 먹여 몇 번이나 감아놓은 검 손잡이가 땀에 젖어 자꾸 미끄러지고, 양손으로 잡은 검의 끝이 팔 근육의 피로 때문에 불안정하게 흔들렸다.

그에 비하면 눈앞의 이사벨라의 자세는 그야말로 교본이었다. 부러질 듯 가느다란 날의 에스톡을 한 손으로 가뿐하게 들어 그 끝으로 그녀의 목덜미를 겨눈 자세에는 도무지 파고들 틈이 보이지 않았다.

「몇 대 얻어맞았다고 그리 겁을 내는 거냐? 아무리 힘들어도 따라오겠다더니, 입만 살았구나.」

「신중한 거겠지요.」

조롱이 섞인 말에 리즈벳은 입꼬리를 끌어올리며 검 손잡이를 고쳐 쥐었다. 명백한 도발에 휘둘렸다가 무릎 뒤편을 걷어차여 한 시간을 일어나지 못하고 끙끙거렸던 게 겨우 사흘 전이다. 제가 아무리 머리가 나쁘다 해도 이렇게 반복해서 얻어맞다 보면 절로 배우게 된다.

찔리지는 않지만 잘못 달려들면 걷어차인다. 뼈가 부러지거나 인대에 손상이 가게 하지는 않지만 맞는 순간 기절할 것같이 아프다. 어제는 배를 잘못 얻어맞았는지 머리가 어질해질 정도로 토했었다.

가능성이 보이지 않으면 함부로 덤비지 않는다.

몸으로 하나하나 배운, 지난 석 달간의 교훈이었다.

『뭐든 좋다. 내게 요구를 하거라.』

지난봄, 다섯 명의 부대원들을 이끌고 상-티엘로에 도착했을 때, 부두에 그들을 직접 마중 나온 이사벨라는 그렇게 말했다.

『내가 하지 못했던 것을 해주었다. 그에 대한 감사도, 포상도, 모두 온전히 네가 받아 마땅한 것이다.』

그것은 다시는 오지 않을, 그녀가 목숨을 걸고 쟁취해낸 기회였다.

『에르만다드(Hermandad).』

그리고 리즈벳은 그 순간을 놓치지 않았다.

『레아냐의 에르마냐(Hermana)가 되기를 청합니다.』

에르만다드.

처음에는 에스타니아의 마법사들이 제자를 길러내기 위해 시작된 전통이었으나 이제는 손위 여자가 손아래 여자와 맺는 자매연을 일컫게 되었다. 에스타니아 내부에서 진급하기 위해서는 이보다 더 좋은 방법은 없었다.

여왕에게서 직접 치하받은 공로. 거기다 그녀는 에스타니아 제일의 우방 로세이유의 안셀라 클렌디온의 누이. 업적으로도, 출신으로도 부족함이 없다. 대놓고 반대하는 이는 없었다.

그렇게 석 달 전, 그녀는 에스타니아 여왕의 에르마냐가 되었다. 그리고 그 혜택의 일부로 그녀는 에스타니아 제일가는 전사의 제자가 되었다.

『신중한 것과 겁먹은 건 다르지.』

순간적으로 이사벨라의 몸이 흐려졌다. 그에 온몸의 근육이 확 수축했고, 리즈벳은 반사적으로 검을 쥔 손에 힘을 주어 치켜들었다.

「우욱!」

대비한 의미도 없이 순식간에 측면에서 날아온 발이 그녀의 옆구리를 세게 걷어찼다. 억, 소리를 내며 리즈벳은 그대로 바닥을 굴렀다. 반사적으로 낙법을 취한 몸이 데굴데굴 굴러 거리를 벌리기 무섭게 징을 박은 군화가 목을 노리고 내리찍었다. 그 공격을 필사적으로 피해내며 애써 놓치지 않고 쥐고 있던 검으로 찔러 올리자 다시 달려들려던 이사벨라가 훌쩍 뒤로 뛰어 검의 사정거리에서 떨어져 나갔다. 그 틈을 타 겨우 몸을 일으킨 리즈벳은 거칠게 숨을 몰아쉬었다.

「왜 그래? 몸을 움직여. 그렇게 뻣뻣하게 굳어만 있지 말고.」

탁, 탁, 탁, 습관처럼 검의 옆면으로 종아리를 두드리던 이사벨라가 기습적으로 한 걸음 앞으로 내디뎌 날카롭게 목덜미를 찌르고 들어왔다.

까앙, 맑은 쇳소리를 내며 검날이 맞부딪쳤다.

한 점을 노리며 찔러오는 에스톡의 날을 크게 후려쳐 궤적을 비틀며 리즈벳은 훌쩍 뒤로 뛰어 간격을 벌렸다. 에사 반도에서 인스켈군을 피해 탈출하면서 두 달, 이사벨라에게 얻어맞아가면서 석 달. 살기를 띤 검을 앞에 둔, 반사적인 몸의 움직임이었다.

……힘을 빼라 해도.

이사벨라의 칼날이 춤추듯 움직였다. 깡, 까앙, 깡, 연달아 금속과 금속이 맞부딪치는 와중에도 그녀의 움직임에는 어딘가 춤을 추는 듯한 경쾌함이 있었다. 아무리 눈을 빨리 움직여도 따라갈 수가 없었다. 숨이 턱까지 밀려오고 입안에서 단내가 났다.

「리듬을 타라니깐, 에르마냐! 그리 뻣뻣하게 굴지 말고 춤을 추는 거야.」

「그게 쉽게 되면……, 꺅!」

저도 모르게 대꾸하던 리즈벳은 기습적으로 몸이 번쩍 들려 올라가자 새된 비명을 질렀다.

「레아냐!」

빽 소리를 지르는 리즈벳을 아랑곳하지 않은 채 등 뒤에서 그녀의 허리를 치켜들어 빙 한 바퀴 돌린 이사벨라는 다시 웃음을 터트리며 에스톡의 검면으로 리즈벳의 종아리를 톡 두드렸다.

「자세가 너무 굳어 있다니깐. 필요 없는 힘을 빼. 파도에 몸을 맡기듯이. 상대의 움직임의 흐름을 읽고 함께 춤을 추듯이.」

「그리고 그 숨통을 끊으라고요?」

「때로는.」

어깨를 으쓱하며 단답한 이사벨라는 다음 순간, 기습적으로 휙 한 걸음을 내디뎠다. 온몸을 시위로 삼아 에스톡의 칼날이 무서운 기세로 리즈벳의 목덜미를 노리며 달려들었다.

쨍, 종이 울리는 듯한 맑은 소리와 함께 반사적으로 움직인 칼날이 그 공격을 막아내자 이사벨라의 발이 춤추듯 원을 그리며 움직였다. 쨍하게 쏟아져 내리는 한여름의 햇살, 불꽃처럼 일렁이는 새빨간 머리칼, 목덜미를 따라 땀방울이 흘러내리고 벌어진 입술에서는 더운 숨이 샜다.

목, 왼쪽 허벅지, 왼쪽 손목, 하복부, 미간, 오른쪽 어깨, 왼쪽 가슴.

정신없이 사방에서 쏟아져 들어오는 공격을 반사적으로 피해가며 리즈벳은 애써 그 박자를 되짚었다.

하나둘, 둘둘, 셋둘, 넷, 짝.

「푸른 바다를 보았네. 하얗게 일어나는 파도 소리. 나는 손을 맞잡고 춤췄지. 에렌디아, 에렌디아, 나의 사랑.」

정신없이 쏟아지는 에스톡의 칼날을 피하는 와중, 나직한 이사벨라의 노랫소리가 들려왔다.

「파란 하늘을 보았지. 태양은 꽃처럼 피어나고. 너는 내 입술을 훔쳤지. 에렌디아, 에렌디아, 나의 사랑.」

파도처럼 청량하게 퍼져나가는 노랫소리와 함께 곡조가 밀려들어오고 흘러나가는 듯 이사벨라의 검이 움직였다. 마치 그녀에게 춤을 청하는 것처럼.

하나둘 셋, 둘둘 셋, 셋둘 셋.

어렴풋이 살바티아 춤곡의 박자가 기억났다.

박자는 다르나 상대와 춤을 추는 감각이라면 알고 있다. 물결처럼 흘러 지나가는 상대의 움직임에 호흡을 맞추는 것. 이사벨라는 뛰어난 무희였고, 그랬기에 그 움직임은 오히려 따라가기 쉬웠다.

하나둘, 둘둘, 셋둘, 넷, 짝.

시선이 마주치자 이사벨라의 눈동자가 꽃처럼 흐드러지며 웃었다. 입으로는 곡조를 흥얼거리고 고개를 조금씩 까닥이며 박자를 맞춘다.

마치 그녀를 끌어들이듯 춤을 춘다.

「붉은 꽃송이 보았어. 모래는 네 흔적을 숨기고. 나는 외홀로 남아 웃었지. 에렌디아, 에렌디아, 나의…….」

리즈벳의 표정이 순간 변했다. 짧은 기합성과 함께 그녀의 어깨를 매섭게 찔러 들어온 칼끝을 피해내고 쭉 뻗은 이사벨라의 무릎 뒤편을 걷어차자 이사벨라는 순간적으로나마 휘청거렸다. 그리고 그 찰나를 노리고 힘껏 휘두른 검이 이사벨라의 목 한가운데를 정확히 겨눴다.

뚝, 노랫소리가 끊겼다.

리즈벳은 저도 모르게 숨을 멈췄다.

헉, 헉, 거칠어진 스스로의 숨소리가 귀청을 울렸다. 소리 없이 흘러내린 땀방울이 태양열에 뜨겁게 달아오른 연무장 바닥을 적셨다. 리즈벳은 목이 졸리는 듯한 기분 속에서 칼날이 목에 겨누어진 이사벨라를 바라보았다.

지끈, 세상이 일그러졌고.

「에르마냐, 대단해!」

이사벨라의 경쾌한 목소리가 침묵을 깨고 울렸다. 눈꼬리를 길게 휘며 한가득 미소를 띤 그녀는 양팔을 벌려 거침없이 땀투성이의 리즈벳을 끌어안았다.

「재능이 있어. 믿을 수가 없군! 고작 석 달 만에 내게서 한판을 따내다니, 상상도 못 했어! 나 몰래 대체 얼마나 연습을 한 거야? 이렇게 가르치는 보람이 있는 제자라니!」

저보다 더 들뜬 것 같은 스승의 모습에 숨이 막히는 듯한 분위기가 눈 녹듯 사라졌다. 리즈벳은 저도 모르게 어깨에 들어간 힘을 빼고 피식, 따라 웃어버렸다.

「맞기 싫으면 굴러야지요.」

「뭐야, 혹시나 했는데 역시 내 덕이었잖아?」

짐짓 어이없다는 듯한 목소리와 함께 거친 손길이 사정없이 그녀의 머리를 헤집어댔다.

「레아냐!」

「이런, 화났어? 싫었어?」

오늘따라 더 집요한 손길에 눈꼬리를 끌어올리며 소리를 높이자 이사벨라가 얼버무리려는 듯 뒤에서 목을 끌어안아왔다.

저도 모르게 움찔거렸던 손가락에 힘을 주어 주먹을 쥐며 리즈벳은 결국 핏, 바람 빠진 듯 웃어버렸다. 덥고 끈적거리는데도 이 여자를 떼어버리고 싶다는 생각은 들지 않았다.

그에 슬쩍 눈동자를 굴려 그 얼굴을 훔쳐보고 있던 이사벨라의 눈동자가 부드럽게 휘었다.

「그래, 그렇게 웃어야지. 나의 에르마냐.」

지척에서 그리 속삭이는 목소리에 리즈벳은 순간 말을 잃었다.

「레아냐! 군부회의가 곧 시작합니다!」

그때, 연병장 울타리 너머에서 후아네스가 부르는 소리가 들렸다.

「기다려라, 곧 가마!」

순간적으로 굳었던 얼굴에 다시 시원스러운 웃음을 띠며 이사벨라는 리즈벳에게 기대어 있던 몸을 일으켰다. 어딘가 멍한 표정인 리즈벳을 보더니 이사벨라는 싱긋 웃으며 손가락 끝으로 머리를 몇 번 쓰다듬은 후 팔랑거리며 손을 흔들었다.

리즈벳은 마치 소녀처럼 팔랑팔랑 멀어져가는 이사벨라의 뒷모습을 한동안 멍하니 바라보았다.

. * .

아직 어린 제 에르마냐를 상대할 때와는 달리 차갑게 보일 만큼 굳은 얼굴로 이사벨라는 홱 문을 열어젖혔다.

상대가 로세이유임을 나타내는 황금빛 통신구를 둘러싸고 빙 둘러 앉은 에스타니아 쪽 장수들과 고위 관료들이 이사벨라를 발견하자 일제히 자리에서 일어나 예를 표했다. 묵묵히 인사를 받으며 그 얼굴 면면을 바라보던 이사벨라는 아무 말 없이 고개를 짧게 끄덕이곤 털썩 자리에 주저앉았다.

그녀는 이 자리가 무엇을 의논하기 위한 자리인지 모를 수가 없었고, 제 앞에서 기다리고 있는 것이 웬만한 전투와는 비교도 할 수 없을 정도로 승률이 낮은 싸움이라는 것도 알고 있었다.

『단도직입적으로 말하지요.』

회의가 시작되었음을 알리는 종이 두 번 울리자마자 황금빛 통신구 너머에서 신 로세이유 총사령관 줄리안 쟈크티에의 건조한 목소리가 들려왔다.

『북부전선에서 어려움을 토로하고 있습니다. 우리가 회수한 영토가 늘어날수록 전선은 길어지고, 저들의 군대는 응집해가기만 합니다. 게다가 전선이 듀세르드 산맥을 넘어가다 보니 보급이 원활치 않습니다. 지금은 겨우 버티고는 있으나 곧 한계가 올 겁니다. 이대로라면 가을이 되기 전, 꼼짝없이 듀세르드 이북의 아군을 모조리 잃게 될 겁니다.』

「로텐베르크를 점령했다 하지 않았소? 그곳은 중북부 최대의 곡창지이니 당분간 어려움은 없으리라 예상했거늘.」

『밤중에 인스켈 놈들이 습격해 모조리 불태웠습니다.』

그에 좌중에서 나직한 침음성이 터져 나왔다.

「독한 놈들……. 밀 값이 치솟아 자를란트 인근까지 폭동이 일었다 들었는데 그걸 고스란히 다 태워?」

「우리에게 넘겨줘 대치를 길게 하는 것보단 낫다 여긴 것이겠지요. 실제로 그 때문에 곤란해진 것도 사실이고.」

『여황이 친정을 한다고 하니 저놈들이 사기가 대단합니다. 솔직히 말해 그 계집이 선동만큼은 기차게 하지 않습니까.』

『저들이 듀세르드 이남으로 내려올 생각을 안 하니 골치 아픕니다. 듀세르드 이북은 역사적으로 인스켈 놈들이 오래 잡고 있던 땅이라 동조를 얻는 것도 만만찮습니다.』

『그렇다고 여기서 물러설 수는 없지 않소. 자를란트가 이제 코앞이거늘.』

그 말에 차마 뭐라 반박하지 못한 채로 불편한 헛기침만 터져 나왔다. 그 꼴을 비스듬히 턱을 괸 채 묵묵히 바라보기만 하면서 이사벨라는 미간을 좁혔다. 북부전선에서 증원을 요청하는 파발이 왔을 때부터 예상했던 대로였다. 대화가 계속 같은 곳을 맴돌기만 하는 것은 양측이 같은 이유로 고민하고 있기 때문이리라.

왁왁거리며 서로 했던 말을 또 하고, 또 하고, 또 하는 이들의 모습에 짜증스럽게 머리를 흐트러트린 이사벨라는 결국 세차게 탁상을 두드렸다. 순간 침묵이 떨어지고, 좌중의 시선이 단번에 그녀에게 집중되었다.

여러 가지 준비한 말은 많았지만 결국 입 밖으로 나온 것은 직설적이기 짝이 없는 말이었다.

「이쯤 하는 건 어때?」

단숨에 그닥 크지도 않은 회의장이 뒤집어졌다.

『무슨 소리를, 델 디아고 공!』

「그만두다니요! 자를란트가 지척입니다!」

이성이 개입하기도 전, 반사적으로 안색을 바꾸며 반대하는 이들의 모습에 피곤해져 손사래로 입을 다물게 하며 이사벨라는 말했다.

「이제부터의 전투는 지금까지와는 달라. 듀세르드 이북으로 진군한다는 것은 적의 심장부로 들어간다는 거다. 여황의 감시 탓에 제대로 훈련시킨 병사도 모자란 이 마당에 인스켈 영토로 들어가 소모전을 하자고? 지금까지 회수한 영토를 지키는 것만으로도 많은 군사가 필요하다. 지금은 서둘러 나라꼴을 갖추는 것부터 시작할 때가 아닌가?」

「그렇게 두었다가 여황이 다시 침략이라도 하면요! 자를란트 인근이라면 모를까, 듀세르드 산맥 인근에는 비옥한 농지가 꽤 있습니다. 인스켈 놈들은 대대로 사람 잡는 법을 숭상하며 살아온 놈들이니 기회가 되면 바로 회복할 겁니다. 우리가 미처 대비하기 전에 몰아쳐 오면 갓 자리를 잡아가던 나라는 근본부터 무너져 내릴 겁니다.」

『우리도 빠듯하지만 인스켈은 더할 겁니다. 겨울이 올 때까지 쉬지 않고 몰아붙이면 그놈들은 겨울을 견디지 못하고 알아서 자멸할 겁니다. 조금만 더 버티면 돼요.』

완전히 틀린 말은 아니기에 쉬이 반박할 수 없게 하는 말이었다. 그러나 또한, 양측을 지난 몇 달 동안 끝이 보이지 않는 전쟁으로 끌고 들어간 논리이기도 했다.

인스켈은 신체가 돌아왔음에도 불구하고 유례없이 밀리고 있다. 여황이 직접 친정에 나선다니, 예전이라면 상상도 못 해봤을 일이다. 대륙 전체를 장악하던 인스켈은 이제 옛 영토 절반 이상을 잃고 듀세르드 산맥 이북으로 밀려난 신세였다.

지금 끝을 내지 않으면 더 심하게 보복당할지도 모른다. 지금 쫓지 않으면 다시는 인스켈에게 복수할 기회가 생기지 않을지도 모른다.

여기서 돌아서면. 여기서 물러나면.

「그럼 그때까지 고통받는 백성들은? 인스켈군을 몰아낸 도시에는 아직 치안이 확립되지도 않았다. 전쟁으로 엉망이 된 농지를 가꾸는 것도, 무너진 수로를 복구하고 부상자들을 치료하는 것도 시작조차 하지 않았어. 그런데 지금 우리는 그 모든 것을 무시하고 오로지 전쟁에만 모든 인력과 물자를 쏟아붓고 있다는 걸 알아라.」

저들 중에서도 이 현실을 모르는 이는 없다. 애국심이나 애민심이 없다고도 생각하지 않는다. 다만 마지막 기회일지도 모른다는 환상에 쫓겨 다급해졌기에 무시하는 것일 뿐이다.

그러나 진심으로 지긋지긋했다. 전술이랍시고 미끼를 써 애꿎은 병사들을 전멸시키는 것도, 멀쩡한 밭과 산을 태워 황무지로 만드는 것도, 승리와 복수를 부르짖으며 감당도 못 할 영토를 늘리는 것도. 제 배로 낳은 자식들을 잃어 피눈물을 쏟는 어미들을 끌어안고 같이 울어주는 것도 이젠 끔찍하다.

「그대들은 가족들의 얼굴이 기억이 나는가?」

그 말에 불편한 몸짓과 함께 낮은 침음성이 들려왔다. 그런 이들을 힘주어 바라보며 이사벨라는 나직이 말을 이었다.

「나는 기억나지 않아. 이 전쟁에 끌려가 모조리 죽어버렸어. 내 부하들도 마찬가지지. 좀 얼굴을 기억할 만하면 죽어나가. 그게 대체 얼마나 되었지? 3차 대륙전쟁 때부터 세기 시작하면 이제 20년 가까이 되어가나? 그 지겨울 정도로 긴 세월 동안 나는 내 병사들이 밝은 미래에 대해 말하는 것을 들어왔다. 타국에게 지배받지 않는 나라. 인스켈인이 아니라고 차별받지 않는 나라. 당당히 내 언어와 문화를 사용할 수 있는 나라. 내 자식들이 마음 놓고 제 꿈을 위해 최선을 다할 수 있는 나라! 그런데 그 나라를 꿈꾸면서도 그런 미래가 현실이 되는 것을 보지 못하고 죄다 죽어버렸어.」

저도 모르게 울컥 치솟는 감정에 이사벨라는 어금니를 지그시 깨물었다가 천천히 숨을 골랐다.

「우리는 이제 병사들을 가족들에게 돌려줘야 해. 시체나 불구가 되어서가 아닌, 함께 꿈꾸던 자유로운 우리의 나라를 쟁취해냈다고 자랑스레 말하며 가족들에게 돌아가게 해줘야지. 그리고 이 긴 시간 동안 우리 누구나가 바라왔던 나라를 만들기 위한 한 걸음을 디뎌야지. 애초에 그게 우리가 독립을 원했던 이유가 아닌가? 그게 우리가 죽음을 불사하면서까지 원했던 게 아냐?」

그 말에 한참 동안 침묵이 이어졌다.

그리고 하나둘, 나직한 동조의 말과 함께 고개가 끄덕여지기 시작했다. 그녀가 전쟁에 지친 만큼 저들도 지쳐 있다. 저들은 고위 관료이기 전에 그녀와 함께 저항군을 이끌었던 이들이었고, 그런 만큼 이 전쟁에서 많은 이들을 잃었다. 다만 그만큼 인스켈에 쌓인 원한이 크니 쉬이 반대 의견을 낼 수 없었을 뿐이다.

이걸로 되었어.

무심코 그리 생각했을 때였다.

『신체는 어떻게 처리할 요량입니까?』

통신석 너머에서 예의 고저 없는, 어딘가 꿈꾸는 듯 몽환적인 목소리가 들려왔다.

『에덴베르 고원 근처의 마을이 초토화가 되었다는 소식이 들리더군요. 숨 붙어 있는 것은 어른, 아이 가릴 것 없이 쥐새끼 하나도 남지 않았다 합니다.』

안셀라 클렌디온이었다.

이사벨라는 속이 뒤틀리는 듯한 감각에 순간 대꾸할 말을 찾을 수 없었다. 그는 인스켈을 적으로 둔 자라면 모두 다 내재되어 있을 근본적인 감각을 쑤셔대고 있었다.

『델 디아고 공, 그자가 살아 있는 한 인스켈은 언제든 대륙 정벌을 노릴 수 있습니다. 그자 하나가 군대 하나를 족히 대신할 수 있으니 그자는 언제고 우리가 힘겹게 쌓아올린 것을 한순간에 무너트릴 수 있습니다. 그자가 있는 한, 인스켈은 대륙 정벌의 야망을 포기하지 않을 겁니다.』

「클렌디온 공.」

『윈터 드레스덴..』

그 이름 하나만으로, 회의장의 공기가 변했다.

『그자를 먼저 없애야 합니다. 조각내서 봉인하든, 빠져나갈 수 없는 외지에 평생 가둬버리든.』

이사벨라는 이를 악물며 주위를 둘러보았다. 그녀가 세심하게 의도하여 배제했던 이름이 독처럼 회의장에 퍼져나가고 있었다.

안셀라의 가라앉은 목소리가 점차 또렷해지며 힘이 실렸다.

『단순한 복수를 위해서가 아니라, 새로 태어날 대륙의 역사를 위하여, 그자는 사라져야 합니다.』

그 말에 좌중에서 너나할 것 없이 찬동의 목소리가 터졌다. 한순간에 완전히 뒤집혀버린 좌중의 분위기에 이사벨라는 솟구치는 분노를 가까스로 억눌렀다.

「……신체를 상대하려면 그에 맞먹는 대군이 필요하지, 클렌디온 공. 그 험준한 산맥을 노새를 끌고 넘나들 생각이 아니면 보급로는 해로가 될 수밖에 없는데 듀세르드 이북에는 우리가 소유하고 있는 항구가 없어. 항구를 점령하고 그 소유권을 지키기 위해선 대량의 무력이 필요한데, 그 문제는 어떻게 해결할 셈인지 듣고 싶군.」

『오를레앙으로 갑니다.』

「알고 하는 말인가, 클렌디온? 오를레앙에는 대형 함선이 정박할 만한 항구가 없어.」

『그러니 해안선의 방어도 허술하겠지요. 그리고 대형 함선은 무리라 하더라도 중형선들은 정박할 수 있으니 보급에는 문제가 되지 않습니다.』

「항구를 지키는 건 어떻게 할 건가? 오를레앙은 들어앉아 지키기 어려운 땅이야. 그런 곳에 보급선을 두자니.」

『오래 지키지 않습니다.』

그런 질문을 할 것이라 예상했는지 답에는 거침이 없었다.

『오를레앙으로 대군을 보내는 즉시 북부전선의 군대를 모조리 교전에 투입합니다. 그리고 그 와중에 서부 해안선을 따라 군대는 네기쥬에 정박, 곧바로 드레스덴을 포위합니다.』

그 말이 의미하는 사실에 좌중이 소란스럽게 웅성거리기 시작했다. 탕 소리를 내며 이사벨라는 튕기듯 몸을 일으켰다.

「지금 인스켈과 전력전을 하자는 건가!」

『드레스덴이 무너지면 자를란트가 위험합니다. 여황은 오를레앙에 신경을 쏟을 여유가 없을 겁니다. 그리고 우리는 전군을 몰아쳐서 드레스덴에서 신체를 쓰러트립니다.』

지극히 당연한 사실을 고하듯, 담담한 어조로 안셀라가 말했다.

『그 후에 우리는 마음 놓고 병사들을 고향으로 돌려보내면 되는 겁니다, 델 디아고 공.』

● ❖ ●

　이사벨라가 떠나간 연병장에 우두커니 서서 리즈벳은 멍하니 해안선 너머로 시선을 던졌다.

　머리가 어지러워질 정도로 내리쬐는 한여름의 햇살도 서서히 그 기세를 잃어 태양은 서녘 바다 속으로 가라앉고 있었다. 중남부 최대의 해군기지라는 찬사에 걸맞게 동쪽 바다를 정면으로 내려다볼 수 있는 고도에 지은 상—티엘로의 연병장에서는 발치에 펼쳐진 해안의 파도 소리가 상시로 들려오고 있었다.

　꽉 힘을 주어 움켜쥐고 있던 주먹이 잘게 경련하더니 검이 힘없이 바닥에 떨어졌다. 그제야 리즈벳은 손으로 시선을 떨어트렸고, 제가 이제까지 떨고 있었다는 것을 깨달았다.

　「……붉은 꽃송이 보았어. 모래는 네 흔적을 숨기고.」

　처음으로 이사벨라의 목덜미에 검을 겨눴던 자리에 서서 리즈벳은 저도 모르게 나직이 노래했다.

　가벼운 관계였어야 했다. 에르만다드에 들기를 청한 것은 어디까지나 그녀의 사적인 목적을 위한 것이었고, 그녀는 이사벨라가 권력자들이 늘 그러하듯 사적인 관계에서도 철저하게 공적인 것을 추구하리라 생각했다.

　그러나 이사벨라는 그녀에게 성심을 다했다. 그녀가 결코 익숙해질 수 없는 방법으로 웃어주며 끌어안았다.

「나의 에르마냐.」

핏빛으로 부서져 내리는 태양이 눈이 아팠다. 뜨거워서 현기증이
났다. 그 녹아내릴 것만 같은 여름과 같은 여왕의 앞에서, 저를 나의
것이라 부르며 웃었던 그녀에게 검을 겨누고.

째앵.

날카로운 쇠붙이가 부딪치는 소리가 귓가에 이명이 되어 울렸다.
그 얼음송곳 같은 기억에 그녀는 눈을 꽉 감아버렸다.

저는 그 순간 진심을 다했다. 입가에 웃음을 달고 춤추듯 공격했던
이사벨라의 칼끝 하나하나는 살기에 벼려져 날카로웠기에 자연히 그
녀도 진심으로 공격했다. 에스타니아가 자랑하는 전사를 상대로 상대
가 그러했듯 사정을 봐주며 덤빈다는 것 자체가 불가능한 일이었다.

게다가 어차피 이것은 머지않은 미래에 그녀가 해야 할 일에 대한
예행연습 같은 것이었다.

그렇게 그녀는 마치 제게 칼을 들이댈 거라고는 상상도 못한 듯한
여자의 목덜미에 칼날을 들이밀었다.

그리고 그때 절 바라보던 그 얼굴은.

「나는 외홀로 남아 웃었지. 에렌디아, 에렌디아, 나, 의…….」

이스켈.

눈을 뜨고 있는 것이 괴로워져 눈을 감아버렸다.

정적 속, 밀려들어왔다 부딪쳐 도망치듯 사라지는 파도소리만 아릿
하게 들려왔다.

• ❧ •

「데스텔로냐 경.」

귀빈실 창문은 시원스레 바다를 향해 트여 있었다. 그 창틀을 액자 삼아 그려진 푸르른 바다를 향해 고개를 젖히곤, 머리칼을 기분 좋게 스치고 지나가는 바닷바람을 즐기듯 눈을 감은 리즈벳의 부름에 카산드라 엘 데스텔로냐의 입꼬리가 가늘게 경련하듯 떨렸다.

「……예, 클렌디온 경.」

뭐라 콕 하나로 집어낼 수 없는 감정이 폭풍우가 되어 여자의 얼굴 위로 퍼져나가는 걸 봤는지 못 봤는지, 창틀에 기댄 채 방만하게 늘어진 리즈벳은 생글거리며 웃었다.

「인생 참 모를 일이네요. 제가 무려 경께서 가져다주시는 물도 받아먹고.」

별 생각 없이 내뱉은 말로 들렸으나 저지른 짓이 있는 카산드라로서는 결코 농담인가 보다 하고 넘길 수는 없는 말이었다. 게다가 리즈벳 클렌디온이 이사벨라 여왕의 에르마냐이자 편대장이 된 이상 고작 평전사인 카산드라로서는 순식간에 거부할 수 없는 위계의 차가 생겨버린 것이다.

엎친 데 덮친 격으로 리즈벳의 곁에는 여왕이 고문으로 붙여놓은 데아 엘 소르디아가 버티고 서 있었다. 여왕이 에스타니아 해군 제독이었을 때부터 함께해오던 무관은 에사 반도에서의 일을 알고 있는지 저를 보는 시선이 결코 곱지 않았다.

그러나 로세이유의 안셀라가 제안하고 에스타니아의 이사벨라가 허가한 오를레앙 상륙전은 상-티엘로에 주둔하고 있던 해군의 반절 이상을 요구하는 대규모의 작전이었고, 카산드라에게는 참가하지 않는다는 선택지는 없었다.

속으로 이를 잘근잘근 갈던 카산드라는 애써 목소리를 쥐어짜 대답했다.

「클렌디온 경, 제가 어리석고 생각이 짧아 저질렀던 실수이오니…….」

「뭘 사과할 것까지. 솔직히 제가 생각해도 전 좀 많이 수상했어요.」

그렇게 시원스레 긍정했던 것도 잠시, 몸을 획 바로 세워 물 한 잔을 단숨에 다 비워버린 리즈벳은 다시 생긋 웃었다.

「하지만 그래도 난생처음 군대 생활하는 신참을 사선에 버리고 간 건 심했어요.」

「예, 에…….」

「뭐, 덕분에 이렇게 출세했지만요.」

통탄해야 할지, 전혀 예상하지 못한 결과에 연합군의 무장으로서 기뻐해야 할지 도무지 답이 나오지 않아 카산드라의 입가가 경련했다.

그게 보이는지, 보이지 않는지 리즈벳은 비어버린 물잔을 내밀었다.

「그러니까 나 물 한 잔만 더 줘요.」

● ✿ ●

「참 속도 좋아.」

가능하다면 이 배를 폭파시키고 다 같이 죽어버리고 싶다는 표정을 한 카산드라가 양손으로 물잔을 부술 듯이 쥔 채 선실을 나서자 벽에 발짱을 낀 채 기대 있던 데아가 대놓고 빈정거렸다.

「레아냐께서 결사대에는 자원자만 두라 하셨거늘 거기에 전후사정 하나 모르는 널 끼워넣은 것은 최소 레아냐의 권위를 우롱한 것이고, 그게 아니더라도 신병 학대인데 그걸 덮겠다니.」

「그래서 물 가져다달라고 하잖아요.」

「그게 뭐가 징계야!」

발칵 소리를 지르는 데아에게 배시시 웃어 보이며 리즈벳은 팔랑팔랑 손을 내저었다.

「그쪽 입장에서는 배 아프지요. 게다가 솔직히 그땐 로세이유의 첩자라는 의심을 받아도 이상할 상황은 아니었고.」

원망하려면 전혀 뒷배 역할을 해주지 않은 오라비를 원망해야지.

그리고 오라비가 본래부터 그런 성격이었다는 건 이미 알고 있었던 일이고.

「그리고 인기인은 함부로 건드리는 거 아니에요.」

데아 정도까지는 아니지만 카산드라 역시 에스타니아 해군이 에스타도데라는 이름을 쓰는 해적이었을 때부터 이사벨라를 따랐던 인간이었다. 그리고 리즈벳은 굴러온 돌은 제대로 된 삽을 구비하지 않은 이상 박힌 돌은 웬만해서는 건드리려는 시늉도 하지 말아야 한다는 것을 잘 알고 있었다.

그 말에 숨은 속뜻을 알아들었는지 데아는 조금 거칠게 제 머리를 헤집었다.

「다음에도 그런 짓 하면 나한테 이르는 거다.」

리즈벳의 표정이 미묘해졌다.

이르라니. 그러면 마치 대신 혼내줄 것처럼.

낮은 한숨과 함께 가슴 한편이 떨려 리즈벳은 시선을 떨어트렸다.

예전의 말랑하고 하얬던 손은 장기간의 훈련과 전투로 상태가 엉망이었다. 물집이 터진 자리에는 굳은살이 잡혔고, 햇볕에 타 검어진 채 갈라진 피부 아래로는 근육이 자리 잡았다. 그녀가 여기에 있기 위해 포기했던, 얻었던 것이다.

그녀는 이곳에 들어와 박혔다. 누군가가 박아놓은 게 아니라, 언제든 떠날 수 있도록 매달려만 있는 게 아니라 제 의지로 굴러와 박혔다. 뿌리 내리고 있다.

또다시 가슴 한편이 울렁였다.

데아라면, 그녀가 한 일곱 번 목숨을 구해주고, 한 스무 번 정도 목숨을 구함 받은 데아라면 카산드라가 그녀를 또다시 사지에 버려두고 갔을 때 벽력같이 화를 내며 데리러 와줄지도 모른다.

「……이렇게 데아는 순진한 저를 끌어들여 파벌을 조장하고.」

「순진은 얼어 죽을.」

어쩐지 데아를 똑바로 볼 수가 없어 대충 웃으며 얼버무리자 데아는 코웃음을 치며 그녀의 머리칼을 마구 흐트러트렸다.

저도 모르게 따라 웃고 있자니 문 두드리는 소리와 함께 물잔을 받쳐 든 카산드라가 들어왔다.

「클렌디온 경, 이제 곧 정박지에 도착합니다.」

「고마워요.」

살짝 고개를 끄덕이며 물잔을 받아든 리즈벳은 생긋 웃었다.

「역시 경이 가져다준 물은 특별하다니까요.」

표정을 애써 우그러트리지 않으려 하는 카산드라가 군례를 하고 나가자 리즈벳은 잡다하게 쌓여 있던 지도며 도면을 한구석으로 밀쳐놓곤 한쪽에 따로 말아두었던 군용지도를 쫙 펼쳤다. 시야 한가득 오를레앙의 해변이 들어찼다.

「곧 하선해야 한다니 다시 한 번 정리 좀 해보지요.」

작전 자체는 간단했다. 그렇지 않았다면 아무리 에센에서 공을 세웠어도 한참 신참인 그녀에게 편대장을 맡기지 않았을 것이다.

「일단 우리는 앙상스 만에서 약 10마일 정도 떨어진 카시피엘 섬에 정박해서 만까지 소형 보트로 이동합니다. 이쪽 해변은 제 기억으로는 암초가 많은 데다 배를 댈 수 있을 정도로 깊지는 않은데 헤엄쳐서 기어올라가지 못할 정도로 험준하진 않아요.」

「여름이라 다행이군.」

「그러게요. 일단 그렇게 상륙한 다음 사전에 정했던 것처럼 다섯 갈래로 나뉘어서 그날은 취침. 그다음 날 밤에 영주관을 포위합니다. 그 와중에 주요 도로나 시설을 발견하면 점령해놓고요.」

모든 준비는 빛이 없는 밤에 이루어진다. 아무리 짧은 거리라 하나 군장을 진 채 밤바다를 헤엄쳐 가야 하는 작전이다. 물에 익숙한 에스타니아 해군이 아니라면 거론조차 되지 않았을 일이다.

「본대가 정박하기 전에 신호탄으로 알릴 겁니다. 그걸 신호로 영주관을 공격하기 시작합니다. 최대한 오랫동안 제국군의 시선을 해안에서 돌리는 게 우리의 목표입니다.」

리즈벳의 손가락을 눈으로 좇던 데아는 곧 짧게 고개를 끄덕였다.

「큰 문제가 있으리라고 생각되진 않아. 신체는 에덴베르 고원에서 움직이고 있지 않아. 제어가 안 된다는 소문이 맞다고 보면 돼. 그리고 신체만 없다면 그 작은 깡촌 도시를 함락시키는 것 정도야 일도 아니지.」

「……그래요.」

저에게는 향해진 적 없는 서늘한 말의 칼날이 향하는 상대에 리즈
벳은 표정을 눈치채이지 않도록 재빨리 몸을 일으켜 문을 열었다.

「데스텔로냐 경, 정박하기까지 얼마 남지 않았어요. 병사들한테 보
트 꺼내고 수영할 준비 하라고 전해주세요.」

「예, 클렌디온 경.」

헤실거리는 웃음 조각 하나 남아 있지 않은 목소리에 카산드라는
군례를 하곤 순순히 선장실을 향해 달려갔다. 그 뒷모습을 바라보고
있자니 출정 전의 이사벨라의 목소리가 귀에 울렸다.

「거길 굳이 가겠다고.」

상-티엘로에 주둔하고 있던 해군의 절반이 동원된 작전이었다. 바
꿔 말하면, 남아 있고자 했다면 그럴 방법도 분명 있었다는 것이다.
이유도 충분했다. 그녀는 고작 넉 달 전에 에사 반도의 자살 특공대에
참가했었다. 사람이 심하게 부족한 것도 아닌데 굳이 또 이런 고난이
도 임무에 참가할 필요는 없었다.

그러나 작전 대상 지역의 이름을 듣자마자 그녀는 홀리듯 이사벨라
의 방문을 두드리고 있었다.

*「오를레앙 같은 외진 곳의 지리를 잘 아는 이가 얼마나 되겠어요? 도
움이 될 거예요.」*

그것도 거짓은 아니었다. 단지 이유가 되지 않을 뿐.

「이 작전을 제안한 것은 안셀라 클렌디온이다.」

그리 말하는 이사벨라는 왠지 답답해 보였다. 저 스스로도 이 말을
해야 할지 말아야 할지 몇 번을 고민하는 듯했다. 결국 그녀는 다그치
듯 입을 열었다.

「네 오라비가 왜 하고 많은 곳 중에서 오를레앙을 골랐을지 너는 의

심한 적 없니?」

의심하다마다. 연합군에 귀순해 안셀라와 재회했을 때부터 한순간도 의심하지 않은 적이 없었다.

그러나 오를레앙이다.

그곳은 그녀에게 특별했다.

「……이게 사실 오라버니의 의도이든 아니든, 상관없어요.」

그에게도 그렇지 않았다면, 대륙의 중남부에서 헤어졌던 그가 에덴베르 고원까지 왔을까.

「보내주세요.」

안셀라가 제안한 작전인 만큼 뒤가 있을 것이 분명했으나 그게 무엇인지 모르는 이상 그녀가 취할 수 있는 행동은 정해져 있었다.

「클렌디온 경!」

그러나 그게 이런 식으로 뒤통수를 칠 줄이야.

「오를레앙에 주둔하고 있는 적들의 수가 만만찮습니다. 적어도 천!」

무사히 적의 감시에 걸리지 않은 채 상륙해 예정대로 내보냈던 척후병의 다급한 보고에 리즈벳은 저도 모르게 이를 갈았다.

……빌어먹을 오라버니.

「천이라고요.」

저도 모르게 되풀이하는 목소리의 끝이 가늘게 떨렸다. 오를레앙 같은 작은 주둔지에 이 정도 규모의 적들이 몰려 있으리라고는 아무도 생각지 않았다. 그만큼 이곳은 전략적 가치가 전무했다.

게다가 이곳으로 진격해 적의 허를 찌르자 한 것은 분명 안셀라였다. 설마 그 어떤 사전 정탐도 없이 섣불리 그런 군사적 결단을 내렸으리라고는 생각할 수 없다. 안셀라의 작전은 소규모이긴 해도 정예인 별동대가 오를레앙에 상륙해 인스켈군을 측면에서부터 기습하는 것이 핵심이었다. 오를레앙을 차지하지 못하고 발이 묶이면 서쪽 네 기쥬를 통해 공격할 부대는 물론, 상대적 열세에도 불구하고 무리하게 적의 본군과 전면적 교전을 시작한 북방전선의 본군마저 무너질 염려가 있었다.

아니, 그 이전에 아무것도 모르고 오를레앙에 상륙하려 들 이사벨라의 본대는 어떻게 할 것인가. 이미 그들을 떨궈준 수송선은 본대로 돌아가버렸고, 이제 홀로 남겨진 그들에게는 오를레앙 주둔군에 들키지 않고서 본대와 연락을 취할 수 있는 방법이 요원했다.

실수인가? 아니면 정보가 샜나? 그랬겠지. 설마 이 상황을 알고서도 이 작전을 강행했을 리가. 이제까지 안셀라는 단 한 번도 지는 작전을 짜지 않았다.

「……리즈벳.」

조심스러운 데아의 부름이 들렸다. 언제나 여유를 잃지 않던 그녀의 표정이 미미하게 굳어 있었다.

리즈벳은 애써 떨리는 숨을 가다듬으며 주위를 돌아보았다. 그녀 오라비의 작전에 따라 오를레앙을 치기 위해 잠입한 삼백여 명의 병사들을 지휘하는 세 명의 백인장들이 그녀를 바라보고 있었다. 순간적으로 심장이 오그라드는 느낌과 함께 그녀는 제가 이들의 지휘관이라는 사실을 새삼스레 자각했다.

이들의 목숨이 제 손에 달려 있는 것이다.

「……우리, 는.」

애써 입을 열자 흘러나온 목소리가 떨리고 있었다.

이대로 흩어져 숨어 있다가 틈을 봐 철수해요.

대답은 정해져 있었다. 아무리 오를레앙이 성채가 아닌 일반 도시라 하여도 성벽 정도는 있다. 게다가 세 배 이상의 병력 차. 시간을 조금이라도 끌었다가는 에덴바르 고원의 여황이 지원을 올 것이다. 많은 수가 아니라도 이백 정도만 충원을 받는다면 고작 삼백인 그들이 이길 가능성은 없다.

이길 가능성은 없다.

그러나 그들이 도망가면?

그들이 오를레앙을 함락시키지 못한다면 중형선이 대부분인 이사벨라의 본대는 가뜩이나 험난한 해안에 정박하려다가 모조리 당해버리고 말 거다.

이사벨라가 위험할지도 모른다.

생각이 거기에 닿자 순식간에 온몸에서 피가 쫙 빠져나가는 듯해 리즈벳은 아프게 입술을 깨물었다.

「에르마냐.」

여왕은 그녀를 그렇게 부르며 웃었다. 신체 접촉에 거침없었기에 서슴없이 손을 뻗어 부평초처럼 떠돌고 있던 그녀의 머리를 흐트러뜨렸다.

이사벨라는 멀쩡할 것이다.

이사벨라는 숙련된 지휘관이니 잘 해결해나갈 것이다.

이사벨라는 그녀를 믿었다.

······이사벨라는 그녀가 할 수 있을 거라 말했다. 지금 여기서 후퇴 명령을 내린다면 그것은 부대원의 목숨을 위해서인가, 아니면 그녀 자신의 안위를 위해서인가?

누이.

안셀라에게조차 그리 불린 적이 없었다.

「……기억나요, 데아?」

「말해.」

속삭이듯 작게 불렀는데도 귀신같이 알아듣고 대답이 돌아왔다. 그 짧은 한마디에 담겨 있는 묘한 무게에 리즈벳은 저도 모르게 공황상태에 빠져 있던 머리가 차차 식어가는 게 느껴졌다.

「우리가 처음 만났을 때에도 이랬어요. 주위는 모조리 적이고 우리는 한 줌밖에 없는 인원으로 답도 없는 상황에 내던져졌었는데…….」

「덕분에 그대는 레아냐의 에르마냐가 되었지.」

「대모후께서는 날 좋아하시거든요.」

그리고 그 말에 데아는 대답 없이 소리 죽여 웃으며 그녀의 어깨를 툭 쳤다. 그 손길에 마지막 남아 있던 망설임이 사라졌다.

크게 한 걸음 앞으로 내디디자 술렁이던 목소리들이 순식간에 사라지며 세 쌍의 눈동자가 그녀에게 고정되었다. 그녀의 권위를 인정하며 그녀의 견해를 존중하고 그녀의 명에 귀 기울이려 하고 있었다. 그중의 하나는 그녀의 저의를 의심하며 그녀를 죽이려 했던 이였고, 그중 하나는 그녀와 함께 적들로 둘러싸인 사지에서 살아 돌아온 전우였으며, 마지막 하나는 그녀가 탄 배를 몰며 묵묵히 그녀의 명을 따랐던 선장이었다.

그리고 그녀는 이들을 승리로 이끌 지휘관이었다.

리즈벳은 춤을 추듯 가볍게 발걸음을 옮겨 언덕 위에 섰다. 후덥지근한 여름의 밤하늘 아래 잠들어 있는 오를레앙의 시가지가 반딧불처럼 깜빡이며 빛나고 있었다. 그 익숙하나 낯선 도시를 발아래에 두며 리즈벳은 쫙 양팔을 펼쳤다.

「웃어요, 다들. 이건 기회예요. 숫자만 불려놓고 다 이겼다며 방심하고 있는 놈들 뒤통수를 후려쳐줄 기회. 끝내주게 대단한 승리를 거둬 두고두고 우려먹으며 자랑할 거리가 생길 기회.」

솔직히 말하자면 이렇게 꼬인 상황을 어떻게 해야 할지 답이 보이지 않았다. 다 잘될 것 같다는 밑도 끝도 없는 낙관조차도 생기지 않았다.

「날 믿어요.」

그러나 그럼에도 할 수 있을 것 같다는 확신이 들었다.

* ❈ *

후덥지근한 한여름 밤은 해수면에서 생성된 안개 때문에 별도 제대로 보이지 않을 정도로 뿌옜다. 높은 습도에 횃불이 자꾸만 꺼지려 하자 욕지거리를 내뱉으며 불을 다시 붙인 오를레앙 배속 3부대장은 기다란 한숨과 함께 털썩 자리에 주저앉았다. 오를레앙은 그 긴 역사상 단 한 번도 큰 적이 없었던 도시이고, 덕분에 천 명의 대부대는 성벽 안으로 들어가지도 못한 채 근처 구릉 위에 간이막사를 세운 채 대기 중이었다.

바다에 가까운 오를레앙은 밤이 되었음에도 불구하고 습하고 더웠다. 건조하고 서늘한 북부에서 온 병사들은 이 더위에 적응하지 못한 채 진이 빠진 채로 늘어져 있었다. 병사들을 채찍질해 군기를 잡아야 할 부대장마저 손부채를 부치며 늘어져 있을 뿐이었다.

그들이 오를레앙에 도착한 지는 벌써 열흘. 올지 안 올지 모르는 적과 언제 올지 모르는 상부의 명령을 기다리기만 하는 나날이었다. 그 와중에 생긴 사건이라고 해봤자 멋모르는 멧돼지가 산을 내려왔다가 병사들의 창에 찔려 도망간 것뿐이었다. 제국군은 무료함에 말라 죽어가고 있었다.

짙게 내린 안개 속에서 무언가의 그림자가 꿈틀거렸다. 적습인가, 단번에 팽팽히 긴장한 근육이 수축해 부대장은 튕기듯 몸을 일으키며 장창을 잡아챘다.

"정지! 누구냐!"

"3부대 B조입니다! 교대를 위해 왔습니다!"

"아아, 벌써 시간이 그렇게 되었나."

또렷하게 들려오는 인스켈어. 귀에 익은 목소리. 곧이어 어슴푸레한 횃불 빛에 익숙한 얼굴이 나타나자 부대장은 대번에 김이 빠졌다는 티를 내며 다시 털썩 자리에 주저앉았다. 그에 뻑뻑 연초를 피워대던 부대원들이 피식거리며 소리 죽여 웃었다.

"잠시 앉지? 아직 교대시각까지는 좀 남았으니."

"아, 가, 감사합니다."

심야 교대조는 인기가 없기 마련이라 도착한 것은 열 명 모두 아직 턱밑이 푸릇푸릇한 아이들이었다. 아직 군복이 어색한지, 이미 베테랑의 분위기를 풍기는 고참들 사이에 끼이는 게 불편한지 딱딱하게 굳은 자세로 초소에 들어서자 하루 종일 밀려 내려오는 눈꺼풀과 전투를 벌였던 고참들이 히죽거리며 말을 걸었다.

"이거 어리바리한 티가 뚝뚝 떨어지는군그래. 어디 출신들이야?"

"저희 대부분이 다 라캄에서 왔습니다. 키엔과 엔리크는 힐더베르크 출신이고요."

"이야, 다들 멀리서도 왔네. 이런 산골은 처음이지?"

"한적해서 좋기만 한데요."

고참들의 용무가 그냥 악의 없는 시간 때우기라는 걸 깨닫자 신병들 몇은 어깨에 힘을 풀고 조심스럽게 웃어 보이기까지 했다.

고즈넉한 밤공기 사이로 나직한 풀벌레 소리가 울리는 가운데, 병사들이 내뿜는 연초 연기가 허공을 뿌옇게 장식했다.

"휴양지니까. 보는 것만으로도 후덥지근해지는 사내새끼들이 아니라 마누라랑 같이 왔어야 하는 건데, 이건 뭐."

"폐하께서도 왜 이런 깡촌에 군을 모으시는지."

"안 움직이니까 그런 게 아니겠어?"

드레스덴 대공.

입 모양만으로 내뱉은 말에 둘러앉은 이들이 아아 하고 수긍하는 소리를 내며 고개를 끄덕였다.

"에덴바르 고원에서 꿈쩍도 안 한다더라고. 전장으로 내려올 생각을 안 하니 반대로 전장을 그쪽으로 몰아가려는 거겠지. 피 냄새를 쫓아 이동한다고 하잖아, 그 대공은."

"과연. 그나마 가까운 게 오를레앙이니 이쪽으로 군을 모으려는 건가. 여기를 주둔지로 해서 아래로 밀고 내려가려고?"

"그런데 그렇게 여차저차해서 끌어들이는 데 성공한다 해서 다음 전투에도 참가해줄 거라는 확신이 있어?"

"지푸라기 잡는 심정인 거지. 대공이 참전하는 거랑 아닌 거랑 차이가 크잖아."

"그건 뭐."

미간을 찌푸리며 병사는 퉤, 바닥에 침을 뱉었다.

그도 윈터 드레스덴의 위명에 대해서는 족히 알고 있는 바였다. 실제로 5년 전쯤 윈터가 북부 소국의 반란을 쓸어버린 이야기를 숨죽이며 듣고 자라기도 했다.

그러나 자라나면서 알게 된 드레스덴 대공은 어릴 적 소문으로 상상했던 모습과는 판이하게 달랐다. 소문이 과장되었던 건지, 시간이 지나며 약체가 되어버린 건지, 현실의 대공은 단신으로 적군을 모조리 쓸어버릴 수 있는 절대자가 아니었다. 인스켈을 위해서 누구보다도 앞장서 적들과 싸우는 수호신조차 아니었다.

"정신이 나갔다며? 누구는 전쟁이 나서 가족들이랑 생이별하고 죽어가고 있는데 산골 깡촌에 틀어박혀 여황 폐하의 소집령도 거부하고……."

불사의 신체가 좀 더 적극적으로 전투에 임했더라면 이렇게 많은 이들이 죽거나 다칠 일은 없었을 거다. 이렇게 많은 이들이 가족과 떨어져 기약 없이 싸움터로 내몰릴 일은 없었을 거다.

수호신이 좀 더 제대로 활약했더라면, 아예 식민지에서 반역도들의 씨를 완전히 말려버렸더라면.

"젠장, 왜 하필 이 시기에……."

벌써 1년이 넘도록 얼굴을 못 본 가족이 떠오르자 불만스럽게 욕지거리를 내뱉던 부대장의 말이 순간 멈췄다.

"부대장? 무슨……."

"기다려, 지금 무슨 소리가……."

의아하다는 듯 미간을 찡그린 부하의 말을 자르며 몸을 일으켰던 부대장이 미처 말을 끝내기도 전에 몸을 뻣뻣하게 굳히더니 고꾸라졌다.

"부대장!"

눈알을 정확히 꿰뚫은 화살. 단숨에 숨통이 끊긴 시체를 확인하자마자 안개 속에서 그림자가 기습적으로 솟구쳤다.

"젠장, 적습! 적습이다! 빨리 경보를……."

경험이 미천해 뻣뻣하게 얼어붙은 채 우왕좌왕하고 있는 신병들을 보고 고참병들이 이를 갈며 재빨리 경종을 울리려 들었으나 먼저 들이닥친 적들은 다짜고짜 검을 휘두르기 시작했다.

깡, 채애앵. 섬뜩한 쇳소리가 어둠 속을 울렸다. 안개에다 어둠 때문에 주위의 시야는 끔찍하게 제한적이었다. 신병들은 당황해 제 역할을 하지 못했고, 명령을 내려야 할 부대장은 이미 시체가 된 후였다.

대체 어디서. 몇이나 있지?

그 어떤 전조도 없이 들이닥친 적의 모습에 병사들은 당황했다. 다행인 점은 상대의 수가 많지 않다는 것이었다. 심야교대를 위해 모여 있던 병사들은 곧 많아봤자 서너 명인 적들을 몰아붙였다.

그러자 그들이 등을 돌려 도망치기 시작했다.

"쪼, 쫓아! 놓치면 안 된다!"

그에 겨우 숨을 골랐던 병사들이 소리질렀다. 예상치 못한 적습. 별로 많지 않은 수. 잡아서 정보를 캐내는 게 당연한 상황이었다.

그래서 그들은 빠른 속도로 멀어지는 적들을 향해 달렸다.

"레크렘, 왼쪽! 브락, 몰아넣어!"

마치 토끼를 몰아넣는 듯한 상황이었다. 기습에 사상자가 있었다 해도 15대 3. 제국군은 여유롭게 침입자들을 지원군이 기다리고 있는 군영 쪽으로 몰아넣었다.

"침입! 침입자다! 그쪽으로 도망가니 잡아!"

막사가 가까워짐에 따라 누군가 소리 높여 외쳤다. 막사들이 들썩이고 막 잠이 들었던 병사들이 서둘러 달려 나오기 시작했다.

완전히 포위했다. 그렇게 생각했을 때.

갑자기 속도를 높인 침입자들이 사방으로 흩어져 횃불을 지키고 있는 병사들에게로 돌진했다.

"으아악!"

날카로운 비명을 시작으로 순식간에 주위에서 빛이 사라졌다.

"움직이지 마! 침착하고 불을 켤 것을……."

"크아악!"

누군가 상황을 수습하려 할 틈도 없이 어둠을 찢으며 비명이 울려 퍼졌다. 그리고 피. 대기를 새빨갛게 물들이는 피비린내.

공황이 찾아오는 것은 순간이었다.

"베지 마! 같은 편이야! 같은, 크헉!"

"젠장, 대체 어떻게 돌아가고 있는 거야!"

"움직이지 마! 움직이지 말……."

주위에 적들이 있는 것은 확실했다. 이미 그들에게 당한 아군이 있다. 한 치 앞도 보이지 않는 어둠 속에서 제국군은 완벽한 공황상태에 빠졌다.

겨우겨우 횃불을 붙였다 싶으면 어디선가 나타난 적이 그 병사의 목을 날려버렸다. 침착성을 되찾고 적을 찾아내려 하면 누군가의 비명이 들려왔다. 이도저도 못 하게 된 병사들은 마구잡이로 칼을 휘둘러댔다. 사방으로 피가 튀었다.

"서, 성문이……!"

그때, 누군가의 비명 같은 외침이 울렸다.

오를레앙 영지의 성곽 위에서 새빨간 불길이 타오르고 있었다. 처음에는 성곽이 불에 타고 있나 싶었으나 아니었다. 수많은 횃대들이 불을 붙인 채 세차게 타오르고 있었다. 그리고 한 줄기 불꽃이 하늘로 날아올라 터지듯 흐드러졌다. 그 모습은 짙은 안개에도 불구하고 무서울 정도로 또렷하게 빛났다.

붉은 독수리.

에스타니아 왕조를 상징하는 새였다.

· ✽ ·

「명중! 또 명중!」

눈에 띄게 흥분한 휘하의 궁수부대장의 목소리와 함께 불화살이 연달아 성벽 아래의 제국군에게 떨어져 내렸다. 끔찍한 비명과 함께 생살 타는 냄새가 진동을 했다.

사람을 죽인다는 것에 익숙해지는 건 어떤 것일까.

전공을 인정받고 계급이 올라가 장교의 반열에 이르면서부터 전투는 그녀가 아닌 휘하 장졸들의 몫이 되었다. 리즈벳은 복잡한 표정으로 제가 내린 명에 의해 병사들이 숯더미가 되어 성벽에서 떨어지는 것을 바라보았다.

「잘했어요! 그렇게 여기까지 못 기어오르게 해요!」

그러나 본인이 얼마만큼의 회의에 젖어 있다 하더라도 그걸 열심히 잘 싸우고 있는 부하에게 드러낼 정도로 바보는 아니었다. 그렇게 소리쳐 독려하며 리즈벳은 해안선을 바라보았다. 이제 슬슬 어둠이 걷히고 해가 떠오르고 있었다.

오를레앙은 본래부터 규모가 작고 제대로 된 성벽도 없지만 축성 기술자만큼은 제대로 구했다. 오를레앙 중심을 감싸고 있는 성벽은 이면은 돌담이었으나 나머지는 사람이 기어들어올 수 없을 정도로 험준한 산이었다. 방어해야 할 면은 두 방향뿐이라 양쪽 다 제대로 된 공성장비가 없는 지금, 이 공성전은 수비하는 쪽이 압도적으로 유리했다. 그래서 오를레앙에 상륙한 후, 이틀 동안 철저하게 주위를 돌아다니며 성 안으로 들어갈 방법을 찾았다.

성문은 의외로 쉽게 열렸다. 밤눈이 밝은 병사들을 추려 성곽 밖에 주둔하고 있는 막사들을 공격해 횃불을 먼저 끄도록 했다. 캄캄한 어둠 속에서 실전 경험이 부족한 병사들은 당황해 서로를 공격했고, 그에 뭔가 잘못된 것을 느낀 대장이 너무나 손쉽게 성문을 열었다. 그리고 성안에 들어와 성문을 닫아버리자 공수가 역전되었다. 주둔군 병력 대부분이 성 밖에 있으니 어쩔 수 없는 결정이었다. 하지만 덕분에 리즈벳은 대장의 목에 칼을 들이대며 너무나 손쉽게 성문을 열었다.

「클렌디온 경, 영주민들은 모조리 영주관 안에 몰아넣었습니다! 영주 일가 및 군 관계자는 따로 억류해 신전에 가둬두었습니다.」

이제 해가 떠오르기 시작하면서 어둠 속에서 서로에게 칼을 휘둘러대던 주둔군들은 공황상태에서 벗어나 성벽을 기어오르고 있었다. 시가지 쪽으로 파견했던 카산드라가 돌아와 보고하자 리즈벳은 해안선에서 눈을 떼지 않은 채 되물었다.

「통신석은 없었겠지요?」

「확실히 확인했습니다.」

그리고 그제야 리즈벳은 카산드라를 향해 시선을 돌리며 살풋 웃어보였다.

「잘했어요. 그 안에서 뭘 하든 상관없으니 나오지만 못하게 해요. 어차피 오래 버틸 필요는 없어요.」

「예!」

대답하는 목소리가 우렁찼다. 연륜이 있으니 티는 내지 않지만 그녀 역시도 이 승리에 고양되어가고 있는 것이리라. 아군의 분위기는 무서울 정도로 좋았다.

아군은 수가 줄어 약 이백사십. 그에 비해 적군은 천에 가까웠던 숫자가 지금은 칠백.

그리고 수평선을 새하얗게 빛내며 태양이 떠올랐다. 황금빛과 연녹빛, 연보랏빛과 하늘빛이 베 짜듯 섞여 세상이 눈부시게 밝아졌다.

그리고 아침 안개를 단번에 몰아내고 찬란하게 빛나는 태양빛 아래, 해안을 가득 메우며 배들이 도항하고 있었다.

성벽 위의 아군에게서 함성이 터져 나왔다. 이사벨라의 본대가 싣고 올 구원병은 칠백 명. 그것이 의미하는 바는 명확했다.

이미 시야는 가림막 하나 없이 시원스레 뚫려 있었다. 발치의 적군의 동요 또한 선명하게 보였다. 구심점을 잃고 무너져 내리기 시작하는 모래성처럼 제국군이 흩어지기 시작했다.

그 광경에 리즈벳은 세차게 성벽을 내리치며 소리쳤다.

「문을 열어요! 출격합니다!」

「문을 열어라! 문을 열어라!」

「출격!」

내려진 군령이 메아리치듯 백인장들을 통해 곳곳으로 퍼져나갔다. 흐름은 붙잡아야 하는 것, 리즈벳은 검을 획 빼들고 준비되어 있던 말에 올라탔다.

바다가 갈라지듯 성문이 열리고 우왕좌왕하는 적군을 향해 성 안에서 대기하고 있던 군세의 절반이 쏟아져 나왔다.

데아와 카산드라가 리즈벳의 양옆에서 거침없이 적을 베어 내렸다. 마상전투 경험이 없는 리즈벳은 그들처럼 능숙하게 검을 휘두를 수는 없었다.

그러나 그녀는 본능적으로 제가 성벽 위가 아닌 이곳에 있어야 한다는 것을 알았다. 아무리 상황이 그들에게 유리하게 흐르고 있어도 이것은 지극히 섬세한 균형이었다.

「들어라!」

그녀는 옆의 기수의 깃발을 빼앗아 높이 들어올렸다. 푸른 바탕에 붉은 독수리. 푸른 바다를 아우르는 붉은 태양. 에스타니아 왕국의 해조기(海鳥旗). 무슨 말을 해야 할지는 누구에게서 배우지 않아도 알 수 있었다.

「똑똑히 보아라! 오늘 이곳에서 신의 가호를 참칭한 독재자가 무너진다! 우리는 신에게 승리할 것이다!」

에스타니아 진영에서 우레 같은 함성이 쏟아져 나왔다. 그것은 에스타니아 왕국군이 이름 없는 반역도였을 때부터 스스로 세뇌 주문처럼 읊어왔던 말이었다. 그러나 지금이 되어선 그 주문 같은 말이 이루어질 일 없는 바람일 뿐이라 할 이는 없을 것이다. 실제로 그들은 이렇게 대륙 최강이라는 제국군을 상대로 선전하고 있지 않나. 그리고 그들을 찍어눌러왔던 인스켈의 신은 모습조차 보이지 않고 있다.

그랬어야 할 터이다.

리즈벳은 숨을 삼켰다.

순간 이곳이 전장의 한복판이라는 것조차, 사방에서 그녀를 노리고 적들이 달려들고 있다는 것조차 잊었다. 그녀의 눈이 멈춰버린 시간 속, 구릉 위에서 찍어누르는 차디찬 시선과 마주쳤다.

윈터 드레스덴.

"아…… 하아!"

말이 되지 못한 소리가 조각나 신음처럼 흘러내렸다. 지금까지 지극히 당연한 것처럼 과시하고 있던 자신감, 승리에 찬 고양감, 달라졌다는, 강해졌다는 확신마저도 모조리 찢어발겨지고, 그녀는 완전히 맨몸이 되어 한때 제 연인이자 보호자였던 남자를 숨도 쉬지 못한 채 올려다보았다.

어느새 소리 없이 전장에 나타난 윈터는 표정 없는 얼굴로 조용히 그녀를 바라보았다. 주위에서 지금 이 순간에도 싸우고, 죽고, 죽이는 이들이 보이지 않는다는 듯, 오직 그녀만을.

「클렌디온 경!」

누군가의 날카로운 외침과 함께 그 시선에 견디지 못한 말이 앞다리를 치켜들며 날뛰었다. 반사적으로 낙법을 취해 겨우 목뼈가 부러지는 것만은 피했으나 기습적으로 바닥에 내동댕이쳐진 충격 때문에 몸이 부서져라 아파왔다.

그러나 아픔쯤은 아무것도 아니었다. 차라리 아픔이 반가웠다.

정말 저자가 이스켈리안 잘리어인가.

육체는 겨우 사람의 형상을 하고 있었다. 한편으로는 갈기처럼, 한편으로는 날개처럼, 한편으로는 그저 검은 장막처럼 흩날리는 신성을 두른 몸은 그 짙은 신성에 견디지 못하고 작게 조각나 무너져 내렸다가 역시 죽음을 허락하지 않는 그 신성에 인해 다시 제 모습을 찾기를 반복했다.

저도 모르게 리즈벳은 뒷걸음질을 쳤다.

그녀는 윈터의 바닥을 보았다 생각했다. 그가 인간으로 있을 수 있는 파편조차 모조리 잃어버렸다고 생각했었다.

그러나 이건 그야말로.

"욱, 우욱!"

짙게 풍기는 신성에 견디지 못하고 가까이에 있던 이들이 속을 게워내며 뒷걸음질하기 시작했다. 윈터가 서 있는 구릉을 중심으로 땅이 바짝 말라비틀어지며 죽어가고 있었다. 전투가 멈췄다. 죽고 죽이는 광란이 멈췄다. 정적 속, 헉 하고 누군가가 날카롭게 숨을 들이쉬는 소리가 들렸다.

순식간에 황무지가 되어버린 땅을 박차고 윈터는 지면에 내려섰다. 발밑에서 말라비틀어진 흙이 바스러지는 소리가 났다.

숨이 막혔다. 숨을 쉴 수 없었다. 핏덩이 같은 붉은 눈이 그녀에게 고정된 채 움직이지 않았다.

그 색. 그 소름 끼치는 차가움.

그리고 기습적으로 윈터의 검이 휘둘러졌다.

"큭!"

"으악!"

미처 몸을 피하지 못한 병사들이 그대로 썰려나갔다. 단말마와 함께 바닥을 구른 이들이 끔찍한 비명을 지르며 몸부림쳤다.

그리고 그녀의 지근거리까지 그가 다가왔을 때.

"아윽!"

무슨 일이 일어났는지 인지조차 하지 못했다. 반사적으로 몸을 틀어 피했으나 팔에 화끈한 아픔이 닿았다 사라지며 그 자리를 쥐어짜는 듯한 격통이 대신했다.

"아, 아아아악!"

저도 모르게 비명이 터졌다. 이미 인내하고 자시고 할 것이 없었다. 윈터의 칼이 닿은 살이 검게 변하며 썩어들어가고 있었다.

진심이다.

그는, 진심으로 나를 죽이려…….

생각이 미처 매듭지어지기도 전에 다시 칼날이 덮쳐들었다. 중력의 영향을 받지 않는 듯하다는 것은 이사벨라의 검격과 닮았으나 그 기도부터가 비교할 만한 게 아니었다.

작정하고 죽이려 덤벼들었고, 잠시의 숨 돌림도 허용하지 않을 정도로 집요하게 쫓았다.

「클렌디온 경!」

「대체 뭘 하고 있는 겁니까!」

몸이 움직이지 않았다. 제대로 대응하지 않으면 죽을 거다. 머리로는 알고 있다. 본능은 지금도 귓가에서 악을 쓴다.

움직여, 움직여! 막아, 찔러, 죽여! 네가 죽고 싶지 않다면!

그러나 몸이 움직이지 않았다.

"이스켈…….""

까앙, 검날이 부딪쳤다. 속삭이듯 이름이 흘러나왔다.

그리고 그에 처음으로 표정 없던 상대의 얼굴에 금이 갔다.

· ❈ ·

본능만이 남은 몸은 숨 막히는 피비린내 속에 섞인 익숙한 기색을 잡아냈다. 의문을 품는 것도, 가지 않는다는 선택을 하는 것도 몰랐다. 그저 죽은 듯 작동을 정지했던 몸이 움직여졌고, 이끌림에 따라 발걸음을 옮겼을 뿐. 그 모든 것이 의미하는 것이 무엇인지는, 저를 부르는 이름을 들었을 때에야 깨달았다.

"아아, 너인가……."

그것은 마치 사해(死海)의 파문 하나 없는 수면에 내리꽂히는 벽력 같았다. 오감을 장악해 가사상태로 몰아넣은 신성이 일순간이지만 물러났다. 산산이 부서져 심해에 가라앉았던, 이스켈리안 잘리어였던 파편이 흔들렸고, 목에 매인 쇠사슬에 질질 끌려 수면으로 끌려올라갔다. 그에 일순간이나마 돌아온 이성은 반사적으로 반응해버린 몸에 몸서리를 쳤다.

저주스럽다. 저주스럽다. 이 꼴이 나지 않으려 진즉에 죽여버리려 했었던 것을 아직도 죽이지 못하여 이리 질질 끌고 있다니.

깨지 말았어야 할 것을. 왜 저는 이번에도 또 깨어나서.

저주하며 울부짖는 조각들 사이에서 이질적으로 고요히 윈터는 눈앞의 여자를 바라보았다. 저도 모르게 낮은 탄성이 터졌다.

머리가 짧아졌구나. 얼굴이 많이 상했어. 키가 자랐고, 더 단단해졌구나. 그렇게 아이였는데. 그렇게 어리고 물렀었는데.

너는, 내가 없는 곳에서 변했구나.

걷잡을 수 없는 감정에 얼굴이 일그러졌다. 온몸으로 퍼져나가는 떨림에 힘을 꽉 주어 검을 쥐자 검날의 끝이 달달 떨렸다.

"……사랑스러운 나의 리즈벳."

한참을 쓰지 않아 거칠어진 목소리가 성대를 긁으며 흘러나왔다. 그 부름에 정처 없이 떨리는 여자의 모습을 보고 그는 탁한 웃음을 내

뺐었다.

명백히 검을 잡고 훈련을 받은 품. 익숙한 반역도의 복색. 너는, 정말로 내게 검을 찔러넣기 위해 저들의 손을 잡았구나.

그런 주제에 울 듯 일그러져 어쩔 줄 모르는 표정이 우스웠다. 전후 사정을 몰랐다면 배신당한 것은 제가 아니라 그녀라 할 법했다. 그에 코웃음을 치며 윈터는 느릿하게 검을 들어올렸다.

"왜 그런 얼굴을 하고 있지? 이렇게 될 줄 몰랐어? 이것이."

네가 선택했던 길이야. ……날 배신하고.

"당신의 신을 죽일 거예요."

그가 제 손으로 처참하게 박살을 낸 저택에서 뒤늦게 발견했던 메모에는 그렇게 적혀 있었다. 그 외에도 뭐라 구구절절이 적혀 있었으나 요점은 그것이었다. '죽음'에게 잠식이 시작된 의식 중, 아직 남아 있던 이스켈리안 잘리어의 파편은 그 글귀에 허리가 끊어질 듯 웃었다.

내 신을 죽이겠다고? 네가? 작고 무력하고 순진한 어린 네가?

내 형과 조카를 비롯한 수천수만 명의 이들이 죽이려다 실패한 신이다. 네 오라비며 할아비가 평생을 바쳐가며 죽이려다 실패했던 신을 네가 무슨 수로. 어떤 이유로.

대체 왜.

정말로 나를 위해서? 정말 그게 나를 위해서라고? 내게 검을 들이대는 것이 어떻게 나를 위한 것인가. 그러다 내 앞에서 조각나는 게 어떻게 나를 위한 것인가. 그 꼴을 또 내게 보라고?

어떻게 고작 그런 것을 위해 내게 검을 들이대.

버려지는 것이, 배신당한다는 것이 어떤 것인지 모를 리가 없는 네가 어떻게 내게 같은 것을 강요해!

"……덤벼라, 리즈."

검을 고쳐들고 칼끝을 들어올렸다.

저를 향한 사랑이 한 점도 남지 않았던 형은 마치 폭죽처럼 터져나갔다. 핏덩어리 살점이 사방으로 튀었다. 정작 저는 멀쩡한데 방은 형의 피로 칠갑을 했다.

자업자득이지. 소리 내어 웃으면서도 몇 번이나 후회했다.

차라리 그 전에 제가 목을 쳤더라면. 그 전에 죽여버렸더라면.

"그렇게 죽고 싶다면 직접 죽여주마."

그랬다면, 적어도 끝까지 몰랐을 텐데.

"검을 들어!"

저조차 존재하는 줄 몰랐던 분노가 한순간에 터져 나왔다. 반사적으로 검을 들어올렸으나 역부족. 일격에 손등을 베여 비명을 터트리며 뒷걸음질 쳤다. 여자의 피가 흘렀다. 뇌리로 스며들어 시야를 새빨갛게 물들인다.

"자세도, 보법도, 칼 쥐는 법도, 반사 신경도, 정신력도! 고작 이 정도밖에 안 되면서!"

「클렌디온 경!」

검을 들고 막는 것이 고작인 여자에게 연달아 쏟아지는 참격에 결국 주위에서 엉거주춤 물러나 있던 병사 하나가 소리를 지르며 달려들었다.

쥐고 있던 검 손잡이에 꽉 힘이 들어가며 검이 빙그르르 방향을 바꿨다. 퍽, 소리가 나더니 검이 병사의 목을 꿰뚫었다.

「커헉!」

가장 연약한 부분을 꿰뚫린 병사가 무너져 내렸다. 분수처럼 뿜어 나오는 피가 리즈벳과 윈터를 공평하게 붉게 적셨다.

"고작 이 정도밖에 안 되면서."

뽑아낸 검날. 쓰러지는 시체. 새파랗게 질린 리즈벳을 앞에 두고 그는 나직이 내뱉었다. 뚝, 뚝, 머리를 적신 핏방울이 떨어져 내렸다. 기분이 저조했다. 살의가 들끓었다.

고작 이 정도밖에 안 되면서. 아직 이렇게 약하고 부족하면서.

본래부터 배우는 걸 기꺼워하지 않는 네가 이렇게 필사적으로 노력해서. 내가 아닌 다른 이에게서. 다른 이에게 둘러싸여가면서. 검에 취미 따윈 없었던 주제에.

"내게, 검을 겨누겠답시고."

여자의 처참한 얼굴을 앞에 두니 속이 뒤집어졌다. 다시 검을 들어 올렸을 때였다.

"선배!"

뒤에서 짐승의 울부짖음 같은 외침이 들려왔다. 반사적으로 검을 휘두르자 그 검을 묵직한 힘으로 받아치는 것이 느껴졌다.

리즈벳이 숨을 삼기는 소리가 들렸다. 털썩, 그녀가 주저앉는다. 그는 이 방해꾼의 목소리가 낯이 익다는 생각에, 또 그 목소리에 숨기지 않고 묻어난 감정에 이를 드러내며 그르렁거렸다.

"감히."

그러나 방해꾼의 목숨을 끊어놓으려 다시 검을 치켜든 윈터의 뒤에서, 날카로운 바람이 불어왔다.

「물러나라, 드레스덴.」

역시 익숙한 여자가 그에게 에스톡을 겨누고 있었다. 그 주위를 위협하듯 바람이 비자연적으로 소용돌이를 일으키며 맴돌았다.

"이사벨라 델 디아고."

오래된 이름을 느릿하게 기억 속에서 끄집어내며 윈터는 주위를 둘러보았다. 이사벨라와 그녀의 뒤를 다급히 따른 것이 분명한 고위 장교 몇이 숨을 헐떡대며 그를 둘러싸고 있었다. 바람이 그의 몸을 감싸고 위협적으로 불었다. 가끔 쉿쉿 소리를 내며 위협을 가하기도 했다.

「너희 군은 이미 승기를 놓쳤다. 이번엔 조각나 바다 속에 처넣어지고 싶은가?」

바람이 세기를 늘려 불어왔다. 주위에서는 겁에 질린 제국군 병사들이 이 대치를 지켜보고 있었다. 강행한다면 못 할 것도 없으나 에스타니아 여왕의 정령술은 귀찮았다. 반드시 방해를 받는다.

윈터는 마지막으로 바닥에 주저앉은 리즈벳을 한 번 흘끗 바라보더니 휙 몸을 돌려 구릉 쪽으로 사라져갔다.

· ✿ ·

윈터의 뒤를 따라 머뭇거리면서도 재빨리 살아남은 제국군들이 물러나기 시작했다. 그 모습을 서늘한 낯으로 좇긴 했으나 이사벨라는 그들을 쫓아가라는 명령 따위는 내리지 않았다. 섣불리 추격했다가 다시 윈터가 마음을 바꾸는 일이라도 생긴다면 감당해야 할 출혈은 보통이 아니었다.

"……아아아. 수명 줄어버렸네."

그리고 이사벨라가 서둘러 군을 추스르는 와중, 리즈벳의 앞을 막아서던 젊은 기사는 길게 한숨을 내쉬며 자리에 풀썩 주저앉았다.

"용케도 살아남았네요, 우리."

그 여상스러운 목소리에 리즈벳은 덜덜 떨리는 손을 뻗어 남자를 꼭 부여잡았다.

"제를, 제, 제를……."

그리고 그 모습에 제를란드 하셔, 이미 한참 전에 전사했다 알려진 기사는 핏 바람 빠지는 소리를 내며 웃었다.

"뭡니까. 제 이름 잊어버렸어요?"

그 말에 리즈벳은 그대로 울음을 터트려버렸다.

『너는, 밉지 않아?』

어렸을 적, 누군가가 물었다.

『형이 없어졌으면 싶지 않아?』

손안의 묵주를 천천히 굴리며 줄리안 쟈크티에는 멍하니 창밖을 내다보았다. 계절은 이미 가을로 넘어가고 있었다. 바람에 흐드러지게 떨어져 내리는 천연색의 낙엽이 사각거리는 소리를 내며 땅에 쌓였다.

형의 소상(小祥)이 가까워지고 있다.

떠올리면 지그시 두통이 찾아와 줄리안은 묵주를 쥐지 않은 손으로 미간을 꽉 눌렀다. 그것은 손가락을 목구멍에 쑤셔넣으면 구역질이 나는 것과 비슷한, 지극히 본능적인 반응이었다. 그러나 그걸 알 리 없는 다른 이들은 크리스티앙 쟈크티에의 기일이 가까워지자 새삼스레 조의를 표하고자 그에게 말을 걸곤 했다. 혈연이란 그렇게 족쇄와도 같은 것이라 크리스티앙의 이름은 내내 그의 뒤를 따라다녔다.

친형제라고는 하지만 어른이 되고 나서는 1년에 몇 번 만나지도 않았다. 그는 거의 5년 가깝게 킬센의 인스켈 황릉에 잠복해 있었고, 황릉에서 나온 후로도 주로 후방에서 작전 지휘를 했기에 최전방에서 군을 이끌던 크리스티앙과는 떨어져 있었다.

만났다 해서 형이 그를 반가워했을 리가 없고, 그건 그도 마찬가지였다. 아마도.

웃음인지 무엇인지 알 수 없는 형태로 줄리안의 입가가 일그러졌다. 과거란 떠올리기 끔찍한 기억을 쓰레기장처럼 쌓아놓은 것일 뿐이었다. 쓰레기장에 일부러 발걸음 하는 놈은 없다.

그때, 기척 하나 없이 벌컥 문이 열렸다. 기다리던 사람이 왔다. 상념을 갈무리해 털어버리고 줄리안은 자리에서 일어나 방의 주인을 맞이했다.

「……쟈크티에 공.」

여자는 연락 하나 넣지 않고 제 방에 들어와 주인처럼 그녀를 맞이하는 모습에 표정을 굳혔다.

「델 디아고 공.」

초대받지 않은 방문자로서의 예의로 방주인의 언어로 답한 줄리안은 자리에서 일어서 가볍게 고개를 숙였다. 입가에 습관적으로 단정한 미소가 걸렸다.

「기다리고 있었습니다. 허락도 받지 않고 방에 들어온 점은 눈감아주시겠습니까?」

「로세이유의 총사령관이 왜 여기 있는 겁니까. 연락도 없이.」

여자치곤 큰 키로 성큼성큼 방 안으로 들어온 에스타니아의 여왕은 휙 의자를 빼 털썩 주저앉았다.

「호위도 없이.」

그 말에 줄리안은 미소 지으며 시선을 가만히 내리깔았다. 갑작스러운 방문을 여왕이 기꺼워하지 않으리라는 것은 예상한 일이었다.

여기서 그가 잘못되기라도 하면 그 화살은 에스타니아로 향할 것이다. 이사벨라의 불쾌함은 지당했다.

「그 위험을 감수하면서도 할 수밖에 없는 일이었다고 한다면 이해해주시겠습니까.」

「로세이유군의 총사령관이 나를 비밀리에 직접 찾아올 수밖에 없는 이유요.」

「지위가 지위이다 보니 보는 눈이 많습니다. 조용히 담화조차 할 수 없지요. 그렇다고 공개적으로 자리를 요청하기에는 조금, 민감한 주제인지라.」

그에 이사벨라의 눈이 그의 속내를 읽어내려는 듯 가늘어졌다. 곧 짧게 고개가 끄덕여지며 허락의 말이 떨어졌다.

「듣지요.」

그에 줄리안은 감사의 뜻으로 고개를 살짝 숙이곤 시선을 이사벨라의 뒤쪽에 걸려 있는 해조기를 향해 돌렸다. 붉은 새와 푸른 바다가 그려 넣어진 에스타니아 왕국의 국기. 모두들 그 국기의 바다는 대대로 해상강국이었던 역사를 상징하는 것이라 생각하고 있었다.

「고대 에스타니아는, 판데모니움에 멸망당한 거라 들었습니다.」

느닷없는 화제에, 그것도 민감할 수밖에 없는 화두에 이사벨라의 얼굴이 굳었다.

그녀는 그 푸른 바다가 해저로 가라앉아버린 구대륙을 의미하는 것임을 아는 몇 안 되는 이들 중 하나였다.

「힘에 취해 너도 나도 신에게 몸을 맡겼고, 인간에겐 분에 넘치는 그 힘을 주체하지 못하고 자멸한 이들이 절반. 그 힘을 견뎌내지 못한 채 신에게 잠식당해 폭주한 이들이 절반. 구대륙은 신들의 싸움으로 사람이 살 수 없는 곳이 되었고, 결국 무너져 바다 속으로 가라앉아버렸다지요. 그게 바로 에스타니아 왕국의 시조들이 이 신대륙으로 옮겨오는 계기가 된 아르마게돈(Armageddon).」

이제는 에스타니아의 왕실 학사장들, 아니면 리슈타인의 고고학장 정도가 알고 있을 잊힌 역사. 스스로를 대모후의 자손이라 칭했던 에스타니아 왕족들이 숨겨왔던 사실이었다.

「당신의 선조들은 아르마게돈이 다시 발발하는 것을 막기 위해 판데모니움에 대한 모든 것을 극비로 부쳐 봉인했지요. 그걸 다시 파낸 것이 에스타니아의 여왕과 혼인 동맹을 맺었던 로세이유의 샤를 5세. 그리고 판데모니움에 대해 알아낸 이들이 차례차례 신을 불러내어 초래한 것이 작금의 사태.」

부정도, 긍정도 하지 않은 채 이사벨라는 느릿하게 손을 깍지 꼈다. 말하고 싶으면 더 말해보라는 듯 무언으로 종용하는 시선에 옅게 웃음을 지으며 줄리안은 입을 열었다.

「에스타니아의 적통인 당신이 보기엔 어떻습니까, 델 디아고 공. 우리는 아르마게돈의 재림에 가까워져가고 있지 않습니까?」

그 말에 한동안 침묵이 흘렀다.

그대로 얼마나 시간이 지났을까. 무표정한 시선으로 그를 응시하던 이사벨라의 입가가 옅은 조소로 비틀렸다.

「……설마 내 앞에서 역사 지식을 자랑하시려는 것은 아닐 터이고.」

사락, 굵게 물결치는 붉은 머리칼이 그녀의 움직임에 따라 어깨 위로 흘러내렸다. 상체를 가볍게 기울이며 마치 은밀한 내담을 하는 듯 여왕은 속삭였다.

「용건을 말하는 게 어떻습니까, 쟈크티에 공?」

뼈아픈 실패와 상처를 쑤신 대가로 숨김없이 드러나는 불쾌함이 보이지도 않는 듯 줄리안은 책상에 펼쳐진 군용지도 위의 말을 들어올려 움직였다.

「샤를 5세가 파낸 신이 '제왕'뿐은 아니었다는 기록이 있습니다.」

여황이 전선을 물려둔 슈타인즈에 하나.

그리고 연합군 본대가 위치한 에사스에 또 하나.

「그에 기반해 지금 이 대륙에 존재하는 신체는 적어도 둘이라는 추측이 나오고 있지요.」

의혹은 예전부터 계속 있었다. 솔직히 제 입으로 직접 밝히지만 않았지, 그자는 그 가능성을 숨길 생각도 하지 않았다.

마치 미래를 보는 듯한 말을 한다. 그가 그린 미래는 언제나 사실이 된다. 어딘가 결여된 것 같은 사람. 점점 메말라가는 감정 표현. 라 리베티에의 단장이 되기 전부터 윈터 드레스덴이 그토록 죽이려 했던 청년.

윈터 드레스덴이 증명했듯 신은 하나가 아니다. 인간으로 태어났던 이들은 판데모니움의 문을 열고 신과의 계약을 통해 인간을 뛰어넘는 힘을 얻을 수 있다. 샤를 브릴리언테가 그리할 수 있다면, 또 윈터 드레스덴이 그리할 수 있다면 다른 이들 역시 그리할 수 있으리라. 그리고 이 모든 조각들은 한 가지의 가설을 종용한다.

안셀라 클렌디온은, 정말로 온전한 인간인가?

「힘이 있으면 그에 현혹되기 마련입니다. 봉인은 언젠가 깨질 뿐이고, 금기는 전쟁광들을 유혹하는 최적의 미끼지요. 우리는 평화와 자립을 바라며 싸우고 있습니다. 그걸 위해서 가장 필요한 것이 무엇인지는, 델 디아고 공, 당신께서 제일 잘 알고 계시겠지요.」

이사벨라는 그저 그를 조용히 응시할 뿐이었다. 놀라는 기색도, 혼란스러워하는 기색도 없다. 당연하겠지. 아르마게돈의 재림을 막고 판데모니움의 비밀을 수호하는 것이 에스타니아 왕족의 사명이었다면 제 고향을 더 이상 사람이 살 수 없는 땅으로 만들었던 신들의 명부 정도는 가지고 있을 것이다.

안셀라 클렌디온의 인간성을 의심할 이가 있다면 그건 이 여자일 것이다.

「세상은 더 이상 신을 필요로 하지 않습니다. 분에 넘치는 힘은 독이 될 뿐.」

샤를 5세가 '제왕'을 불러내기 이전에도 전쟁은 있었다. 탐하고 빼앗는 것은 인간의 본성과 같은 것이다. 그러나 이 정도까지는 아니었다.

신체가 나타나기 전에는 이런 식으로 단 한 명에 의해 세상이 좌지우지되는 일은 없었다.

이 전쟁이 길어질수록, 전쟁이 두 명의 신체에 의해 좌지우지되고 있다는 사실이 알려질수록 그 힘에 현혹되는 이들이 늘어날 것이다. 그 누구도 쓰러트릴 수 없었던 '제왕'을 쓰러트린 것이 '죽음'이었던 것처럼, '죽음'을 쓰러트리기 위해서는 또 다른 신이 필요하다 여기는 이들이 생겨날 것이다.

판데모니움의 문을 열려 드는 이들이 나타날 것이다.

「델 디아고 공, 전쟁 후의 세상을 위해 피 흘린 이들 중 하나로서 말합니다. 협조해주십시오.」

콱, 테이블 위로 나이프가 내리박혔다.

「안셀라 클렌디온은 죽어야 합니다.」

이사벨라는 정확히 에사스에 놓인 말을 꿰뚫고 파르르 떠는 나이프를 묵묵히 응시했다. 시선을 들어 올려다보자 무표정한 시선으로 저를 내려다보는 남자가 있었다. 그 시선이 의미하는 바가 너무나 명확해 그녀는 숨이 막히는 듯했다.

눈치채는 이가 있다면 이자일 거라 생각은 했었다.

……그러나 그것이 지금이 될 줄은 몰랐다.

「쟈크티에 공, 공의 혜안은 대단한 것입니다.」

이사벨라는 천천히 말을 골랐다.

줄리안 쟈크티에는 로세이유 제일이라 할 수 있을 만한 실력의 검사인 형의 그늘에 가려 잘 알려지지 않은 이였다. 다혈질에 호승심 강하고 자신만만한 성격으로 사람들의 사랑을 받았던 형과는 달리 조용하고 침착하고 의뭉스럽기까지 한 성격의 동생은 쉽게 눈에 띄는 편이 아니었다.

그러나 그는 끈질겼다. 끈질기고, 냉정하고, 무서울 정도로 침착했다. 주의 깊게 타인의 의견을 듣고 냉철하게 상황을 분석한 후, 집요할 정도로 완벽하게 계획을 세워 밀고 나갔다. 킬센의 황릉에 잠입해 있던 것이 5년. 라 리베티에와 손잡고 로세이유 국군의 토대를 만들어 나간 게 6년. 눈에 띄는 전공 하나 없었으나 그는 어느 순간엔가 로세이유군이 가장 의지하는 지휘관이 되어 있었다.

그리고 사적으로 호불호를 거의 표시한 적이 없는 이 심해 같은 총사령관은 유일하게 안셀라를 꺼려했다.

「그 결심은 사적인 복수를 위한 것입니까?」

그 말에 줄리안의 표정이 눈에 띄게 굳었다.

명석한 남자는 그녀가 의미하는 바를 정확히 읽어냈다.

「……형의 죽음에 대해 말씀하시는 겁니까.」

「드레스덴이 한동안 자취를 감췄을 때, 그가 아니라 그가 데리고 있던 아이를 찾으라 했던 것이 클렌디온 공이었음을 아는 사람은 다 압니다.」

담담한 답변에 줄리안은 짧게 짖는 듯한 웃음을 터트렸다.

「뭔가 오해하고 계시는데, 저희 형제는 그런 사이가 아닙니다.」

전혀 예상하지 못한 말을 들은 탓일까. 숨이 막혀오는 듯해 줄리안은 조금 웃었다. 얼굴을 쓸어내리는 손이 저도 모르는 사이 가늘게 떨렸다.

원수를 갚는다니, 무슨 그런 말을.

무슨 그런, 어울리지 않는 말을.

『한심한 새끼.』

예전, 저를 괴롭히던 패거리가 있었다.

제 무엇이 마음에 들지 않았는지는 모른다. 그저 장난이었을지도 모른다. 그들은 심심풀이로 그를 놀렸고, 때렸다.

그리고 그런 그의 울음소리를 듣고 찾아온 형은 그 패거리들을 흠씬 두들겨 쫓아 보낸 후, 그를 인정사정없이 걷어찼다.

『왜 얻어맞고 지랄이야? 손이 없어, 발이 없어? 저놈이 팼으면 너도 패야지! 멍청하게 얻어맞고 있으면 누가 칭찬해준대?』

괴롭힘을 당하고 싶어서 당하는 사람은 없다. 맞서 싸우는 게 그리도 간단한 일이었다면 당장이라도 형의 얼굴에 주먹을 꽂아넣었을 거다. 결국 그는 그때에도 역시 아무 반항도 하지 못했다.

부모님은 명백히 보이는 폭력의 흔적에도 형식적으로만 형을 혼낼 뿐이었다. 상인들의 세계는 어떨 때는 전쟁터보다 더 비정한 약육강

식의 세계였고, 성공한 상인이었던 부모님은 아들이 가끔씩 보이는 잔인함을 과감함, 강함이라 칭하며 내심 만족스러워했다.

누가 어버이의 사랑은 공평하다 했는가. 적어도 그와 형에 한해서는 부모의 애정은 대단히 치우쳐 있었다. 그래, 그럴 만하다 생각했다. 크리스티앙 쟈크티에는 누가 봐도 자랑스러워할 만한 아들이었다. 다른 아이들과 어울려 학교에 다닐 때에도, 졸업 후 신을 등에 업은 인스켈 제국에 맞서 싸울 때에도, 형은 언제나 맨 앞에서 무리를 이끌었다. 두려움도, 망설임도, 실패도 모르는 듯했다.

줄리안은 뒤에서 조용히 그것을 바라보았다. 그 누구에게도 미움받지 않도록 사교성을 기르며 눈에 띄지 않게 몸을 낮춰왔다. 가끔은 형을 메다꽂고 얼굴 형태가 변할 정도로 주먹질을 하는, 그래서 그 입에서 결국 내가 잘못했다 비는 소리를 끌어내는 꿈을 꾸기도 했으나 그뿐. 그는 숨 쉬듯 익숙하게 비교당하는 것, 포기하는 것, 기대하지 않는 것을 배웠다.

그리고 형은 죽었다.

「공은, 궁금한 적이 없었습니까?」

「……무엇이.」

「정말, 몰랐을까.」

장례식에서조차 울음은 나오지 않았다. 솔직히 그만큼의 애정도 남아 있지 않았다. 그저, 깨달음에 눈앞이 조금 아찔해졌을 뿐이다.

주관적으로 그가 얼마나 개새끼였든 형의 재능만은 진짜였다. 그의 증오만큼은 진짜였다. 로세이유에서 손꼽히는 검사였던 크리스티앙은 윈터 드레스덴이 자를란트에서 가족을 몰살시킨 순간부터 평생을 오로지 신체에게 복수하기 위해 불태웠다. 빛나는 원석을 피맺힌 노력으로 깎았다.

그럼에도 살해당했다.

'지혜'는 말 한마디로 그를 사지로 보냈고, '죽음'은 그 기나긴 수련이 무색하게 그를 죽였다.

인간의 힘으로는 뛰어넘을 수 없는 그 절대적인 차이가 그 무엇보다도 허무했다. 끔찍했다.

「그자는, 제 말 한마디가 수많은 사람을 죽일 수 있으리라는 것을 정말 몰랐을까.」

그럼에도 그는 참았다. 이번에도 견뎠다. 적어도 '지혜'는, 안셀라는 아군이다. 신체를 죽이려면 같은 신의 힘을 빌리는 것이 가장 성공 가능성이 높다. 필요악이다. 냉정히 말하자면 지금까지 이 기운 균형을 유지해온 것은 안셀라의 힘 덕분이 아니던가.

어쩔 수 없는 일이다.

그렇게 생각하고 있었다.

「……그자가 이번에 제안한 작전을 보십시오.」

저도 모르게 허탈한 웃음이 흘러나왔다. 몇 번이나 뺨을 쓸어내렸던 손에 결국 얼굴을 묻으며 줄리안은 눈을 감아버렸다. 반사적으로 억눌러왔던 감정들이 쏟아져 내렸다.

「공은, 그자가 정말 몰랐으리라 생각합니까?」

그 말에 이사벨라의 손끝이 경련하듯 꿈틀거렸다. 처음으로 그녀의 얼굴에 다른 색의 감정이 섞여 들어갔다.

이번 여름, 안셀라가 제안하고 제가 승인한 작전의 보고가 올라왔을 때를 기억한다. 분명히 주저가 있었다. 무리한 계획이라 내내 생각했었다. 꼭 이럴 수밖에 없었는지조차 확신할 수 없었다.

그럼에도 결국 승인했다. 지금까지 안셀라는 잘못된 적 없었기에.

그 결과는 끔찍했다.

「이겼다 한들 수많은 병사들이 죽었습니다. 조금만 공이 늦었더라면 드레스덴에게 전멸당했을지도 모릅니다. 아니, 그자가 공과 싸우려 했다면 몇이나 살아남았겠습니까.」

승리? 그걸 승리라 부를 수 있을까? 보고에는 오를레앙에서 주둔 중이었던 세력의 규모가 누락되어 있었고, 제대로 된 정보는 끝까지 오를레앙 공략군에게 전달되지 않았다. 극비 작전이었기에 그 정보를 수정해줄 이들도 없었다. 승리는 했으나 아찔해질 정도로 운이 좋았다.

「알고 있잖습니까, 공. 당신은 안셀라 클렌디온 때문에 죽을 뻔했습니다. 그 누가.」

격앙해서 토해낸 목소리의 끝이 갈라졌다. 그로서는 지극히 희귀한 감정의 흔들림에 줄리안은 애써 숨을 골라 감정의 동요를 숨겼다.

이사벨라가 죽었을 수도 있었다. 에스타니아군의 주축인 그녀가 사망한다면 에스타니아군은 지도자를 잃고 무너진다. 에스타니아와의 동맹에 의존해 인스켈에 대항하고 있는 로세이유는 에스타니아가 무너지는 순간 전쟁을 계속할 수 있는 능력을 잃어버린다. 그 후로 이어질 것은 역사가 증명해왔던 보복.

아니, 그 모든 전략적이고 정치적인 계산 전에.

「그 누가, 목적을 위해 아군을 그런 식으로 이용합니까?」

수많은 사람이 죽었다. 그것이, 전쟁은 본래 그런 것이니 승리할 수 있었다면 된 게 아니냐며 넘어갈 수 있을 만한 것인가?

이제 안셀라는 동료가 죽어도 울지 않는다. 슬픔조차 표현하지 않는다. 그런 그가 사람의 목숨의 무게를 기억할까? 그렇게 간단히 사람의 삶을 좌지우지할 수 있는 힘을 지닌 신체가 목숨의 무게를 알지 못한다면 어떤 일이 일어나는지 보여주는 살아 있는 증거가 인스켈에 버티고 있지 않은가.

「신체를 모조리 없애고 신이 없는 세상을 만들 겁니다.」

습관적으로 쥐고 있던 묵주의 감촉이 느껴져 그는 손에 힘을 주었다. 시체조차 남기지 않고 부서져버린 형의 소지품을 뒤지다 발견한 것이었다. 속이 뒤틀리며 욕지기가 치밀어 올랐다. 쓰레기장 한복판에 주저앉아 썩은 내가 피부에 배어들 때까지 매여 있는 느낌이었다.

줄리안은 눈을 꽉 감았다 떴다. 창밖의 산천은 온통 단풍으로 붉게 물들어 있었다. 그 붉음이, 그 시야를 가득 채우는 죽음이 눈알을 지진다. 화인을 남긴다.

형의 뒤를 따라 달렸었다. 포기하고 등을 돌리기 전까진 줄곧 그랬었다. 제가 될 수 없는 것의 총집합 같은 모습에서 눈을 뗄 수 없었다.

생각했다. 죽으러 떠난 형의 뒷모습을 보았을 안셀라에 대해 생각했다. 물어볼까도 몇 번이나 생각했다.

당신은.

알았습니까……?

그러나 그것이야말로 대답이 의미 없는 질문이 아닌가.

아니라 대답했어도, 믿지 못했을 것이다.

"어서 오⋯⋯."

벨 소리에 조심스레 입을 열었던 급사는 들어온 손님의 얼굴을 보자마자 그대로 얼어붙어버렸다. 순식간에 하얗게 질려버리는 그녀에게 손을 가볍게 저어 보이곤 손님은 메뉴판을 눈으로 훑었다.

"허니 레몬그라스로."

"네, 네!"

반사적으로 대답하며 급사는 주문판을 집어 들었다. 그러나 벌벌 떨리는 손가락 사이로 주문판이 떨어져 내리고, 와당탕 하는 소리와 함께 주문판에 얻어맞은 테이블 위의 물품들이 사방으로 굴렀다. 그걸 여자는 허리를 굽혀 하나하나 주워 올려주었다. 그에 울 듯이 일그러졌던 급사의 얼굴이 새빨갛게 달아올랐다.

리즈벳 클렌디온.

보름 전 오를레앙을 급습해 신체마저 쫓아내고 도시를 점령한 침략자의 수괴.

저도 모르게 눈이 마주쳐 급사는 순식간에 고개를 숙여 시선을 피해버렸다. 평생을 오를레앙에서 나고 자라 단 한 번도 도시 밖으로 나가본 적 없는 그녀는 악명 높은 연합군의 영웅이 왜 하필이면 이 카페에서 차를 주문하는지 이해할 수가 없었다.

잠시 동안 숙이고 있는 그녀의 머리 위로 상대의 시선이 느껴진다 싶더니 부츠의 굽 소리와 함께 리즈벳의 발걸음이 멀어져갔다. 그에 겨우 막혀 있던 숨통이 터지며 길게 한숨을 내쉬었던 급사는 다시 흡, 숨을 들이쉬었다. 리즈벳 클렌디온이 어느새 길거리가 잘 보이는 창가의 테이블에 자리를 잡고 앉아 있었다.

차를 주문했으니 당연히 마시고 가겠지.

정말 당연하기 짝이 없는 사실을 이제야 깨달았다는 사실에 그녀는 머리를 벽에 들이받고 싶은 심정이 되었다.

그녀는 보름 전, 갑작스레 집 안으로 들이닥친 연합군 병사들에게 침대에서 끌려나가 영주관에 갇혔던 것을 떠올렸다. 병사들은 폭력적이진 않았지만 충분히 강압적이었고, 그녀는 닭장 같은 건물에 오를레앙의 모든 거주자들과 함께 갇혀 하룻밤 내내 아스라한 전투의 소리를 들으며 두려움에 떨었다. 가족들의 무사를 알 수 있었던 것이 다행이라면 다행이었다.

그리고 날이 밝았을 때, 그녀는 자신이 나고 자랐던 오를레앙이 연합군의 손에 떨어졌다는 것과 이 마른하늘의 날벼락 같은 작전을 지휘했던 것이 그녀 또래의 여자라는 소문을 들었다.

오를레앙의 대적자.

이제 겨우 열여덟 살이 되는 이 여자가 인스켈의 윈터를 물러나게 한 유일한 인간이었다. 에사 반도에서는 고작 다섯 명을 이끌고 몇백 배나 되는 제국군을 제자리에 묶어놓았다는 소문도 있었다. 단 두 번이지만 그 전공은 눈부신 것이었다.

어떻게 저 나이로. 저런 체구로.

그녀는 아직까지 이 도시가 더 이상 인스켈 제국의 것이 아니라는 사실을 받아들이는 것만으로도 버거웠다. 밖을 내다봐도 아무것도 변한 것이 없는데, 카페에 나오면 언제나 찾아오는 단골들의 모습이 보이고, 집에 돌아가면 언제나처럼 하루의 일과를 마치고 돌아온 가족들이 기다리고 있다. 이 일상 속에서 거리를 돌아다니는 붉고 푸른 군복의 연합군 병사들과 제 카페에 앉아 있는 저 귀족적인 여자만이 보름 전의 일이 꿈이 아니라는 사실을 일깨워줬다.

찻주전자가 끓는 것을 기다리는 와중, 급사는 힐끔거리며 리즈벳 클렌디온을 훔쳐보았다. 군인이라기보다는 저 먼 황도의 무도회장에나 어울릴 것 같은 용모의 여자는 같은 여자인 그녀가 봐도 예뻤다. 그러나 소문이 자자한 위명 탓인지 그 섬세하고 우아한 옆모습에는 어딘가 함부로 대할 수 없을 듯한 서늘함이 있었다. 창밖의 풍경에 고정되어 있는 연녹색 눈동자는 그 여린 색에 어울리지 않을 정도로 깊이 가라앉아 있었다.

리즈벳 클렌디온. 연합군의 마녀.

조심스레 상념에 빠진 여자의 테이블로 다가가 찻잔 가득 차를 따르며 습관적으로 꿀을 퍼 올린 숟가락을 컵받침에 올린 급사는 저도 모르게 생각했다.

이런 사람은 이런 때가 아니라면 평생 이런 구석진 촌 카페의 차를 마실 일도 없겠지.

"고마워요."

그런 생각을 아는지 모르는지 여자는 찻잔을 받아들며 꿀처럼 달콤하게 웃었다. 그 모습에 저도 모르게 무릎이라도 굽혀 예를 표해야 할 것 같은 기분이 든 급사가 어정쩡한 미소를 지었을 때였다.

"저기요."

"네, 네?"

전혀 예상하지 못했던 부름에 확 긴장되는 것을 느끼며 급사는 고개를 들었다. 아직까지 창밖에서 눈을 떼지 않은 채 리즈벳은 여상히 물었다.

"영주관 옆에 꽤나 큰 저택이 있던데요. 누가 살던 데예요?"

느닷없는 질문에 급사는 몇 번 눈을 깜박였다. 연합군의 장교께서 길거리 관광을 하시다 궁금증이 일었나 싶었으나 그런 건 영주에게 물어보면 바로 알 수 있는 게 아닌가.

뭐라 대답을 해야 하나, 얼마나 말을 해야 하나 감이 잡히지 않아 잠시 머뭇거리던 그녀는 조심스레 입을 열었다.

"아, 저…… 거긴 솔라스 자작님이 사시던 곳이에요. 황립역사원의 고명하신 학자셨다던데 몇 년 전에 아드님이신 에드윈 경이 가텔쉔덴에 끌려가신 후로 앓다가 돌아가셨어요. 지금 주인은 따님인 아리아나 아가씨인데 황태녀 전하의 휘하로 들어가셔서 자주 못 돌아오세요."

그리고 그 말에 처음으로 리즈벳의 시선이 그녀에게 향했다. 무엇이 그리 의외였는지 놀란 듯 크게 뜬 눈의 눈꼬리가 파르르 떨리더니 시선이 아래로 떨어졌다.

"……에드윈 경이."

그 반응에 급사의 눈이 동그랗게 뜨였다. 저 반응은 마치.

"도련님을 아세요?"

그러나 그 질문에 여자는 조금 쓴맛이 나는 미소를 짓곤 시선을 다시 창밖으로 돌려버렸다.

"……모르겠네요."

뭐라 해석해야 할지 모르는 답변에 어정쩡하게 서 있던 때였다.

그들의 눈앞으로 커다란 단풍 다발이 다짜고짜 들이대어졌다.

「선배.」

에스타니아어 특유의 리듬감 있는 발음이 들려왔다. 눈을 들어서
보니 깜짝 놀랄 만큼 장신의 남자가 서 있었다. 햇볕에 그을린 단단한
근육질의 몸, 눈썹을 살짝 가리는 새까만 머리칼, 표정이 적은 얼굴과
각 잡힌 턱선.

남자를 발견한 리즈벳의 눈꼬리가 해사하게 휘었다.

「이것도 책에서 읽었어?」

제를란드.

그리고 여자의 입에서 연합군 작전보좌관의 이름이 흘러나왔다.

. ❀ .

급사가 그녀와 제를란드를 조심스레 번갈아 바라보다 종종걸음으
로 멀어지자 리즈벳은 단풍잎 다발을 양손으로 들어올려 깊게 향을
들이마셨다. 비강 가득 바싹 마른 풀과 바람의 냄새가 들어왔다.

저도 모르게 미소를 지으며 그녀는 그것을 테이블에 내려놓았다.

「역시 향기는 나지 않네.」

「꽃이 아니잖습니까.」

「예뻐서 눈치 못 챘어.」

어깨를 으쓱하며 답하는 말에 리즈벳은 소리 없이 웃었다. 전에 만
났을 때보다 팔도, 다리도 길어진 후배는 어딘가 여물지 못한 위태로
움을 저버리고 완연한 남자가 되어 있었다.

어른이 되지 못했던 아이들은 빠르게 변한다. 그 변화를 통해 그녀

는 새삼스레 시간의 흐름을 느꼈다. 그 예로 오를레앙의 그 누구도 그녀를 알아보지 못했다. 거의 10년도 전에, 1년도 안 되는 시간 동안 잠시 머물렀을 뿐인 아이를 알아보리라 기대하는 것도 무리일 테다. 모습도 많이 바뀌었다. 로세이유인이 아니라면 타고나지 않는 밝은 색의 금발을 갈색으로 물들였고, 길이도 지금보다 훨씬 더 길었다. 그런 그녀를 오를레앙의 주민들은 같은 이름에도 불구하고 에스타니아의 지휘관이 되어 돌아온 그녀와 연관시켜 생각하지 못했다.

그녀만이 기억했다. 전혀 변하지 않은 거리를, 옛 모습이 그대로 남은 사람들을 마치 유리벽 너머로 구경하듯 바라보았다.

카페의 급사. 영주관의 아스르란. 저 사람은 잡화점의 올레나 아주머니, 저 사람은 책방의 하스너 씨, 저 사람은 대장간의 마크스…….

그녀는, 이 거리를 걸었다. 저들과 이야기를 하고, 물건을 사고, 머리에 토닥임을 받고, 그리고…….

윈터에게서 인형을 받았었다.

「너 참 얼굴 보기 힘들다? 보름이나 기다렸어.」

저도 모르게 흘러버린 상념과 함께 찾아온 본능적인 거부감에 고개를 휙 저어 상념을 털어버리며 리즈벳은 눈앞에 앉은 한때의 후배에게 사고를 집중했다.

「이래 봬도 작전보좌관입니다. 선배 같은 전투요원들이 여기서 차 한 잔을 즐기실 수 있도록 전후 뒤처리를 맡아 바쁩니다.」

「많이 출세했네.」

「영세한 기업의 장점이지요, 출세가 빠른 거. 이러다간 군단장도 꿈이 아니에요. 그 전에 과로사하지만 않는다면..」

왠지 진심으로 치를 떠는 듯한 말에 리즈벳은 작게 소리 내어 웃었다. 겉모습은 많이 변했지만 변하지 않은 점이 있다. 온수에 담가놓듯 의식 한구석에 가둬놨던 추억이 물밀듯 쏟아져 나왔다.

제를란드 하셔는 변한 것 같으면서도 변하지 않았다.

「좋은데? 후배가 실세라니.」

「그렇게 따지면 저야말로 선배를 꽉 잡아야 하는데요. 요즘 선배만큼 잘나가는 인물이 어디에 있다고.」

장난스레 내뱉은 말에 예의 그 무심한 표정으로 대꾸한 제를란드는 어느새 왔다 간 급사가 내려놓은 커피를 잠시 입에 대었다 내려놓았다. 검은색에 가까운 푸른 눈이 그녀를 정면으로 응시했다.

「오를레앙의 승리는 대단한 것이었습니다. 선배 덕분에 이 사람들은 도시의 주인이 바뀌었는데도 이리 태평하게 차를 마실 수 있는 겁니다.」

그 진지한 말에 순간 숨을 멈췄던 리즈벳은 곧 부드럽게 미소를 지으며 시선을 떨어트렸다.

「……나도, 오를레앙 전투를 시가전으로 끌고 가지 않고 승리할 수 있어서 다행이라 생각해.」

운이 좋았다. 모든 것이 너무나 매끄럽게 해결되어주었다. 오를레앙이 지도 위의 점이었을 때에는 느끼지 못했으나 새삼 도시에 발을 들이고 나니 깨달았다.

이곳에는 너무나 많은 기억이 묻어 있다.

승리를 위해 오를레앙을 공격할 수 있겠냐 물었다면 아마도 대답은 긍정이었겠으나, 그렇다면 그녀는 이 시가지 안으로 감히 발을 들일 수 없었을 테다.

다행이었다.

그녀의 어린 시절은 대부분 옛 모습을 찾을 수 없을 정도로 부서져 버렸으나 한곳 정도는 온전하게 남아 있을 수 있었다. 더 이상 어렸을 때의 기억을 추억하며 더 이상 함께할 수 없는 이들의 얼굴이 늘어남에 슬퍼하지 않아도 되었다.

과거를 추억할 수 없게 되는 것은 생각보다 더 괴로웠다.

리즈벳은 새삼스레 눈앞의 후배를 바라보았다. 밖은 이미 단풍이 완연한 가을이거늘 제를란드를 볼 때면 귓가에 요란한 매미소리가 들린다. 학교 연병장에서 검을 휘두르던 뒷모습, 햇볕에 그을린 목덜미를 타고 떨어져 내리는 땀방울의 궤적, 새하얀 사과 꽃그늘 사이로 나무줄기에 걸터앉아 짓던 웃음, 눈을 감은 채 고개를 뒤로 젖혀 울타리에 기대던 옆모습.

사망통지서에 적혀 있던 이름.

「……죽은 줄 알았어.」

감히 추억조차 하기 괴로웠던 과거.

찻잔을 쥔 손에 저도 모르게 꽉 힘이 들어가 가늘게 떨리는 것을 제를란드는 가만히 내려다보았다. 작은 한숨과 함께 그가 머리칼을 몇 번 헤집었다.

「죽을까도 진지하게 생각했어요. 그땐 뭐…… 그냥 모든 게 다 피곤해져서요.」

「그런데 어떻게……?」

「델 디아고 공이 아깝다고 질질 끌고 갔습니다. ……참 피곤한 성격 아닙니까? 내가 뒤통수라도 후려쳤다면 어쩌려고.」

핏, 바람 빠지는 듯한 웃음소리에 절로 리즈벳의 입가에 미소가 번졌다. 보지 않아도 어쩐지 짐작이 되는 모습이었다.

「너 혼자만 칼 들고 싸워도 레아냐가 널 이겨.」

「목숨 걸고 살려줬더니 취급이 이게 뭡니까. 선배, 참 염치없네요.」

미간을 찡그리며 하는 말에 리즈벳은 소리 없이 웃었다.

「살아 있어서 다행이야, 제를란드.」

그 말에 기습이라도 당한 듯한 표정을 지은 제를란드가 급히 입가를 가리며 고개를 돌려버렸다. 낯빛 하나 변하지 않았는데 그녀는 그가 어쩐지 부끄러워하는 것 같다고 생각했다.

「……고마워요.」

한참 후에나 조그맣게 돌아온 대답에 리즈벳의 표정이 은근해졌다.

「지금 나한테 또 반했어?」

「……나르시시즘도 심하면 병이라는데.」

「그래서, 안 반했다고?」

이젠 은근슬쩍 상체를 기울이면서 양손으로 턱을 괴는 그녀의 모습에 제를란드는 피식 웃더니 톡, 그녀의 콧등을 건드렸다.

「재차 반한 건지는 모르겠는데 적어도 며칠 전의 그 세상 무너진 듯한 얼굴보다는 지금 얼굴이 더 예쁘네요.」

그에 아 하고 작은 소리가 샜다. 단숨에 나긋하게 늘어져 있던 공기가 변했다. 리즈벳의 얼굴에서 순식간에 핏기가 빠져나가는 모습에 제를란드의 입매가 조소와 비소 사이 무언가의 감정을 담아 일그러졌다.

「……선배가 여기 있다고 들었을 때, 놀랐어요. 드레스덴 공이 저 지경이 될 거라고도 생각 못 했었고.」

단 한 번 마주친 것뿐이었으나 그는 아직까지도 윈터의 모습을 기억했다. 본 지 오래되었다고 쉽게 잊을 수 있을 만한 상대가 아니었다.

제 손에 들어온 이를 쉽게 놓아줄 만한 성격으로는 결단코 보이지 않았다.

「어떻게 된 겁니까, 선배. 선배가 대체 왜 여기에 있어요.」

그에 리즈벳의 시선이 양손으로 떨어졌다. 햇볕에 그을리고, 물집이 터져 굳은살이 박이고, 사람을 죽이고, 윈터에게 검을 겨누었던 손.

「……누군가를 위한 배신이라는 건 말야, 기만일 수밖에 없는 걸까?」

그녀는 스스로의 선택에 확신을 가졌다고 생각했었다.

인스켈은 언제나 그를 이용할 뿐이다. 그가 인간으로 돌아갈 수 있도록 도움을 주지도, 인간이 된 그를 지켜주지도 않는다. 홀로 그녀를 지켜내야 하는 그는 계속 신에게 매달릴 수밖에 없고, 그 대가로 그는 인간성을 잃는다. 조금이라도 그 수렁에서 그를 구할 수 있는 가능성이 있다면 시도해야 한다고 생각했다.

제 곁에서 부서져 내리는 그를 봤을 때엔 그 결정이 너무나 당연하고도 타당한 것이라 생각했다. 그걸 위해서 감내해야 하는 게 있더라도 뭐든 하겠다 생각했다. 제 존재가 윈터에게 있어서 인스켈과 같은 것이 되어버렸다는 것만큼 끔찍한 일은 있을 수 없으리라 생각했다.

「내가 지금까지 했던 모든 선택은, 그를 몰아넣기만 해.」

그러나 더 이상 확신이 들지 않았다.

「그를 위한답시고 했던 행동이 그에게 가장 큰 상처가 되어버려.」

이유가 무엇이 되었든, 결과가 어떤 것이 되었든, 그녀가 그에게 먼저 칼을 겨눴다는 사실은 변하지 않는데.

「차라리 아무것도 하지 않는 게 나았을까? 그럼 적어도 그 사람을 괴롭히는 일은 없지 않았을까……?」

한번 터져 나오기 시작한 자책은 고름처럼 끔찍한 악취를 내며 쏟아져 나왔다. 이렇게 털어놔봤자 제가 한 일이 사라지는 게 아님을 알고 있는데도 주체할 수가 없었다.

이제 곧 연합군은 북서로 진격한다. 세 방향에서 그물을 던져 드레스덴을, 그 후로 자를란트를 공격한다. 곧 다시 윈터와 만난다. 그때 그녀는 무슨 말을 해야 할까? 그를 어떻게 대해야 하나?

다시 그에게 칼을 겨누어야 하나?

제를란드를, 오를레앙을 앞에 두고 반강제로 과거에 대해 떠올리며 그제야 그녀는 한동안 단 한 번도 과거를 되새기려 한 적이 없다는 걸 깨달았다. 그녀의 모든 기억에는 언제나 윈터가 있었다. 그가 그녀의 부모였고, 선생이었으며 보호자였고, 연인이었다. 그는 그녀의 삶이었다.

그녀가 그에게 검을 들이대는 순간, 지금까지의 18년의 삶이 모조리 뜯겨나갔다.

「난 솔직히 내가 그 사람에 비해 부족하다고 생각한 적은 없었어요.」

한숨처럼 내뱉은 목소리는 그럼에도 부드러워 리즈벳은 저도 모르게 몸을 떨었다. 제를란드는 조용히 말을 이었다.

「뭐, 그 사람이랑 싸우면 백이면 백 내가 다 질 거고, 그 사람만큼 돈이 많거나 권력이 있는 것도 아니지만 반대로 난 그 사람만큼 적이 많은 것도 아니고, 선배가 원한다면 죽도록 일해서 돈 벌어올 능력도 있으니까요.」

자신만만한 말이지만 묘하게 담백했다. 그리고 기습적으로 그는 양손으로 그녀의 얼굴을 받쳐 들었다. 시선과 시선이 마주쳤다.

「그런데도 내가 가만히 물러난 건 내가 무슨 짓을 해도 선배를 움직이게 할 수 있을 것 같지가 않아서예요.」

　군청색의 눈동자가 아득한 감정을 담고 요동쳤다. 리즈벳은 숨도 쉬지 못하고 그 눈을 바라보았다.

「선배, 선배를 욕하는 사람들이 아무리 많아도 눈도 깜짝 안 했지요? 목표가 있지도, 야망이 있지도 않았지요?」

「그, 건…….」

「선배는 후견인을 욕하지 않으면 절대로 반응하지 않는다는 건 선배를 조금이라도 알고 있는 사람이라면 다 아는 사실이에요. 내가 모욕당하거나 곤란한 지경에 빠지면 선배는 최선을 다해 도의적 책임을 다하겠지만 그것뿐이에요. 난 검에 아무 관심도 없는 선배에게 검을 들게 만들 수는 없어요.」

　무표정했던 얼굴에 옅은 비소가 깔렸다.

「……선배가 어른이 되도록 결정하게 만들 수는 없어요.」

　그 말에 저도 모르게 주르륵 눈물이 흘러내렸다.

　온몸을 할퀴며 한기가 뼈에 사무쳤다. 말로 내뱉어진 순간 깨달음이 가슴을 찔렀다.

　스스로 선택을 한다는 것. 그 선택의 대가를 받아낸다는 것. 그 선택이 옳은 것이든, 잘못된 것이든 그 결과에 책임을 진다는 것.

　안온한 우리에서 벗어나 어른이 된다는 것.

　하지만 그렇게 알을 깨고 자리 잡은 이 세상은 너무나 추워서. 너무나 고통스럽고 절망스럽고 아프고 외롭고, 춥고도 추워서. 하루에 몇 번이라도 돌아가고 싶어지고, 그 따뜻했던 우리 안이 그립고 그리운데도.

돌아갈 수 없게 되어버려서.

돌아가서는 안 된다는 걸 새삼 깨달아버려서.

제를란드는 그녀의 눈가에 손가락을 가져다대었다. 확실히 더 단단해지고 거칠어진 손가락을 타고 그녀의 눈물이 흘러내렸다.

「……선배가 한 결정은 쉬운 게 아니겠지요. 하지만 적어도 나는.」

그리고 그는 그 눈물에 입을 맞췄다.

「이렇게 홀로 선 선배가 훨씬 더 멋있어요.」

＊ ❀ ＊

이미 차갑게 식은 커피만 남은 잔을 만지작거리며 제를란드는 조금 전까지 리즈벳이 앉았던 자리를 바라보았다. 어디 한 군데 탈이 나는 게 아닐까 싶을 정도로 울었던 것이 거짓말처럼, 카페를 나설 때 그녀의 모습은 후련하기까지 해 보여 그는 묘한 기분이 들었다.

「이렇게 홀로 선 선배가 훨씬 더 멋있어요!」

키스라도 날릴 듯 콧소리 섞인 남자의 목소리에 제를란드는 인상을 찌푸리며 몸을 돌렸다. 제일 먼저 눈에 들어온 것은 몸에 딱 맞는 군복 아래로 터질 듯 부풀어 있는 구릿빛 근육이었다. 시선을 올려 짧게 깎은 붉은 머리와 남자답게 각이 진 턱선이 눈에 들어오자 제를란드의 얼굴은 더 이상 없을 정도로 일그러졌다.

「후아네스 경, 전 상관 폭행으로 경질되기 싫습니다.」

「이 자식 봐라? 이젠 상관 협박을 숨 쉬듯 하네?」

뒷골목 깡패가 형님 할 법한 어조로 그리 내뱉은 후아네스 엘 크레소는 제를란드가 뭐라 하기도 전에 제멋대로 그의 맞은편에 걸터앉았다. 딴 데 가고 싶지만 아무리 봐도 자리를 옮기면 옮기는 대로 쫓아올 판이라 제를란드는 한숨을 흘리며 도망갈 생각 자체를 포기했다.

「왜 남의 뒤를 밟는 겁니까.」

「그야, 후배가 연애를 하겠다는데 선배 된 입장으로서 조언도 좀 해주고 그래야.」

「먼저 애인이나 만들고 그런 말을 하시죠?」

「실패야말로 성공의 어머니야. 이봐요, 아가씨! 여기 술 좀! 센 걸로!」

뻔뻔함이 정도를 넘으면 존경심이 들 정도였다. 제를란드는 비딱하게 팔짱을 낀 채로 종업원에게 금화를 쥐여주며 카페에서 술을 가져오라는 강짜를 부리는 선배를 바라보았다. 가능하면 평생 모르는 사람이고 싶은데 불행히도 상대는 그의 직속상관이었다.

금화가, 그리고 정복자의 군복이 휘두르는 권력은 대단했다. 커피 냄새와 다향이 은은하게 풍기는 카페에서 기어코 술병이 따였다. 영업방해라며 소심하게 항의하는 종업원에게 금화 두 개를 더 쥐여준 후아네스는 제를란드의 커피잔에 도수 40의 랭록을 따랐다.

쭉 마셔, 쭉, 쭉을 연발하는 선배에게서 반강제로 커피잔을 받아들어 단번에 비운 제를란드는 거세게 기침을 했다. 식도가 타들어가는 고통에 눈물이 날 정도였다. 그런 그의 등을 원흉이 자못 자상하게 두드렸다.

「상상외로 담백하네?」

최대한 자연스러움을 가장해 던진 질문에 제를란드는 실소를 흘려버렸다. 저 덩치 큰 선배가 제가 오를레앙에 진입하기 전부터 똥 마려운 개처럼 제 주위를 빙빙 맴돌았던 것은 눈치채지 않으려 해도 눈치채지 않을 수 없는 일이었다. 첫인상이 첫인상이었으니 어쩔 수 없었다.

「할 걸 다 하고 나면 그렇게 됩니다.」

넌지시 다시 술을 따르려는 후아네스에게서 잔을 빼앗으며 제를란드는 여상히 답했다. 그에 후아네스는 턱을 괸 채로 후배의 얼굴을 지그시 응시했다.

「많이 컸다?」

이제 소년이라 부를 수 없는 청년은 보일 듯 말 듯 미소를 지었다.

후아네스가 소년을 처음 본 것은 에센에서였다. 그야말로 이사벨라가 개 끌듯이 끌고 온 소년은 스스로를 세상에서 잘라낸 듯했다. 알고 보니 무려 이사벨라를 자살의 도구로 쓰려던 녀석이었다. 잇따른 전투와 로세이유 쪽과의 동맹건으로 눈코 뜰 새 없이 바빴던 이사벨라는 그 소년을 그의 막사에 밀어넣고 딱 한 마디를 했다.

「먹여.」

알고 보니 그 말은 '안 먹이는 거 먹게 하고, 부상당한 거 치료하고, 안 움직이려 하는 거 움직이게 해서 사람 꼴 만들어놔.'의 줄임말이었다. 찍 한마디 싸놓고 가면 끝이냐고 후아네스는 길길이 날뛰었지만 숨 쉴 틈도 없이 바빴던 부모님을 대신해 질풍노도의 사춘기를 맞은 동생 다섯을 키워냈던 그는 막냇동생 또래의 소년을 방치할 수가 없었다.

……길었지.

이미 시기를 한참 놓친 결혼과 육아를 아예 포기하고 싶어지는 몇 달간이었다. 겨우 그렇게 생고생해서 사람 꼴을 만들어놨더니 명령 내린 쪽은 호들갑스러운 치하와 다음에도 부탁한다는 저주와 같은 말로만 때웠고, 그의 긴긴 보살핌을 받아 제정신으로 돌아온 당사자는 저를 무슨 귀찮은 똥파리 보듯 했다.

그래도 삶이 괴롭기만 했던 소년은 이제 제가 사랑했던 여자를 웃으며 격려할 수 있을 정도로 어른이 되었다. 그야말로 생고생 해가면서 키운 보람을 느끼는 순간이다.

「……또 이상한 생각 했지요.」

「너, 내가 먹여주고 씻겨주고 재워줬더니만!」

그에 온몸으로 질색을 하는 제를란드의 머리를 기어코 강제적으로 흐트러트린 후아네스는 그 도수 높은 랭록을 병째로 들어 단숨에 마셨다.

「또 언제 갈 거냐?」

그에 못마땅한 표정으로 헤집어진 머리칼을 정리하던 제를란드가 어깨를 으쓱했다.

「곧이요. 생각보다 상황이 빠르게 변해가서요. 하지만 뭐…….」

죽으려 했던 것을 살려준 것은 사실이고, 먹여주고 씻겨주고 재워주기까지 한 것도 사실이었기에, 이사벨라의 명에 따라 비밀리에 만나러 갔던 이는 절 직접 만나려 들지도 않고 대타를 내보냈다. 그리고 제 주인을 대신해 그를 맞이한 그 또래의 여자는 귀족적인 미소를 지으며 무려 저를 협박했다.

제대로 된 실력이 뒷받침된 자신감의 표출인가, 아니면 곧 스러질 축복에 기대어 부리는 만용인가. 그것까지는 확신할 수 없으나 한 가지만은 확실했다.

제를란드는 느긋하게 다리를 꼬며 말했다.

「받아들이겠지요. 그쪽 입장에서도 결코 나쁜 상황은 아니니.」

 * ❖ *

「공.」

불길이 일었다. 수많은 장서들이 잿더미가 되어가면서, 그것을 기어코 지키겠답시고 죽어갔던 이들의 시체 위에 쌓여가면서 눈앞에서 불탔다. 그 시뻘건 세상 속에서 여자는 가라앉은 눈으로 그를 내려다볼 뿐이었다. 푸르게 날이 선 세검을 늘어트린 채, 호의 한 점 남아 있지 않은 눈으로 그를 응시하며.

묻는다.

「*이것도 신의 뜻인가?*」

그리고 그 질문에 그는.

목이 졸리는 듯한 소리를 내며 안셀라는 튕기듯 몸을 일으켰다. 저도 모르게 심장께를 그러쥐자 터질 듯이 요동치는 심박이 느껴졌다. 숨이 넘어갈 듯 헉헉거리며 공기를 들이쉬다가 안셀라는 양손으로 얼굴을 움켜쥐었다.

꿈은 계속 반복된다. 조금씩 바뀌기도 하고 흐려지기도 하지만, 그 골자만큼은 변하지 않는다. 다른, 얼굴도 보이지 않으려 하는 이일 때도 있지만 대부분의 경우 꿈에 등장하는 인물은 같다. 그녀는 질문을 하고, 그 대답을 들은 후, 검을 들어올려.

『……하.』

쥐어짜는 듯한 소리를 내며 안셀라는 양손에 얼굴을 묻어버렸다. 식은땀에 흠뻑 젖어 얼굴에 들러붙은 머리칼을 덜덜 떨리는 손으로 쓸어넘기며 그는 꽉 눈을 감아버렸다.

밤이 되면 거의 10년 전 킬센의 황릉에서 윈터의 활에 꿰뚫린 어깨가 아파왔다. 쇠붙이가 살을 찢는 감촉은 몸 안의 세포 하나하나가 타들어가는 것과 비슷했다. 통증은 이젠 그저 아릿하고 쑤시기만 할 뿐이었으나 그때의 감각은 몸에 새겨져 잊히지 않는다.

실제로 활을 맞았던 아픔도, 꿈에서 반복되는 아픔도.

— 어째서?

낭랑하게 머리 위에서 울리는 목소리에 쉬지 않고 전속력으로 달린 듯 숨을 몰아쉬던 안셀라의 호흡이 멎었다.

— 사람이 스스로의 결정을 후회하는 것은 어째서? 스스로 택한 결말을…….

욱, 속에서 치솟는 감정에 눈앞이 새빨갛게 물들었다. 쾅 소리를 내며 사이드테이블이 뒤집혔고, 와장창 소리를 내며 집기들이 바닥을 굴렀다.

— 스스로 택한 결말을 저주하는 것은 어째서? 그 책임을 타인에게 돌리는 것은 어째서?

머리 위에서 빙빙 원을 그리며 까마귀가 돈다. 노래하는 듯, 조롱하는 듯 순진하게도 들리는 질문을 반복한다. 그러나 그 답을 너는 이미 알고 있을 터. 너는 '지혜'가 아니었던가. 세계의 비밀을 모조리 먹어치운 신이 아니었던가.

— 스스로의 책임을 신에게 돌리는 것은 어째서?

쇠꼬챙이로 찌를 듯 목덜미가 아파와 안셀라는 손마디가 하얘질 정도로 이불을 움켜쥐며 이를 갈았다. 오감은 분명히 지금이 밤이며 주위는 안전하다 하는데 그는 아직까지도 타오르는 도서관 안에 내동댕이쳐져 있다. 매캐한 연기에 숨이 막히고, 살갗을 태우는 불꽃에 매일 밤, 매일 밤.

지끈, 조이듯 두통이 찾아왔다. 갈데없는 감정이 칼날이 되어 내장을 헤집었다. 나의 선택이다. 내가 초래한 결과다. 내가 원했던 미래다. 그런데 지금까지 이루려 했던 일들이 겨우 끝을 보려는 지금, 대체 어째서.

이건, 분명히 스스로 원했던 것이었을 터.

순간 숨이 막혀와 턱, 목을 움켜쥐었다. 피부가 뜨겁다. 고개를 들자 사방이 모조리 붉었다. 불길이 몰려온다. 서재가 무너진다. 벽이, 천장이, 세계가······.

촤아악, 눈앞에서 제 목을 꿰뚫은 검이 피를 흩뿌렸다.

콰당, 침대 밑에 놓여 있던 의자를 밀어 넘어트리고 안셀라는 도망치듯 방을 나섰다. 인기척을 듣고 말을 걸기 위해 다가왔던 보초병들을 거칠게 밀어 젖히며 병영을 나서자 가을의 밤이슬에 젖은 풀이 맨발에 감겼다.

싸늘한 밤공기, 대기 속으로 퍼지는 흰 숨, 타오르는 지평선, 무너져 내리는 하늘. 이것은 꿈이다. 이것은 환상이다. 아무것도 일어나지 않았다. 아직, 아무것도.

이건 그저, 앞으로 일어날 일일 뿐.

소리가 되지 않은 비명이 터졌다. 평원 위에 단 한 그루 자리 잡고 있는 거대한 감람나무 아래에 주저앉아 안셀라는 손가락으로 눈가를 후벼 팠다. 차가운 가면의 표면이 손에 닿자 그조차 끔찍해 그는 정신

나간 것처럼 그 표면을 긁어대었다. 언젠가부터 잘 때조차 떼지 않은 가면은 아예 제 얼굴에 들러붙은 것 같았다.

– 어째서?

그의 머리 위에서 까마귀가 원을 그리며 날았다.

– 사람이 마음을 바꾸는 것은 어째서? 사람이 자신을 잃기 원하는 것은…….

『닥쳐!』

잠기고 갈라진 목소리가 터져 나왔다. 까악, 까악, 마치 웃음소리같이 검은 새가 울었다.

– 사람이, 자신을 잃기 원하는 것은 어째서?

『다 의미 없으니까!』

주위에는 아무도 없었다. 한밤중의 세상은 풀벌레 울음소리 하나 없이 쥐 죽은 듯 고요했다. 얼굴에 달라붙어 있는 가면을 내동댕이치고 안셀라는 머리 위의 까마귀를 죽일 듯이 노려보았다.

『나 혼자 죽어 나자빠진다 해도 뭐가 바뀌지? 정말로 신이 사라져? 그게 가능했다면 에스타니아는 아르마게돈을 겪어놓고도 드레스덴에게 또 박살 나는 일은 없었겠지!』

까마귀는 모든 것을 알고 있다. 모든 것을 보았다. 그의 가장 깊숙한 곳에 숨겨두었던 소망도, 희망도, 절망도, 그 누구에게도 보일 수 없는 수렁도.

입꼬리가 파르르 떨리더니 단 한 번도 내뱉은 적 없는 진심이 흘러나왔다.

『……나는 죽고, 리즈는 그 고생을 했는데, 그자는 살겠지.』

그 낯짝을 볼 때마다 얼마나 증오스러운지. 제가 대체 무엇 때문에 이 모든 것을 포기했는데, 제게서 가장 가치 있는 것을 가져가버린 놈을 살려줘야 한다니 그것이 얼마나 끔찍한지. 그것이 가라앉은 지옥이 얼마나 깊은지는 알 수 없으나 그것이야말로 제 죄의 당연한 대가가 아닌가.

"사랑해요, 오라버니."

달콤하게 웃으며 내뱉던 그 말을 들었을 때 얼마나 끔찍했던가. 그 순간 확실히 깨달았다.

제 동생은 제가 죽었다 들어도 눈물 한 방울 흘리지 않을 것을.

그야말로 제가 처음부터 존재하지도 않았던 것처럼 살아갈 것을.

그때, 까마귀가 말했다.

─ 포기하고 싶어?

그 말에 뒤통수라도 맞은 듯 안셀라는 고개를 들어올렸다. 어느새 까마귀는 감람나무 가지에 내려앉아 그를 내려다보고 있었다. 세 개의 금빛 눈이 그를 뚫어지게 응시했다.

─ 그만하게 해주련?

악마의 속삭임에, 숨이 멎었다. 눈꼬리가 경련하듯 파르르 떨리더니 대꾸할 말을 찾아 벌어졌던 입이 다물렸다. 상반되는 감정이 뒤섞여 일그러진 얼굴이 짙은 원망을 담아 신을 노려보았다. 원하는 것이 무엇인지는 정해져 있었으나 10년에 가까운 세월은 쉬이 그 말을 입에 담지 못하게 했다.

그때였다.

「클렌디온 공.」

반사적으로 몸이 얼어붙었다. 등을 돌리자 방금 전 꿈에서 제 목에 칼을 쑤셔넣었던 여자가 다가오고 있었다.

이사벨라 델 디아고.

그는 반사적으로 가면 없이 드러난 제 맨얼굴을 가리며 뒷걸음질을 쳤다. 그러고 보니 디아나가 오늘 내일 중으로 도착할 거라 했었다. 마주치게 될 것은 알고 있었으나 그것이 지금이 될 줄은 몰랐다.

「보초가 여기 가면 있을 거라 하더군. ……무슨 일이라도 있었나? 얼굴이 말이 아니야.」

진심으로 걱정하는 듯한 목소리에 저도 모르게 조소했다. 이사벨라의 머리카락은 밤이슬에 젖어 있었다. 시간도 잊은 채로 밤낮없이 달려와 절 만나려 했겠지. 그것이 무엇을 위해서인지, 이 만남이 어떤 의미를 가지는지 그는 이미 알고 있다.

이 만남은 마지막 분기인 것이다. 이 만남이 그의 결말을 결정짓는다.

「……그냥 용건을 말하는 게 어떠합니까. 그저 안부나 묻자고 여기까지 발걸음 한 것은 아니지 않습니까.」

눈에 띄게 날카로운 대꾸에 이사벨라의 표정이 굳었다. 그에 안셀라는 저도 모르게 손을 들어 얼굴을 쓸었다. 가면이 절실했으나 어디에 떨어트렸는지 보이지가 않았다.

「……오를레앙의 일로 공의 결정에 의문을 가진 이들이 있다.」

이 정도로 예상을 빗나가지 않는 것도 울화가 치밀 일이었다. 이 여자는 언제나, 몇 번이고, 몇 번이고, 몇십, 몇천 번이고 같은 말을 앵무새처럼 반복한다. 그야말로 꼭두각시. 정해진 대사밖에 읊지 못하는 인형.

「전쟁에서의 승패는 하늘에 달린 것. 그 와중에서 어느 정도의 희생은 숙지해야 하는 것. 오를레앙 상륙전의 전략적 타당성이나 전사한 병사들에 대해선 그 작전을 제안한 공만큼이나 승인한 내게도 책임이 있다. 내가 공에게 묻고 싶은 것은 하나뿐이야.」

「*하나만 대답해라, 클렌디온.*」

「하나만 대답해라, 클렌디온.」

「*그것이 신의 뜻인가?*」

「그것이 신의 뜻인가?」

여자의 검에 꿰였던 목이 타들어갈 듯 아파왔다. 갈데없는 감정이 솟아올라 독이 되어 터졌다. 아무리 입체적인 척해도 신의 손끝에서 조종당하는 인형일 뿐. 어차피 정해진 철로 위를 달리는 부품일 뿐이다. 당신도, 나도.

「……내가 정직하게 대답할 거라 생각하고 그런 질문을 하는 겁니까?」

그 말에 한층 더 굳어버리는 여자의 모습은 통쾌하기까지 했다.

「줄리안 쟈크티에는 공이 비밀을 지켜줄 것을 믿고 그 작당을 했을 텐데 그걸 이렇게 간단하게 본인에게 떠벌리면 어떻게 합니까. 내가 이 기회를 악용하면 어떻게 하려고.」

신의 뜻입니다.

원래 필요했던 대답은 단 두 마디. 그 대답을 통해 미래는 결정되고, 여자는 등을 돌린다. 그리고 그의 필요가 다했을 때 그에게 죽음을 내린다. 짧고도, 망설임 한 점 없는, 무자비한 죽음.

그러나 궁금하긴 했다. 이 여자는 어떤 심정으로 제게 이런 질문을 했던가.

어차피 이 시점까지 오면 이미 웬만해서는 미래는 바뀌지 않는다. 그렇다면 한 번 정도는 괜찮지 않은가. 그저 사소한 궁금증을 해소할 뿐이다. 그 후로는 어차피 모든 것이 원래의 계획대로 돌아간다. 그러나 적어도 이 질문에 대한 답은 그가 모르는 미래. 그는 아주 오랜만에 기대감을 담아 상대의 답을 기다렸다.

「……그대의 답이 거짓이든 진실이든 내가 알 길은 없겠지. 그러나, 클렌디온.」

한참을 말없이 그를 노려보던 이사벨라의 입가가 살짝 떨리더니 곧 힘없이 미소를 그렸다.

「내가 공과 알아온 시간이 얼마나 된다고 생각하는 거지?」

「……우리가 그렇게 친근한 사이인 줄은 처음 알았습니다.」

결국 내던진 질문에 이사벨라는 순간 큰 소리로 웃음을 터트렸다. 시원스러운 웃음소리가 빈 벌판을 낭랑하게 울렸으나 안셀라는 미간을 찌푸렸다.

한참을 그렇게 웃어대던 이사벨라는 한순간에 싹 웃음기를 거두더니 말했다.

「양심 없지?」

「…….」

「공, 실컷 우리를 공의 대단하신 작전에 들러리 세웠잖아. 친구라면 그렇겐 안 하지. 우리 안 친해.」

딱 잘라 반박하는 이사벨라의 말에 안셀라는 저도 모르게 미간을 찡그렸다. 그런 그의 얼굴을 보며 옅게 미소 짓던 이사벨라는 허리에 손을 얹은 채 고개를 들어 거대한 감람나무를 올려다보았다.

「하지만 그대가 해온 일이 신체를 통한 인스켈의 독재를 막았다는 것은 알아. 초창기의 반 인스켈 저항운동을 견인한 것은 공이었다. 그 사실만큼은 결코 잊지 않아. 그런 면에서 보면 우리 모두는 공에게 빚이 있는 셈이지.」

그 말에 턱, 숨이 막혔다.

「……빚이요.」

「그래, 빚.」

시원스레 긍정하는 말에 안셀라는 멍하니 이사벨라를 바라보았다.

「나는 내가 보아온 공을 믿는다. 우리는 친구라고는 할 수 없을지언정 좋은 협력자 정도는 되었다 생각해. 기억하지? 내가 공의 찢어진 뱃가죽을 한 서너 번 꿰매준 거. 튀어나온 갈비뼈며 내장도 한두 번은 다시 잘 집어넣어줬고.」

하하, 이사벨라는 웃었으나 안셀라는 웃지 못했다. 제 스스로 죽다 살아날 부상을 입을 선택을 한다는 것은 저 여자처럼 웃고 넘어갈 수 있을 만한 게 아니었다.

그리고 여자는 그때만 되면 이제까지 제가 당했던 것을 몰아서 갚아주겠다는 듯 무자비했다.

「……이봐, 그거 농담이었어. 분위기 띄우는 데 협조 좀 해주지?」

그 말에도 안셀라의 표정이 여전히 싸늘하자 이사벨라는 미간을 확 찡그리며 머리를 거칠게 헤집었다.

「아무튼, 공은 목표를 위해 타인을 이용하고 죽게 했을지언정 그 목표가 악한 것은 아니라 생각해. 그 과정에서 희생된 이들의 목숨 값은 그대와 나, 살아남은 이들이 모두 평생 지고 가야 하는 짐이겠지만. 그러니 묻는 거다.」

안셀라는 그 말과 함께 차분하게 가라앉은 여자의 금빛 눈을 바라보았다.

「대답해다오, 안셀라 클렌디온. 무슨 대답을 하든 믿겠다. 오를레앙은 신의 뜻이었나?」

그리 묻는 여자는, 마치 그가 부정해주기를 바라고 있는 것 같았다.

안셀라는 시선을 떨어트려 제 손을 내려다보았다.

그는 정말이지, 별 생각이 없었다. 질문했던 것도 그저 별 의미 없는 화풀이였을 뿐이다. 여자가 제 말을 믿든 믿지 않든 그가 할 대답에는 변함이 없다. 10년을 모든 것을 이룰 그 한순간을 위해 바쳤다. 치밀하게 계산한 말 한 마디로 수많은 이들의 목숨을 빼앗고 그 배는 될 인간의 삶을 망쳤다. 지금에 와서 그 모든 것을 어그러트리기에는 이미 돌아설 수 없는 강을 건넜다. 제대로 끝을 내지 않으면 그 모든 희생은 의미 없는 것이 되어버린다.

「……나, 는.」

그러나 그 질문은 아주 오래된 기억을 끄집어냈다.

신이 없는 세계를 꿈꿨다.

압도적인 힘으로 인간의 삶을 뒤흔드는, 넘을 수 없는 벽을 무너트리기를 원했다. 하나뿐인 누이가 노력하면, 서로 협력해서 발버둥 치면 어떤 장벽이라도 넘을 수 있는 세상에서 살기를 원했다. 그 세상 속에는 결코 무너트릴 수 없는 상대에게 절망해 삶을 복수심에 불태우는 이도, 그로 인해 태생부터 도구가 되어버리는 이도, 이유도 모른 채 쫓기고 목숨을 위협당하는 이도 없을 것이다. 인간이 만들어낸, 인간이 극복해낼 수 있는 장애물이라면 지금과 같은 절망과 분노와 증오는 없을 것이다.

그 생각은 변함이 없다.

그리고 모든 것은 그의 죽음으로 귀결된다. 이사벨라 델 디아고는 그를 확실하게 이행하기 위한 수단일 뿐이다. 처음 만났을 때부터, 아니, 그보다 훨씬 더 전에도. 그것이 신의 계시를 받아 제가 멋대로 그녀에게 부여한 가치였다.

그러나 의식적으로 그녀를 꺼려한 그와는 달리 그녀는 묘하게 처음부터 그에게 호의적이었다. 스스로 부품화되어 오래전부터 인간이라고 할 수 없었던 그와는 달리 언제나 인간적이었다. 그는 수천 번 반복되어왔던 꿈속에서도 언제나 죽음은 순간이었던 것을 기억해냈다. 아픔을 느낄 새도 없이 의식은 끊겼다. 죽음은 언제나 자비로웠다.

안셀라는 눈을 감았다.

처음으로 궁금해졌다. 나를 죽인 후 당신은, 한 방울이라도 눈물을 흘렸을까.

나를 기억했을까.

「……내 의지입니다.」

입술이 벌어지고 속삭이는 듯한 목소리가 흘러나왔다.

「내가 했던 모든 것들이. 내가 하지 않았던 모든 것들이, 내가 앞으로 할 모든 것들이.」

눈앞에서 불꽃이 흔들렸다. 파도치듯, 바람에 흩날리듯, 주위의 모든 것을 살라가는 불꽃에 갇힌 채 맞는 그의 인생 마지막 순간. 그곳에 익숙한 여자는 없었다. 단번에 그를 고통에서, 번민에서, 공포에서 해방시켜주었던 이는 더 이상 없었다.

그에 어쩐지 마음이 가벼워져 안셀라는 옅게 웃었다.

내 삶도, 내 선택도, 내 소원도, 내 죽음도 모조리 나만의 것. 이 선택조차 그가 모르는 곳에서 누군가가 짠 극본의 일부라 할지어도.

「……그래.」

고개를 들자 묘하게 얼굴을 일그러트린 여자가 보였다. 그게 어쩐지 우스워 옅게 웃자 오히려 그 낯이 울 듯 일그러졌다.

「계속 그리 살아라, 클렌디온. 마지막까지 계속.」

마지막까지 인간으로. 신이 아닌 인간으로.

속삭이듯 내뱉은 후 이사벨라는 몸을 돌렸다. 그 뒷모습을 안셀라는 한동안 시선 한번 돌리지 않은 채 바라보았다.

「······고맙습니다.」

이걸로, 죽을 수 있을 것 같았다.

드레스덴 대공 성은 벼락에 찢겨나간 바위와 같은 형상이었다. 아직 채 눈바람에 깎여나가지 않은 바위산들이 날카로운 창검마냥 주위를 둘러싸고 있었고, 그 앞에 펼쳐진 평원은 1년의 절반 동안 새하얀 눈에 뒤덮인 채 뼛속까지 얼어붙어 있었다. 황도 자를란트로 향하는 마지막 길목에 버티고 선 수문장으로서 드레스덴 대공 성은 그 주인의 직위에 어울릴 만한 화려함은 모조리 배제한 채 오로지 그 임무를 위해 특화된 채 외홀로 자리 잡고 있었다.

앙상하게 뼈대만 드러낸 정원을 걷는 여황의 숨이 하얗게 대기를 물들였다. 소리 없이 눈이 끝없이 떨어져 내렸다. 새하얀 하늘과 연회색 대공 성의 돌들 사이에서 여황의 새빨간 망토가 핏방울마냥 도드라졌다.

바싹 말라 뼈대가 도드라진 얼굴에서 파란 눈동자만이 싸리하게 빛났다. 이리 주위에 사람 하나 두지 않고 걷는 것은 아주 오랜만이었다.

10년. 이제는 20년 전인가? 아니면 그보다도 전?

이제는 정확한 날짜조차 기억나지 않는 오래전의 일이었건만 그 탑의 백쉰 개의 계단을 하나하나 오르며 무슨 생각을 했는지 정도는 바로 어제 일처럼 기억하고 있었다. 그날도, 오늘도, 같은 이를 같은 이유로 만나러 갔었다.

바스락, 발아래에서 얼어붙은 흙이 퍼석거리는 소리를 내며 부서졌다.

　윈터 드레스덴은 눈 쌓인 정원 한복판, 주위에 나무 하나 없는 공터에 죽은 듯 누워 있었다. 얼마나 오래 그러고 있었는지 그의 몸에는 눈이 소복이 쌓여 있었다. 그녀가 다가온 것을 분명 알았을 터인데도 그는 눈꺼풀 하나 깜짝이지 않았다. 안드로베카는 그 머리맡에 조용히 서서 한참 그 모양을 바라보았다.

　"제정신이 조금은 돌아왔나?"

　결국 입을 연 것은 그녀가 먼저였다. 그리고 느릿하게 남자의 눈이 뜨였다. 그 시선을 받아, 그 시선이 야기하는 본능적인 거부감을 억지로 이성으로 휘어잡아 억누르며 그녀는 오만하게 웃었다.

　"꼴좋구나. 그리도 잘난 듯 떠나겠답시고 가더니 이런 꼴이 되어서."

　깜박임도 없이, 건조한 시선이 그녀를 담았다. 그게 그녀에게 묘한 고양감을 선사했다.

　윈터 드레스덴은 처음 마주쳤던 때와 비교해 많이 변해 있었다. 그러나 동시에 하나도 변하지 않았다. 여전히 고여 있는 호수처럼 조용히 썩어가고 있다.

　"제정신도 유지 못 하고, 이렇게 약체가 되어, 그 대단한 위명의 절반도 못한 신세라니."

　제 아비가 발작하듯 증오하면서도 두려워하던 이름이었다. 모든 기록이 타버렸고 그를 알고 있던 이들은 모조리 죽거나 사라져 그에 대한 정보를 캐내는 것 자체가 불가능에 가까웠다. 그가 그녀 조부의 동생이었다는 것은 알아냈으나 그 진짜 이름이 무엇이었는지는 끝까지 알아내지 못했다. 그러나 그편이 좋았다.

　그러면 그렇지. 돌아온 남자를 보고 다들 그 외면의 성장에, 힘의 약화에 놀라 수군거릴 때 그녀는 소리 내어 웃었다.

　신체의 귀환과도 상관없이 기울어지는 전세도, 인스켈의 절대성을 의심하는 이들이 생겨도 그녀는 눈썹 하나 까딱하지 않았다. 윈터 드레스덴이 변하지 않았으니.

　"안나."

　느릿하게 그가 입을 열었다. 겨울바람처럼 건조한 목소리. 지난겨울, 그녀를 찾아왔던 때의 기묘한 광증은 사그라진 듯했다. 여황은 입가를 비틀어 웃었다.

　"저번에 제멋대로 후퇴한 것에 대해서는 추궁하지 않도록 하지. 오를레앙의 패배로 잃었던 땅, 죽었던 병사들. 네가 제정신을 찾은 대가라 생각하겠다."

　그 말에 윈터의 입가가 숨길 생각도 하지 않는 비웃음으로 가늘어졌다.

　"제정신을 찾은 대가라."

　"놈들이 드레스덴으로 향하고 있다 한다. 네가 먹어치운 목숨만큼의 가치를 해내라. 다시는 일어설 생각조차 못 하도록 저것들을 모조리 쓸어버려. 인스켈 신성제국에 반역을 일으킨 대가가 무엇인지 똑똑히 보여라."

　"그게 소원이시라면. 그러나 안나."

　스르르, 눈이 다시 감겼다. 유일하게 색체를 가지고 있는 눈동자가 가려지자 윈터는 차갑게 얼어붙은 설경의 일부가 되어버린 듯했다.

　"이것이 마지막이다."

"……마지막이라."

"이 전쟁을 끝으로 내가 죽었다 발표해. 인스켈의 사람백정 노릇을 하는 것도 이걸로 끝이다."

고저 없이 내뱉은 말에 여황은 소리 내어 웃었다.

"끝? 누구 마음대로 끝이지?"

돌아오지 않는 대답에 여황의 목소리가 높아졌다.

"뿌리를 뽑아야 한다고 하지 않았나. 반역도들의 씨앗을 남겨두면 언제라도 제 목을 조르는 올가미가 된다고 했던 건 바로 너다. 끝을 내지도 않고 이제 와서 멋대로 발을 빼겠다?"

"끝? 대체 그게 언제지? 그런 게 있기라도 하나?"

저를 보지 않는 눈동자가 멍하니 허공을 응시했다. 낮은 한숨이 흘러나왔다.

"네가 뭐라 해도 상관없다, 귀여운 안나. 저것들이 드레스덴을 넘는 일은 없을 거다. 그러니 그걸로 끝을 내."

그 말에 안드로베카는 소리 내어 웃었다. 날카롭고 악의에 찬 웃음소리가 싸늘한 대기를 찌를 듯 울렸다.

"그만둔다고? 네놈이?"

정말이지 너무나 변한 것이 없어서 우습기 짝이 없었다.

처음부터 저자는 도망칠 궁리만 하고 있었다. 품고 있는 그릇이 먼지 한 톨도 없을 만치 깨끗하게 텅 비어 있거늘, 그 그릇을 채우겠답시고 저와 맹약을 맺었으면서도 혐오에 가까울 정도로 그리하는 것을 싫어했다.

사랑스럽다고, 귀엽다고, 총명하다고, 그 모든 긍정적인 수식어를 붙여 그 누구에게도 불린 적 없는 이름으로 절 부르면서도 끝끝내 그 사실만큼은 변하지 않았다.

"……당신은 나를 끝까지 용서하지 않았지."

스스로 내 손을 잡은 주제에.

"당신에게는 당신을 조각내서 탑에 처넣은 내 아버지가 더 애틋했던 거지! 당신을 그 탑에서 끄집어낸 나보다! 그 작자가 자격 없는 이였다는 걸 누구보다도 더 잘 알고 있는 주제에!"

어쩔 수 없었다는 것을 누구보다도 잘 알고 있었을 주제에.

"이 전쟁이 끝나면, 안나."

노래하는 듯한 감미로운 목소리가 말했다. 다정하다 착각할 만큼 부드럽게 말했다.

"나를 다시 조각내서 탑에 처넣어도 좋아."

"하, 뭘 그리 대단한 것을 베푼답시고!"

안드로베카는 눈앞이 하얘질 정도로 분노했다.

"네놈이 티끌만큼도 가치를 두지 않는 것을 준답시고 내가 기뻐할거라 생각했나? 맹약만큼은 지킨다고 그리 잘난 듯 떠들어대더니 그조차도 지키지 못하고!"

그럼에도 윈터는 눈 하나 깜짝하지 않았다. 언제나 그랬듯이. 다 타고 쌓여버린 잿더미마냥.

"아아, 그래. 나가서 싸워라. 네놈이 유일하게 쓸모 있는 일이니 그거라도 해야지! 죽이고 죽이고 또 죽여서 저 버러지 같은 것들의 목을 죄다 내 발치에 바쳐라. 그러면 네 소원대로 네 목을 쳐 꼬챙이에 꿰어 자를란트의 성문 앞에 전시해주지! 네놈이 그토록 끼고돌던 이를 쫓아내고 제위에 앉은 이의 아래에서 이 인스켈이 얼마나 번영하는지!"

그렇기에 그녀는 홱 몸을 돌렸다. 눈이 아플 정도로 붉은 망토가 그 걸음걸이를 따라 거칠게 펄럭였다.

어차피 그녀가 제 부황을 끌어내렸을 때에도 주위에는 아무도 없었다. 그녀가 패배가 확정되었던 전황을 뒤엎었을 때, 그 성과를 가로채려 했던 귀족들을 쳐냈을 때에도 주위에는 아무도 없었다. 그녀가 제 부황이 엉망으로 망쳐놓은 나라를 제 꼴로 되돌려놓으려 했을 때에도 주위에는 아무도 없었다.

부츠의 굽이 날카로운 소리로 돌바닥을 두드렸다. 싸늘하게 얼굴을 할퀴는 바람을 뚫고 본성의 망루에 서자 발아래로 드레스덴의 시가지가 펼쳐졌다. 아스라이 들려오는 시가지의 음악소리, 눈보라를 뚫고 솟아오르는 굴뚝의 연기, 거리 곳곳을 채우는 화려한 옷을 입은 사람들의 그림자.

오늘은 승전기념일이었다. 그녀의 조부가 제2차 대륙전쟁에서 승리함으로써 사실상 지배국이었던 로세이유를 인스켈의 땅에서 모조리 몰아냈던 날이었다. 전쟁이 일어나든, 성 밖의 상황이 어떻게 돌아가고 있든 간에 인스켈의 국민들은 이 역사적인 날을 마음껏 먹고 마시며 즐겼다. 석벽의 일부가 된 마냥 안드로베카는 그 광경을 한참을 노려보았다.

어차피, 이 모든 것 역시 저 홀로 지고 가야 할 짐이다.

리즈벳은 길게 한숨을 내쉬며 목도리를 다시 단단히 여몄다. 드레스덴 평원에는 쉴 새 없이 눈이 내리고 있었다. 녹지 못하고 쌓인 눈이 칼날 같은 바람에 휘날리며 화이트아웃 현상을 일으켰다. 이 땅이 숨이 붙어 있는 것들을 거부하는 것만 같았다.

그리고 그 결집체라 할 수 있는 해골 같은 드레스덴 대공 성이 쏟아지는 눈발 사이로 간간이 거무죽죽한 형체를 드러내고 있었다.

「지랄맞은 윗대가리들 같으니라고.」

다닥다닥 떨리는 잇새로 데아가 에스타니아의 전통 깊은 욕지거리를 내뱉었다. 골수까지 남부 에스타니아 출신인 데아는 처음으로 접하는 북부의 겨울에 뼛속까지 얼어붙어가고 있었다. 리즈벳은 굳이 이 한겨울에 이 대륙 끄트머리까지 기어올라와 공성을 하기로 한 윗대가리들의 콧구멍에 쌍으로 세이버를 쑤셔 박아주고 싶다는 부관의 저주를 눈을 흐리게 하고 정신줄을 놓는 걸로 흘려보냈다.

그리고 뒷담화의 끝을 장식하는 「우리 레아냐는 빼고.」라는 실낱같은 자기방어 대사가 나오자마자 리즈벳은 여상스레 내뱉었다.

「아니꼬우면 출세해야지요.」

그에 또 발칵발칵 화를 내는 데아를 무시하고 리즈벳은 천천히 군영 내를 걸었다. 충분히 짐작은 했지만 예상대로 상황은 그렇게 좋지 않았다. 에스타니아-로세이유 연합군이 자를란트 공략을 위해 드레스텐 평원에 진을 친 지도 벌써 사흘. 혹독한 북부의 날씨 덕에 동상이니 기관지 악화니 해서 의무관을 찾는 병사들이 꼬리에 꼬리를 물고 있었다. 군량도 남은 양이 아슬아슬하고 잠자리는 보온도 제대로 안 되는 막사다. 그러나 군의 사기를 이렇게 바닥까지 떨어트리는 것의 주된 원인은 그뿐만이 아니리라.

눈보라가 천막을 후려치는 소리 사이로 말소리를 낮춘 병사들의 대화가 들려왔다.

『에덴바르 고원에서는 마을 하나를 몰살해버렸다고…….』

『발 디딘 자리에 풀도 한 포기 나지 않았다면서…….』

『오를레앙에서도 덤볐다가 죽은 이들이 몇인데…….』

데아의 얼굴이 굳었다. 그러나 지금 당장이라도 달려 나갈 것 같던 그녀는 이를 악물기만 할 뿐 움직이지 않았다. 윽박질러서 해결될 일이라면 윈터 드레스덴의 위명이 이렇게 고약하진 않았겠지. 안 그래도 움츠러들어 있는 이들에게 기합을 줘봤자 탈영만 늘 뿐이다.

리즈벳은 잠시 생각하다 입가에 가벼운 미소를 띠었다.

『그래도 이겼잖아요.』

느닷없이 곁에 쪼그리고 앉은 젊은 여자의 목소리에, 그리고 그리 말을 건 여자가 오를레앙 이후로 얼굴을 모르는 이가 없을 정도의 유명인이라는 사실에 모닥불을 둘러싸고 있던 이들이 화들짝 놀라며 몸을 곧추세웠다.

『클렌디……!』

『아, 일어나지 마요. 엿들은 주제에 일으켜 세우기까지 하면 너무 미안하잖아요.』

서둘러 몸을 일으키려는 이들을 손을 까닥거려 다시 앉히곤 리즈벳

494

은 싱긋 웃었다. 그에 엉거주춤 엉덩이를 일으켰던 이들이 다시 멈칫
거리며 주저앉았다. 아주 자연스러운 동작으로 그들의 손에서 불쏘시
개를 앗아 든 리즈벳은 능숙하게 불을 뒤적거리더니 눈보라와 바람으
로 거의 다 꺼져가던 모닥불을 되살려냈다. 병사들은 소문으로만 듣
던 젊은 영웅의 미모에 넋을 빼놓고 있다가 언제 시들거렸다는 듯 활
기차게 타오르는 모닥불의 불꽃을 멍하니 응시했다.

『죽을 것 같아요?』

타닥거리며 불씨가 타오르는 소리 너머로 나직한 목소리가 물었다.
그에 하나둘씩 고개가 수그러지기 시작했다. 제 상관 앞에서 말하기
는 곤란하나 그렇다고 아니라고 아무렇지도 않은 척을 하기에는 비틀
린 절망과 공포가 방해했다.

한결같이 고개를 처박고 입을 다물고 있는 병사들을 보는 데아의
입매가 굳게 다물렸다. 흘낏 제 쪽을 향하는 시선에 부드럽게 입꼬리
를 올려 보이며 리즈벳은 타오르는 불꽃으로 시선을 던졌다.

『솔직히 오를레앙에 대기 중이던 군대의 규모를 보고 우리가 이길
거라고 생각했던 사람이 몇이나 있었을 것 같아요?』

『그야……..』

『그런데 우리는 이겼지요. 이겼고, 살았고. 그 신체를 상대로.』

그녀는, 그저 얼어붙은 채 서 있었을 뿐이다. 아니, 서 있기라도 했
다면 좋았지, 다리에 힘이 들어가지도 않아 꼴사납게 주저앉아 있었
다. 그녀의 목숨이 그날 끝나지 않았던 것은 아마 미약하게 남아 있었
을 윈터의 망설임과 그녀를 지키기 위해 그를 막아섰던 병사들, 제때
에 난입해 들어온 제를란드와 이사벨라의 덕이었다.

그러나 눈을 떠보니 병사들은 그녀에게 환호하고 있었다. 단지 윈

터가 그녀를 마지막으로 등을 돌렸기에 그녀는 그의 대적자라 불렸다. 그리고 예상보다 훨씬 많았던 적들을 상대로 오를레앙을 거의 무혈 탈취했다는 점에서 그들은 그녀를 영웅 취급하고 있었다. 그 모든 것이 사실이 아니라는 것을 누구보다도 더 잘 알면서도.

그러나 그것은 그만큼 이들이 간절하다는 것이겠지.

『좀 더 자신을 가져요.』

그녀 같은 삼류 초심자에게도 득달같이 매달릴 정도로 불안하다는 것이고. 그렇다면.

『스스로를 못 믿겠으면 나를 믿어요. 아무리 신이라 해도 그 근간은 우리랑 같은 인간이에요.』

성격 더럽고, 입은 더 더러운, 고통과 절망을 아는 인간.

리즈벳은 주먹을 꽉 쥐고 팔을 쭉 내밀어 보였다. 마치 스스로에게 마법을 걸듯 말했다.

『괜찮아요. 내가 이기게 해줄 테니까.』

● ❖ ●

『내가 이기게 해줄 테니까.』

뭐 이런 말도 안 되는 거짓말이 다 있을까.

제 입으로 내뱉은 거짓말에 소리 내어 웃으며 리즈벳은 머리를 쓸어넘겼다. 지난겨울, 제 후견인을 떠나면서 짧게 잘라버렸던 머리칼은 어느새 짧게나마 묶어 올릴 수 있을 정도로 자라난 상태였다. 믿기진 않겠지만 그만큼 시간이 지났다는 뜻이리라.

하아, 길게 한숨을 내뱉으며 그녀는 머리를 젖혀 뒤통수를 의자 등

받이에 기대었다. 미약한 두통이 관자놀이를 조이듯 맥박 쳤다. 그 1
년이라는 세월 동안 는 게 있다면 뻔뻔함과 사기 정도일까. 병영을 한
바퀴 돌면서 지껄여댔던 허풍을 다시 생각해내곤 그녀는 푸스스, 바
람 빠지는 듯한 웃음을 흘렸다.

그러나 어쩌겠는가. 출세가 급한데 이것저것 따지고 앉아 있을 수
있을 리가. 줄리안 쟈크티에가 그녀의 이름을 연창해대는 제 병사들
을 보고 뭐라 할지는 모르겠으나, 그 거짓말 덕분에 다 죽어가던 군의
사기가 올라갔다는 것은 사실이니 징계다운 징계는 하지 못할 것이
다. 그녀에게 너그러운 이사벨라는 언제나처럼 아무 말도 하지 않을
것이고.

그리고, 연합군의 나머지 한 명의 수뇌는.

『오랜만이에요, 오라버니.』

인기척이 들려오자 리즈벳은 상념을 끊어내고 몸을 곧추세워 생긋
미소를 지었다.

안셀라 클렌디온은 제 막사에 난입해 제집인 양 눌러앉아 있는 여
동생에게 한 번 눈길을 주었을 뿐이었다. 여전히 가면에 가려 표정을
볼 수 없는 상대를 앞에 두고 리즈벳은 저도 모르게 미소를 짙게 하며
시선을 떨어트렸다.

본능적으로 울컥 솟아나는 거부감과 비뚤어진 공격성에 속이 뒤틀
리는 느낌이었다. 수뇌부 중 가장 대하기 껄끄러운 건 누르헨의 빙벽
같은 쟈크티에 공이 아니라 바로 이 사람이었다.

『부탁이 있어서 왔어요.』

그러나 대하기 껄끄러운 것은 껄끄러운 것이고, 정작 중요한 때가
되자 협상할 상대를 모색하던 그녀가 골라낸 것은 안셀라였다. 이성

과 본능이 모조리 입을 모아 이 위험천만한 계획의 공모자는 그녀가 그토록 따르는 이사벨라도, 그토록 이성적이고 계획적인 줄리안 쟈크티에도 아닌 안셀라 클렌디온이 되어야 한다고 주장하고 있었다.

그에 견딜 수 없이 혐오감이 들어 그녀는 자연스레 손을 들어 입가를 가렸다. 짙어진 미소 너머로 내리깐 눈동자는 얼음처럼 싸늘했다.

『전략총회에서 윈터의 몸을 조각내는 자에게 오만 두카드의 상금과 세 단계 진급을 약속했노라고 들었어요. 쟈크티에 공은 공성전을 할 계획이고요.』

『소식이 빠르구나.』

『작전을 바꿔 아슈포트 협곡을 넘어 자를란트를 칠 듯 군대의 일부를 운용해주세요.』

그 말에 가면 너머에서 안셀라의 시선이 그녀에게 향하는 것이 느껴졌다. 가타부타 하지 않고 잠시 침묵하던 그가 곧 느릿하게 입을 열었다.

『이 겨울에 아슈포트 협곡은 남부 병사들을 데리고 넘을 수 있을 만한 곳이 아니란다.』

『넘는 척만 할 거예요. 소규모를 데리고 보란 듯이 그쪽으로 향하면 성 안의 군대도 움직일 수밖에 없겠지요. 넘기 대단히 힘들 뿐이지 완전히 불가능한 건 아니고, 본군이 여기에 몰려 있는 상황에서 자를란트를 습격당했다간 순식간에 본거지를 잃어버리고 말 테니까요. 게다가.』

갑자기 목이 졸려오는 느낌에 리즈벳은 드러나지 않게 깊게 심호흡을 하고 입을 열었다.

『내가 선봉에 서면 윈터가 나올 거예요.』

그것은 예지와도 닮은 느낌이었다. 그렇게 치를 떨던 군에 고작 절 찾아 죽이겠답시고 제 발로 돌아간 걸 보면 그가 절 얼마나 끔찍하게 여기는지 보였다. 실제로도 오를레앙에서 마주쳤을 때 그녀를 죽여버리려 하지 않았나.

그러니 그는 반드시 그녀에게 올 것이다.

『오라버니가 안배해놓은 것이 맞아떨어진다면 내 신의 힘으로 그를 사람으로 되돌릴 수 있겠지요.』

『그렇겠지.』

『그러면 그때를 노려 드레스덴을 치세요. 신체를 잃었다는 걸 알면 저들도 무너질 거예요.』

그렇게 모든 것에 종지부를 찍는다. 저도 모르게 웃음이 터져 나와 그녀는 고개를 젖혀 목구멍 너머로 삼켜버렸다.

『어때, 오라버니의 계획과 비교해서 조금은 맞아떨어졌나요?』

꽃이 피어나듯 해사하게 웃는 동생을 한참을 바라보던 안셀라가 가만히 시선을 떨어트렸다.

『묻지 않는 거니.』

『뭐를요?』

『신살을 마친 후 '사모'의 신체가 어떻게 되는지.』

그 말에 동그란 눈이 가만히 깜박이더니 곧 웃음을 담아 곱게 휘어졌다.

『오라버니. 나는요, 오라버니가 무슨 말을 한다 해도 믿을 수 있을 것 같지가 않아요.』

그녀 스스로가 증명해내지 않았나. 무언가를 제 뜻대로 움직이게 하기 위해서는 셀 수도 없을 만큼의 가장과 기만, 속임수가 필요하다.

연합군 전체를 제 손안에 두고 굴려왔던 안셀라가 그녀보다 더하면 더했지 덜하지는 않았을 테다.

게다가 이제 와서 제가 치러야 하는 대가가 죽음이나 그 이상의 것이라 한들 여기서 다른 선택을 할 수나 있을까. 그녀는 그저 제 선택에 최선을 다할 뿐이다.

물어서 결과가 바뀌지 않는다면 물을 필요가 있을까. 마지막 순간, 찰나의 망설임이 끼어들어 모든 것을 망친다면 그녀는 결코 저를 용서하지 않으리라.

『한 가지 확실한 건 내가 무슨 짓을 해서라도 살 거라는 거예요. 살아서 평생 책임을 질 거예요. 내가 죽인 사람들, 내가 이용한 사람들, 내가 괴롭게 한 사람들, ……내가 배신한 그 사람. 도망치지 않고 곁에서 머물며 미안하다 사과하고, 보상하려 노력할 거예요.』

『……살아서, 보상한다고?』

『죽음은 참 아무짝에도 쓸모가 없는 거니까요.』

그녀는 순간 눈앞에 잘 깎아낸 조각상처럼 서 있는 오라비가 목에서 피를 흘리며 무너져 내리는 모습을 상상해보았다. 지금도 딱히 생기 있어 보이지 않는 몸이 완전히 생명을 잃고 딱딱하게 굳어 차게 변하는 것을 그려보았다. 그러면 그녀는 저 얼굴에서 가면을 뜯어내고 속삭이겠지.

참으로, 자업자득이네요.

가면이 벗겨진 그 얼굴은 무슨 표정을 하고 있을까? 무슨 낯을 하고 있든 간에 그녀는 웃어주리라. 겁쟁이. 소리 내어 웃으며 그 얼굴에 침을 뱉으리라.

『어때요, 미래는 내 계획대로 흘러갈 것 같아요?』

안셀라는 소리 없이 고개를 젖혀 웃음을 흘리는 여동생을 바라보며 속삭였다.

『……그럴 거란다, 리즈. 모든 것이 네 뜻대로 될 거야.』

『그게 뭐예요. 오라버니 특유의 예지?』

쿡쿡거리며 웃는 여동생의 어조에 선연한 비웃음이 들리지 않는지 안셀라는 미소마저 지었다.

『아니. ……내 바람.』

그 말에 리즈벳의 표정이 굳었다. 근래 좀처럼 보이지 않게 된 미간을 찌푸린 표정으로 몸을 일으킨 그녀는 책상 위로 상체를 숙이며 안셀라를 똑바로 올려다보았다.

『오라버니.』

저 낯을 칼로 그어버리고 싶다는 생각을 하면서도 그녀는 안셀라에게 이토록이나 휘둘리는 제 모습에 욕지기가 나왔다.

『살아남아요, 오라버니. 끝까지, 비굴하게, 기를 쓰며, 꼴사납게 살아가도록 해요.』

안셀라는 아무 대꾸도 하지 않았다. 그저 속을 알 수 없는 시선으로 그녀를 바라볼 뿐이었다.

그녀가 등을 돌려 떠나갈 때까지, 마치 그것 외에는 아무것도 할 줄 모르는 것처럼.

그리고 그다음 날, 그녀를 선봉으로 한 별동대가 꾸려졌다는 군령이 떨어졌다.

• ❀ •

삭풍이 굳게 닫힌 창문을 흔들어대고 있었다. 깜박거리며 가냘픈 촛불의 불빛이 흔들리고, 검게 타들어간 난롯불 앞에 선 여자는 미동도 없이 테이블 위의 편지를 바라보고 있었다. 몇 번이나 되풀이되어 왔던 허상.

그럼에도 마치 불가항력이라도 되듯 그 시선을 따라 윈터는 테이블에 놓인 편지를 바라보았다. 몇 번이고, 몇 번이고 고쳐 쓰고, 다시 쓰고, 망설이고 망설이다 완성한 흔적이 구겨진 자국 하나하나, 떨어진 잉크의 번짐 하나하나에 남아 있었다. 한 번 시선을 대는 것만으로도 뇌리에 아로새겨진 그 내용이 선명히 다시 떠올라 그는 눈을 감아버렸다.

"……리즈."

이것은 어차피 허상이다. 현실이 되지 못하는 파편이다. 그럼에도 마지막까지 타들어가는 벽난로의 불꽃을 바라보는 여자의 얼굴이, 제 눈에 직접 담은 적도 없는 표정이 낙인처럼 지져들어 숨이 막히는 듯했다.

"리즈."

등을 돌려 떠나려는 발걸음이 무정하리만치 냉정해 윈터는 절박하게 그 팔을 잡았다. 차마 말이 되어 나오지 못하는 애원을 목구멍에 담으며 몇 번이나 입을 달싹였다.

그는 그녀가 이 저택을 나서서 어디로 갈지 알고 있었다. 무엇을 할지 알고 있었다. 짧게 잘려나간 머리카락 아래로 드러난 목덜미에 선명히 상처가 남고, 풀잎마냥 순진하던 눈에 비정함이 깃들 때, 너는 그토록 바라왔던 어른이 될 것이다. 피와 죽음을 호흡하고, 눈물을 웃음으로 숨기며 너는 사람을 이용하고, 죽이고, 의심하는 법을 배울 것이다.

"다시 생각해."

마음이 다정한 나의 리즈벳.

웃는 모습을 보고 있자면 햇살이 부서져 내리는 듯했다. 안셀라가 그토록 증오스러웠던 것은 어째서였던가. 그 찬란함이 제 구원이었기에 그녀가 더 이상의 상처 없이, 부서짐도, 비틀림도, 메마름도 없이 어른이 되기를 바랐다. 세상의 그 어떤 악의도, 비정함도 닿지 않기를 바랐다. 텅 비어버린 제 존재의 바닥까지 모조리 긁어낼 준비조차 했었다.

그러나 제 결심은, 발버둥은 결국 의미 없어진다. 언제나 그러했듯이.

쨍 하고 병장기가 맞부딪치는 소리가 귓가에서 울렸다. 제게 검을 겨누는 모습도, 그럼에도 정처 없이 흔들리던 눈동자도 기억해냈다.

상처 없이. 부서짐 없이. 비틀림 없이. 한 점의 메마름도 없이. 그 어떤 상처도 없이.

숨이 막혀 목을 쥐어뜯었다. 손톱이 살을 파고드는 예리한 고통 속에서 윈터는 악을 쓰고 싶은 것인지, 울고 싶은 것인지, 그저 주저앉아버리고 싶은 것인지 저 스스로도 구별할 수가 없었다.

"리즈."

미쳐버리고 싶은데 제정신이라 발작할 지경이었다. 죽어버리고 싶은데 살아 있어서 끔찍하기 이를 데가 없었다. 쌓이고 또 쌓인 날카로운 감정이 내장을 갈아댈 듯 날뛰었다.

"나는 정말로, 전혀."

너를 지키고 싶었는데 나는 지금 대체.

바람이 창을 흔들었다. 어지러이 일렁이는 불빛이 여자의 옆얼굴에 붉게 그림자를 드리웠다. 연녹색 눈동자가 살짝 굴러서 그를 정면으로 응시했다. 순간, 그 눈이 가늘게 휘며, 그리고.

웃는다.

"이스켈."

섬뜩한 예감이 척수를 꿰뚫었다.

"하, 지 마."

생리적인 공포에 윈터는 반사적으로 가냘픈 몸을 뒤에서 끌어안아 입을 틀어막았다.

"리즈, 제발."

온몸으로 그녀를 조각 맞추듯 끌어안자 꽉, 힘이 들어간 손끝이 파르르 떨렸다. 어느새 그는 이가 맞부딪치는 소리가 날 정도로 온몸으로 떨고 있었다. 저를 바라보는 눈길, 그 분위기의 어딘가에서 등골을 섬뜩하게 하는 공포를 느껴 윈터는 눈앞이 새까매지는 듯했다.

그리고 그를 비웃기라도 하듯 곱게 눈을 접어 웃으며 리즈벳이 말했다.

"사랑해요, 이스켈."

"리즈……."

말이 미처 끝을 보지 못하고 허공에서 부서졌다. 귓가에 지긋지긋한 노인의 속삭임이 들렸고.

"차라리 멸망했어야 했다."

사방으로 튄 피가 망막에 번졌다. 두개골 안으로 스며들어 머릿속을 온통 시뻘겋게 물들인다. 뚝뚝 떨어져 내리는 피, 살점, 사람이었던 것, 그의 존재를 허락했던 것.

윈터는 뇌를 칼날로 갈가리 찢어발기는 아픔에 바닥에 주저앉았다. 안간힘을 쓰며 품에 끌어안고 있던 몸이 산산조각이 나 와르르 바닥을 굴렀다. 데굴데굴 굴러간 리즈벳 클렌디온의 머리는 그와 눈을 마주치자 곱게 웃었다.

"그걸 믿었어?"

……제발.

입 밖으로 내뱉지 못한 애원이 뇌리에서만 맴돌았다. 조각난 머리는 그에게서 눈도 떼지 않고 그저 웃을 뿐이었다. 핀에 꿰뚫려 박제된 곤충마냥 윈터는 저를 보고 웃음 짓는 머리를 하염없이 바라보았다.

신이시여, 대체 내가 어떻게 해야.

"잊어."

누군가의 목소리가 등 뒤에서 나붓이 감겨들어왔다. 차마 시선을 떼지 못하는 그를 대신해 눈을 가리고, 몸을 바짝 끌어안는다.

"네 손으로 끝을 내버리고 잊어. 어차피 저 아이가 자살할 생각이라면, 네가 무슨 말을 해도 들을 생각이 없다면."

말을 이을수록 그 어조가 격정에 젖었다. 마치 제 목을 비틀어 꺾고 싶다는 듯 목덜미를 어루만지던 손가락이 꽉, 그의 목줄기를 짓눌렀다가 스르르 떨어져 나갔다.

"적어도 '사모'에게 잡아먹히기 전에 깨끗하게 죽여줘."

노래하는 듯 매끄러운 목소리. 조롱하는 듯한, 비꼬는 듯한 어조. 윈터는 제 눈을 가리던 손을 힘주어 잡아 끌어내리며 고개를 들어올렸다.

저와 똑같은 얼굴을 한 소년은 마치 더러운 것을 보는 듯 경멸을 한껏 담아 웃었다.

"쓰잘 데 없는 감정에 매달려 애꿎은 사람 인생을 망쳐버리는 건 이
제 이걸로 끝을 내."

·   ❀   ·

내뱉은 한숨이 하얗게 대기 중으로 퍼져나갔다. 추위에 아무것도
느껴지지 않는 손끝을 비벼 감각을 확인하며 리즈벳은 가볍게 말에
박차를 가했다. 한 발짝 앞으로 내디딜 때마다 세 발짝을 뒤로 밀려나
는 기분이었다. 삼백의 병력을 이끌고 들어섰던 아슈포드 협곡은 몰
아치는 눈보라 때문에 눈앞이 보이지 않았다.

세차게 불어오는 바람에 앞에서 안내하는 길잡이들의 몸이 버드나
무 가지마냥 흔들리고 있었다. 보일락 말락 하는 그 뒤통수를 잃어버
리지 않도록 눈을 부릅뜨며 리즈벳은 끝이 보이지 않을 정도로 이어
지는 눈길을 노려보았다. 이 생고생을 하며 아슈포드를 넘었는데 윈
터와 마주치지 못한다면 이 빌어먹을 협곡에 반드시 불을 싸질러주리
라.

결국 데아가 이를 득득 갈며 소리 낮춰 으르렁거렸다.

「젠장, 이 작전 생각해낸 건 어떤 죽여버릴 새끼야!」

전데요.

물론 그렇게 말할 수 없는 리즈벳은 하하, 작게 소리 내어 웃을 뿐이
었다. 호응이 돌아오든 말든 이가 딱딱 부딪치는 소리가 날 정도로 몸
을 덜덜 떨고 있는 데아는 이를 박박 갈았다.

「두고 봐. 인스켈의 그 마녀를 끌어내린 후에도 내가 윈스터 산맥
북쪽으로 고개라도 돌리나. 이셀파로 돌아갈 거야. 내가 다시 눈을 보

고 싶다고 하는 순간이 내 숨이 넘어가는 순간이다.」

누구 하나 잡을 기세인 데아의 말에 어색하게 웃으며 리즈벳은 주변을 살폈다. 화이트아웃 때문에 여기가 어딘지는 도통 감이 잡히지 않았으나 드레스덴 평원의 본대와 헤어진 것이 오늘 아침이었으니 한참이나 남았다.

빨리 제국군이 나타나지 않으면 데아가 화병으로 숨이 넘어갈 것 같았다.

「그 마녀의 목을 치고 우리 레아냐께서 다시 벨라스텔라의 산호궁의 옥좌에 앉는 순간! 난 케이크를 먹을 거야.」

그 난데없는 말에 리즈벳은 추위에 덜덜 떨던 것도 잊고 저도 모르게 헛웃음을 내뱉었다.

「그게 뭐예요.」

「왜? 전쟁 통에 제대로 된 제과점은 죄다 문 닫은 거 몰라? 게다가 죽기 싫으면 몸 관리해야 하지, 전장에서 뒹굴다 보면 입맛이 뚝 떨어지지. 하여간 난 전쟁이 끝나는 대로 이셀파로 돌아가 배가 터질 때까지 케이크를 먹을 거야. 이런 구질구질한 북부 따윈 버리고 에스타니아의 해변으로 돌아가겠어.」

추위와 강행군에 지친 동료가 내뱉는 헛소리에 민망하게도 리즈벳의 입에 침이 고였다. 그러고 보니 마지막으로 케이크를 먹은 지가 언제더라.

「……좋네요, 케이크.」

「치즈 스틱도 맛있지. 초콜릿에 찍어 먹는 게 제일인데, 넌 먹어봤어?」

「인생을 헛살았네요.」

넋을 놓고 내뱉은 말에 그제야 데아가 킥킥거리며 웃었다. 한참을
더 이것저것 리즈벳은 들어본 적도 없는 남부의 음식 종류를 늘어놓
던 데아는 웃음기 어린 눈으로 리즈벳을 바라보았다.

「넌 어때?」

「……저요?」

「응. 넌 전쟁이 끝나면 뭘 할 거야?」

그 말에 리즈벳은 순간 말을 잃었다. 겨울의 끝을 헤쳐 나가는 데 모
든 신경을 쏟아 그 후에 찾아올 봄에 대해서는 솔직히 그리 깊이 생각
해본 적이 없었다.

「너라면 뭐든 할 수 있지 않을까? 레아냐께서 널 얼마나 아끼는데.
게다가 그 클렌디온 공의 동생이고, 지금까지 쌓은 공이 있잖아. 구국
공신이라는 건 딱 너를 가리키는 말이라고.」

「전…….」

가볍게 말꼬리를 흐리며 리즈벳은 멍하니 앞을 바라보았다. 곧, 그
런 그녀의 입가가 부드럽게 곡선을 그리며 말려올라갔다.

「출세하고 싶어요.」

「의외네? 권력욕이 있는 것처럼은 보이지 않았는데.」

「휘두를 수 있는데 안 휘두르는 것도 아깝잖아요.」

힘없는 개인이 손안에 감싸 안을 수 있는 것은 분명 있다. 그러나 힘
있는 개인이 품 안으로 끌어안을 수 있는 것은 더욱 많을 것이다. 스
스로 원하는 세계는 스스로가 만들어낼 수밖에 없다.

「돈도 많았으면 좋겠어요. 그래도 적은 없었으면 좋겠으니 착하게
살아야겠어요. 누가 뭐라고 해도 가능한 한 다른 사람들을 상처 입히
지 않고, 죽이지 않고…….」

그렇게, 그 누구를 불행하게 만들지 않아도 잘 먹고 잘 살 수 있다는 걸 증명하고 싶다.

「아, 그리고 자기가 사는 나라 왕이 누군지도 모르고 신경도 쓰지 않을 정도로 외지에 있는 섬 하나 잡아서 별장이나 지었으면 좋겠어요. 다 때려치우고 싶어질 때엔 도망가 숨을 수 있게.」

그 말에 데아가 이를 드러내며 웃었다.

「이셀파로 와라. 잘나가는 영웅 자매 덕 좀 보게.」

그에 리즈벳이 작게 웃으며 뭐라 말을 하려 입을 열었을 때였다.

거의 예지에 가까운 예감에 그녀는 데아의 말에 채찍질을 하는 동시에 제 말에 박차를 가했다. 히이잉, 놀란 말들이 산길을 정신없이 달려가기 시작했다. 그리고 조금 전까지만 해도 그들이 서 있던 곳으로 지축이 울리는 소리를 내며 눈사태가 쏟아져 내렸다.

콰르르르르.

쏟아져 내리는 눈더미 사이로 굴러 떨어진 바위, 도끼로 예리하게 잘라낸 통나무. 새하얗게 시야를 덮는 눈보라 사이로 우와아아 함성을 지르며 산중턱에서 한 무리의 병사들이 돌진했다. 갑작스러운 눈사태에 그대로 파묻힌 아군이 애써 진열을 정비하려 허둥거리고 있었다. 순식간에 새하얀 설원은 병장기가 부딪치는 소리, 양군의 병사들이 내지르는 고함으로 가득 찼다.

그리고 그 모든 것을 발치로 굽어보듯 산등성이에 홀로 서 있는 것은.

두근, 세차게 심장이 뛰었다. 8년 전 그녀의 오라비가 가슴에 박아넣은 신이 제 먹잇감을 발견해 요동쳤다. 떨림을 감추지 못한 숨이 거칠게 터졌다. 리즈벳은 이를 꽉 악물고 세찬 눈발 속에서 그 백색에 녹아들 듯 서 있는 남자를 똑바로 바라보았다.

"……이스켈."

입술을 달싹여 그리 속삭이자 이 거리를 사이에 두고서도 윈터의 시선이 그녀에게 향했다. 시선이 마주치자 오싹, 온몸에 소름이 돋았다.

꽉, 힘을 주어 허리에 찬 검에 손가락을 감은 후 리즈벳은 그대로 말에서 뛰어내려 발목까지 쌓인 눈길을 내달리기 시작했다.

"큭!"

한데 뒤엉켜 싸우고 있는 병사들에게서 멀어지자마자 그녀는 짧은 비명을 삼키며 몸을 굴렸다. 조금 전까지만 해도 제 목이 있었던 자리를 날카로운 검격이 할퀴고 지나갔다. 목의 여린 살을 베고 지나간 칼날이 흰 눈 위로 점점이 붉게 피를 흩뿌렸다. 발자국 소리조차 없이 지척에 다가온 윈터는 손목을 한 번 까딱하는 것으로 칼날에 묻어났던 그녀의 피를 털어냈다.

"나들이는 즐거웠니, 리즈?"

노래하는 듯한 감미로운 미성이 조소를 담아 귓가에 감겨온다. 리즈벳은 고개를 들어 옅게 미소를 띠고 있는 윈터를 올려다보았다. 유리알같이 무기질적인 붉은 눈은 늪처럼 바닥이 보이지 않았다. 가면처럼 만들어진 조소 뒤의 낯은 무서울 정도로 공허했다.

이스켈리안 잘리어의 껍질이 말했다.

"좀 더 살고 싶었다면 혼자 나돌아다니지 말았어야지."

폭발하듯 신성이 꿈틀거리더니 검이 그녀의 손목을 날카롭게 할퀴고 지나갔다. 악 하는 비명과 함께 리즈벳은 저도 모르게 검을 떨어트렸다. 손목의 상처에서 뭐라 설명할 수 없는 고통과 함께 살이 괴사해

들어가기 시작했다.

그 끔찍한 아픔에, 고작 대여섯 번 칼을 맞대었을 뿐인데 순식간에 밑천이 털려버린 허탈함에 리즈벳은 헛웃음을 뱉었다.

"내가 죽는다고요."

신경을 갉작대는 듯한 아픔에 이가 갈렸다. 정말 제가 죽기를 원했더라면 이미 제 머리는 땅을 뒹굴고 있었으리라. 고양이가 잡아먹기 직전의 쥐를 가지고 노는 듯한 행위에 리즈벳은 입술을 비틀어 웃었다.

"누구 맘대로?"

그 말에 남자의 눈이 가늘어졌다. 그녀는 고개를 들어 주변을 빠르게 훑었다. 저 멀리에서 싸우는 소리만이 아스라이 들려왔다. 세차게 몰아치는 눈발이 그들의 모습을, 목소리를 가릴 것이다.

"미안해요."

몇 번 헛되이 달싹이던 입술이 겨우 만들어낸 말에도 붉은 눈에는 감정 한 자락 스치지 않았다. 가면처럼 드리우던 조소를 지우고 드러낸 무표정은 바닥까지 타고 남은 잿더미 같아 리즈벳은 목이 메었다.

"혼자서 절망해서. 당신을 설득하는 것을 포기해서."

저도 모르게 눈물이 뺨을 타고 흘렀다.

"당신을 두고 가서."

저를 사랑하는 마음을 잃었다는 상대에게, 그런 주제에 저를 감금해 구속하던 상대에게 더 무엇을 할 수 있었을까. 오히려 사과는 제가 받아야 한다는 생각이 들었음에도 그녀는 그 커다랗고 삭막한 저택에 홀로 남겨졌을 그의 모습을 떠올려 몇 번이고 잠을 설쳤다.

제가 누구보다도 잘 알고 있는 아픔을 상대에게 강요한 것이 끔찍했다.

그리고 그 말에 윈터의 눈이 가늘게 떨린 것도 순간, 그 찰나의 흔들림을 숨기려는 듯 사납게 입가가 비틀려 올라갔다.

"쥐새끼들의 둥지에 숨어들어 뭘 배웠나 했더니 안셀라가 헛소리나 가르쳤나 보지? 사과하고 없었던 일로 하기에는 이미 때가 늦지 않았을까?"

"이스켈, 당신은 나를 믿지 못하지요."

그 말에 답하지 못하는 남자를 앞에 두고 리즈벳은 쓰게 웃었다.

"내가, 당신을 찌르고도 살아남을 수 있을 거라고는 생각도 못 하지요."

'사모'가 무엇을 하는 신인지 들었을 때에도, 그 조건을 충족시키지 못했을 때 무슨 일이 일어나는지 들었을 때에도 그녀는 솔직히 그 어떤 두려움도 없었다. '사모'가 제 심장에 기생하고 있다면 감히 제 진심을 의심하지 못하리라.

그러나 당신은 그렇지 못 하지.

"나는 당신이 그랬듯이 당신을 위해 목숨을 거는 것뿐이지만, 이스켈."

나를 분명히 사랑했던 당신은 어째서인지는 모르지만 당신을 사랑한다는 내 마음만큼은 단 한 번도 온전히 믿지 않았지.

"날 믿어요. 당신을 사랑한다 말하는 나를 믿어요."

그렇다면 신을 재판장 삼아 증명할 뿐이다.

"난 죽지 않을 테니."

검게 썩어들어가는 팔에 칼을 대어 단번에 괴사한 살을 베어내자 피가 주르륵, 팔을 타고 흘러내렸다. 그 선명한 붉음에 눈이 부시기라

도 한 듯 진저리치며 시선을 피한 윈터는 꽉 눈을 감았다가 느릿하게
떴다.

"……원하는 대로, 리즈벳."

느릿하게 내뱉은 말과 함께 느슨하게 늘어트리고 있던 검을 쥔 손
에 꽉 힘을 주더니 윈터는 곧게 검을 들어 리즈벳을 정면으로 겨누었
다.

각오하고 있었음에도 저를 겨눈 흉기의 싸늘함에 리즈벳은 파르르
떨었다.

"검을 잡아."

"이스켈."

"찌를 수 있으면 찔러보도록 해. 이 짓도 이제 지겨워지려고 하니."

그 말과 동시에 순식간에 거리를 좁혀 짓쳐들어오는 윈터의 모습에
리즈벳은 검을 쥐고 있던 손에 꽉 힘을 주어 들어올렸다.

까앙, 새된 소리를 내며 칼날이 부딪치는 것도 순간, 어쩔 수 없이
느껴지는 완력의 격차와 상처 입은 팔에 제대로 들어가지 않는 힘 탓
에 그녀의 팔이 휘청 흔들렸다. 코앞까지 밀려난 칼날이 아슬아슬하
게 피부를 긁었다. 이를 꽉 물며 손목을 비틀어 얽힌 검날을 흘려내자
제 힘을 이기지 못하고 비틀거리는 듯했던 윈터가 휙 몸을 돌려 그녀
의 허리를 걷어찼다.

컥, 숨넘어가는 소리와 함께 리즈벳이 종잇장처럼 날아가 눈밭을
굴렀다. 눈앞이 새하얘질 지경의 고통에 신음할 여유도 없이 그녀의
목을 노리고 칼날이 길게 휘둘러졌다. 그 공격을 몸을 굴려 피한 리즈
벳은 손에 잡히는 대로 바닥을 긁어 한 움큼의 눈을 집어 던졌다.

"깜찍한 짓을 하는구나."

반사적으로 눈을 감으며 고개를 튼 윈터의 말에 대답하는 대신 리즈벳은 비틀거리며 물러서 어느새 거칠어진 숨을 골랐다.

「아무리 천재적인 재능이 있다 한들 검은 기술이야. 몇십 년을 연마해온 상대를 하루아침에 이길 수 있을 거라는 기대는 버려.」

제게 검을 가르쳤던 이사벨라는 그렇게 말했다. 정신이 나가지 않고서야 근 백년을 검을 잡으며 살아온 윈터를 상대로 제가 승기를 잡을 수 있으리라는 생각은 해본 적 없었다. 재능이라도 있었으면 나았겠건만 검에 대한 그녀의 재능은 잘 봐줘봤자 평범했다.

「중요한 건 단 한 방이야. 아무리 잘난 검사라도 인간인 이상 반드시 언젠가는 틈이 나게 되어 있어. 그러면 그 순간.」

이제는 감각이 제대로 느껴지지 않는 팔의 상처에서 피가 계속해서 흘렀다. 그녀를 공격해온 윈터의 검 끝은 하나같이 급소를 노리고 있었다. 기회는 한 번. 아니, 어쩌면 끝까지 없을지도 모르지.

그러면 참 우스워질 텐데.

옅게 웃으며 리즈벳은 마지막 힘을 짜내 윈터를 향해 정면으로 내달리기 시작했다. 처음으로 적극적으로 공세에 들어서는 그녀의 모습에 잠시 윈터의 입매가 떨리는가 싶더니 곧 그가 자세를 잡았다. 우아하고 균형 잡힌 팔다리가 움직이며 윈터가 검을 높게 들어올렸다. 찌르기를 주로 삼는 이사벨라의 에스타니아식 검술과는 달리 내려찍어 베는 것을 주로 삼는 인스켈식 검술.

검을 조금이나마 배운 지금이라면 안다. 무서울 정도로 깔끔하고 아름다운 곡선.

그리고 그녀의 검의 방향이 어느 쪽이든 쳐내고 그녀의 목을 노리고 달려드는 검의 호선 앞에서 리즈벳은 검 끝을 기습적으로 떨어트렸다.

지척까지 다가온 윈터의 눈동자가 순간 경련하듯 떨렸다. 그리고 리즈벳은 무서운 기색으로 짓쳐들어온 검이 그녀의 목덜미 바로 앞에서 멈춰버린 것을 눈 하나 깜짝하지 않고 바라보았다. 인스켈의 윈터 드레스덴 정도의 경지에 올랐기에 가능한 묘기.

끝을 내자면서요.

혀끝까지 올라온 말을 결국 그녀는 내뱉지 않았다. 리즈벳은 평온한 시선으로 제 목덜미를 겨누는 칼날을 바라보았다. 그 끝이 사정없이 떨리고 있었다.

"이스켈."

남자는 굴욕과 비참함과 절망이 뒤섞인 표정을 하고 있었다. 정제되지 않은 살기가 숨기지 않고 퍼져 나왔다. 살갗에 닿을락 말락 하는 거리에서 날카로운 금속에 깃든 필사(必死)의 신성이 여울처럼 넘실거렸다.

그러나 그 끝은 결코 그녀에게 닿지 않았다.

그는 제 눈을 보며 저를 죽이려 들지는 못한다.

"그러면 귀여운 리즈벳."

언젠가의 봄, 아직 그녀가 그의 장난감이었던 시절, 윈터 드레스덴은 그리 말했었다.

"네가 나를 그렇게 만들어봐."

리즈벳은 입을 열어 뭐라 하는 대신 손을 뻗었다. 인간의 체온에 녹아내리는 눈사람처럼 제 손길에 진저리치면서도 그는 차마 그 손을 피하지조차 못했다.

"죽고 싶지 않으면 내가 그럴 수밖에 없게 만들어봐. 나를 철저히 길

들어서 네게 손끝 하나 대지 못하게 만들어봐."

쨍그랑, 금속성의 소리와 함께 결국 윈터의 손에서 검이 떨어져 바닥을 굴렀다. 지탱하고 있던 주춧돌이 무너져 내린 듯 그는 그녀의 앞에 무릎을 꿇었다. 목줄이 채워진 짐승처럼, 언젠가 그가 아마도 아무 의미 없이 내뱉었을 말 그대로.

"그러면 나는 네 어리석은 소망에 답하기 위해서라면 무슨 짓이든 하게 될지도 몰라."

숨죽인 신음이 앙다문 잇새로 흘러나왔다. 창에 꿰뚫린 짐승처럼 거친 호흡을 내뱉으며 윈터는 양손으로 얼굴을 감싸쥐었다. 그녀가 확신했던 것을 아마 그 스스로도 깨달았으리라.

사방이 눈밭이었다. 피어난 꽃 한 송이 없이, 달콤한 향기 한 조각 없이 시체와 피와 눈과 얼음만이 가득한 벌판에서 결국 그는 리즈벳의 서코트 자락을 쥐었다.

까칠하게 말라 갈라진 입술이 피와 흙먼지로 더러워진 옷자락에 닿았다.

"그대의⋯⋯."

감정에 잠겨 갈라진 목소리가 사정없이 떨려왔다.

"고통과 슬픔을 받게 하소서. 나의 기쁨과 승리를 드리옵니다."

피를 토하는 듯한 간절함이 한껏 절제된 단어 사이로 주체하지 못하고 흘러내렸다. 그녀의 서코트를 쥐고 있는 손의 떨림으로 리즈벳은 그의 선연한 공포를 읽었다.

"날 믿어요."

결국 이것이 그의 대답일 수밖에 없는 것이다.

"당신을 사랑한다 말하는 나를 믿어요."

윈터는 고개를 깊게 숙여 이마를 녹색 옷자락에 대었다.

"나의 가치 있는 것, 가치 없는 것, 모든 것이 당신의 것입니다."

나의 삶도, 나의 죽음도, 나의 절망도, 공포도, 희망도, 바람도.

리즈벳은 무릎 꿇은 남자의 앞에 마주 무릎 꿇어 그 얼굴을 들어올렸다. 그 맹세에 회답하듯 입을 맞췄다.

이 바람은 횡포일 뿐인가. 그의 의지를 무시하고 그의 삶을 제멋대로 좌지우지하려 하는 어린아이의 폭력일 뿐인가.

그러나 윈터가 그녀를 믿었다.

그녀는 목숨을 걸고 그 믿음에 보답할 뿐이다.

리즈벳은 맞닿은 입술을 떼지 않은 채 윈터를 꽉 끌어당겼다. 어느새 아무것도 들려있지 않던 다른 손에 찬란한 황금빛의 단검이 들려 있었다. 마치 지금이 때라는 것을 알리듯. 그녀가 이제부터 해야 할 것이 무엇인지를 가르치려는 듯.

그리고 그 단검이 망설임 하나 없이 윈터의 심장을 등에서부터 꿰뚫었다.

카아아아아아악.

귀청을 찢어발기는 단말마가 계곡을 울렸다. 찔러넣은 검이 황금빛으로 빛나며 자상을 통해 윈터의 몸 안으로 스며들기 시작한 것도 잠시, 검에 찔린 자상에서 피 대신 시커먼 연기가 꾸역꾸역 쏟아져 내렸다. 뱀처럼 꿈틀거리며 바닥을 기어 사방으로 퍼져나가는 연기가 닿은 자리마다 치직거리며 눈이 산에 녹아내리듯 흉물스럽게 타들어간 자국이 남았다.

그것을 황금빛 물줄기가 쫓았다. 수은처럼 반짝거리며 흘러내린 그것은 도망치려는 연기를 게걸스럽게 쫓아 뒤덮었다. 두 신이 맞닿을 때마다 하늘의 색이 변했다.

그리고 어느 순간부터 그 모든 것이 사라졌다. 마치 장거리 달리기라도 한 듯 온몸이 흥건한 땀에 젖은 리즈벳은 숨을 몰아쉬며 고개를 뒤로 젖혔다.

어느새 심장을 얼려버릴 듯 몰아치던 폭설은 멈춰 있었다. 갈라지기 시작하는 구름 너머로 창백한 겨울의 햇살이 쏟아져 내리고 있었다. 그 햇볕을 온몸으로 맞으며 리즈벳은 눈을 감았다.

햇볕에 눈이 녹아내리듯 윈터를 끌어안고 있던 품 안에서 천천히 온기가 느껴졌다. 두근, 두근, 느릿하게, 그러나 확실하게, 심장고동이 들려왔다.

"⋯⋯드디어."

제 팔 안의 의식 없는 남자는 살아 있었다. 그녀 역시도 살아 있었다.

저도 모르게 눈물이 흘렀다.

· ❉ ·

우와아아!

"폐하⋯⋯!"

창백하게 질린 얼굴로 원정군장 드셀로윌 공작이 들이닥친 직후, 안드로베카는 드레스덴의 높은 성벽을 넘어 울리는 환호성 소리를 들었다.

그것은 이성이라기보다는 본능적인 직감에 가까운 것이었다. 정신나간 듯 열광하는 성 밖의 폭도들의 반응만으로 그녀는 윈터에게 무언가 심각한 문제가 생겼으리라는 것을 깨달았다.

"대공은 어찌 되었나?"

"대, 공은…….."

공작은 쉽사리 입을 열지 못했고, 평소처럼 그를 잡아먹을 듯 독촉하는 대신 여황은 등받이 높은 의자에 앉아 밀랍 인형처럼 창밖으로 시선을 던질 뿐이었다.

"폐하, 반역도들이 떠드는 말일 뿐입니다. 가당치도 않은 헛소리이옵고, 대공이 돌아오면 다 근거 없는 헛소리로 밝혀질 것입니다. 그러하오니."

시체마냥 창백한 얼굴로 풀어놓는 공작의 말은 보고라기보다는 본인의 희망사항을 늘어놓는 것에 더 가까웠다.

"저들이 퍼트리는 유언비어에 흔들리지 마시오소서. 자를란트에 도착한 즉시 공작이 연락병을 보낼 것입니다. 아군을 동요시키려는 수작이오니."

"공작."

담담히 내뱉은 부름에 반쯤 넋을 놓은 듯 말을 늘어놓던 공작이 입을 다물었다. 스르륵, 소맷단이 스치는 소리와 함께 여황이 비스듬히 턱을 괴었다.

"대공은 죽었는가?"

그 말에 참담한 표정이 공작의 얼굴을 스쳤다. 그는 이를 악물며 시선을 떨어트렸다.

"대공은 오를레앙의 마녀에게 신을 빼앗기고 흔적을 찾을 수 없다 하옵고."

"……."

"……대공을 따라갔던 별동대 이백은 죄다 항복했다 합니다."

그 현실성 없는 보고에 굳게 다문 여황의 입매가 경련하듯 가늘게 떨렸다가 다시 무표정하게 다물렸다.

기어코 소원을 이뤘구나.

그저 그런 생각만이 머리를 스쳤다.

그 어린 계집아이를 그토록 싸고돌았던 것은 알았기 때문이었던가.

답을 안다 한들 아무 의미 없는 일이었다. 깊게 침잠했던 여황의 눈이 다시 차갑게 식어내렸다. 이성이 순식간에 상황을 분석했다. 드레스덴 성은 분명 천혜의 요새이긴 하나 어디까지나 요새일 뿐, 윈터의 몰락을 전해들은 황도가 주인 없는 와중에 동요해 분열해버리면 단번에 고립되는 위치다.

계산은 찰나였고, 결단은 신속했다. 의자에서 몸을 일으키는 여황의 몸짓을 따라 풍성한 드레스 자락이 펄럭였다.

"기세가 오른 저것들을 상대로 신체 없이 드레스덴을 지킬 수는 없는 일이다. 자를란트로 퇴각해 세를 가다듬는다."

인스켈에게 있어서 어차피 결전의 땅은 자를란트 평원이다. 그곳에서 그녀는, 그녀의 조부는 몇 번이나 수세로 압도하는 적을 몰아붙여 전세를 뒤엎고 대륙을 가졌다.

자를란트는 그렇게, 인스켈에게 패배를 안겨준 적이 없는 땅이었다.

"어쩌다 드레스덴이 이리 허망하게 무너진 겁니까, 여황 폐하?"

그런 그 자를란트 평원에서 알덴샤 로웬을 마주했다.

황도를 지키라고 남겨두었던 오천의 병력이 길게 도열해 그녀에게 창칼을 겨누고 있었다. 그들의 머리 위에서 왕관을 입에 문 늑대, 인스켈 잘리어 황가의 기치가 휘날리고 있었다.

그것은 안드로베카 잘리어 인스켈 여황의 상징이자 브란티아 잘리어 황태녀의 상징이었다.

"이런 발칙한 것 같으니, 로웰! 감히 네 주인에게 이를 드러내다니, 결국 정신이 나갔구나!"

옆에서 드셀로월 공작이 창백하게 질린 얼굴로 핏대를 세우며 소리질렀다. 그런 공작을 비웃듯 손에 든 장검을 빙글빙글 돌리며 알덴샤는 공작에게는 시선도 주지 않은 채 여황만을 똑바로 응시했다.

"덕분에 최후의 방어선이 무참하게 무너졌습니다. 저항이라도 하셨습니까?"

턱관절이 하얘질 정도로 세게 이를 악문 여황의 손이 부들부들 떨렸다. 그녀는 눈앞의 기사를 알지도 못했다. 감히 제 여황에게 숨길 생각도 없이 악의를 흘리며 검을 들이대는 이를 몰랐다.

"상황이 그렇게 끔찍했다면 폐하께서는 어떻게 빠져나오신 겁니까?"

그러나 그럼에도 그 말 한마디 한마디는 예리한 비수가 되어 그녀를 찔렀다.

그것은 성문을 굳게 닫아 건 저 자를란트의 성벽에 올라 이 대치를 내려다보고 있을 그녀의 양녀가 제게 하고 싶은 말일 것이리라.

분노에 찬 고함을 지르며 근위기사 중 하나가 말을 달려 적장에게 달려들었다. 기다렸다는 듯이 이를 드러내며 웃은 적장이 마주 말을 달려 돌격했다. 몇 번, 몇십 번씩이나 병장기 부딪치는 소리가 들리더니 결국 끔찍한 단말마의 비명과 함께 기사의 목이 알덴샤의 검에 꿰뚫려 피를 뿜어댔다.

"폐주를 끌어내라!"

피로 시뻘겋게 젖어든 검을 높게 치켜들며 알덴샤가 소리질렀다.

폐주.

낙인 같은 호칭에 심장이 쿵 떨어지는 듯했다. 귀를 먹먹하게 하는 함성이 일며 태녀군이 돌진해왔다.

"받아쳐라! 받아쳐라!"

공작이 진땀을 흘리며 악을 써댔으나 이미 승패는 뻔했다. 수호신을 잃고 오랜 싸움에 지쳐 돌아간 고향의 동족에게서 뒤통수를 맞은 여황군은 제대로 된 싸움 한번 해보지 못하고 무참하게 무너져 내렸다. 결국 퇴각을 외치며 근위기사들이 그녀를 에워싸고 말을 달렸다.

숨이 턱까지 찼다. 말과 사람에게서 뿜어 나오는 김이 새하얀 대기 중으로 피어올랐다. 사방이 새하얀 눈으로 덮인 산길을 그들은 필사적으로 달렸다. 한때 그녀가 로세이유-에스타니아 연합군의 패잔병을 쫓아 달리던 길.

"으악!"

비명과 함께 또다시 누군가가 말에서 굴러 떨어졌다. 눈의 향기가 나는 겨울 공기 속으로 탁한 혈향이 번져났다. 점점이 떨어지는 핏방울과 새로 쌓인 눈에 선명히 남은 말굽이 마치 자석처럼 추적자들을 끌어당겼다.

그리고 울창한 침엽수들의 벽이 얇아지더니 탁 트인 겨울 하늘이 눈앞으로 달려들었다.

"아……."

누군가의 탄식 어린 한숨이 터져 나왔다. 눈앞으로는 깎아지르는 절벽. 그리고 뒤로는.

"더 이상 무의미한 도주는 그만두시지요."

어느새 그들을 따라잡은 추적자들이 자비라도 베푸는 마냥 지껄이는 말에 안드로베카는 낮게 코웃음을 쳤다.

한때는 저 입으로 제게 충성을 지껄였던 때도 있었지.

그가 기억하지 못하는 얼굴들에서는 한때의 군주를 배반하는 것에 대한 죄책감 따위는 미진도 보이지 않았다. 브란티아가 저들을 잘도 구워삶아뒀든가, 끔찍이도 제가 무언가를 잘못한 것이겠지.

잘못? 내가?

고개를 젖혀 청명한 하늘을 바라보며 여황은 날카롭게 소리 내어 웃었다.

확실히 모든 이를 만족시키는 선택은 하지 않았을지도 모른다. 제 선택으로 삶이 어그러진 이들도 있었을지 모른다.

그러나 최선이었다. 기나긴 밤 잠들지 못한 채 고심하여 내렸던 결정이다. 그 모든 것을 잘못이라, 실수라 뭉뚱그려 죄 부정할쏘냐.

"폐……."

낯빛이 변해 앞으로 나서려는 동료를 책임자로 보이는 이가 말렸다. 딱딱하게 굳은 그 얼굴에서 말로 하지 않은 이해를 읽은 여황은 그에 오만한 미소로 답한 후 훌쩍, 말에서 뛰어내렸다.

후회 한 점 하지 않는다. 다만 그 선택의 결과를 받아들일 뿐.

다시 한 번 고개를 들어 하늘을 우러러본 후, 안드로베카 잘리어 인스켈 황제는 그대로 절벽 아래로 몸을 날렸다.

• ✤ •

"쓸모없는 여자 같으니."

낮은 욕설을 내뱉으며 아스트라다 레인은 빠른 손길로 책상서랍을 뜯어내듯 열어 내용물을 가방 안에 쓸어 담기 시작했다. 윈터 드레스덴이 신성을 잃었고 여황은 자를란트로 패퇴했다는 소식은 악천후 때문에 방금 전에야 그에게 닿았다. 그러나 최근의 여황과 황태녀 사이의 기류를 보아하니 연합군이 순순히 퇴각시켜준다 하여도 여황이 자를란트에서 제대로 된 대접을 받을 수 있을지는 의문이었다. 아마 패전의 책임을 죄다 뒤집어쓰고 퇴위하는 것이 최선의 결과이리라.

누가 감히 예상이나 했을까. 결국 예상대로 신을 죽일 수 있는 신이 있다는 가설이 증명되었으니 아스트라다로서는 온몸의 털이 곤두설 정도로 짜릿한 일이었다. 지금 당장 그 리즈벳 클렌디온이라는 여자를 만나볼 수만 있다면.

생각만으로도 짜릿한 쾌감이 등골로 솟구치는 듯했다.

그러나 우선은 연구자료들을 안전한 곳에 보관하는 것이 먼저다. 연합군이 이 구석진 곳에 숨겨진 이 도서관을 찾을 수 있을 리는 없지만 브란티아 황태녀가 이 연구소의 존재를 알게 된다면 어떤 움직임을 취할지는 알 길이 없었다. 결벽주의자 같은 성미라면 연구소 전체를 불살라버릴지도 모른다.

정신이 나갔지. 미쳤다고 그런 짓을.

그런 의미에서 다른 연구원들도 믿을 수 없었다. 제풀에 겁에 질려 증거를 인멸하려 할 놈들, 문서들을 빼돌려 장사를 하려는 놈들, 제 업적이라 사기를 칠 놈들이 한가득이다.

이건 내 것이다. 내 자식이야.

생각만으로도 이가 갈리는 것을 느끼며 아스트라다는 가방을 거칠게 닫아 잠근 후 손에 쥐고 있던 기름 램프를 들어올렸다. 꽉 다문 턱이 가늘게 떨렸다. 그러나 다음 순간, 그는 망설임 하나 없이 램프를 책장으로 집어 던졌다.

쨍그랑, 섬뜩한 소리와 함께 램프가 깨지며 미리 기름으로 적셔놓았던 책장에 불이 붙었다. 한 번 붙었던 불은 무서운 속도로 혀를 낼름거리며 순식간에 방 전체를 집어삼켰다. 매캐한 연기에 기침을 콜록거리면서도 아스트라다는 제 스스로 초래한 제 살을 태워먹는 고통에 심장이 찢어지는 듯했다.

언젠가는. 언젠가는 꼭 다시.

잇새로 그리 다짐을 내뱉으며 그가 홱 몸을 돌렸을 때였다.

순간 숨이 멎는 듯했다. 어느새 열린 문가에는 처음 보는 남자가 서 있었다. 갑옷이라고 할 것도 없는 단출한 차림새에 무장이라고 할 만한 것은 그 흔한 문양 하나 새겨져 있지 않은 장검뿐이었다.

그러나 그 가면. 얼굴을 완전히 가리는 여우 가면. 말갛게 웃음 짓고 있는.

"아, 안셀라 클렌디온!"

그 말에 대꾸라고 할 것도 없이 남자는 허리의 검을 뽑아들었다. 서슴없이 다가오는 남자의 발걸음에 아스트라다의 얼굴이 창백하게 질렸다.

여긴 어떻게. 왜.

조금의 여유만 주어졌다면 손쉽게 추론해낼 수 있는 답이었건만 새하얗게 얼어붙은 머릿속에는 그것을 가능하게 하는 선택지조차 들어 있지 않았다. 안셀라 클렌디온은 입 한번 열지 않고, 일체의 망설임 없이 그에게 다가오고 있었다. 마치 몇십, 몇백 번 그리하는 것을 연습해왔던 이마냥.

"자, 잠깐만! 잠시 내 말을 들어봐! 이야기를, 자, 잠깐이라도 좋으니까……."

주춤거리며 물러선 아스트라다의 뒤쪽에서 불길이 넘실거렸다. 뒤로는 불길, 앞으로는 칼날. 식은땀을 흘리며 그가 뭐라 입을 열려는 순간, 안셀라는 거침없이 검을 휘둘러 아스트라다를 베어 내렸다.

『……하.』

단번에 절명해 바닥으로 고꾸라진 학자의 시체를 내려다보며 안셀라는 얼굴을 쓸어내렸다. 싸늘한 도자기에 닿는 손바닥이 가늘게 떨리고 있었다. 천천히 발치를 붉게 물들이는 피 웅덩이, 사방을 집어삼키는 불길. 숨을 들이쉬기가 괴로워 눈을 감자 저 멀리에서 이제야 화재를 눈치챈 연구원들이 질러대는 소리가 아련히 들려왔다.

곧. 이제 곧.

『안셀라 클렌디온 공.』

『안셀라 클렌디온 공.』

등 뒤에서 이름이 불리고. 몇 개의 발자국 소리가 들리고.

『크리스티앙 쟈크티에 경의 살인교사. 오를레앙 상륙전의 의도적 기밀 은폐. 공의 의도대로 수백의 로세이유인이 목숨을 잃었습니다.』

『크리스티앙 쟈크티에 경의 살인교사. 오를레앙 상륙전의 의도적 기밀 은폐. 공의 의도대로 수백의 로세이유인이 목숨을 잃었습니다.』

한껏 원망을 눌러 삼킨 목소리가 들렸다. 타오르는 대들보 위에 올라앉은 까마귀의 웃음 짓는 시선이 느껴진다. 눈두덩이 타들어가는 듯 아팠다.

『목숨으로 책임을 지시지요.』

『목숨으로 책임을 지시지요.』

그렇게, 등을 돌리지도 못한 채로 제 심장을 겨냥한 살기를 느끼고, 그대로…….

『큿, 저게……!』

그것은 저도 예상에 넣지 않은 본능적인 움직임이었다.

낭패 어린 사내의 목소리와 함께 안셀라는 마지막 순간 몸을 틀어 목덜미를 노리고 휘둘러지던 칼날을 피했다. 균형을 잃고 발을 헛디 더 바닥을 구르자 몸이 책상에 부딪쳐 책상에 놓여 있던 서류들이 와 르르 쏟아지다 허공을 날리는 불씨가 옮겨붙어 화르륵 타올랐다.

『끝까지 제 목숨 아까운 줄만 알고!』

제 목을 노렸던 기사의 노성이 울렸다. 예지가 끊긴 세계에서, 그 어떤 나침반도 없는 망망대해에 내던져져 엉망이 된 머리로 안셀라는 서둘러 주위를 더듬어 검을 낚아챘다. 질척하게 피로 젖어든 바닥 때 문에 손이 미끈거렸다.

고함을 지르며 기사로 보이는 남자 다섯이 동시에 달려들었다. 미 친 듯 몸을 굴려 그 일격을 피하고, 무너지기 시작하는 천장에서 떨어 지는 파편을 피하며 안셀라는 거칠게 숨을 헐떡였다.

『그토록 제 잘못에 책임을 질 생각이 없다는 건가! 부끄러운 줄 알 아라!』

제 잘못에 대한 책임. 그를 모면하려는 수치.

저도 모르게 웃음이 나왔다. 제게 형을 잃은 아우가 저를 죽이려 보 내온 자객들을 하나씩 하나씩 베어 넘기며 안셀라는 폐를 태워버리려 는 듯한 탁하고 뜨거운 공기와 머리가 쪼개지는 아픔 사이에서, 생각 했다.

나는 어쩌자고. 무엇이 그렇게 아쉬워서. 왜 이렇게 마지막 순간이 되어서야.

『크, 커흑······!』

마지막으로 서 있던 남자가 피를 토하며 거꾸러지는 것과 동시에 안셀라는 더 이상 다리에 힘을 주지 못한 채 바닥으로 구르듯 쓰러졌다. 미친 듯이 뛰는 심장고동과 거칠어진 호흡 소리가 시끄럽게 고막을 울렸다.

그러나 그것조차 제가 살아 있다는 증거.

제가 살겠답시고 죽인 이들의 시체 사이에 쓰러져 몸을 가누지도 못하며 안셀라는 신경질적으로 웃었다.

미래가 보이지 않는다. 공들여 섬세하게 짰던 미래를 제 손으로 일그러트려버렸다. 무얼 위해서. 왜 이제 와서.

분명, 받아들이리라 결정했을 터인데.

"오라버니."

요란한 소리를 내며 게걸스럽게 주위를 먹어치워가는 불길 너머로, 동생의 모습이 보이는 듯했다. 어렸을 때의 모습이 선연히 남아 있는 얼굴로, 그러나 훌쩍 자라 지극히도 낯선 얼굴을 하고.

리즈.

그가 죽는다면 아마, 그 아이는 웃을지도 모른다. 만족할지도 모른다. 그에 송곳이 파고드는 듯한 아픔을 느끼면서도 안셀라는 후들거리는 팔에 힘을 주어 몸을 일으켰다.

······죽고 싶지 않아.

검에 찍혀 피가 흐르고, 불에 데어 화끈거리고, 연기를 너무 들이마셔 힘이 들어가지 않는 몸을 질질 이끌며 안셀라는 도서관 밖으로 향했다.

나는 사실 살고 싶어. 살아서, 네가 웃는 것을 보고, 아이를 낳아 키우고, 치열하게 살아가며, 평화롭게 나이를 먹어가는 그 모습을, 내가 지금까지 단 한 번도 본 적 없는 그 모습을.

보고 싶어.

헛웃음이 자꾸 샜다. 수치심이 온몸을 옥죄어 질식할 듯했다. 이런 끝이 될 것이라고는 생각 못 했다. 이런 걸 계획했던 것이 아니다.

……꼴사납다.

어째서 그냥 깔끔하게 끝을 내지 못해서. 차라리 그냥 얌전히 죽어버렸다면 누구나 만족했을 텐데. 그자들도 죽지 않고, 나는 내 죗값을 치르고. 그렇게, 모두가 만족하는 결말이.

그런데 나는 어째서 죽지 못하여.

그리고 생각은 거기에서 끊겼다.

도서관의 정문을 막아서며 이사벨라 델 디아고가 서 있었다. 몇 번씩이나 봐왔던 미래의 모습 그대로. 가라앉은 눈을 한 채, 푸르게 날이 선 세검을 늘어트리고.

……아.

학습된 체념과 함께 탄식이 흘렀다. 어찌 대비를 하기도 전에 이미 이사벨라는 검을 휘두르고 있었다.

……여기까지 와서.

채 눈을 감을 새도 없이 뺨에 와 닿는 아릿한 아픔과 함께 얼굴에서 가면이 굴러떨어졌다. 퍽, 소리와 함께 바닥에 부딪친 가면이 산산조각 났다.

……이건, 대체.

전혀 예상치 못한 상황에 머리가 하얗게 되어 안셀라는 부서져버린 가면을 멍하니 바라보았다.

정작 검을 휘두른 이사벨라는 덤덤한 표정이었다. 몸을 숙여 조각난 가면을 주워 챙기며 이사벨라가 말했다.

「아미고(Amigo).」

나직이 울리는 그 목소리에 안셀라는 숨을 멈췄다. 그녀가 몸을 틀자 활짝 열린 문이 보였다.

「몇백 명의 삶을 망쳤던 그 삶으로 어떻게 속죄할 수 있을지 생각하며 살아.」

그렇게 눈앞을 가로막는 죽음의 그림자 한 자락 없이 길이 열렸다.

― 사람이 사람을 용서하는 것은 어째서?

후들거리는 다리를 움직여 한 발짝 걸음을 내디뎠다. 무엇으로도 가리지 않은 얼굴에 겨울의 찬바람이 닿았다. 피와 불길에 더럽혀지지 않은 청명한 공기를 들이마시자 속에서 울컥 감정이 솟구쳤다. 저와 마주친 적도 없었다는 듯 등을 돌려 외면하는 여자를 뒤로한 채 안셀라는 근 10년 만에 처음으로 소리 내어 울었다.

― 사람이 사람을 믿는 것은 어째서?

그것은.

처음으로 저를 짓누르고 있던 족쇄가 끊기는 것을 느꼈다. 안셀라 클렌디온은 오늘 죽었으나 그는 아직 살아 있다.

앞으로도 계속 알아갈 것이다.

"……사람이 사람을 용서하는 것은. 사람이 사람을 믿는 것은."

그것은, 사람에게는 미래가 있기에.

종전 후의 뒤처리가 한창인 로세이유의 수도, 상트망 백조성.

대단히 얼굴 보기 힘들던 눈앞의 젊은 여자를 보는 줄리안 쟈크티에의 눈은 차가웠다. 그 꺼림을 눈치챘는지 못 챘는지, 리즈벳 클렌디온은 그저 꽃처럼 예쁘게 웃을 뿐이었다. 그 웃음에 따라 동그랗고 모양 좋은 눈이 고운 곡선을 그리며 휘고, 살짝 기울인 고개를 따라 흘러내리는 웨이브 진 금발은 이제 손을 대지 않아 본연의 찬란한 금빛을 뽐내고 있었다.

본인은 끝까지 클렌디온이라는 성을 고수했으나 그 색은 부정할 수 없는 옛 로세이유의 브릴리언테 황가 특유의 것이었고, 로세이유가 대륙을 지배했던 전성기의 영광에 향수를 느끼는 이들에게 옛 정복왕을 연상시키는 아름다운 전쟁영웅은 대단히 인기가 좋았다. 중앙대로를 가로지르면서 환호하는 영주민들에게 웃으며 살랑살랑 손을 흔드는 모습을 보고 있자면 이미 고릿적에 망한 황실이 다시 살아 돌아왔나 싶을 정도였다.

오라비고 동생이고.

서늘하게 그리 뇌까리며 줄리안은 조용히 입가로 찻잔을 가져다대었다.

『드레스덴은 어떻게 되었습니까?』

『그게 갑자기 절 보자고 하신 이유인가요?』

『드레스덴은 정말로 어떻게 되었습니까.』

그 말에 역시 찻잔을 입가로 들어올리며 리즈벳은 살풋 웃었다.

『예전에 보고 올렸던 대로, 죽었어요. 그날, 아슈포드에서.』

『그거 참 형편 좋군요.』

『가능하면 숨이 붙어 있는 채로 심판을 받게 하고 싶었는데, 저 역시도 안타까워요.』

그리 말하는 낯이 진심으로 실망한 듯해 까딱하면 믿을 뻔했다. 그러나 그게 사실이라면 그자의 시체를 찾을 수 없는 것은 무슨 이유인가. 신의 힘을 잃은 몸이 견디지 못하고 재가 되었다고 하나 그 순간을 본 이가 없는 것도, 연합군에 참전하기 전에 리즈벳 클렌디온이 꽤 오랫동안 드레스덴과 살았다는 것도 의심스러웠다.

그러나 동시에 그날 아슈포드에서 이 여자가 윈터 드레스덴의 신을 죽였다는 것은 의심할 수 없는 사실이었다. 머릿속으로 직접 박혀 들어오는 신의 비명은 착각할 수 있을 만한 것이 아니다.

그리고 실제로 윈터의 모습을 본 자는 그날 이후 아무도 없었다. 여황의 군대가 드레스덴에서 물러난 후 자를란트에서 태녀군에게 몰려 여황이 자결하는 순간까지 윈터는 모습을 드러내지 않았다.

윈터 드레스덴이 정말로 죽었든 그렇지 않든, 리즈벳이 연합군의 승리에 결정적인 기여를 한 것은 반박할 수 없는 사실이었다.

『드레스덴 주변의 수색을 기어코 반대하셨다고요.』

그러나 의혹이 짙어지는 것만큼은 어쩔 수 없는 것.

『그렇지 않아도 전후처리로 인력이 빠듯한 시점이에요. 패잔병 몇을 쫓기 위해 굳이 빠듯한 인력을 더 쪼갤 필요가 있을까요.』

『확실하게 매듭을 짓는 것도 때로는 필요한 법입니다.』

『오라버니가 하셨던 말과 같네요.』

갑작스레 언급된 안셀라의 이름에 줄리안의 눈이 가늘어졌다. 무언가를 눈치챈 것인지, 아닌지 모를 모호한 말을 내뱉으며 리즈벳은 짐짓 안타까운 듯 작게 한숨을 내쉬었다.

『오라버니도 그러셨어요. 사람이란 은원을 자주 헷갈리는 법이니 확실히 쐐기를 박아두지 않으면 꼭 뒤통수를 친다고요.』

『하고 싶은 말씀이 있으십니까, 클렌디온 경?』

『갑자기 오라버니가 보고 싶어져서 그래요, 쟈크티에 공. 제 단 하나 남은 가족이었는걸요. 왜 갑자기 모습을 숨기고, 왜 아직까지 모습을 나타내지 않으시는지……. 이제야 전쟁이 끝났는데, 참 야속하게도.』

그 말에 줄리안은 서늘한 시선으로 리즈벳을 가만히 바라보았다.

정말로 무언가를 아는 것일까. 이 여자는 안셀라의 죽음을 증언했던 최후이자 유일한 증인인 이사벨라와 막역한 사이다.

츳. 소리 내지 않고 줄리안은 혀를 찼다. 여자의 말 그대로 종전 직후 문제가 산적한 지금, 필요 없는 분란거리는 독이다.

『……시신을 확인한 이가 없으니 살아 계실 거라는 믿음을 버리지 마십시오.』

『그러게 말이에요.』

『말씀하신 대로 맺고 끊는 것은 중요하지요. 그러니 경께서 드레스덴 주위의 수색을 맡으시지요. 어차피…… 생존자는 없으리라 보입니다만.』

그 말에 리즈벳은 다시 꽃처럼 웃었다.

『저도 그렇게 생각해요.』

뒷문을 열자마자 몸을 오스스 떨리게 하는 추위에 리즈벳은 어깨를 움츠렸다. 새해가 되어 슬슬 날이 풀리고 있다고는 해도 아직까지 밖은 추웠다. 요새 모습을 보였다 하면 친한 척 들러붙는 이들이 부쩍 많아져 그녀는 조심스럽게 눈치를 보며 임시정부의 본진이 된 상트망의 백조성을 나섰다.

옛 로세이유 제국의 수도였던 상트망은 그 역사 때문에 인스켈이 대륙을 지배했던 시절에는 고의적으로 외면당하곤 했다. 덕분에 한때는 마차 네 대가 동시에 지나갈 수도 있을 정도로 번화했다던 중앙대로와 그 인근의 상점가는 옛 영광이라고는 흔적조차 남지 않은 채 쇠락해버렸다. 패전의 상처가 복구의 손길을 받은 것조차 최근의 일이었다. 코트 깃을 세우며 리즈벳은 건물 수리가 한창인 큰길에서 벗어나 한적한 시외로 발걸음을 향했다. 다소 차가운 겨울 공기가 오히려 반가웠다. 언제까지 외면할 수만은 없으니 결국 줄리안의 호출에 응하긴 했어도 그 남자와 이야기만 하면 숨이 턱턱 막혔다.

공사가 한창인 중앙대로를 벗어나 발걸음을 옮기면 옮길수록 인적이 뜸해졌다. 상트망의 외곽, 도시 외벽을 나서기 전 야트막한 언덕 위 양지바른 곳에는 제4차 대륙전쟁으로 목숨을 잃은 전사자들의 위령비가 자리하고 있었다. 수가 많아서 일일이 이름을 적어 넣을 수도, 사체를 발견하지 못해서 시신을 안치할 수도 없어 덩그러니 비석 하나만 남아 있는 앞에 서서 리즈벳은 말없이 그 비석을 향해 시선을 던졌다.

"왔어요."

누구에게라고도 할 것 없이 내뱉은 말은 평소의 그녀를 알고 있는 이들이 보면 놀랄 정도로 메말라 있었다. 그에 답하듯 불어오는 삭풍에 코트 주머니에 손을 집어넣은 채로 어깨를 움츠리며 리즈벳은 작게 한숨을 토했다.

"……만족해요?"

대답은 돌아오지 않았다. 돌덩어리를 보고 홀로 중얼거리는 모양새가 대화라기보다는 벽에 대고 말하는 것만 같았던 생전의 기억을 떠올리게 해서 리즈벳은 하하, 소리 내어 웃었다.

안셀라 클렌디온은 공식적으로는 실종이었으나 그녀는 그가 살아 있으리라고는 생각하지 않았다. 예민한 그녀의 촉은 로세이유 지도부 사이에서 감도는 긴장감을 잡아내었고, 전쟁 말기에 안셀라의 명으로 행해져 수많은 사상자를 낸 작전들 때문에 연합군 내에서 그의 인기는 예전 같지가 않았다. 그리고 그것에 대해 안셀라는 딱히 신경을 쓰는 듯하지도 않았다.

리즈벳은 오라비가 그를 특히 꺼려했던 줄리안에게 제거당했다 하더라도, 그걸 안셀라 본인이 의도했다 하더라도 이상할 것 없다 생각했다. 중요한 것은 정말로 안셀라가 죽었든, 사실은 살아 있든 그가 다시는 제 앞에 모습을 드러내지 않으리라는 것이었다.

"다 오라버니가 바라는 대로 되었어요."

울고 싶은 건지, 원망하고 싶은 건지, 비웃고 싶은 건지, 뭘 어쩌고 싶은 건지 생각해봐도 답이 나오지 않아 리즈벳은 그저 한숨만을 흘리고 몸을 숙였다. 위령비의 발치에는 겨울의 끝을 알리는 이름 모를 들꽃이 몇 송이 피어나 있었다. 사랑스러운 금빛, 수줍은 연보랏빛, 신비로운 푸른빛. 색색의 꽃을 자못 무신경한 손길로 툭툭 꺾어 그녀는 위령비 위로 뿌렸다. 살랑거리며 꽃잎이 눈처럼 내렸다. 차갑기만 한 바람에도 불구하고 따스하게 내리쬐는 햇볕이 눈부셔 리즈벳은 잠시 눈을 감았다.

"그러니 이제 편히 쉬어요, 오라버니."

그 말을 마지막으로 그녀는 몸을 돌렸다.

•   ꕤ   •

A.S. 288년 1월.

상트망의 백조궁에서 로세이유의 줄리안 쟈크티에, 에스타니아의 이사벨라 델 디아고, 인스켈의 브란티아 잘리어의 삼자대면이 성사됨. 상트망 회담이라 이름 붙은 이 회담을 통해 삼국, 평화 협정을 맺고 인스켈, 로세이유와 에스타니아에게 각각 삼십만 두카드의 전쟁 배상금을 지불하기로 합의.

A.S. 288년 3월.

전 인스켈 출신 오를레앙의 리즈벳 클렌디온, 에스타니아로 귀화. 에스타니아 여왕 이사벨라 3세, 크게 기뻐하며 콘세코 디 엔시아노(Consejo de ancianos)의 일원으로 임명. 리즈벳 클렌디온, 여왕에게서 델-사쥬의 백작령과 인세콘피노의 해상 무역권을 넘겨받아 에스타니아 역사상 처음으로 그랑 아리스토크레타(Gran aristócrata)의 칭호를 받은 외국인이 된다.

A.S. 288년 6월.

상트망 조약의 내용대로 로세이유, 에스타니아, 인스켈, 군대를 해산. 이것을 공식적인 제4차 대륙전쟁의 끝으로 본다.

　듀락 셀바체는 찌뿌듯한 어깨를 두드리며 길게 하품을 했다. 인구 수가 겨우 이백이 넘을까 말까 하는 이 작은 섬 파라이소(Paraíso) 유일의 마차를 소유한 고급인력으로서 그는 평소에는 마을을 돌아다니면서 짐을 나르거나 우편을 운반하고, 달에 한 번 찾아오는 정기 연락선이 올 때면 육지에 나가 있던 마을 사람들을 집까지 데려오는 마부 역할을 하곤 했다. 다리 하나 건널 것도 없이 다 두루두루 알고 지내는 사이에서 돈을 받는 것도 뭐했기에 마부 일은 나이가 들어 육체노동이 힘겨운 듀락이 취미 삼아 하는 소일거리였다. 어차피 망망대해밖에는 볼 게 없는 파라이소에 외지인이 들어오는 일은 거의 없다시피 했다.

　유일한 예외는 단 한 명.

　눈이 올 듯 흐린 연회색 하늘을 바라보며 그는 파이프를 물었다. 길게 뱃고동을 울리며 연락선이 정박하고, 뱃전에서 치맛자락을 나풀거리며 젊은 여자 하나가 뛰어내렸다. 그 뒤를 따라 내리려는 자기 일행과 한참 실랑이를 하다가 일행이 고개를 절레절레 내저으면서 다시 돌아서자 여자는 자기 몸만 한 트렁크를 질질 끌고 씩씩하게 해변을 가로지르기 시작했다. 그에 듀락은 씩 웃고 마부석에서 훌쩍 뛰어내렸다.

　「슬슬 올 때가 됐다고 생각했수다. 기가 막히게 때를 맞춰서 오는

군.」

성큼성큼 발걸음을 옮겨 여자에게 다가간 그가 트렁크를 빼앗아 어깨에 짊어지자 온 신경을 트렁크를 끄는 데 집중하고 있던 여자가 그제야 그를 올려다보며 눈을 깜박였다.

「제가요? 어떻게 아셨어요?」

「첫눈이 올 때쯤이면 꼭 오잖수. 해마다, 빠지지도 않고, 따박따박.」

그는 돈에 연연하는 편은 아니었지만 여자가 올 때마다 마차 삯이랍시고 쥐여주는 돈이 꽤 상당한 금액이었기에 겨울이 가까워지며 아내의 잔소리가 늘어날 때마다 저절로 기억하게 되는 것은 어쩔 수가 없었다.

그 말에 아 하고 작게 소리를 흘리며 여자는 배시시 웃었다. 딱히 노리고 그런 건 아닌데 하고 중얼거리는 소리가 들린 듯했으나 못 들은 척하며 듀락은 짊어진 트렁크를 마차 뒤칸에 실었다.

「그렇게 그 선생이 좋아?」

그리 넌지시 던진 말에 여자는 그저 예의 바른 웃음을 지을 뿐이었다. 비밀스럽기도 하고 장난스럽기도 한 웃음이었다. 말로 하지 않아도 그 얼굴에는 소녀스러운 즐거움이 너무나 명백해 듀락은 굳이 오지랖이라는 것을 알면서도 한마디를 더할 수밖에 없었다.

「그렇게 좋으면 차라리 같이 살지, 뭐 이렇게 번거롭게.」

「몇 년쯤 지나면요. 지금은 너무 일러서.」

「좋을 대로 하시구려. 놓치면 손해인 건 선생이지 아가씬가.」

그리 말하며 듀락은 말을 채찍질했다. 탁 트인 해안길을 따라 말들이 속도를 올리자 지붕 없이 트인 마차에 걸터앉은 여자의 금발이 춤추듯 흩날렸다. 그 모습을 그는 흘끗 바라보다가 재차 채찍질을 가해 속도를 높였다.

그가 한 말은 겉치레이기도 했으나 진심이기도 했다. 저 미모에, 어딘가 고상한 행동거지에, 바닥이 안 보이는 재력에. 고작 이십대 후반을 넘기지 않은 것 같은데 이 정도로 잘나가는 여자가 왜 선생 같은 수상한 남자를 3년씩이나 이 깡촌 구석까지 꼬박꼬박 찾아와가면서 만나는지 알 수가 없었다.

듀락은 고개를 절레절레 저었다. 제가 아비였다면 팔을 걷어붙이고 말렸을 거다.

「이스켈!」

그때, 마차가 흔들리는 기척이 나더니 여자가 벌떡 일어서서 팔을 크게 흔들어대었다. 꼬리라도 있었다면 사정없이 흔들어 댔을 테다. 그리고 그녀가 바라보고 있는 방향에서는, 아니나 다를까, 한 무리의 꼬맹이들을 꼬리에 단 선생이 높게 자라난 들풀을 밟으며 다가오고 있었다.

「리즈.」

푸른 눈이 부드럽게 휘더니 이스켈이 양팔을 뻗었다. 리즈벳이 목에 매달리자 그는 훌쩍 그녀를 안아 들어올렸다. 발이 허공에 뜨는 느낌에 리즈벳이 꺅, 작게 외치며 소리 내어 웃었다. 높고 맑은 웃음소리가 종처럼 흐드러졌다.

그런 그녀의 목덜미에 고개를 파묻어 그 체취를 깊게 들이마신 이스켈이 물결치는 긴 금발을 한 움큼 쥐어 입을 맞췄다.

「아직 폐회까지는 시간이 남은 걸로 알고 있는데 벌써부터 여기에 있으면 어떻게 하자는 거지? 이사벨라는 네가 이러는 걸 알아?」

그에 리즈벳은 성큼 한 걸음 앞으로 다가서 고개를 젖혔다. 은근하게 미소 지으며 속삭인다.

「그래서, 불만이에요?」

「나이 좀 먹었다고 깜찍한 질문을.」

말에 부정할 수 없이 웃음기가 묻어나고 이스켈은 양손으로 그녀의 얼굴을 들어올려 입을 맞췄다. 듀락이 헛기침을 하며 고개를 돌렸고, 숨이 턱에 찰 듯 헉헉거리며 겨우 뒤따라왔던 아이들의 얼굴이 시뻘겋게 달아올랐다.

「아, 좀, 선생, 님! 좀, 좀, 안에서 해요!」

「징그러! 닭살이야!」

리즈벳을 흘끔거리며 바라보고, 입맞춤으로 살짝 젖어들어간 입술을 훔쳐보고, 대체 머릿속으로 무슨 상상을 했는지 어쩔 줄 몰라 하며 난리를 치는 제자들 앞에서도 이스켈은 입술 끝을 살짝 끌어올려 웃을 뿐이었다.

「이 아무에게도 속하지 않은 공공지에서는 너희에게는 유감스럽게도 스킨십에 대한 제재사항은 법제화되어 있지 않지. 게다가 여기에는 이런 가벼운 스킨십 따위로는 눈 하나 깜짝하지 않으실 연륜의 셀바체 씨밖에 계시지 아니할 예정이었고.」

느닷없이 도마에 올라버린 듀락은 순식간에 제게 쏠린 시선에 당황해 연달아 기침을 해댔다. 그에 아랑곳없이 이스켈은 매끄럽게 말을 이었다.

「오지 말라고 하는데 굳이 따라와놓고서 스승의 사생활에 간섭할 만한 여유가 있다는 것은 과제가 모자라다는 뜻이겠지?」

그 말에 우레와 같은 항의의 고함이 울렸다. 당연하게도 바늘 하나 들어가지 않을 듯한 외모와 딱 그 외모에 어울리는 성격의 이스켈은 눈 하나 깜짝 하지 않았다. 매끄럽고도 은근한 목소리로 이어지는 각종 협박에 결국 볼이 빵빵하게 부은 아이들이 앵돌아지자 그제야 이스켈은 비웃음처럼도 들리는 웃음을 흘리며 아이들의 머리를 약간 거칠게 흐트러트렸다. 그에 여전히 볼을 부풀리면서도 그를 흘낏거리며 바라보는 아이들의 모습에 리즈벳이 작게 웃음을 흘렸다.

「가자.」

너무나 자연스럽게 트렁크를 마차에서 내린 후 짊어진 이스켈은 감사의 표현으로 듀락에게 고개를 숙여 보이곤 아주 당연하다는 듯 리즈벳의 어깨를 감싸 안았다. 그녀가 역시 그의 허리를 끌어안자 그가 고개를 숙여 그녀의 이마에 입맞춤을 떨어트렸다.

어느새 살랑거리며 떨어져 내리는 올해의 첫눈을 맞으며 듀락은 저도 모르게 옅은 미소를 지은 채 그 둘의 뒷모습을 한동안 바라보았다.

성도, 출신도, 이름을 제외한 그 어떠한 인적사항도 알려지지 않은 여자는 꼭 첫눈이 내릴 때쯤에 찾아와 얼어붙은 시냇물이 녹아 흐를 즈음에 돌아가곤 했다. 그 시기가 가까워지면 어딘가 냉소적이고 대하기 힘든 선생은 머무는 집의 벽난로에 불을 피우고 초원으로 나가서 겨울 꽃을 꺾기 시작한다. 시클라멘, 덴드로비움, 시네라리아, 대포딜. 붉고 푸르고 노란 꽃들을 한가득 꺾어 화관을 만들며 그는 매일 해안을 따라 걷는다.

그리고 파랗게 한없이 뻗어만 나가는 수평선 너머로 흰 돛을 매단 연락선의 깃발이 보이기 시작하면 그는 옅게 미소 지은 후 항구를 향해 발걸음을 옮긴다.

겨울을 함께할 그의 신부를 맞이하기 위해.

데아 엘 소르디아는 생각했다.

오늘 제 실수라면 첫째로 제 서른 번째 생일에 제 남동생과 친구를 초대한 것이고, 둘째로 그 연회에 술을 풀어놓은 것이었다. 그 행동 하나하나를 따로 놓고 보면 이걸 실수라고 해야 하나 싶을 정도로 지극히 일상적인 것이었기에 그녀는 이루 말할 수 없이 억울했다.

「클렌디온 공! 어째서 안 된다는 겁니까! 설명을 해주세요! 그냥 안 된다고만 하지 말고 이유를 설명해달란 말입니다, 예?」

「소르디아 경.」

「사귀는 사람이 있다는 거 거짓말이지요? 그냥 교제하는 게 귀찮아서 핑계 대는 게 아닙니까? 진짜 귀찮게 하지 않겠다니까요. 저, 닥치고 있는 거 잘합니다. 그러니 한 번마아아안! 클렌디온 고오오옹!」

재미있다는 표정을 숨기려는 기색도 없이 키득거리는 다른 손님들. 사선을 넘나들며 쌓아왔던 5년 우정의 힘으로도 점점 웃는 얼굴이 경직되어가는 것을 주체하지 못하는 친구. 술의 힘으로 이성을 놓아버린 채 아예 바닥에 드러누워 제 흑역사를 실시간으로 경신하는 동생.

얼굴이 화끈거렸다. 생일날까지 딴 사람 뒤치다꺼리를 하고 있는 제 신세에 욕을 퍼부으며 데아는 역시 퍼렇게 허옇게 벌겋게 낯빛을 바꿔가며 이 추태를 지켜보고 있던 경비병들에게 사납게 고갯짓을 했다.

저, 천치를, 어서, 빨리, 끌어내.

「뭐야, 놔! 이거, 놔아아앗! 누님! 또 이렇게 폭력을 쓰지! 아주 깡패가 따로 없어! 이거, 놓으, 라니, 까아아아!」

동생이고 뭐고 그냥 다 나가 죽어버렸으면 좋겠다.

경비병들에게 양쪽 팔을 잡혀 질질 끌려 나가는 동생의 모습에 데아는 이를 갈았다. 다행히도 에스타니아의 고매한 전통에 따라 연회에는 술이 강처럼 흘렀고, 술에 취해 개가 되어버린 이들은 제 동생만이 아니었다. 호스티스이기에 유일하게 술은 입에도 대지 않았던 데아는 이 연회의 참가자들이 이미 충분히 술에 절어 이 참극을 기억하지 못하기를, 혹은 지금부터 열심히 술을 마셔 똑같은 수위의 추태를 부리기를 대모후께 간절히 빌었다.

「……클렌디온 공, 뭐라 드릴 말씀이 없습니다. 동생의 실례는 제정신이 돌아오는 대로 크게 혼을 낸 후 정식으로 사과하러 보내겠습니다.」

그러나 그것은 그것이고 이것은 이것. 이 연회의 호스티스로서, 5년간 사선을 함께 넘은 친구로서, 데아는 깊이 몸을 숙여 정식으로 리즈벳 클렌디온에게 사죄했다.

「괜찮아요, 데아. 사정은 이해해요.」

「……리즈.」

「리토 데 페소(Rito de paso)의 시기잖아요. 힘들 때지요.」

해사하게 웃으며 손을 내저어 보이는 친구의 모습에 데아는 저도 모르게 가슴을 쓸어내렸다.

　어머니로부터 딸에게 작위가 상속되는 에스타니아의 국법상, 아들들은 나이가 차는 순간부터 가문을 떠나 제 갈 길을 찾아야 했다. 이미 가문을 보유한 여자와 결혼하든가, 가문을 상속받지 못한 여자와 결혼해 새로운 가문을 열든가, 혹은 전사나 학자, 기술공이나 신관의 휘하로 들어가 견습생이 되든가. 어떤 방향으로 특출한 재능을 보이지 않는 이들에게는 결혼만이 살길이었다. 아니, 남편이 아니라 애인이 되어 메세냐조(Mecenazgo) 관계를 맺는다 해도 여자 쪽이 재력과 권력만 있다면 얼마든지 남자에게 사업자금이나 남아도는 봉토의 관리를 맡길 수도 있었다.

　그런 의미에서 리즈벳은 에스타니아 사교계의 뜨거운 감자였다. 말만 애인이 있다, 정말 있다, 하지만 그 대단하신 애인은 이사벨라 여왕보다 얼굴 보기가 어려웠고, 겉으로 드러나는 것은 혼기가 찬 권력과 재력이 흘러넘치는 미모의 젊은 여자가 파트너도 없이 홀로 사교계를 종횡무진 누비는 모습뿐이었다. 때문에 정식으로 가문에서 쫓겨나는 리토 데 페소를 앞두고 발등에 불이 떨어진 젊은 영윤들은 리즈벳 클렌디온과의 동침권을 얻어내기 위해 치열하게 경쟁했다. 가만히 생각해보면 제 동생이 오늘 그렇게 연회에 참가하고파 몸이 달았던 것도 다 이것 때문이었던 것이다.

　생각이 거기에 닿자 데아는 제 목을 조르고 싶어졌다. 이걸 대비할 생각을 안 한 제가 미친년이었다.

　「미안하다, 리즈. 그래도 면목이 없어.」

　「아뇨, 제 잘못이지요.」

　「아니, 그게 어떻게 네.」

「아무래도 제가 태도를 좀 더 확실하게 해야 했어요. 이미 결혼을 약속한 약혼자가 있다고 몇 번이나 말했는데 아무래도 제가 충분히 단호하지 못했었지요. 제 딴에는 배려라고 생각했는데, 지금 생각해 보니 배려가 아니었던 것 같아요.」

이야기가 흐르는 방향이 괴상하게 돌아가자 데아의 표정이 굳어졌다. 그렇지 않아도 혈색이 뚜렷하게 드러나는 흰 피부는 오늘따라 더욱 붉게 달아올라 있었다. 절박해진 젊은 영윤들의 갖가지 착각을 부채질했던 꿈결 같은 미소가 유달리 해사하다. 한 톤 올라간 목소리, 숨결에서 풍겨오는 달콤한 과일주의 향기, 손가락 사이에 들린 텅 빈 와인글라스.

「……어이, 리즈.」

일이 흥미진진하게 돌아간다는 사실을 동물적으로 느낀 다른 초대객들의 시선이 그들에게 집중되었다. 데아가 더 이상의 참극을 막기 위해 입을 열려는 찰나, 역시 술에 한껏 절어버린 주정뱅이가 와인잔을 높게 들어올리고 외쳤다.

「이 기회에! 아예 깔끔하게! 제 애인을 공개해버리지요!」

그리고 리즈벳은 단숨에 술잔을 비웠다. 의외로 성실하게 에스타니아의 전통을 따라 물처럼 술을 넘기던 그녀는 불행히도 에스타니아인의 위장을 타고나진 못했고, 그 한 잔의 와인을 끝으로 잠들 듯 기절해버렸다.

그리고 취중에 내뱉은 폭탄발언에 잔뜩 흥분한 좌중을 달래는 것은 데아의 몫이 되었다.

* ❦ *

데아 엘 소르디아는 생각했다.

자기 일은 좀 스스로들 알아서 할 수 없는 건가.

「내가 미쳤지, 미쳤어, 미쳤나 봐!」

그녀의 저택에는 술기운이 가시고 이성과 어젯밤의 기억과 오늘의 수치심이 한꺼번에 몰려와 이불을 뒤집어쓰고 목 놓아 울어대는 리즈벳 클렌디온이 있었다. 전쟁 중에도 그랬고, 전후 사후처리 때에도 느꼈지만 안 그렇게 생겨선 리즈벳은 사람을 가렸다. 외국인이라는, 출신을 알 수 없다는, 그럼에도 눈에 띄게 가파른 신분상승을 했다는 조합 때문에 경계심이 많아진 탓도 있을 것이다.

덕분에 데아는 친우의 본모습을 알고 있는 몇 안 되는 이로서 누구한테 호소하지도 못하고 속을 끓일 뿐이었다. 말해봤자 아무도 안 믿을 거다.

「그러니까 술을 좀 작작,」

「하지만 데아의 생일이었잖아요! 데아를 위해 건배하자고 하는데 내가 어떻게 거절해!」

그럼 술에 잔뜩 취해서 폭탄을 떨어트린 건 나를 위한 일이었고?

「그래서 어쩔 건데? 이참에 네 애인, 공개할 거야?」

인내심의 한계를 느꼈다는 것이 목소리에 묻어났는지 리즈벳은 슬그머니 이불 너머로 고개를 내밀었다.

「……그게, 아직은 좀 시기가 애매한데.」

「5년이나 교제했던 사이잖아. 슬슬 내보여도 좋지 않아? 아니면.」

짐짓 목소리를 낮춰 은근히 물었다.

「그럴 수 없는 이유라든가?」

그 말의 무언가가 심기를 건드렸는지 리즈벳이 얼굴을 굳히더니 몸을 일으켜 앉았다.

「데아, 그 사람이 다른 누군가에게 합격점을 받아야 할 이유는 없어요.」

「하지만 그것과는 별개로 네가 그자를 감춰두는 것으로써 그자가 잃을 것을 생각해야지.」

매일 헤실거리는 여자가 보이는 정색한 표정은 확실히 임팩트 있는 것이었으나 동시에 그 얼굴에 졸아들기에는 서로 알아온 시간이 하루 이틀이 아니었다.

「네가 그자에게 진심으로 마음이 있다면 저를 치부처럼 숨겨두는 것이 상처가 될 거야. 단순한 거래관계라 하더라도 대부분의 사람들은 네가 그자를 드러내지 않는 것이 그자에게 무슨 하자가 있기 때문이라 생각할 텐데, 그렇게 되면 나중에 정체가 드러났을 때 그자가 감당해야 할 불명예는 어떻게 하려고? 그건 상거래 예절을 말아먹은 짓이지.」

거기다, 지금은 아예 그쪽으로는 생각도 하지 않는 것 같지만 나중에 임신이라도 한다면? 아이가 태어난다면? 에스타니아는 로세이유나 인스켈만큼 사생아의 취급이 박하진 않다고 하나 수군거림이 뒤따르는 건 어쩔 수 없을 것이다.

그리고, 우리는 친구가 아니야?

서운하다는 생각은 하지 않으려 했으나 그런 생각이 고개를 드는 것은 어쩔 수가 없었다.

네 상대가 누구든 내가 반대하리라 생각한 거야?

「그건.」

「그리고, 그랑 아리스토크레타가 그렇게 공개적인 장소에서 한 말을 취소할 수 없다는 거 알잖아.」

리즈벳이 처음의 강경한 태세는 간데없이 눈에 띄게 흔들리는 모습을 보이자 데아는 다시 한 번 못을 박았다. 고집을 부리기 시작하면 다른 사람 말은 들은 체도 않는 여자가 이런 식으로 답한다는 것은 아마 저도 한 번쯤은 이런 생각을 하지 않았던 게 아니기에 그럴 것이다.

「데아.」

게다가, 이미 리즈벳은 뒷걸음질 치기에는 건널 수 없는 강을 건너고 말았다.

「리즈벳이 드디어 제 애인을 공개하겠다고 했다며?」

본인이 술에 취한 채 무슨 씨앗을 뿌렸는지 짐작도 못 한 리즈벳이 반쯤 기절해 자고 있을 때, 데아는 새벽같이 부름을 받고 이사벨라를 알현했다. 이런 정말 별것 아닌 용무로 사람을 오라 가라 하는 것에 불만을 품기엔 그녀는 뼛속까지 디아고 왕가에 대한 충성심이 세뇌되어 있는 오를페냐군의 부대장이었다.

「누군지 알아내면 내게도 알려주겠지?」

형식은 부탁이었고, 실제로도 그런 의도였을지도 모르겠으나 이사벨라가 왕인 이상 그것은 명령이었고 임무였다. 데아는 제가 부하에게 리즈벳의 정기 행방불명에 몰래 동반하라는 명을 내리기 전, 리즈벳 쪽에서 자발적으로 입을 열기를 간절히 바랐다.

「……데아, 이번에 이셀파에 짓고 있던 별장이 완공되었다고요?」

결국, 그 기도를 대모후가 귀담아 듣기는 했는지 리즈벳은 한참을 망설이다 그렇게 운을 떼었다. 이게 어떤 흐름인지 정확히 파악한 데아는 얼른 고개를 끄덕였다.

「그렇지.」

「완공 기념 파티를 열겠네요.」

「가까운 지인들만 초대해서, 작게, 비공개로 할 거야.」

그리고 마지막 한숨을 내쉰 후 리즈벳은 백기를 흔들었다.

「거기에 데려갈게요.」

그 평화적이고 예상보다 손쉬웠던 설득이 먹혀들어가자 데아는 속으로 쾌재를 부르며 자축했다.

지금의 이 선택이 후에 얼마나 큰 재앙으로 돌아올지 아직은 짐작도 하지 못한 채로.

•   •

데아 엘 소르디아는 생각했다.

내 무덤을 내가 팠지.

눈앞에는 그녀가 그렇게도 보고 싶어 했던 남자가 있었다. 이름은 이스켈리안. 성은 없음. 대륙전쟁 때 여기저기를 떠돌며 약을 팔다가 종전 후 파라이소라는 듣도 보도 못한 깡촌 중의 깡촌에 눌러앉아 아이들을 가르치던 중 리즈벳과 만났다고 한다. 나이는 한 서른쯤 되었을까? 큰 키에 살짝 마른 체형, 유리를 깎아 만든 듯 다소 날카롭고도 섬세한 이목구비의 남자였다. 은회색 머리칼에 푸른 눈, 색조가 옅은 피부를 보아하니 인스켈 쪽 출신인 것 같은데 에스타니아어를 특유의 억양 없이 아주 매끄럽게 했다.

확실히 귀족적인 우아함이 있는 외모였으나 눈을 가늘게 뜨며 웃는 모양새가 어딘가 칼 같아 정말 저게 리즈벳의 취향인가 놀랐었다. 하긴, 이것저것 비밀이 많은 것이 서로 잘 어울릴 만도 했다.

그리고 지금 그, 세상에서 선생이라는 직업이 제일 안 어울릴 것 같은 얼굴의 남자는 술이 들어가지 않았는데도 어딘가 취한 것같이 들떠 있는 리즈벳과 누가 보든 말든 한 덩이가 되어 있었다.

「……내가 진짜.」

후덥지근한 날씨에, 저것들은 덥지도 않은지.

보고만 있어도 짜증이 밀려오는 것을 느끼며 데아는 손부채를 부쳤다. 그녀는 리즈벳이 드러내고 연애를 하고 싶어 한참을 목을 매다가 이 기회를 통해 모든 자제심을 내려놓아버리기로 한 게 아닌가 의심스러워졌다. 리즈벳은 에스타니아의 자유연애 풍조를, 공개 애정표현에 필요 이상으로 방조적인 성향을, 그리고 소규모 파티라는 상황적 이점을 아주 마음껏 이용하고 있었다.

그리고 그걸 바라보는 제 동생과 제 여왕은 반쯤 넋이 나가 있었다.

「지, 진짜로, 진짜로…….」

데아는 고장 난 인형처럼 같은 말만 몇 번씩 반복하는 동생을 동정 어린 눈으로 바라보았다. 리즈벳의 연회장 폭탄선언을 전해들은 후로도 나의 클렌디온 공이 그럴 리가 없다며 현실부정을 하던 동생을 끌고 온 것은 데아였다. 그리고 그녀가 원하던 대로 현실에 격하게 뒤통수를 얻어맞은 동생은 반쯤 넋이 나간 상태로 사라졌다.

그리고 이사벨라는.

「……참 뭐라 말을 못 하겠네.」

복잡 미묘한 표정을 지으며 그녀가 고개를 갸웃거렸다. 건물 바로 아래쪽으로 밀려드는 파도가 내려다보이는 발코니에는 정원사가 심혈을 다해 길러낸 넝쿨이 난간을 감싸며 자라나 있었다. 별이 총총히 빛나는 여름의 밤하늘 아래 피어나는 넝쿨식물의 이름 모를 하얀 꽃이 청량한 향기를 흩뿌렸고, 규칙적으로 밀려오는 파도소리에 섞여 리즈벳의 웃음소리가 들려왔다.

즐거운 듯했다.

여왕은 작게 한숨을 내쉬었다.

「내가 먼저 온 줄 알았는데 선객이 있었네.」

오늘 오후, 왕도에서 일을 하고 있어야 할 여왕이 저항군 시절 차림을 한 채 후원에 나타났다. 제 정체를 밝히지도 않은 채 잠시 리즈벳이 자리를 비운 사이 홀로 있던 남자에게 다짜고짜 다가가 한 말이 저것이었다.

「혼자 온 건가? 악공이나 무희처럼은 보이지 않고…… 소르디아 경께서 새로 뽑으신 경비인가?」

여왕이 정확히 어떤 반응을 노리고 그런 말을 했는지는 알 수 없었다. 그 표면상으로는 확실하게 시비 거는 것처럼 들리는 말에 남자는 그녀를 잠시 가만히 바라보더니 매끄럽게 웃었다.

「그건 그쪽이고. 난 보다시피 고귀하신 분의 하인이지.」

순식간에 에스타니아 왕국의 여왕을 경비로 격하시켜버리는 말에 이사벨라는 잠시 의외라는 듯 눈썹을 치켜올렸다가 순식간에 싸늘하게 웃었다.

「누가 그쪽을 하인으로 보겠어? 하인이라면 그쪽처럼 목이 뻣뻣하지는 않지.」

「하인은 주인에게 속한 것이니 내 비굴함은 주인의 비굴함이 되기도 하지. 겁을 집어먹은 개처럼 누구에게나 배를 보이며 드러눕는 짓이

미덕이라고 생각되지는 않는데.」

「하인이 주인에게 속한 것이라면 그쪽의 실수가 주인의 잘못이 되기도 하지. 때와 장소를 가리지 않는 자존심은 미덕이라 볼 수 없지 않나.」

「그 때와 장소를 가릴 수 있는 머리가 있기에 내 주인은 개가 아니라 사람을 종속으로 삼는 거겠지.」

「그리고, 지금은 배가 아니라 이빨을 드러낼 때이고?」

「이빨? 무슨 소리를. 새끼를 보호하려는 어미에게 싸움을 거는 머저리는 사냥을 말아야지.」

그 말에 이사벨라는 결국 소리 내어 웃어버리고 말았다. 언제 저 무례한 것을 벌하라며 그녀가 목소리를 높일까 조마조마해하며 정원을 내려다보는 복도의 난간 뒤에 숨어 엿듣고 있던 데아는 그제야 마음을 놓고서 참았던 숨을 토해내었다.

「그대, 내가 누구인지 알았나?」

머리를 거칠게 흐트러트리며 복잡 미묘한 표정을 짓는 여왕의 말에 남자는 흠잡을 데 없는 정중한 자세로 무릎을 꿇었다.

「에스타니아 국토에 발 딛고 사는 자로서 제 태양을 못 알아보겠습니까.」

「그런데도 태도가 그따위였나?」

「주인이 여흥을 원하시는데 종이 용기를 내지 못해 흥을 깨서야 되겠습니까.」

무례함마저도 여왕을 향한 충정의 일부라는 말이었다. 허탈하게 웃음을 터트리는 이사벨라의 앞에서 눈 하나 깜짝하지 않으며 몸을 낮추는 남자의 모습에 데아는 혀를 내둘렀다.

저렇게 한껏 몸을 낮추면서도 건방져 보이는 것도 재능이라면 재능
이리라. 뒤늦게 도착해 상황을 파악하고 경악한 리즈벳이 남자의 등
짝을 후려쳐 고개를 더욱 바짝 숙이게 하는 걸 보며 데아는 멍하니 생
각했다.

「저자는 대체 어디서 굴러 들어온 자지?」

　같은 생각을 한 것은 이사벨라도 마찬가지였던 것 같다. 저녁 연회
내내 웃고 떠들면서도 어딘가 생각에 잠긴 듯했던 그녀는 밤이 깊어
지고 어느 정도 취기가 오른 후에야 겨우 그 한마디를 내뱉었다. 그에
데아가 답할 수 있는 말이 있을 리가 없었다.

「어딘가에서 본 것 같기도 한데……. 낯이 익은 듯, 익지 않은
듯…….」

「글쎄요. 저렇게 독특한 얼굴의 외국인은 본 적이 없는데.」

　그 말에도 이사벨라는 찡그린 미간을 펴지 않은 채로 이젠 서로 팔
을 허리에 두르고 천천히 해변을 걷는 리즈벳과 남자를 내려다보았
다. 모래 위로 점점이 발자국이 찍혔다가 밀려오는 파도에 의해 쓸려
나갔다. 그렇게 답은 잡힐 듯, 잡히지 않을 듯, 눈앞에서 아른거렸다.

「*이셀파의 해안은 이 불경기에도 피서객이 가득하더군요.*」

　깊게 생각에 잠긴 이사벨라의 뇌리에 남자가 마지막으로 흘리듯 남
겼던 말이 떠올랐다.

「*입으로는 불평불만을 말하면서도 생업을 쉬고 가족들과 여름을 즐
길 수 있다는 것이야말로 제왕의 역량에 대한 반증이 아니겠습니까.
클렌디온 공이 왜 귀순했는지 알 것 같습니다.*」

　겉으로 취하는 태도가 어떠하든 권력자의 감은 제게 진심으로 굽힐
생각이 없는 상대를 민감하게 골라내었다. 에스타니아의 백성으로서

의 자신을 말할 때 남자의 말투가 달라졌다는 것도 알았다. 게다가 전신에 감도는 그 기감. 왕이기 이전에 전사인 그녀는 전사 특유의 예기를 놓치지 않았다.

그러나 동시에 그렇게 말하며 시선을 내리깔던 남자의 얼굴이 씁쓸하면서도 어딘가 후련해 보여 이사벨라는 이 수상하기 짝이 없는 남자를 무조건 위험인물이라 규정짓지 못했다.

이 남자는 확실히 위험한 인물이나 에스타니아에 해로운 인물은 아니다. 어쩐지 그런 생각이 들었다.

「뭐…….」

무언가를 더 말하고 싶어 하는 듯했던 이사벨라는 결국은 그냥 입을 다물어버렸다.

길게 물결치며 늘어진 이사벨라의 머리카락이 불어오는 바닷바람에 흔들렸다. 해변에서 리즈벳의 머리칼이 하늘거리며 춤을 추고, 내딛는 발걸음에 맞춰 얇은 재질의 드레스 자락이 발목에 휘감겼다. 짧은 대화가 오가고, 남자가 리즈벳에게 제 겉옷을 벗어 둘러준다. 신장의 차이 때문에 옷 안에서 헤엄치는 듯한 모습에 그가 소리 내어 웃었다. 그게 마음에 들지 않는지 홱 몸을 돌려버린 리즈벳을 남자는 훌쩍 들어올려 안으며 빙그르르 돌렸다. 토라진 것은 언제였는지 리즈벳이 꺄르륵 웃는 소리가 밤하늘을 영롱히 울렸다.

결국 핏, 바람 빠지는 듯한 웃음을 흘리며 이사벨라는 들고 있던 잔을 비웠다.

「괜찮겠지..」

• ✤ •

제를란드 하셔는 생각했다.

저것이 진정 내 친구라면 내 교우관계는 대체 어떤 꼴을 하고 있는 건가.

「하셔어어어! 내가 정말 살아 있고 싶지 않았어! 내가 왜 살아서 그 꼴을, 그, 그 꼴으으을!」

이미 절 불러내기 전부터 술에 진탕이 되어 있던 로한 엘 소르디아는 뒷감당을 해줄 친구가 나타난 것을 계기로 자제심을 완전히 놓아버린 것 같았다. 싸구려 선술집으로 절 불러낼 때부터 짐작했어야 했었다. 전쟁 때의 인연으로 친구 비슷한 것이 되어버린 제를란드는 고작 술자리의 뒤치다꺼리를 위해 절 불러낸 이 자식을 버리고 갈까를 진심으로 고민하다 결국 털썩 자리에 주저앉았다.

살고 싶지 않다고? 그러면 죽으면 되겠네.

로한이 술잔을 들이붓다 못해 술동이에 고개를 처박는 꼴을 싸늘한 눈빛으로 바라보며 제를란드는 팔짱을 끼고 술주정을 시작한 친구가 완전히 기절해 나가떨어지길 기다렸다.

「하, 하셔, 하셔, 내가, 흡, 지금까지, 얼마나, 크흑, 클렌디온 공을, 우욱, 정말, 나, 나는, 그분을, 진심으로, 사, 사랑, 큽, 했는데!」

한 가지 예상을 빗나간 점이라면 로한이 오늘 술에 떡이 된 이유가 리즈벳 클렌디온 때문이라는 것이었다. 솔직히, 술주정이 그녀에 대한 것만 아니었다면 제를란드는 로한이 무슨 소리를 지껄여대든 눈하나 깜짝하지 않았을 거다.

「클렌디온 공, 흡, 크, 클렌디온 공, 그런, 어, 어디서 굴러먹다 왔는지도 모를, 흐흡, 이상한 놈에게 속아서, 우욱, 믿을 수 없어⋯⋯. 마,

말도 안, 히끅!」

……제발 좀 빨리 닥쳐줬으면 좋겠다.

목이 타들어가는 느낌에 제를란드는 거칠게 로한의 술잔을 빼앗아 비웠다. 술을 자주 마시지 않는 그에게 도수 높은 증류주는 너무 독했다. 눈앞이 핑그르르 도는 감각에 눈을 질끈 감았다 뜬 제를란드는 하, 작게 헛웃음을 내뱉었다.

로한이 몇백 번이나 반복해서 떠들어대지 않아도 리즈벳이 5년 동안 감춰두던 애인을 오늘 선보였다는 소식은 듣고 있었다. 어디로 도망가도 그 화제에서 벗어날 수 없는 듯했다. 누구는 그 비밀의 애인의 우아하고 귀족적인 외모에 대해 떠들어댔고, 누구는 그 애인의 알려진 것 하나 없는 정체에 대해 떠들어댔으며, 누구는 사교계의 절대무패의 철벽 리즈벳 클렌디온이 이 애인에게 얼마나 정신을 놓고 있는지에 대해 떠들어댔다.

두 병째 술이 들어가자 로한이 열심히 지껄여대는 소리가 하나의 알아들을 수 없는 배경음이 되었다. 술을 마시니 이런 장점이 있을 줄이야. 속으로 조소하며 제를란드는 또다시 가득 술을 따라 단번에 비웠다.

얼굴이 화끈해지고 눈앞이 빙그르르 돌아가는 와중, 머리는 기분 좋은 부유감에 잠겨갔다. 눈앞에 리즈벳의 모습이 보이는 듯, 보이지 않는 듯 가물거렸다.

선배.

한번 들어가기 시작한 술은 그야말로 끊임없이 들어갔다.

선배는, 그 사람을 잊지 못할 줄 알았는데.

쿵 하는 소리와 함께 로한의 머리가 테이블을 때렸다. 제를란드는 그를 부축해 집으로 돌아가려 몸을 일으켰다.

그리고 선술집 천장이 빙그르르 회전했다.

「어이, 괜찮아?」

주위에서 술을 마시며 떠들어대고 있던 남자들이 소리쳤다. 그 소리 자체가 소음이라 제를란드는 미간을 찡그렸다. 그리고 혀를 찼다.

아무래도, 고작 그걸 마시고 취해버린 것 같았다.

전혀 계획에 없던 상황에 머리를 거칠게 쓸어넘기며 제를란드는 조금이라도 술에서 깨려 했다. 타인들이 아무 생각 없이, 어쩌면 악의조차 없이 생성해대는 루머에 신경을 쓰는 편은 아니었으나, 클렌디온 공의 야속함을 목청 높여 외쳐대면서 곯아떨어진 로한과 같이 술집에서 발견되었다가 그 역시 리즈벳의 애인이 나타나 술독에 빠진 멍청이들과 하나로 묶이고 싶진 않았다.

그 소식을 듣고 그녀의 얼굴이 어떤 표정을 지을지 보지 않고서도 생생히 상상해낼 수 있기 때문에 더욱.

다시 한 번 호흡을 가다듬고 휘청거리는 다리에 힘을 주어 몸을 일으켰을 때였다.

「움직이지 말지그래? 뒤치다꺼리해야 할 상대를 하나에서 둘로 늘리는 게 현명한 짓은 아니지 않나, 꼬마.」

시끄러운 술집의 소란을 뚫고 낯선 남자의 목소리가 들려왔다. 제 이름을 부르지도, 몸에 손을 대지도 않았음에도 어째서인지 제를란드는 그 목소리가 뚜렷하게 저를 지칭한다는 것을 알 수 있었다.

「누가, 꼬마라고…….」

「제 주량도 무시한 채 술을 들이부어 몸도 가누지 못하는 게 딱 꼬마지. 앉으라고 했다.」

명백히 비꼼이 섞인 말에 제를란드는 술기운에 초점이 잘 안 잡히는 시선을 들어 남자의 얼굴에 고정하려 애를 썼다.

안개가 낀 듯 뿌연 시야에 어느새 그들의 테이블에 자리를 잡고 앉은 낯선 남자가 보였다. 은회색 머리칼에 푸른 눈동자. 비스듬히 턱을 괸 자세가 뭐라 할 수 없을 정도로 남자에게 자연스럽게 어울렸다. 이 허름한 선술집의 조잡한 의자가 마치 옥좌처럼 보이게 하는 분위기였다.

제를란드는 눈을 깜박여 그 얼굴을 기억 속에서 끄집어내려고 노력했다. 시선으로 날카롭게 살을 저며내는 듯한 이 감각은 뭐라 할 수 없이 익숙했다.

「……날 압니까?」

「제대로 돌아가지도 않는 머리로 무리하기는. 마셔.」

대답 대신 코앞에 들이대어진 것은 맥주잔이었다. 취했다는 자각이 들고 나니 흔들리는 액체만 보고도 속이 메스꺼워지는 듯했다.

「더 안 마심.」

「물이다.」

그 말에 제를란드는 뭐라 설명할 수 없는 감정이 울컥대는 것을 느꼈으나 입을 꾹 다물고 얌전히 맥주잔을 받아들었다. 입술을 대고 보니 영락없는 냉수였다.

대체 어느새에.

말로 채 표현할 수 없는 억울함은 냉수가 들어가고 나자 한층 또렷해진 정신에 더욱 심해졌다. 한동안 느껴본 적 없는, 한없이 서툰 어린애가 된 것 같은 기분에 그는 얼굴을 몇 번이나 쓸어내렸다.

「……감사합니다.」

그러나 그것은 그것이고, 눈앞의 이 낯선 남자가 절 도와주려 한다는 것만큼은 확실했다. 한숨과 함께 흘러나온 감사인사에 남자의 표정이 미묘하게 변했다.

「아무래도 평소에 술을 마셔 버릇하던 성격은 아닌 듯한데.」

길고 우아한 손가락이 맥주잔을 들어올려 느릿하게 비웠다.

「뭐가 그렇게 억울해 그렇게나 마셨지?」

「친구가 권해 따라 마시다 보니.」

「그래?」

좀 더 캐물을 거라는 예상과는 다르게 남자는 여상스레 그리 대답했을 뿐이었다. 그에 오히려 답답한 기분이 든 것은 제를란드 쪽이었다. 또다시 찾아오는 갈증에 단번에 잔을 비우자 남자는 고갯짓 한 번만으로 종업원을 불러와 제를란드의 잔을 가득 채우게 했다.

코앞에서 찰랑거리는 냉수를 보고 있자니 뭐라 말할 수 없이 허탈한 심정이 되었다.

「능숙하시군요.」

「뭐가?」

「이런 거 말입니다.」

「최근 애들과 엮일 일이 많긴 했지.」

대놓고 애 취급하는 것이 거슬렸으나 제 꼴을 보고 있자면 뭐라 반박하기도 어려웠다. 제가 뭐라 한다고 해서 저 남자가 눈 하나 깜짝할까 싶기도 했다. 반쯤 포기한 심정으로 제를란드는 양손으로 얼굴을 가려버렸다.

「부럽군요.」

「뭐가.」

「어른이라는 것은.」

취기가 돌긴 돌았는지 저도 모르게 입이 움직이고 있었다. 입을 다물어버릴까 하다가 술에 취해 노곤해진 뇌는 될 대로 되라는 심정으로 눈을 감아버렸다.

그는, 예전부터 몇 번씩이나 상상했다. 몇 번, 몇십 번, 몇백 번.

그녀를 처음 만났을 때, 그가 조금 더 어른이었다면. 좀 더 확고하게 뿌리를 내려 그녀에게서 위로를 받는 대신 위로를 해줄 수 있었다면. 그랬더라면 무언가 달라졌을까.

「해줄 수 있는 게 분명 더 있었을 텐데 그냥, 생각이 하나도 나질 않아서.」

그녀가 몸담았던 고향의 모든 것을 버리고 연합군에 들어갈 정도로 그 후견인을 중요하게 생각한다 여겼다. 그런 그녀가 제 손으로 제 후견인을 죽였다는 말을 들었을 때, 그는 그 어떤 위로도 할 수 없었다. 그 감정의 무게를 알기에 오히려 아무런 말도 할 수 없었다.

「좋아하는데 그건 선배한테는 아무런 의미도 없을 것을 알아서.」

원하는 것은, 정작 보고 싶은 것은 그가 아니었을 터이다. 아직도 채 덜어내지 못한 감정을 안은 그가, 사랑하는 사람을 떠나보내야 했던 그녀를 찾는 것은 잘못인 것 같았다.

「결국, 아무것도 하지 못했습니다.」

좀 더 생각했더라면 좀 더 많은 것을 해줄 수 있었을지도 몰랐다. 좀 더, 좀 더 많이, 좀 더 미련 없이 줄 수 있었다면 후회는 없었을지도 모른다.

「다시 시작하고 싶은 거냐?」

조용히 묻는 목소리에 제를란드는 그저 느릿하게 고개를 저었다.

「선배는, 충분히 행복해 보이니.」

초대받아 잠시 들렀던 데아의 저택에서 리즈벳의 웃음소리를 들었다. 콘세코 디 엔시아노에 합류한 후 소리 내어 웃는 것을 본 적이 없었다. 본인 스스로 그렇게 소리 내어 웃을 때 얼마나 소녀 같아 보이는지 알기에 얕잡혀 보이지 않으려 하는 것이리라. 어쩔 수 없다는 것을 알고 있다.

「제가 그걸 방해하는 건 오히려 죄를 짓는 것 같아서.」

차마 인사 나눌 생각도 못하고 등을 돌려 빠져나왔다. 상대를 만나보지도 못했으나 알 수 있었다.

그래⋯⋯. 그녀는 다른 사람을 찾았구나. 내가 줄 수 없는 것을 줄 수 있는 사람을 만났구나.

「그저, 다행이라 생각하고, 후회스럽다 생각하고.」

결국 그는 옅게 웃음 지었다.

「기쁩니다. 선배가 잘 지내는 것 같아서.」

평생 괴로워하지 않아서. 꿋꿋하게 이겨낸 것 같아서. 숨이 먹먹한 것 같으면서도 그렇게 생각하면 미소 지을 수 있었다.

그리고 그런 그를 말 한 마디 없이 응시하고 있던 남자가 천천히 입을 열었다.

「너도 잘하고 있다, 제를란드 하셔.」

전혀 예상치 못한 말에 제를란드는 저도 모르게 멍하니 남자를 바라보았다. 어딘가 차갑고, 상대를 내리누르는 듯한 냉소적인 눈이 살짝 가늘어지며 옅은 웃음을 짓는다.

그 미소는 의외로, 꽤, 다정하게도 보였다.

「다른 사람을 위해 그렇게 웃는 것은 자기중심적인 꼬마는 못 하지.

넌 이미 훌륭한 어른이야.」

알코올의 탓인가. 어째서인지 얼굴로 열이 뻗치는 듯한 기분에 제를란드는 저도 모르게 얼굴을 쓰다듬었다.

「······고맙, 습니다.」

그리고 그가 겨우 혀를 움직여 그 한 마디를 끄집어내자, 남자는 소리 없이 웃는 것으로 답한 후 느릿하게 양손을 깍지 꼈다.

「그리고 이제 기왕이면 슬슬 딴사람을 찾지그래.」

「딴, 사람······?」

알코올에 찌든 머리는 남자의 말을 단번에 이해하지 못했다. 애써 정신을 또렷하게 하기 위해 애쓰고 있는 그에게 남자는 유유히 말했다.

「생각이 제대로 박힌 놈은 희귀하니까. 너 정도면 네가 좋아하는 만큼 널 좋아해줄 수 있는 상대를 만날 자격이 충분하지 않나.」

「그런, 겁니까?」

「짝사랑도 정도껏이어야지, 귀여운 제를. 안타깝게도 난 너 같은 꼬마가 싫진 않아. 가능하면 원만히 끝내고 싶다고 생각할 정도로.」

한 톤 목소리를 낮춘 저음은 마치 노래하는 듯 음률이 있으면서도 비단처럼 매끄러웠다. 귀에 감겨 뇌로 파고드는 듯한 목소리는 듣는 이를 오싹하게 하는 면이 있으면서도 동시에 최면을 거는 듯한 설득력이 있었다.

「······그런, 겁니까······?」

「그래, 그런 거다.」

「그런, 그······런······.」

그리고 기억은 거기까지였다. 제를란드는 결국 테이블에 고개를 박고 기절해버렸다.

· ❖ ·

뭔가 일이 잘못되었다는 것을 깨달았던 것은 누군가가 머리를 망치로 내리치는 듯한 두통과 함께 잠에서 깨어났을 때였다. 시야에 들어온 낯선 천장은 제집의 것도 아니었고, 그가 잠시 신세를 지고 있는 로한의 저택의 것도 아니었고, 지금까지 제 발로 걸어 들어왔던 그 어떤 숙소의 천장과도 달랐다.

대체 무슨 일이 일어난 거지?

주체할 수 없이 떨리는 눈으로 주위를 바라본 제를란드는 애써 눈을 감으며 어젯밤의 일을 떠올리려고 노력했다. 그러나 익숙지 못한 알코올은 놀라울 정도로 깔끔하게 기억을 지워버린 뒤였다. 애써 냉정함을 찾으려 노력하며 그는 방을 나섰다.

계단을 내려가 마주친 것이 어제 술을 마시고 기절했던 술집 주인이라는 것에 겨우 침착성을 되찾으려는 찰나, 주인이 내뱉은 말은 그를 다시 혼란의 도가니로 몰아넣기 충분했다.

「나중에 꼭 그 친구한테 감사하라고. 그 양반이 어제 자네가 마신 술값을 내고 방까지 잡아 자넬 옮겨줬으니까.」

누구지? 친구? 내게 이 도시에 와 있는 친구가 있었던가? 곯아떨어진 로한이 술값을 낼 정신을 챙겼을 리가 없는데.

혼란과 수수께끼는 술집을 나서서 로한을 만나기 위해 데아의 저택에 도착했을 때 더 깊어졌다.

「너, 너 혼자만 방 잡고 잤겠다? 나는 마구간 건초 위에 팽개쳐놓고!

술값도 너 혼자 것만 싹 내고 갔다며!」

누구지. 왜 저만 방을 잡아주고, 제 술값만 계산하고 로한은.

그러나 차라리 상대를 모를 때가 좋았다는 것을, 그때의 제를란드는 짐작도 못 했다.

「좋은 아침입니다. 어젯밤은 즐거우셨는지.」

깍듯한 예의에도 불구하고 로한은 본능적으로 얼어붙었고, 제를란드의 눈꼬리가 경련했다.

숙취를 떨쳐내기 위해 내원의 산책로를 따라 걷고 있던 중, 한때 몸값이 공국 하나와 맞먹었던 흉악범이 말을 걸어온 것이었다.

윈터 드레스덴.

죽었다고 들었고, 실제로도 그렇게 믿었다. 예전과 비교해서 모습도 참 많이 바뀌었다. 그를 증명하는 예장과도 같았던 백색의 머리칼과 붉은 눈동자는 간데없었고 외견의 나이도 이제 서른에 가까워져 가고 있었으니, 전장에서 몇 번이나 마주친 상대들 중에서도 알아본 사람이 없는 것도 이상하지 않다.

그러나 저건 틀림없는 윈터 드레스덴이다. 리즈벳과 얽힌 남자에게 저자가 어떤 눈을 하는지 알고 있는 이로서 결코 잘못 볼 수가 없다.

그리고 식은땀이 등줄기를 타고 흘러내리는 것과 동시에 제를란드의 뇌리에는 어젯밤 그가 윈터의, 아무리 봐도 실시간으로 리즈벳과 교제 중인 상대의 앞에서 저질렀던 그 모든 중언부언과 헛짓이 파노라마처럼 떠올랐다.

딱 죽고 싶어지는 경험이었다. 그 내용이 전혀 기억이 안 난다는 점이 더한 공포였다.

「……어젯, 밤은…… 감사했습니다.」

그러나 속내가 어떻든, 머릿속에서 무슨 생각이 돌아가고 있든 제
를란드는 몸에 밴 습관에 따라 꾸벅 고개를 숙여 인사했다. 그에 상대
는 눈썹을 살짝 치켜올리더니 소리도 내지 않고 웃었다.

「그럼 삼 두카드만 주시지요.」

　기다렸다는 듯이 그리 말하는 윈터의 말에 제를란드는 저도 모르게
상대를 멍하니 바라보았다. 도대체가 저 말이 진심인지 장난인지 구
별할 수가 없어 미간을 찡그리는 그에게, 윈터의 미소가 한층 더 화사
해졌다.

「소지금을 꽤 가지고 나왔는데 어제 술값으로 다 내버린지라.」

　그 말이 내포한 의미에 제를란드의 얼굴이 순식간에 새빨개졌다.
그걸 아는지 모르는지 윈터는 눈을 사르르 내리깐 채로 고개를 가볍
게 저었다.

「얼마나 마셔댔는지.」

　그에 결국 얼굴이 벌게진 제를란드는 지갑을 열었다.

● ✤ ●

　꿈은 언제나 같은 방식으로 이어진다.

　이스켈리안은 목만 남은 채로 황혼의 탑 꼭대기의 방에서, 제 발치
에서 아수라장이 벌어지는 것을 바라볼 뿐이었다. 초봄의 연약한 새
싹들이 말굽에 짓밟히고, 겨우내 얼어붙었다가 겨우 다시 흐르기 시
작한 강물이 핏빛으로 물드는 것을 보며, 그는 제가 한때 이름을 부르
고 어깨동무를 했던 이들이 창칼에 꿰여 바닥으로 굴러 떨어지는 것
을 보았다.

그리고 그 꿈의 피날레에는 언제나 리즈벳이 있었다. 어울리지도 않는 전장에 서서, 거침없이 말을 달려 전진하다가, 어느 순간에 뚝.

그 움직임이 멈추고.

피가 왈칵 쏟아져 나온다.

아…… 머리가 아득해지는 감각과 함께 그는 손 한번 뻗지 못한 채 무력하게 그 광경을 지켜보았다. 몇 번이고, 몇 번이고. 자신의 봄이 채 피어나지도 못한 채로 추락하는 것을, 저 땅에 뒹구는 수많은 시체 중 하나가 되어가는 것을, 그 피가 자신의 발치를 적셔 저를 옭아매는 수렁이 되는 것을.

그의 과거였고, 언제고 미래가 될 수 있는 만약.

– 대가는, 치르고 있니?

그는 더 이상 울음조차 내뱉지 못한 채로 언젠가의 제가 불러들였던, 이제는 이미 사라졌을 '죽음'을 바라보았다.

그 말에 차마 뭐라 대꾸조차 할 수 없었다.

"으응…… 이스켈……?"

상념에 젖어 있는 그를 깨운 것은 한창 잠에 빠져 있는 목소리였다. 저도 모르게 옅게 미소를 띤 이스켈리안은 멍하니 들고 있던 꽃다발을 침대 옆 테이블에 올려놓은 후 캐노피를 젖히고 침대에 걸터앉았다. 몇 번 다녀갔더니 얼굴을 익힌 꽃 파는 아이는 바다를 건너온 외국 상인이 다녀갔다며 고작 삼 두카드에 푸른 장미를 한 아름이나 안겨주었다. 장미 특유의 짙고 달콤한 향이 순식간에 캐노피 안을 가득 메웠다.

장미를 좋아하니 일어나서 보면 좋아할 거다. 일어난 후의 일이겠지만.

리즈벳이 일어나기 전에 화병을 장식해두기 위해 서둘렀던 것을 생각하니 어쩐지 심술궂은 기분이 든 이스켈리안은 잠들어 있는 여자의 코를 가볍게 꼬집었다.

"해가 중천에 뜰 때까지 잘도 잔다."

"그치마안."

숱 많은 웨이브 진 머리칼을 쓸어넘기자 조금 칭얼거리는 듯한 소리를 내며 리즈벳이 더욱 몸을 동그랗게 말았다. 커다란 공 벌레 같은 모습에 실소를 흘리면서도 이스켈리안은 고개를 숙여 그 하얀 이마에 반복해서 입맞춤을 떨어트렸다. 금실타래처럼 베개 위로 흐트러진 머리칼에서 달큰하고 꿈결 같은 체향이 풍겼다. 깊게 그 체취를 들이마시며 작게 한숨을 흘리자 그게 간지러웠는지 잠결에도 리즈벳이 작게 키득거렸다.

"일어나라, 리즈. 적어도 규칙적인 생활을 하려는 시늉 정도는 하는 게 좋지 않겠어."

그에 돌아온 것은 으응이라는, 긍정도, 부정도 아닌 애매한 소리뿐이었다.

온 성이 다 일어나 제 일을 하고 있는데 혼자서만 이렇게 늘어져서는. 곁에서 잔소리할 부관이 없다고 바로 이 상태지. 이렇게 방만하게 지내다가 델−사쥬로 돌아가면 생활 리듬이 뒤집혀서 죽으려 들 주제에.

"이런 걸 가지고 학습을 못 한다고……."

그러나 말을 끝마치기도 전, 허리를 홱 끌어당기는 힘에 이스켈리안은 침대 위로 쓰러져 내렸다. 반사적으로 상대의 목덜미로 향하려는 손을 침대 시트를 잡아 자제한 사이, 그의 위로 올라탄 리즈벳의 입술이 그대로 그의 입을 막았다.

……또 이렇게 몸으로 때우지.

참 빤히 보이는 술수에 코웃음을 치면서도 이스켈리안은 입술을 빨아올리며 입안으로 들어오려는 혀에 순순히 입을 벌려주었다. 이제는 꽤 능숙하게 혀를 감아올리며 목덜미를 쓰다듬는 손길에 그는 저도 모르게 스르르 눈을 감아버렸다.

그리고 정신이 들었을 때에는 이미 리즈벳은 제 몸에 팔다리를 감은 채로 사이에 바늘 하나 들어갈세라 찰싹 달라붙어버린 후였다. 노린 건지–아마 노렸겠지만–무의식적인 건지 모르겠으나 부드럽게 안겨오는 따듯한 살갗의 감각에 그는 기가 막혀 헛웃음을 흘렸다. 결국 본디의 목적은 포기한 채 이스켈리안은 그녀의 머리를 조심스럽게 제게로 기울였다.

– 대가는, 치르고 있니?

대가? 대가라고 해야 하나. 그가 지금 서 있는 땅은 한때 그가 인스켈을 위해 제 형에게 바쳤던 땅이다. 이 아름다운 항구에는 인스켈의 푸른 늑대기가 꽂혔고, 건국 역사상 최초로 부동항을 손에 넣은 인스켈은 대륙 전체로 뻗어나갈 항로의 개척과 그로 인해 부강해질 나라를 꿈꿨다.

그러나 정작 그가 피로 강을 만들어 손에 넣은 도시는 이제 제 적의 손으로 되돌아갔다. 푸르고 붉은 에스타니아의 해조기 하에 이셀파는 아낌없이 번영했다. 햇살이 내리쬐는 와중에도, 밤바람이 불어오는 동안에도 쉴 새 없이 떠들어대고 숨 쉬며 도시는 살아 움직이고 있었다.

그 도시에 방문객으로 발을 디디고 제 왕이 아닌 이에게 무릎을 꿇으며 제가 이룩하지 못한 것이 눈앞에서 현실이 된 것을 바라보며, 그는 분명히 비애 비슷한 것을 느끼기도 했던 것 같다. 제게는 증오와 경멸밖에 보이지 않던 악귀 같은 적들이 그의 리즈벳에게는 사람이 바뀐 듯 다정한 것이 당혹스럽기도 했고, 그녀에게 그토록 아낌없는 자유와 가능성을 줄 수 있다는 사실에 그들에게 질투심이 일지 않았다면 거짓이리라. 그것은 그가 한때 가지고 있었으나 스스로 놓아버린 것이다.

밤의 어둠이 내려앉고 꿈이 시작되면, 그 속에서 그는 끊임없는 지옥을 본다. 제대로 잠들지 못한 채 밤을 새하얗게 지새우며 거리를 헤매게 되는 것은 이미 일상이었다. 이것도 아마 평생을 가리라.

그 모든 것이 제가 했던 일에 대한 대가라 한다면 대가를 치르고 있다 할 수는 있겠다. 그러나.

으응, 또다시 작게 뒤척이는 소리와 함께 품 안의 리즈벳이 고개를 그의 목덜미에 묻었다. 가볍게 고개를 부비는 그 입가에 살포시 만족스러운 미소가 내려앉았다.

그 모습에 또다시 심장이 녹아내리는 듯해 여자의 잠이 깨지 않도록 조심스레 그 머리를 고쳐 안으며 이스켈리안은 몇 번이고, 몇 번이고 그 얼굴에 키스를 떨어트렸다.

결코 저는 가지지 못할 올곧음과 순수함으로 저를 바라보던 이를 떠올렸다. 저보다 한없이 리즈벳에게 이로웠을 상대. 제가 알지 못할 뿐, 그런 이들이 제를란드 하셔뿐인 것은 아니었겠지.

그 어떤 천국에서 리즈벳 클렌디온이 제 것이 될 수 있는가. 그 누구라도 선택할 수 있었을 여자가 이렇게 제 곁에 있는데 이것이 어떻게 죗값을 치르는 것이라 할 수 있을까. 그 사랑스러운 몸을 끌어안으며 그는 탄성과도 닮은 한숨을 흘렸다. 그녀의 꿈을 어지럽히지 않도록, 그러나 결코 잃어버리는 일이 없도록, 끌어안은 팔에 힘을 주었다.

　기적은 쉽게 찾아오지 않기에, 여러 번 찾아오지 않기에 기적이다.

　그 기적을 목도한 이로서, 한 점 후회 남지 않도록 이 모든 순간을 즐길 수밖에.

　창 너머로 번개가 까마득한 속도로 내리꽂혔다. 시커멓게 꾸물거리는 비구름이 간헐적으로 천둥소리를 토해냈고, 악에 받친 기세로 빗줄기를 쏟아내었다. 달빛 한 자락, 별 하나 보이지 않는 밤이었다. 그걸 심드렁하게 올려다보며 윈터 드레스덴은 벽난로 안에 장작을 하나 더 던져 넣었다. 화르륵, 죽어가던 불길이 살아나며 그의 얼굴 위로 일렁이는 그림자를 드리웠다.

　혹자들은 밤이야말로 악몽을 끌어들이는 짐승이라 하지만 솔직히 잠을 자지 않는 그의 입장에서는 시간의 흐름은 그닥 큰 의미가 없었다. 어느 순간부터 그는 주변에서 일어나는 일에 신경 쓰는 것을 그만두었으며, 기억에 내려앉은 것들은 쉽게 잊었다. 약물에 흐려지지 않고, 잠에 지배당할 일 없이 어느 때나 또렷한 정신은 그렇게 굳건한 철의 요새를 유지했다. 그 위에 고고히 서서 그는 그렇게 절 잡아먹으려 드는 악몽을 조롱했다.

　그저 순간순간, 기습적으로 그 방벽의 틈을 노리고 쥐새끼들이 기어들어오긴 했다.

　"이 끔찍한 것! 부모형제까지 잡아먹은 패륜아!"

이미 누구나 알고 있는 사실 말고 좀 창의적인 욕을 해보지그래.

"너는 인스켈의 종양이다. 이 나라를 썩어문드러지게 하는 독이다."

그 독을 스스로 삼킨 것이 누구인가.

"지옥으로 떨어져라, 이 괴물!"

이미 여기가 지옥이다.

하품이 나올 정도로 지리한 매도들. 그 짓도 기십 년 당하다 보면 지겨워진다. 스르르 눈을 감은 그는 안락의자에 깊게 몸을 묻으며 조소했다.

이게 끝이야? 더, 더 해봐. 날 죽여버리고 싶잖아. 속이 썩어문드러질 정도로 증오하잖아. 칼을 아무리 갈아봤자 소용없을 테니 뚫린 입으로라도 열심히 떠들어야지. 어서 계속해. 빨리 더 지껄여봐. 나를 즐겁게 해봐.

"가여워서 어떻게 합니까, 드레스덴? 사람으로 돌아올 수 있었을 뻔했는데. 설마 친형이 실패할 줄이야."

그리고 이미 수렁이 되어버린 기억 속에서 싱클레어가 떠올랐다. 몇 번이나 뇌리를 맴돌며 신경을 갉작거리는 그 웃음소리. 생살이 타들어가는 지린내.

『만수무강하시길, 전하. 영원히, 그렇게 혼자서.』

윈터는 손을 들어 얼굴을 쓸어내렸다. 손가락 끝이 경련하듯 몇 번 꿈틀거리다가 얼굴 위로 길게 늘어졌다. 풀솜이라도 먹은 듯 팔이 지독하게 무거웠다.

그렇게 몇 번이나 상기시켜줄 필요 없다, 싱클레어 브릴리언테. 이 빌어먹을 생지옥에서 평생을 썩어들어갈 건 내가 제일 잘 알아.

그러나 그래서 뭘 어찌하라고. 숨이 붙어 있으니 살아야지. 네 나라를 조각조각 잘라 불태우고, 네 마지막 남은 혈족의 살을 한 점 한 점 도려내가며.

그렇게 이 무료한 삶, 나름대로 즐기려 해봐야지.

그때였다. 사박사박 맨바닥을 내딛는 발소리가 질척하게 짓누르고 있던 상념에서 그를 깨웠다. 소리 없이 감각이 곤두서고, 지금 당장이라도 검을 뽑아들 수 있도록 한껏 긴장한 손가락이 느릿하게 의자 팔걸이의 끄트머리를 쓰다듬었다. 그리고.

"잠이 안 와요, 윈터."

낭랑하게 울리는 어린아이의 목소리가 그 첨예한 긴장을 뚫고 박혀왔다. 눈을 뜨니 눈앞에는 빌어먹을 싱클레어 브릴리언테를 축소해놓은 듯한 꼬마 계집애가 커다란 토끼 인형을 끌어안고 서 있었다.

더 정확히 말하자면 싱클레어 브릴리언테라기보다는, 그래. 불탄 대사관 지하에서 그것이 끝까지 안고 있었던, 질식해 죽었던 그것의 누이와 닮았지.

상대를 확신하자 한껏 팽팽하게 당겨져 있던 긴장이 풀리고 그제야 상대가 내뱉은 말의 내용이 인지되었다. 아이의 오라비가 들었다면 뒤집어졌을 말에 윈터는 느릿하게 입을 열었다.

"그래서, 내게 네 베개 노릇 좀 하라고?"

"가끔은 이런 것도 좋잖아요."

또랑또랑하게 눈을 뜨고 그를 올려다보던 아이는 눈 하나 깜짝하지 않는 그의 삭막하기 짝이 없는 반응에 멈칫했던 것도 잠시, 오히려 답삭, 그의 팔을 잡았다.

"윈터, 그러지 말고요. 네?"

작고 보드라운 몸이 팔에 달라붙어오며 애교스럽게 눈을 깜박였다.

그에 코웃음을 지으며 윈터는 아이의 볼을 쭉 잡아 늘였다.

"대체 그런 앙큼한 짓은 어디서 배웠지?"

"다 아는 방법이 있어요. 그보다 말 돌리지 말고!"

제법 매섭게 미간에 주름을 잡으면서도 은근슬쩍 무릎 위의 책을 치워버리고 올라탄 아이를 보며 윈터는 밀려오는 난감함에 뭐라 말을 해야 할지 몰랐다.

"어리석은 리즈벳, 너는……."

내가, 누구였는지조차 잊었어?

그러나 그 말은 목구멍에 걸려서 나오지 못했다. 철없는 호의로 가득한 커다란 눈동자가 그를 담고 생기 있게 반짝인다.

"……내가……."

답지 않게 목에 걸린 채 끝을 맺지 못한 말은 결국 그대로 목구멍 안으로 사그라졌다. 그는 가끔씩 이 아이가 제게 거침없이 거리를 좁혀 오는 것을 공포와도 닮은 감정으로 바라보곤 했다.

저 아인 그냥 뇌가 어딘가 잘못된 게 아닐까. 머리를 하도 부딪쳐서 장애가 생긴 게 아닐까.

그의 특기는 싫어하는 이들을 쫓아가 머리채를 거머쥐고 칼을 쑤셔 박는 거지, 꿀과 똥을 구별 못 하는 천치의 머리를 두드려가며 상황 판단력을 가르치는 것이 아니었다.

"윈터."

그때였다. 짐짓 화난 표정으로 리즈벳이 허리에 양손을 올리더니 난데없이 휙 그의 목에 손을 뻗었다.

입술에 재빨리 닿았다 사라지는 부드러운 감촉에 윈터는 크게 눈을 떴다. 그게 재미있기라도 한지 실실 눈웃음을 치면서도 아이는 자못

새침하게 말했다.

"내 첫 키스예요."

"……."

"그러니까 책임져요."

그러고서 답삭 안겨드는 아이를 앞에 두고 윈터는 다시 한 번 할 말을 잃었다.

그 반응이 재미있기라도 했는지 아이가 또다시 까르르 웃었다.

"윈터. 윈터, 숙녀가 부끄러움을 무릅쓰고 먼저 구애를 했더니만 반응이 그게 뭐예요?"

"……."

"지금 당장 책임져주겠어 라든지, 나도 같은 마음이야 라든지, 뭐 여러 가지가 있잖아요."

"……."

"윈터? ……윈터?"

그가 한참 아무 말도 없자 저 좋을 대로 재잘거리며 떠들던 리즈벳이 조심스레 고개를 들어올려 그의 안색을 살폈다.

"……윈터? 기, 분 나빴, 아얏!"

눈앞에 별이 번쩍일 정도의 꿀밤을 얻어맞은 아이가 머리를 그러쥐고 끙끙거리는 사이 윈터는 홱 몸을 일으켜 아이에게서 멀어졌다. 두 걸음 만에 아이와 그 사이에 거의 10피트는 되는 거리가 벌어졌다.

"쓸데없는 짓 하지 말고 자라."

두통이라는 게 있다면 이런 느낌일까. 빌어먹을 꼬마 같으니라고. 대체 누구냐, 저런 경악할 짓을 저 꼬마에게 가르친 놈이.

아직까지 아이가 한 짓에 대해 기함하는 심정이 가시지 않아 이를 갈던 윈터는 그대로 방을 나서려다 마음을 바꿔 휙 몸을 돌렸다.

"키스는 서로 좋아하고 평생을 함께할 사람과 하는 거다, 깜찍한 리즈벳. 네가 성인이 되고, 네 상대 역시 성인이 되었을 때, 그자의 행복이 네 행복보다 더 중요하게 느껴질 때."

그리고 네가 그자를 위해서라면 목숨조차 걸 수 있다 생각될 때. 그자에게라면 제 모든 가치 있는 것을 넘겨줘도 좋겠다 생각될 때.

"그리 사모(思慕)하는 이에 대한 맹세로 나누는 거다. 아무에게나 하는 게 아⋯⋯."

그때, 다시 하늘을 가르며 벼락이 내리쳤다. 한순간에 확 밝아진 사위에 화들짝 놀라며 얼어붙는 아이의 모습이 보였다. 흑, 작게 몰아쉬는 숨, 빠르게 속도를 높이며 뛰는 심장고동, 확 수축된 동공.

"⋯⋯아, 그⋯⋯."

밖을 바라보던 아이가 무의식적으로 고개를 돌려 그를 바라보자 그 크게 뜨인 눈이 윈터의 눈과 정면으로 마주쳤다. 뭐라 말하고 싶어 하는 듯 입술이 몇 번이나 가늘게 떨리며 달싹거렸다.

차갑게 식어버렸을 맨발, 숄 하나만 두른 채 잠옷 차림으로 절 찾아온 모습에 그제야 이게 뭐 하는 상황인지 깨달아 윈터는 하, 작게 한숨을 토해내었다. 시선이 마주치자 꾸욱, 인형을 끌어안은 아이의 팔에 힘이 들어가는 것이 보였다. 조금 전까지의 대담하기 짝이 없던 모습은 어디 갔는지 적나라하게 드러나는 불안에 머리가 아릿하게 아파왔다.

이 아이는 너무나 약하다. 너무 취약하고 무력해 보고 있는 것만으로도 어떻게 해야 할지 모르겠다.

"⋯⋯와라."

결국 반쯤 자포자기한 심정으로 윈터는 아이에게 손을 뻗었다. 그에 거짓말같이 아이의 얼굴이 환해졌다. 탁탁, 맨발이 맨바닥을 두드리는 소리와 함께 리즈벳이 답삭 그에게 안겨왔다. 아무에게나 달라붙지 말라고 한 것이 바로 조금 전이건만 아무래도 그 말은 한 귀로도듣기나 한 건지가 의문이었다.

다시 한 번 벼락이 지상으로 내려찍히고 천둥이 천지를 흔들어대자, 아이는 마치 망망대해에 표류하는 돛단배라도 된 양 그에게 꽉 매달려왔다. 질끈 눈을 감고 손마디가 하얗게 될 때까지 그의 옷깃을 그러쥐는 모습에 윈터는 말없이 아이를 안아 올려 그 등을 느릿하게 도닥이기 시작했다.

어렸을 때 형이 제게 해주었듯이. 그가 아직 어리던 엘리자베타에게 해주었듯이.

투둑, 투두둑, 빗방울이 창문을 두드리는 소리가 리듬감 있게 들려왔다. 한참 떨어져 내리던 벼락은 어느 시점을 계기로 멈춰 있었고, 주위는 타들어가는 장작 소리를 제외하면 고요했다. 스르르, 그의 옷깃을 쥐고 있던 아이의 손이 떨어져 내렸다. 어느새 저도 모르게 잠이 들어버린 아이를 도닥이며 천천히 방 안을 왔다 갔다 하던 윈터는 어느 순간 제가 무슨 짓을 하고 있는 것인지 재차 인지해 가늘게 한숨을 내뱉었다.

싱클레어, 이조차도 네 계획의 일부인가? 이것도 미래를 보는 네가 안배한 거야?

이 아이마저도, 내 빌어먹을 지옥불을 지펴대는 땔감으로 쓰려고?

눈두덩이 불로 지져대듯 홧홧하게 아려왔다. 관자놀이를 으스러뜨리려는 듯 짓누르며 윈터는 이를 갈았다. 제 피해망상이라는 건 안다.

싱클레어 브릴리언테는 죽었다. 이 아이가 제게 속해 있는 것은 그자와는 아무런 관계가 없다.

없는데.

그걸 알고 있는데.

이 아이의 무언가가 계속해서 제 안, 가장 깊숙한 곳에 묻어두었던 것을 쑤셔댄다. 그럴 리가 없는데 계속 생각나게 하고, 그로 인해 견딜 수 없이 두렵게 한다. 이를 꽉 악물며 윈터는 눈을 감아버렸다.

네 손녀다. 네 혈육이야.

자비를 베풀어라, 싱클레어.

품 안에서 아이의 고른 숨소리가 들려왔다. 천둥이 무서워서, 잠을 청할 수가 없어서 그 떼를 쓰던 게 언제 일이었냐는 듯 세상모르게 잠든 모습에 가슴이 무너져 내리는 듯했다.

아직 이 아이는 너무나 어리고, 순수하고, 죄가 없다. 누군가의 목적을 위한 수단으로 쓰이기엔 너무나 가엾다. 그러니 싱클레어, 부디.

부디.

* ❖ *

부디. 제발. 이렇게 빌 테니.

가장 먼저 느꼈던 것은 얼굴에 닿는 싸늘한 공기였다. 피부를 통해 느껴지는 차가움. 통증. 아릿한 손끝의 저림. 손 하나 까딱할 수 없을 정도로 무거운 팔다리가 몸을 아래로, 아래로 끌어내리는 것을 느끼며 그는 그대로 미동도 하지 않았다. 혼탁한 머릿속, 기억이 끊기기 전 필사적으로 빌었던 것이 점점이 뇌리를 떠돌았다.

부디. 제발. 뭐든지 할 테니.

생각이 거기에 닿자 무거웠던 정신에 확 찬물이 끼얹어졌다. 발밑의 땅이 무너져 내린 심정으로 윈터는 억지로 팔을 움직여 몸을 일으키려 했다. 눈을 뜨는 것은 견디기 힘들었으나 무지 역시 끔찍했다. 우선적으로 제 선택에 대한 후회가 물 밀려오듯 쏟아져 들어와 거의 공황상태에 가까운 상태로 윈터는 몸을 바르작거렸다. 가까스로 무거운 눈꺼풀을 밀어올리자 쨍한 햇살이 밀려들어왔다.

흰색. 은회색. 그리고.

"······스켈, 이스켈!"

단색뿐이던 세상에 화사한 색깔들이 쏟아져 내려왔다. 그 하얀 뺨에 흘러내린 머리칼의 금빛, 도톰하게 부풀어 오른 입술의 붉음, 한껏 환희로 휘어져 웃음 짓는 눈동자의 녹색.

"하······!"

턱, 숨이 막혀서 머리가 핑 도는 듯했다. 가슴속 깊은 곳 어딘가에서 둑이 무너진 듯 계속해 감정이 쏟아부어지고 있었다. 숨이 막힌 후에야 비로소 그는 제가 호흡하고 있다는 것을 깨달았다. 그리하는 것이 너무나 몸에 자연스레 배어들어 아주 오랫동안 그렇게 하지 못했다는 것조차 잊을 정도로.

거세게 고동치는 심장 소리가 제 가슴께에서 들려오고 있었다. 몸과 머리는 무거웠고, 흐릿한 눈과 어두워진 귀는 마치 그를 깊숙한 숲 한가운데에 나침반 없이 던져진 듯한 기분이 들게 했다. 신성이 제공하는 절대적인 공간장악이 아닌, 불완전하기 짝이 없고, 제한되고 한없이 유약한 신체능력. 그러나 그것이야말로 절대적인 증거였다.

살아 있다. 심장이 뛰고 호흡을 한다.

윈터는 제 의지대로 움직이지 않는 손을 억지로 들어올려 눈앞의 리즈벳의 뺨에 가져다 대었다. 몇 번씩이나 부자연스러운 움직임 탓에 흘러내렸던 손은 결국 그녀의 살갗에 닿아 조심스레 쓰다듬었다. 이전보다 훨씬 더 예민해진 손끝의 감각을 통해 차갑게 얼어붙은 그녀의 얼굴, 가늘게 떨리는 그 몸, 한껏 미소를 지은 얼굴 근육이 느껴졌다. 너무나 적나라한 생명의 증표에 그는 토해내듯 웃음소리를 내뱉었다.

네가 죽지 않았다.

내가 살아 있는데도.

뭐라 할 말을 찾을 수 없어 기이하게 억눌린 웃음소리만을 뱉어냈을 때, 짙게 깔린 안개 저편에서 웅성거리는 소리가 들려왔다. 그에 리즈벳이 제 얼굴에 닿은 그의 손을 꽉 쥐더니 입을 맞췄다.

"빨리 가요. 곧 사람들이 올 거예요. 이 산을 내려가 남쪽으로 향하면 작은 산지기의 오두막이 있어요. 그곳에서 기다려요."

곧 갈게요. 그러니까 잠시만. 조금만 기다려요.

몇 번이고 재빠르게 속삭이며 그의 손바닥에 몇 번이고 입을 맞추던 리즈벳은 문득 양손으로 그의 얼굴을 감싸 들어올렸다. 그 눈동자가 무언가를 찾는 듯 그의 얼굴을 찬찬히 바라보더니 조심스레 엄지로 그의 눈가를 어루만졌다.

"본래 그런 색이었군요."

얼음 결정이 부서져 내리듯 찬란한 미소가 눈가에 맺혔다 흩날렸다.

"예뻐요, 이스켈."

마지막으로 그의 눈두덩에 입을 맞춘 후 리즈벳은 몸을 휙 돌려 소란이 들려오는 쪽으로 거침없이 발걸음을 내디뎠다.

"El dios está muerto."

겨울 공기를 뚫으며 낭랑하게 외치는 목소리가 들려왔다.

"신은 죽었다!"

웅성거리는 소리가 파도처럼 퍼져나갔다.

"무기를 버려라! 싸움은 끝났다!"

낭랑하게 그리 선포하는 말을 뒤로하고 윈터는 천천히 뒷걸음질 쳐 더욱 깊은 안개 속으로 몸을 묻었다. 뒤에서 우레와 같은 환호가 터져나왔다. 마치 그 모든 것이 환영이라도 되는 듯 윈터는 반쯤 꿈을 꾸는 듯한 심정으로 눈 덮인 산길을 내려가기 시작했다.

"큭……!"

추위로 둔해진 몸은 머리가 생각하는 것보다 훨씬 더 뻣뻣하게 움직였다. 얼어붙은 손끝과 발끝에서 전해지는 아릿한 아픔은 시시때때 기습하듯 집중력을 흐트러뜨렸고, 제한된 시야는 사소하기 짝이 없는 돌부리, 나무뿌리, 반쯤 얼어버린 기슭도 발견하지 못했기에 그는 몇 번이나 넘어지고 비틀거리며 일어나다가 다시 균형을 잃고 넘어지기를 반복했다.

그러면 피부가 찢어지고, 피가 흘렀다.

피. 붉은 피.

단지 전투와 살인을 위해 정제된 것이 아닌 감각은 앞다퉈 어마어마한 양의 자극을 뇌로 밀어넣었다. 이렇게 광대한 것이었나 싶을 정도로 세상은 해일처럼 밀려와 그를 잠식했다. 머리 위로는 아련하게 새가 지저귀는 소리, 눈으로 가득 덮인 나뭇가지 너머로 흘러내리는 햇살, 발밑으로 뽀드득 소리를 내며 밟히는 흰 눈, 비강을 서늘하게 하는 차가운 대기, 젖은 풀의 향, 몸에 질척하게 달라붙는 젖은 천의 감촉, 폐부가 아플 정도로 반복되는 호흡, 심장 소리, 빛, 색, 피.

빨갛게 맺혀 파랗게 핏줄이 도드라진 하얀 손등을 타고 흘러내린 피는 혀로 핥으니 짭조름하고 비릿한 맛이 났다.

그의 피. 그가 흘리는 피. 증거. 살아 있다는. 사람이라는. 증거.

눈이 부셔서 고개를 들 수가 없었다. 처음 눈을 떴을 때부터 폐부로 쏟아져 들어오던 감정은 이제 폐를 짓누르듯 커져서 숨을 막히게 했다. 쏟아지는 겨울 햇살 아래 보석처럼 빛나는 눈과 얼음에 둘러싸여 결국 윈터는 얼굴을 감싸쥐며 숨이 넘어갈 듯 울었다.

"예뻐요, 이스켈."

하얗게 웃으며 그리 말했던 여자의 목소리가 떠올라 심장이 터질 것만 같았다.

그는, 아마 바라긴 했었다. 악몽이 그를 미치게 하고, 때때로 들려오는 환청에 제 존재가 견딜 수 없어졌을 때, 아이를 바라보며 뭐라 표현할 수 없는 애정에 머리가 어지러워지면서 저 아이가 죽어 썩어 들어간 후 입자가 되어 흐트러질 때까지 살아 있을 제 미래에 생각이 닿을 때, 그는 비밀리에 바라곤 했었다. 세상에 정말 기적이라는 것이 있어서 리즈벳 클렌디온의 존재가 제 끝이 될 수도 있지 않을까.

그러나 그것은 어디까지나 절박함에 몰린 망상일 뿐이었다. 그는 결코 그녀를 도박판에 올릴 수 없었다. 그런데 그 아이가 결국.

"잠이 안 와요, 윈터."

아직까지 인형을 양팔 가득 끌어안고 천둥을 피해 제게 안겨들었던 아이를 기억한다. 사랑스럽고 다정한 나의 리즈벳.

바람이 불어와 나뭇가지를 흔들었다. 그에 쌓여 있던 눈이 우수수

떨어지며 허공에 보석같이 찬란한 은하수를 그려 넣었다. 반짝거리는 빛무리에 둘러싸여 윈터는 그 모습을 하나하나 눈에 담았다.

네가 내게 준 세상은 이렇게 눈부시도록 아름답다.

El dios está muerto.

신이 죽었다.

"……Ich bin frei."

정말 이걸로 모든 것이 끝났다.

리즈벳은 저도 모르게 창문을 장식하고 있는 꽃다발의 향연을 바라보았다. 튤립과 수선화, 히아신스와 패랭이꽃이 색색으로 창틀을 물들이고 있었다. 과장 하나 없이 꽃밭 하나를 통째로 옮겨온 것 같은 모습이었다.

"집중을 못 하네, 리즈. 오랜만에 만났는데."

그 꽃밭에 파묻힌 채 우아하게 찻잔을 입에 대던 아리아나 솔라스의 말에 리즈벳은 퍼뜩 정신이 들어 겸연쩍게 미소를 지어 보였다.

"아, 미안해요, 꽃이 너무 예뻐서 정신없이 봐버렸어요."

무역협상을 위한 에스타니아 사절단의 일부로 그녀가 인스켈의 국토를 밟은 것은 제4차 대륙전쟁의 종지부를 찍었던 드레스덴 공략전에서 꼭 7년 후였다. 그 정도면 돌아가도 길 가다 돌 맞지는 않을 거라 판단한 후였다.

굳이 인스켈에 발을 들일 이유는 없었고, 예전에는 그냥 이 나라 자체가 마음에 안 들었으나 시간이라는 것은 묘한 것이었다. 있었는지도 모를 향수가 느껴졌다.

그리고 7년 만에 돌아와 자를란트에 입성했을 때 그녀를 맞이한 것은 아리아나 솔라스 백작이었다. 가물가물한 어릴 적 기억 속, 새침하면서도 학구열이 넘쳤던 어린 아가씨는 이제 무려 귀족원의 중추로서 여왕과 자를란트의 정치판을 반으로 갈라먹는 귀족파의 실세였다.

그리고 그런 그녀가 리즈벳을 단둘만의 다과에 초대했다. 어렸을 때의 우정 운운하며 한 초대였으나 에스타니아의 그랑 아리스토크레타를 인스켈의 귀족이 초대한 것부터가 정치적인 움직임이었고, 리즈벳은 그 의도를 짐작하면서도 순순히 초대에 응했다. 남의 나라의 내분은 언제나 환영할 만한 일이었다.

그렇게 이루어진, 어딘가 조금 어색한 다과 자리에서 익숙한 것을 발견해 저도 모르게 시선을 빼앗겨버린 것이다. 갓 꺾은 꽃으로 만든 꽃다발. 그야 당연한 것을. 이스켈리안은 태생부터 성장까지 모조리 인스켈인이었다.

"마음에 들어? 원하면 가져가도 돼."

어조 하나 변하지 않고 무덤덤하게 내뱉은 말에 리즈벳은 눈을 동그랗게 떴다.

"예? 아, 하지만 이거, 선물받은 게 아니었어요?"

"됐다는데 멋대로 두고 간 거니 내가 좋을 대로 처분해도 괜찮겠지. 원하는 만큼 가져가렴. 남은 것은 다 소각로에 넣어버릴 생각이니."

당황한 것은 리즈벳이다. 여자에게 꽃을 보내는 것은 삼국 공통의 풍습이었으나 꽃을 저렇게 한 다발 뭉쳐서 보내는 것은 인스켈만의 방식이었다. 에스타니아는 뿌리째로 화분에 심어 보내고, 로세이유는 꽃잎을 하나하나 뜯어 뿌리거나 포푸리로 만들어 보낸다. 그리고 인스켈인은 자기가 결혼하고 싶은 상대에게만 꽃을 준다.

"……그렇게 대놓고 버리면 아리아나가 곤란해지는 거 아니었……

아리아나?"

"아니. 그냥 네가 내 구혼자랍시고 찾아오는 이들보다 훨씬 낫구나 싶어서."

더듬더듬 말을 고르는 리즈벳을 귀엽다는 듯 바라보며 아리아나는 우아하게 소파에 몸을 파묻었다.

"걱정 마렴. 눈에 뜨이지 않게 할 정도의 예의는 갖출 테니."

그 모습에 리즈벳은 복잡미묘한 표정을 지었다. 시간이 많이 지나고 그녀도, 아리아나도 많은 일을 겪었을 테다. 그러나 그녀의 기억 속에 있는 아리아나 솔라스는 오라비의 심술로 강물에 떠내려가던 인형을 쫓아 달음질을 치던, 엘리자베타 잘리어의 일화에 대해 열정적으로 목소리를 높이곤 했던 꼬마 아가씨였다. 수십 개의 꽃다발에 둘러싸여 그 어떤 것도 의미가 없으니 골라잡아 네가 가지라고 말하는 모습은 확실히 낯설었다.

그러나 그 변화는 그를 같이 겪지 못했던 그녀로서는 재단해서는 안 되는 것, 리즈벳은 그저 살짝 미소를 지어 보였다.

"대단히 인기가 좋네요, 아리아나는."

"내가 아니라 내 권력이 좋다는 거지. 별거 아니란다."

"아무리 권력이 있어도 본인 자체가 매력 있지 않으면 이렇게 열렬한 구애는 못 받아요."

물론 돈과 권력이 걸린 관계가 얼마나 순수하겠냐만 동시에 돈과 권력이 걸린 사이에서도 충분히 애정은 생길 수 있는 것이다. 놀라울 정도로 냉소적인 대꾸가 왠지 마음에 걸려 리즈벳은 몸을 일으켜 창가에 장식되어 있는 꽃들을 가볍게 손끝으로 건드렸다.

"아리아나의 어떤 점이 이렇게 많은 분들의 마음을 흔들었다는 것은 확실하지요."

확실히 이렇게 많은 꽃들에 둘러싸여 있으면서도 그쪽에는 눈길 하나도 주지 않는 모습은 차가우면서도 묘한 매력이 있었다. 구애받는 쪽의, 감정의 우위를 차지한 자의 여유가 이런 것일까.

그건 대체 어떤 기분이려나.

갑자기 솟은 생각에 저도 모르게 웃음을 터트리며 리즈벳은 고개를 절레절레 저었다.

"전 절대 못 할 것 같긴 해요."

그녀에게도 좋다고 다가오는 남자들이 있긴 하지만 정작 제가 필요로 하는 남자를 상대로는 단 한 번도 감정적 승자가 되어본 적이 없다. 절 좋아하는 게 맞는 것 같긴 한데, 예전에는 정말 많이 좋아했었던 게 확실한데 지금은 모르겠다.

한 번도.

다시 떠올리니 속이 끓는 듯해 리즈벳은 애써 입가를 끌어올려 미소를 지었다.

한 번도 그 사람, 나한테 뭘 요구한 적이 없지.

먼저 손잡은 것도 나, 첫 춤을 청한 것도 나, 첫 키스 하자고 한 것도 나, 처음 관계 맺을 때도, 약혼하자고 했던 것도 전부, 전부 다!

……그 사람, 그냥 나한테 부채의식이 있는 거 아닐까.

생각하면 생각할수록 더욱 수렁에 빠지는 듯해 리즈벳은 애써 생각을 멈췄다. 좋지 않다. 아무리 사적인 자리이고 상대가 어릴 적 친구라고 해도 서로의 신분이 신분인 만큼 너무 스스럼없이 구는 것도 좋진 않은데.

그녀를 유심히 관찰하고 있던 아리아나가 묘한 미소를 지으며 입을 열었다.

"무슨 말이니. 너도 못 할 건 없어."

"예, 예?"

저도 모르게 말이 더듬거리며 나왔다. 이게 대체 어떤 식의 전개인
지 황당해하고 있는데 그 틈을 놓치지 않고 아리아나가 비밀스러운
이야기를 하듯 상체를 기울였다.

"밀고 당기기."

· ✤ ·

"으…… 으음…… 음……."

눈앞에 놓인 통신구를 앞에 두고 리즈벳은 머리를 쥐어뜯었다.

*"잘 들으렴. 밀고 당기기의 기본은 균형이야. 너무 밀어내서 상대가
지쳐 떨어져나가게 하는 것도 안 되고, 너무 끌어당겨서 호구가 되는
것도 안 된단다. 그 중심을 잡는 건 경험이고."*

말이야 쉽지. 그러나 평생 밀어낸 적 없이 죽어라 당기기만 했던 그
녀로서는 먼 나라의 이야기였다. 안 된다며 밀어내던 상대를 득달같
이 쫓아가 달라붙으면서 시작된 관계가 아니던가. 밀어냈다간 대륙
반대편까지 밀려나갈 상대를 두고 무슨.

바쁘니 잠시 연락은 하지 말자고 할까? 그러면 망설임 하나 없이 그
러자고 할 거다. 누군가 다른 사람에게 관심이 생긴 척 흘려? 그러나
그러기엔 그녀는 아직까지 키리언 세이쥬의 악몽에서 벗어나지 못했
다. 연락을 할 때 말을 줄여? 심드렁한 척해봐? 아니, 아니야. 그랬다
간 한참 동안 침묵만 흐른 후 연락이 끊기고 말 거다.

생각을 하면 할수록 답이 안 나와 리즈벳은 고개를 책상에 처박았다.

어려워. 어려워 미치겠어. 이거 본래 이렇게 어려운 건가?

사실 이스켈리안과 하고 싶은 건 차가운 체, 무심한 체, 관심 없는 체하면서 잔뜩 재기만 하는 대화가 아니다. 그건 충분히 일을 통해서 하고 있다. 그녀가 진정으로 원하는 것은, 그녀가 그와 하고 싶은 것은.

"아……!"

별생각 없이 툭툭 손끝으로 건드려대던 통신석이 순식간에 책상 아래로 굴러 떨어졌다. 미처 잡을 새도 없이 퍽 소리가 들렸다.

순식간에 박살난 통신석을 리즈벳은 망연자실하게 바라보았다.

……난 몰라.

저거 값이 얼마더라. 저걸 개인 용도로 쓸 수 있게 허락받는 데만도 굉장히 오래 걸렸는데. 아니, 그 전에 매일 해왔던 정기 연락은 어떻게 하지. 이제 곧 연락하기로 한 시각이 되어가는데.

생각이 거기까지 흘렀다가 멈췄다.

매번 연락했던 것은 그녀였다. 연락을 하면 꼬박꼬박 받기는 하나 주로 떠들어대는 것은 그녀 쪽이었고, 가끔은 저랑 이야기하는 것에 관심이 있기나 한 것인지도 확신이 안 섰다.

……내가 며칠 연락을 안 한다 해서 눈치나 챌까.

허겁지겁 통신석의 파편을 주워 모으려던 손이 멈췄다. 머릿속에서 첨예하게 갈등이 몰아치더니 결국 한번 그가 어떻게 나오는지 보자는 쪽으로 기울었다.

결국 몇 번이나 망설이고 주춤거리면서도 그녀는 등을 돌리는 데에 성공했다.

그러나 아리아나는 왜 말을 해주지 않았을까. 밀고 당기기에 이렇게나 많은 심력이 소요되는 것이라고.

「······클렌디온 공, 무슨 일 있습니까? 요 며칠간 도무지 집중을 못 하시는 것 같은데요.」

그녀가 델-사쥬의 영지를 선물받았을 때부터 붙었던 보좌가 책상 위를 모조리 덮고 있는 서류 속을 헤엄치던 중, 문득 한 말이었다. 정곡을 찔린 사람 특유의 동공의 흔들림을 우아하게 시선을 떨어트려 감추며 리즈벳은 여상스레 대꾸했다.

「그런가요? 저는 평소와 같다고 생각했는데.」

「전혀 아닙니다. 어제 잠 설쳤지요?」

앓는 소리를 내며 리즈벳은 손에 들고 있던 서류를 덮어버렸다.

일은 착실히 하고 있다. 사절단의 파견 목적인 무역협상도 순조롭게 진행 중이고, 밤마다 돌아가면서 연회며 파티에 꾸준히 눈도장도 찍으며 안면도 트고 있다. 그에 따른 보고서 작성이니 회의록 검토도 차질 없이 하고 있고. 아무도 그녀가 날밤을 꼬박 새웠다는 건 눈치채지 못했는데 눈치만을 보고 뽑은 부관은 그걸 또 귀신같이 알아챘다.

「일정 끝나고 돌아가는 길에 마차에서 잘 거예요.」

「자기관리 철저하신 분이 그러시니까 염려되어서 그럽니다. 제가 알아야 할 일입니까?」

「······아니요. 사생활이에요.」

그리고 그대로 입을 다물어버리는 그녀를 부관은 아무 말 없이 가만히 응시하다가 알았다는 의미로 가볍게 고개를 끄덕인 후 다시 고개를 서류더미에 처박았다.

눈치가 빠르고 쓸데없이 입을 놀리지 않는다. 그것이 그의 장점이다. 그런 그가 이렇게 말을 꺼낼 정도라면 제 상황이 꽤나 심각했다는 뜻이어서 리즈벳은 머리를 짓찧었다. 사생활 때문에 공무에 집중하지 못한다는 것은 대체 무슨 추태인가. 이래서는 절 사절단에 포함시킨 이사벨라에게 들 낯이 없다.

그래, 사생활.

매일 연락을 하던 시각이 되기도 전부터 계속 정신이 산만했다. 그가 이 상황을 어떻게 생각할지, 아예 아무런 생각이 없는 게 아닌지 수만 가지 상념이 머릿속에서 휘몰아쳐 멀미가 날 정도였다. 하루 종일 노회한 정재계의 거물들과 조약서의 단어 하나하나를 가지고 피터지게 싸워대면서, 보고만 있어도 입에 침이 고이는 진미들을 앞에 쌓아놓고서도 제대로 먹지도 못한 채 일 이야기만 주구장창 해대는 연회에서 돌아오면서, 무슨 일이 있어도 계산 없이 내 편을 들어줄 상대의 목소리를 듣고 싶었다.

에스타니아는, 파라이소는 이곳 자를란트에서 참으로 멀었다. 그리고 약혼자라고까지 해놓고, 정체가 드러나서 지금까지 닦아놓은 기반을 모조리 잃어버릴 것까지 각오하고 그를 양지에 드러내놓은 후에도 그녀는 그를 한 해에 한 번, 콘세코 디 엔시아노가 폐회하는 겨울에만 볼 수 있었다.

"······보고 싶어."

꾸역꾸역 하루 일과를 끝낸 후 완전히 진이 빠진 채 침대에 쓰러져 리즈벳은 툭하니 중얼거렸다. 마음이 너무나 허전해서 손가락 하나도 까딱하고 싶지가 않았다.

결국 그녀는 홱 몸을 일으켜 방을 나섰다. 빠른 걸음으로 대사관의 회랑을 가로질러 대사의 방으로 들이닥쳐 온갖 구슬림과 회유와 부탁을 섞어서 통신구를 빌린 그녀는 방으로 들어오자마자 문을 닫아걸고 통신구를 작동시켰다.

"……나예요."

— 리즈.

통신구 너머로 들려오는 익숙한 목소리에 그녀는 저도 모르게 힘없이 웃음을 터트렸다.

"며칠씩이나 아무 말도 없이 연락 못 해서 미안해요."

……또 졌다.

그런 생각이 들어 리즈벳은 저도 모르게 울적해졌다.

이스켈리안의 목소리는 평소와 같았다. 거의 사흘간 이야기를 못 했는데도 아무렇지도 않은 듯했다. 너무나 잘 살고 있는 것 같아서, 울컥 억울해졌다.

있잖아요, 이스켈. 나는 힘들었어요. 당신이 너무 멀리 있어서, 목소리만 들으면서 겨우 버텨왔는데 그게 없어지니 너무 보고 싶어져서. 당신이 나만큼 내게 매여 있다는 걸 확인하고 싶었는데 이렇게 또 목소리를 들으니 그런 건 아무래도 좋은 것 같아서.

리즈벳은 어쩐지 울고 싶은 심정이 되어 눈을 감아버렸다.

"있잖아요, 기다렸다고 말해줄래요?"

머릿속으로 수십 번 따져봤던 것과는 달리, 오히려 조금 칭얼거리는 것 같은 목소리가 나왔다. 어렸을 때처럼. 언제나, 그녀가 얼마나 나이를 먹었어도 변함없이 그녀보다 한참은 더 어른스러워 보였던 그에게 매달리듯이.

　- 무슨 일로 갑자기 어리광일까? 무슨 일이 있었기에.

　그에 맞춰 이스켈리안의 목소리가 낮아졌다. 부드럽고 매끄럽게, 마치 아이를 달래는 듯. 제 몸을 부드럽게 감싸 안는 듯한 그 목소리에도 오히려 서글퍼져 리즈벳은 고개를 저었다.

　"그냥, 아무 말 말고. 그냥, 그냥 그렇게 말해줘요."

　당신도 나를 기다렸다고, 표현은 안 하지만 사실은 그러하다고. 이 마음이 나만의 것임은 아니라고.

　- 자를란트에서는 대사관에서 머물지?

　통신구 너머로 한동안 침묵이 흐르더니 돌아온 말에 리즈벳은 순간 말을 잃었다. 그냥 머리가 멍해졌다. 소리치며 싸울 기력조차 나지 않아 그녀는 그냥 옅게 웃어버렸다.

　"네, 뭐……."

　- 그 뒤쪽으로 나오면 숲 사잇길로 이어지는 산책로가 있어. 잠깐 나와봐.

　뭘 시키려는지 몰라도 이쯤 되면 진짜로 궁금해져 그녀는 순순히 시키는 대로 숄 하나를 두르고 방을 나섰다.

　걸음을 옮기며 그녀는 문득, 꽤나 길 안내가 상세하다는 생각을 했다. 에스타니아 대사관 뒤쪽의 산책로를 따라가면 나오는 숲이라니. 그래도 뭐 여기서 100년 가까이 살아온 사람이니까 그럴 수도 있지.

　"……어."

　문득 머리를 스치는 생각에 순간 리즈벳은 우뚝, 걸음을 멈추고 섰다.

　에스타니아 대사관은 브란티아 여왕이 즉위한 후에야 지어졌다. 그 전까지 인스켈은 에스타니아라는 나라 자체를 인정하지 않았으니 대사관이 있을 리가 없었고. 그리고 이스켈리안은 여왕이 즉위한 후에 인스켈에 발을 디딘 적이 없는데.

저도 모르게 정신이 확 들며 그녀는 떨리는 숨을 골랐다.

아니, 아닐 거야. 무슨 그런 터무니없는. 하지만, 그래도. 진정해. 혼자 막 나가지 마.

너무 기대하면 그만큼 실망도 큰 법이니까.

그러나 애써 스스로를 자제하려 함에도 불구하고 탁, 탁, 느릿하게 걸어가던 발걸음이 점차 빨라지더니 결국 그녀는 달음박질치기 시작했다.

실망하면 어떻고 착각하면 또 어때! 그러면 좀 좌절하고 부끄러워하고 마는 거지. 기대하고, 희망을 품고, 설레는 게 뭐 어때서!

타인의 눈 따윈 신경 쓰지 않고, 아직 싸늘한 바람에 팔에 솜털이 곤두서는 것도 느끼지 못하고 리즈벳은 그저 달렸다. 턱까지 숨이 차고 숨을 고르느라 폐가 아파오기 시작했을 때, 푸르게 돋아난 잔디밭을 지나 상록수들의 가지에 황금빛으로 부서져 내리는 노을로 물든 산책로를 달리자 시야가 확 트이며 야트막한 언덕이 나타났다.

그리고 달려오는 발소리를 들었는지 언덕에 외홀로 서 있던 남자가 몸을 돌렸다.

"어, 어떻게……."

"못 할 게 어디 있고, 사랑스러운 리즈."

저도 모르게 떨리는 목소리로 내뱉은 말에 이스켈리안 잘리어는 그냥 어깨를 으쓱해 보일 뿐이었다.

져가는 석양의 빛 아래 금빛으로 물든 은회색 머리칼, 부드럽게 가라앉은 푸른 눈동자. 따스한 석양 아래 낮잠을 자는 듯 느슨해져 있던 그가 가볍게 그녀를 향해 발걸음을 옮기기 시작했다.

"하, 하지만, 국경은, 그, 그리고, 여기까지 오는 데 알아보는 사람이 있었을 수도……."

"저 국경선을 그린 게 누구라고 생각하지?"

"그래도, 그래도 파라이소에서 여기까진 거리가……."

"귀여운 리즈벳."

부드러운, 그러나 단호한 목소리가 저도 모르게 입에서 나오는 대로 내뱉고 있던 그녀의 말을 끊었다. 크게 한 걸음 디디니 이스켈리안은 순식간에 그녀의 앞에 서 있었다. 사람이 된 후에도 다른 이들보다는 조금 더 서늘한 손가락이 너무나 자연스럽게 그녀의 턱을 들어올리고 고개가 숙여지면서 살짝 긴 머리칼이 그녀의 볼을 간질였다.

쪽, 작게 소리를 내며 입술이 입술에 가볍게 닿았다.

"그런 말보다는 따로 해줄 말이 있는 거 아닌가?"

"……보고 싶었어요."

민감해진 피부 지척에서 속삭이는 목소리에 소름이 오스스 돋았다. 겨우 조그맣게 속삭이는 것과 동시에 감정이 확 북받쳐 그녀는 눈을 꼭 감아 눈물을 삼켰다. 그에 소리 없이 웃으며 커다란 손이 다정히 그녀의 머리칼을 쓰다듬었다. 그 손길 아래에서 리즈벳은 팔에 힘을 꽉 주어 이스켈리안을 끌어안았다. 숨을 들이쉬자 비강 가득 갓 녹아내린 눈의 냄새가 났다.

이스켈의 향이다.

……정말 약았어.

어떻게 알았을까. 한 번도 이런 적 없던 사람이 어떻게 딱 집어서 오늘, 어떻게 이렇게 귀신같이 내가 자기 욕한 걸 알고. 나쁜 인간. 이러면 내 마음대로 원망도 못 하는데.

"그런데 정말 무슨 바람이 불어서 여기까지 온 거예요?"

규칙적으로 토닥이는 손길에 어느 정도 감정이 추슬러지자 리즈벳은 그의 품에서 고개를 빼꼼 들어올렸다.

"글쎄. 왜 그랬을까."

여상스레 그리 중얼거리던 이스켈리안이 옅게 웃었다.

"너무 보고 싶어져서, 그랬나 보지."

그 말에 저도 모르게 기분이 좋아져 그녀는 고양이처럼 그의 가슴에 뺨을 비볐다.

속으로 투덜거리는 것과는 별개로 오랜만에 만나는 남자의 품은 기분이 좋았다. 뭐가 어떻든 이젠 다 상관없을 정도로 너그러운 기분이 되어 그녀는 짐짓 도도하게 턱을 치켜올렸다.

"뭐, 그렇게까지 말한다면야."

"그렇게까지 말한다면?"

"특별히 얼굴 보여주지요 뭐. 특별히, 이번만."

그 말에 그녀의 목덜미에 얼굴을 파묻고 있던 이스켈리안이 어깨를 들썩이며 웃는 게 느껴졌다. 그게 괘씸해 리즈벳은 그의 목에 홱 매달려 입을 맞추기 시작했다. 입술을 가르고 숨어 있는 혀를 찾아내 집요하게 괴롭히자 곧 그의 숨이 흐트러지며 그가 열정적으로 혀를 걸어오기 시작했다. 순식간에 보드라운 풀밭으로 밀려 누우며 리즈벳은 의기양양하게 웃음을 삼켰다.

밀고 당기기 같은 머리 아프고 쪼잔한 방식보다는 이편이 훨씬 더 마음에 들었다.

소년의 키보다 더 큰 유리창 너머로 밤빛이 쏟아져 들어왔다. 환기를 위해 살짝 열어놓은 지붕 위의 자그마한 창을 통해 불어 들어오는 바람에 반투명한 커튼이 하늘하늘 춤을 췄다. 징이 박힌 구두를 신고도 발소리 하나 내지 않으며 키리언 클렌디온은 어두스름한 회랑을 내달렸다.

「어머, 키리언 공자.」

역시 발소리를 죽이고 취침 전 와인을 나르고 있던 시녀들이 소년을 알아보고 눈을 동그랗게 뜨자 아이는 얼른 검지를 입술 앞에 세워 보이곤 가볍게 눈을 찡긋거렸다. 그러곤 변명을 늘어놓을 생각도 없는 듯 그대로 그들 사이를 스쳐 달려가버리는 모습에 시녀들은 서로를 물끄러미 바라보다가 쿡쿡, 작게 소리를 죽여 웃음을 흘리곤 다시 걸음을 옮겼다.

별빛이 눈꽃같이 흩날렸다. 하늘은 구름 한 점 없이 맑았고, 그 깨끗한 검푸른 색은 소년의 가슴을 뛰게 했다.

「키리,」

「쉬잇.」

방문 앞을 지키고 있는 기사 둘에게 눈짓하며 키리언은 한껏 발꿈치를 들어 문을 열었다. 소리도 내지 않고 문이 열리자 그는 족제비처럼 유연하게 그 열린 틈 사이로 몸을 밀어넣었다.

「레아. 레일라.」

　커다랗고 푹신한 침대에, 역시 커다랗고 푹신한 인형들과 쿠션들에 파묻히듯 둘러싸여 웅크리고 잠든 동생은 제 이름이 불리자 미간을 살짝 찡그리며 더욱 몸을 작게 말았다. 그에 흘긋 열린 문 쪽으로 시선을 던진 소년은 살짝살짝 동생의 어깨를 흔들었다.

「레아, 일어나. 보여줄 게 있어.」

　우웅 하고 의미 없는 소리를 흘리며 잠에 한껏 취한 아이는 미간을 찡그리고 억지로 눈꺼풀을 열었다. 키리언은 이를 드러내며 웃고는 소녀의 작은 손을 열심히 끌어당겼다.

「빨리 가자. 기다리고 있을 거야. 지금 날씨가 얼마나 완벽한데.」

「오빠아, 이거 아빠한테 허락이나 받고.」

「일단 와봐. 보여주고 싶은 게 있다니깐. 응? 빨리, 빨리.」

　로데고 경에게 부탁해 끌어내달라고 할까.

　잠시 그렇게 생각했으나 눈꼬리를 애교 있게 끌어내리며 조르는 오라비의 모습에 레일라는 결국 대놓고 귀찮다는 기색을 숨기지 않으며 몸을 일으켰다. 이렇게 매번 똑같은 수에 넘어가는 내가 바보지. 그렇게 생각하면서도 대놓고 좋아하는 모습에 그녀는 또다시 폭, 한숨을 쉬면서도 한 손으로는 커다란 토끼 인형을, 다른 손으로는 오라비의 손을 맞잡았다.

　방을 나서자 그럴 줄 알았다는 듯 빙그레 웃음을 지은 근위기사 로데고가 아무 말 없이 열 발짝쯤 사이를 두고 뒤를 따르기 시작했다.

누가 뒤를 따르든 말든 원하는 대로 동생을 끌고 나온 키리언은 누가 봐도 알아볼 정도로 신이 나 있었다. 볼을 발갛게 물들이며 열심히 제 손을 끌어당기는 탓에 상대적으로 몸집이 작은 레일라는 그 속도를 따라가느라 숨이 찰 지경이었다.

키리언은 뒷문을 통해 성을 나서 야트막한 언덕길을 오르기 시작했다. 한두 번 와본 것이 아닌지 상대적으로 어둑어둑하고 나무가 울창한 산길임에도 그는 제가 어디로 가야 하는지 정확히 알고 있는 것처럼 발걸음에 거침이 없었다. 결국 숨을 헉헉거리며 레일라가 물었다.

「어딘데? 뭐하러 가는 건데?」

「비밀이야. 가보면 알아.」

「얼마나 더 가야 하는 거야. 나 다리 아파.」

「거의 다 왔어. 조금만 더 가면 돼.」

「그 소릴 지금 몇 번째…….」

그러나 꽉 잡힌 손을 빼며 그리 말을 하려던 레일라의 입은 눈앞에 펼쳐진 광경에 저도 모르게 멍하니 벌어져버렸다.

나무의 벽이 얇아지면서 언덕의 정상이 눈앞으로 펼쳐졌다. 구름 하나 없는 탁 트인 밤하늘을 수없이 많은 별들이 빛내고 있었다. 검은색, 보라색, 군청색, 푸른색. 태양빛이 없어도 수십 가지의 풍부한 색이 밤하늘을 물들였다. 말을 잃은 동생의 모습에 키리언은 뿌듯한 웃음을 지었다.

「어라, 공자님, 진짜로 오셨습니까?」

그때, 낯선 여자의 목소리가 들려왔다. 레일라는 반사적으로 오라비의 뒤로 숨었다. 저들만 있다 생각했던 언덕에는 천막까지 치고서 커다랗고 이름을 알 수 없는 기계들을 잔뜩 꺼내놓은 서너 명의 사람들이 먼저 자리를 잡고 있었다.

감색의 품이 큰 로브는 소매의 통이 컸고, 머리 위로 눌러쓴 후드는 삼각뿔 모양으로 뒤로 늘어져 있었다. 허리를 묶은 금빛 띠와 소매를 장식하는 금빛 원단, 가슴께에 달린 세 개의 눈의 까마귀.

리슈타인 학사들의 복색이었다. 그리고 그걸 눈치챈 순간 그녀는 왜 오라비가 굳이 오늘 절 여기에 막무가내로 끌고 왔는지 깨달았다. 이번에 학술교환으로 리슈타인에서 천문학자들이 대거 입국했고, 키리언은 처음 그 소식을 들었을 때부터 똥 마려운 강아지처럼 낑낑대기 시작했다. 기어코 안면을 튼 모양이다. 대체 어떻게 했는지는 몰라도.

「온다고 했잖아요. 왔으니까 약속대로 망원경 보여줄 거지요?」

그리고 키리언은 몇 년씩이나 알던 사이인 것처럼 스스럼없이 학사들에게 달려갔다. 순식간에 앞을 막아서던 방어벽이 사라지고 모르는 사람들의 시선에 정면으로 노출된 레일라가 당황해 그의 옷자락을 잡으려 했으나 이럴 때만 발이 얼마나 빠른지 키리언은 이미 거대한 통 모양을 한 기계에 매달려 있었다.

「허허, 뭐 문제야 없지만 조심해서 다뤄야 합니다? 섬세한 기계예요.」

「알아요, 알아.」

……멍청한 오빠. 무책임한 오빠. 내가 딱 이럴 줄 알았어.

제가 동생을 데려왔다는 것조차도 잊어버린 듯 환호 섞인 괴성을 토해내고 있는 키리언을 보며 레일라가 입술을 잘근잘근 깨물었을 때였다.

「오라버님께 이야기는 많이 들었습니다. 레일라 클렌디온 양이시겠군요?」

학사들 사이에서 나이를 지긋하게 먹은 남자가 그녀에게 말을 걸어왔다. 알지 못하는 타인에 대한 경계심과 상대 혼자만 저에 대해 알고 있다는 점에서 찾아오는 당혹감에 그녀는 주춤 절 경호해 온 로데고의 뒤로 숨듯이 물러섰다.

「누, 구……?」

「이런, 제 소개가 늦었군요. 알−살바체 대학의 교수를 맡고 있는 기온 로테르티어입니다.」

그녀에게 할아버지가 있었다면 딱 이런 분위기가 아니었을까. 서글서글 웃으며 제게 손을 내미는 모습이 나쁜 사람처럼 보이지는 않아 그녀는 주뼛거리면서도 손을 내밀었다. 로테르티어 교수는 그런 그녀가 귀엽다는 듯 웃어 보이며 그 손을 작게 맞잡고 흔들었다.

악수, 라고 하는 거였나……?

들은 적만 있지 실제로 본 적은 없는 인사법에 멍하니 교수에게 잡혔던 손을 바라보던 그녀는 재빨리 정신을 다잡고 말했다.

「레일라 클렌디온이에요. 저…….」

주뼛거리면서 말을 쉽게 잇지 못하는 그녀를 차분하게 기다려주는 모습에 용기를 내어 레일라는 조심스레 키리언이 열렬히 달라붙어 온 갖 감탄사를 터트려대고 있는 기계를 가리켰다.

「저 커다란 기계로 뭘 하는 건가요? 마, 망원경?」

「예, 망원경이라고 합니다. 별을 바로 눈앞에서 보는 듯 볼 수 있지요.」

「리슈타인은 우리나라와는 비교도 되지 않게 학문이 발달한 나라라고 들었어요. 우리나라 학자들을 가르쳐주러 오신 건가요?」

「허허, 그런 분에 넘치는 칭찬을 해주시니 감사합니다만 그렇진 않습니다. 각 나라마다 배워야 할 점이 있는 법이니 서로 가르쳐주고 가르침을 받고 한답니다. 예를 들자면 우리나라는 천문학과 수학 체계가 발달했으니 그 점을 에스타니아에 가르치고, 에스타니아는 시조국가로서 정령술과 이계를 연구한 역사가 깊으니 그 점은 우리가 배워가는 거지요.」

「이계라면 판데모니움이 아닌가요? 그, 전쟁을 일으켰던 나쁜 신들이 살고 있다는?」

「똑똑하시군요, 아가씨.」

「하지만 나쁜 놈들이잖아요. 이미 다 이계에 갇혀 이쪽으로 넘어오지 못하게 했다는데 뭐하러 굳이 공부를 해요?」

「판데모니움의 신들이 저번 전쟁에 큰 영향을 미쳤다는 것은 논란의 여지조차 없는 일이지만 그렇기 때문에 더더욱 연구를 해서 그 정체와 위험성을 알려야지요. 그렇게 상대에 대해 잘 아는 것이 그 상대에게 제대로 대비하는 가장 현명한 방법입니다. 무조건 위험하다고 비밀로 하고 감춰서 아무도 건드리지 못하게 하는 것은 하책이지요.」

「그런, 가요?」

「적어도 그게 제 동료의 믿음이지요.」

그렇게 단언하며 인자하게 미소 지어 보이는 모습에 레일라는 저도 모르게 시선을 다른 학사들이 모여 있는 천막 쪽으로 던졌다.

저 사람들이 판데모니움의 연구를 한다.

키리언도 판데모니움의 연구를 하고 싶어 한다. 아버지는 좋아하지 않으시겠지만.

「아가씨도 한번 들여다보시겠습니까?」

그 시선을 키리언을 부러워하는 거라 해석했는지 제게 넌지시 권해 오는 교수의 말에 그녀는 어색한 미소를 지으며 고개를 저었다.

망원경은 궁금하지만 저기에 끼고 싶진 않다. 관심을 보이면 키리언이 귀찮게 굴 거다. 그냥 가만히 있는 게…….

「레아! 로데고 경! 이리 와봐! 이것 좀 봐!」

……저런 식으로.

강아지처럼 신나게 손을 흔들어대며 날뛰는 모습에 레일라는 대놓고 싫다는 표정을 지었다. 가줘요, 빨리, 나 대신. 필사적으로 눈짓을 하며 미간을 찌푸리는 모습에 로데고는 웃음을 터트리더니 선선히 키리언에게 다가갔다.

「빨리이!」

그새를 못 참고 키리언이 재촉해대는 소리에 학사들 사이에서 웃음소리가 터졌다. 얼굴로 피가 몰리는 기분에 그녀는 양손으로 얼굴을 가려버렸다.

키리언은 물 만난 물고기처럼 날뛰었다. 정신없이 이 기계 저 기계 사이를 누비며 학사들을 붙잡아 질문을 퍼붓고, 이것저것 신기한 것을 발견해 손가락질을 해대고, 팔을 잡아끌며 자기가 발견한 것에 대해 떠들어댔다. 대부분 나이가 지긋한 학사들은 그런 아이가 귀여워 보이는 듯했다. 매일 당하고 사는 그녀는 징글징글했다. 그들 사이의 대화가 순식간에 그녀가 알아들을 수 없는 레벨로 치솟아버려 레일라는 아예 혼자서 천천히 언덕을 걷기 시작했다.

사람이 없는 곳으로. 시끄러운 오빠가 없는 곳으로.

소란스러움이 멀어지면 멀어질수록 머리가 맑아지는 것 같았다. 홀가분한 기분에 레일라는 저도 모르게 가볍게 폴짝폴짝 뛰어보았다.

달빛은 밝았고 은빛으로 물든 숲은 몽환스러운 신비에 반짝이고 있었다. 밤이슬에 젖은 봄의 새싹이 피부에 달라붙는 느낌이 좋아 그녀는 조심스레 신발을 벗고 맨발로 땅을 디뎠다.

푸른 꽃들이 흐드러지게 피어나 있었다. 밤바람이 불어올 때마다 파도치는 듯이 흔들리며 사아아 소리를 낸다. 그 끝없이 피어난 꽃길이 하늘까지 이어질 것 같았다. 그녀는 홀린 듯이 그 길을 따라 걸었다.

이 꽃들은 하늘에서 떨어진 별님들이 피워낸 걸까? 이 길을 끝까지 따라가면 별님들을 손에 담을 수 있을까?

그때, 바람이 불어 옷자락을 날렸다. 레일라는 오스스 돋는 소름에 토끼 인형을 꽉 끌어안으며 고개를 젖혔다. 바람이 몰아온 구름이 어느새 달을 가리고 있었다.

「아…….」

홱 몸을 돌려 주위를 둘러봤을 때에는 이미 주위엔 아무도 보이지 않았다. 흐드러지게 피어났던 꽃길의 끝에서는 시커먼 어둠이 쩍 하고 입을 벌리고 있었다.

「오, 빠……?」

소리 내어 불러봤으나 돌아오는 것은 바람에 흔들리는 나뭇잎 소리뿐이었다. 주위는 조용했고, 어느새 소란스러운 오라비의 목소리는 간데없었다. 얇은 옷자락 너머로 살을 할퀴고 지나가는 바람에 레일라는 흑, 숨을 들이쉬었다.

「오빠! 로데고 경! 오빠!」

시커먼 숲의 그림자가, 끝을 모르고 높게 자라난 상록수의 앙상한 가지가 그녀를 잡아먹을 듯 머리 위로 팔을 드리웠다. 주위를 아무리 둘러봐도 사방은 푸르게 핀 꽃들뿐이라 그녀는 제가 어느 쪽에서 왔는지조차도 감을 잡을 수가 없었다.

「아, 아빠! 엄마! 흑, 엄마…… 아얏!」

순식간에 아이의 눈에 그렁그렁 눈물이 맺혔다. 달빛이 없는 밤의 언덕은 제대로 사물을 구별할 수 없을 정도로 어두웠고, 발이 걸려 넘어진 무릎은 살이 까졌는지 얼얼하게 아팠다.

이대로 평생 집에 돌아가지 못할 거야. 나는 이대로 여기서 얼어 죽거나 굶어 죽거나 나쁜 늑대에게 물려 저녁거리가 되어버릴 거야.

「엄마아, 아, 아빠아! 엄…….」

걷잡을 수 없이 뻗어나가는 암담한 생각에 엉엉 울음을 터트렸을 때였다.

까악거리는 소리와 함께 머리 위로 까마귀가 크게 원을 그리며 날았다. 그리고 그 까마귀가 내려앉은 곳에는.

「……아.」

언제부터 거기에 있었을까. 열 걸음쯤 떨어진 곳에서 빛나는 흐릿한 불빛에 레일라는 저도 모르게 울음을 멈췄다. 등불은 마치 그녀를 기다리기라도 하는지 그 자리에서 그대로, 미동도 없이 희미하게 빛나고 있었다. 한참 후에야 그녀는 그 등불을 들고 있는 것이 암회색 로브를 입은 사람이라는 것을 깨달았다.

「누, 누구……?」

조심스레 던진 질문에 돌아오는 답은 없었다. 깊게 눌러쓴 후드 때문에 상대의 얼굴은 전혀 보이지 않았다. 남자인지, 여자인지, 젊은 사람인지, 나이가 들었는지조차 짐작할 수가 없었다. 그는 그녀의 목소리를 들었다는 내색도 하지 않은 채 그저 가만히 그 자리에 서서 등불을 밝히고 있을 뿐이었다.

레일라는 망설였다. 그는 마치 숲의 그림자가 자아낸 정령 같았다. 낯선 이에 대한 본능적인 불신이 그녀의 발목을 붙잡았다. 그러나 동시에 뭐라 설명할 수 없는 이유로 그녀는 저 사람이 제게 해를 가하지 않으리라는 것을 알았다.

주춤거리면서 그녀는 조심스레 불빛을 향해 발걸음을 내디뎠다. 그에 회답하듯 그 사람이 한 걸음 뒤로 물러섰다. 한 걸음 다가가면 한 걸음 뒤로, 두 걸음 다가가면 두 걸음 뒤로. 마치 그녀를 어디론가 이끌듯.

길을 안내하듯.

「저, 저기……!」

그러나 고집스러울 정도로 대답은 돌려주지 않는다. 그저 그녀가 넘어지지 않게, 힘들게 숨을 몰아쉬며 쫓아올 필요 없이 그녀의 발걸음에 맞춰 발치를 밝힐 뿐.

「절 아세요? 왜, 왜 도와주시는 거예요?」

흔들, 흔들, 상대의 발걸음에 맞춰 등불의 빛이 천천히 좌우로 흔들렸다. 문양 하나, 장식 하나 없는 로브로는 상대의 정체를 전혀 파악할 수가 없었다. 달빛이 밤이슬에 젖은 그의 어깨에 내려앉아 반짝이며 빛났다. 어깨에 자리 잡고 앉은 까마귀만이 아이가 웃음을 터트리는 듯한 높은 소리로 울어댈 뿐.

「전……! 레일라예요! 레일라 클렌디온!」

그에 잠시 상대의 발걸음이 멈춘 것도 같았다. 살짝 고개를 튼 상대의 입매가 깊게 눌러쓴 후드 아래로 언뜻 보인 것도 같았다. 그에 왠지 다급한 심정이 되어 그녀는 빠르게 말을 이었다.

「리슈타인 쪽의 분이시지요? 그 로브의 복식, 디자인은 다르지만 학사분들이 입고 계신 거랑 비슷해요. 검을 잡은 지 오래되신 분 같은데 혹시 리슈타인 레인저이신가요? 학사분들 경호차 오신 건가요?」

그에 상대의 입매가 어쩐지 살짝 곡선을 그리며 미소를 지은 것같이도 보였다. 밤안개와도 닮은 흐릿하고도 미세한 웃음은 그녀가 멋대로 내던지는 말을 긍정하는 것 같기도, 전혀 앞뒤가 맞지 않는 말을 늘어놓는 그녀를 어이없어하는 것 같기도 했다.

「저, 저와 말을 섞으면 안 되는 이유라도 있나요? 에스타니아어를 알아들으시는 것 같은데 저랑 말을 하면 곤란해지시…….」

마치 그녀가 말을 멈추는 순간 이 빈약한 연결이 끝나버릴 듯해서 끊임없이 말을 잇던 레일라는 순간 갑자기 뒤바뀐 상대의 분위기에 뚝, 말을 멈췄다. 미약한 미소를 머금고 있던 입매가 무서울 정도로 무표정하게 변하자 그는 같은 사람이라고는 믿을 수 없을 정도로 냉혹하게 보였다. 그녀가 그의 시선을 따라 고개를 돌리기도 전, 누군가가 훌쩍 그녀의 몸을 안아 들었다.

「꺄……!」

「아주 날 잡아가시오 시위를 하고 다니는구나, 레일라이아 클렌디온. 네가 겁을 상실했지?」

나직한, 노래하는 듯 우아한 목소리, 서늘한 체온의 단단한 팔. 반사적으로 비명을 지르려던 그녀의 얼굴이 확 밝아졌다.

「아빠!」

구세주라도 만난 듯 확 밝아지는 딸의 얼굴을 보며 이스켈리안 잘리어는 입술을 틀어 짙은 미소를 지었다. 실제로 그는, 밤중에 갑자기 성을 떠나서 한 번 성을 발칵 뒤집어놓고, 호위기사의 시야에서 제멋대로 벗어나 또 한 번 주변을 혼란의 도가니로 처박은 아이를 어떻게 혼내야 할지 고민 중이었다.

「네 오라비 말에 휘둘리지 말라고, 호위를 따돌리고 혼자 돌아다니지 말라고, 모르는 곳에 무턱대고 들어가지 말라고 했는데 죄다 들은 척도 안 하고.」

「아빠! 아빠, 아빠아!」

「우는 걸로 넘어가려는 버릇은 어디서 배운 거지, 깜찍한 레일라이아?」

여러 사람의 간담을 서늘하게 할 만한 해사한 미소였으나 그의 품 안에 고개를 부비며 눈물을 펑펑 쏟아내는 아이의 귀에는 들릴 리가 없었다. 안 그런 듯하면서도 제 오라비보다 더 속을 썩여대는 딸을 이번에야말로 단단히 혼내려던 결심은 숨이 넘어갈 듯 우는 아이를 앞에 두자 기한 없이 미뤄져버렸다.

「그래도 무사히 돌아왔으니 봐주는 거다.」

하, 작게 내뱉은 한숨과 함께 커다란 손이 아이의 머리를 쓰다듬으며 이마에 점점이 키스를 떨어트렸다.

「그래도 장하다, 레아. 다친 곳 하나 없구나. 많이 무서웠을 텐데 잘했다.」

나직하게 어르는 목소리에 아이는 더욱 목 놓아 울음을 터트리기 시작했다. 순식간에 축축하게 젖어들어가는 앞섶은 괘념치 않은 채 이스켈리안은 부드럽게 아이의 등을 토닥이며 그 작은 몸을 꼭 보듬어 안았다.

「레아! 으허엉, 레에, 으악!」

그때, 임시천문대가 세워진 곳에서 키리언이 득달같이 달려들었다. 펑펑 울며 아버지에게 안긴 동생의 다리를 꽉 끌어안은 그의 얼굴을 확인하자마자 레일라는 냅다 그 얼굴을 걷어찼다.

「나쁜 오빠! 못된 오빠! 나, 날 혼자서 내버려두고!」

「그게 왜 내 탓이야! 애당초 네가 멋대로 사라져서.」

「오빠 미워! 나빠! 싫어!」

불시에 얼굴을 걷어차여 머리끝까지 화가 난 키리언이 울어 퉁퉁 부은 눈으로 빽빽 소리를 지르기 시작하자 레일라 역시 질세라 악을 쓰기 시작했다. 양쪽에서 서로를 잡아먹을 듯 싸우는 아이들의 째지는 고음을 한 귀로 듣고 한 귀로 흘리며 이스켈리안은 그제야 제 심박이 제 속도를 되찾아가는 것을 느꼈다.

그럼 다음은.

눈에 띄게 싸늘해진 시선이 스무 발자국 정도 떨어진 거리에서 그들을 지켜보고 있던 남자에게 닿았다.

그것은 어떤 논리적인 사고를 통한 추론이라기보다는 본능적인 직감에 가까웠다. 진득한 늪처럼 바닥을 알 수 없는 분위기와 명백히 제게로 집중되어 있는 얼음 같은 적의. 그에 살짝 눈을 휘어 비웃으며 이스켈리안은 눈짓만으로 말했다.

꺼져.

그에 후드의 그림자에 가려 있던 입매가 냉랭하게 다물리는 것이 보였다. 그러나 남자는 그에게 뭐라 대응을 하는 대신 몸을 돌려 숲의 그림자 속으로 사라지는 것을 택했다. 까악까악, 아이의 웃음소리를 닮은 울음소리를 내며 까마귀가 그 머리 위를 크게 원을 그리며 맴돌았다.

"오빠! 오빠아……! 흑, 오, 오빠!"

쥐새끼들도 살려 들지 않을 쓰레기통 같은 구석방에서 새어나오는 간헐적인 흐느낌을 들으며 안셀라는 입을 양손으로 틀어막고 몸을 더욱 작게 수그렸다.

이것은 필요한 일이다. 어쩔 수 없는 일이다. 지금 제가 여기서 견디지 못하고 뛰어들어버리면 일을 그르친다.

"무서워. 어, 어딨어? 오빠, 오빠아!"

목이 쉬어라 울며 소리지르던 게 언제인지, 갈라진 목소리는 이제 속삭임에 가까웠다. 절 부를 때마다 움찔거리며 덜덜 떨리는 손에 힘을 꽉 주어 주먹을 쥐고 자제하며 안셀라는 피가 나도록 입술을 깨물었다.

저 아이는 이곳에서 스스로의 힘으로 탈출한다. 그렇게 누구도 쉽게 믿지 않고, 더 이상 그에게 기대지 않으며, 그와의 연결을 서서히 거부해간다.

죽지는 않는다. 크게 다치지도 않아.

"오빠, 잘못했어. 미안해, 리즈가 잘못했어……!"

상실이 없으면 애착을 필요로 하지 않는다. 결핍이 없으면 필사적으로 집착하지 않는다. 온몸을 바쳐 사랑하지 않으면 '사모'는 만족하지 않는다.

"오빠, 어딨어!"

뚝, 뚝, 얼굴을 가린 가면 너머에서 눈물이 떨어졌다. 가냘픈 목소리에 가슴이 무너져 내렸다. 죽어버리고 싶어 머리를 쥐어뜯으면서도 그는 절 애타게 찾는 아이에게 다가가지 않았다. 흐느끼는 목소리마저 쉬어버려 그 어떤 소리도 나오지 않을 때까지, 손톱이 부러져 피범벅이 된 손으로 아이가 절 가둔 감옥을 뜯어버리고 나올 때까지 안셀라는 손 하나 까딱하지 않았다.

리즈, 너를 위해서야.

온몸을 떨며 오열하면서도 스스로의 잔인함에 치가 떨렸다.

너를 살리기 위해서야. 내가 원한 게 아냐. 내가 널 버린 게 아냐. 나는 아직도 너를 사랑해. 내 삶을 모조리 쏟아부어도 좋을 만큼 끔찍이 사랑해.

되뇌면서도 기가 찼다. 그런 끔찍한 거짓말을 누가 믿을까. 저 아이는 저리 사느니 차라리 제 품에 안겨 죽기를 원할 텐데.

하지만 내가 싫어. 내가 네가 죽기를 원하지 않아.

아이가 차츰 나이에 맞지 않게 어른스러워지는 것을, 잘 꾸며낸 미소를 짓게 되는 것을, 발작하듯 꿈에 시달리며 밤을 하얗게 새우는 것을 지켜보면서도 뇌리 한편에서는 안심하곤 했다. 그녀가 제가 예지한 대로 자라난다는 것은 그녀의 미래가 제가 예지한 대로 흘러간다는 것임으로.

그녀는 괴로워하고, 상처 입고, 죽을 고비를 넘기겠지만 결국 끝에는 살아남을 테니까.

살아 있을 테니까.

그 단 하나의 기만에 가까운 사실에 안도하며 그는 잠들곤 했다. 지금 이 순간, 미래가 될 현실에 동생은 살아 있다. 그를 증오하고 저주하고 끔찍히 원망하면서도 숨을 쉬며 살아 있다.

그러나 동시에 그는, 저 아이가 행복이란 것을 느낄 수 있는 가능성을 제가 영원히 부숴버린 게 아닌가 두려웠었다.

「너! 거기 당장 서.」

숲의 울창한 그림자 속에 몸을 숨긴 안셀라는 뭐라 설명할 수 없는 감정으로 성 앞을 왔다 갔다 하다가 치맛자락을 걷어붙이고 내달리는 리즈벳을 바라보았다. 끄아악, 에 가까운 정체 모를 괴성을 지르며 제 어머니를 피해 뿔뿔이 흩어지는 아이들을 뒤쫓는 동생은 그가 며칠 전 대연회에서 스쳐지나가듯 보았던 완벽하게 기획된 권력자의 모습과는 사뭇 달랐다.

언제나 말썽을 일으키고 도망 다니던 것은 저 아이 쪽이었거늘.

평생을 대쪽 같은 모범생처럼 자랐다는 듯 아이 둘을 각각 한 손에 거머쥐고 일장연설을 하는 모습에 안셀라는 저도 모르게 조금 웃었다. 그와 동시에 지금까지 가슴을 짓누르고 있던 무언가가 떨어져 나간 듯해 그는 길게 한숨을 내쉬었다.

……다행이다.

제가 완전히 저 아이를 망가트린 게 아니라서. 제 욕심으로 저 아이가 행복을 느낄 수 있는 가능성을 완전히 부숴트린 게 아니라서.

가늘게 떨리는 양손을 들어 조심스레 얼굴을 쓸어내리며 안셀라는 북받쳐 올라오는 감정을 토해냈다.

네가 잘 지내는 것 같아서, 내가 얼마나.

더 이상 생각을 잇는 것마저 할 수 없어서 그는 몇 번이나 입꼬리를 끌어 올렸다 내렸다를 반복했다. 바짝 말라버렸던 심장에 처음으로 빗방울이 떨어져 내리는 듯했다. 그 느낌이 뭐라 말할 수 없이 감미로워 안셀라는 저도 모르게 소리 내어 조금 웃었다.

– 어째서?

후드득, 홰를 치는 소리가 들리더니 머리 위로 까마귀가 빙빙 원을 그리며 날았다. 단번에 좋았던 기분을 최악으로 떨어트려버리는 목소리에 얼굴에서 싹 미소를 지우며 안셀라는 몸을 일으켰다.

— 사람이 미련을 묻어버리지 못하는 것은 어째서? 잊기를 거부하고 발전을 포기하는 것은…….

뭐라 할 수 없을 정도로 깔끔한 곡선을 그리며 휘둘러진 나무 몽둥이에 화들짝 놀라 까마귀가 높게 날아올랐다. 까악, 까악! 기습적으로 몸통을 호되게 얻어맞은 까마귀의 성난 울음소리를 온몸으로 즐기며 안셀라는 작게 코웃음을 쳤다.

발전을 포기했다고?

『너야말로 조금은 사회성을 배우는 게 어떻습니까, 이 관음증자.』

매섭게 제 눈알을 공격하려 드는 까마귀를 쫓아내며 마지막으로 안셀라 클렌디온은 등을 돌려 언제 무섭게 추격전을 벌였냐는 듯 왁자지껄하게 성문 안으로 들어가는 동생 가족들의 뒷모습을 바라보았다.

왔던 것보다는 조금은 더 가벼운 걸음으로, 그는 등을 돌렸다.

- fin.

　사실 나이 차, 혹은 키워서 잡아먹기(이하 키잡)이라는 소재는 개인적으로 그리 좋아하는 소재가 아닙니다. 불가피하게 현실에서 손녀딸뻘의 젊은 아내를 끼고 다니는 억만장자들이 줄줄이 생각나기 때문이지요. 그리고 여자 쪽이 한창인 이삼십 대에 이미 남자가 삼십 대를 넘어 사오십 대에 들어선다고 생각하면 제가 다 여자한테 미안해지는 건 어쩔 수 없더군요. 그래서 키잡물은 목에 칼이 들어와도 쓸 일이 없으리라 생각했는데 이렇게 장편으로 떡하니 출판까지 하게 된 걸 보면 내가 뭐 맨날 이러지, 라는 한탄과 함께 진짜 호언장담은 함부로 해서는 안 되는 거라는 깨달음만 다시 얻고 갑니다.

　처음 〈윈터 브라이드〉를 구상하기 시작한 건 〈Secret Garden〉의 〈Sleepsong〉라는 노래를 들은 후였습니다. 조곤조곤하고 다정한 목소리로 잠든 아이에게 세상의 온갖 좋은 것을 빌어주는 노래인데 독특하게도 직접적으로 사랑한다는 말은 단 한마디도 하지 않습니다.
　그 노래에서 느껴졌던 아가페적이고 무조건적인 사랑이 대단히 매력적으로 다가왔습니다. 내가 챙겨줘야 하는 연하, 티격태격 기 싸움에 힘 빨릴 것 같은 동갑이 아닌, 연상의 여유와 배려심으로 여주가 진정으로 하고 싶어 하는 일을 할 수 있도록 흔들림 없이 지지해주고 지켜주는 남주가 쓰고 싶었습니다.
　막상 결과물을 두고 보면 윈터가 그렇게 어른스러웠나 싶은 느낌도

들지만 일단 초기설정은 그랬습니다. 그리고 그 사랑을 토대로 성장해가는 소녀가 결국 스스로 홀로 서서 원하는 것을 쟁취할 수 있을 만한 어른이 되어 반대로 자신을 만들어준 후견인을 구원해줄 수 있는 이야기가 쓰고 싶었습니다. 그런 이야기를 통해 아무리 각박한 세상에 실망하고, 배신당하고, 상처 입어도 사람이 다른 사람을 진정으로 위하는 진솔한 마음은 보답을 받기를, 그리고 그런 마음이 타인의, 그리고 또 자신의 구원이 될 수 있는 세상이기를 바라봅니다.

연재처 후기에도 언급했지만 〈윈터 브라이드〉는 거의 3년에 걸쳐 연재되었던 글입니다. 중간에 몇 달씩 기약 없이 연중도 했던, 언제 끝날지 끝이 보이지 않던 기나긴 이 글을 꾸준히 따라와주시고 응원해 주셨던 독자분들, 유료연재와 이북을 구입해주시고 응원의 말씀을 남겨주셨던 독자분들, 또 종이책이 나올 때까지 잊어버리지 않고 기억해주시고 구입해주신 독자분들, 정말 감사드립니다. 또, 기약 없는 원고를 참을성 있게 기다려주시고 멋진 이북과 종이책으로 만들어주신 이승진 부장님 및 도서출판 가하 편집팀 분들, 모두모두 정말 감사드립니다!

기나긴 〈윈터 브라이드〉의 여정을 함께해주셔서 다시 한 번 감사드립니다. 읽으시는 동안 조금이라도 행복하셨기를 바라며 저는 다음에 조금 더 나은 글로 다시 뵐 수 있기를 바라겠습니다.

2018년 12월 크리스마스
완결이 나 너무너무너무너무너무 즐거운 박소연 올림